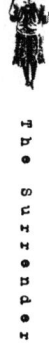

The Surrendered

THE SURRENDERED
Copyright ⓒ 2010 by Chang-rae Lee
All rights reserved including the right of reproduction in whole or in part in any form. This edition published by arrangement with Riverhead books, a member of Penguin Group (USA) Inc.

Korean translation copyright ⓒ 2013 by RH Korea Co., Ltd.
Korean translation rights arranged with Riverhead books, a member of Penguin Group (USA) Inc. through EYA(Eric Yang Agency).

이 책의 한국어판 저작권은 EYA(Eric Yang Agency)를 통한 Riverhead books, a member of Penguin Group (USA) Inc. 사와의 독점계약으로 한국어 판권을 '알에이치코리아(주)'가 소유합니다. 저작권법에 의하여 한국 내에서 보호를 받는 저작물이므로 무단전재와 복제를 금합니다.

The New York Times Bestselling Author
CHANG-RAE LEE

이창래 장편소설 | 나중길 옮김

Media Review

 퓰리처상 최종 후보작(2011), 데이턴 문예 평화상 수상작(2011)

"이미 인상적인 작품들을 발표한 이창래의 작품 가운데 단연코 가장 야심차고 매력적인 작품이다. 소설적 재미뿐만 아니라 치열한 상상력이 빛난다."

뉴욕 타임스

"파워풀하고 깊이 있으며 도덕적 문제로 가득한, 강박적으로 읽을 수밖에 없는 작품. 이 소설은 쉬운 구원으로 결론을 짓지 않는다. 이것은 기본적으로 참혹한 이야기이며 절망적이고 깊은 여운을 남기는, 종종 가슴이 터질 듯한 이야기다. 절대 놓치지 말길."

퍼블리셔스 위클리

"이창래는 전쟁과 학살의 결과를 여과 없이 표현하며 인간의 도덕과 심리적 문제를 파고든 걸작을 창조했다."

북리스트

"《생존자》는 믿을 수 없을 정도로 손쉽게 독자들을 KO시킨다. 아름답고 눈을 뗄 수 없으며 그 날카로움에 잊을 수 없는 작품이다. 용기와 사랑, 충성과 자비에 대한 우아하고도 충격적인 탐구."

엘르 매거진

"《생존자》는 등장인물들의 강함과 약함, 그리고 그들의 가족 이야기를 통해 끝없는 자기 성찰의 질문을 던진다. 전쟁의 호된 시련과 그 여파로 인한 세 주인공들의 이 철저한 연대기보다 더 강한 것은 세상에 없을 것이다."

커커스 리뷰

"육체적, 정신적인 등장인물들의 고통을 묘사하는 작가 이창래의 능력은 비상할 정도로 생생하다."

라이브러리 저널

"타인의 삶과 타인의 영혼에 대한 폭력의 효과를 심리적으로 훌륭히 묘사한 성공적인 소설. 독자들은 거의 매 페이지에서 죽음이 도사리고 있는 것을 느낄 수 있을 것이다."

북마크 매거진

"대담하고 화려하다. 개성적이고 우아한 산문의 힘 또한 뛰어난 작품이다."

가디언

"이창래는 책을 읽은 후에도 오랫동안 잊을 수 없는 이미지와 내러티브를 가진 역작을 탄생시켰다."

북셀러

Contents

1. ———————————————————— 008
2. ———————————————————— 048
3. ———————————————————— 086
4. ———————————————————— 111
5. ———————————————————— 157
6. ———————————————————— 205
7. ———————————————————— 240
8. ———————————————————— 295
9. ———————————————————— 324
10. ——————————————————— 357
11. ——————————————————— 395
12. ——————————————————— 414
13. ——————————————————— 444
14. ——————————————————— 470
15. ——————————————————— 500
16. ——————————————————— 525
17. ——————————————————— 553
18. ——————————————————— 587
19. ——————————————————— 625

감사의 말 ——————————————— 663

1
1950년, 한국

이제 여행은 거의 끝나가고 있었다.

그날 밤은 몹시 추웠다. 어두운 계곡을 뚫고 남쪽으로 굴러가는 기차의 속도 때문에 바람은 더욱 매서웠다. 준이 훔친 모포는 제법 커서 방수포처럼 펼칠 수도 있었고 동시에 어린 동생들과 자신의 몸을 감쌀 수 있었다. 하지만 워낙 낡아서 기차가 속도를 내면 칼바람이 모포 속으로 그냥 뚫고 들어왔다. 전날 밤에는 별다른 문제가 없었지만 지금 그들은 객차의 지붕에 올라타고 남으로, 남으로 가고 있었다. 기차는 객차가 열두 개도 넘게 붙어 있었지만 발을 들여놓을 공간이 조금도 없었다. 엄청난 수의 피난민이 마지막 역에서 기차를 맞았다. 철로가에 서 있던 준의 동생들은 인파에 휩쓸려 이리저리 떠돌다가 객차와 객차 사이에 붙어 있는 녹슨 사다리를 간신히 기어오를 수 있었다. 준은 달리기 시작하는 기차를 따라 50미터가량을 뛰다가 남동생이 어느 정도 높이까지 사다리를 오르고 나서야 기차에 펄쩍 뛰어올랐다.

객차 꼭대기마다 스무 명 정도의 사람들이 쪼그리고 앉아 있었다. 사람들은 가족끼리, 그리고 이웃끼리 무리를 지어 앉아 있었는데 대부분이 여자와 노인네, 그리고 아이들이었다. 준 남매처럼 아이들만 피난을 가는 무리도 두엇 있었다. 준은 열한 살이었고 희수와 지영은 이제 막 일곱 살이 되었다. 동생들은 생김새가 여느 남매처럼 꼭 닮았지만 이란성 쌍둥이였다. 머리 모양으로 구별할 수밖에 없었다. 발 디딜 틈이 있는 다른 기차를 기다릴 수도 있었지만 땅거미가 지기 직전 역에 도착했을 때는 날씨도 그리 춥지 않아 준은 계속 움직이기로 마음먹었다. 한곳에서 어슬렁거리는 것보다는 계속해서 움직이는 편이 항상 더 안전했다. 역에 남아 있어봐야 요기할 것도 없었다. 허름한 역 건물 옆에서는 몰골이 추레한 군인 몇 명이 술을 마시며 카드놀이를 하고 있었다. 군인은 사람들에게 성가신 존재일 뿐이었다. 준 또래의 여자아이들에게도 그것은 마찬가지였다. 준은 제 또래의 아이들보다 키가 컸다. 그녀는 군인들과 정처 없이 떠도는 남자들을 경계했다. 이제 기차는 청주를 지나 서울에서 남쪽으로 200킬로미터까지 내려와 있었다. 준은 삼촌 가족이 있는 부산까지 내려갈 생각이었다. 그녀는 삼촌 가족이 아직도 부산에 살고 있는지, 아직도 그들이 죽지 않고 살아 있는지조차 알지 못했다.

내리막길이 나오자 기차의 속도는 더욱 빨라졌다. 준은 동생들의 어깨에 팔을 두르고 꼭 껴안았다. 그들은 철제 지붕의 마루 사이에서 최대한 낮게 몸을 숙였다. 객차의 앞쪽 가장자리에 앉아 있었기 때문에 그들은 거센 바람을 정면으로 받아야 했다. 그래도 모포가 있어서 다행이었다. 객차 지붕에 올라가 있는 사람들 중에는 그런 것조차도 없는 사람이 많았다. 잠을 자기에는 아직 이른 시각이었지만 날씨도 추운 데다 동생들이 그날 아침에 크래커 몇 개밖에 먹지 못했기 때문에 배고픔을 잊기 위해서도 잠이 청하는 편이 나을 것 같았다. 준 자신은 아무것도 먹지 못했다. 그 전날에는 준이 다리 밑에서 미군 병사가 버리고 간 통조림과 초콜릿 바, 그리고 크래커를 발견했기 때문에 제대로 배를 채울 수 있었다. 동생들은 어찌나 굶주렸는지 준이 깡통을 바위에 부딪쳐 여는 동안 우선 초콜릿을 허겁지겁 먹어치웠다. 준은 깡통을 억지로 열다가 손가락을 베었다. 내용물에 핏방울이 조금 떨어졌지만 그들은 개의치 않고 먹었다. 비프스튜 통조림이 두 개, 토마토소스가 들어간 정어리 통조림이 한 개였다. 나중에 그들은 고양이처럼 노련하게 깡통 안까지 싹싹 핥아먹었다. 준은 동생들에게 크래커는 먹지 말고 남겨두라고 지시했다.

준은 어머니와 언니가 2주 전에 죽고 나서 동생들과 함께 줄곧 길에서 시간을 보냈다. 처음에는 마을 사람 몇 명과 함께 움직였지만 나중에는 끝없이 밀려 내려오는 피난민들의 물결에 휩쓸리고 말았다. 무수한 사람들이 강둑과 울퉁불퉁한 흙길을 따라 남으로, 남으로 내려갔다. 전시 상황이 아니었더라면 즐겁고 유쾌한 여행이었을지도 모른다. 산에는 단풍이 들어 울긋불긋했을 것이고 하늘은 더없이 푸르고 높아 보였을 것이다. 하지만 지금은 그렇지가 못했다. 주변 어디를 둘러보아도 휑뎅그렁했다. 산의 나무들이 땔감용으로 대부분 베어져 산허리는 희멀건 속살을 흉물스럽게 드러내고 있었다. 한때 감자와 배추가 자라던 밭과 계단식 벼논은 전쟁이 발발하고 나서 불과 몇 달 만에 온통 파헤쳐져서 쑥대밭이 되어 있었다. 엄청난 폭격에도 불구하고 용케 살아남은 농가들은 먼저 후퇴와 진격을 거듭하는 군인들의 차지가 되었다가 그다음에는 준 삼남매 같은 피난민의 차지가 되었다. 집주인이 아직 그곳에 남아 살고 있든 이미 피난을 떠났든 그런 것은 아무 문제도 되지 않았다.

며칠 전에 준 삼남매는 서른 명쯤 되는 다른 피난민들과 함께 크기가 대여섯 평밖에 안 되는 농가에서 하룻밤을 묵었다. 피난을 떠나지 않은 주인 부부는 잡다한 물건이 들어 있는 장롱 옆의 구석에서 쪼그려 잠을 잤다. 그날은 비가 억수같이 쏟아지고 있었는데, 누군가가 언덕 기슭에 있는 집처럼 보이는 물체를 우연히 발견했을 때 몇 사람이 그곳으로 부리나케 달려가기 시작했다. 그러자 그 모습을 지켜보던 사람들도 너 나 없이 우르르 그쪽으로 내달렸다. 물체는 길에서 멀찍이 떨어져 있었고 삼남매는 걸음이 빨랐기 때문에 먼저 도착할 수 있었다. 그것은 농부가 남들의 눈에 띄지 않도록 그물과 갈대를 얼기설기 엮어 위장해놓은 집이었다. 농부는 쇠스랑을 들고 나와 사람들의 접근을 막으려고 시도하다가 그것으로는 밀려드는 사람들을 도저히 막을 수 없다고 생각했는지 슬그머니 쇠스랑을 떨어뜨렸다. 비록 누더기를 걸친 힘없는 사람들이었지만 사람들의 숫자에는 그런 위력이 있었다. 사람들이 밀려들자 작은 집은 금세 가득 찼다. 미처 집에 발을 들여놓지 못한 사람들은 도리 없이 길로 다시 나가 빗속을 힘겹게 걸어야 했다.

    주인 부부가 할 수 있는 일이라고는 자기들의 잠자리 공간을 확보하는 것밖에 없었다. 그래도 영악했던 그들은 음식을 모조리 빼앗기기 전에 순순히 음식을 나눠주었다. 누가 시키지도 않았는데 농부의 아내는 급하게 보리죽을 한 솥 끓여 사람들에게 반 컵씩 떠주었다. 삼남매는 깡통 하나를 자기들 앞에 꺼내 놓았다. 준은 농부의 아내에게 가장자리까지 가득 부어달라고 간청했다. 그러자 농부의 아내는 순순히 그녀의 요청에 따랐다. 삼남매는 사람들 틈에 끼어 앉아서 돌아가며 죽을 입안에 들이부었다. 사람들은 서로 무릎을 맞대고 책상다리를 하고 앉아 있었다. 몸집이 아주 작은 꼬마들만이 몸을 웅크린 채 드러누울 수 있었다. 비에 흠뻑 젖은 사람들의 몸에서 퀴퀴한 냄새가 났다. 밀폐된 공간에서 오랫동안 씻지 않은 몸에서 풍겨 나오는 고약한 냄새를 맡고 있자니 숨이 컥컥 막힐 지경이었다. 누군가가 도저히 참지 못하겠는지 준에게 창문을 좀 열어달라고 부탁했다. 창문은 삼남매의 머리 바로 위쪽에 붙어 있었다. 죽을 먹고 나서 준은 어머니가 쓰시던 거북 껍질로 만든 빗을 꺼내 동생들의 머리를 빗어주었다. 그날 아침 비가 내리기 전에 준은 동생들의 머리카락이 희끄무레하던 것을 기억하고서 머리에 달라붙어 있는 이를 훑어 내리기 위해 부지런히 빗질을 했다. 그녀는 이를 한데 긁어모아 창밖으로 내던졌다. 물론 그게 부질없는 짓임을 알고 있었다. 이가 슬어놓은 알을 말끔히 없애버리려면 특수한 비누가 있어야 하는데 준에게는 그런 게 없었다. 이의 수는 앞으로 더욱 늘어날 것이다. 게다가 그곳에 있는 사람들의 머리에도 이가 들끓었다. 하지만 어머니와 언니가 죽어버렸으니 그녀에게는 동생들을 안전하게 지켜주고 돌봐줄 책임이 있었다. 그래서 기회가 있을 때마다 준은 동생들의 얼굴을 씻겨주고, 박하 잎으로 이와 잇몸을 닦아주고, 음식을 훔치거나 물물교환을 해서라도 동생들의 굶주린 배를 채워주려고 애썼다.

 준은 항상 책임감이 강하고 효심이 지극한 딸이었다. 집에서는 쌍둥이 동생과 나이 차가 가장 적어 아주 오래전부터 동생들을 돌보았다. 공교롭게도 준의 오빠와 언니도 쌍둥이라서 그녀의 가족은 부모님과 오남매가 아니라 부모님과 삼남매로 구성되어 있는 것처럼 보였다. 준은 쌍둥이 언니와 오빠, 그리고 쌍둥이 동생들로부터 자신이 약간 소외되어 있다는 느낌을 받았다. 처음엔 불행한 일처럼 보였지만 사실 이런 소외감은 준의 성장 과정에서 도움이 되었다. 자상하고 사려 깊은 그녀의 아버지는 그 사실을 일찌감치 깨닫고 있었다. 학교 교사로서 마을에서 존경을 받았던 그는 위나 아래로 쌍둥이들에 둘러싸인 자기 딸에게 특이한 위치에 만족하고 즐길 수 있어야 한다고 종종 말했다. 몇 년 뒤에 전쟁이 터지자 그는 부당하게도 공산주의자라는 비난을 받았다.

준은 자신의 짧은 머리를 빗다가 자기 머리에도 이가 득실거리는 것을 깨달았다. 희수가 머리를 빗겨주겠다고 하자 준은 그렇게 하라며 여동생에게 머리를 맡겼다. 남자 몇 사람이 담배에 불을 붙였고 다른 사람들은 얘기를 나누기 시작했다. 대화는 먼저 군부대의 움직임에 관한 소문을 중심으로 이루어졌다. 미군이 빠른 속도로 북진하고 있고 북한군은 혼비백산해서 퇴각하고 있다는 소문이었다. 뒤이어 가장 나은 피난민 수용소와 잃어버린 가족들에 대한 대화가 흘러나오다가 곧바로 비와 최근의 날씨 동향이 화제가 되었다. 이런 전시 중에도 살아 있는 나무가 있다면, 그리고 나무에 과일이 붙어 있다면 지금쯤 배와 감을 수확할 때가 되었을 거라는 얘기가 들려왔다. 특정한 질환이나 통증에 잘 듣는 치료법, 그리고 유쾌하고 일상적인 잡담이 이어졌다. 사람들은 그런 가벼운 대화를 나눔으로써 비참하고 혼란스러운 바깥세상을 잠시나마 잊을 수 있었다.

하지만 바로 그때 어떤 사내가 자리에서 벌떡 일어서더니 쓸데없는 잡담이나 나누고 있다며 모두를 향해 분통을 터뜨리기 시작했다. 사내는 30대 중반으로 보였는데 그 나이의 남자라면 누구나 즉각 징집이 되었을 텐데 피난민의 대열에 끼어있다는 게 납득이 되지 않았다. 아무튼 그는 감정이 북받쳐 거침없이 말을 내뱉었다. 억양이나 말하는 투로 봐서 제법 배운 사람이었다. 사내는 강 계곡에 있는 모든 마을과 읍에서 잔학 행위가 날마다 자행되고 있는데 왜 그런 문제에는 관심을 기울이지 않는 거냐며 울분을 토했다. 양측 군인들뿐 아니라 민간인이 동족을 상대로 그런 일들을 저지르는 경우도 많은데 그 사실을 알기는 하냐고 그는 소리쳤다. 그러고 나서 그는 지금 이 땅을 휩쓸고 있는 강간, 폭행, 상해, 즉결 처형 등 무법천지의 상황에 대해 얘기했다. 그때 준의 근처에 앉아서 얘기를 듣고 있던 백발 노인이 사내의 비난은 부당하다며 날카롭게 대꾸했다. 노인은 우리처럼 힘없는 백성이 하루하루 목숨을 부지하기도 벅찬 이 상황에서 무슨 일을 어떻게 할 수 있겠느냐며 항변했다.

"전쟁이 나서 세상은 온통 피바다가 되어버렸소."

노인이 말했다.

"피바다가 사람들을 모두 덮쳐버렸단 말이오."

"예, 그렇죠."

사내가 말했다. 그는 몸을 돌려 노인을 똑바로 쳐다보았다. 그 순간 준은 사내의 한쪽 눈꺼풀이 덮여 있고 눈 부위가 움푹 꺼져 있는 것을 보았다. 다른 쪽 눈은 활짝 뜨여 있었지만 희끄무레한데다 초점을 잃은 듯 보였다.

"그렇지만 우리의 인간성을 그처럼 빨리 포기하는 것은 옳지 않습니다. 이웃에 대해 그처럼 무심하게 굴어선 안 된다는 말입니다. 어제 저는 길바닥에 쓰러져 있는 할머니 한 명을 보았습니다. 무슨 이유 때문인지는 몰랐지만 한눈에 보기에도 할머니는 무척 고통 받고 있었습니다. 여기에 계신 분들 중에도 그 옆을 지나친 분들이 틀림없이 있을 겁니다, 그렇지 않습니까?"

사내는 준을 지목하고 그런 말을 하는 듯 보였지만 준은 확신을 할 수 없었다. 사실 준은 그 할머니를 보았다. 그것은 볼썽사나운 광경이었다. 온몸에 흙을 잔뜩 묻힌 할머니가 목 안쪽에 돌능금이 걸린 것처럼 숨을 거칠게 몰아쉬고 있었다. 무슨 일인지 정확히 알기는 어려웠지만 할머니는 얼굴이 새파랗게 변해 있었다. 할머니 옆에는 가족도 보따리도 없었다. 하다못해 가방 하나도 보이지 않았다. 입고 있는 옷이 전부였다. 할머니는 마치 저 높은 하늘에서 뚝 떨어진 것 같았다. 게다가 맨발이었는데 누군가가 할머니의 신발을 막 벗겨낸 것처럼 발바닥이 무척 창백하고 연약해 보였다. 지영이 호기심을 느끼고 걷는 속도를 늦추었지만 그들은 할머니에게 줄 게 아무것도 없었다. 준이 동생들의 손을 붙잡고 홱 끌어당기자 그들은 다시금 빠르게 걷기 시작했다.

"어머니와 제가 가던 길을 멈추었을 때 그 할머니가 요구한 거라고는 물 한 모금, 단지 물 한 모금밖에 없었습니다. 할머니는 자기가 죽어가고 있다는 것을 알고 있었습니다. 자기를 본체만체하고 지나치는 사람들을 보고 그 할머니는 얼마나 두려움에 사로잡혔겠습니까. 우리가 할머니한테 다가가기 전에 적어도 수백 명은 그 옆을 지나쳤을 겁니다."

"성인군자 나셨군. 여기에 성모와 성자가 계셨어."

누군가가 방 저쪽 끝에서 중얼거렸다. 뒤이어 킥킥거리는 소리가 여기저기에서 터져 나왔다. 사내는 고개를 돌려 목을 길게 빼고는 한쪽 눈을 부릅떴다.

"저는 지금 최소한의 인간적 도리에 대해 얘기하고 있습니다. 그 정도로 사소한 위안은 줄 수도 있는 것 아닙니까. 할머니는 곧바로 숨을 거뒀습니다. 두려움에 떨면서 홀로 외롭게 말입니다. 이 방에 있는 사람들 중에 어느 누가 그런 식의 죽음을 맞이하고 싶을까요?"

"그래서, 할머니를 부활시키지 그랬소?"

다시금 웃음소리가 터져 나왔다. 이번에는 방이 울릴 정도로 큰 웃음소리였다. 사내는 무슨 대꾸를 하려고 하다가 자기 어머니가 한쪽 팔을 끌어당겨 자리에 앉히려고 하자 입을 다물고 마지못해 자리에 앉았다. 그는 눈을 반쯤 감고서 약한 발작을 일으킨 사람처럼 머리와 목을 바르르 떨었다. 잡담이 다시 이어졌다. 그러자 사내가 자리에서 일어나 일장 연설을 했던 일은 애초에 없었던 것처럼 보였다. 그 순간은 이미 지나가버렸고 사라졌다. 사람들은 오래전부터 지치고 굶주려 있었다. 가던 길을 멈추고 피난처를 찾아들 때마다 시간은 왜 그렇게 빨리 지나가는지.

휴식 시간은 항상 부족했다. 그들의 몸은 완전한 안식을 취할 준비가 항상 되어 있었지만 머릿속은 소름 끼치는 기억들을 끊임없이 엮어냈다. 희수와 지영은 준의 무릎에 머리를 얹고 나란히 웅크리고 있었다. 준은 다리를 포개고 앉아 있었는데 동생들의 무게를 감당하기가 버거웠지만 흙바닥이 습기도 많고 싸늘해서 어쩔 수가 없었다. 동생들이 혹시 몸이라도 아플까 봐 두려웠다. 피난을 오는 길에 그녀는 몸이 성치 않은 사람들을 너무나 많이 보았다. 그들은 병세가 악화되어 어느 순간 더 이상 보이지 않았고 그런 일들이 잦아졌다. 준은 동생들의 등을 느리고 부드럽게 토닥여주면서 낮게 "자장, 자장" 소리를 냈다. 악몽을 꾸거나 잠을 좀체 이루지 못할 때 어머니가 그렇게 해주었듯이. 사내와 그의 어머니는 잠을 청하려고 애쓰는 다른 사람들과 마찬가지로 서로 등을 기댄 채 앉아 있었다. 준은 사내가 아주 어릴 적부터 한쪽 눈이 그랬는지, 아니면 좀 더 최근에, 그러니까 전쟁이 발발하고 나서 그런 상처를 입었는지 궁금했다.

별다른 사건 없이 그날 밤은 그렇게 지나갔다. 앉아서 잠을 자는 게 고역이었지만 사람들은 그런 자세에 이미 익숙해져 있어서 부스럭거리는 소리조차 거의 들리지 않았다. 간혹 신음 소리와 잠꼬대하는 소리가 들려왔다. 그러다가 한 번은 누가 악몽을 꾸는지 비명을 내지르는 통에 사람들은 한순간 잠에서 깨어났다가 다시 곯아떨어졌다. 한쪽 눈을 잃은 사내도 한밤중에 소리를 지르는 바람에 준은 잠에서 깼고 오랫동안 잠을 이룰 수가 없었다. 준은 또다시 들려올지도 모르는 비명이나 고함을 기다리며 마음을 졸였다. 그녀의 마음을 가장 혼란스럽게 만든 것은 어디에선가 들려오는 구슬픈 노랫소리였다. 누가 애처로운 목소리로 노래를 부르고 있었다.

그동안 온갖 일을 겪은 준은 이제 아무리 잔인하고 처참한 광경도 대수롭지 않게 보아 넘길 수 있을 것 같았다. 하지만 구슬픈 노랫소리만큼은 도저히 견디기 힘들었다. 그런 노래를 듣고 있노라면 차라리 심장 없이 존재할 수 있다면 얼마나 좋을까, 하는 생각이 들었다.

준은 희끄무레한 새벽빛 속에서 어떤 움직임을 포착했다. 가까운 구석에서 어떤 중년 남자가 숨을 거칠게 몰아쉬며 얼굴을 찌푸리고 있었다. 자세히 보니 한쪽 눈을 잃은 사내를 비웃던 사람들 가운데 하나였다. 다른 사람들은 아직도 잠에 빠져 있었다. 준은 사내의 치아 사이로 숨이 빠르게 흘러나오는 소리를 들었다. 사내는 무척 고통스러워하는 표정을 짓고 있었다. 준이 보기에는 당장에라도 도와달라고 고함을 지를 것 같았다. 하지만 바로 그때 사내는 눈을 꼭 감더니 거친 숨을 길게 내뿜으며 양쪽 어깨를 축 늘어뜨렸다. 사내는 곧 쓰러질 것만 같았다. 하지만 그는 쓰러지지 않고 자기 무릎을 덮고 있는 외투를 옆으로 제쳤다. 그러자 놀랍게도 거기에서 어떤 여자의 머리가 올라왔다. 여자의 파리한 얼굴에는 아무런 표정도 없었다. 여자는 준의 엄마 나이쯤 되어 보였고 얼굴이 창백하고 주름이 잡혀 있었지만 그만하면 아직도 예쁜 축에 속했다. 사내는 여자를 똑바로 쳐다보지도 않고 건어물 몇 조각을 건네더니 곧바로 곯아떨어졌다. 여자는 건어물 조각을 자기 셔츠에 밀어 넣고는 돌아누웠다. 멍한 표정으로 있던 그녀는 자기 옆에 잠들어 있는 아이들을 쓰다듬었다. 사내아이 둘에 계집아이가 하나였다. 그녀는 마치 아무 일도 없었다는 듯이 아이들을 쓰다듬다가 무심코 위를 힐끗 쳐다보았다. 그 순간 그녀와 준의 시선이 딱 마주쳤다. 당황한 준은 얼른 고개를 돌리려고 했다. 여자는 아이들을 쓰다듬는 손길을 멈추더니 잠시 수치심이 가득한 표정을 지었다. 하지만 다음 순간 그녀는 실눈을 뜨고 준을 날카롭게 쏘아보았다. 그것은 호되게 꾸짖는 눈빛이었다. 어둠 속에서 그녀의 두 눈은 당장에 닥칠 암울한 운명을 예언하듯 준에게 저주를 퍼붓고 있었다.

날이 좀 더 밝아오자 사람들이 하나둘 자리에서 일어났다. 콜록거리는 소리와 신음하는 소리로 방 안이 울렸다. 갓난아기들은 벌써부터 젖을 달라며 칭얼거리고 있었다. 희수와 지영도 이제 잠에서 깨어 낮게 우는 소리를 내고 있었다. 쌍둥이 남매는 손에 먹을 게 쥐어져 있지 않으면 마침마다 그랬다. 준은 자기 젖가슴에서 젖이 나온다면, 아니 자기 젖가슴이 성숙한 여자의 그것처럼 봉긋하다면 어린 동생들에게 젖꼭지를 물렸을 것이다. 그녀는 우는소리를 하는 동생들을 잠잠하게 만들어야 했다. 아직도 잠들어 있는 다른 사람들에게 피해를 끼칠까 봐 두려워서가 아니라 동생들이 계속 배고픈 생각만 할까 봐 두려웠기 때문이었다. 피난길을 나서면서 준의 어머니는 줄곧 저 언덕 너머, 다음 골짜기, 다음 길모퉁이만 생각하라고 자식들에게 말했다. 그래봤자 배고픔과 고통이 사라지는 것은 아니었지만 어머니의 명령은 아이들의 발걸음을 조금이나마 재촉하는 효과를 냈다. 그렇게 해서 어머니는 남으로, 부산까지 내려가는 머나먼 여정을 조금씩 줄여나갈 수 있었다. 전쟁이 시작되고부터 준의 어머니는 지형이나 날씨에 상관없이 자식들을 끊임없이 부추겨 앞으로 나아가게 만들었다. 처음 몇 주 동안은 날씨가 찌는 듯이 더웠다. 7월의 흐릿한 하늘은 두꺼운 담요처럼 숨이 컥컥 막히게 만들었다. 그러다가 한바탕 비가 쏟아지고 나서는 진창길이 되었다. 모기와 파리가 기승을 부리면서 그들의 귀를 끊임없이 자극했다. 그들은 머릿속에 떠오르는 잡다한 생각을 지워버리려고 애쓰며 터덜터덜 앞으로 걸어가기만 했다. 오직 다음 목표 지점에 대한 생각밖에 없었다. 그들의 발은 의지보다는 관성의 힘에 따라 움직이고 있었다. 그렇게라도 해야 했다. 그렇지만 그들은 자기가 할 수 있는 것도 무엇이든 했다.

준의 어머니가 아직 살아 있을 때의 일이다. 어느 날 아침, 준은 어머니가 국군 트럭의 운전석에서 빠져나와 돌아서더니 운전사한테서 봉지 몇 개를 건네받는 장면을 목격했다. 봉지에 담겨 있는 것은 팥이었다. 어머니가 트럭에서 돌아오는 동안 준은 아직도 잠을 자고 있는 척했다. 그녀는 어머니가 팥죽을 끓이기 시작했을 때에야 동생들과 함께 자리에서 일어났다. 어느 누구도 그 팥이 어디에서 났는지 묻지 않았다. 그들은 그걸로 아침을 때웠다. 아이들은 걸신들린 사람처럼 음식을 뚝딱 해치웠다. 음식을 먹는 게 아니라 목구멍으로 아예 음식을 들이부었다고 해야 옳을 정도였다. 준도 팥죽을 너무 급하게 먹다가 목이 막혀 몇 초 동안 캑캑거려야 했다. 그녀의 눈에는 눈물이 그렁그렁 고였다. 어머니는 준의 등을 두드려주며 "그러니까 천천히 먹어. 아직도 많이 남아 있으니까." 하고 말했다.

늙은 농부는 아내와 함께 자리에서 일어서더니 아침거리를 내놓고 싶은데 먹을 만한 게 아무것도 없다고 하면서, 비도 그쳤으니 이제 그만 가던 길을 계속 가줄 수 없느냐고 물었다. 그는 남쪽으로 20킬로쯤 가면 새로 문을 연 유엔 피난민 수용소가 있다고 들었노라고 덧붙였다. 난민 수용시설이나 음식이 없다는 그의 말을 곧이곧대로 믿는 사람은 아무도 없었다. 하지만 집주인 부부가 자기들 때문에 분명히 피해를 보았다고 생각해서인지 사람들은 별소리 없이 각자 짐을 챙겨 길을 나서기 시작했다. 동생들이 하품을 하며 졸린 눈을 비비는 동안 준은 동생들의 옷에 묻어 있는 흙을 털어주었다. 물론 그것도 부질없는 짓이었다. 옷을 빨아야 하는데 사정이 여의치 않았다. 옷과 피부는 이미 오래전부터 흙빛이 되어 있었다. 그래도 어머니가 살아 있었다면 그렇게 했을 것이기 때문에 준은 동생들의 옷이 최대한 깨끗하게 보이도록 나름대로 애썼다. 준은 자기 어머니를 기준으로 모든 결정을 내리고 행동했다. 계속 걸어야 할지, 중간에서 쉬어야 할지, 밤에 잠은 어디에서 자야 할지, 누구한테

다가가고 누구를 멀리해야 할지 판단하는 일도 어머니가 살아 있었으면 과연 어떻게 했을지 먼저 생각해보고 행동했다. 운 좋게 발견한 음식물을 독차지하고 싶은 원초적이고 동물적인 욕구를 억누르는 데에도 그런 방법을 썼다. 어머니가 아직 살아 있다면 자식들을 내팽개치고 자신의 배만 채우려고 했겠는가? 그런 일은 감히 상상도 할 수 없었다.

준은 어느 순간 자기가 동생들을 짐으로 여기게 될까 봐, 또 동생들을 자신의 발뒤꿈치에 달라붙어 피를 빨아먹는 거머리 같은 존재로 여기게 될까 봐 두려웠다. 절대 그렇게 생각해서는 안 되었다. 조금이라도 그런 생각이 들지 않도록 항상 마음을 다잡아야 했다. 그녀는 지금까지 동생들을 함부로 대하지 않았다. 그런 일은 그녀 자신이 용납할 수 없었다. 준은 동생들을 진심으로 아끼고 사랑했다. 동생들을 지키기 위해서라면 자기 어머니처럼 모든 것을 내놓을 각오가 되어 있었다. 하지만 그녀로서는 내놓을 게 아무것도 없었다. 그녀에게 남아 있는 게 무엇이란 말인가? 지치고 굶주린 준은 속이 텅 빈 것 같은 느낌을 받았다. 두려움만이 그녀의 피에 활기를 불어넣었다. 준은 이대로 가다가는 오래 버티지 못할 거라는 사실을 깨닫기 시작했다. 무언가 변화가 필요했다. 그것도 빠른 시일 내에. 밤이면 그들은 개구리와 귀뚜라미 소리에 귀를 바짝 기울였다. 그런 것들이라도 잡아먹어야 했다. 낮에는 나무뿌리나 땅벌레라도 얻으려고 흙을 팠다. 그리고 사람들에게 구걸을 하고 적당한 기회만 생기면 닥치는 대로 훔쳤다. 하지만 처참한 전쟁을 석 달이나 겪은 뒤라 값어치가 있을 만한 물건이 없었다. 준은 동생들을 안전하게 지켜주기에는 자기가 너무 어리고 무력하다는 사실을 깨달았다. 자기 몸은 돌볼 수 있었지만 동생들은 다른 누군가의 도움을 받아야 했다. 다른 사람의 도움이 없으면 모두 굶어죽을 판이었다. 그렇게 계속 지내다가는 어느 순간 마음을 약하게 먹고 동생들을 내팽개칠지도 몰랐다. 그런 상상을 안 해본 것은 아니다. 물살이 빠른 강을 건너다가 동생들의 손을 슬그머니 놓아버릴 수도 있었다. 그렇게 되면 동생들의 울음소리는 거세게 흘러가는 강물 소리에 묻혀버릴 것이다.

집주인은 아직도 집에 남아 있는 사람들에게 얼른 떠나달라고 다시금 종용했다. 그렇지만 몇몇 사람은 짐을 꾸릴 생각조차 하지 않았다. 그들은 쪼그리고 앉아 있거나 바닥에 드러누워 담배만 뻑뻑 빨아댔다. 그 모습을 지켜보던 집주인은 기가 차는지 자기도 참을 만큼 참았다고 하면서 불평을 늘어놓기 시작했다. 하지만 그의 말은 씨도 먹히지 않았다. 짐을 챙겨서 떠나는 사람들은 계속 길을 갔지만 방 안에 죽치고 있는 사람들은 일어설 생각조차 하지 않았다. 한쪽 눈을 잃은 사내와 그의 어머니는 보따리를 쌌다. 사내는 보따리를 등에 걸머진 다음 천으로 된 끈을 가슴 위로 둘러 단단히 동여맸다. 두 사람은 발을 질질 끌며 밖으로 나갔다. 준은 그 뒤를 따라갔다. 앞서 가는 모자는 밖으로 나가면서 집주인 부부에게 하룻밤 묵게 해줘서 고맙다고 말했다. 그런 인사를 건네는 사람은 많지 않았다. 농부의 아내는 눈매가 선해 보였고 말도 부드럽게 했다. 준은 동생들을 이끌고 안주인에게 다가가 그녀의 손을 꼭 잡고는 며칠만 더 머물고 싶은데 괜찮은지 물어보았다. 준은 상대방이 미처 대꾸도 하기 전에 그동안 자신의 가족에게 벌어졌던 비극을 재빨리 설명하면서 이제 동생들과 자기는 이 세상에서 의지할 곳 없는 신세라고 덧붙였다. 자기들은 별채에서 자면 된다는 말도 했다. 사람들을 방에서 내보내려고 독려하고 있던 농부는 그 소리를 엿들었는지 준의 말을 귀 기울여 듣고 있는 자기 아내에게 호통을 쳤다.

"세상 천지에 전부 고아야!"

그가 말했다.

"얘들아, 그만 가거라. 이러다가 늦을라. 내려가다 보면 여기보다 나은 곳이 있을 거야."

하지만 준은 떠나지 않고 그의 발 앞에 털썩 주저앉고는 동생들을 자기 옆에 끌어 앉혔다. 바깥주인은 당장 일어나라고 말했다.

"할머니, 여기 있게 해주세요."

준은 농부의 아내가 마치 자기와 피를 나누기라도 한 것처럼 할머니라는 호칭까지 쓰며 매달렸다.

"제발 저희를 떠나보내지 마세요."

그러자 농부는 화가 나서 소리쳤다.

"내가 안 된다고 했잖아! 버르장머리 없는 것들!"

"제발, 제발, 할아버지!"

준은 울음을 터뜨렸다. 그러자 동생들도 따라서 울기 시작했다. 농부는 머리끝까지 화가 나서 지영의 팔을 거칠게 붙잡고는 인형을 낚아채듯 홱 일으켜 세웠다. 팔에 통증을 느낀 지영이 비명을 질렀다. 그러자 농부의 아내가 남편에게 제발 그러지 말라고 사정을 했다. 하지만 그는 우악스러운 손길로 이번에는 준을 붙잡고 자리에서 일으켜 세우려고 애썼다. 준이 반항을 하자 그는 그녀의 셔츠를 움켜쥐었다. 그 순간 준이 버티다가 햇볕에 시커멓게 그을린 그의 앙상한 팔뚝을 물어뜯었기에 망정이지, 그렇지 않았다면 셔츠가 홀러덩 벗겨졌을 것이다. 통증을 느낀 농부가 욕설을 내뱉으며 준을 자기 뒤쪽으로 거칠게 내동댕이쳤다. 준은 조그마한 부엌으로 내려가는 계단 근처에 단정하게 쌓인 장작더미에 몸을 부딪히고 나서 바닥에 뒹굴었다. 등과 옆구리에 극심한 통증이 느껴졌다. 한순간 집 안 전체는 시간이 정지한 것처럼 고요했다. 모두들 그녀를 빤히 쳐다보고 있었다. 준은 사람들이 보고 있는 게 자기가 아니라는 것을 뒤늦게 깨달았다. 장작더미의 일부가 무너져 바닥에 흩어져 있었고 장작더미 뒤에 숨겨둔 커다란 독의 뚜껑이 드러나 있었다. 농부의 아내가 재빨리 무릎을 꿇더니 바닥에 흩어져 있는 나뭇가지들을 주워 모아 독 앞에 쌓아 올리려고 애썼다.

그 모습을 지켜보던 누군가가 소리쳤다.

"이보쇼, 왜 어젯밤에 저걸 우리한테 안 보여준 거요?"

"독 안에 뭐가 들어있는지 어디 한번 봅시다."

다른 사람이 말했다. 어제 저녁에 농부의 아내가 사람들을 위해 보리죽을 끓일 때, 농부는 독 안을 사람들에게 보여주면서 곡식이 거의 다 떨어졌다는 것을 확인시켜주었다. 그 독에는 정말로 한 줌의 보리밖에 남아 있지 않았었다.

"신경 쓰지 말아요!"

농부가 말했다.

"우리 부부도 참을 만큼 참았단 말이오. 더 이상 줄 게 없어요. 그러니 이제 그만 나가줘요!"

담배를 뻐끔뻐끔 빨던 중년 사내 하나가 농부의 앞으로 나섰다. 사내의 양쪽 뺨은 거칠었고 움푹 들어간 눈에는 빛이라고는 찾아볼 수 없었다. 그의 키는 농부보다 족히 머리 하나는 컸다. 다른 사람들처럼 빼빼 마르긴 했지만 상체가 떡 벌어진 게 건장한 체구였다. 사내는 농담기가 전혀 없는 목소리로 말했다.

"저 안에 뭐가 들어 있는지만 보여주시오."

"그럴 순 없소!"

농부가 단호하게 말했다.

그러자 사내는 농부를 스치고 지나갔다. 하지만 사내가 채 두 걸음도 못 뗴었을 때, 농부는 셔츠 아래에 감춰둔 나무 몽둥이를 꺼내더니 사내의 뒤통수를 후려쳤다. 사내는 아주 높은 곳에서 뚝 떨어진 것처럼 땅바닥으로 곧장 쓰러졌다. 머리가 땅에 먼저 부딪치면서 쿵 소리가 났다.

준은 눈앞에서 벌어진 장면을 목격하고 가슴이 철렁 내려앉았다. 몇 사람이 달려와 쓰러진 사내를 살펴보는 동안 준은 엉금엉금 기어서 구석으로 도망쳤다. 사내의 얼굴은 딱딱한 바닥에 부딪혀 보기 흉하게 일그러져 있었다. 코에서는 시커멓고 끈적끈적한 피가 흘러내렸다. 사람들이 사내의 의식을 되살리려고 애쓰는 동안 농부는 완전히 넋이 나간 표정으로 그 자리에 서 있었다. 하지만 사내는 의식을 회복하지 못했다.

"저 양반이 사람을 죽였다."

한 사람이 소리쳤다.

"비겁하게 뒤통수를 쳐?"

농부는 벌써 한쪽 벽으로 슬금슬금 물러나고 있었다. 사람들이 농부에게 달려들었다. 농부는 몽둥이를 휘둘러 제일 앞서 달려오는 사람을 간단히 떨쳐버렸지만 뒤이어 달려오는 사람들에게 금방 제압당하고 말았다. 사람들은 농부가 바닥에 쓰러질 때까지 사정없이 주먹질과 발길질을 퍼부었다. 농부의 아내는 비명을 질렀다. 그녀는 사람들에게 제발 멈춰달라고 울며 사정을 했다. 하지만 사람들은 그녀의 말을 들으려고 하지 않았다. 농부는 공처럼 몸을 돌돌 말고서 양손으로 머리를 감싼 채 흐느꼈다. 학교 운동장에서 두들겨 맞은 불쌍한 아이처럼. 그의 입에서는 침이 섞인 핏방울이 뚝뚝 떨어지고 있었다.

사람들은 온 집을 샅샅이 뒤지기 시작했다. 모두가 수색에 참여했다. 심지어 밖으로 나가 다시 피난길에 오른 사람들까지도 집으로 돌아와 뒤지기 시작했다. 사람들 속에는 한쪽 눈을 잃은 사내와 그의 어머니도 끼어 있었다. 할 수 있는 일이라고는 그것밖에 없었다. 조금이라도 값어치가 나가는 물건을 찾아내는 데에는 불과 몇 분이면 족했다. 사람들은 제일 먼저 감춰둔 독을 살펴보았다. 거기에는 말린 옥수수가 절반쯤 들어 있었다. 찬장에는 곡물이 조금 남아 있었다. 사람들은 부엌으로 들어가 냄비와 그릇, 그리고 그 밖의 요리 기구들을 닥치는 대로 약탈했다. 준과 동생들은 최대한 많이 옥수수를 퍼냈다. 지영은 자기 호주머니에 옥수수를 양껏 쑤셔 넣고 나서 더 이상 공간이 없자 한입 가득 옥수수 알갱이를 물었다. (나중에 지영은 준의 손바닥에 옥수수를 뱉어냈다. 준은 다음 개울에서 옥수수를 물에 헹구었다.) 누군가가 옷장에 달린 자물쇠를 뜯어내자 여자들이 앞다투어 옷장을 뒤지기 시작했다. 준은 운 좋게도 두 여자가 실크 블라우스 하나를 두고 서로 차지하려고 실랑이를 벌이는 동안 그들 사이에 뚝 떨어진 담요를 냉큼 차지할 수 있었다. 담요는 가벼웠지만 크기가 상당하여 제법 쓸모가 있을 것 같았다. 나머지는 노인들의 옷이었는데 모두가 낡고 더러웠다. 농부의 집은 결국 엉망진창이 되었다. 바닥에는 자기 파편과 천 조각, 그리고 박살난 가구의 부스러기가 흩어져 있었다. 사람들이 가져가지 않은 물건들은 모조리 들쑤셔지고 부서지고 버려졌다. 준은 길을 나서면서 동생들에게 농부의 아내를 쳐다보지 말라고 단단히 일렀다. 농부의 아내는 반쯤 의식을 잃은 남편 옆에서 아직도 무릎을 꿇고 앉아 실성한 표정으로 울부짖고 있었다. 마치 자신이 서서히 죽어가고 있는 것처럼.

기차는 속도를 늦추더니 한순간 완전히 멈춰 섰다. 그러다가 다시 천천히 달리기 시작했다. 리듬이 바뀌자 희수는 잠을 깼다. 준은 여동생의 잠꼬대에 귀를 기울이고 있다가 동생을 깨워야 할지 고민했다. 희수는 점점 더 흥분을 하고 있었다. 마치 아버지가 서재에 우연히 갇혀 불안에 떨고 있기라도 한 것처럼 희수는 아버지를 소리쳐 부르고 있었다.
"아빠, 조금만 기다려."
희수는 반쯤 흐느끼고 있었다.
"조금만 더 기다려. 엄마가 지금 열쇠 찾고 있어."

준은 담요로 동생들의 몸을 단단히 두른 다음, 너덜너덜한 자락은 발밑으로 말아 넣었다. 별들이 이제 모습을 드러내고 있었다. 하늘이 어두워지자 별은 시시각각 밝기를 더해갔다. 다른 때 같았으면 그녀는 별들이 무척 아름답다고 생각했을지도 모른다. 다른 때 같았으면 하늘에 밝게 빛나는 별들을 한번 쳐다보도록 동생들을 흔들어 깨웠을 것이다. 하지만 지금 그것들은 너무나 먼 곳에 있었고 완벽했다. 그러면서도 그녀 자신과는 아무 상관도 없는 것들처럼 여겨졌다. 기차가 덜컹대며 움직이기 시작하고 나서 희수는 조용해졌다. 지영은 줄곧 약하게 코를 골았다. 지영은 주변 상황이 어떻든 간에 한번 잠이 들면 깨어날 줄을 몰랐다. 준은 단 몇 시간이라도 잠을 자두고 싶었다. 그래야 다음 날 힘을 낼 수 있었다. 하지만 아무리 애를 써도 좀체 잠을 이룰 수가 없었다. 그녀는 완전히 진이 빠져 있었다. 팔다리는 농부 아내의 두 팔이 그랬던 것처럼 막대기마냥 가늘었고 힘없이 축 늘어져 있었다. 하지만 밤이 되어도 준의 정신은 연료를 공급받은 엔진처럼 지칠 줄을 몰랐다. 그녀의 머릿속에는 무슨 수가 있어도 살아남아야 하고 그러기 위해서는 계속해서 남쪽으로 달려가야 한다는 생각밖에 없었다.

준은 아버지의 마지막 모습을 머리에 떠올렸다. 아버지는 등 뒤로 두 팔이 묶인 채 땅바닥에 무릎을 꿇고 있었다. 코와 눈, 그리고 두 눈에서는 피가 흘러나왔다. 남한군 장교는 권총의 총구를 그의 머리에 갖다 댄 채 의기양양하게 서 있었다. 준의 오빠만 제외하고 나머지 사람들은 커다란 수송트럭에 올라가 있었다. 검거된 사람들의 가족들과 함께 어디론가 실려 가는 것이다. 그들은 자기네가 어디로 가는지조차 몰랐다. 전쟁이 시작되고 나서 일주일쯤 되었을 때 어느 날 오후 느닷없이 그런 일이 벌어졌다. 남한군이 빠르게 후퇴하면서 마을을 온통 들쑤시고 지나가고 있었다. 사람들이 느끼는 공포는 빠르게 확산되었다. 전선이 계속 남으로 밀려 내려오자 사람들은 공산주의자들이 넘어오면 무슨 짓을 벌일지 몰라 두려워하면서 허겁지겁 보따리를 쌌다. 그들은 마차, 소달구지, 손수레, 그리고 차량이 있는 사람들은 차량에 짐을 잔뜩 실었다. 하지만 누구나 목격했다시피 남한군도 북한군 못지않게 잔인한 행동을 서슴지 않았다. 어쩌면 북한군보다 더했을지도 모른다. 그날 아침 준의 가족이 피난을 가려고 짐을 꾸리고 있을 때, 치안 대장과 한국군 장교가 군인 두 명을 이끌고 마당으로 들어섰다. 군인들은 무장을 하고 있었다. 그들은 준의 아버지에게 자기들과 함께 가자고 말했다. 그것은 명령이었다. 처음에 준의 아버지는 그들의 등장이 대수롭지 않은 일이라는 듯이 그저 고개를 끄덕였다. 하지만 그들이 끌고 가려고 손을 뻗어 붙잡았을 때 아버지는 갑자기 발끈하면서 지금 무슨 짓을 하는 거냐고 따지며 물었다. 자기를 왜 데려가는 거냐고 물어도 그들은 아무런 대꾸도 하지 않았다. 그가 반항을 하자 군인 하나가 총의 개머리판으로 얼굴을 가격했다. 아버지는 땅바닥에 나뒹굴었다. 개머리판에 맞아서 코는 박살이 났다. 준의 오빠인 지훈은 열네 살이었다. 지훈이 군인에게 미친 듯이 달려들었지만 공격다운 공격 한 번 못 해보고 맥없이 쓰러졌다. 군인들은 장난감을 거칠게 다루듯 지훈을 몇 번 두들겨 팬 다음 반쯤 의식을 잃은 그의 아버지와 함께 차의 뒷자리로 밀어 넣었다. 준은 가지고 갈 옷가지를 모두 챙기고 나서 그 장면을 목격했다. 나머지 가족은 마당에 늘어서 있었다. 그들은 눈앞에서 벌어진 상황을 보고도 믿을 수가 없었다. 마을에서 그토록 존경받던 아버지가 누군가에게 얻어맞는다는 것은 도저히 있을 수 없는 일이었다. 그때 준은 어머니와 언니를 따라 저도 모르게 고함과 비명을 내지른 것 같다. (쌍둥이 동생들은 그저 훌쩍거리고만 있었다.) 하지만 그런 일이 있고 일주일쯤 지나 그들이 피난길에서 잠시 쉬고 있을 때, 언니는 준에게 어쩌면 그토록 침착하고 냉정할 수 있었는지 물었다.

"무슨 문제라도 있니?"

언니의 질문에는 절박감이 배어 있었다. 아버지와 오빠가 끌려가는 상황에서 준이 아무 반응도 보이지 않은 것을 언니는 도저히 이해할 수 없었다. 그녀는 준이 너무 놀랐기 때문에 가만히 있었던 게 아니라 준의 본래 성격이 그렇다고 여기는 듯했다.

아무튼 준의 아버지와 오빠는 그렇게 끌려갔다. 나머지 가족은 조용히 기다리고 있으라는 명령을 받았다. 두 시간이 지났을 때, 트럭 한 대가 도착했고 그들은 뒤칸으로 기어올라야 했다. 거기에는 아버지를 잃은 또 다른 가족이 타고 있었다. 트럭은 다른 두 가족을 태우고 나서야 시민 광장으로 갔다. 광장에는 준의 아버지를 포함해서 네 사람이 있었다. 그들은 얼마나 두들겨 맞았는지 얼굴이 피투성이에 퉁퉁 부어 있었다. 준의 오빠는 거기에 없었다. 치안 대장은 자기 앞에 있는 네 사람이 북한의 간첩이며 심문을 통해 그 사실을 자백 받았다고 큰 소리로 외쳤다. 준의 아버지와 그 밖의 사람들은 혐의를 부인할 수가 없었다. 시민들이 모여들었다. 거기에는 마을 유지들도 끼어 있었는데 그들은 치안 대장 뒤에 초조한 표정으로 서 있었다. 준의 아버지와 다른 사람들은 밀쳐져 땅바닥에 무릎을 꿇었다. 장교는 잠시 뜸을 들이다가 트럭 운전사에게 손을 흔들어 그 자리를 벗어나도록 했다. 준은 총소리를 듣지 못했다. 그들은 마을에서 남쪽으로 한 시간쯤 실려 가서 명령에 따라 트럭에서 내렸다. 그리고 피난민 행렬에 합류하게 되었다. 다른 사람들과 달리 준의 가족은 입고 있는 옷 외에는 짐이 거의 없었다. 하지만 준의 어머니는 집에서 혼란을 겪던 마지막 그 순간에 돈다발을 허리에 묶어두었다. 준의 어머니는 운전사에게 자기 아들이 어디로 끌려갔는지 물었다. 운전사는 징집병을 한 트럭 긁어모아 최전선으로 싣고 갔다고 대답했다. 하지만 그의 말은 어딘가 미심쩍은 구석이 있었고 어머니는 더 꼬치꼬치 캐물었다. 그러자 운전사는 징집병을 싣고 가던 트럭이 매복하고 있던 적의 기습공격을 받았고, 그 자리에서 즉사하지 않은 사람들은 모두 포로가 되어 끌려갔노라고 결국 실토했다. 그 뒤로 몇 주 동안 어머니는 마주치는 사람마다 자기 아들을 혹시 보았거나 소문이라도 들었는지 물어보았지만 이렇다 할 소득을 얻지 못했다. 같은 마을에 살았던 아낙네로부터 남한 청년들이 공산주의자들에게 다시 징집되어 북으로 끌려갔다는 소문만 들을 수 있었다.

준은 오빠를 두 번 다시 보기 힘들 거라고 생각하면서도 기회가 있을 때마다 오빠에 대해 사람들에게 물었다. 아직 죽지 않았다고 해도 그녀의 오빠는 전사했거나 길에서 굶어 죽게 될 것이다. 그렇지만 농부의 집에서 하룻밤을 보낼 때에도 준은 주변에 둘러앉은 사람들에게 오빠의 이름을 언급했다. 그렇게 한 것은 무엇보다도 쌍둥이 동생들을 위해서였다.

쌍둥이 동생들은 깊이 잠들어 있었다. 준은 온몸이 축 늘어졌고 배가 고팠다. 동생들이 밤에 잠이 들고 나면 감당할 수 없는 심적 고통이 찾아들 때가 간혹 있었다. 동생들 앞에서 절대 눈물을 보이지 않는 준도 그때만큼은 낮은 소리로 흐느낄 수 있었다. 그러다가 아침이 밝아오면 나약해졌던 마음이 어느덧 사라져버리고 그 자리는 다시금 삶의 의지로 가득 찼다. 어디에서 먹이를 구해 또 하루를 버텨야 할지 생각하지 않을 수 없었다.

그들은 항상 굶주려 있었다. 허기는 봄장마 기간 동안의 우물물처럼 금세 부풀어 올랐다. 날마다 조금씩 차오르는 허기는 감당할 수 없을 만큼 커져서 나중에는 절대로 꺼지지 않을 것처럼 생각되었다. 피난 행렬에 합류하고 나서 처음 며칠 동안은 사정이 그나마 괜찮았다. 그때는 돈이 조금 있어서 다른 사람들한테서 쌀도 사고 말린 배추 이파리라도 살 수 있었다. 준의 어머니는 이웃에 살던 사람이 고맙게도 주고 간 조그마한 냄비에다 간단한 국이나 죽을 끓일 수 있었다. 꾸려놓은 보따리를 가져올 시간이 미처 없었기 때문에 그들의 짐은 다른 사람들과 비교했을 때 훨씬 간소했다. 처음에 그들은 상황을 심각하게 받아들이지 않았다. 조금만 견디면 괜찮아질 거라고 생각했던 것이다. 그도 그럴 것이 모든 사람이 전선에서 훨씬 뒤쪽에 설치되어 있다는 피난민 수용소를 향해 남으로 급히 내려가고 있었고 그곳에만 도착하면 음식과 텐트가 넉넉하게 있어 더 이상 걱정하지 않아도 될 거라고 사람들이 말했기 때문이다. 미군 트럭이 줄지어 지나가면서 오렌지와 사탕을 던져주었다. 사람들은 이제 조금만 있으면 괜찮아질 거라고 믿었다. 하지만 그런 생각도 잠시였다. 불과 며칠이 지나자 사람들은 마땅히 팔 물건이 없었다. 설사 누군가가 무슨 물건, 예를 들어 쌀 한 컵이나 마른 오징어 몇 조각을 팔려고 해도 가격이 너무 비싸서 그들이 가지고 있는 돈은 아무 쓸모도 없었다. 그래서 준의 가족 다섯 명—어머니, 언니, 쌍둥이 동생들과 그녀 자신—은 먹을 것을 찾아 돌아다녀야 했다. 그들은 피난 행렬에서 벗어나 시골에서 얻을 수 있는 것은 무엇이든 긁어모으며 반나절을 보내곤 했다. 푸성귀와 각종 식물의 뿌리, 산딸기와 온갖 씨앗을 닥치는 대로 주워 모으고 나면 파괴되었거나 버려진 미군 장갑차나 트럭을 뒤졌다. 물론 그것은 위험천만한 행동이었지만 혹시라도 그 안에 먹을 것이 남아 있는지 일일이 확인하지 않을 수 없었다. 그들의 눈에 미군들은 무제한의 보급품을 가지고 있는 듯 보였다. 미군들은 마음도 좋아서 보급품을 후하게 나누어주었다. 물론 다른 피난민들도 그 사실을 잘 알고 있었다. 그래서 버려진 차량을 발견하는 일은 순전히 운에 달려 있었다. 조금이라도 뒤늦게 도착하면 차량은 순식간에 남김없이 털렸다.

어느 날 오후, 쌍둥이 동생이 아주 놀라운 물건을 발견했다. 폭격을 받아 폭삭 내려앉은 어느 농가의 뒤편에서 헬리콥터의 꼬리 회전날개를 찾아낸 것이다. 조종사들의 시신이 주변 여기저기에 흩어져 있었다. 시신들의 상태로 봐서 헬리콥터는 그곳에 적어도 일주일가량 처박혀 있었던 게 분명했다. 쥐를 포함한 설치 동물과 온갖 새들, 그리고 떠돌이 개들이 찢어진 군복 안쪽을 얼마나 헤집었는지 시신들은 벌써 뼈가 훤히 드러났다. 조종실 바닥에는 맥주병 조각이 흩어져 있었다. 그렇지만 좌석 뒤쪽에 있는 나무 상자에는 귀한 것들이 본래 모습 그대로 들어 있었다. 소고기 육포 대여섯 개와 돼지고기 통조림이 하나 나왔다. 준이 그동안 찾아낸 통조림들과 마찬가지로 그들은 통조림의 내용물을 그 자리에서 곧장 해치울 수밖에 없었다. 준의 어머니는 통조림의 날카로운 가장자리를 이용해 분홍빛이 도는 고깃덩어리를 두꺼운 조각 네 개로 자르면서 자기는 냄새가 역겨워서 도저히 못 먹겠다고 말했다. 그러면서도 어머니는 자신의 손가락 끝에 묻어 있는 짭조름하고 미끈거리는 고기 부스러기를 허겁지겁 핥아먹었다. 준은 어머니가 시간과 공간도 잊어버린 채 반쯤 눈을 감고서 고기 맛을 음미하는 모습을 힐끗 쳐다보았다.

길에서 보낸 나날은 그런 식이었다. 다음에는 무슨 일이 일어날지 어느 누구도 예상할 수 없었다. 지축을 뒤흔드는 폭격이 이어졌지만 소소한 사건이 사이사이에 벌어졌고 잔인하고 비참한 반전도 있었다. 죽고 사는 문제는 순전히 우연에 달려 있었다. 그래서 두려웠다. 준은 밤에도 항상 깨어 있었다. 그녀의 머릿속에는 밤이든 낮이든 생존을 이어가야 한다는 생각밖에 없었고 그러다보니 항상 주변을 경계하는 버릇이 생겼다.

쌍둥이 동생들이 헬리콥터를 발견하고 나서 얼마 되지 않아 그 일이 벌어졌다. 그날은 날씨가 유난히 맑고 화창했다. 하늘에는 뭉게구름이 떠 있었고 언덕 위에서 서늘한 바람이 불어왔다. 오랜만에 실속 있는 식사를 했기 때문에 그들은 기운이 나서 적지 않은 거리를 걸을 수 있었다. 평소와 달리 나이 어린 동생들도 보조를 맞추는 데 별로 어려움을 겪지 않았다. 준의 가족은 더할 나위 없이 가벼운 마음으로 발걸음을 옮겼다. 주변 상황이 그렇게 순탄하게 돌아갔다. 초췌한 얼굴의 한 여자는 지영에게 축구공까지 주었다. 여자의 말에 따르면 축구공은 그녀의 아들이 무척 아끼던 물건이었는데 그 아이가 그만 몇 주 전에 무서운 전염병에 걸려 죽고 말았다. 여자는 평양에서 피난을 내려오고 있었는데 중간에 다른 교통수단은 거의 이용해보지 못하고 줄곧 걸어서 내려왔다고 했다. 그녀는 두 딸을 데리고 피난을 가는 중이었고 세 사람 모두 등에 무거운 짐을 지고 있었다. 여자는 그때까지 축구공을 꼭 붙잡고 내려왔지만 그것을 어디에 넣을 수가 없어서 거추장스러운 짐만 되었다. 그러다보니 자기 아들 또래의 아이를 만나게 되면 공을 줘버려야겠다고 생각하고 있었다. 공은 바람이 조금 빠져 있었지만 새것이나 다름없었다. 처음에 준의 어머니는 한사코 공을 받지 않으려고 했다. 피난길에 공은 번거로운 물건만 될 거라고 생각했던 것이다. 하지만 지영이 신이 나서 펄쩍펄쩍 뛰는 것을 보고 내키지는 않았지만 공을 받아 들었다. 그때부터 준의 가족은 하루에 한두 번씩 가던 길을 멈추고 주변에 어느 정도의 공터만 있으면 공을 가지고 놀았다. 종종 다른 집 아이들이 함께 공을 차기도 했다. 아이들은 자기 부모들이 부르면 공을 차고 놀다가 마지못해 돌아갔다. 준의 어머니와 언니 희성은 둑길에서 아이들이 공을 차고 노는 모습을 지켜보았다. 모두 지치고 굶주려 있었지만 잠시나마 아이들이 노는 모습을 지켜보는 것만으로 흐뭇해질 수 있었다. 그날 그들은 다른 아이들과 함께 공놀이를 하고 있었는데, 트럭과 경장갑차가 줄지어 그곳을 지나갔다. 알고 보니 그것은 북으로 올라가는 인민군의 차량들이었다. 부산 근처까지 진격해서 필사적으로 버티다가 미군에 쫓겨 할 수 없이 북으로 퇴각하는 것이라고 했다. 북한군의 총퇴각이었다. 몇 시간 뒤에는 한 무리의 군인들이 올라왔다. 군인들은 수십 명씩 떼를 지어 피난민을 스치고 지나갔다. 모두 지친 얼굴로 쉬지 않고 행군을 하고 있었다. 병사들의 상태는 말이 아니었다. 어떤 병사들은 민간인보다 사정이 더 나빠 보였다. 상당수가 부상을 입었고 네다섯 명 가운데 하나꼴로 무기를 갖추지도 않았다. 군인들은 잠시 멈춰 서서 피난민에게 먹을 것이 있으면 달라고 하며 모두에게 짐을 풀어보라고 했다. 그때 희성에겐 소고기 육포가 있었다. 그녀는 음식을 지키기 위해 길에서 몰래 빠져나와 축구경기에 합류했다. 육포가 담긴 봉지들은 기다란 천으로 그녀의 가슴에 단단히 묶여 있었다. (육포처럼 귀한 음식은 남들의 눈에 띄지 않게 꼭꼭 감추어두어야 했다. 그러다가 밤이 되면 온가족이 옹기종기 둘러앉아 맛있는 육포조각을 남몰래 씹어 먹곤 했다.) 육포 봉지를 희성의 가슴에 묶을 생각을 해낸 사람은 그녀의 어머니였다. 열네 살인 희성의 가슴은 벌써 봉긋하게 솟아 제법 처녀티가 났다. 어머니는 희성의 머리를 준처럼 짧게 자르고 매일 아침 두 딸의 얼굴을 진흙으로 문지르고 나서 사내아이들처럼 학생모를 씌웠다. 그렇게 하지 않으면 처녀티가 서서히 드러나기 시작하는 두 딸이 피난길에 위험에 처할 수 있었기 때문이다. 그들은 남과 북의 군인들이 피난민 속에 끼어 있는 아낙네들과 아가씨들을 어디론가 끌고 가는 장면을 여러 차례 목격했다. 끌려간 여자들 중에는 준처럼 나이가 어린 여자아이들도 있었다. 군인들은 행렬 속에서 어떤 아가씨를 발견하게 되면 다짜고짜 붙잡아 차에 태웠다. 운이 좋으면 그 아가씨는 나중에 군인들에게 목숨을 잃지 않고 그리 멀지 않은 곳에 버려져서 사람들에게 발견되든가 되돌아와 다시 피난길에 올랐다.

    군인 한 명이 성큼성큼 다가오자 준의 어머니는 자리에서 벌떡 일어나 보리와 쌀이 반반씩 들어 있는 작은 봉지 하나를 그에게 급히 내밀면서 다른 봉지가 하나 남아 있지만 그것으로 가족 전체가 먹어야 한다고 말했다. 군인은 군복에 찍혀 있는 막대기 숫자로 보건대 상병이었다. 그는 남아 있는 봉지 하나도 마저 내놓으라고 소리쳤다. 그러자 준의 어머니는 울먹이면서 나머지 봉지를 그에게 건넸다. 하지만 준은 자기 어머니가 조금 전에 그보다 훨씬 많은 양의 곡식을 팬티스타킹과 고무신 속에 감춰두었다는 것을 알았다. 어머니는 스타킹을 양쪽 발로 지그시 밟고 있었다. 군인이 빼앗은 곡식 봉지를 주머니에 쑤셔 넣고 다시 행군을 시작하려고 했을 때, 잡초가 우거진 밭에서 뛰놀다가 가만히 서 있는 아이들이 그의 눈에 들어왔다. 아이들 사이에는 축구공이 놓여 있었다.

"계속 뛰어놀아라."

군인이 아이들을 보고 말했다. 그의 얼굴은 며칠 동안 면도를 하지 않았는지 꾀죄죄했고 군복에는 진흙과 마른 피가 덕지덕지 묻어 있었다.

그래도 아이들이 아무도 움직이지 않자 그는 고함을 질렀다.

"공을 차고 놀란 말이야! 공을!"

아이 하나가 발로 공을 툭 건드리자 다른 아이가 재빨리 희성에게 공을 패스했다. 희성은 어색하게 공을 향해 발길질을 했다. 그때까지 그녀는 한 번도 축구를 해본 적이 없었다. 상병은 무어라고 중얼거리더니 소총을 다른 병사에게 넘기고 둑길 아래로 달려 내려갔다. 그는 아이들에게 다가가면서 학교에서 교육을 제대로 받지 못해 공을 차는 게 그 모양이라고 중얼거렸다. 잠시 뒤에 다른 군인 두 명이 동료를 뒤따라 둑길을 내려갔다. 상병은 축구공을 자기 쪽으로 차달라고 하면서 희성에게 명령하듯이 말했다.

"내가 어떻게 공을 차는지 잘 보란 말이야!"

희성은 여기저기 흩어져 있는 아이들 속으로 몸을 숨기려고 애썼지만 다른 아이들보다 나이도 많은 데다 키도 더 컸다. 상병은 축구공을 양쪽 발 사이에서 요리조리 돌리며 한동안 재주를 부리다가 발등을 이용해서 다른 병사에게 공을 찼다. 깔끔하게 공을 차는 모습을 보니 솜씨가 제법이었다. 공을 받은 병사는 곧바로 다른 병사에게 패스했다. 잠시 뒤에 공은 다시 상병에게로 돌아갔다. 그는 공을 받자마자 곧장 희성에게 패스했다. 공이 느닷없이 자기 쪽으로 굴러오자 희성은 당황한 나머지 허리를 굽혀 양손으로 공을 붙잡았다.

"지금 뭐하는 거야?"

상병이 화가 나서 소리쳤다.

"발로 공을 잡아서 다시 나한테 차란 말이야!"

희성은 우물쭈물하다가 명령에 따라 발로 공을 찼다. 하지만 막상 공이 굴러가자 군인은 자기 발을 비껴 지나가도록 내버려두었다. 그는 굳은 표정으로 희성에게로 걸어갔고 모두들 가만히 서 있었다. 준의 어머니는 다급한 마음에 군인을 소리쳐 불렀다. 그녀의 목소리는 간절하면서도 침착했고 이상하게 활기가 배어 있었다. 하지만 상병은 자기를 부르는 소리를 들은 체도 하지 않았다. 희성에게 다가갔을 때, 그는 희성이 쓰고 있는 모자를 벗겨내고 그녀의 짧은 머리를 한참 동안 살펴보았다. 그런 다음 한 손으로 희성의 멱살을 움켜쥐고 다른 손으로는 그녀의 가랑이 사이를 더듬었다. 희성은 군인을 떨쳐내려고 애쓰며 땅바닥에 풀썩 주저앉았다. 그러는 동안 준의 어머니는 애를 그냥 내버려두라고 소리치면서 군인에게 간청했다. 군인은 결국 희성을 놓아주었다. 한순간 그는 희성에게 손찌검을 하거나 발로 걷어찰 것처럼 보였지만 다시 둑길로 올라가려고 돌아섰다. 희성은 엉금엉금 기어서 그 자리를 벗어나려고 했다. 하지만 바로 그때, 다른 두 병사가 다가와 그녀를 일으켜 세우고는 사내아이치고는 너무 예쁘장하게 생겼다고 말했다. 상병은 이제 그만 행군을 계속하자고 동료 병사들에게 일렀지만 두 병사는 비록 거칠지는 않지만 가지 않고 계속 희성을 귀찮게 했다. 그들은 희성의 짧은 머리와 엉덩이를 쓰다듬다가 나중에는 가슴까지 더듬었다. 그중에서 주머니쥐처럼 미간이 아주 좁은 병사가 그녀의 가슴을 다시 더듬어보더니 셔츠를 벗으라고 명령했다. 희성이 말을 듣지 않자 병사는 그녀의 뺨을 한 대 갈기고 나서 우악스러운 손으로 거칠게 셔츠를 찢어버렸다. 가슴에 묶여 있는 천과 그 속의 봉긋한 가슴 굴곡이 드러났다. 더 이상 참지 못하고 준의 어머니가 비명을 지르며 달려가자 다른 병사가 어머니에게 주먹을 휘둘렀다. 어머니는 둔탁한 소리를 내며 땅바닥으로 쓰러져 정신을 잃었다. 주먹에 맞아 앞니 하나가 빠진 듯했고 입과 입술에서는 피가 줄줄 흘러내렸다. 준은 얼른 자기 어머니한테 달려가 소매로 피를 닦아주었다. 그녀로서는 달리 무슨 일을 해야 할지 알지 못했다. 희성이 울음을 터뜨리자 준과 동생들도 따라서 엉엉 울기 시작했다. 준은 두려웠다. 그녀의 가냘픈 어깨가 떨리고 있었다. 상병은 길에서 그 모습을 지켜보았다. 병사는 희성에게 두 팔을 들어보라고 말하고는 얼레에 감긴 실을 풀듯 가슴에 묶여 있던 천을 풀어냈다. 절반쯤 풀어냈을 때, 육포 봉지들이 드러나면서 땅바닥으로 떨어졌다.

"이것 좀 봐."

병사는 바닥에 떨어진 육포를 주워 들며 말했다. 그는 육포 봉지에 찍혀 있는 상표를 살펴보고 나서 물었다.

"이거 어디서 났지?"

희성은 아무 대답도 하지 않았다.

"너 뭐야? 양갈보야? 이건 미군 음식이잖아."

"아니, 그냥 우연히 찾아냈을 뿐이에요."

"이런 것을 받아내려고 양놈들한테 무슨 짓을 했지?"

"아무 짓도 안 했어요. 제발 믿어주세요. 정말이에요!"

"그 말을 믿으라고?"

"또 뭐가 있는지 보자고."

다른 병사가 말했다.

그것 말고는 아무것도 없었지만 군인은 무서운 표정을 지은 채 꼼꼼하게 희성의 몸을 수색했다. 그녀의 상체는 순식간에 벌거숭이가 되었다. 젖가슴이 우유처럼 창백했다. 희성은 부끄러워하며 어떻게든 몸을 가리려고 애썼지만 군인은 두 팔을 높이 쳐들고 있게 했다. 그녀가 할 수 있는 일이라고는 얼굴을 팔꿈치 안쪽에 파묻고 흐느끼는 것밖에 없었다.

"이제 보니 향기로운 과일이 있었군."

다른 군인이 말했다.

"이 애는 내 꺼야."

눈이 주머니쥐처럼 생긴 군인이 동료에게 말하고는 희성의 팔을 붙잡았다.

"할 수 없지. 자네가 먼저 가져!"

희성은 두 다리에 힘이 풀리면서 금방이라도 쓰러질 것 같았다. 군인들은 희성을 둑길로 끌고 올라간 다음 손을 흔들어 덮개가 달린 트럭을 멈춰 세웠다. 군인들은 급히 운전사와 어떤 합의를 했다. 잠시 뒤에 운전사가 트럭의 뒤칸을 손으로 가리켰다. 차량에는 극소수의 운 좋은 병사들이 타고 있었다. 하지만 그들이 희성을 뒤칸으로 끌어올리려고 했을 때 희성은 두 발로 땅을 파며 저항하기 시작했다. 군인은 안 되겠다고 생각했는지 희성을 번쩍 들어 자기 어깨에 둘러메고는 트럭의 뒤칸으로 데려갔다. 희성은 군인의 등을 주먹으로 연달아 치면서 허공에다 발길질을 해댔다. 다른 군인이 트럭 뒤칸으로 펄쩍 뛰어올랐다. 군인은 희성을 자기 동료에게 넘겨주고 나서 자기도 트럭에 올라탔다. 군인이 운전사를 향해 무어라고 소리를 쳤지만 트럭은 전혀 움직이지 않았다. 트럭이 한자리에서 어정거리는 동안 바퀴가 진흙 구덩이에 빠져 옴짝달싹 못하게 되었던 것이다. 운전사는 여러 번 시동을 걸어 구덩이에서 빠져나오려고 애썼다. 그러다가 어느 순간 시동이 제대로 걸렸다. 바로 그때였다. 준의 어머니가 미친 듯이 둑길을 기어 올라갔다. 간신히 제방을 기어오른 그녀는 트럭이 굴러가기 시작하자 뒷문을 붙잡고 늘어졌다. 그녀의 작은 몸이 트럭 꽁지에 대롱대롱 매달려 있었다.

"엄마! 엄마!"

트럭 안에서 희성의 비명 소리가 들려왔다.

"희성아!"

어머니는 딸의 목소리에 화답을 하듯 그렇게 울부짖었다.

준도 울부짖고 있었다. 그녀의 옆에 얼어붙은 듯이 서 있던 쌍둥이 동생들도 울음을 터뜨렸다. 준은 자기가 소름 끼치는 비명을 내지르고 있다는 것을 알아차리지 못했다. 그들의 울음소리는 산 채로 살가죽을 벗기고 있는 것처럼 날카로웠다.

하지만 그들의 울음소리를 압도하는 소리가 났다. 은백색의 제트기 두 대가 머리 위를 지나가면서 고막을 찢을 것 같은 굉음을 냈다. 전투기들은 땅이 흔들릴 정도로 낮게 떠서 분지를 순식간에 스치고 지나가다가 저 멀리서 다시 하늘 높이 치솟았다. 그러고 나서 곧바로 시야에서 완전히 사라지는가 싶더니 어느 순간 호를 그리며 되돌아왔다. 군인들과 피난민들은 혼비백산해서 순식간에 사방으로 흩어졌다. 사람들은 미친 듯이 들판을 달렸다. 트럭은 어느 정도 속력을 내어 달리다가 곧 멈추어 섰다. 준의 어머니가 트럭을 힘들게 기어오르는 동안 뒤칸에 올라탔던 군인 두 명과 다른 두어 명의 군인이 트럭에서 잽싸게 뛰어내렸다.

하지만 희성과 그녀의 어머니는 트럭에서 나오지 않았다. 그들은 서로를 부둥켜안고 입을 맞추면서 서로의 옷을 입혀주고 있었다. 그리고 결국, 둘은 엄청난 소리와 빛에 파묻히고 말았다.

준이 눈을 떴을 때, 트럭은 형체도 없이 사라졌다. 그전에 우레와 같은 폭발음이 있었다. 준과 쌍둥이 동생은 폭발의 힘으로 뒤로 벌렁 나자빠졌다. 귀에 가해진 엄청난 압박으로 준은 몇 분 동안 자기 숨소리도 들을 수 없었다. 제트기들은 딱 한 번 그렇게 로켓탄 몇 개를 쏘고 나서 저 멀리 사라졌다. 준은 본능적으로 동생들의 몸을 감쌌다. 준이 자리에서 일어나 뒤를 돌아보았을 때, 트럭이 있던 자리에는 불에 타고 있는 차대 반쪽밖에 남아 있지 않았다. 그녀는 동생들에게 그 자리에 꼼짝 말고 있으라고 하고는 그쪽으로 허겁지겁 달려갔다. 사방은 더할 수 없이 고요했다. 심장이 가슴을 뚫고 튀어나올 것 같았다.

트럭의 나머지 부분은 잘게 부서져 일부는 길 위에 흩어졌고 어떤 조각들은 길 양쪽으로 수십 미터나 날아갔다. 불이 붙은 부분은 길 한복판에 생긴 시커먼 구덩이의 가장자리에 놓여 있었다. 폭발이 일어나면서 깊이 2미터에 폭이 2미터나 되는 구덩이가 생겼다. 길에 남아 있는 것이라고는 그게 전부였다. 나중에 준은 어떤 군인이 하는 말을 듣게 되었다. 그 군인은 트럭에 상당량의 탄약이 실려 있었고 로켓탄 하나가 덮개를 씌운 탄약을 정통으로 맞혔다고 말했다. 준은 길 아래쪽의 논바다을 유심히 살폈다. 너덜너덜하게 찢긴 병사 두 명의 시신이 그녀의 눈이 들어왔다. 시신 가운데 하나는 주머니쥐처럼 미간이 좁은 병사였다. 커다랗고 들쭉날쭉한 쇳조각이 그의 목에 박혀 있었다. 그의 몸에서 흘러내린 피가 땅에 시커멓게 고였다. 다른 시신은 머리가 달아나고 없을 뿐 그 밖의 부위는 멀쩡해 보였다. 준은 가장 소름 끼치는 발견을 앞두고 있었다. 하지만 이리저리 돌아다니면서 사방을 아무리 둘러보아도 어머니나 언니의 흔적은 조금도 발견할 수 없었다. 하다못해 옷 쪼가리 하나, 머리카락 한 타래도 보이지 않았다. 두 사람은 마치 연처럼 하늘로 치솟아 준의 머리 위에서 남풍에 빠르게 흩어지고 있는 제트기의 비행운이 되어버린 것 같았다.

기차는 이제 한결같이 속도로 달렸다. 그것은 빠르게 달리는 말의 속도로 어두컴컴한 분지를 지나가는 중이었다. 기관차의 일정한 리듬과 동생들의 몸에서 전해지는 온기 때문에 준은 마침내 가수면 상태로 접어들었다. 아직 꿈을 꿀 수 없었기 때문에 그것은 제대로 된 수면이라고 할 수 없었다. 준은 이제 더 이상 제대로 된 꿈을 꿀 수 없었다. 어느 순간부터 그녀는 줄곧 동물적 경계심을 유지했다. 그녀는 칙칙한 회색 담요로 몸을 감싸고 있는 자신과 동생들을 보았다. 세 사람은 머리와 발을 담요 속으로 말아 넣고 있어서 어찌 보면 객차에 붙어 있는 거대한 거미나 나방의 알집처럼 보였다. 그렇게 그들은 기차에 착 달라붙어서 기차가 가는 곳이라면 어디든지 따라갈 수 있었다. 가족이라고 해봐야 이제 그들 삼남매뿐이었다. 준은 동생들과 함께 집을 떠나 얼마나 멀리 달려왔는지 셈해보았다. 잠에 빠져들기 직전에 그녀가 했던 한 가지 결심은 기차가 달리는 한 무슨 일이 있어도 기차에 붙어 있어야 한다는 것이었다. 기차가 어디까지 달리든 상관없었다. 기차와 함께 계속 달리는 동안은 적어도 동생들과 함께 있을 수 있었고 안전할 수 있었다. 난민 수용소라면 몰라도 기차 위에서는 음식을 얻을 가망이 거의 없었다. 객차 안에서 무언가를 훔치거나 구걸하는 일은 쉽지 않았다. 하물며 객차의 지붕에 올라가 있으니 그런 일은 거의 불가능했다. 하지만 그들은 길에서 온갖 험한 꼴을 당했다. 준은 그렇게 누에고치처럼 객차 지붕에 붙어 있을 수만 있다면 아무것도 먹지 않아도 좋다고 생각했다. 2~3일만 그렇게 있으면 부산에 도착할 수 있을 것이다. 준은 종착지에 도착할 때까지 줄곧 잠을 자게 만드는 약을 만들어 동생들에게 먹일 수 있다면 얼마나 좋을까, 하고 생각했다. 설사 그런 약을 잘못 복용하면 죽음에 이를 수 있다고 하더라도 동생들은 지독한 허기를 잠시나마 잊을 수 있을 것이다. 마을마다 약초를 공급하는 사람이 있었는데 그들은 죽어가는 사람이나 육체의 고통을 호소하는 사람이 원하기만 하면 아주 깊은 잠에 빠져들 수 있는 차를 만들어주었다.

지금 준에게 그런 차가 있다면 그녀는 그걸로 무엇을 할까? 그녀는 동생들이 차를 아무리 많이 마시더라도 두려워하지 않을 것이다. 어쩌면 그녀는 차의 맛을 달콤하고 먹기 좋게 만들기 위해 심지어 설탕이나 꿀까지 훔칠지도 모른다. 동생들에게 그런 신비한 차를 꿀꺽꿀꺽 마시게 하고 지금처럼 바닥에 나란히 눕힐 것이다. 동생들은 준이 마치 엄마라도 되는 것처럼 그녀의 배에 매달릴 것이다. 그러면 준은 동생들에게 머지않아 사촌들과 함께 즐기게 될 진수성찬에 관한 흥미진진한 이야기를 들려줄 것이다. 그녀는 동생들을 위해서라면 자기 목숨까지 기꺼이 내놓을 생각이었다. 하지만 언제부턴가 그런 굳건한 의지에도 불구하고 자기 때문에 오히려 동생들이 고통을 겪을 수도 있다는 사실을 깨닫기 시작했다. 사실 동생들은 심각한 상황에 놓여 있었다. 준과 마찬가지로 동생들은 광대뼈가 툭 불거져 나왔다. 배는 한눈에 봐도 비정상이다 싶을 정도로 불룩했다. 피부는 북처럼 팽팽하고 윤기가 났다. 언제부턴가 지영은 머리카락이 빠지기 시작했고 희수는 등에 발진이 돋았다. 발진은 등 전체로 번져나가면서 곪기 시작했다. 둘 다 기력이 없어 보였고 눈은 총기라고는 아예 찾아볼 수 없었다. 동생들은 시간이 지날수록 눈에 띄게 말수가 줄었다. 엄마와 희성 언니에 대해서도 더 이상 궁금해하지 않았다. 비행기의 공격을 받고 나서 동생들은 엄마와 희성 언니가 어디로 갔는지 끊임없이 물었는데 그때마다 준은 비행기가 덮치기 전에 트럭은 저 멀리 달아났다고 하면서 벌써 부산에 도착했거나 부산에 거의 도착했을 거라고 말해주었다. 하지만 지난 며칠 동안 어느 누구도 희성 언니나 어머니에 대해 언급하지 않았다. 궁핍하고 비참한 생활은 아이들의 몸과 정신을 맑게 만들었다. 어린애로서 흔히 가질 수 있는 희망, 소망, 그리고 믿음은 갈가리 찢겨지고 이제 그들은 명백하고 실제적이고 현실적인 것들만 생각하게 되었다.

하지만 준은 동생들이 이미 알고 있는 것이 진실이라고 터놓고 말할 수는 없었다. 그런 말을 하기를 주저하는 것은 동생들을 위해서가 아니라 그녀 자신을 위해서였다. 준은 잠에 빠져들어 전쟁이 터지기 전날 밤의 아이로 돌아갔다. 꿈속에서 그녀는 또래아이들보다 키가 크고 말씨가 부드러운 열한 살짜리 소녀였다. 자기보다 훨씬 나이가 어린 아이들과 어울려 노는 것을 좋아하는 그녀는 아직도 수줍음이 너무 많아 동네의 사내아이들을 똑바로 쳐다보지 못했다. 그녀는 아버지의 무릎에 앉아서 레코드에서 흘러나오는 음악을 흥얼거리며 따라하는 것을 좋아했는데, 그럴 때면 아버지는 옥수수 속대로 만든 파이프를 뻐끔뻐끔 빨아당기곤 했다. 향기로운 연기가 두 사람의 주변에 자욱하게 떠돌아다녔다.

그녀가 느낀 온기는 잠들어 있는 동생들의 몸에서 전해진 것이 아니라 부엌 아궁이에서 가장 가까운 온돌 바닥에서 전해져온 것이었다. 겨울이면 그녀는 종종 따스한 온돌 바닥에 배를 깔고 드러누워 책을 읽었다. 불을 너무 세게 때면 준은 뼛속까지 타들어가는 것 같아 책의 다음 장을 읽을 수 없었다. 꿈속에서 그녀는 어머니와 언니의 죽음을 실제로 목격하지 못했기 때문에 언젠가는 그들과 다시 만날 수 있을 거라고 믿었다. 그러고 보니 아버지의 죽음 역시 목격하지 못했기 때문에 어쩌면 다시 만날 수도 있을 것 같았다. 그리고 오빠는 모르긴 해도 공산주의자들과 함께 산을 넘고 넘어 북으로 가고 있을 공산이 컸다. 비록 적에게 포위가 되었거나 추격을 당하고 있어도 아직 살아 있을 것 같았다. 그녀는 늘 그런 공상에 사로잡혀 있었다. 비록 그 모든 것이 어느 한순간에 분노와 허탈감, 그리고 좌절감을 가져다줄 수 있는 아주 위험한 망상이나 착각이라고 할지라도 준은 그러한 공상 속으로 들어가 최대한 오랫동안 안주하고 싶었다.

팽팽한 담요를 오랫동안 덮어쓰고 있으려니 갑갑하기도 하고 숨이 막혔다. 그녀는 내키지 않았지만 동생들로부터 돌아앉아서 담요의 모서리를 들어올리고 목을 빼냈다. 바람이 그녀의 눈과 코를 매섭게 때렸다. 차가운 공기는 기관차의 석탄 태운 냄새 때문에 맑지 못했지만 그녀는 공기를 깊이 들이마셔서 폐로 내려 보냈다. 몸이 부들부들 떨렸다. 밤하늘은 색깔이 변하면서 빠르게 밝아오고 있었다. 준은 잠이 깨어 있었지만 아직은 눈을 뜨고 싶지 않았다. 조금 더 잠을 자두고 싶었다. 하지만 그 순간 기차가 갑자기 거칠게 멈춰 섰다. 그 바람에 준은 앞쪽으로 몸이 홱 쏠리면서 쇠막대기에 머리를 부딪쳤고 아주 잠깐 정신이 멍했다. 눈을 떴을 때, 준의 몸은 객차 지붕의 가장자리에서 밖으로 반쯤 나가 있었다. 기차는 다시금 덜컥거리며 앞으로 움직이다가 결국 멈춰 섰다. 누구한테 코를 한 대 얻어맞은 듯 얼얼했다. 준은 자기 몸에 피가 나는 곳이 있는지 살펴보다가 동생들의 모습이 보이지 않는다는 것을 뒤늦게 깨달았다. 아래쪽을 유심히 살펴보던 그녀는 객차의 연결 장치에 담요가 덮여 있는 것을 발견했다. 반들거리는 철로 옆에 그들의 가방이 열려 있고 몇 개 안 되는 소지품들이 땅바닥에 흩어져 있었다.

"지영아! 희수야!"

준은 힘껏 고함을 지르고 나서 급히 사다리를 내려가다가 땅바닥으로 뛰어내렸다. 하지만 객차의 이쪽과 저쪽에도 동생들의 모습은 보이지 않았다. 기차는 사방이 탁 트인 어슴푸레한 분지에 있었다. 주변에는 건물도 집도 심지어 도로조차 보이지 않았다.

"지영아! 어디 있어? 희수야! 대답 좀 해! 대답하란 말이야!"

준은 무릎을 꿇고 바퀴 아래를 살펴보았지만 거기에도 동생들은 없었다. 다른 사람들도 기어 내려와서 기차의 뒤쪽으로 달려가고 있었다. 조금 전에 기차는 짧은 거리를 굴러가다가 멈춰 섰는데 굴러간 거리는 아마도 객차 서너 칸 정도 될 것이다. 어떤 끔찍한 고함 소리가 들려왔다. 준은 그게 남자 어른의 목소리라는 것을 알았지만 개의치 않고 달려갔다. 어느 순간 신발이 벗겨지고 그녀는 맨발로 달리고 있었다. 고함을 지른 남자에게 다다랐을 때, 사내는 자신의 팔을 우스꽝스럽게 붙잡고 있었다. 그 사람도 기차가 덜컹거릴 때 땅으로 떨어져 팔이 부러진 것 같았다. 팔의 아랫부분은 괴상하게도 뒤쪽으로 굽어져 어떻게 보면 팔꿈치가 하나 더 있는 것처럼 보였다. 사내는 준에게 도와달라고 사정을 했지만 준은 대답을 할 수 없었다. 왜냐하면 그 순간 "누나, 누나" 하고 부르는 지영의 희미한 목소리를 들었기 때문이었다.

준은 목소리가 들려오는 곳으로 급히 달려갔다. 객차 두 개를 지나쳤을 때, 객차 바로 가까이에 쓰러져 있는 지영의 모습이 보였다. 어떤 여자가 지영의 앞에서 무릎을 꿇고 있었다. 희수의 모습은 보이지 않았다. 처음에는 그 여자가 지영에게 신발을 신기고 있는 것처럼 보였다. 그런데 좀 더 가까이 다가갔을 때, 준은 무슨 일이 벌어졌는지 알아차리고 더 이상 걸음을 뗄 수가 없었다.

"누나…."

지영이 다시 말했다.

"이 애가 동생이니?"

여자가 준에게 말했다. 준은 고개를 끄덕였다.

"그럼 이리 와서 거들어! 그렇게 있지 말고 얼른!"

준은 앞으로 주춤거리며 나아가 무릎을 꿇었다.

"내가 지시를 하거든 양손으로 동생의 다리를 꽉 움켜쥐어야 한다. 여기, 무릎 바로 아래쪽 말이야. 최대한 힘을 줘야 해."

준은 양손을 내밀며 준비를 갖췄다.

"지금이야!"

지영은 압박감을 느끼고 날카로운 신음을 내며 가엾게 울었다. 여자는 자기가 무엇을 해야 하는지 제대로 알고 있는 듯 보였다. 그녀는 지영에게 아래쪽을 보면 안 된다고 계속해서 말했다. 그러면서 아무것도 볼 게 없으니 눈을 꼭 감고 있으라고도 했다. 준은 나중에 그녀의 지시가 지극히 옳았다고 생각했다. 왜냐하면 지영의 한쪽 발이 달아났기 때문이다. 지영의 한쪽 발은 싹둑 잘려나가고 없었다. 발이 잘려나간 부위에서 발작적으로 피가 솟구쳤다. 여자가 허리띠로 지영의 가느다란 종아리를 묶으려고 애쓰는 동안 피는 멈추었다가 다시 솟구치기를 반복했다. 해가 떠오르면서 피는 본래의 색깔을 드러냈다. 하지만 그 밖의 모든 것, 즉 여자의 옷과 메마른 땅은 본래 색깔을 잃어버렸다. 바로 그때였다. 준은 철로에서 시선을 돌려 주변을 둘러보다가 잡초가 우거진 밭 근처에 엎어져 있는 어떤 사람의 형체를 보았다. 희수였다. 준은 더벅머리를 보고 그게 여동생이라는 걸 알 수 있었다. 잠깐 동안 준은 여동생이 무사하다고 확신했다. 왜냐하면 여동생의 얼굴이 자기를 향하고 있었고 두 눈은 뜨여 있었으며, 게다가 입은 다소 혼란스러워하는 것 같긴 했지만 희미하게 미소를 머금고 있었기 때문이다. 하지만 희수는 더 이상 이 세상 사람이 아니었다. 두 다리가 잘려나간 희수는 몸속의 모든 피를 흘리면서 엉금엉금 기어 그 자리까지 갔던 것이다.

기차 바퀴가 귀에 거슬리는 소리를 내면서 조금씩 앞으로 움직이기 시작했다. 기관차는 철로 위에 있는 모든 장애물을 한쪽으로 밀어내며 나아가고 있었다. 그러다가 기차는 잠시 멈추었고 곧 다시 움직였다. 객차 지붕에 앉아 있던 여자의 아이들이 자기 엄마한테 빨리 올라타라고 소리를 질렀다. 그렇지만 여자는 아직도 허리띠를 충분히 죄지 못하고 있었다. 지영의 몸에서 피가 한없이 흘러나왔다. 기차는 계속해서 움직였고 점점 속도가 빨라졌다. 여자의 아이들은 겁에 질려 자기 엄마를 향해 울부짖었다. 여자는 준의 눈을 바라보며 말했다.

"애야, 너도 다시 올라 타야지."

"저희 좀 도와주세요."

"미안하구나…. 미안해…."

그녀는 자리에서 일어나 약간 망설이더니 자기 아이들이 타고 있는 객차로 서둘러 가서 기차에 올라탔다.

지영은 이제 고통을 전혀 못 느끼는지 낮게 숨을 쉬며 조용해졌다. 준은 혁대를 동생의 다리에 두른 다음 매듭을 묶고 나서 한쪽 끝을 힘껏 끌어당겼다. 지영은 비명을 지르다가 잠시 정신을 잃었다. 그렇지만 출혈은 일단 멎었다. 준은 있는 힘을 다해 동생을 일으켜 세운 다음 두 팔로 안았다. 지영의 몸은 불쏘시개만큼이나 가벼웠다. 그녀는 동생을 안고 달리기 시작했다. 객차 하나의 문이 빠끔히 열려 있었다. 그녀는 힘껏 달려가서 객차를 가득 채운 사람들을 향해 동생의 몸을 치켜들었다. 몇몇 사람이 그녀에게 얼른 올라타라는 손짓을 했다. 기차가 속력을 내고 있었고 그녀는 점점 기차로부터 멀어져갔다. 그것은 이제 그들 남매에게 주어진 마지막 기회였다. 하지만 바로 그 순간, 지영의 다리에 묶여 있던 허리띠가 풀리면서 바닥으로 흘러내렸다. 그러자 마개가 벗겨진 것처럼 지영의 다리에서 핏물이 콸콸 뿜어져 나왔다. 준은 달리면서 절단된 다리 부위를 꽉 움켜쥐었지만 한 손으로는 제대로 힘을 쓸 수가 없었다. 거침없이 쏟아지는 피를 막기에는 역부족이었다. 준은 결국 멈추어 서서 동생을 땅바닥에 눕힌 다음 양손으로 절단 부위를 꽉 움켜쥐었다. 기차는 천천히 남매를 스치고 남쪽으로 굴러갔다. 이제 그들의 뒤로는 기차의 3분의 1만 남아 있었다.

"왜 멈췄어?"

지영이 우물거리며 말했다.

"더 이상 달릴 수가 없었어."

"아."

얼굴의 핏기가 빠져나가면서 지영은 의식을 잃어가고 있었다.

"날 찾으러 돌아올 거야?"

준은 고개를 끄덕였다.

"약속하는 거지?"

준은 다시 고개를 끄덕였다.

"괜찮아. 안 와도 돼."

준은 온기가 남아 있는 지영의 손을 내려놓고 역시 온기가 남아 있는 동생의 얼굴에 입을 맞췄다. 그러고 나서 동생의 곁을 가능한 한 오래 지켰다. 하지만 마지막 객차가 스치고 지나갈 때, 그녀는 자리에서 일어나 몸의 중심을 잡은 다음 오직 살아남기 위해 달리기 시작했다.

2
1986년, 뉴욕

 이곳은 그녀가 고독 속에서 살아온 도시였다. 고독은 첫 번째 가을빛으로 불타올랐다. 어떤 문명이 이처럼 비길 데 없이 선명하게 그려질 수 있을까? 북쪽과 서쪽으로 난 그녀의 아파트 창밖으로는 돌과 유리로 만든 미드타운의 탑들이 내다보였다. 이곳에서 수십 년을 살아왔지만 그녀는 그처럼 깊은 빛과 색채는 여태껏 한 번도 보지 못했다. 낮게 뜬 태양은 건물 구석구석을 반짝반짝 물들였고, 하늘 높이 떠다니는 리본에 불을 밝혀 하늘에 어떤 형체를 부여했다.
 준은 일을 거의 마무리 지었다. 시간은 쏜살같이 지나갔다. 아파트는 시장에 내놓은 그날 바로 팔렸다. 불과 6주 후, 그녀는 이곳에서 고무장갑을 벗어서 검정색 쓰레기봉투에 던져 넣었다. 골동품 가게의 물건들을 옮기려고 그녀가 주기적으로 고용했던 남자들은 아파트에서 마지막

의자와 램프들을 빼내 갔다. 지금쯤이면 그들은 순찰을 마쳤을 것이다. 부동산 중개업자의 도움을 받지 않고 준은 자신이 직접 일을 처리했다. 자신이 가지고 있는 모든 물건을 도시 전역에 흩어져 있는 판매상들에게 팔았다. 판매상들은 그녀가 평소에 알고 지내던 사람들이었다. 물건들은 그냥 줘버렸다고 해야 옳은 표현일 것이다. 아무튼 판매상들이 물건을 제대로 처리해줄 거라고 생각하자 이상하게도 기분이 유쾌했다. 그중에 한 사람은 준이 제시한 턱없이 낮은 금액을 지불하려고 하지 않고 도둑들 사이에도 어느 정도의 예의와 도리가 있는 거라고 주장했다. 준이 도리나 예의 따위는 필요 없다면서 자꾸 그런 얘기를 하면 물건 넘기는 일을 재고하겠다고 하자 그는 곧바로 꼬리를 내리면서 떠나기 전에 자신이 오래전부터 경탄해 마지않던 레이트 페더럴 책상에 대해 물었다. 그녀는 그 물건도 그에게 헐값에 넘겼다. 흔해빠진 책과 레코드, 부엌용품과 취사도구, 목욕수건과 침대시트는 한데 묶어서 바우어리 거리에 있는 고물상에게 공짜로 줘버렸다.

　그녀 자신을 위해서는 옷가지와 몇 가지 기초 화장품, 그리고 세면용품이 들어 있는 작은 가방 두 개만 준비해두었다. 준은 허영심이라고는 조금도 없었다. 천성이 그렇기도 했지만 그동안 외모에 신경을 쓸 필요가 없었던 것도 사실이다. 그녀는 외모를 가꾸지 않고 살아왔지만 이상할 정도로 젊어 보였고 활력이 넘쳤다. 달걀 모양의 불그스름한 얼굴은 잡티 하나 없이 맑고 깨끗했다. 피부는 살구의 표면처럼 부드러웠다. 그리고 숱이 많은 검은 머리카락에서는 윤기가 흘렀다. 단순한 시각으로 보면 준의 억센 모습이 땅딸막하게 보였을지도 모르지만 타고난 꼿꼿한 자세, 무용수처럼 양쪽 어깨를 곧게 편 모습 때문에 그녀는 실제보다 키가 더 커 보였다. 그리고 당장에라도 튀어오를 것 같은 운동선수처럼 보였다. 몇 달 전, 그러니까 준의 마흔일곱 번째 생일에 그녀가 즐겨 찾는 식당의 웨이터는 커다란 당근 케이크 한 조각을 가져다주었다. 물론 웨이터는 그녀의 나이를 대충 짐작하고 있었지만 케이크의 새하얀 당의에 여러 개의 양초를 꽂아 25라는 숫자를 새겼다. 그는 나이가 준보다 몇 살 적은 것 같았지만 항상 그녀를 '아가씨'라고 불렀다. 준의 가게에 들렀거나 지하철에서 옆자리에 앉은 사람들은 남녀노소를 불문하고 누구나 그녀의 신선함과 생기에 이끌렸다. 웨이터도 절대로 나이를 먹을 것 같지 않은 준에게 이끌렸다. 2년 전에 예기치 않게 숨을 거둔 준의 남편 데이비드는 그녀가 세월이 흘러도 늙지 않는 마력을 지니고 있기라도 한 것처럼 아내 덕분에 자기도 항상 젊음을 유지할 수 있을 거라는 농담을 종종 했다.

"이리 와서 내 위에 드러누워."

그는 그렇게 말하곤 했다.

"원하는 게 그뿐이에요?"

"응. 그렇게만 하면 돼."

"정말이죠?"

"음…."

만일 그녀에게 정말 그런 마력이 있었다면 사정은 얼마나 많이 달라졌을까.

준은 쓰레기봉투의 주둥이를 묶어서 문밖에 이미 내놓은 다른 두 봉투 옆으로 끌어내갔다. 짧은 복도의 건너편에는 다른 아파트가 하나 있었지만 준은 입주자들과 마주치면 형식적인 짧은 인사만 건넸을 뿐, 제대로 된 대화를 나누어본 적이 없었다. 그래서 이제 와서 번거롭게 작별 인사를 할 필요는 없을 것 같았다. 입주자들은 그녀가 그곳을 떠난다는 사실을 하비나 건물에 사는 다른 누군가로부터 듣게 될 것이다. 그게 아니면 새로운 주인이 이사 오면 그때서야 그녀가 그곳을 떠난 사실을 뒤늦게 깨달을 것이다. 입주자들은 주인이 바뀐 사실을 대수롭지 않게 생각할 것이다. 그렇다 하더라도 준으로서는 서운할 게 없었다. 아니, 오히려 그것은 준이 바라던 것인지도 모른다. 아파트는 데이비드의 소유였지만 그녀의 마음에도 딱 들었다. 아파트 건물은 메디슨 가의 아래쪽에 있었는데 갖가지 서비스가 없어서 불편했고 밤이면 거리가 한적했다. 그곳에는 거주하는 사람들이 별로 없었고 교통 소음이 심했지만 그런 것들에 전혀 개의치 않는 사람들에게는 오히려 매력적으로 보일 수 있었다. 입주자들은 떠들썩한 대도시의 한복판에 살고 있으면서도 작지만 사생활을 완벽하게 보호받을 수 있는 그런 공간에 만족했다.

승강기의 종이 울리고 나서 문이 스르르 열렸다. 승강기에서 내린 사람은 젊은 아파트 관리인 하비였다. 준은 그에게 올라와달라고 미리 부탁을 해두었다. 하비는 쓰레기봉투를 옮기는 일을 도와달라고 자기를 불렀을 거라고 미리 짐작하고서 쓰레기봉투 두 개의 주둥이를 움켜쥐었다. 하지만 준은 봉투를 내려놓으라는 뜻으로 손사래를 쳤다.

"하비, 안으로 좀 들어오실래요? 보여줄 게 있어요."

하비는 봉투를 내려놓고 그녀를 따라 아파트로 들어갔다. 아파트 내부는 완전히 텅 비어 있었고 깨끗하게 청소까지 되어 있었다. 하비는 그동안 그녀의 아파트에 대여섯 번 들어와 보았는데 들어올 때마다 마치 그곳에 처음 들어온 것처럼, 그리고 절대 들어오지 말아야 할 곳에 들어온 것처럼 어색하게 행동했다. 그는 준이 뒤쪽에 있는 방들 가운데 하나로 안내할 때까지 부엌 옆에서 어정거리고 있었다.

콩고 출신인 하비는 데이비드가 죽은 뒤로 준이 그 건물에서 가장 잘 알고 지낸 사람이었다. 그는 위층으로 식료품을 나르는 준을 항상 도와주곤 했다. 건물에는 문지기가 없었다. 준을 도와주고 나서는 금방 자리를 뜨지 않고 차를 마신 적도 몇 번 있었다. 무슨 이유 때문에 그랬는지 모르겠지만 두 사람은 대화를 별로 나누지 않았다. 그녀는 하비가 곁에 있는 것만으로 만족했다. 그의 존재는 열대지방의 바닷물처럼 일종의 완벽한 온도였다고나 해야 할까. 아무튼 하비가 곁에 있으면 대화를 많이 나누지 않아도 마음이 편했다. 그녀는 하비를 내심 존경하고 있었다. 하비는 생각보다 똑똑하고 말씨가 부드러웠으며 태도가 정중했다. 그는 천하고 감사받지 못하는 일을 하고 있으면서도 항상 자기 일에 정성을 다했다. 그리고 볼 때마다 항상 공손했다. 차분한 얼굴에는 항상 미소를 머금고 있어서 보기만 해도 기분이 좋았다. 한 가지 마음에 걸리는 게 있다면 한쪽 눈가에서 턱까지 길게 이어지는 흉터였다. 준은 언젠가 그의 왼쪽 손바닥에도 흉터가 있다는 사실을 알아차렸다. 그 흉터는 하비가 손을 치켜들 때마다 얼굴에 있는 흉터와 정확히 일직선을 이루었다. 언젠가 준은 흉터에 대해 그에게 물어본 적이 있었다. 그러자 하비는 직접적으로 대답하지 않고 어렸을 적에 고아가 되었다는 말만 했다.

"저한테는 아주 힘겨운 시절이었습니다."

그는 프랑스어의 강한 악센트로 말했다.

"종족 간의 충돌이 있었습니다."

하비는 낮에는 숨어 있다가 밤이 되면 이동을 하면서 혼자서 몇 주 동안이나 걸었다고 했다. 맨발로 수백 킬로미터를 걸은 것이다. 하비가 준에게 어쩌다가 손이 그 모양이 되었는지 물은 것은 바로 그때였다. 느닷없는 질문을 받고 준은 당황했다. 하지만 그녀는 자기도 모르게 손을 뒤집어 그에게 보여주면서 스스로도 놀랐다. 그녀의 손은 작고 섬세했으며 외관상 지극히 정상이었다. 그에게 손바닥을 보여주기 전까지는 그랬다. 그녀는 남들한테 자신의 손바닥을 보여주는 것을 무척 꺼렸다. 손바닥과 손가락의 살은 퍼티 가루처럼 부드럽고 희미하게 금이 가 있었는데 아직 완성되지 않은 것처럼 보였다. 어찌 보면 마네킹의 손 같았다. 한쪽 손이 다른 손보다 흉터가 더 심했다. 준은 사고가 나서 양손을 불에 뎄다고 말했다. 하비는 음울한 표정으로 고개만 끄덕였다. 다른 사람들이라면 짐짓 걱정을 해준답시고 정말 안됐다는 둥, 안타깝다는 둥 그녀가 이제 넌더리내는 말을 해주었을 테지만 그는 더 이상 아무 말도 하지 않았다. 그가 무슨 말을 했다면 준은 손의 감각을 거의 잃어버렸지만 그것들 때문에 불편을 느끼는 건 간혹이라고 말해주었을 것이다.

"보여주고 싶은 게 있어요."

준이 말했다. 그들은 뒤쪽에 있는 침실로 걸어갔다. 두 사람의 발소리가 텅 빈 아파트에 울려 퍼졌다. 잠깐 동안 준은 하비와 자신이 앞으로 함께 살아갈 집을 둘러보는 연인 같다는 생각을 했다.

"이 가구는 제가 한동안 쓰던 건데 하비 씨도 이제 결혼을 하셨으니 혹시 가지고 싶어 하실지도 모른다고 생각했어요."

그녀가 말한 가구는 어린이용의 딱딱한 호두나무 책상과 의자, 그리고 서랍이 달린 장롱 두 개와 가로대와 사다리가 붙어 있는 어린이용 2단 침대였다. 상태는 모두 양호해 보였다. 그것은 준이 가게에 있는 다른 물건들처럼 가구에 생긴 크고 작은 흠을 메우고 색칠을 한 다음 완전히 새것으로 보일 때까지 정성들여 윤을 냈기 때문이다. 그렇게 하는 데에 족히 두어 시간은 걸렸다.

"그렇지만 저희에게는 아직 자식이 없습니다."

하비가 말했다.

"언젠가는 가지실 거잖아요. 안 그래요? 가구는 고급이에요. 요즘에는 이런 어린이용 제품들을 만들지 않고 있어요."

준은 책상 서랍을 당겨서 열고는 이음매와 바닥을 보여주었다. 심지어 그녀는 사다리의 맨 아랫단에 올라서서 침대의 가로대를 잡아당겨 보였다.

"사실 다른 물건들과 함께 팔아버릴 생각이었어요. 그러다가 그게 얼마나 멍청한 생각인지 깨달았죠. 지난주에 보여드릴 생각이었는데 제가 너무 바빴어요."

"그렇지만 저는 값을 치를 만한 여유가 없습니다."

"값을 치르다니요? 그런 것은 바라지도 않아요. 그럼 내일 배달원들한테 얘기해서 댁으로 배달해드릴게요."

준은 하비의 집주소를 이미 알고 있었지만 주소를 적어달라고 했다.

"아니, 그러실 필요까지는 없습니다. 제가 직접 가져가죠."

"무슨 말씀이세요. 물건을 옮기는 게 그 사람들의 일인데요, 뭘. 그리고 차도 없으신 것 같던데."

"차는 있습니다. 하지만 소형이죠. 문이 두 개 달린."

"그럼 됐네요. 그렇지만 내일 가져가셔야 해요. 왜냐하면 내일이 마지막 날이라서. 부인은 댁에 계시겠죠?"

하비는 그렇다고 대답했다. 그의 아내는 세탁소에서 옷을 가져와 집에서 수선을 해주고 있었다. 준은 그녀에 대해 아는 게 별로 없었다. 세네갈 출신이라는 것, 하비가 지금 살고 있는 퀸스의 어떤 공원에서 두 사람이 만났다는 것만 알고 있었다. 준은 하비의 아내를 한 번도 만나보지 못한 사실이 못내 아쉬웠다. 만나서 얼굴이라도 보았더라면 장차 태어날 아이들이 어떤 모습일지 좀 더 쉽게 상상할 수 있었을 것이다. 지금으로서는 잠옷 차림의 빼빼 마른 아이 둘이 침대를 오르내리며 웃고 떠드는 모습을 머릿속에 그려볼 수밖에 없었다. 모르긴 해도 아이들은 하비처럼 크고 빈틈없이 경계하는 눈을 가지고 있을 것 같았다.

"아내가 고마움을 표시하지 못해 많이 아쉬워할 것 같습니다."

마치 자기 아내의 마음을 읽기라도 하듯 그가 말했다.

"그렇게까지 고마워할 필요는 없다고 전해주세요. 지나치게 부담 가지실 필요는 없다고요."

"그러죠."

하비는 튀어나온 서랍을 부드럽게 닫고 나서 말했다.

"저는 부인과 싱어 씨 사이에 자제분들이 있는 줄 몰랐습니다."

"아, 그… 그래요?"

그녀는 누가 가구를 사용했는지 하비가 궁금하게 생각할 거라고는 미처 예상하지 못했기 때문에 적잖이 당황하며 말했다. 하지만 하비에게 대답해주는 것은 전혀 부담스럽지 않았다.

"하지만 싱어의 아이가 아니랍니다. 제 아이죠. 아이는 하나뿐이에요. 사내아이요."

"그러시군요."

하비는 부드럽게 말했다. 그는 더 이상 물어보면 무례하다고 여겨질까 봐 주저하고 있었다. 분명했다.

"아이의 이름을 알고 싶어요?"

하비는 고개를 끄덕였다.

"니콜라스예요."

"니콜라스."

어조로 보건대 그는 신비하고 세련된 이름이라고 여기는 듯했다.

"좋은 이름이군요."

준은 아파트 문을 잠그고 나서 열쇠를 그에게 넘겨주었다. 하비는 이튿날 아침에 배달원들을 아파트로 들여보낼 것이고 새로운 주인이나 세입자가 도착하면 열쇠를 그들에게 넘길 것이다. 그녀는 처리를 부탁한 물건들과 관련해서 변호사가 하비에게 연락을 취하든 말든 더 이상 신경 쓰지 않기로 마음먹었다. 변호사는 조만간에 하비에게 연락할 것이다. 그녀의 재정 상태를 감안했을 때, 만 달러는 그리 대단한 선물은 아니었지만 그 정도의 액수라면 어떤 집을 계약할 수도 있고 하비의 아내가 운영할 만한 옷가게 정도는 충분히 열 수 있을 거라고 생각했다. 하비를 다시 만날 가능성은 희박했지만 과도한 액수를 주면 그는 평생 신세를 졌다고 생각할 것이다. 준은 그게 두려웠다. 그녀는 하비가 자신에게 감사한 마음을 갖는 걸 원치 않았다. 고마움이 원한으로 변하는 경우는 드물지 않다. 막상 그날이 닥치면 하비는 선물을 거부할지도 모른다. 준이 돈에 대해 별로 신경을 쓰지 않았듯이 하비도 돈 같은 것에 연연하지 않을 수도 있다. 그런 면에서 그녀는 자신과 하비가 비슷하다는 것을 알고 있었다. 그렇지만 그녀는 하비를 위해 무언가를 해주고 싶었다. 어떤 친절한 행동을 보여주고 싶었다고나 할까. 깊은 우정을 나눌 시간도 없었고 가구와 그것 말고는 그에게 줄 수 있는 게 없었다.

하비는 승강기에 쓰레기봉투를 싣고 나서 그녀와 함께 로비로 내려갔다. 그들이 건물 밖으로 나갔을 때 세입자 세 사람이 차를 기다리고 있었다. 하비를 보자마자 그들은 이런저런 요구 사항을 털어놓았다. 그들은 막힌 배수구는 언제 뚫어줄 것인지, 식기세척기는 언제 고쳐줄 것인지, 그리고 해충 구제업자는 언제 부를 것인지 그에게 물었다. 준은 질문을 퍼붓는 세입자들과 하비 사이에 갇혀 있었다. 하비가 인내심을 가지고 사람들의 요구에 일일이 대답해주는 동안 준은 얼른 그곳을 벗어나는 게 낫겠다고 생각하고 옆걸음질을 치며 그곳에서 빠져나왔다. 하비와는 작별 인사를 나누기조차 힘들었다. 그녀가 막 유리문을 빠져나오려고 했을 때 하비가 뒤에서 다소 날카로운 목소리로 불렀다.

"싱어 부인!"

그래서 준은 기다렸다. 세입자들이 대답에 만족하고 승강기 안으로 들어가자 그는 그녀를 향해 돌아서며 한 손을 내밀었다. 준은 그의 손을 잡고 두어 번 가볍게 흔들고는 놓아주었다.

"이제 두 번 다시 부인을 뵙지 못하는 건가요?"

"아쉽지만 그럴 것 같아요."

"어디로 가시는 거죠? 다른 도시로 갑니까?"

"예. 하지만 당분간 여행을 하려고요. 유럽으로. 이탈리아로요."

"저는 그 나라에 한 번도 못 가봤습니다. 사람들 얘기로는 무척 아름다운 곳이라더군요."

"저도 그렇게 믿고 있어요."

"처음 가시는 겁니까?"

"예. 아직 못 가봤어요."

"그곳에 오래 계실 겁니까?"

"아마 그럴 거예요. 모르죠. 아주 오래 있을지도 몰라요."

준이 미소를 지었기 때문에 하비는 어색한 미소를 지으며 고개를 끄덕였다. 그는 항상 맑은 눈으로 상대를 똑바로 쳐다보았지만 지금은 그러지 못했다. 그는 그녀의 시선을 피하면서 자기 허리에 붙어 있는 열쇠 꾸러미를 움켜쥐었다. 그 순간 문득 준은 자신의 계획에 그가 관심을 보이는 것은 극도의 실망감을 감추기 위한 노력이라는 느낌이 들었다.

"좀 더 도움을 드렸어야 하는데 그러지 못해서 죄송하고 많이 아쉽습니다."

그가 말했다.

"무슨 말씀을요. 항상 저를 많이 도와주셨잖아요."

"제 얘기는 이번에 어려움을 겪는 동안 말입니다."

"그렇게 생각지 마세요. 솔직히 말해서 어쩔 수 없었던 일이잖아요."

하비는 낮게 음, 소리를 내며 준의 말에 동의를 표했다. 그녀는 갑자기 가슴이 먹먹해진 채로 말을 이었다.

"오히려 제가 도움을 드릴 수 있었으면 좋겠네요. 보잘것없지만 제가 준비한 것을 받아주시면 정말 기쁠 거예요."

"고맙습니다, 부인. 저는 잘 해나가고 있고 괜찮습니다."

"그건 저도 알아요. 하지만 어느 누구한테도 해는 되지 않을 거예요. 특히 저한테는 말이에요. 그 점은 기억해주세요. 저는 필요한 것보다 더 많은 것을 가졌어요."

"고맙습니다. 싱어 부인."

"좋아요. 그럼 이만 가볼게요. 건강하시고 좋은 일만 있기를 빌게요."

"안녕히 가십시오."

두 사람은 다소 형식적으로 다시금 악수를 나누었다. 그러다가 준은 자기도 모르게 하비를 끌어당겨 가볍게 포옹해 스스로뿐만 아니라 상대도 깜짝 놀라게 만들었다. 하비는 순간적으로 몸이 뻣뻣하게 굳었지만 다음 순간 그녀의 몸을 가볍게 껴안았다. 그의 두 팔은 가늘었으나 힘이 있었다. 준의 몸에서는 기계유와 계피처럼 매운 냄새가 났다. 그녀는 숨을 깊이 들이마셨다. 마치 무거운 공기를 들이마신 것처럼 가슴이 갑자기 축 내려앉았다. 그녀는 울고 싶지 않았다. 그때 두꺼운 유리문을 누가 세게 두드리는 바람에 두 사람은 서로 떨어졌다. 어떤 사내가 양손에 하얀색 비닐봉투를 들고 문밖에 서 있었다. 사내는 봉투를 들어 보였다. 하비는 문을 열어주었다. 중국 음식의 달콤하고 진한 마늘 냄새와 함께 훈훈한 가을바람이 밀려들어 왔다. 사내가 '10-B, 10-B'라고 계속 외치고 있고 하비가 아파트를 분주히 돌아다니는 동안 준은 문을 빠져나와 길가에 멈춰선 택시를 타기 위해 최대한 빠르게 걸어갔다. 하비의 목소리가 그녀를 뒤따라왔다. 즐거운 여행이 되길 빈다는 그의 외침이 우울하고 부드러운 사이렌 소리처럼 들렸다.

즐거운 여행. 그 뒤로 며칠 동안 준은 그 말을 곱씹어보았다. 자기한테 정말 그런 여행이 가능할지 궁금했다. 그런 여행을 하지 못할 이유는 없었다. 이제 그녀를 둘러싼 문제들은 확실히 정리가 되어가고 있었다. 아파트도 무난하게 처분되었고 남아 있는 가구들은 여러 판매상과 하비에게 전달되었다. 5년 전에 갱신된 가게 임대차 계약은 이제 일주일만 있으면 만료가 된다. 타이밍은 기가 막히게 들어맞았다. 지난 한 달 동안 그녀는 여행을 하리라 굳게 마음먹고 의식적으로 에너지를 비축해두었다. 그랬기 때문에 즐거운 여행이 되지 말란 법이 없는 것이다. 그녀의 삶을 풍족하게 해줄 여행이 될 수도 있었다. 준이 현미차를 마시려고 전기주전자의 물을 막 따랐을 때, 가게의 유리문을 두드리는 소리가 들려왔다. 전면 유리창은 물론이고 유리문을 하얀색 고기 포장용지로 씌워두었기 때문에 그녀는 초저녁의 희미한 햇빛 속에서 어른거리는 어떤 커다란 그림자만 겨우 볼 수 있었다. 그림자의 주인공은 보나마나 고용한 조사관이었다. 그렇지 않고서는 가게 안에 누가 있다고 어느 누구도 짐작하지 못할 것이다. 그날 아침에 조사관은 가게로 전화를 걸어와 그녀의 아들에 관한 상세한 소식을 얻었다고 말했다. 그 얘기를 듣고 준은 한참 동안 참나무로 만든 낡아빠진 회전의자에 얼어붙은 듯이 앉아 있었다. 마치 의자의 삐걱거리는 소리 때문에 자신의 존재가 탄로날까 봐 두려워하는 사람처럼. 그것은 그녀에게 모든 것을 본래대로 되돌릴 수 있는 마지막 기회였다. 하지만 그때 조금 전보다 더 크게 유리문을 두드리는 소리가 들려왔다. 퍼덕거리는 것밖에 모르는 투명 날개를 몸에 달고 있는 것처럼 준은 자리에서 벌떡 일어섰다. 문을 열자 키가 크고 어깨가 떡 벌어진 남자가 서 있었다. 남자는 검정색 정장에 줄무늬 넥타이를 매고 회색 외투 차림이었다. 한 손에는 부피가 큰 가방이 들려 있었다. 지독하게 거친 두 뺨의 피부만 아니었다면 그는 뉴욕의 전형적인 사업가로 보였을 것이다. 어릴 적에 천연두에 걸려 얼굴이 그 모양이 된 것 같았다. 흉터는 심각했다. 그것 때문에 그는 어쩔 수 없이 표정이 딱딱했고 무언가에 몹시 시달리고 있는 사람처럼 보였다.
"싱어 부인이시죠? 저는 클라인스라고 합니다."

준은 그를 불빛이 흐릿한 가게 안으로 맞아들였다. 안으로 들어섰을 때 남자는 키가 더 커 보였다. 준은 그것도 의식하지 못하고 남자와 문 사이에 서 있었다. 길고 창백한 손과 긴 다리를 가진 그는 폭이 좁고 배처럼 생긴 검정색 신발을 신고 있었다. 그는 직사각형의 가게 안을 둘러보았다. 준은 사내가 자신의 서비스 비용을 가게 주인이 부담할 능력이 있는지 계산해보는 것은 아닌지 궁금했다. 지금까지 그녀는 의뢰비로 500달러짜리 수표만 그에게 보냈다. 가게에 얼마 남아 있지 않은 물건들의 가격을 모두 합쳐도 그만한 액수는 되지 못할 게 분명했다. 참나무로 만든 책상의자와 금이 간 유리가 얹혀 있는 소형 탁자가 있었는데 의자의 바퀴는 녹이 슬었고, 탁자 위에는 처방약이 놓여 있었다. 탁자는 근처 바닥에 놓여 있는 트윈 사이즈 매트리스와 박스스프링의 침대탁자 노릇을 했다. 침대의 저쪽 편에는 키가 큰 전기스탠드가 놓여 있고 그 옆에는 상판을 접을 수 있는 식탁이 있었다. 식탁에 놓여 있는 전기 철판 위의 주전자는 코일의 열이 점점 식어가면서 부드럽게 김을 내뿜었다. 그녀의 옷가지는 곱게 개어져 뚜껑이 열린 두 개의 가방 속에 차곡차곡 쌓여 있고 가방은 벽에 기대어져 있었다. 벽에는 몇 개의 그림걸이가 그대로 남아 있었고 예전 가게 주인이 뚫었을 못 구멍도 무수히 많았다. 남자에게는 그녀가 가게에 몰래 기어 들어와 구차한 생활을 해나가는 무단 거주자로 보일 수도 있었다.

준은 그에게 책상의자를 내밀고 나서 자신은 낮은 침대에 앉았다.
"클라인스 씨, 제가 여기에서 사는 이유를 알아주셨으면 좋겠어요. 지금 이 순간 이곳은 제게 더할 수 없이 편안한 느낌을 주거든요. 이곳은 저의 일터였죠."

"그런 건 걱정하지 않습니다."

가방을 내려놓으며 그가 말했다. 그는 가벼운 외투를 벗지 않았다.

"저는 부인이 지금 능력이 충분히 있다는 사실을 알고 있습니다. 부인이 그동안 재고품을 정리해오고 있었다는 것도 알고 있고요. 아파트도 파셨더군요. 저는 그런 것들을 살펴봐야 합니다."

"알겠어요."

그는 고개를 끄덕였다.

"이제 제가 이곳에 온 이유를 말씀드리죠."

"예."

"시작하기 전에 저는 부인이 이 사람을 찾고 싶어 하는지 여쭤봐야 합니다."

"제 아들이에요."

'이 사람'이라는 표현이 듣기에 거슬리는지 그녀가 말했다.

"어쨌든 좋습니다. 찾고 싶습니까?"

그가 다시 말했다.

"저는 여쭤봐야 합니다. 사람들은 자기들이 실제로 원하지 않는 것을 원하고 있다고 착각하는 경우가 간혹 있죠. 우리는 여기에서 멈출 수도 있습니다. 그러면 부인은 제게 몇 시간에 대한 사례비만 지불하시면 됩니다."

"알겠어요. 찾고 싶어요."

"정말이죠?"

"예."

하지만 준은 클라인스에게 처음 연락했을 때 자신이 정말 아들을 찾고 싶어하는지 확신하지 못했다. 그동안 너무나 오랜 시간이 흘렀다. 니콜라스를 마지막으로 보았을 때가 8년 전이다. 그날은 니콜라스가 고등학교를 졸업하던 날이었다. 니콜라스는 그날 밤 자칭 '대여행'을 떠났다. 준은 당연히 아들이 어디로 가든지 주기적으로 전화를 걸어올 거라고 생각했다. 그날 저녁에 니콜라스는 마지막 옷가지와 책을 배낭에 쑤셔 넣으면서 자기도 여정을 모르기 때문에 알려줄 수 없다고 말했다. 그는 야간 비행편이 가장 저렴하기 때문에 일단 그것을 타고 런던으로 날아갈 거라고 했다. 그다음에는 곧장 영국 해협을 건너가 유럽의 여기저기를 둘러보다가 이탈리아로 내려가서 돈이 모두 떨어질 때까지 그곳에 머물겠다고 했다. 그녀가 전혀 상상하지 못한 것은 아들의 여행이 끊임없이 지속될 거라는 사실이었다. 그는 여기에서 저기로, 저기에서 또 다른 곳으로 끊임없이 움직였을 뿐 집으로는 돌아오지 않았다. 첫해에는 달마다 우편엽서를 보내왔는데 왜 그랬는지 모르겠지만 받는 이의 주소가 아파트가 아닌 가게로 적혀 있었다. 휘갈겨 쓴 짧은 글에는 자기가 보았던 것, 자기가 얻은 일자리 등이 적혀 있었다. 그가 어디에 있는지는 소인을 보고 알 수 있었다. 그러고 보니 소인이 그의 위치를 알려주는 유일한 표시물일 때가 많았다. 그는 자기 엄마가 답장을 보낼까 봐 그랬는지 절대 주소를 남기지 않았다. 매달 날아오던 엽서도 시간이 지나자 두 달에 한 번씩 날아오더니 나중에는 계절마다 한 번씩 왔다. 급기야 일 년에 딱 두 번 엽서가 오게 되자 그녀는 아들의 소식이 자신의 마음에 가져다주는 혼란과 상처와 분노를 무덤덤하게 억누를 수 있게 되었다. 결국 그녀는 깨어 있는 시간에는 아들에 대한 생각을 거의 하지 않았고 꿈속에서만 우연히 아들을 만나게 되었다. 아들은 예전보다 수척하다 못해 피골이 상접한 모습으로 나타나곤 했다. 그는 여행을 떠날 때 입었던 색이 바랜 레드 제플린 콘서트 티셔츠와 청바지 차림에 등에 아무것도 지지 않은 채, 이름을 알 수 없는 기차역이나 공항의 회색 터미널을 걸어가고 있었다. 배가 고프다거나 외롭다거나 길을 잃은 것 같지는 않았다. 잠에서 깨어나기 직전의 짧고 고요한 순간에 준은 부족한 것 하나 없어 보이는 아들의 모습에 안심을 할 수 있었다. 그녀는 아들을 보고 비록 완전히 만족하지는 못했지만 아들 걱정에 그동안 노심초사했던 게 모두 부질없는 짓이었다는 걸 꿈속에서 깨달을 수 있었다.

"클라인스 씨, 가지고 있는 것을 보여주세요."

그는 가방을 열고 두꺼운 황색 파일을 꺼내서 준에게 건넸다. 그 안에는 윗부분에 공식 인장이 찍혀 있는 관료식 서류와 팩스, 그리고 손으로 쓰거나 타이프로 친 종이 몇 장이 들어 있었다. 준이 그것들을 훑어보는 동안 클라인스는 그것들이 무엇인지 설명해주었다. 서류들의 대부분은 지역 경찰을 위해 작성한 목록이었다. 각 페이지는 스페인어, 불어, 네덜란드어, 이탈리아어 등 제각기 다른 언어로 적혀 있었다. 영어로 되어 있는 유일한 페이지는 런던의 어느 유명한 골동품 판매상이 작성한 것이었다. 그의 가게는 뉴욕에 있는 동종 업계 사람들에게도 익히 알려져 있었다. 거기에는 도난 물품, 작은 유화 몇 점, 은 식기류, 동전, 보석, 잡다한 예술품의 목록이 적혀 있었다.

클라인스가 설명을 하는 동안 그녀는 아들의 이름이 혹시 거기에 적혀 있을까 싶어 서류를 유심히 살펴봤지만 니콜라스 한('한'은 그녀의 성이었다.)이라는 이름은 어디에도 보이지 않았다. 거기에 적혀 있는 이름들은 잘 알지는 못하지만 어디에선가 읽어본 적이 있거나 다른 사람들을 통해 들어본 적이 있는 것처럼 그녀에게 왠지 낯익었다. 이름들은 그녀만이 대조 확인하고 이해할 수 있는 주제에 따라 정리되어 있었다. 그중에서도 스테판 롬바르디아, 레오 스티븐스, 레오 더 니콜은 그녀가 언젠가 아들에게 말해준 물건들에서 따온 가명들이었다. 이름들의 유래를 알아보는 것은 가슴 아픈 작업이었다. 레오는 집으로 데려오고 나서 일주일 만에 죽어버린 아들의 애완용 기니피그였다. 스테판은 니콜라스가 어느 정도 나이가 들어 자기 아버지에 대해 물었을 때 그녀가 불쑥 내뱉은 이름이었다. 그날 아침 신문에서 그녀는 그런 이름을 우연히 보았다. 당연히 아들은 자기 아버지에 대해 이것저것 물었다. 아버지가 어디에서 태어났는지, 어떻게 생겼는지, 그리고 어떻게 죽었는지 물었다. 그런 질문들에 그녀는 다소 모호하게, 그렇지만 절반가량 사실대로 대답해주었다. 자신의 설명이 실제적 인물로 이어지는 단서가 되지 않도록 조심하면서.

"어째서 제 아들이 이런 짓을 했을 거라고 확신하는 거죠?"

거기에 적힌 모든 것이 부디 사실이 아니길 바라면서 준이 말했다. 마드리드에 있는 인터폴 사무국의 표지를 포함해서 팩스에는 어떠한 사진도 없었다. 클라인스는 마드리드의 수사관이 자료를 수집해서 상호 참조하는 작업을 불과 몇 주 전에 시작했다고 말했다. 클라인스가 유럽의 연락원을 통해 넘겨받은 게 바로 그 파일이었다.

"거기에 있는 페이지 가운데 하나는 부인이 로마에서 제게 주었던 상자 번호가 스테판 디니콜라가 빌린 것이라는 사실을 보여주고 있습니다."

"누구라고요?"

"스테판 디니콜라. 부인이 마지막으로 송금을 했던 사람입니다."

"아, 예."

그녀가 말했다.

"죄송해요. 아마 그게 맞을 거예요."

준은 최근에 있었던 일도 이제 점점 잊어먹고 있었다. 니콜라스의 편지를 받고 그녀가 돈을 송금한 건 사실이었다. 니콜라스는 편지에서 조만간에 집으로 돌아올 거라고 암시하면서 그동안 소식도 없이 지냈지만 어머니의 온정에 호소를 하고 있었다. 편지의 추신에서 그는 자기가 로마에 도착할 때까지 자기 친구 S. 디니콜라에게 1천 달러를 송금해줄 수 있느냐고 물었다. 그것은 니콜라스가 요구했던 것 가운데 가장 큰 액수였다. 그렇지만 그녀는 편지를 읽자마자 가장 가까운 거리에 있는 웨스턴 유니언 은행으로 달리다시피 가서는 1천 달러가 아니라 2천 달러를 송금했다. 돈을 보내고 나서 그녀는 아들로부터 재빠른 답장, 또는 심지어 전화를 받을 것으로 기대했지만 한 달이 다 되도록 어떠한 연락도 받지 못했다. 그것으로 끝이었다.

"당신은 알고 있는 사실을 관계 당국에 신고해야 할 의무가 있나요?"
"저는 지금 부인을 위해 일하고 있을 뿐입니다."
"그러다가 어느 날 저와의 거래 관계가 끝나면 어떻게 되는 거죠?"
"저는 항상 누군가를 위해 일합니다. 일이 끝나면 어떠한 기록도 보관하지 않습니다."

그녀는 고개를 끄덕였다.
"이제 제가 어떻게 하면 될까요?"
클라인스는 목청을 가다듬었다.
"가능한 한 빨리 아드님을 찾아야 합니다. 다른 누군가가 찾아내기 전에 말입니다. 다음 주에 로마로 갈 수 있도록 비행기 표를 사야겠습니다. 아드님은 지금까지 다방면의 물건에 연이어 손을 대긴 했지만 모두 좀도둑질이었습니다. 아직까지 대단한 물건을 훔치지는 않았습니다. 누군가에게 폭력을 행사하지도 않았고요. 앞으로 다른 일만 벌이지 않는다면 인터폴이나 다른 기관에서 아드님을 쫓는 일은 없을 겁니다."

"그럼 다음 주에 함께 떠나기로 하죠."

클라인스는 의자에서 불편한 듯 자세를 고쳐 앉았다. 그는 곰보투성이인 볼이 움푹 꺼지도록 입속의 공기를 빨아 당기면서 그녀를 심각하게 바라보았다.

"부인, 저는 일을 할 때 의뢰인과 함께 움직이지 않습니다. 일도 아직 끝나지 않았고요."

"그럼 상황이 달라지겠군요."

"아드님은 지금쯤 이탈리아를 떠났을지도 모릅니다. 어디로든 갈 수 있었을 겁니다. 동유럽으로도 갈 수 있고 아시아로 갈 수도 있고요. 아드님을 찾아내려면 저는 매우 빠르게 움직여야 할 겁니다."

"그렇게 하세요. 무슨 이유인지 모르겠지만 제가 따라갈 수 없다면 나중에 가보도록 하죠. 저는 한나절 이상 뒤처지고 싶지는 않아요. 다른 방법이 없어서 아쉽네요."

클라인스는 얼굴을 긁었다. 준은 가게에서 구매자나 위탁자가 그런 행동을 하는 것을 수도 없이 보았다. 사람들은 입을 굳게 다물고 곁눈질을 하다가 결국 그녀의 주장에 굴복하고 말았다. 그녀는 비록 엄청난 돈을 벌지는 못했지만 꾸준히 이익을 낼 수 있었다. 준의 타고난 재능과 자질은 곧 사람들의 인정을 받았다. 의지 또한 굳어 그녀와 오랫동안 알고 지낸 사람들과 클라인스처럼 낯선 사람들은 그녀를 땅속 깊이 박힌 바위처럼 절대 흔들리지 않을 사람으로 여겼다. 준은 바위 같았다. 데이비드는 땅속 깊이 박혀 있는 바위를 다른 곳으로 옮기려고 애쓰지 않고 차라리 바위를 비켜 지나가곤 했다. 예를 들면 데이비드는 준이 가게 문을 손수 닫는 것을 불안하게 생각했다. 겨울철에는 오후 5시쯤이면 벌써 날이 어두워졌다. 참다못한 그는 결국 사람을 고용해서 그녀가 가게 문을 닫을 때 강도라도 당하지 않는지 길 건너편에서 지켜보도록 했다. 니콜라스도 그런 식으로 행동했던가? 니콜라스의 경우에는 지나칠 정도로 그녀의 행동에 간섭하지 않았던 것 같다. 니콜라스는 그녀의 앞에서 기가 죽거나 당황하지 않았고 어떠한 경우에도 겁을 먹지 않았다. 그는 항상 행복해 보였다. 학업 성적은 제쳐두고 그의 선생님들은 항상 그녀에게 니콜라스가 학교에서 인기가 많은 아이라고 말했다. 하지만 완전히 깎아지른 벽 같은 그녀의 면전에서는 니콜라스도 아주 미세하지만 여느 아이들처럼 한 발 뒤로 물러설 수밖에 없었다. 그러다가 어느 날 니콜라스는 자신과 어머니 사이의 거리가 엄청나게 벌어진 것을 깨닫고 그 사실을 수긍할 수밖에 없었을 것이다.

"저희가 아드님을 따라잡게 되더라도 아드님이 부인을 만나고 싶어 할 거라고 함부로 기대해서는 안 됩니다."

클라인스가 한참 만에 말했다.

"그럴게요."

"아드님이 부인을 만나려고 하지 않을 수도 있습니다. 부인이 그곳으로 가게 되면 모든 일이 틀어질지도 모릅니다. 부인이 저 같은 제3자를 고용한 데에는 이유가 있습니다. 단순히 아드님을 찾아내려고 저를 고용하지는 않았을 겁니다. 누군가를 한곳에 정착하도록 만들기 위해 부인께 조정자가 필요할 수도 있죠. 그렇게 하지 않으면 아드님은 더 빨리 달아날지도 모릅니다."

"클라인스 씨, 제 아들은 제게서 달아나고 있는 게 아니에요."

클라인스는 진지하게 고개를 끄덕였다.

"우리가 무슨 일을 하는지 부인이 이해하고 있다면 그렇겠죠."

"저는 이해해요."

"좋습니다."

만족하지 못하고 있는 게 분명한데도 그는 그렇게 말했다.

"자, 이제 아드님에 대해 알려주시죠."

준은 클라인스가 요구했던 니콜라스의 사진과 우편엽서를 꺼냈다. 클라인스는 니콜라스의 필체를 확인하고 그것들을 지니고 있을 필요가 있었다. 사실 그녀는 아들의 사진이나 엽서를 많이 가지고 있지 않았다.

지난 몇 년 동안 그녀는 아들이 보낸 몇 안 되는 엽서를 간직해왔지만 아들의 그림과 스케치북, 그가 수행한 미술 프로젝트의 대부분을 포함해서 학창 시절의 자료들을 오래전에 모두 내다 버렸다. 지금은 자신이 했던 짓을 무척 후회하고 있었다. 하지만 충격적인 사실은 니콜라스의 사진들이 적어도 너무 적다는 것이었다. 대부분의 사진은 학교에서 해마다 찍는 얼굴 사진들이었다. 그 밖의 몇 안 되는 사진은 그녀가 여러 해에 걸쳐 찍었던 스냅사진들이었다. 준은 사진 찍는 것을 좋아하지 않았다. 집에는 싸구려 소형 카메라가 하나 있을 뿐이다. 클라인스가 빈약한 자료를 훑어보는 동안 그녀는 자신이 그동안 해온 것들을 그에게 설명해줘야 할 것 같은 마음이 들었지만 잠자코 있었다. 니콜라스의 사진을 많이 찍지 않은 것은 의식적인 선택도 아니었고 그렇다고 무의식적인 선택도 아니었다. 그것은 그 당시에 어머니로서 가장 기본적인 양육에만 신경을 썼고, 다른 무언가를 할 수 있는 시간적 여유가 없었다는 사실만 보여줄 뿐 다른 의미는 없었다. 뉴욕의 경제가 침체기에 있을 당시에 그녀는 번창하는 가게를 가지고 있는 젊은 미혼모였다. 그녀는 그야말로 눈코 뜰 새 없이 일했다. 그래서 요리를 하거나 아들의 숙제를 도와줄 힘도 마음도 없었다. 빨래나 아파트 청소를 할 시간적 여유조차 없었다. 니콜라스는 중학교에 들어가고 나서 엄마 대신 빨래나 청소를 도맡아서 했다. 그런 수고를 한 덕분에 그는 또래 아이들에 비해 엄청난 액수의 용돈을 받았다. 니콜라스는 큰돈을 받고 기뻐했지만 집에서 그런 기본적이고 자질구레한 일을 할 수 있는 사람은 자기밖에 없다는 것을 모자(母子) 모두 알고 있었다. 아들의 학교 공부에 대해서도 준은 한결같았다. 니콜라스가 장학금까지 받아가며 훌륭한 사립학교에 다니고 있었기 때문에 그녀는 선생님들이 그에게 충분한 도전과 주의를 줄 거라고 믿었다. 작은 가게를 유일한 생계 수단, 즉 생명줄로 가진 홀어머니로서 그녀는 선생님들의 판단과 선의를 신뢰해야 했다. 니콜라스는 선천적으로 총명했고 스스로 동기부여를 하는 아이라서 준은 아이가 교육의 방향을 스스로 잡아갈 수 있을 거라고 믿었다. 하지만 아이는 아주 조금씩 모든 일을 자기 방식대로 처리하기 시작했다. 자기가 입을 옷을 고르는 일이나 포장이 가능한 음식을 주문하는 일 같은, 아이가 굳이 책임지지 않아도 되는 일까지 자기 방식을 고집했다. 어느 주말이었다. 준이 필라델피아에서 열린 경매에 참가하느라 집을 떠나 있을 때 니콜라스는 자신의 침실을 페인트로 칠했다. 하지만 너무 짙은 자주색을 선택하는 바람에 작은 아파트에 있는 빛을 모두 삼켜버리고 다른 모든 물건을 흐릿하고 으스레한 공간 속에 파묻히게 만들고 말았다.

준은 자신이 아들의 권리를 박탈하고 있을지도 모른다는 걱정은 하지 않았다. 다른 모자들처럼 그들은 단둘이서 즐거운 시간을 많이 보냈다. 준은 니콜라스가 열한 살이었을 때 아이를 데리고 가구를 구입하러 여행을 떠났다가 콜로니얼 윌리엄스버그에서 멈췄다. 두 사람은 함께 크림을 휘저어 버터를 만들었고, 구식 베틀 위에 올라앉아서 무지개 줄무늬가 있는 기다란 옷감을 짜기도 했다. 클라인스의 손에 들려 있는 사진들 가운데 하나에서 모자는 재고품이 가득 쌓인 창고에 갇혀 있었다. 두 사람 모두 바보처럼 이를 드러내고 웃는 모습이었다. 그날 저녁 그녀는 집으로 돌아오지 않고 남은 돈으로 실내 수영장을 갖춘 근사한 모텔에서 묵기로 마음먹었다. 니콜라스는 포장해 온 햄버거와 감자튀김으로 저녁을 때우기 전에 수영을 즐겼다. 이듬해 봄에는 그의 학급이 수도 워싱턴으로 여행을 갔는데 니콜라스는 유명한 기념비나 건축물이 그려진 자기쟁반 일곱 개와 채소 샐러드를 담는 커다란 접시 하나를 가지고 집으로 돌아와 그녀의 눈물샘을 자극했다. 니콜라스는 자신을 위한 기념품이나 과자는 일절 사지 않고 자기 엄마한테서 그동안 받은 용돈으로 그것들을 사온 것이다.

"하지만 우리는 파티를 안 하잖니."

그 말을 하면서 준은 가슴이 찢어졌다.

"앞으로는 할 수 있어요!"

니콜라스가 말했다.

그녀는 큰 접시를 아들의 생일 파티 때마다 사용했다. 쟁반에는 딱딱한 사탕과 초콜릿, 그리고 풍선껌을 담았다. 휴일마다 그들의 부엌 식탁에서 그것을 볼 수 있었다. 그러다가 쟁반들은 하나씩 깨져버리고 결국에는 국회의사당과 워싱턴 기념탑이 그려진 쟁반만 온전하게 남았다. 니콜라스는 자기 엄마한테 쟁반이 대부분 사라진 마당이라 보기에도 우스우니 큰 접시를 내다버려도 자기는 전혀 개의치 않겠노라고 말했다.

지금은 기억이 잘 나지 않지만, 어느 순간 그녀는 아들의 말을 믿고 접시를 내다버렸다.

"아드님이 로마시대를 좋아한 것 같군요."

핼러윈 행사를 찍은 사진을 몇 장 훑어보고 나서 클라인스가 말했다.

"예. 그 애는 항상 그랬죠. 그렇지만 대체로 이탈리아에 매력을 느끼는 것 같았어요."

클라인스는 자신이 보고 있던 것을 그녀에게 보여주었다. 니콜라스의 사진 몇 장이었는데 2학년 때 찍은 사진 속에서 아이는 백부장의 복장을 하고 있었다. 아이는 로마시대의 백부장답게 플라스틱으로 만든 청동빛 가슴받이와 빗자루 모양의 장식이 달린 헬멧까지 완벽하게 갖추었다. 한 살 더 먹어서 찍은 다른 사진에서 아이는 검투사가 되어 있었다. 여기저기 찢어져 너덜너덜해진 셔츠를 입은 아이의 손에는 검이 들려 있었다. 거기에는 사진이 없었지만 준은 아들이 중학생 시절에 원로원 의원처럼 샌들을 신고 토가를 몸에 걸치고 머리에는 월계관까지 썼던 모습을 기억했다. 그러다가 어느 해에는 19세기 보헤미안처럼 베레모를 쓰고 헐렁하고 까무잡잡한 옷을 입기도 했다. 준은 아들에게 누구의 차림새를 했느냐고 물었다. 그러자 아들은 카미유 코로(1796~1875, 프랑스 사실주의 화가-옮긴이)라고 자랑스럽게 말했다. 그녀의 가게에는 오래된 미술 작품집들이 선반에 빼곡히 꽂혀 있었는데 그중 하나에는 카미유 코로의 이탈리아 풍경화들로 가득했다. 니콜라스는 학교에서 돌아오면 그 책을 자주 훑어보았다. 그는 도시와는 사뭇 다른 집들과 나무들의 부드러운 색채가 좋다고 말했지만 준은 이탈리아에서 그의 아버지와 잠시 살았다는 말을 해서 아들이 그러한 작품들에 특별히 애착을 갖는 것은 아닌지 의심했다. 아들이 닥치는 대로 이런저런 질문을 던지기에 그녀는 어리석게도 이탈리아에서 한때 살았다는 거짓 대답을 한 적이 있었다.

"이탈리아에서요? 정확히 어디에서요?"

니콜라스가 물었다. 그 무렵 그는 열 살쯤 되었을 것이다.

"북부였지."

"어디인지 정확히 가르쳐주세요."

니콜라스는 선반에 얹힌 커다란 지구본을 급히 가져오면서 말했다. 그는 시도 때도 없이 지구본을 들여다보는 버릇이 있었다. 그 덕분에 세계 각국의 수도와 대부분의 주요 도시를 확실히 알고 있었다.

"여기야."

그녀는 지구본 위의 한 지점을 손가락으로 짚으며 확신에 차서 말했다.

"여기, 만토바(이탈리아 북서부 롬바르디아 자치주에 있는 도시-옮긴이) 근처지."

그런 어설프고 즉흥적인 대꾸가 결국에는 문제만 일으킬 수 있다는 것을 알고 있었지만 구체적인 사실을 제시하면 잠시나마 아들의 질문

공세에서 벗어날 수 있다고 생각했다. 그래서 자신의 주장을 고집할 필요가 없었다. 그녀는 자신들의 세상을 최대한 작게 유지하고 싶었다. 어머니와 아들 단둘이서 만드는 세상에서 시간도 과거나 미래가 아닌 현재로 국한하고 싶었다. 하지만 상상력이 풍부하고 예술적인 감각이 있는 소년 니콜라스는 그녀가 들려준 말들을 자기 나름대로 종합하고 재구성하기 시작해서 자기 나름의 신화를 만들어냈다. 그러다가 결국 몹시 매력적인 미스터리가 자연스럽게 그 모습을 드러낸 것이다.

    졸업반이었을 때, 니콜라스는 대학 입학을 미루고 여행을 하고 싶다고 그녀에게 말했다. 그때만 해도 준은 아들이 간절히 원하는 것이라 굳이 반대하지 않았다. 니콜라스는 여름에 아르바이트를 한다든가 집안일을 해서 조금씩 돈을 모았다. 여행을 떠날 때가 되자 준은 아들이 좀 더 길게 여행을 할 수 있도록 1천 달러를 성큼 내놓았다. 니콜라스는 자기가 어디로 가든지 여러 가지 잡일을 해서 돈을 벌면 된다며 한사코 돈을 받지 않으려고 했지만, 그녀는 현금이 들어 있는 봉투를 그의 손에 기어코 쥐어 주었다. 그는 고맙다고 하면서 어머니에게 키스했다. 니콜라스는 자기 친구들 앞에서도 스스럼없이 어머니에게 키스를 했었다. 그리고 그는 택시에 황급히 올라탔다. 택시가 부르릉 소리를 내며 달리기 시작했을 때, 창문을 내려 마지막 인사도 건네지 않고 훌쩍 떠나버려 자기 어머니를 실망시켰다.

    준은 자식을 가진 어머니라면 누구나 그랬겠지만 아들의 건강과 안전이 항상 염려되었다. 그것은 그런 여행에 항상 뒤따르게 마련인 일반적인 위험에 대한 걱정이 아니라 아들에 대한 걱정이었다. 아들의 독립적인 태도를 보고 어머니로서 안심하는 게 정상이었지만 그녀는 그렇지 못했다. 그녀는 아들이 아직 어리다면 어리다고 볼 수 있는 나이에 지나치게 독립적인 생활을 하는 건 아닌지 의심하지 않을 수 없었다. 어쩌면 아들은 혼자서 모든 일을 처리하고 행동할 필요가 없었는지도 모른다. 학교 선생님들과 다른 사람들은 니콜라스가 친구도 많고 주변 사람의 사랑을 많이 받고 있다고 말했지만 그녀가 보기에 니콜라스는 한 명의 절친한 친구도 없었고 주기적으로 어울리는 두세 명의 친구도 없는 것 같았다. 니콜라스는 그런 친구들을 사귈 필요성을 전혀 못 느끼는 듯했다. 2학년 때도 그랬지만 3학년 때에도 그는 여러 명의 여자아이들과 데이트를 했다. 하지만 준이 보기에는 그런 여자아이들과 사랑에 빠지기는커녕 그들에게서 아무런 매력을 못 느끼는 것 같았다. 그는 그 여자아이들에게 정성을 다했다. 그래서 여자아이들은 그에게 전화를 걸어 파티에 초대를 하곤 했다. 그러나 준에게는 니콜라스가 친구를 너무 쉽게 바꾸는 것처럼 보였다. 어떤 친구나 한 무리의 친구를 사귀고 있다가 금세 싫증을 느끼고 다른 친구를 찾아 떠나곤 했는데, 그것은 니콜라스가 일요일 오전에 즐겨 시청했던 그의 영웅 타잔처럼 이 덩굴나무에서 저 덩굴나무로 연거푸 갈아타는 것과 비슷했다. 그는 친구들이라는 숲 속을 타잔처럼 헤집고 다녔다.

그가 몇 년에 걸쳐 여행을 하면서 가게로 보낸 우편엽서들은 그 내용이 갈수록 더 짧아졌다. 펜으로 적은 엽서들은 왜 그런지 몰라도 타자기로 친 것 같은 느낌을 주었다. 그리고 특히 다음과 같은 맺음말은 더욱 비인간적인 느낌을 주었다.

잘 지내고 있음. N.

이곳에서 무사함. N.

여전히 이동 중. N.

나중에 그는 아무 내용도 적지 않고 간단히 자기 이름만 보내곤 했다. 그렇게 성의 없는 엽서를 받으면 그녀는 형사와 같은 집중력을 가지고 자신의 이름과 가게의 주소를 유심히 살펴볼 수밖에 없었다. 그녀는 불과 얼마 전에 적었을 글자 하나하나에서 무언가 의미를 발견해내려고 애썼다. 소인에 찍혀 있는 도시나 국가는 엽서에 박혀 있는 사진과 그 장소가 일치하지 않을 때가 많았다. 준은 니콜라스가 공항의 매점 같은 곳에서 한꺼번에 여러 장의 그림엽서를 구입해두었다가 자기가 이 세상에 없을 수도 있다고 어머니가 의심할 거라는 생각이 들 때마다 한 장씩 부쳤을지도 모르겠다는 생각이 들었다.

 사실 그녀는 데이비드와 함께 살기 전부터, 그리고 그와 함께 사는 동안 니콜라스가 심각한 부상을 입었거나 병에 걸렸거나 심지어 죽었을지도 모른다는 생각으로 겁에 질려 잠을 깬 경우가 몇 번 있었다. 그럴 때마다 데이비드는 그녀를 포근히 감싸주며 마음을 가라앉혀주곤 했다. 처음에는 데이비드가 왜 그러느냐고 물었지만 그녀는 절대 얘기하지 않았다. 데이비드는 준에게 장성한 아들이 있다는 것을 알고 있었다. 무척 행복했지만 너무나 짧았던 두 사람의 동거 생활에서 그는 준을 항상 염려하면서 온갖 배려를 아끼지 않았다. 그는 그녀가 고통스러워하는 원인을 캐내려고 다그치는 일이 한 번도 없었다. 그렇지만 그녀가 왜 그렇게 걱정을 하고 고민을 하는지 아마 짐작은 했을 것이다. 데이비드는 미드타운에 있는 유명한 법률사무소에서 소송 전문 변호사로 일하고 있었고 어느 누구보다도 일처리가 꼼꼼했다. 그런 사람이 그 정도 짐작을 못 했을 리가 없다. 어쩌면 예전에 심장마비를 일으킨 경험이 있기 때문에 자신의 심장이 얼마나 약한지 깨닫고 그녀에게 일부러 캐묻지 않았는지도 모른다. 저녁에 퇴근을 하면 그는 아내와 단둘이서 오붓한 시간을 보내며 하루의 피로와 긴장을 풀었다. 집으로 돌아와서 그가 제일 먼저 하는 일은 저녁 준비를 하는 아내를 자리에 앉히고 훌륭한 가장이 흔히 그러듯 그날 무슨 일을 하며 소소한 즐거움을 맛보았는지 묻는 것이었다.

이상하게도 데이비드가 죽고 나서 겁에 질려 밤잠을 설치는 일이 오히려 줄어들었다. 의지할 사람을 잃고 다시 혼자만의 생활을 하게 되면서 그녀 자신도 모르게 정신력이 강해졌던 것일까. 하지만 작년에 전화 한 통을 받고 나서 다시 공포가 시작되었다. 전화가 울리는 소리를 듣고 그녀는 잠에서 깨어났다. 새벽이 밝아오려면 아직 멀었다는 것을 깨어난 후에야 알았다. 수화기 저쪽에서 어떤 영국 여자의 목소리가 들려왔다. 그녀는 준에게 아드님이 심하게 다쳤다고 말했다. 그때 준은 잠에서 아직 덜 깨어난 상태였고 몸이 너무 아파서 거의 제정신이 아니었다. 그래서 그랬는지 모르겠지만 준은 자기한테는 아들이 없다고 한마디 툭 내뱉고는 전화를 끊어버렸다. 생각해보면 그것은 너무나 끔찍한 행동이었다. 니콜라스는 1년이 넘도록 자기 엄마한테 편지 한 통 보내지 않았다. 게다가 그녀는 심신이 지칠 대로 지쳐 있었기 때문에 영국 여자의 말을 듣는 순간, 자기도 모르게 가장 날카롭고 잔인한 충동에 자신을 내맡길 수밖에 없었다. 전화를 끊은 후 준은 금방 비참한 생각이 들었다. 그래서 당장 교환원에게 전화를 걸어 방금 전화를 건 사람과 통화를 할 수 있는지 물었지만 아무 소용도 없었다. 그녀는 할 수 없이 다시 전화기가 울리기를 기다렸지만 더 이상 전화는 오지 않았다. 그녀는 결국 잠에 곯아떨어졌다. 아침에 잠을 깼을 때는 그 모든 것이 간밤의 사악하고 끔찍한 악몽처럼 생각되었다.

이삼 주 뒤에 그녀는 아들이 보낸 우편엽서를 받았다. 거기에는 친구의 시골 농장에서 말을 타다가 다리가 부러졌기 때문에 지금 시골 병원에서 엽서를 쓰는 거라고 적혀 있었다. 그는 '조금 있으면 괜찮아질 거예요. 다리가 약간 뒤틀렸을 뿐이에요.'라고 적었고 돈이나 그 밖의 것은 요구하지 않았다. 그녀는 어떤 영국 여자가 전화로 알려준 내용이 엽서에 조금도 적혀 있지 않아 마음이 놓였다. 그다음에 보내온 엽서에서는 낙마 사고나 부러진 다리에 대해서 언급하지 않고 앞으로 어떻게 여행을 계속할 것인지에 대해 얘기하면서 상당한 돈이 들어가는 일을 꿈꾸고 있음을 암시했다. 사실 엽서의 내용을 놓고 보자면 그것은 니콜라스가 써 보낸 것 같지 않았다. 하지만 그녀에게는 그것이 이제 어려운 고비를 넘기고 무언가 새로운 단계로 진입하고 있다는 신호로 받아들여졌다.

니콜라스는 최근까지 돈을 요구하지 않았다. 그러다가 갑자기 암스테르담, 프랑크푸르트, 그리고 니스의 우체국으로 적은 금액을 송금해달라는 엽서를 보내오기 시작했다. 요구하는 금액은 200달러나 300달러로 소액이었다. 하지만 마지막 엽서에서는 1천 달러를 보내달라고 부탁하면서 머지않아 다시 만날 수 있을 거라고 말했다. 그녀는 2천 달러를 보내고 나서 다가오는 그의 생일을 미리 축하하는 우편을 보냈다. 준은 하루빨리 아들을 만나고 싶었다. 하지만 아들한테서 아무런 연락이나 답장도 받지 못했다. 그녀는 날마다 우편배달부가 오기만을 기다렸다. 우편배달부도 준이 자기를 기다리고 있다는 것을 곧장 알아차리고 날마다 눈을 내리깐 채 슬픈 표정을 지으며 전해줄 우편이 없다고 말하곤 했다. 사실 그녀가 클라인스를 고용할 생각을 하게 된 것은 우편배달부를 통해서였다. 우편배달부는 이상할 정도로 목소리가 높고 수다스러운 친구였다. 비록 정상인과 다름없이 생활하고 있지만 약간의 정신지체가 있는 장애인처럼 보였다. 그는 자기 아내가 바람을 피우는 것 같아 사립탐정을 고용해서 그녀의 뒤를 몰래 밟도록 한 적이 있다고 조금도 주저하지 않고 말했다. 그때 그가 고용한 사람이 바로 클라인스였다. 클라인스는 결국 우편배달부의 아내가 바람을 피우고 있다는 사실을 밝혀냈다. 불륜의 당사자는 바로 우편배달부의 친동생이었다. 클라인스가 준에게 정말 니콜라스를 찾고 싶은지 재차 물어본 것은 이처럼 뜻하지 않은 결과를 얻을 수도 있었기 때문이다. 의뢰인들이 믿고 싶지 않은 진실을 얻고서 그것을 받아들이지 못해 고통스러워하는 경우가 종종 있었다.

하지만 준은 자기 인생에서 주저하는 경우가 거의 없었고 앞으로도 그렇게 살아갈 자세가 되어 있었다.

"지난주에 헥터 브레넌을 찾아낸 건 잘하셨어요."

그녀가 클라인스에게 말했다. 클라인스는 고개를 끄덕이고 헛기침을 했다. 그는 그녀의 말에 동의하지 않을 수 없다는 듯이 언짢은 표정을 짓고 있었다.

"정확히 어디에서 살고 있던가요?"

"뉴저지 주의 포트 리에 살고 있었습니다."

갑자기 준의 맥박이 빠르게 뛰기 시작했다. 지난 몇 해 동안 그녀는 이렇다 할 까닭도 없이 헥터가 아직도 미국 북서부나 캐나다, 또는 멕시코 어딘가에 살고 있거나 그게 아니면 뉴욕 주 북부에 있는 자신의 고향으로 돌아갔을 거라고 추측하고 있었다. 그가 아주 가까운 곳, 그러니까 조지워싱턴 다리 바로 건너편의 수많은 한국인 이민자들이 정착해서 살아가는 곳에 있을 거라는 생각만으로도 그녀는 희망이 샘솟고 낙관적인 태도를 가질 수 있었다.

"그곳에는 얼마나 오래 살았죠?"

"적어도 10년은 될 겁니다. 확실합니다."

클라인스는 그렇게 말하고 나서 가방에서 다른 서류철을 꺼내어 그녀에게 건넸다. 그것은 그가 헥터에 대해 수집할 수 있었던 자료의 전부였다. 자료의 상세한 내용은 이미 전화로 그녀에게 알려주었다. 자료는 팩스로 받은 체포 서류 두어 장과 유죄판결 목록이었다. 목록에는 헥터가 준을 떠난 뒤 워싱턴, 텍사스, 펜실베이니아, 그리고 마지막 10년가량은 뉴저지에 살면서 저지른 온갖 범법행위가 적혀 있었다. 범법행위라고는 하나 도난물품 소지, 폭행, 체포 저항 등의 경범죄들이었다. 떠돌이 생활을 하는 사람이 흔히 저지르는 범죄들이라고 클라인스는 말했다. 헥터는 분명히 전화, 신용카드, 운전면허증, 차량등록증, 은행계좌나 융자기록 가운데 어느 하나도 가지고 있지 않았다. 그런 헥터의 주소를 클라인스가 찾아낸 것은 순전히 우연이었다. 뉴저지 주 베르겐 카운티의 소액 재판소에서 최근에 어떤 판결이 있었는데 헥터가 재물손괴와 집세 연체로 집주인에게 고소를 당한 사건이었다. 클라인스는 그 주소를 보고 찾아갔다. 물론 헥터는 더 이상 그곳에 살고 있지 않았다. 이웃 사람은 헥터가 강가에 있는 술집에 자주 드나들었다고 알려주었다.

"그 사람은 뭐라고 하던가요?"

"별다른 말은 없었습니다. 얘기를 하기 싫어하더군요."

"그렇지만 그 사람을 설득하려고 애쓰셨죠?"

클라인스는 고개를 끄덕였다.

"결과는요?"

"그다지 관심을 보이지 않더군요, 부인."

"무슨 뜻이죠?"

준은 타협이라고는 모르는 골동품 판매상이나 부도수표를 지니고 있는 손님들을 대할 때나 써먹는 날카로운 목소리로 말했다.

"저는 클라인스 씨를 도무지 이해 못하겠어요. 그 사람한테 돈을 제시했나요?"

"예, 그랬습니다."

"그래도 동의를 하지 않던가요?"

"아직 그 정도까지는 얘기하지 않았습니다. 솔직히 말씀드리자면 부인의 이름을 듣고서 헥터는 아무 말도 안 하더군요. 저한테 아무 얘기도 안 하려고 했습니다. 그 사람의 친구들이 저한테 그러더군요. 그냥 가라고요."

준은 분노로 앞이 제대로 보이지 않았다. 그녀는 헥터에게 온갖 욕설을 퍼부으려고 했지만 다음 순간 엄청난 공포가 엄습하면서 가슴이 서늘해졌다. 물론 그녀는 헥터 브레넌이 도움은 고사하고 이 세상에서 가장 만나기 싫어하는 사람이 자기라는 것을 잘 알고 있었다.

하지만 그녀는 다시 말했다.

"또 한 번 그 사람을 설득해봐야 할 것 같아요."

"부인이 원하시면 그렇게 하죠."

클라인스는 하늘에서 굵은 빗방울이 사정없이 떨어지기라도 하는 것처럼 얼굴을 찌푸리며 말했다.

"이탈리아에서 돌아오는 대로 자리를 마련해보겠습니다. 이탈리아에 예상보다 오래 머물게 될 경우에는 이곳에 있는 누군가를 시켜서 헥터를 추적하도록 하겠습니다."

"제 말을 오해하셨나 본데요. 저를 그 사람에게 데려다주세요. 그 사람을 데려와야 해요."

준이 말했다.

클라인스는 놀랐는지 눈살을 찌푸렸다.

"부인을 그곳으로 모시긴 어렵습니다. 그 사람을 이곳에 데려올 수도 없고요. 더군다나 그 사람이 우리의 일에 관심을 보이지 않는 상황이니까요. 이런 식으로 일을 처리해선 안 됩니다."

"죄송해요. 그럼 자리를 마련해보도록 하세요."

"어떤 상황은 다루기가 쉽지 않습니다. 이것은 안내인이 딸린 여행이 아닙니다."

그는 심각한 표정으로 준을 바라보았다.

"싱어 부인, 솔직히 말씀드려서 부인은 너무 편찮으셔서 이런 일을 해내실 수 없습니다."

준은 클라인스가 눈치채지 못했기를 바라면서 잠시 뜸을 들였다. 그녀가 가게의 불빛을 흐릿하게 해놓은 것도 바로 그런 이유에서였다.

"저는 괜찮을 거예요."

그녀가 말했다.

"어디가 편찮으신 거죠? 혹시 암인가요?"

"이보세요."

그녀는 클라인스의 한쪽 팔을 붙잡으며 말했다. 얇은 모직 상의를 통해 전해지는 그의 살은 말랑말랑했다. 주름이 잡힌 그의 부드러운 근육 조직이 느껴졌다. 준은 자기가 생각했던 것보다 클라인스가 나이가 훨씬 더 들었다는 것을 깨달았다. 어쩌면 예순을 훨씬 넘겼을 수도 있다. 그녀는 클라인스의 정수리 근처 머리카락 색이 옅은 것을 보고 염색했다는 걸 알 수 있었다. 하지만 억세지 못한 그의 모습은 그녀를 실망시키기는커녕 오히려 그에게 더욱 매달리도록 만들었다.

"제 말을 들어보세요. 당신을 곤경에 빠뜨리지 않겠다고 약속하죠. 당신은 자신의 일을 하실 수 있을 거예요. 이 일은 당신이 들이는 시간보다 더 가치가 있다는 걸 아셔야 해요. 그리고 우리는 당신한테 방해가 되지 않을 거예요. 제 몸 상태가 좋지 않으면 헥터는 제 곁을 지킬 거고요."

"이건 정말 어처구니없는 일입니다."

그가 말했다.

"정말 부인의 아들을 찾고 싶으시다면 말입니다. 저도 부인이 이 헥터라는 사람과 짧은 결혼생활을 했다는 건 알고 있습니다. 그 사람이 아드님의 아버지인가요? 그래서 그 사람을 데려오라고 하는 건가요?"

"그렇게 해야 할 이유가 있어요."

그녀는 아무것도 설명하지 않고 그렇게 대꾸했다.

잠시 뒤에 그녀는 클라인스가 거리로 나서는 것을 보았다. 초저녁 공기는 눈부시게 아름다운 하루의 온기를 미약하게나마 아직도 간직하고 있었지만, 그녀는 지금 몸을 부들부들 떨고 있었다. 준은 자기한테 그런 증상이 있다는 것을 그때껏 모르고 있었다. 그들은 그녀에게 가을의 냉기가 영원히 내려앉기 전에 이런 노력을 하루빨리 마쳐야 한다고 말했다. 추위가 그녀를 묻어버릴까? 준은 클라인스에게 앞으로 2주 동안 소요될 경비를 생각해서 또 다른 수표를 주었다. 추가적 어려움을 떠맡았기 때문에 그에게 약정한 금액의 세 배를 주었던 것이다. 물론 그녀는 헥터가 아이의 아버지라는 사실을 클라인스에게 말해줄 계획이었다. 하지만 그것은 어디까지나 니콜라스와 헥터 사이의 문제이지 다른 누구의 문제도 아니라고 판단하고서 갑자기 마음을 고쳐먹었던 것이다. 니콜라스가 헥터의 아들이라는 사실은 헥터에게 그다지 의미가 없을 것이다. 하지만 그게 니콜라스에게는 의미가 있는 일이길 그녀는 바랐다. 그래서 미래의 어느 날, 그가 세상살이에 절망하고 좌절을 느낄 때 자신이 이 세상에서 혼자가 아니라는 사실을 깨닫기를 바랐다. 이 시점에서 그녀가 할 수 있는 거라고는 임시 다리를 만드는 것밖에 없었다. 그들이 원하면 다리 위에 서도록 하는 것이다. 다리의 길이도 확인해보게 하고 토대를 강화해야 할지 말아야 할지 그들에게 결정토록 하는 것이다.

준은 문을 잠그고 매트리스 옆에 있는 스탠드만 남겨둔 채 다른 전등은 모두 껐다. 가게의 뒤쪽에 있는 자그마한 욕실에서 그녀는 미지근한 물로 양치질을 했다. 거기에서 물이 조금만 더 차가워도 살을 에는 듯한 얼음처럼 느껴졌다. 그녀는 젖니가 돋아난 니콜라스의 이를 닦아주던 일을 기억하면서 이제 분필로 만든 것처럼 느껴지는 자신의 이를 아주 부드럽게 닦아야 했다. 다시 한 번 칫솔을 함부로 휘둘렀다가는 치아가 신경까지 온통 닳아 없어질 수도 있었다. 그녀는 입안을 헹구고 나서 침을 탁 뱉고는 세수를 하려고 머리를 묶었다. 머리카락은 놀라울 정도로 빠르게 자라났다. 머리색은 예전보다 좀 더 회색빛을 띄었고 머리숱도 예전만큼 많지 않았다. 그녀는 미용사에게 남자 머리처럼 깎아달라고 부탁해서 그를 깜짝 놀라게 만들었다. 멀리서, 심지어 방의 저쪽 편에서 보더라도 그녀는 여전히 젊었다. 하지만 가까이 다가서서 보면 활력이 넘치는 건 그녀의 눈뿐이었다. 그녀의 얼굴은 싸우고 싸워 당분간 승리를 거두었지만, 두 번 다시 싸우지 않을 것처럼 부드럽다기보다는 표정 하나 없이 고요했다.

이제 그녀는 침대에 드러누워 불을 껐다. 몸에 지워진 무거운 짐에서 놓여나는 느낌이 들었다. 공업단지의 공장들이 하나씩 불을 끄고 문을 닫는 느낌 같다고나 할까. 그녀는 혼자서 당분간은 버틸 수 있었다. 작은 주사기들과 약병들이 빼곡하게 들어 있는 검정색 상자를 포함해서 담당의사가 인턴을 시켜 가져다준 알약도 아직 남아 있었다. 여자 수련의는 그녀에게 검정색 상자에 들어 있는 것들을 나중에 즐겨 사용하게 될지도 모른다고 하면서 그것들의 사용법까지 알려주었다. 수련의는 베개를 베고 누워서 주사기에 물약을 가득 채웠다. 준은 이미 그것을 한 번 사용해보았는데 생각보다 괜찮았다. 하지만 그녀는 고통에 쉽사리 굴복하고 싶지 않았다. 적어도 오늘 밤은 그랬다. 그녀는 지난주에 열심히 일했고 많은 것을 이루었다. 그리고 많은 일들이 지금 착착 진행 중이다. 준은 자신의 몸을 느껴보고 싶었다. 먼저 발가락과 손가락이 오그라들었고, 그다음에는 관절이 수축되면서 온몸을 힘차게 휘돌아다니던 피가 싸움에서 패배한 사람처럼 힘없이 심장으로 돌아가며 가슴이 피로 뻑뻑해지는 느낌이 들었다. 상상 속으로 피가 척추의 마디를 하나하나 타고 내려가는 것에 주의를 집중하자 그녀의 입에서는 안도의 한숨이 길게 흘러나왔다.

하지만 준의 배는 온전한 휴식을 취할 수가 없었다. 항상 그랬듯이 배는 쉬지 않고 마치 집어삼킬 것처럼 최초의 종양을 맹렬히 비벼댔다. 하지만 안에서 시작해서 밖까지 집어 먹히고 있는 것은 그녀 자신이었다. 그녀는 완전히 다른 몸으로 변해가고 있었다. 암 덩어리를 알처럼 배에 품고 산다는 것은 우습고 어처구니없는 일이었다. 덩어리가 점점 커져서 배를 완전히 채우게 되면 죽는 것이다. 그 황량하고 음울한 피난길을 열을 지어 걸을 때, 수백 수천 번 자신과 했던 약속을 만약 하지 않았더라면 어떻게 되었을까? '더 이상 먹을 수 없을 때까지 먹어봐야겠다. 끝이 보이지 않는 동굴 같은 이 뱃속을 무언가로 가득 채울 수만 있다면, 이 자리에서 당장 죽어도 좋다. 정말 그렇게만 된다면 나는 기꺼이 굴복하겠다.' 그때 준은 그런 다짐을 했었다. 그리고 지금 그녀는 이렇게 누워 배고픔 같은 것은 두 번 다시 느낄 수 없게 되었다. 하지만 이제 그녀는 자기 목숨을 내놓는 대가로 배고픔의 엄청난 무게를 질 수도 있었다. 준이 가질 수 있는 비뚤어진 공상은 더 이상 없었다.

준은 그 느낌을 쉽게 기억해낼 수 있었다. 오래전 어느 날 오후였다. 우연히 어떤 미군 병사를 만났을 때 그녀는 그런 느낌을 강하게 받았다. 전쟁이 막바지로 접어들고 있었다. 그녀는 사흘 밤낮을 걷기만 했다. 그동안 먹은 것이라곤 국화잎과 달래밖에 없었다. 지붕도 없는 무너진 오두막에서 불안하고 초조한 마음으로 두어 시간 눈을 붙였을 뿐이다. 200여 미터 떨어진 거리에서 미군 병사가 걸어오는 것을 보았을 때 준은 재빨리 길에서 달려 내려와 무릎 높이까지 거름과 퇴비가 쌓여 있는 논으로 달려 들어갔다. 미군 병사의 추격을 따돌릴 수 있는 곳은 거기밖에 없었다. 준은 심한 갈증으로 누가 보더라도 이미 제정신이 아니었다. 시력에도 이틀 전부터 문제가 생겨 사물이 흐릿하게 보이고 제대로 초점을 맞출 수가 없었다. 그녀가 고개를 돌려 길 쪽을 바라보았을 때, 미군 병사는 어느새 수색병으로 변해 그녀 쪽으로 돌아섰다. 홀로 고립된 그 병사는 자기가 무장을 하고 있지 않다는 것을 보여주려고 양손을 치켜들었다. 하지만 준은 그를 죽음의 전령으로 여겼다. 그때 준이 미끄러지면서 논바닥으로 쓰러졌다. 그녀의 입은 금세 진흙으로 가득 찼다. 거름 바닥에서 몸을 일으켜 세우려고 애쓸수록 몸만 자꾸 바닥으로 빠져 들어갔다. 그렇게 죽을 수는 없었다. 준은 극도로 비참하고 참혹한 상황에 놓여 있었다. 비록 몸은 어둠에 굴복하고 있었지만 그녀는 다른 사람이 자기 몸을 함부로 다루도록 내버려두지 않을 작정이었다.

하지만 바로 그때 그녀는 숨을 쉴 수 있었다. 병사는 준의 셔츠를 붙잡아 진흙 속에서 그녀의 몸을 뽑아냈다. 그 바람에 옷의 어깨 부위가 북 찢어졌다. 준은 그의 가슴을 주먹으로 치면서 손가락으로 두 눈을 할퀴려고 애썼다. 하지만 번개처럼 휘두르는 그의 주먹에 맞아 정신을 잃었다. 정신이 돌아왔을 때, 그녀는 길가에 버려진 녹슨 트럭 그림자 속에 누워 있었다. 그들이 있었던 장소에서 30미터가량 떨어진 곳이었다. 얼굴 한쪽이 바늘에 찔린 것처럼 따갑고 쓰라렸다. 하지만 셔츠는 여전히 그녀의 몸에 걸쳐져 있었고 바지 또한 마찬가지였다. 미군 병사는 트럭 운전석에서 떼어낸 철제 좌석 프레임 위에 앉아서 건초 줄기 하나를 질경질경 씹고 있었다. 준이 엉금엉금 기어서 달아나다가 몸을 일으켜 세우려고 했을 때, 병사는 손에 들려 있는 노란색 물건을 흔들어 덜걱덜걱 소리를 냈다. 그것은 치클릿(자일리톨 껌처럼 네모 모양으로 설탕을 입혀 딱딱한 껌-옮긴이) 한 통이었다. 그는 그것을 준의 발 앞으로 던졌다. 평평한 통을 집어 들고 한쪽 끝을 채 찢기도 전에 준의 입안에는 침이 가득 고였다. 그래서 그녀는 여러 개의 껌을 한꺼번에 입안에 쑤셔 넣기 전에 몇 차례 기침을 해야 했다. 딱딱한 외피가 깨지면서 단맛이 입안에 가득 퍼졌다.

"천천히 먹어."

병사가 말했다. 그는 자기 이름을 밝힌 후 준에게 이름을 물었다.

어느 정도 영어를 알고 있던 준은 병사에게 이름을 말해줄 수도 있었지만 껌 덩어리가 너무나 맛있고 달콤해서 그것을 꿀꺽 삼키지 않을 수 없었다. 결국 끈적끈적한 덩어리는 목 안 깊숙한 곳에 걸리고 말았다. 그녀는 목이 막혀 캑캑거리다가 손가락을 입안에 넣어 결국 덩어리를 토해냈다. 준이 땅에 떨어진 반들반들한 껌 덩어리를 주워서 다시 씹으려고 했을 때, 병사는 자기가 가고 있는 곳에는 먹을거리도 있고 아이들도 있다고 말했다. 그곳은 10킬로미터 전방에 있는 고아원이었다. 그는 자리에서 일어나 배낭을 어깨에 둘러매고 둑길로 걸어 올라갔다. 준은 마음만 내키면 그를 따라갈 수 있었다.

준은 병사가 길을 한참 걸어갈 때까지 기다렸다. 두 사람의 거리는 족히 50미터는 되었다. 그녀는 다시 껌을 질겅질겅 씹으며 병사를 뒤따라 걷기 시작했다. 흙이 묻어서 껌이 버석거렸다. 병사는 가던 길을 멈추고 뒤를 돌아보았다. 준이 자기를 뒤따라오는 것을 확인하고 병사는 길을 천천히 되돌아오면서 손을 휘저어 빨리 오라는 신호를 보냈다. 준은 거리를 적당히 유지하려고 자기도 느리게 걸었다. 그가 걸음을 멈추면 그녀도 가다가 멈춰 섰다. 병사는 안 되겠다고 생각했는지 고개를 절레절레 흔들고는 다시 목적지를 향해 앞장서서 걸어갔다. 하지만 그 순간, 갑자기 돌개바람이 불어와 먼지를 건조하고 뜨거운 대기 속으로 솟구치게 만들었다. 자욱하게 일어난 먼지가 병사를 감쌌다. 잠깐 동안 병사가 눈앞에서 사라진 것을 보고 준은 겁이 덜컥 나면서 가슴이 뛰기 시작했다. 어쩌면 그것은 전부 그녀의 상상이었는지도 모른다. 하지만 먼지가 사라지자 그의 형체가 다시 드러났다. 준은 그를 바짝 뒤따라가려고 걸음을 재촉했다.

3

 전쟁은 엄격한 선생님이다. 헥터의 아버지는 그리스의 역사가 투키디데스를 인용하면서 이따금 그렇게 말했다. 헥터의 어깨에 팔을 두른 아버지는 깡마른 체구로 술에 완전히 취해 있었다. 두 사람은 금요일 밤을 마음껏 즐기고 나서 지칠 대로 지쳐버린 사람들의 모습 그대로였다. 그들은 뉴욕 주 일리온에서 살고 있었다. 헥터는 노동자들의 술집에서 아버지가 술에 취하면 항상 부축해서 집으로 데려다주었다. 재키 브레넌은 평소에는 흠 잡을 데 하나 없는 멀쩡한 사람이었지만 술만 마시면 인사불성이 되도록 취했다. 헥터는 1945년에 열다섯 살이었다. 대여섯 명의 성인 남성이 술에 취해 횡설수설하다가 술집의 톱밥 위에서 곯아떨어졌지만 헥터는 정신이 멀쩡했다.
 "제가 뭐라고 말씀드렸죠?"

헥터는 단호하고 냉정하게 말했다.

"알았어. 너는 절대로 전쟁터로 나가지 마라. 절대로."

늦은 저녁이 되면 그의 아버지는 만취 상태가 되었고 헥터는 그런 아버지를 부축해서 집으로 돌아왔다. 그는 아버지의 입김에서 흘러나오는 지독한 담배 냄새와 흙냄새, 그리고 양념 냄새를 맡아야 했다. 절인 양파 냄새도 났는데 그의 아버지는 절인 양파가 술에 덜 취하게 만드는 작용을 한다고 주장했다.

그의 아버지는 술에 취하면 가끔씩 저항 민요를 불렀다. 그리고 유난히 긴 밤이면 온몸이 땀에 젖어 고통스러운 표정을 지었다. 그럴 때는 시궁창이나 덤불로 달려가서 먹은 것을 게워야 했다. 그리고 그들이 브레년 집안의 현관에 깔려 있는 축 처진 널빤지 계단을 밟을 때쯤이면 헥터는 자기 아버지의 몸무게를 대부분 지탱해야 했다. 아버지는 무아지경에 있는 수도자처럼 "헥터, 내 아들 헥터야." 하고 큰 소리로 아들의 이름을 연거푸 불렀다. 아버지는 헥터가 거실 소파에 내려놓은 뒤에도 의식이 남아 있으면 아들을 올려다보며 왜 아킬레스(호머의 서사시《일리아드》에 나오는 주인공으로 트로이 전쟁의 영웅-옮긴이) 같은 좀 더 멋진 이름을 붙이지 않고 헥터라는 이름을 지었는지 다시 듣고 싶으냐고 묻곤 했다.

"좋아요. 말씀해주세요."

"왜냐하면 사람은 자기 아들이 그냥 평범한 아들이길 바라지 영웅이 되는 걸 원치 않기 때문이지."

학교에서 그 서사시를 읽고 나서 헥터는 자기 아버지에게 아킬레스가 죽고 그의 도시는 붕괴되었으며 그의 아버지도 결국 살해당했다는 사실을 지적했다.

"신경 쓰지 마라."

그의 아버지가 말했다.

"그것들은 우리에게 생활의 지침으로 삼아야 할 이야기를 들려주는 게 아니라 생활을 변화시킬 이야기를 들려주지. 그것들을 우리 것으로 만들어야 해. 너 자신을 봐라. 너는 영원히 살 거야. 눈이 있는 사람은 누구나 그것을 볼 수 있지. 전쟁터에는 절대 나가면 안 된다."

물론 재키 브레넌은 전쟁터에 나갈 수 없었다. 헥터와 달리 그는 호리호리한 사람이었다. 그는 태어날 때부터 오른발이 옆으로 뒤틀려 있었고 오른손 역시 기형으로 굽어져 있었다. 키가 작고 늙은 여자들처럼 그의 손발은 크기도 형편없이 작았다. 하지만 그는 어느 누구보다도 총명했다. 재력가나 야심가의 집안에서 태어났더라면 말도 잘하고 이해가 빠르며 사람들을 설득하는 능력까지 탁월하기 때문에 변호사나 대학교수가 되었을지도 모른다. 제2차 세계대전이 터지고 일리온의 아들들이 군대에 지원을 했을 때, 그는 회의적인 생각을 가지고 투덜거리는 사람들 중 하나였다. 재키는 처음에 전쟁에 대한 자신의 감정을 혼자서만 간직하거나 아내와 딸들, 그리고 헥터에게 강의하듯이 털어놓았다. 헥터는 그가 밝고 쩌렁쩌렁 울리는 바리톤 목소리로 펼치는 우회적인 주장을 잠자코 들어주었다. 헥터는 그를 사랑했다. 하지만 두려움이나 맹목적 숭배에 근거해서 자기네 아버지를 사랑하는 여느 아이들과 달리 그의 아버지에 대한 사랑은 가장 좋아하는 삼촌을 향한 존경과 애정을 닮아 있었다. 그것은 상대의 단점과 결함을 인식하고 불쌍하고 애처롭게 여기는 것이 아니라 그 사람의 특징으로 바라봐줄 수 있는 사랑이었다.

하지만 그런 감정에도 한계가 있었다. 바로 아버지가 술집에 있을 때였다. 재키 브레넌은 맥주와 위스키를 양껏 들이켜고 나서 지나치게 말이 많아졌다. 목소리가 한껏 높아지면서 그는 자신의 주장을 고집했다. 전쟁은 그의 영혼을 점점 더 짓누르고 있었다. 술집에서 그는 군복을 입은 한 무리의 청년들에게 조금도 관심을 보이지 않더니 술이 취하자 그들에게 따뜻하게 말을 걸었다.

"제군들에게 술을 한잔 사고 싶군. 그러면 나도 맡은 역할을 다했다는 생각에 고개를 꼿꼿이 들고 다닐 수 있을 테니까 말이야."

군인들은 환호성을 지르며 그의 제안을 받아들이고 나서 그에게 자리를 내주었다. 단골 손님들은 떨떠름한 표정을 지으며 서로의 얼굴을 쳐다보았다. 헥터는 그다음에 무슨 일이 벌어질지 알고 있었다. 원탁을 가운데 두고 사람들이 둘러앉아 있었다. 맥주잔이 사람들 앞으로 하나씩 돌아갔다. 헥터는 자기 아버지가 다가와서 사람들과 어울리라고 할 때까지 주변에 앉아 있었다. 재키는 처음에 출세한 신사인 척하다가 나중에는 자기 자랑이 심한 형처럼 행동했으며 결국에는 이 세상에 모르는 것이 하나도 없는 전우처럼 온갖 유세를 떨었다. 그렇지만 그에게는 다른 계획이 있었다.

"우리가 살아가는 이 땅을 지키는 건 정말 힘든 일이지. 어떻게 보면 가장 고귀한 직업이라고 할 수도 있어."

"그렇습니다, 선생님!"

이때쯤 되면 헥터는 자기 아버지의 소매를 끌어당기곤 했지만 아무 소용도 없었다.

"하지만 젊은 친구들, 내가 바라는 건 그러니까… 우리 땅만 지키면 되지 지구 반대편의 사소한 분쟁에 일일이 간섭하는 모습은 보기에 좋지 않다는 거지."

"진주만 사건도 사소한 분쟁이라는 겁니까?"

군인들 가운데 한 명이 대꾸했다.

"지난번에 제가 조사해보니까 그 쥐새끼 같은 일본인들의 비열한 기습공격으로 2천 명이나 되는 우리 군인이 아까운 목숨을 잃었더군요."

"쥐새끼 같은 일본놈들!"

재키 브레넌이 소리쳤다.

"하지만 그런 끔찍한 대학살의 이면에 어떤 상황이 작용하고 있었는지 한번 생각해봤는가?"

그의 아버지는 박식한 체하며 읊듯이 말했다. 이맘때쯤 되면 그의 아버지는 이미 취해 있었지만 새로 합류한 사람들이 항상 그를 부추겼다. 사람들은 그를 부지런한 공장 노동자가 아니라 사상가, 학자, 남들에게 빛과 진리를 전해주는 것을 주목적으로 하는 사람으로 여기곤 했다. 다른 모든 사람들처럼 공장에 들어오기 전, 그러니까 어릴 적에 그는 존경받는 선생님이 되겠다는 꿈을 꾸었는데 마침내 술집에서 그 꿈을 이룬 것이다.

"우리들 가운데 보다 큰 그림을 보려고 애쓰는 사람은 극히 적지. 일본이 정말 우리를 정복하려는 의도를 가지고 있었을까? 아직도 그들이 그런 의도를 가지고 있을까? 나는 거기에 대해 굉장히 회의적으로 생각하고 있다네. 바로 이곳, 이 조그마한 도시의 무기 생산 능력을 보란 말이야. 그리고 그것을 수천이라는 숫자로 곱해 봐. 일본인들은 결국 우리의 경쟁 상대가 될 수 없다는 걸 자기들도 잘 알고 있어. 그래서 그들은 단 한 번의 충격적인 공격을 감행함으로써 더 이상 자기들의 일에 간섭하지 못하게 경고한 거야. 전갈과 사자의 대결처럼 애초에 싸움이 되지 않았던 거지. 일본 사람들에게 진주만은 자신들의 이익을 보호할 수 있는, 자신들의 세력 범위가 미치는 지역이었어. 우리가 만약 사전에 일본인들에게 적절한 신호를 보냈더라면 수천 명이나 되는 그 해군 병사들은 죽지 않고 아직도 살아 있을 거야."

"이제 그런 얘기는 그만하시죠."

군인들 가운데 한 명이 말했다. 군인은 금이 간 나무 탁자에 재키가 돈을 지불한 맥주를 쾅 소리가 날 정도로 거칠게 내려놓았다.

"선생님은 평화주의자가 아니면 유화론자인 것 같은데 저는 더 이상 얘기를 들을 수가 없군요."

"좋을 대로 하게."

재키는 오페라 배우 같은 과장된 몸짓을 하며 거부감을 표시했다.

"하지만 젊은이, 나는 그 둘 가운데 어느 쪽에도 속하지 않아. 나는 그냥 미국인이야. 내게는 거창한 목표도 없어. 자네도 언젠가 이해할 수 있을 거야."

"이제 그만 가주시죠."

"예의상 내가 산 맥주는 다 비워주게."

"꺼지라니까!"

"욕하지 마!"

대개 아수라장이 되는 건 그때였다. 사납고 영웅적인 난투가 벌어질 것 같으면 재키 브레넌은 군인의 상체를 꽉 끌어안아서 그 친구가 자유롭게 주먹을 휘두르지 못하게 만들었다. 그러면 헥터가 그 자리에 뛰어들어 자기 아버지의 욕설이나 거친 말은 그냥 못 들은 척해달라고 상대방에게 애원하는 것이다. 술집 주인과 몇몇 단골 손님이 싸움에 가담하지 못하도록 다른 군인들을 제지하고 있으면 헥터는 재키를 밖으로 데리고 나가 얼른 집으로 데려오는 식이었다. 매번 그랬다. 그래서 지금까지 아주 심각한 사태는 벌어지지 않았다. 언젠가는 술집 주인이 싸움을 말리다가 주먹으로 얼굴을 강타당한 적이 있었다. 물론 상대방이 재키를 향해 날린 주먹이었는데 그게 잘못해서 주인의 얼굴을 정통으로 맞힌 것이다. 그 사건이 있고 나서 주인은 재키에게 당분간 자기 가게에 발을 들여놓을 생각은 하지 않는 게 좋을 거라고 말했다. 재키는 술집 주인의 통보에 대해 집에서도 불평 한 번 하지 않았다. 물론 가게에도 찾아가지 않았다. 재키는 비록 자기가 말썽을 일으켰지만 평소에 주변 사람들의 호감을 얻고 있어서 시간이 지나면 사람들이 너그럽게 보아줄 거라는 사실을 알고 있었다. 그는 술에 취해 부득이 남들에게 폐를 끼치고 나면 그것을 보상하기 위해 적지 않게 애를 썼고 다음번에 술집에 갈 때는 모든 친구들에게 술을 한잔 샀다. 또 술집 주인의 마음을 달래기 위해서 사탕 한 상자를 갖다 주는 것도 잊지 않았다.

어느 날 밤, 헥터는 자기 아버지한테 피곤하다고 말하고 혼자서 집으로 왔다. 술집에서는 시간이 더디게 흘러갔다. 바깥 날씨는 안개가 자욱하게 끼어 구중중했다. 그날은 새로 온 손님이 한 명도 없어서 재키는 평소처럼 설교를 늘어놓을 수도 없었고 술내기를 할 수도 없었다.

"지금까지 한 번도 피곤하다는 말을 안 하더니 웬일이냐?"

그의 아버지가 의심이 담긴 목소리로 말했다.

"그런 말은 한 번도 안 했잖아."

"진짜예요."

태어나서 처음으로 헥터는 자기 아버지한테 거짓말을 했다.

"그냥 집으로 돌아가고 싶어요."

"그럼 가거라."

재키는 항상 앉는 구석 자리에서 헥터에게 가버리라는 손짓을 했다. 그러고 나서 그는 쭈글쭈글하고 어린애 같은 손으로 맥주잔의 손잡이를 잡았다.

"그리고 엄마한테는 기다리지 말고 먼저 자라고 해라."

헥터는 그렇게 하겠다고 중얼거리듯이 말했다. 하지만 헥터는 자기 어머니가 금요일 밤만 되면 어리석은 짓을 일삼는 남편의 습관에 이제 익숙해질 대로 익숙해져서 일찌감치 잠자리에 들었다는 것을 알고 있었다. 재키도 그것을 알고 있었다. 재키는 금요일 밤만 되면 술을 진탕 마시고 취했다. 술을 마시는 날은 일주일에 딱 하루였지만 그는 그것을 한 번이라도 빼먹는 법이 없었다. 헥터의 어머니는 아들이 남편과 함께 있어서 그래도 안심을 했다.

헥터는 계획한 대로 집을 향해 걸어오면서 새로 페인트를 칠한 패트리샤 카힐의 방갈로와 말뚝 울타리(그의 손으로 칠한 것이다.)를 지나오다가 거실 불빛이 뒤쪽 현관문으로 흘러나오는 것을 보았다. 패트리샤는 쌍둥이가 자고 있으면 그 문을 열어둔다고 말했었다. 1945년 봄, 긴 전쟁이 여전히 계속되고 있을 때, 전쟁터에 나간 그녀의 남편은 행방불명이 되었다. 그녀는 놀랄 만큼 아름다운 흑발의 아일랜드 여성이었다. 눈은 하늘색이었고 작은 코에는 주근깨가 나 있었다. 엉덩이의 곡선은 멋지게 모양을 낸 난간을 떠올리게 만들었다. 그는 며칠 동안 그녀를 머리에 그리며 공상에 잠겨 있었다. 학교를 마치고 돈을 받으려고 그 집에 들렀을 때, 그녀는 어떤 친구와 차를 마시고 있다가 해가 지면 다시 오라고 그에게 말했다. 그는 아버지가 술집을 그렇게 일찍 나서지 않을 것이고 어머니는 자기를 기다리고 있지 않을 거라는 사실을 알고 있었다. 그녀의 침대에서 그녀와 노닥거리는 모습을 상상하자 가슴이 너무 설레어 마지막 블록은 걸음조차 편안히 걸을 수가 없었다. 벌써 성기가 빳빳하게 발기되면서 작업복 바지의 앞부분이 팽팽해졌다. 예전에 딱 한 번 그 집 부엌에서 단둘이 있을 때 그녀를 탐욕스럽게 애무한 적이 있었다. 그녀는 그가 건드려본 여자들 가운데 첫 번째 성숙한 여자였다. 그녀의 몸에서 느껴지는 탄력과 맛은 하나의 새로운 발견이었다. 누나의 친구들처럼 몸이 탄탄하지도 않았고 담백한 향기가 없었지만 그녀의 피부에서 느껴지는 촉촉하고 강한 맛에 그는 매료되었다. 목덜미와 두 젖가슴 사이를 애무할 때 그녀는 동물처럼 흐느꼈다.

벌써 비가 내리기 시작했다. 방충망이 설치되어 있는 어두컴컴한 현관으로 들어섰을 때, 그는 그녀가 했던 말을 오해했다는 생각이 들면서 갑자기 두려워졌다. 하지만 그때 거실의 불이 꺼지면서 그녀가 다가와 보드라운 겉옷처럼 그를 포근히 감쌌다. 그녀의 몸은 따스했고 얇은 목욕가운 안에는 아무것도 입고 있지 않았다. 그녀는 무릎을 꿇었다. 그리고 그의 성기를 입에 넣기도 전에 그는 스스로 감정을 주체하지 못하고 사정하고 말았다. 당혹감으로 얼굴이 시뻘게진 그는 몸을 축 늘어뜨리고 그 자리를 벗어나려고 했지만 그녀는 그를 붙잡고 다음에 하면 된다고 말했다. 그녀의 지시에 따라 그는 빛도 없는 심해를 헤엄치는 법을 배웠고 앞으로 나아갈 수 있었다.

 새벽이 밝아오기 전에 그는 꾸준하게 내리는 비를 맞으며 집으로 달려갔다. 집 앞에는 경찰차가 한 대 세워져 있었다. 집 안의 전등은 모두 켜져 있었고 누나 둘이 2층에서 돌아다니는 모습이 보였다. 그는 집 뒤로 돌아갔다. 어머니가 부엌 식탁에서 커피를 홀짝이는 경찰들에게 말하는 소리가 들려왔다. 어머니는 남편과 아들이 전날 밤에 집에 들어오지 않았다고 말하고 있었다. 어떤 부랑자들한테 붙잡혀 어딘가에 꽁꽁 묶여 있는 것은 아닐까요? 그게 아니라면 어디로 갔을까요? 이곳은 너무나 작은 마을이잖아요. 그녀는 재키 브레넌에게 정부(情婦)가 없다는 사실을 경찰들에게 굳이 말해줄 필요가 없었다. 왜냐하면 일리온에 사는 모든 사람은 재키가 아내를 극진히 위하는 사람이라는 것을 잘 알고 있었기 때문이다. 사실이 그랬다. 그는 자신의 기형적인 몸을 기꺼이 받아준 예쁜 아내에게 무한한 감사를 느끼고 있었다. 하지만 때때로 그런 마음은 그가 술이 취했을 때 그를 미치게 만들었다. 그의 상상은 절대로 그런 일이 없었음에도 주로 아내의 부정(不貞)을 중심으로 이루어졌다. 그렇지 않으면 그는 침울해지거나 낙담하거나 자기 연민에 빠졌다. 경찰관 하나가 울타리 근처에서 안을 기웃거리는 헥터를 발견하고 큰 소리로 부르자 어머니가 몸을 돌려 그를 바라보았다. 그가 집 안으로 들어갔을 때, 그들은 아버지가 어디에 있으며 술집을 나와서 그동안 뭘 했냐고 물었다. 그는 두 가지 질문 가운데 어느 것도 대답할 수 없었다. 특히 경찰관 가운데 한 명이 패트리샤 카힐의 사촌이었기 때문에 그녀에 대해서는 절대 말해줄 수 없었다. 그의 어머니는 술을 마시는 아버지를 어떻게 버려두고 올 수 있느냐며 계속 다그쳤다. 헥터는 잠자코 있었지만 자기도 무척 걱정이 되었다. 그래서 경찰관들에게 술집에서 나와 걸어왔던 길을 되짚어보러 갈 때 자기도 같이 갈 수 있게 해달라고 간청했다.

경찰차를 타고 가면서 그는 패트리샤 카힐과 함께 있으면서 느꼈을지도 모르는 수치심보다 훨씬 더한 감정을 느끼고서 울기 시작했다. 그는 아버지의 곁에 머물러 있었어야 했다고 생각했다. 예의 바르고 착한 아들이라면 누구나 그랬을 것이다. 더군다나 그 아버지는 재키 브레넌이 아닌가. 이유를 불문하고 어디를 가든지 아들을 데리고 다니는 아버지가 이 세상에 얼마나 될까? 아버지가 사라진 지금, 헥터는 자기가 아버지에게 어떤 존재였으며 앞으로 어떻게 행동해야 하는지 갑자기 깨달았다. 아버지에게 그는 완벽한 몸매, 억센 손과 발과 간을 지닌 이상적인 인물이었다. 그는 두 번 다시 아버지의 곁을 떠나지 않을 생각이었다. 경찰차가 드디어 술집에 도착했을 때, 경찰관들과 그는 세 방향으로 나눠서 걸으며 아버지의 흔적을 찾으려고 애썼다. 그러다가 그는 아버지의 중절모자를 찾아냈다. 모자는 두 개의 창고 사이에 나 있는 골목길 입구에서 발견되었다. 골목길은 운하에 있는 낡은 부두와 이어져 있었고 부두의 끄트머리는 무너져 내려 가장자리가 들쭉날쭉했다. 최고 수위에 이른 물은 진흙투성이가 되었고 물살이 거셌다. 상류 쪽의 수문은 이미 열려 있었다.

"아버님이 수영을 할 줄 아셨던가?"

패트리샤 카힐의 사촌인 경찰관이 물었다.

헥터는 고개를 가로저었다. 신체장애가 있어 그의 아버지는 수영을 배우지 못했다. 설사 배웠다고 하더라고 수영 시범을 보여주지 않았을 것이다.

"준설선을 불러야겠어."

다른 경찰관이 반사적으로 말했다. 그는 헥터를 힐끗 쳐다보더니 금세 뉘우치는 표정을 지었다.

"아버지는 죽지 않았어요."

헥터가 말했다.

"우리는 아직 아무도 부르지 않을 거야."

카힐 경관이 말했다. 그는 헥터보다 키가 조금밖에 크지 않았지만 마치 어린아이를 대하듯 헥터의 어깨를 톡톡 두드려주었다.

"헥터, 너무 초조하게 생각하지 마. 아버님은 어딘가에서 주무시고 계실 거야."

이튿날 결국 준설선이 동원되었다. 재키의 시신은 거의 일주일 동안이나 발견되지 않았고 물가에 사는 사람들의 눈에도 띄지 않았다. 그러다가 결국 수 킬로미터 떨어져 있는 운하의 수문에서 발견되었다. 옷도 입혀져 있지 않은 시신은 물에 퉁퉁 불어 있었고 타이어 튜브처럼 새까맣고 반들반들했다. 그 모습은 캐나다에서 내려와 뱃놀이를 즐기는 몇몇 사람들에게 영원히 잊을 수 없는 충격을 주었을 것이다. 헥터는 지방 경찰당국과 함께 그곳으로 가서 가족을 대표해서 시신을 확인해야 했다. 어머니와 누나들은 그곳에 가보지 않으려고 했다. 헥터는 앞니 두개 사이의 넓은 틈만 보고도 그게 아버지라는 것을 확신할 수 있었다. 그의 아버지는 회사에서 야유회를 가면 앞니 사이로 맥주를 철철 흘리곤 했다. 아버지가 거품이 많은 맥주를 흘리는 모습을 보면 사람들은 어른아이 할 것 없이 즐거워했다. 확실히 그것은 재키 브레넌의 가장 뛰어난 재주였다. 하지만 장의사 사무실에서, 그리고 서늘한 기운이 흘러나오는 냉동고에서조차 시신의 입에서는 악취만 흘러나왔다. 시신의 나머지 부분은 저승의 어떤 야수가 눈에 안 보이는 발톱으로 아버지를 움켜잡고 있는 것 같았다.

불쌍한 아버지의 판단은 옳았다. 헥터는 전쟁에 나가서는 안 되었다. 아버지가 죽고 나서 오랫동안 헥터의 어머니는 그날 밤에 아버지를 그렇게 남겨두고 혼자 술집을 나섰다는 이유로 그에게 말도 붙이지 않았다. 심지어 헥터에게 눈길조차 주지 않았다. 그러다 결국 어머니가 헥터에게 애정을 보인 것은 히로시마 원폭 투하와 그때까지 잘 알려져 있지 않던 서울이라는 도시에 공산주의자들이 기습 공격을 감행할 때까지의 잠잠했던 몇 년 동안이었다. 헥터는 또 다른 전쟁이 터지기를 내심 바라고 있었다. 그는 누군가를 죽이거나 자기 나라를 지키기 위해서가 아니라 자신을 처벌하려는 지극히 이기적인 이유로 전쟁을 갈구했다. 그렇게 해서 자기 아버지의 말이 옳았다는 것을 입증하고 싶었다.

그의 바람은 너무나 쉽게 이루어졌다. 포로와 관련된 그 작은 사건은 헥터의 모든 것을 변화시켰다. 상황은 그리 특이하지 않았지만 그것은 헥터의 기억 속에 확고히 자리를 잡았다. 헥터는 1951년 초봄, 처음으로 작전을 나갔다. 그들은 서울에서 북동쪽으로 150킬로미터 떨어져 있는 태백산맥의 산기슭에 있었다. 전쟁이 개시되자 그 혼란을 틈타 공산주의자들은 거세게 밀어붙였고 한국군은 반도의 남쪽 끄트머리까지 무작정 퇴각하지 않을 수 없었다. 그러다가 미군의 거센 반격이 시작되었고 북한 인민군을 중국과의 국경지대인 압록강까지 밀고 올라갔다. 양측은 이제 참호전을 전개했다. 싸움은 전략상 유리한 고지를 중심으로 이루어졌으며 영토는 수백 미터씩 나아갔다 물러서기를 반복했다. 모든 언덕은 숫자로만 표시가 되었다가 피가 튀는 전투가 벌어지고 나면 결국 별명이 붙었다. 전투는 주로 야간에 벌어졌는데 미군과 한국군 부대가 소규모 기습공격을 감행하면 그다음에는 공산주의자들이 공격 작전을 펼치는 식이었다. 그 무렵 공산주의자들의 대부분을 이루던 중공군은 종종 대대적인 공격을 개시했다. 물밀듯이 밀려오는 중공군은 마치 자살 부대처럼 보였다. 그들의 목표는 엄청난 수적 우위를 바탕으로 상대를 겁주고 압도하는 것이었다.

그 포로도 그들 가운데 하나였다. 포로는 기껏해야 열넷이나 열다섯 살 정도 되었을 것 같은 소년이었다. 달덩이처럼 둥근 얼굴에는 윗입술과 턱에 수염이 달랑 몇 개만 돋아나 있었다. 헥터의 소대는 전날 밤의 공격을 격퇴하고 나서 그 아이를 포로로 붙잡았다. 치열했던 전투는 기관총 소리, 소방울 소리, 무턱대고 전진해오는 수천 명 병사들의 맹렬한 외침 소리, 기관단총이 불을 내뿜는 소리, 옥수수 밭을 통째 먹어치우는 메뚜기 떼처럼 딱딱하게 굳어버린 눈밭을 밟는 발소리 등으로 새벽이 밝아올 때까지 이어졌다. 전쟁터를 환히 밝히기 위해 이따금 조명탄이 하늘로 쏘아 올려졌다. 불빛에 드러난 적군의 절반 정도만 소총으로 무장하고 있었다. 나머지는 총검과 죽창, 그리고 심지어 자선 장터에서 상품으로 주는 장난감 북을 손에 들었다. 싸구려 북에는 두 개의 끈이, 끈의 끄트머리에는 방울이 달려 있었다. 적군은 그것을 흔들어 시끄러운 소리를 냈다.

첫 번째 공격을 받았을 때 적을 향하고 있던 모든 개인용 참호는 점령을 당했지만 진격을 중간에 차단하여 더 이상의 접근을 막을 수가 있었다. 적군은 그 뒤로도 두 번째, 세 번째 공격을 연거푸 감행했으나 맨 처음 공격보다는 위력이 없었다. 그리고 네 번째 공격을 해왔을 때는 공격 신호가 되는 소음마저 그 크기가 많이 줄어들었고 미군의 대대적인 반격에 직면하고서 재빨리 후퇴했다. 그것으로 전투는 끝이 났다. 동이 틀 무렵에는 산허리에 수백 구의 시신이 여기저기 흩어져 있었다. 대부분은 중공군이었다. 미군 측의 피해도 적지 않았다. 전방의 참호에 들어가 있던 수많은 미군 병사들은 행방불명이 되었고 전사자들만 그 시신을 수습할 수 있었다. 생존자들은 벌떼처럼 퇴각하는 적군의 포로가 되어 끌려갔다. 보도와 소문에 따르면 포로들은 이루 말할 수 없는 고문과 처참한 대우를 받고 중국의 깊은 광산에서 평생 중노동에 시달렸다고 알려졌다.

헥터의 부대원들에게 잡혀 포로가 된 소년 병사도 이런 사정을 알고 있었다. 헥터는 소년이 사로잡힌 직후 그들과 마주쳤다. 소년은 키가 165센티미터쯤 되었고 깡마른 몸이었는데 몸무게는 45킬로그램도 채 안 될 것 같았다. 그는 보온효과를 내기 위해 구겨진 신문지를 쑤셔 넣은 군복을 입고 있었다. 양말도 신지 않은 발에는 찢어진 운동화를 신고 있었다. 소년은 참호 바닥에서 죽은 척하고 있다가 부대원들에게 발각되어 죽도록 얻어맞았다. 눈은 시퍼렇게 멍이 들었고 코와 입술은 피투성이였다. 게다가 한쪽 어깨는 탈구까지 되었다. 부대원들에게 발각될 당시, 소년은 놋쇠로 만든 피리를 가지고 있었지만 피리는 이제 젤렌코라는 병사의 장갑 낀 손에 들려 있었다. 소대장인 브리저 중위는 야전 본부에서 보고를 받느라 그 자리에 없었다. 젤렌코와 그의 동료 병사들은 그 자리에서 소년을 처형할 생각이었다. 하지만 다른 부대의 장교 한 명이 우연히 그곳을 지나치다가 소년의 상태를 확인하고 모든 포로를 상대로 곧 심문이 실시될 거라고 그들에게 상기시켜 주었다. 그들은 알겠다고 말했다. 하지만 장교가 떠난 뒤에 젤렌코는 소년을 야전 사령부로 넘기기 전 조금 더 붙잡아두자고 말했다. 어쨌든 그 소년은 그들이 체포한 첫 번째 포로였다. 얼어붙은 옆 참호 가장자리에 앉아 있던 헥터와 소대원들의 불평이 쏟아졌다. 헥터는 젤렌코를 싫어했다. 헥터와 마찬가지로 뉴욕 주 북부의 소도시 출신인 젤렌코는 머리털이 붉고 말수가 많은 친구였다. 그는 믿음직한 병사이긴 했지만 언제부턴가 순진한 중위에게 교묘하게 압력을 행사하여 헥터가 소속되어 있는 분대가 야간 정찰을 나가도록 만들었다. 어차피 누군가가 정찰을 나가야 하는 상황이었기 때문에 헥터는 남들보다 조금 더 위험한 임무라고 해서 꺼리지는 않았다. 그는 그것도 운명이라고 생각하고 순순히 받아들이기 시작했다. 하지만 젤렌코의 일시적 기분이나 생각이 다른 사람의 운명을 결정지을 수도 있다고 생각하니 역겨웠다.

　다른 병사가 소년 포로에게 소총을 겨누고 있는 상황에서 젤렌코는 소년의 뒤로 다가와 피리 끝을 소년의 귀에 바짝 갖다 대고 최대한 힘껏 불었다. 그러자 소년은 관자놀이에 총을 맞은 것처럼 자신의 귀를 붙잡고 비명을 지르며 땅바닥으로 고꾸라졌다.

　"미친 중국 음악으로 밤마다 잠도 못 자게 한 벌이다."

　젤렌코는 자기가 분 피리 소리에 자신도 몸을 움찔하면서 말했다. 다른 병사들은 한순간 눈이 동그래지더니 낄낄 웃었다. 중공군은 확성기로 기분 나쁜 오페라풍의 단조로운 음악을 밤새도록 틀어댔다. 서구의 음악을 계속해서 틀어놓거나 멋들어진 선전을 해대는 경우도 있었다. 소년은 이제 자신의 귀를 틀어막고 입을 떡 벌린 채 소리 없이 울고 있었다. 그는 무척 고통스러워했다. 젤렌코는 소년을 끌어당겨 일으켜 세웠다. 아이는 여전히 손으로 귀를 감싸고 있었지만 젤렌코는 아이의 손을 홱 제쳐버렸다.

　"하도 시끄러운 음악을 틀어대니 중국놈들은 모두 귀가 반쯤 먹었을 거야."

젤렌코는 그렇게 말한 후 같은 귀에다 대고 또다시 피리를 불어댔다.

"이건 고메스의 목숨을 앗아간 대가다."

고메스는 일주일 전에 죽은 그의 동료였다. 그의 시신은 얼어붙은 개울가에서 발견되었는데 고문을 당하고 나서 뒤통수에 총을 맞고 죽었다. 젤렌코는 다시 피리를 불었다. 소년은 풀썩 주저앉으며 무릎을 꿇고 비참하게 울었다. 젤렌코는 거기에서 멈추지 않았다. 그는 동료인 모라에게 소년의 양손을 등 뒤로 묶어 귀를 막지 못하도록 했다. 그런 후 그는 다시 피리를 힘껏 불었다. 그렇게 세 번이나 더 피리를 불었을 때, 젤렌코는 파티 풍선을 불어서 방 안을 가득 채운 것처럼 얼굴이 시뻘게져 있었다. 그가 마지막으로 피리를 불었을 때, 소년은 더 이상 움찔하지도 않았다. 귀가 먹은 것이다. 그 모습을 본 젤렌코는 화가 나서 권총으로 소년을 세게 내리쳤다. 소년은 비석이 한쪽으로 넘어지듯 땅바닥으로 쓰러졌다. 아이의 머리 옆에 쌓여 있던 눈이 피로 동그랗게 젖었다. 그의 가느다란 눈은 뜨여 있었고 입술은 느리게 기계적으로 움직이고 있었지만 아무런 소리도 새어나오지 않았다. 젤렌코는 껌을 동그랗게 말아서 자신의 귀를 막은 채 소년의 다른 쪽 귀에 피리를 갖다 대려고 상체를 기울였다. 그 순간 헥터가 더 이상 참지 못하고 갑자기 달려들어 젤렌코를 밀쳐냈다. 그 바람에 젤렌코는 뒤로 벌렁 나자빠지면서 언덕 아래로 4미터가량 미끄러져 내려갔다.

"뭐야? 이 개자식아!"

젤렌코가 소리쳤다. 그와 동시에 모라가 헥터에게 달려들었다. 헥터는 모라의 신장을 향해 세게 주먹을 한 방 먹였다. 모라가 땅으로 푹 고꾸라졌다. 헥터가 소년 포로를 일으켜 세우는 동안 다른 병사들은 옆으로 비켜나 있었다. 소대원들은 헥터가 어떤 사람인지 잘 알았다. 헥터는 전투에서 망설임이 없었다. 그는 빈틈이 없으며 지칠 줄 모르는 체력의 소유자였다. 그리고 포화 속에서도 전혀 겁을 먹지 않았다. 그래서 어느 누구도 그를 제지하려고 나서지 않았다. 말수가 너무 적어서 탈이지 그런 성격만 고치면 헥터는 분대, 아니 소대도 능히 이끌 수 있었다. 헥터가 소년의 팔을 자기 어깨에 둘렀을 때 소년은 무거운 신음 소리를 내뱉더니 곧바로 의식을 잃었다. 헥터는 소년을 업고 언덕에 나있는 오솔길을 걸어 야전 본부와 이동병원이 설치된 반대편 산허리로 갔다. 젤렌코는 그의 등에다 대고 얼빠진 아일랜드 녀석이라는 둥, 역겨운 괴짜라는 둥, 중국놈한테 미친 녀석이라는 둥 고래고래 고함을 질렀지만 헥터는 그의 욕설을 못 들은 척했다.

위생병이 소년의 상처에 응급처치를 하고 탈구된 어깨를 제자리에 맞춘 후, 헥터는 소년을 전투사령부로 데려갔다. 담당 장교는 헥터에게 포로의 몸을 다시 수색하라고 지시했다. 헥터는 지시에 따라 소년의 몸을 수색하다가 웃옷 안감의 찢어진 틈에 무언가가 감춰져 있는 것을 발견했다. 그것은 자그마한 수첩이었다. 사진이 한 장 그 속에 끼워져 있었다. 헥터가 수첩을 장교에게 건네자 장교는 통역병을 불러서 수첩에 적힌 내용을 살펴보도록 했다.

하지만 별다른 내용은 없었다. 그것은 지극히 개인적인 내용이 담긴 일기였다. 당연히 내용은 한글로 적혀 있었다. 소년은 본래 남한 사람이었는데 처음에 한국군에 징집되었다가 공산주의자들에게 붙잡혀 재징집되었다고 주장했다. 하지만 통역병은 소년을 믿지 않았고 그의 말에 신경도 쓰지 않았다. 과거야 어찌되었든 소년은 지금 공산주의자가 되어 있었고 그 사실이 중요했다. 통역병은 일기와 사진을 장교에게 건넸다. 장교는 그것들을 건성으로 들여다보고 나서 헥터에게 돌려주었다. 소년이 심문을 받는 동안, 헥터는 작고 반듯하게 쓰인 글자와 사진을 찬찬히 들여다보았다. 그것은 소년의 가족사진이 분명했다. 부모님과 소년 자신, 그리고 다른 남매들이 함께 찍은 사진이었다. 멋지게 차려입은 소년의 가족 모습에 헥터는 적잖이 놀랐다. 사진 속에서 그들은 양복과 드레스 등 서양식 의복을 입고 있었다. 동양인의 외모만 제외하면 차림새가 마치 레밍턴 무기회사의 중견간부 가족 같기도 했다.

소년에 대한 심문은 아주 짧게 이루어졌다. 정보 장교들은 지난주에 이미 다른 포로들과 항공 정찰로부터 적의 공격력에 대한 충분한 정보를 수집해두었다. 장교는 헥터에게 그 소년이 자기들에게 별로 쓸모가 없다고 말했다. 소년은 엄청난 규모의 소모용 병력 가운데 하나로 그저 나팔수에 불과하다는 것이다. 보통 때 같으면 소년은 다른 포로들과 함께 후방의 대대로 일단 보내졌다가 전쟁 포로수용소로 이송된다. 하지만 어느 누구도 소년의 신병 처리에 관심을 보이지 않았다. 그도 그럴 것이 생포한 적군의 수가 너무 적었고(소년을 포함해서 겨우 세 명) 그날 밤 적군이 대대적인 인해전술을 감행할 거라는 정보가 있었기 때문이다. 게다가 포로를 실어 나를 차량도 마땅치 않았고 전방에는 수용시설도 없었다. 상황이 그렇다 보니 소년을 포함한 포로들은 귀찮고 번거로운 존재가 되었다.

"그럼 이 아이는 어디로 데려가야 합니까?"

헥터가 물었다. 정보 장교는 고개를 들지도 않았다. 텐트에 있는 다른 장교들도 헥터의 말을 들은 체 만 체했다. 헥터는 두 번 다시 묻지 않았다. 그는 장교들의 시큰둥한 반응을 자기 나름대로 해석했다. 그들은 헥터가 소년을 최전선으로 데려가서 적당한 시점에 사살하기를 바라고 있었다. 그런 일은 비일비재하게 일어났다. 적군도 그런 식으로 포로를 처리하는 경우가 많았다. 헥터는 할 수 없이 소년을 데리고 밖으로 나왔다. 소년은 그의 앞에서 터덜터덜 힘없이 걸었다. 아이는 그저 묵묵히 무거운 발걸음을 옮길 뿐, 한 번도 뒤돌아보지 않았다. 헥터에게 달려들지도 않았고 자비를 베풀어달라고 애원하지도 않았다. 헥터로서는 기쁘고 고마운 일이었다. 그는 총격전에서 적어도 대여섯 명을 죽였다. 그중 두 명은 아주 가까운 거리에서 사살했다. 하지만 그것은 어디까지나 본능적인 행동, 자기도 모르는 사이에 일어난 순간적인 반응이었다. 자신의 사살 행위에 대해 곰곰이 생각해볼 필요 따위는 전혀 없었다. 하지만 지금은 달랐다. 소년을 어디쯤에서 멈춰 세우고 사살할 것인지 결정해야 했다. 무릎을 꿇게 할 것인지 서 있게 할 것인지, 몸통에 총을 쏠 것인지 머리에 총을 쏠 것인지 모두 그의 결정에 달려 있었다. 잠시 뜸을 들이다가 총을 쏠 수도 있었고 예고 없이 총을 발사할 수도 있었다. 소년은 비쩍 마르고 키가 작았지만 어깨는 제법 넓었다. 헥터는 소년을 다 자란 아이, 진짜 군인으로 생각하려고 애썼다. 그래야만 조금이라도 죄책감을 덜 느낄 것 같았다. 하지만 그것도 마음먹은 대로 되지 않았다. 소년은 자기 집을 향해 지친 발걸음을 옮기는 여느 아이처럼 보였다. 4월 초의 날씨는 빠르게 따뜻해지고 있었다. 기온은 영상 7도까지 올라갔다. 녹은 눈 위를 걷는 두 사람의 발소리가 어느덧 하나로 겹쳐졌다. 어쩌면 젤렌코가 소년을 함부로 처리하도록 내버려두는 편이 헥터에게 더 나았을지도 몰랐다. 만약에 그랬더라면 지금쯤 소년을 처치하고 자기는 아마 방공호에 들어가 깡통에 담긴 음식을 먹으며 몸을 녹이고 있거나 소총을 닦고 있을 것이다. 어쩌면 어머니에게 짧은 편지를 쓰고 있을지도 모른다. 그는 일주일에 한 번씩 고향에 계신 어머께 편지를 보냈는데 새로운 일이나 구체적인 내용은 일절 적지 않고 날씨, 음식에 대해 개괄적으로 적었다. 편지의 말미에는 서명을 해서 자기가 아직도 살아 있다는 사실을 알렸다.

그들은 오솔길이 굽은 지점에 이르렀다. 길을 돌아서 가면 커다란 바위가 있었다. 헥터는 아이에게 멈춰 서라고 말했다. 아이가 걸음을 멈추었다. 헥터가 아이에게 일기장과 사진을 내밀자 아이는 고개를 가로저으며 받지 않으려고 했다.

"필요 없으니까 돌려주는 거야."

아이는 그것을 받으면 자기가 죽게 된다고 생각했는지 계속해서 고개를 가로저었다. 아이를 처치할 생각이라면 그곳이 적당한 장소였다. 오솔길 끝에는 5미터 높이의 절벽이, 그 아래에는 얕은 구덩이가 있었다. 아이가 구덩이 속으로 떨어지면 헥터는 그 자리를 떠나면 그만이었다. 시신을 끌어내서 다른 곳으로 옮길 필요도 없었다. 하지만 그는 아이를 해치고 싶은 마음이 들지 않았다. 왜 아이를 죽여야만 하는가? 아이를 도망치게 하고 포로가 도망갔다고 보고해도 그만이었다.

하지만 그때 갑자기 아이가 그에게서 돌아서더니 오솔길의 가장자리 쪽으로 바짝 다가섰다. 아이는 눈을 비비고 나서 계곡 아래를 우두커니 내려다보았다. 눈으로 뒤덮인 밝은 언덕이 새파란 하늘과 대조를 이루었다. 아이도 그 지점이 적당하다고 생각하는 듯했다. 이 전쟁에서 오래 살아남지 못하리라는 것을 자기도 일찌감치 깨달은 게 틀림없었다. 나팔수였으니 사람을 죽일 생각은 아예 없었던 것이다. 언덕 너머에는 아이의 전우들이 수천 명이나 있었다. 그들은 전열을 재정비하고 오늘 밤 또 한 번의 인해전술을 펼치기 위해 지금 휴식을 취하고 있을 것이다. 헥터는 아이가 자신의 운명을 예감하고 있다는 것을 알 수 있었다. 아이는 이렇게 일대일로 맞서다가 죽는 게 나은지 아니면 총알이 빗발치는 가운데 원초적 두려움으로 비명을 지르며 손에 피리 하나만 달랑 들고 적진을 향해 뛰어드는 게 나은지 생각해보는 것 같았다. 헥터는 아이를 향해 한 걸음 다가가 소총을 겨누었다 이제 총구는 아이의 피투성이가 된 귀에서 불과 30센티미터 거리에 있었다. 헥터는 일등 사수였지만 지금 그의 두 손에는 아무런 느낌도 없었다. 그가 쥐고 있는 총은 실체가 전혀 느껴지지 않았다. 소년은 곧 총알이 발사될 거라고 예상하고 양쪽 어깨를 움츠리며 바짝 긴장하고 있었다.

순간 그들의 뒤에서 사람들의 목소리가 들려왔다. 모라와 젤렌코였다. 두 사람이 그런 자세를 취하고 있는 것을 본 젤렌코의 눈이 갑자기 빛났다. 하지만 그가 무어라고 하기도 전에 소년은 자기를 괴롭히던 젤렌코를 알아보고 그 자리에서 아래로 펄쩍 뛰어내렸다. 조금 전에 헥터가 머릿속에 그려본 모습 그대로 아이는 구덩이 속으로 굴러떨어졌다. 아이는 비명을 질러대기 시작했다. 한쪽 다리가 부러진 게 분명했다. 아니나 다를까 한쪽 발이 보기 흉하게 뒤로 비틀어져 있었다.

"너 때문에 애가 놀랐잖아! 저 비명 소리 들어 봐!"

모라가 소리쳤다.

"브레넌, 이제 어떻게 할 셈이지? 저 애는 네 포로잖아."

젤렌코가 말했다.

헥터는 젤렌코를 밀치고 아래로 걸어 내려갔다. 모라와 젤렌코가 그를 뒤따라갔다. 아이에게 다가가자, 아이는 이제 울음을 그치고 코로 빠르게 숨을 쉬고 있었다. 굳게 다문 입술에는 침과 가래가 묻어 있었다. 알고 보니 구덩이는 크고 작은 바위투성이였다. 바위들은 눈에 덮여 있었다. 아이는 다리만 다친 게 아닌 것 같았다. 몸속에서 무언가가 터진 게 분명했다.

헥터는 등에 맨 소총을 풀어내고 안전장치를 해제했다. 더 이상 망설일 이유가 없었다. 아이는 가는 눈을 꼭 감고 마음의 준비를 하고 있었다. 하지만 바로 그 순간, 헥터는 자신의 머리를 무언가가 강하게 짓누르는 느낌을 받았다. 그의 눈앞에서 세상이 뒤틀리고 있었다. 다시금 눈을 떴을 때, 그는 자기가 축축한 눈 위에 모로 쓰러져 있다는 것을 깨달았다. 모라가 그의 소총을 들고 있었고 철모는 벗겨져 언덕 아래로 굴러가 있었다. 머리에 지독한 통증이 밀려왔다. 술에 취한 것처럼 정신이 흐리멍덩했다. 그는 자리에서 일어나 앉았다. 두 병사는 쓰러져 있는 아이를 일으켜 앉혔다. 그들이 부러진 다리를 돌아가면서 쿡쿡 찔러대고 있었기 때문에 아이는 다시 가엾게 울고 있었다.

"아까 네놈이 감히 나를 쳤지? 이제 비긴 거야. 상당히 아팠으면 좋겠군. 꼼짝 말고 그대로 있어."

헥터가 꿈틀거리는 것을 보고 젤렌코가 말했다.

"그래, 알았어. 이렇게 하면 엄청 아프겠지?"

모라가 말했다. 그는 자신의 체중을 전부 실어 소년의 부러진 다리 근처를 짓밟았다. 아이의 입에서 터져 나온 비명 소리에 그들 모두는 깜짝 놀랐다. 헥터는 흐릿하던 머릿속이 갑자기 맑아지면서 정신이 번쩍 들었다. 아이의 비명 소리는 그렇게 가냘픈 몸에서 터져 나왔다고는 도저히 믿어지지 않을 만큼 컸다. 그렇게 비명을 지르고 나서 아이는 정신을 잃었다.

"이런 제기랄."

젤렌코가 말했다.

"이런 빌어먹을 동양 녀석들은 인내력이 대단한 것 같아. 하지만 내게는 정신이 번쩍 들게 만드는 약이 있지."

그들은 약을 꺼내어 아이에게 사용했다. 아이는 마치 잠을 자고 있다가 누가 거칠게 흔들어서 깨어난 것처럼 깜짝 놀란 표정을 지었다. 그는 전혀 부상을 입지 않은 것처럼 자리에서 반쯤 몸을 일으키다가 다시 풀썩 쓰러졌다. 그러자 그들은 아이가 다시 몸을 크게 들썩이며 깨어날 때까지 약을 아이의 코 밑에 갖다댔다. 그때마다 아이의 몸짓도 조금씩 순해졌다. 그러다가 마침내 고장 난 꼭두각시처럼 아이의 움직임도 크게 줄어들었다. 그 약에 고통을 멎게 하는 효과가 있는지 얼마 안 있어 아이는 잠잠해졌다.
　젤렌코는 총검을 헥터 앞으로 던지며 말했다.
　"이제 없애든 말든 네 맘대로 해."
　모라는 자기가 없애고 싶다며 반발하고 나섰지만 젤렌코는 그의 말을 듣지 않았다. 그들은 무기를 집어 들고 비탈길을 올라가서 오솔길로 들어섰다. 헥터는 두 사람의 발소리가 점점 멀어져가는 것을 들었다. 그로부터 이틀 뒤에 맨주먹 권투 시합이 비공식으로 열렸다. 거기에서 헥터는 모라와 젤렌코를 피투성이가 되도록 흠씬 두들겨주었다. 모라는 손쉽게 제압할 수 있었고 젤렌코는 그보다 조금 더 힘들긴 했지만 얼굴을 거의 알아볼 수 없을 정도로 만들어놓았다. 병사들이 중간에 싸움을 말렸기에 망정이지 그러지 않았더라면 젤렌코는 아마 죽기 직전까지 갔을 것이다. 나중에 그 사실을 알게 된 중위는 헥터를 다른 부대로 보내버리려고 했다. 헥터는 순순히 상관의 지시에 따르면서 이왕이면 전사자 처리부대로 보내달라고 부탁했다. 더 이상 사람을 죽이고 싶지 않았고 눈앞에서 사람들이 죽어가는 모습도 보기 싫었기 때문이었다. 자기가 죽인 사람의 수를 헤아리는 것도 이제 싫었다. 거기에 비하면 이미 죽은 사람들을 다루는 일이 훨씬 속이 편했다. 죽은 사람들은 항상 그 모습 그대로여서 얼마나 마음이 편한가.
　하지만 죽음은 사실 하나의 경향이라는 것을 그는 나중에 깨닫게 되었다. 죽은 사람들은 불가피하게 되돌아왔다. 소년도 마찬가지였다. 모라와 젤렌코가 떠난 후 소년은 헥터에게 말을 하기 시작했다. 물론 헥터는 소년이 한국어나 중국어를 하고 있다고 생각했는데 알고 보니 그것은 영어였다. 아이는 문법에도 맞지 않은 악센트가 강한 영어를 주절거렸다. 하지만 무슨 말을 하고 있는지 알아들을 수는 있었다. "노 리브, 노 리브."라고 아이는 연거푸 주절거리고 있었다. 자기는 더 이상 살고 싶지 않다는 뜻 같았다. 이제 아이에게는 시간이 별로 남아 있지 않았다. 머지않아 숨을 거두게 될 텐데도 아이는 집요한 구석이 있었다. 헥터는 자리에서 일어나 총검을 치켜들었다. 소년은 헥터를 향해 고개를 끄덕이고 나서 궁극적 해방이라는 약속을 비웃기라도 하듯 희미하게 미소를 지었다. 그의 눈에서는 새로운 빛이 반짝였다. 그것은 순전한 생명의 번득임이었다. 아이가 더 이상 고통 받는 모습을 보기 힘들었지만, 그리고 아이에게 더 이상 고통을 안겨주고 싶지 않았지만 헥터는 차마 그에게 타격을 입힐 수가 없었다. 칼날을 한 번 휘두르기만 하면 아이는 이제 영원한 안식의 세계로 들어갈 수 있었다. 하지만 그게 생각처럼 쉽지 않았다. 헥터는 총검을 언덕 아래로 집어던져버렸다. 소년은 소리 내어 울기 시작했다. 헥터는 아이의 울음소리를 듣지 않으려고 애쓰며 땅에 떨어져 있는 헬멧을 집어 들었다. 아이는 이제 무언가 다른 말을 하는 듯했지만 목소리가 너무 작아서 알아듣기가 쉽지 않았다. 헥터는 겨우 말을 알아듣고 호주머니를 손바닥으로 톡톡 두드려보며 사탕이나 먹을 게 들어 있는지 확인했다. 그는 아이에게 수통을 건넸다.

　아이는 고개를 가로저었다. 그는 헥터에게 조금 더 가까이 다가오라는 눈짓을 했다. 헥터가 무릎을 꿇고 몸을 앞으로 기울이자 소년은 갑자기 그의 혁대를 붙잡더니 수류탄을 잽싸게 낚아챘다. 헥터는 깜짝 놀라 몸을 얼른 뒤로 뺐다. 그 바람에 그는 얕은 구덩이 가장자리에서 간들거리다가 몸의 중심을 완전히 잃고 구덩이 속에 처박히고 말았다. 아이는 수류탄에 붙어 있는 핀을 붙잡고 있었다. 그것을 뽑는 날에는 몇 초 만에 주변의 모든 것은 산산조각이 나게 된다. 하지만 아이는 헥터가 자리에서 일어나 오솔길로 올라가기를 기다리고 있었다. 헥터는 길로 걸어 올라와 아래를 내려다보았다. 아이는 고개를 들어 하늘을 우러러보고 있었다. 그 모습은 헥터가 좀 더 멀리 갈 때까지 기다리는 것 같기도 했고 임박한 죽음을 담담히 받아들이는 것 같기도 했다. 헥터는 달리기 시작했다. 한참을 달렸을 때, 저 멀리서 엄청난 폭발음이 들려왔다.

4
1986년, 포트 리

핵터는 한복판이 우묵하게 파인 침대에서 몸을 일으켰다. 아직 새벽이 되지 않았다. 그는 욕실로 들어가서 세면대 약장 위에 붙어 있는 전등 끈을 당겼다. 길거리에서 틱과 주먹다짐을 벌였지만 얼굴을 보니 별로 달라진 곳은 없었다. 그는 깡다구라면 어느 누구에게도 뒤지지 않았다. 본래 그렇게 타고난 걸까? 아니면 잘못하면 죽을 수도 있다는 절박감 때문에 끝끝내 버텨낸 걸까? 턱과 두개골, 그리고 손마디의 관절이 쿡쿡 쑤셨다. 몸에 통증을 느껴서 잠을 깬 것은 아니었지만 숨을 들이마실 때마다 가슴에 통증이 느껴졌다. 항상 그랬던 것처럼 통증과 상처 자국은 금방 사라질 것이다. 하지만 상처를 보고 있으니 갑자기 쓸쓸한 느낌이 들었다. 그는 자기 침대에 누워 있는 여자가 한없이 고마웠다.

여자의 이름은 도라였다. 핵터는 그녀를 좋아했지만 항상 밤에만 그녀를 보았지 낮에 본 기억은 한 번도 없었다. 어떻게 그럴 수 있지? 욕실 불빛이 잠들어 있는 그녀를 희미하게 비추었다. 그녀는 몸을 뒤척이지 않고 얌전하게 자고 있었다. 본래 회색이었던 머리카락을 붉게 염색한 그녀는 배를 깔고 큰 대자로 드러누워 있었다. 두 눈과 한쪽 뺨은 시트 모서리에 덮여 있고 입은 토끼굴처럼 벌어진 상태였다. 자세히 보니 어금니 하나가 없었다. 헥터는 지금까지 그것을 알아차리지 못했다. 잠들어 있는 그녀의 모습이 전혀 매력이 없는 건 아니었지만 입속을 들여다보는 게 불편하여 그는 전등을 껐다.

헥터는 침대로 다시 기어들어 갔다. 도라가 애원하는 어조로 신음 소리를 냈다. 그는 도라의 뺨에 손을 얹고 그녀의 얼굴을 상상했다. 물론 그는 그녀가 어떻게 생겼는지 알고 있었지만 머릿속으로는 어릴 적에 그가 읽은 책에 나온 여자의 얼굴을 상상했다. 그 책에는 모래 폭풍이 부는 황무지에서 살아가는 사람들의 사진이 여러 장 들어 있었다. 그 책은 색다른 이야기를 기대하는 어린이에게 책이 때때로 그러하듯 그에게도 많은 영향을 끼쳤다. 〈이제 우리 유명한 사람들에게 찬사를 보냅시다〉라는 사진집의 제목만 보고 헥터는 그 책이 커다란 시련을 극복했거나 신이나 사람들을 위해 유례가 없는 희생을 한 대가로 영원한 명성이나 영예를 획득한 영웅들의 이야기가 담겨 있을 거라고 추측했다. 글을 읽을 줄 알게 되고부터 그는 고대의 아테네, 스파르타, 크레테, 알렉산더, 샤를마뉴 대제에 관한 이야기를 닥치는 대로 읽었다. 하지만 그 책에서 그가 맞닥뜨린 것은 극도로 비참하고 영락한 생활에 대한 설명과 묘사였다. 너무 일찍 철이 들어버린 어떤 젊은 여자의 눈에서 그는 쓸쓸함과 적막함을 보았다. 그 사진을 보는 순간 그는 갑자기 어머니가 생각나서 가슴이 아팠다. 그의 어머니는 젊은 시절에 대단한 미인이었지만 남편이 세상을 떠나자 젊음을 잃어버리고 다른 운명을 찾아 평생을 떠돌아야 했다.

　도라의 눈빛이 그랬다. 겉으로는 평온해 보였지만 거기에는 남모를 우수가 깃들어 있었다. 그래서 그녀에게 마음을 빼앗겼던 건지도 몰랐다. 그는 그녀와 몸을 섞고 나서도 떠나달라고 부탁하지 않았다. 그것이 그의 오래된 습관이었는데도 말이다. 발가벗은 채 잠들어 있는 그녀의 나머지 부위, 즉 자그마한 어깨와 등 아래쪽의 펑퍼짐한 허리, 그리고 부드러운 곡선을 이루며 솟아 있는 엉덩이가 그의 눈에는 무척 매력적이고 연약해 보였다. 하지만 그는 조금 더 자도록 내버려둬야 한다고 생각하고 그녀를 건드리지 않았다.

　도라는 '스미티즈'라는 바의 단골 손님이었다. 한 해의 대부분을 그곳에 들락거리면서 보내는 것 같았다. 바에서 일하는 친구들은 그녀를 반겼다. 도라는 괜찮은 여자였고 바에서 항상 필요로 하는 존재였다. 얼굴도 그만하면 괜찮았지만 무엇보다도 실없는 소리를 하지 않았고 술을 마시고 흐트러진 모습을 한 번도 보이지 않았기 때문이다. 그녀는 아주 가끔 소리 내어 웃을 뿐, 대체로 차분하게 앉아 있다가 자기가 마신 술값을 치렀다. 게다가 그녀는 똑똑한 여자였다. 레모인 거리의 대형 가구점에서 경리를 보고 있었는데 성장 배경만 조금 더 좋았더라면 자기 인생에서 훨씬 더 많은 것을 이루었을 것이다. 그녀는 술을 많이 즐기지는 않았다. 바를 자주 드나들긴 했지만 그렇다고 술꾼은 아니었다. 하지만 폭음을 하는 친구들과 어울릴 때는 자기의 주량에 개의치 않고 그들에게 분위기를 맞추어 주려고 노력했다. 그러다보면 자기도 모르게 술에 취해 결국 인사불성이 되곤 했다.

　그녀는 어디에 내놓아도 부족하지 않은 사람들과 데이트를 즐겼다. 코놀리, 빅 잭스, 그리고 언젠가는 슬로안과도 어울렸다. 슬로안은 다소 순진한 친구로 얼굴이 새끼 양처럼 작았다. 그는 로체스터에 사는 부모님이 매달 부쳐주는 돈으로 그녀를 시내에 있는 최고급 프랑스 음식점으로 데려갔다. 하지만 어느 누구도 도라를 행실이 나쁘다거나 몸을 함부로 굴리는 여자로 생각하지 않았다. 누가 보더라도 그녀는 행동이 바른 여자였기 때문이다. 허세를 부리지도 않았고 콧대가 높지도 않았다. 그들은 데이트가 끝나고 그녀가 집까지 바래다달라고 부탁하기를 내심 바랐을 것이다.

헥터는 그녀가 무슨 말을 했거나 무슨 행동을 하지도 않았는데 다른 사람들보다 조금 더 조심스럽게 그녀에게 접근했다. 그의 본래 성격이 그랬다. 그는 사람들에게 쉽게 마음을 터놓지 못했고 그러다보니 사람들과 빨리 친해질 수가 없었다. 스미티즈를 단골 술집으로 삼은 지도 벌써 몇 년이 되었건만 그가 평소처럼 자정이 다 되어 와자지껄한 술집으로 들어서면 다른 사람들은 한동안 그를 혼자 내버려두었다. 페인트가 벗겨진 철제문을 밀고 술집으로 들어서면 사람들은 그에게 형식적인 인사만 건넸다. 그러면 그는 고개를 까닥이고 나서 스미티가 자동적으로 따라주는 카나디안 위스키 두 잔을 들고 안쪽 구석자리로 가서 앉았다. 그가 위스키 몇 잔에 속이 후끈 달아오를 무렵이면 사람들은 농담을 하거나 싸움을 하거나 노래를 부르고 있다가도 소리를 조금 낮추고 자기들끼리 소곤거렸다. 그는 밤에 사람들과 어울려 떠드는 것을 좋아하지 않았다. 헥터는 밤에도 잡역부의 복장을 하고 있을 때가 많았다. 헐거운 작업복에서는 암모니아 냄새와 시큼한 냄새, 그리고 사람의 몸에서 나는 냄새가 강하게 풍겼다. 그럴 때면 사람들은 그와 적당한 거리를 두고 있어야 한다는 것을 알고 있었다. 그런 날이면 그는 더욱 말수가 없었다. 구석 자리에서 말 한마디 하지 않고 술만 홀짝이고 있으면 스미티는 그가 술을 더 주문하기 전에 미리 알고 다가와 빈 잔을 채워주었다. 술집에 처음 온 사람들 가운데 몇몇 눈치 없는 사람들이 그의 작업복을 두고 이러쿵저러쿵 얘기를 하거나 에지워터 출신 사람들이 거리에서 시끄럽게 떠들어대면서 술집에 있는 자기 친구들을 불러내기라도 하면 한바탕 난장판이 벌어지고 만다. 헥터와 빅 잭스는 대형 쓰레기통 옆으로 훼방꾼들을 데리고 가서 흠씬 두들겨 팬다. 그러면 주변 아파트에 사는 누군가가 경찰을 부르고 결국 모두 경찰서로 끌려가는 것이다. 뉴욕 주 북부에 사는 헥터의 가족을 잘 알고 있는 관할 경찰서의 경사는 헥터의 싸움 기술에 경탄을 금치 못했다. 싸움에 가담한 모든 사람이 경찰서로 끌려가게 되면 헥터가 제일 먼저 풀려나온다. 물론 그에게는 시의 재원으로 쓰이게 될 100달러의 범칙금이 부과된다. 그는 경사에게 현금으로 범칙금을 지불해야 한다.

오늘 밤에는 싸움이 일어날 조짐은 전혀 보이지 않았고 대신 헥터의 생일 파티가 있었다. 스미티는 몇몇 단골 손님을 불러놓고 해마다 그를 위해 파티를 열어주었다. 하지만 어느 누구도 그런 행사를 좋아하지 않았다. 모두 나이가 지긋하게 들어가고 있었기 때문에 인생에 대한 기대나 바람이 조금씩 줄어들고 있어서였을까? 하지만 그런 날은 마음대로 맥주를 먹을 수 있었다. 그날 마시는 술은 모두가 공짜였다. 스미티는 조금도 아깝다는 생각을 하지 않고 양껏 술을 내놓았다. 그렇게 되면 사람들은 나중에 결국 너나 할 것 없이 어깨동무를 하고 행복한 기분에 젖어 감상적인 노래를 부르게 된다.

하지만 그날 저녁은 다소 불길한 분위기에서 파티가 시작되었다. 헥터가 술집에 모습을 드러내기 전에 어떤 낯선 사람이 술집에 찾아와서 그에 대해 이것저것 물었기 때문이었다. 헥터가 도착했을 때, 스미티는 그를 한쪽 구석으로 데려가서 가게 중간쯤에 있는 칸에 뻣뻣하게 앉아 있는 사람을 손가락으로 가리켰다. 검정색 정장 차림의 그 사람은 키가 제법 커 보였는데 자기가 원하는 게 정확히 무엇인지 속 시원히 털어놓지 않고 있었다. 헥터는 혼자 앉은 그 사람을 보자마자 자신의 고용주이자 친구인 정의 노름빚 때문에 찾아온 사람이라고 짐작했다. 지난주에 헥터는 정과 어떤 불량배가 싸우는 것을 보고 거기에 끼어들었고, 그 불량배가 정의 아이들을 불구로 만들어버리겠다고 협박하는 말을 듣고 앞뒤 사정도 따져보지 않고 새파란 나이인 불량배의 멱살을 움켜쥐고 흔든 적이 있었다. 살면서 절대 하지 말아야 할 말이 있는 법이다. 불량배의 얼굴은 금세 자줏빛이 되었다. 냄새를 맡아 보건대 바지에다 오줌을 조금 지린 것 같기도 했다. 불량배는 쇼핑센터에 있는 정의 사무실을 벌벌 기어나가다시피 했다.

헥터는 스포츠 도박장에서 왜 나이도 많고 회계사처럼 생긴 친구를 자기한테 보냈는지 혼란스러웠지만 상대가 다가오자 정체부터 파악하기 위해 조금도 주저하지 않고 상대의 넥타이와 칼라를 움켜잡았다. 사내는 양쪽 뺨이 일그러진 상태에서 간신히 무어라고 내뱉었다. 헥터가 손아귀의 힘을 조금 풀어주자 그는 캑캑거리면서 '준 싱어'라고 말했다. 헥터는 처음에 그게 무슨 소리인지 알 수 없었다. 하지만 그때 사내가 바로 덧붙였다.

"그 여자가 당신에 대해 말해주더군요. 당신을 만나고 싶어합니다. 전쟁 때 그 여자를 만나셨죠?"

전쟁 때, 준이라는 여자를?

헥터는 쇠망치로 머리를 한 대 얻어맞은 느낌이었다.

그는 자신이 어디에 있는지조차 잊었다. 술집에 있는 다른 사람들의 말소리는 들리지도 않았다. 그는 파멸의 주문이라도 들은 것처럼 사내를 밀쳐내고 뒤로 물러섰다. 빅 잭스가 재빨리 끼어들어 사내를 밖으로 데리고 나갔다.

헥터는 술을 한 잔 달라고 했다. 스미티는 술을 따라서 그에게 내밀었다. 잔이 금세 비어버리자 스미티는 다시 한 잔을 그에게 건넸다. 어느 누구도 사내가 던진 말에 대해 헥터에게 묻지 않았다. 큰 충격을 받은 게 분명한 그를 당분간 그냥 내버려두어야 한다고 생각했던 것이다. 술집 안이 너무 고요하자 코놀리가 분위기를 바꾸기 위해 파티는 곧 열리는 거냐고 큰 소리로 물었다. 헥터가 파티를 시작하자고 대꾸하자 여기저기에서 동의하는 소리가 터져 나왔다. 스미티는 긁힌 자국투성이인 호두나무 탁자 위에 위스키 잔을 줄지어 늘어놓았다. 술잔의 수는 헥터의 나이에 맞추어 쉰다섯 개나 되었다. 모임에 참석한 사람들과 도라, 그리고 빈민굴처럼 누추한 술집에 구경 삼아 들른 부유한 집안의 자제들이 차례로 잔을 비웠다. 스미티와 도라는 헥터에게 이리저리 돌아다니면서 술을 받아 마실 것을 요구했다. 헥터는 항상 그랬던 것처럼 말 한 마디 없이, 그리고 한숨을 내쉬거나 헐떡거리지도 않고 주는 대로 술을 받아마셨다. 가끔씩 차가운 차를 홀짝거렸을 뿐이다. 오늘 밤, 그는 술을 마시는 속도가 유난히 빨랐다. 마치 바닥에 구멍이 숭숭 뚫린 양동이에 술을 들이붓는 것 같았다. 헥터가 보통 사람들보다 훨씬 더 술이 세다는 것은 그 지역 사람들에게 익히 알려져 있었다. 오늘 밤에 그는 최상의 컨디션으로 보였다. 그는 낯선 사람의 말이 자꾸 귀에 맴돌아 점점 더 목이 탔다. 성인이 되고부터 그는 혼자서 술을 자주 마셨다. 남들은 술에 취해 비틀거렸지만 그는 좀체 술에 취하지 않았다. 브레넌 집안에서 자기 아버지나 사촌들, 또는 그 밖의 사람들과 달리 헥터는 술고래였다. 어쩌면 그는 역사에 남을 만한 술꾼인지도 모른다. 얼마나 술을 잘 마시는지 몸이 술을 담는 용기가 아니라 어떤 기적적인 여과장치로 여겨질 정도였다. 몸속에 혹시 숯과 모래가 층층이 쌓여 있는 건 아닌지 의심스러울 정도였다.

    도라는 체질적으로 술을 잘 마시지 못했다. 그녀는 위스키를 몇 잔 마시고 나면 스미티가 오직 그녀를 위해 저장해둔 와인을 마셨다. 그렇게 마셔도 별로 취한 것처럼 보이지 않다가 결국 나중에는 혀 꼬부라진 소리를 하곤 했다. 그녀는 남자용 화장실 밖에서 헥터에게 "이봐요, 이봐." 라고 주절거리고 나서 그의 품에 안겨 족히 30초가량 정신을 잃었다. 그녀의 머리카락에서는 담배연기와 강기슭의 쐐기풀, 그리고 저녁 식사로 먹은 생선 냄새가 났다. 스미티즈에는 여자용 화장실이 따로 없었다. 그래서 주인은 화장실 한 칸을 여자용으로 마련해두었다. 도라와 간혹 술집에 들르는 몇 안 되는 여자들은 그 칸을 이용했다. 그는 양손으로 그녀의 부드러운 등을 휘감은 채 그곳에 서 있었다. 바에 있는 그의 친구들은 그 모습을 보고 두 사람이 춤을 추고 있는 거라고 틀림없이 생각했을 것이다. 하지만 그가 생각하고 있었던 것은 도라도 아니었고 여자의 매력이 줄 수 있는 여러 가지 만족감도 아니었다. 그것은 준도 확실히 아니었다. 그는 준의 몸에 손을 대고 싶었던 적이 한 번도 없었다. 사실 그가 생각하고 있었던 것은 다른 여자였다. 준이 얘기해줄 수 있는 여자, 얘기만 들어도 그에게 정신적인 고통을 안겨줄 수 있는 여자였다.

하지만 헥터는 고통을 받을 상황이 전혀 아니었다. 그날은 그의 생일인 데다 두 팔에는 사랑스러운 도라가 안겨 있었다. 술에 취해 반쯤 정신이 나간 그녀는 그의 품에 안긴 상태에서도 희미하게 미소를 지었다. 도라는 정신이 들자 몸을 꼿꼿이 세우며 말했다.

"부축해줘서 고마워요."

"그냥 여기 있었을 뿐이에요."

그녀는 손등으로 관자놀이를 문질렀다.

"이런 적이 한 번도 없었는데."

헥터는 그녀의 말이 거짓이라고 거의 확신하면서도 고개를 끄덕여주었다.

"시간이 많이 늦었어요."

그가 말했다.

"당신한테도 늦었나요?"

"나는 괜찮아요."

"정말이에요? 말투를 보면 그렇지 않은 것 같은데."

그는 아무 대꾸도 하지 않았다. 대신 그는 한때 공중전화가 걸려 있던 벽으로 그녀를 떠밀어 벽에 몸을 기대게 했다. 지저분한 벽에는 온갖 욕설과 가짜 전화번호들, 그리고 사람들의 얼굴이나 전신을 해부학적으로 과장되게 그려놓은 그림도 있었다. 그 옆에는 그 사람들의 품행이나 용모를 사정없이 비난하는 글들이 적혀 있었다.

"궁금했던 게 하나 있어요."

도라가 말했다.

"그게 뭐죠?"

"왜 당신은 나한테 데이트 신청을 한 번도 안 했죠?"

그녀는 팔짱을 끼고 짐짓 화난 척하면서 말했다. 어느 정도 술이 깼겠거니 싶었지만 여전히 술에 취한 상태 같았다. 교태를 부리는 듯한 도라의 자세를 보고 평소의 헥터라면 흥미를 잃고 고개를 돌려버렸을 것이다. 하지만 그녀의 목소리에는 단순히 자기한테 관심이 있는지 없는지 알고 싶어 하는 것 이상의 무언가가 깃들어 있었다. 그것은 깊은 슬픔과 우수의 기미였다.

"나도 모르겠습니다."

"저기 있는 멍청이들이 나에 대해 무슨 얘기 안 하던가요? 허풍을 떨면서 말이에요. 난 저 사람들 가운데 어느 누구도 진지하게 생각해본 적이 없어요. 무슨 말인지 아시죠?"

"예."

헥터가 대꾸했다. 물론 친구들은 그에게 도라가 요즘 보기 드문 여자라고 온갖 허풍을 떨어가며 말했었다.

"혹시 다른 술집에 여자 친구가 있는 거 아니에요?"

"나는 이 구질구질한 술집에서만 술을 마십니다."

"그럼 내가 예쁜 구석이 하나도 없다고 생각하는 거로군요."

헥터는 솔직히 도라를 예쁘다고 생각하고 있었다. 그녀의 외모는 어디에 내놓아도 떨어지지 않았다. 사실 그녀는 대부분의 남자가 선망할 정도로 예뻤다. 그는 그녀의 눈을 똑바로 쳐다보며 진심을 털어놓았다. 그리고 나서 몸을 기울여 그녀의 입술에 살짝 키스했다. 도라는 헥터의 키스를 되받아 그에게 입을 맞추었다. 위스키를 마신 그의 입술이 그녀가 마신 싸구려 포도주 냄새로 달콤하게 젖었다.

"미안하지만 집까지 바래다줄래요?"

도라는 마치 새로운 주제를 가지고 대화를 시작하듯 한껏 밝은 표정을 지으며 말했다.

"차가 없습니다. 하지만 집까지 동행은 해줄 수 있어요."

"그래요. 그렇게 해주세요."

"업고 갈 수는 없으니 그리 알아주세요."

"알았으니 잘난 척 그만해요. 이제 괜찮아졌어요. 이 시간에 혼자 걷는 게 싫어서 그래요."

"이해합니다."

"혹시 나한테 나쁜 일이 벌어질 수도 있잖아요."

"알겠습니다."

그가 말했다.

"이제 그만 가죠. 여기서 밤새 떠들 수도 없잖아요."

"그래요."

두 사람은 친구들의 야유와 진저에일만 마시는 스미티의 축배 소리를 뒤로 하고 술집을 나왔다. 그는 앞장서서 걸어가는 그녀를 뒤따라갔다. 두 사람은 거대한 콘크리트 교각이 떠받치고 있는 조지워싱턴 다리로 접어들어 북쪽으로 걸었다. 새벽 3시가 넘은 시각이었지만 머리 위의 고가도로 이음매를 지나가면서 차량들이 내는 덜컹거리는 소리 때문에 주변은 조금도 고요하지 않았다. 그들은 텅 빈 도로의 한복판에서 걸었다. 보행자들을 위한 규정 같은 것은 없었다. 헥터는 거대한 건축물 위에서 내려다보는 장관이 마음에 들었다. 그곳에서는 강 너머, 그러니까 웨스트사이드 하이웨이를 따라가며 볼 수 있는 풍경보다 더 멋진 풍경을 볼 수 있었다. 하이웨이의 야경은 그림엽서에 나올 정도로 화려하고 웅장했지만 그가 발을 딛고 있는 곳은 인간의 열망과 그 실현을 완벽하게 보여주는 장소였다. 거대한 구조물을 지나가면서 그는 자신이 지극히 하찮은 존재에 불과하다는 느낌을 받았다. 그들은 경사가 진 길을 따라 올라갔다. 길은 교각을 휘감고 있었다. 도라는 걷는 속도를 줄이더니 갑자기 집에 돌아갈 마음이 사라졌다고 그에게 고백하며 자기와 함께 아파트를 쓰는 친구에 대해 얘기했다. 그녀는 친구가 신앙심이 워낙 깊어 술은 입에도 대지 못하며 잠을 깊게 자지 못하는 타입이라 부스럭거리는 소리만 들려도 곧바로 잠을 깬다고 말했다. 그런 상태로 집에 들어갔다가는 친구한테 방종한 생활을 이제 그만두라는 설교를 들을 게 분명하다고 그녀는 덧붙였다. 헥터는 그 심정을 충분히 이해할 수 있다고 말했다. 그는 도라의 손을 붙잡아 자기 팔꿈치 사이에 끼웠다. 생일 축하 자리에서 연거푸 마신 위스키 탓인지 뒤통수가 후끈거렸지만 그 느낌이 싫지는 않았다. 그는 발걸음을 재촉했다. 오랫동안 술을 마셔오면서 헥터는 인사불성이 되도록 취한 적은 단 한 번도 없었다. 하지만 술기운 탓인지 그의 발걸음은 다른 날보다 조금 더 빨랐고 허공에 약간

붕 뜬 느낌까지 들었다.

　강바람에 실려 오는 물큰한 냄새는 마치 죽은 지 이틀 된 시신이 풍기는 냄새 같았다. 짙은 냄새 때문에 헥터는 더욱 기분이 들떴다. 만약 다리의 좁은 통로에서 아래를 물끄러미 내려다보는 사람이 있었다면 그 사람은 두 사람의 걸음걸이가 경망스럽게 휘청거리는 것을 알아차렸을지도 모른다. 두 사람은 중년에 접어든 부부가 흔히 그러하듯 서로에게 몸을 기댄 채 온화한 가을 공기 속을 걸었다. 그녀는 여전히 넓고 탄탄한 그의 한쪽 어깨에 살짝 머리를 기대고 있었다. 그들은 유대인과 아일랜드인, 그리고 이탈리아인이 많이 모여 살던 올드 포트 리의 폭이 좁고 구불구불한 길을 따라 걸어갔다. 서울이나 상하이의 어느 거리들처럼 24시간 불이 켜져 있는 좁은 길거리에는 형광색의 저속한 문구와 그림들이 보였다. 헥터는 전국을 떠돌아다니다가 15년 전부터 그곳에 정착해서 살았다. 정처 없이 떠돌아다닐 때는 온갖 험한 일을 겪었다. 그에게는 그곳이 그동안 잠시 머물렀던 다른 곳들처럼 세상과 담을 쌓고 지내기에는 제법 괜찮은 지역으로 보였다. 노동자 계급이 주로 사는 그곳은 이웃 사람들도 일리온의 이웃들과 많이 닮아 있었다. 풍상에 시달린 집들은 다닥다닥 붙어 있었다. 침실 창문을 열고 팔을 한껏 내뻗으면 똑같이 팔을 내뻗고 있는 이웃집 아가씨의 손가락 끝이 닿을 정도였다. 어쩌면 그는 도라가 그런 완전히 성숙한 이웃집 여자가 될지도 모른다는 생각에 그녀를 좋아했는지도 모른다.

　도라는 욕망 때문이 아니라 피곤해서 그에게 더욱 몸을 바짝 기대기 시작했다. 헥터는 전혀 거기에 개의치 않았다. 그는 풍만한 그녀의 무게가 좋았다. 그는 취향이 그리 까다로운 편은 아니었지만 이제는 통통하게 살이 찐 여자가 좋았다. 몸매가 풍만한 여성이 몸을 바짝 기대어오면 그의 몸속 깊숙한 곳에 감추어져 있던 동물적 본능이 되살아나곤 했다.

이제 그녀는 무어라고 달콤하게 속삭이는 중이었다. 그는 그녀가 무슨 말을 하고 있는지 알지 못했다. 그래서 다시 한 번 말해보라고 요구하자 그녀는 갑자기 그를 밀쳐내고 길에서 벗어나 넓적다리까지 올라오는 잡초 덤불 속으로 들어갔다.

"먼저 가세요. 금방 따라갈게요."

그녀는 말꼬리를 흐리며 얼버무리듯이 말했다. 헥터는 그녀가 용변을 보려고 그러는 거라고 짐작했다. 그는 도라가 예의 같은 것에 전혀 신경을 쓰지 않는 것을 보고 많이 놀랐다. 헥터는 그녀에게 주의를 기울이며 계속해서 걸어갔다. 하지만 얼마 가지 못해서 도라가 마치 숨이 막힌 것처럼 캑캑거리는 소리를 들을 수 있었다. 그는 그녀를 도와주려고 걸음을 멈추고 돌아섰다.

하지만 그녀에게 미처 닿기도 전에 그는 그림자 속에서 어떤 남자가 자신을 덮치려고 튀어나오는 것을 목격했다. 순식간에 일은 벌어졌다. 헥터는 숨을 헐떡이며 달려드는 사내 때문에 땅바닥으로 벌렁 나자빠지고 말았다. 사내가 그의 머리와 귀를 바위처럼 단단하고 큼지막한 주먹으로 가격했던 것이다. 사내는 거기에서 멈추지 않았다. 여러 차례의 과격한 주먹질이 이어졌다. 헥터는 마치 벽난로의 뜨거운 부지깽이로 자신의 얼굴과 두개골을 마구 들쑤시는 것 같은 통증을 맛보았다. 그렇게 무작정 얻어맞으면서도 그는 신음 소리 한 번 내지 않았다. 그러다가 갑자기 자신의 천부적이고 특별한 재능이 몸속에서 되살아나는 것을 느꼈다. 헥터의 몸이 사내한테서 떨어졌다. 거의 본능에 가까운 행동이었다. 헥터는 자기도 모르는 사이에 사내의 손아귀에서 빠져나와 잽싸게 그의 손목을 비틀었다. 그러자 덩치가 우람한 사내는 다른 손으로 헥터를 가격하려고 애썼다. 사내의 반항도 만만치 않았다. 헥터는 사내가 휘두르는 주먹에 맞아 인도 너머의 비탈로 굴러떨어졌다. 하지만 자리에서 채 일어서기도 전에 사내가 달려와 연거푸 주먹을 날리는 바람에 헥터는 어정쩡하게 닻을 내린 선박처럼 비틀거렸다. 전문적으로 훈련을 받은 싸움꾼처럼 사내의 몸놀림은 예사롭지 않았다. 하지만 헥터에게는 그것이 오히려 촉매제가 되었다. 사내가 숨을 가다듬느라 잠시 동작을 멈춘 사이에 헥터는 자리에서 일어나 주먹을 날리기 시작했다. 처음에는 서로 주먹을 한 대씩 주고받다가 나중에는 헥터가 일방적으로 주먹을 날리는 상황이 되었다. 마침내 거구의 사내는 한쪽 무릎을 꿇고 주저앉았다. 그 모습은 타석에 들어설 순서를 기다리는 선수 같아 보였지만 물론 그런 기회는 오지 않았다. 그때부터 헥터는 완벽한 기계가 되어 사내를 마음대로 다루었다. 헥터는 사내의 철판 같은 얼굴이 곤죽이 되도록 무자비한 폭력을 가했다. 그 자신도 감정을 주체하지 못하고 있었다. 사정없이 주먹을 휘두르는 동안 헥터는 사람을 동물이나 다른 형상으로 탈바꿈시키는 것은 마술이 아니라 어쩌면 열과 압력을 가해 점토를 어떤 형태로 빚어내는 것과 비슷한 행위가 아닐까 하는 생각이 문득 들었다.

헥터가 휘두르는 주먹에 얻어맞아 피투성이가 된 사내는 점토나 다름없었다.

"원하는 게 뭐지?"

헥터는 숨이 차서 색색거리며 피투성이가 된 얼굴에 물었다. 사내의 얼굴은 번들거리는 피와 어둠 때문에 알아볼 수조차 없었다.

"뭘 원하느냔 말이야!"

헥터는 고함을 꽥 질렀다.

사내는 컥컥거리며 괴로운 신음만 내뱉을 뿐 말도 제대로 하지 못했다. 그의 입에는 침과 핏물이 가득 고여 있었다. 헥터가 다시 주먹을 치켜들자 사내는 사시나무처럼 몸을 벌벌 떨면서 한 마리 거대한 새우처럼 땅바닥에서 몸을 한껏 웅크리고 양손으로 머리를 감쌌다. 헥터는 그때서야 사내가 누구인지 알아볼 수 있었다. 사내는 다름 아닌 틱 마톤이었다. 한때 아마추어 권투선수였던 틱은 사회에 해악을 끼치는 사람들에게 이따금 고용되어 빚을 갚지 않고 도망 다니는 사람들을 찾아내어 빚을 받아내는 역할을 했었다. 비록 그런 일을 하고 다녔지만 그는 절대 악인은 아니었다. 아마추어 선수 생활을 마감할 무렵에 틱은 링에 올랐다가 신나게 펀치를 얻어맞고 거의 사람도 못 알아볼 정도가 되었다. 지금 그는 마흔 살 정도가 되었지만 그때 받은 충격의 후유증에 시달렸다. 어떤 때는 자기가 어디에 있는지조차 깜박 잊을 때가 있었다. 흐릿한 달빛 속에서 틱은 숨을 헐떡였다. 호리병박 모양의 양쪽 볼은 놀라울 정도로 순진해보였다. 그것은 사춘기에 막 접어든 청소년의 얼굴이었다. 그 모습을 지켜보던 헥터는 갑자기 심장이 멎는 것 같았다. 아주 오래전, 그러니까 한국전쟁에 참전했을 때의 추악한 기억이 되살아났기 때문이었다. 그때 그는 차라리 죽었으면 했었다.

헥터는 틱을 일으켜 앉혔다. 틱은 주먹코와 얼굴을 셔츠 소매로 문질러 닦았다.

"틱, 여기서 뭐하는 건가? 오늘 밤에 나한테 왜 이러는 거지? 더구나 오늘은 내 생일이야."

"이런, 정말 죄송합니다. 헥터 씨."

틱은 눈에 띄게 움츠러들면서 자신의 잘못을 진심으로 뉘우치는 표정으로 말했다. 덩치와 어울리지 않게 그의 목소리는 아주 작았다. 혀짤배기소리는 새가 쫑알거리는 것 같았다. 한창 때에 그는 대단히 거친 선수였다. 펀치도 대단했지만 상대가 지쳐서 제풀에 쓰러질 때까지 진드기처럼 달라붙는 집념과 투지의 선수였다. 그와 대결을 벌인 선수들은 어느 누구도 그를 떨쳐내지 못했다. 틱('진드기'라는 뜻-옮긴이)이라는 이름은 그래서 붙은 것이다.

"처리할 상대가 당신이라는 걸 알고서 전 여기 말려들고 싶지 않았습니다. 하지만 그 빌어먹을 정처럼 올드 루디에 빚진 돈도 있고…."

"그런 식으로 부르지 말게. 괜찮은 친구야."

"헥터 씨, 죄송합니다. 절대 나쁜 의도는 없었습니다."

"알겠네."

올드 루디는 뉴저지 북부에서 대규모 스포츠 도박장을 운영하고 있었다. 아직도 풍채가 당당한 루디는 조금 더 젊었을 때는 잔인한 행동도 서슴지 않고 저질렀다. 하지만 헥터를 항상 섬뜩하게 만든 것은 그의 반쯤 내리깐 회색 눈이었다. 그는 유난히 손가락이 길었고 손은 시체를 파먹는 귀신처럼 창백했다. 그는 이제 70대 노인이 되어 기력도 예전 같지 않고 정신도 오락가락한다는 소문이 들려오고 있었다.

"날 어느 정도까지 상처 입힐 생각이었나?"

틱은 자꾸만 흘러내리는 코피를 멈추려고 콧마루를 손가락으로 쥐고 있었다. 그래도 말은 할 수 있었지만 그는 대답을 하지 않으려고 했다. 헥터는 자신이 어떤 심각한 일에 휘말려들었다고 짐작했다.

"말해 보게. 루디한테 피해가 갈까 봐 그러나?"

"제가 아는 거라고는 루디가 정을 당신의 보호에서 빼내고 싶어 한다는 겁니다. 당신은 정의 빚을 갚아줘야 하고요."

"내가 거부한다면? 아니, 그럴 형편이 되지 않는다면?"

"저도 모르겠습니다. 거기에 대해서는 아무도 저한테 말해주지 않았어요. 두 분이 오래전부터 알고 지낸 사이라는 건 모두 알지 않나요?"

그건 사실이었다. 틱과 정처럼 헥터도 루디에게 빚을 졌지만 그것은 금전이 아니라 다른 것이었다. 루디에게 신세를 졌다고 볼 수 있는데 그거라면 헥터가 자그마치 15년 동안이나 온갖 궂은일을 도맡아서 했기 때문에 이미 충분히 갚았다고 할 수 있었다. 헥터는 오랫동안 범죄 조직과 연계를 맺고 있던 루디 때문에 인근 카운티에 있는 대규모 건설공사 현장의 목수일이나 자동차 정비 따위의 일을 얻을 수가 없었다. 설사 일자리를 간신히 얻게 되더라도 한두 주 뒤에는 아무런 설명도 듣지 못한 채 현장에서 쫓겨나기가 일쑤였다. 현장에서는 이삼 일치의 수당만 주면서 두 번 다시 그곳을 기웃거릴 생각은 하지 말라고 엄하게 타일렀다. 물론 헥터는 다른 지역이나 주로 옮겨가서 새롭게 시작할 수도 있었지만 자신이 루디의 아리따운 딸, 위니를 비참한 신세로 전락시켰다고 해서 스스로를 처벌하고 싶지는 않았다. 위니는 헥터와 관계를 맺은 이유로 재앙에 직면한 또 다른 여자였다. 그때 그는 무슨 일이 있어도 위니가 재앙을 겪지 않도록 하겠다고 자신과 약속했다.

"헥터 씨, 이제 일어나도 됩니까?"

"그렇게 하게. 두 번 다시 나를 공격할 생각은 말고."

"그러겠습니다."

헥터가 틱을 자리에서 일어서도록 도와주는 동안, 길에 있던 도라가 두 사람에게 다가왔다. 그녀의 걸음걸이는 이제 조금 더 안정적이었지만 여전히 느리고 조심스러웠다. 그녀는 무슨 말인가 하려고 하다가 헥터와 얼굴이 엉망진창이 된 낯선 사내를 보고는 잠자코 있었다. 그동안 스미티즈에 오랫동안 들락거렸기 때문에 그녀는 헥터와 그의 친구들 주변에서 벌어지는 이런 일에 대해 어느 정도 알고 있었다. 그녀는 말없이 헥터의 옆으로 다가가서 그의 손을 꽉 붙잡고는 이제 그만 가도 되느냐고 물었다.

"헥터 씨?"

틱이 말했다.

"뭔가?"

"루디에게 앙갚음을 할 생각입니까?"

"나도 모르겠네. 하지만 마냥 이렇게 있다가 널 놓고 당할 수는 없지. 루디는 아직도 티넥(뉴저지 주 동북부의 소도시-옮긴이)에 있는 그 집에서 살고 있나?"

"아마 그럴 겁니다. 헥터 씨, 저기, 혹시라도 루디를 만나러 가시거든 저한테 공격을 받아 단단히 혼쭐이 났다고 말씀해주시겠습니까? 제 말은 그러니까, 그 사람이 저에 대해 물어보거든 그렇게 대꾸해달라는 겁니다. 저는 아직도 빚을 조금씩 갚아나가고 있어요."

"그렇게 할 테니까 너무 걱정하지 말게."

틱은 비틀거리며 걸어가서 자기 차에 올라탄 후 헥터와 도라에게 생일을 맞았으니 특별히 집까지 태워다주겠다고 말했다. 하지만 헥터는 손을 휘저으며 그냥 먼저 가라고 했다. 아직도 뒤통수가 얼얼하고 손마디에 아무 감각이 없었지만 헥터에게 틱을 향한 적대감 같은 것은 이제 더 이상 남아 있지 않았다. 어떻게 보면 틱도 불쌍한 사람이었다. 애초부터 비천한 존재였던 틱은 사리사욕에 사로잡힌 인간들, 이를 테면 권투 프로모터, 매니저, 수상쩍은 사업가, 범법자들을 위해 죽도록 일만 해온 사람이었다. 그렇게 죽어라고 일을 해도 얻는 것은 별로 없었고 근근이 생활을 이어갈 정도의 보수밖에 받지 못했다. 헥터는 틱을 만나 진한 동질감 같은 것을 느꼈다. 그는 좌절된 꿈을 안고 꾸역꾸역 살아가는 틱을 보고 자기도 모르게 목이 메고 눈시울이 붉어졌다. 며칠 전에 그는 길을 가다가 옷가지와 신발을 앞에 놓고 구걸을 하고 있는 동유럽인 부부를 스쳐지나갔었다. 등이 구부정하고 치아가 모두 빠져버린 부부였다. 그들 부부의 비참한 모습을 보았을 때 그는 갑자기 마음이 짠해지면서 자기도 모르게 눈물을 왈칵 쏟을 뻔했다. 공감은 관계이고 관계는 결속을 뜻한다. 어쩌면 그것은 그만의 감상적인 생각인지도 모른다. 따지고 보면 그의 실패들은 모두 그가 자초한 일이었지만 오래전에 포기해버린 꿈들 때문에 자기 연민에 사로잡혀 지나치게 나약하게 굴고 있는지도 모른다. 헥터 브레넌의 꿈들은 무엇이었던가? 너무나도 고독하고 쓸쓸한 이 세상에서 그의 꿈은 남들의 그것과 별반 다를 것이 없었다. 어느 정도 사랑이 있는 평범한 안식처를 얻는 게 그의 꿈이었다. 그런데 그게 왜 그렇게 이루기 힘든 꿈이었는지.

한 블록을 걸었을 때, 도라는 거의 발걸음을 멈추다시피 속도를 줄였다. 그녀는 그때까지도 헥터의 팔과 허리를 꼭 붙들고 있었다.

"그 사람이 차로 태워다준다고 했을 때, 탈 걸 그랬어요."

헥터가 말했다.

"난 괜찮아요. 차라리 잘됐어요."

그녀가 말했다.

"난 당신이 그 사람이나 다른 누군가와 싸우고 있는 모습을 생각하고 싶지 않아요. 어머, 그런데 당신도 피가 나요."

그녀는 손을 치켜 올리더니 엄지손가락으로 그의 입술 가장자리를 닦아주었다. 그렇지만 그것은 헥터가 흘린 피가 아니었다. 몇 군데 긁히고 부어오르긴 했지만 지금까지 항상 그랬듯이 하루만 지나면 통증과 함께 상처는 깨끗이 사라질 것이다. 그는 신기할 정도로 상처에서 회복하는 속도가 빨랐다. 헥터의 몸은 완벽하게 원상태를 회복하면서 그를 조롱하는 것 같았다.

"왜 그렇게 다치고 싶어 해요?"

"내가 다치고 싶어 한다고 누가 그래요?"

"그럼 왜 싸웠죠?"

"싸우면 안 됩니까?"

"당신 아버님도 싸움을 좋아하셨어요?"

"재미있는 질문이군요."

"대답해봐요. 부전자전이라는 말도 있잖아요."

"아버지가 어땠는지는 나도 모르겠습니다."

"외모뿐 아니라 성격도 부모를 닮는다고 하잖아요."

"지금 날 놀리는 겁니까?"

그가 정색을 하고 말했다.

"그냥 해본 소리예요. 내 말 귀담아 듣지 말고 그냥 잊어버려요. 아직도 술이 덜 깼나 봐요. 나, 바보 같죠?"

"바보 같긴요. 그건 아닙니다."

"기분 상했어요? 발끈하시네요."

"미안해요."

"그럼, 됐어요. 난 진심으로 물어본 거예요. 알고 싶으니까요. 그렇게 재미있어요? 항상 싸우는 것 말이에요."

"아니에요. 전혀."

헥터는 그동안 치른 수많은 싸움을 머리에 떠올리며 말했다.

"당신은 의도하지 않았는데 어쩌다보니 그런 일에 휘말렸다고요?"

"그래요."

"그럼 당신한테서 절대 떨어지지 말고 항상 붙어 다녀야겠어요. 아무도 나처럼 약한 사람을 해치지 못할 테니까요."

"당신한테 악감정이 없다면 해치지 않겠죠. 하지만 당신은 약하지 않아요."

"그건 당신이 몰라서 그래요. 알고 보면 나도 약한 사람이에요. 언젠가 알게 될 거예요."

그들은 몇 블록을 더 걸어갔다. 보도의 연석에 발이 걸려 그녀가 비틀거렸다. 헥터는 그녀가 길바닥에 쓰러지기 전에 다행히 붙잡았다.

"신선한 공기를 좀 마셔야겠어요."

"그래서 이렇게 밖으로 나온 것 아닙니까."

그가 말했다.

"그러니까 내 말은 휴식이 필요하다는 거예요."

그녀가 대답했다.

그는 도라가 자리에 앉고 싶다는 것인지 드러눕고 싶다는 것인지 알지 못했다. 사실 드러누울 자리도 없었다. 도라가 비틀거렸을 때 그는 그녀를 붙잡았다. 그 순간 그녀는 그의 입술에 키스했다. 도라의 입에서는 음식물을 게우고 나서 역겨운 냄새를 지우기 위해 아까부터 빨고 있던 버터스카치 캔디의 진한 향기가 흘러나왔다. 헥터 자신도 그런 것에 거부감을 느낄 처지가 아니었다. 그의 입에서도 그리 좋은 냄새가 나지 않았다. 헥터가 도라를 두 팔로 꼭 껴안고 답례로 키스를 하는 동안 그녀도 그의 입에서 흘러나오는 역겨운 냄새를 견뎌야 했다. 그의 손가락 사이로 그녀의 허리에 있는 부드러운 살점이 삐져나왔다. 그녀의 몸에서 숨이 모두 빠져나오는 것 같았다. 다행히 그의 아파트는 그곳에서 불과 몇 블록 떨어져 있지 않았다. 아파트에 도착해서 그가 자물쇠에 열쇠를 집어넣었을 때, 그녀는 몸을 부들부들 떨고 있었다. 그는 그녀의 몸을 안아서 번쩍 들어올렸다. 그러자 그녀는 두 다리를 그의 허벅다리에 휘감았다. 그는 그녀의 뾰족한 구두굽이 날카롭지만 약하게 자신의 허벅다리로 파고드는 것을 느낄 수 있었다.

헥터는 문을 열어젖히고 여전히 도라를 안은 상태로 어두컴컴한 방 두 개짜리 아파트로 조심스레 걸어 들어갔다. 침대 발치에 다다랐을 때 그는 그녀가 거의 정신을 잃은 줄 알았는데 그게 아니었다. 그녀는 어디서 그런 힘이 솟았는지 그에게 매달리며 열정적으로 키스를 퍼부어대기 시작했다. 두 사람은 중고품 할인 매장에서 구입한 낡고 보잘것없는 매트리스 위로 쓰러졌다. 도라는 간절한 손길로 헥터의 티셔츠를 머리 위로 끌어당겨 벗겨내고 나서 자신이 입고 있는 블라우스의 단추를 풀었다. 그런 다음 그녀는 그의 몸에 걸터앉아 상체를 기울이며 아직 부드러운 젖꼭지를 그의 입속으로 천천히 밀어 넣었다. 그녀의 말랑말랑한 젖꼭지는 소금기와 악취, 그리고 쇠의 맛이 느껴지는 그의 입속에서 점점 굳어져갔다. 그는 아래로 축 처진 다른 쪽 젖가슴을 한 손으로 감싸 쥐고 다른 손으로는 그녀의 두 다리 사이의 뜨끈뜨끈한 부위를 감싸 쥐었다. 한껏 달아오른 그녀가 자신의 숨소리에 맞추어 율동적으로 그에게 몸을 비벼댔다. 침실은 곧바로 숨이 막힐 것 같은 열기로 가득 찼다. 그는 자리에서 일어나 유리문을 옆으로 밀어젖혔다. 유리문 밖으로는 키가 고르지 않은 잡초가 우거진 테라스가 내다보였다. 그는 테라스를 거의 얘기를 나눠본 적 없는 이웃 사람과 함께 쓰고 있었다. 그녀는 그를 뒤따라가면서 스커트를 벗고 잠자리 날개처럼 생긴 손바닥 크기의 팬티를 벗어서 바닥에 떨어뜨렸다. 두 사람은 부드럽고 시원한 바람이 불어오는 밖으로 나왔다. 아파트의 안뜰에 켜져 있는 나트륨등의 창백하고 푸르스름한 불빛 속에 선 도라는 어떤 버려진 지하 세계에 갇혀 있다가 막 지상으로 올라온 사람처럼 보였다. 신기하게도 그녀의 발가벗은 몸은 금세 벌겋게 달아오르며 생명이 떠나버린 것 같았다. 다른 사람에게는 그런 모습이 혼란스럽게 보였을지 모르겠지만 헥터에게는 그게 도저히 거부할 수 없는 유혹처럼 느껴졌다. 그는 미닫이 유리문으로 그녀를 지나치다 싶을 정도로 강하게 밀어붙였다. 그녀는 그의 거친 행동에 두려움을 느끼고 숨을 헐떡거렸지만 그것도 잠시뿐이었다. 두 사람은 그곳에 서서 녹초가 될 때까지 서로의 몸을 열심히 더듬었다. 그는 잠에 곯아떨어진 그녀를 안고 침대로 돌아왔다.

동이 텄을 때, 도라는 아직도 깊은 잠에 빠져 있었다. 그는 문을 잠그는 법을 쪽지에 적어 남겨두고 밖으로 나왔다. 오늘 밤에 그녀를 다시 보게 될지에 대해서는 언급하지 않았다. 아마도 원하든 원치 않든 그녀를 다시 보게 될 것이다. 헥터는 그렇게 확신했다. 그는 쓰레기가 나뒹굴고 있는 일요일 아침의 거리를 따라 일을 하러 가면서도 집으로 얼른 되돌아가 잠들어 있는 도라를 억지로라도 깨우고 싶은 마음이 굴뚝같았다. 그녀에게서는 놀랍도록 깨끗한 밀랍 냄새가 났다. 그녀의 냄새는 그 자체로 상대방에게 만족감을 주었다. 그것은 그의 몸에서 풍기는 냄새와 대조적이었다. 그는 오랫동안 자기 몸에서 어떤 냄새가 나는지 알지 못했다. 하지만 9월 하순의 따스한 날씨 속에서 헥터는 자기 냄새를 문득 깨달았다. 그것은 합성세제와 썩은 고기가 한데 뒤섞인 역겨운 냄새였다. 그가 하는 일이 그런 쪽이다 보니 그것은 그로서도 어찌해볼 수 없는 결과였다. 헥터는 도라가 혹시 무언가를 알아차리지 않았을지 궁금했다. 그는 다시 여자를 사귀게 된다면 비록 자기 위생과 청결에 좀 더 꼼꼼하게 신경을 써야 되겠지만 적어도 도라와 같은 여자를 사귀고 싶다는 생각을 했다. 가게 유리창에 비친 자기 모습을 힐끗 쳐다보다가 그는 발걸음을 멈췄다. 눈물을 머금은 것 같은 자신의 얼굴은 초췌하고 음울해 보였다. 그것은 술집에서 생일 축하 파티를 하기 전부터 그가 자신에 대해 생각하던 모습과 똑같았다. 문제의 핵심은 그가 아직 자신의 생활을 찾지 못하고 있다는 것이었다.

재키 브레넌은 성공의 척도는 얼마나 큰 집을 소유하고 있는지, 또는 어떤 차를 몰고 다니는지를 보고 판단할 게 아니라 그 사람의 가정과 이웃, 그리고 직장에서 얼마나 확고히 뿌리를 내리고 살아가는지를 보고 판단해야 한다고 늘 말하곤 했다. 헥터는 그 자신의 설계와 계획에 따라 지금 이 지점에 도달했다. 그동안 그가 이룬 업적을 알게 되면 누구든 감탄을 금치 못하게 될 것이다. 그에게는 돈도 지위도 출세의 가능성도 없었다. 사회적 지위가 있는 사람들은 그런 헥터를 보고 하층민 취급을 할지 모르겠지만 그는 자신의 처지에 대해 별다른 불만이 없었다. 하지만 사실 그는 궁핍에 가까운 자신의 구차한 생활이 중요하고, 필수적인 일에 대한 책임에서 벗어날 수 있는 용이한 엄폐물이 되기도 한다는 사실을 알고 있었다. 과거로부터 달아나는 일은 불가능하겠지만 그는 현재와 가까운 미래로부터는 실제로 벗어날 수 있었다. 그는 이런저런 책임감에 시달리지 않아도 되었다.

밝은 햇살과 함께 과거가 천천히 고개를 치켜들었다. 준이라는 이름은 오래전에 치른 전쟁에서 보았던 준의 모습을 상기시켰다. 이제 그는 차라리 틱에게 흠씬 두들겨 맞고 해컨색(뉴저지 주 동북부의 도시-옮긴이)에 있는 병원 응급실에 입원이라도 했더라면 차라리 나았겠다는 생각이 들었다. 그는 다시 처음부터 모든 것을 기억에서 깨끗이 지워버려야 했다. 준을 마지막으로 보았을 때, 그녀는 불과 열아홉 살이었다. 그는 준의 존재 자체가 자기한테 얼마나 비참하고 죄책감을 느끼게 만드는지 알면서도 오로지 그녀의 편의를 위해 궁지에 몰려 이러지도 저러지도 못하고 있는 그녀와 결혼했다. 그는 그녀를 미국으로 데려와 비록 남편과 아내로서는 아니었지만 그녀가 자신의 길을 걸어갈 수 있다는 확신이 들 때까지 다섯 달 동안 한 집에서 살았다. 그리고 그녀가 떠난 뒤로는 전혀 소식을 듣지 못했다. 두 사람 모두 상대방이 살아 있는지조차 신경 쓰지 않고 각자의 인생을 살았다.

헥터는 사람이 찾아오기 전에 먼저 조치를 취하기로 마음을 먹고 아까보다 더 빠른 속도로 걸었다. 등과 가슴에서 땀이 났다. 그는 아직도 도라의 사랑스럽던 모습이 뇌리에서 떠나지 않고 남아 있어 기분이 좋았다. 그는 혼란스러운 마음을 가라앉히기 위해 숨을 깊이 들이마셨다. 목이 말랐다. 모퉁이를 돌아가면 술집이 하나 있다는 것을 알고 있었다.

다행스럽게도 모퉁이를 돌았을 때, 술집 주인은 이제 막 가게 문을 열고 있었다. 일요일 아침에는 9시에 문을 열었다. 그곳은 헥터가 좋아하는 장소였다. 아니, 그와 같은 부류의 사람들이 즐겨 찾는 장소라고 해야 더 정확한 표현이 될 것이다. 뒤집어진 의자들이 아직도 탁자들 위에 얹혀 있었다. 그는 자리에도 앉지 않고 서서 생맥주를 세 잔이나 연거푸 들이켰다. 네 번째 잔을 비웠을 때, 열기가 완전히 가라앉아 다시 길을 걸을 수 있을 것 같았다. 혼란스럽던 잡생각들이 모두 사라지자 그는 다시금 도라에 대한 생각에 사로잡힐 수 있었다.

지금은 오직 도라만 생각해야 했다. 그는 오늘 밤 그녀를 다시 보게 되기를 진심으로 고대하고 있었다. 그러고 보니 마지막으로 여자와 하룻밤을 보낸 게 벌써 오래전 일이 되어버렸다. 그날은 비가 내려 날씨가 춥고 구질구질했는데 아마 3월이나 4월이었을 것이다. 그때 그의 몸은 전혀 말을 듣지 않았다. 여자가 인내심을 가지고 아무리 적극적으로 애무를 해주어도 그의 성기는 바람을 불어넣은 지 하루가 지난 풍선처럼 시들시들했다. 무슨 수를 써도 그의 물건은 좀체 발기가 되지 않았다. 그전에는 그런 일이 한 번도 없었다. 하지만 그는 별로 놀라지 않았다. 최근 몇 년 동안 헥터는 자신의 그 부위가 꾸준하게 고갈되고 있다는 느낌을 받았다. 정력과 함께 정욕도 사그라들고 있는 것 같았다. 욕망의 거대한 저장고가 찌꺼기만 남기고 너무나 빠른 속도로 줄어들고 있는 것 같았다.

가끔 그는 너무 어렸을 적에, 그러니까 사춘기가 되자마자 성에 눈을 떴고 거침없이 성욕을 채운 탓에 남들보다 일찍 기력이 쇠해진 것인지도 모른다는 생각을 했다. 헥터의 미친 누나의 얼빠진 여자 친구 두 명이 이리 운하에 있는 버려진 보트 창고로 그를 데려갔을 때, 그는 아직만 열두 살도 되지 않은 어린애였다. 누나의 친구들은 그에게 의사 놀이를 어떻게 하는지 보여주었다. 그들은 아직 성숙하지도 않은 헥터의 알몸을 구석구석 살펴보다가 혓바닥을 놀리며 그에게 야릇하고 신기한 짓을 했다. 그들은 갈대밭에 숨어서 훔쳐본 떠돌이 부부의 해괴한 짓거리를 그대로 흉내 내기 시작했다. 헥터의 어머니는 아들이 친구들에게 셋이서 무슨 짓을 했는지 들려주는 얘기를 우연히 엿듣고 기겁을 했다. 그녀는 딸의 친구들이 두 번 다시 집으로 찾아오지 못하게 했다. 거기에서 멈추지 않고 그녀는 그들을 경찰서로 끌고 가서 단단히 혼이 나도록 해주겠다고 협박까지 했다. 하지만 그때만 해도 헥터는 그보다 나은 성교육은 상상조차 할 수 없었다. 아무튼 진과 제니, 그리고 헥터 세 사람은 서로의 몸을 더듬고 핥으면서 허키머 카운티에서 열린 거대한 카니발 행사에 참가했을 때 느낀 것과 똑같은 순전한 기쁨을 맛보았다. 물론 페리스 관람차를 탈 때도 그들은 곤돌라가 하늘 높이 올라갔을 때, 그 안에서 서슴지 않고 서로의 몸을 더듬으며 이상한 짓을 했다.

 일리온에 있을 때, 사람들은 그에게 영화배우가 되어야 한다고 말하곤 했다. 그리고 제2차 세계대전 중에는 어떤 지역 위원회가 그에게 단란한 가족의 모습을 보여주는 전쟁 채권 관련 포스터의 모델이 되어달라고 부탁하기도 했다. 그는 군복을 입고 있는 자기 형을 더없이 뿌듯한 표정으로 올려다보는 역할을 맡았다. 포스터를 제작하기 위해 미술가는 그를 본래 모습보다 더 멋있고 근사하게 표현했다. 눈동자의 위치도 조정했고 두툼하고 큼지막한 입도 조금 덜 도드라지게 만들었다. 물론 성적 특징도 덜 부각되도록 했다. 포스터는 일리온 지역은 물론이고 온 나라 방방곡곡에 보급되었다. 사실 일리온은 나라 전체에서 전쟁 채권 매입에 가장 높은 참여율을 보였다고 해서 워싱턴 재무부로부터 이미 'T 깃발'까지 수여받았기 때문에 굳이 그런 포스터가 필요 없는 지역이었다. 또한 일리온 지역의 젊은이들은 엄청난 수가 자발적으로 군에 입대해서 타 지역과 비교가 되지 않았다. 입대자의 수가 많은 만큼 팔다리를 잃거나 죽어서 고향으로 돌아오는 수도 자연히 많았다. 그 유명한 버티어, 엔필드, 그리고 스프링필드 소총을 만든 레밍턴 총기 제조회사의 탄생지라서 도시 곳곳에는 자부심이 넘쳐흘렀다. 마르느 강(프랑스 동북부를 서쪽으로 흘러 파리 근교에서 센 강과 합류. 제1차·제2차 세계대전 당시의 싸움터-옮긴이)에서 일본의 이오지마 전투에 이르기까지 총기는 화력을 마음껏 발휘했다. "일리온에서 만든 것들에 의해 역사는 만들어진다." 헥터의 아버지는 음울한 어조로 그렇게 읊조리곤 했다. 헥터의 삼촌과 사촌들은 거의 대부분 총기 회사에 고용되어 일했거나 그곳에서 만든 총기를 들고 전쟁터로 나가서 싸웠다. 그중에 일부는 회사에 고용되거나 참전 용사가 되었다. 히로시마에 원자폭탄이 떨어져 도시 전체가 초토화되기 딱 일주일 전에 헥터는 열여섯 살이 되었다. 그는 대부분의 자기 친구들처럼 아는 사람이 아무도 없는 올버니(뉴욕 주의 주도-옮긴이)로 버스를 타고 가서 군에 자원입대할 준비가 되어 있었다. 물론 그렇게 하려면 본래 나이를 속여야 했다. 그는 5년을 기다렸다가 한국이라는 낯선 나라에 전쟁이 터졌다는 소식을 전해 듣고 나서야 참전 기회를 얻을 수 있었다.

어떤 여자들은 자기 집에 와서 마당일을 하거나 자기들의 초상화를 그려줄 생각이 없느냐고 항상 그에게 물어왔다. 고등학교 2학년 때, 그는 같은 마을에 사는 젊은 부인들의 쓸쓸한 침대를 수시로 드나들었다. 모두 남편을 저 멀리 태평양 전투에 내보내고 외롭게 살아가고 있는 여자들이었다. 물론 마을이 작아서 그는 그녀들의 남편들에 대해 잘 알고 있었다. 집을 떠난 사람들 가운데 몇 명은 돌아올 가망이 거의 없었다. 그 사람들 가운데에는 제임스 카힐도 포함되어 있었다. 해군 대위로 참전 중인 카힐은 한때 카운티 전체에서 알아주는 미식축구의 하프백 선수에다 육상선수였다. 그는 또한 레밍턴 총기 제조회사의 역사상 가장 젊은 현장 감독이기도 했다. 그의 아내 패트리샤는 새까맣고 탐스러운 머리카락에 약간 발그스름하게 달아오른 백옥처럼 희고 맑은 피부를 갖고 있었다. 그녀는 헥터와 마침내 운명의 하룻밤을 보내고 나서 자신의 행동이 수치스러웠는지 보기에 안쓰럽게 여겨질 정도로 엉엉 소리 내어 울었다. 그러면서도 그녀는 헥터를 곧바로 보내주지 않았다. 보내주기는커녕 두 다리를 벌리고 그의 몸 위에 걸터앉았다. 그런 다음 그녀는 상체를 숙이고 맥없이 늘어진 그의 성기를 자신의 입에 넣더니 다시금 그것을 빳빳하게 일으켜 세우기 위해 입안이 얼얼해질 때까지 격렬하게 애무했다. 그녀는 헥터가 자기한테 해를 끼치고 있는 것을 뻔히 알면서도 그의 이름을 연거푸 불러댔다. 헥터는 몸을 이리저리 비틀며 그곳에서 빠져나오려고 애썼다. 하지만 그녀는 온몸에 힘을 실어 그의 양쪽 어깨를 짓눌렀다. 그녀의 몸에서 드디어 풀려났을 때, 헥터는 그녀가 오르가슴을 느꼈는지 알 수 없었다. 그는 그녀의 지시에 따라 별다른 흥분도 느끼지 못하고 격렬하고 빠른 피스톤 운동을 했을 뿐이었다.

 헥터는 도라를 상대로 그런 격렬한 섹스를 할 수 있을지 궁금했다. 그렇지만 다시금 그런 원기 왕성한 섹스를 할 수 있게 된다면, 정말 그렇게 된다면 그는 어떻게 해야 할까? 그것은 정말 꼴사나운 일이 될 것이다. 자신을 차라리 벌레처럼 살아가는 산송장으로 여기는 편이 나을지도 모른다. 이제 그는 자기가 감당할 수 없을 정도로 도라가 갑자기 흥분을 하게 될까 봐 두려웠다. 그녀를 충분히 만족시켜줄 수 있어야 하는데, 자기한테 아직도 그런 성적 능력이 있는지 두렵기도 했다. 그는 자신의 체취가 남아 있는 어둠침침한 두 개의 방을 도라가 들락거리고 있는 모습을 상상했다. 지금쯤 그녀는 혈색이 도는 발가벗은 몸으로 이 방에서 저 방으로 옮겨 다니며 헥터가 생각보다 썩 괜찮은 사람이라고 생각하고 있을 것이다. 어쩌면 그녀는 함께 술을 마시고 침대에서 사랑을 나누는 사람 이상으로, 그러니까 자기한테 어울리는 사람으로 그를 생각하고 있을지도 모른다. 물론 헥터는 그녀에게 어울리는 사람이 절대 아니었다. 과거에는 자기를 좋게 바라보는 사람들이 있으면 자기가 어떤 사람인지 진실을 솔직하게 털어놓았다. 헥터는 도라가 그런 사람들과 똑같은 오해를 하고 있다면 과거에 그랬던 것처럼 자신에 대해 솔직하게 밝혀야 된다고 생각하고 있었다.

그는 스미티즈 같은 장소를 여러 군데 들락거렸기 때문에 도라와 비슷한 나이와 지위의 여자가 어떤 사람과 어울릴 가능성이 있는지 알고 있었다. 스미티즈에 있는 사람들은 어느 누구도 그녀의 상대가 될 수 없었다. 하지만 어느 날 밤, 우연히 그곳에 들렀다가 그녀를 구해줄 사람, 이를 테면 방문 판매원이나 전직 경찰, 또는 전직 소방관이라면 상황은 달라질 수 있었다. 어쩌면 도라는 이미 구원의 가능성조차 잃어버린 것인지도 몰랐다. 그렇다면 그 자신은 하향곡선을 긋고 있는 그녀의 인생에서 몰락을 재촉하는 요인에 불과할 수도 있었다.

헥터는 화이트먼 스트리트를 따라 동쪽으로 걸어가다가 남쪽으로 방향을 틀었다. 반 블록 정도 내려가면 르모인 애버뉴에 그가 일하는 곳이 나온다. 한국인이 운영하는 2층짜리 건물의 자그마한 쇼핑몰은 르모인과 팰러세이드 애버뉴 사이에 끼어 있었다. 헥터는 그곳의 관리인으로 야간과 주말에 일했다. 낮에는 그의 고용주인 정이 가게를 지켰는데 정이 가게에 모습을 드러내지 않을 때에는 헥터가 대신 가게를 지키는 일도 종종 있었다.

오늘 아침에 그는 정을 발견했다. 간혹 정은 일요일에도 가게에 나왔다. 몸집이 호리호리하고 피부가 가무잡잡한 그는 1층 관리소에 있는 낡은 2인용 의자에 앉아 몸을 둥글게 웅크리고 있었다. 그는 골프 모자를 눈 위로 푹 눌러쓰고 코를 시끄럽게 골며 자고 있었다. 헥터는 약간 구역질이 나는 익숙한 냄새를 맡았다. 정이 숯을 피워서 한국식 바비큐 요리인 갈비를 구워 먹은 것 같았다. 마늘과 말보로 담배, 그리고 시바스 리갈 냄새가 훅 끼쳤다. 빈 위스키 병이 바닥에 쓰러져 있었다. 정이 아직도 골프의류를 입고 있어서 헥터는 좀 이상하다고 생각했다. 정은 심지어 가죽으로 만든 흑백 무늬의 골프화까지 신고 있었다. 신발 밑창에는 잔디 부스러기와 말라버린 진흙이 그대로 묻어 있었다.

헥터가 상하의가 붙은 헐거운 작업복으로 갈아입는 동안, 정은 무어라고 웅얼거리면서 몸을 꿈지럭거렸다. 정은 가려운 부위를 손으로 벅벅 긁고 나서 방귀를 날카롭게 뀌더니 몸을 돌리고 다시 잠 속으로 빠져들었다. 헥터가 공구실의 문을 열고 공구들을 꺼내는 동안 정은 벌써 코를 골고 있었다. 정은 나태하기 이를 데 없는 사람이었다. 헥터가 무거운 진공청소기를 들어올리는 동안 시끄러운 소리가 났지만 정은 꿈쩍도 하지 않았다. 헥터는 청소기를 승강기에 실어 2층으로 올라갔다. 시간은 9시가 막 지나 있었다. 건물 2층에는 24시간 문을 여는 한국 음식점만 제외하면 활기를 띠는 곳이 아무 데도 없었다. 혼자 식사를 하는 손님 앞에는 갖가지 채소가 담긴 대여섯 개의 작은 접시와 김이 피어오르는 자기 국그릇이 놓여 있었다. 손님은 숟가락으로 그것들을 떠먹고 있었다. 여종업원 하나는 그곳에서 조금 떨어진 거리에서 익숙한 손놀림으로 냅킨을 접어 수저를 싸는 중이었다. 그녀는 고개를 들어 헥터를 발견하고는 환하게 미소를 지으며 얼른 오라는 손짓을 했다. 헥터는 자신이 어제 점심 이후로 아무것도 먹지 않았다는 사실을 문득 깨달았다. 하지만 이상하게 배가 별로 고프지 않았다. 헥터는 그녀에게 일단 일부터 해야 되겠다는 손짓을 했다.

그는 청소기를 이리저리 밀고 당기면서 본격적으로 청소를 시작했다.

2층 바닥에 깔려 있는 양탄자는 가장자리 부위가 닳아서 그 밑에 있는 콘크리트가 드러나 있었다. 상점 건물도 노후하기는 마찬가지였다. 입구 옆에 깔려 있는 리놀륨 장판도 늘어지고 휘어진 상태였다. 중앙 승강기는 작동이 될 때마다 삐걱거리는 소리가 났으며, 단추를 누른 층에 미처 도착하기도 전에 느닷없이 문이 열려 위험천만한 상황이 벌어지기도 했다. 실내는 중앙 분수대 위의 천장만 제외하고 그 밖의 모든 부위는 회색빛이 도는 싸구려 백색 페인트로 칠해져 있었다. 그곳 천장은 다른 곳보다 색이 좀 더 우중충했는데 그것은 아마도 페인트를 칠한 사람들의 손이 닿지 않아서 그럴 것이다. 건물 주인은 내부 시설이나 장식에는 전혀 신경을 쓰지 않았다. 세입자들이 저렴한 건물 임대료에 무엇보다 만족하고 있었기 때문이었다. 건물의 초라하고 열악한 환경도 그곳을 자주 찾는 손님들에게는 아무런 문제가 되지 않았다. 한국인, 중국인, 그리고 비(非)아시아 출신의 손님들이 그곳에 들러 물건을 사고 음식점에서 식사를 했다. 쇼핑몰의 상황이 그런데도 가게들의 물건은 대부분 저렴하지 않았다. 그곳에서는 헥터처럼 가난한 사람이 살 수 있는 물건이 별로 없었다. 유명 디자이너의 제품을 복제한 이른바 짝퉁 의류와 신발이 많았고 일반 주택과 차량에 설치하는 오디오 장치들은 그가 들어본 적도 없는 브랜드를 부착하고 있었다. 그곳에는 미용실, 아시아 비디오점, 장난감 가게, 제과점, 복사 가게, 침술요법까지 행하는 치과의원, 태권도장, 노래방, 그리고 음식점이 입주하고 있었다.

 헥터가 그곳에서 일하는 동안 음식점만 제외하고 다른 가게의 세입자들은 수시로 바뀌었다. 음식점은 아주 오랫동안 주인이 바뀌지 않다가 지난 몇 년 동안 두 번 세입자가 바뀌었다. 언젠가 정은 세입자들이 사업 경험이 별로 없는 사람들이라서 자주 바뀌는 거라고 헥터에게 말했다. 이민자들은 외국에서 저렴하고 수월하게 들여오는 물건을 손쉽게 팔 수 있을 거라는 생각으로 가게를 얻지만, 막상 장사를 하다보면 주변에 있는 대형 가게들과의 경쟁이 만만치 않다는 것을 깨닫게 된다고 했다. 치과의원과 제과점은 비교적 잘 꾸려나가고 있었다. 특히 제과점은 손님들이 다른 곳에서는 절대로 살 수 없는 독특한 빵과 페이스트리를 만들어서 팔았다. 버터를 바른 달콤한 빵과 페이스트리는 커스터드와 고소한 콩고물로 채워져 있었다. 그렇지만 그곳 가게들은 대부분 치밀한 계획도 없이 지나친 기대를 품고 성급하게 장사를 시작했기 때문에 영업이 순탄할 리가 없었다. 그런 가게는 실패가 이미 예정되어 있었다. 가게가 당장 망하지는 않았지만 매출액은 눈에 띄지 않게 아주 서서히 줄어들었다. 어떻게 보면 그게 더 나쁜 경우였다. 당장에는 눈에 띄지 않았으나 가게 주인은 계절이 바뀔 무렵이 되면 사태가 심각하다는 것을 깨닫고 어쩔 수 없이 핸드백과 스카프를 폐업 정리한다는 글자를 써서 문에 내걸어야 했다. 헥터는 음식점 여종업원 상미만 제외하고 세입자들과 거리를 두고 지냈다.

  소년 병사를 우연히 만나 그런 일을 겪기 전에 헥터는 그들의 전쟁에서 의욕이 넘치는 병사였다. 어쩌면 그것은 그들의 전쟁이 아니라 모택동이나 트루먼의 전쟁, 혹은 다른 누군가의 전쟁이었는지도 모른다. 그것은 처음부터 애국심과 저항, 강경 외교정책과 평화주의만 선동하는 전쟁이었다. 극단적인 대립으로 시작된 전쟁으로 미군은 5만 명 이상이 목숨을 잃었고 적은 100만 명 이상 목숨을 잃었다. 헥터는 전쟁이 발발하고 나서 곧바로 자원입대했기 때문에 제일 먼저 일본으로 수송되어 맥아더 군대의 일원으로 인천에 상륙했다. 당시 그는 스무 살이었다. 물론 학교 교육은 충분히 받았지만 그 밖의 것들에 대해서는 아는 게 거의 없었다. 그는 지능이 높고 남들 못지않은 판단력과 이해력을 갖추고 있었다. 만약에 북한이 동족인 남한을 침공하지 않았더라면 그는 레밍턴 총기회사에 들어가 일하고 있었을 것이다. 그곳에서 직접 무기를 만들지는 않더라도 타자기나 계산기를 두드리든가 무언가 다른 일을 하고 있었을 것이다. 전쟁만 터지지 않았더라면 그는 평범한 가정의 남편과 아빠가 되었을 것이고 일요일이면 친한 친구들과 야구를 즐겼을 것이다. 그리고 어쩌면 그런 친구들의 아내들과 불가피하게 잠자리도 가졌을 것이다. 그가 주도적으로 나서지 않아도 여자들로부터 잠자리를 가지자는 유혹을 받았을 것이다. 그는 여자를 먼저 유혹하는 법이 없었다. 평범한 생활을 했다면 그는 일상적인 걱정거리에 시달리며 살았을 것이다. 그의 아내는 드라마 연속극처럼 그를 떠났다가 돌아오고 다시 떠나는 일을 반복했을 것이다. 그의 생활은 인간의 고함 소리가 닿을 수 있는 공간 안에서만 이루어졌다. 그만큼 그의 공간은 한정되어 있었다. 이따금 헥터는 참전을 하지 않았더라면 자신의 인생이 지금쯤 어떻게 달라졌을지 궁금했다. 아마 일리온의 중년 신사가 되어 있지 않았을까. 브레넌 가문의 사람들이 많이 모여 사는 연립주택 촌에서 연금을 받아 생활하며 손자손녀들과 어울려 놀고 있을 것이다. 그러면서 가끔은 젊은 시절에 좀 더 용기를 내어 넓은 세상을 보았더라면 어땠을까, 하고 궁금하게 생각하고 있을지도 모른다.

전쟁이 터지는 바람에 헥터는 충분히 넓고 어둡고 깊은 세상을 보았다. 하지만 그것은 흔히 말하는 돌연한 자각이 아니었다. 그는 장차 영웅이 되고 싶다는 생각을 한 번도 해보지 않았다. 군인으로서 그는 자신을 구원자나 어떤 살인 기계가 아니라 전쟁터에 나간 무수한 병사들 중 하나로 바라보았다. 그는 자신을 어린 시절에 줄곧 가지고 놀던 장난감 병정들처럼 생각했다. 장난감 병사들은 저마다 색다른 자세를 취하고 있었다. 엎드려서 총을 쏘는 병사도 있었고 총검을 휘두르며 적진을 향해 진격을 하는 병사도 있었고 행군을 하는 병사도 있었다. 그중에서도 헥터는 자신을 마지막 병사, 즉 행군을 하는 병사의 모습으로 그려보았다. 그것은 그 또래의 아이들이 절대로 좋아하지 않을 병사의 모습이었다. 다른 아이들은 십중팔구 다른 자세를 취하는 병사들을 선호했을 것이다. 그는 무수한 병사들을 보고 넋이 나가 있었다. 그것들은 마치 벌떼 같았다. 장난감 병사들을 양손에 쥐고 있으면 마치 자그마한 뼈 무더기를 쥐고 있다는 느낌이 들었다. 그는 부모님의 집에서 금이 가고 군데군데 부서진 현관에 장난감 병정들을 나란히 세워놓았다. 행군을 하는 병사들은 어깨에 소총을 메고 굳은 표정을 짓고 있었다. 그는 사격자세를 취하는 병사들이나 총검을 휘두르는 병사들보다 제일 앞쪽에 있는 그것들이 먼저 목숨을 잃게 되겠지만 그들이 흘린 피가 상대를 압도하게 될 거라는 사실을 알았다.

이제 헥터가 진공청소기를 창고에 가져다놓고 바퀴가 달린 양동이에 물을 채우기 시작하자 잠에서 깨어난 정이 자리에서 일어나 기지개를 켰다. 그는 사자처럼 크게 하품을 하고 나서 다시 자리에 주저앉았다. 마치 손에 라이터와 담배를 쥐고 잠이 들었던 것처럼 정은 곧바로 담배에 불을 붙였다. 헥터는 그가 토요일을 어떻게 보내는지 잘 알고 있었다. 정은 주로 오버펙에 있는 시영 골프장에서 큰돈을 걸고 내기 골프를 치고 나서, 식사를 하고 술을 마시면서 밤새 도박을 했다. 그는 시내에 있는 한국인 대상 나이트클럽에 가서 술집 아가씨들을 만나기도 했다. 시간이 나면 그는 축구, 야구, 농구 경기를 보며 내기를 했다. 그는 30대 중반으로 결혼을 해서 아이들도 있지만 몇 주 전에 팰리세이즈 파크에 있는 자신의 아파트에서 아내에게 쫓겨났다. 주색잡기와 잦은 외박, 그리고 게으름에 넌더리가 나버린 그의 아내가 참다못해 내쫓아버린 것이다. 알고 보면 그런 습관들 자체가 그의 매력이었다. 정은 자신의 생활 습관에서 상당한 자기 위안을 얻었다. 그런 습관은 서서히 굳어졌으며,

하마들이 진흙탕에서 뒹구는 것이나 파리들이 똥을 찾아 날아다니는 행동과 조금도 다를 게 없었다. 정은 관리인으로 일해본 적이 한 번도 없었기 때문에 자기 대신 그런 일을 할 수 있는 한두 명의 날품팔이꾼을 리틀 페리의 길모퉁이에서 고용하곤 했다. 그가 했던 일이라고는 고작 세입자들을 위해 간단한 목공일을 해주거나 타버린 형광등을 새것으로 갈아 끼워주는 것뿐이었다. 물론 임대료를 걷는 것도 그의 일이었다.

"오늘은 출근이 좀 늦었네요. 그렇죠? 군인 아저씨?"

정은 팔목에 차고 있는 두꺼운 잠수부용 금시계를 들여다보며 중얼거렸다. 그는 독한 담배 연기 때문에 눈을 가늘게 뜨고 있었다.

"이유를 알고 싶은가?"

"뭔데요? 간밤에 근사한 데이트라도 했나요?"

"그렇다고 할 수 있지."

"그 뚱뚱한 여자하고요?"

"여자가 아니라 남자야."

"설마요."

정은 입에 물려 있던 담배를 아래로 축 늘어뜨리며 껄껄 웃었다.

"무슨 일이 있었는지 솔직히 털어놔 봐요, 군인 아저씨."

"진정해. 그 남자가 나를 귀찮게 하더군."

"젠장."

정이 소파에서 일어나 앉으며 말했다.

"괜찮아요? 보기에는 멀쩡한 것 같은데."

"난 괜찮아. 하지만 부탁 한 가지만 들어줘. 더 이상 이런 일로 나를 괴롭히지 않았으면 좋겠어. 자기가 진 빚은 자기가 갚아야지. 다음에 또 그런 친구가 주변을 얼쩡거리면 난 여길 떠날 수밖에 없어."

"좋아요. 그렇게 하죠."

정은 천천히 담배를 한 모금 빨면서 말했다.

"돈이 없는 거지?"

"돈은 어떻게든 구할 수 있어요."

"이번 주말에는 한몫 크게 따야 할 텐데. 아무쪼록 그렇게 되길 비네."

"그래야죠, 군인 아저씨."

정은 헥터가 한국전에 참가한 사실을 알게 된 뒤부터 그를 '군인 아저씨'라고 불렀다. '조'나 '람보'로 부를 때도 간혹 있었다. 다른 사람들이 그렇게 불렀다면 알게 모르게 상처를 받았을지 모르겠지만 헥터는 정이 그렇게 불러도 개의치 않았다. 세계 역사에서 30년 이상의 혼란스러운 시기를 겪고 나서 지금은 싸구려 작업복을 입고 손에는 자루걸레를 들고 있지만, 오늘날과 같은 평화를 맞이하게 된 것에 대해 그는 약간의 기쁨을 만끽하고 있었다. 비록 쇼핑몰의 주인은 다른 한국인들과 비교했을 때 너무나 게을렀지만 헥터는 뉴저지에 있는 더럽고 지저분한 쇼핑몰 화장실을 기꺼이 청소할 준비가 되어 있었다. 주인은 그야말로 전쟁 중에 길가의 도랑에서 태어났어도 그 당시의 상황을 잘 알지도 못하고 있었고 지금은 그런 것에 조금도 개의치 않았다.

"람보 아저씨, 그래도 어젯밤에는 뜨거운 밤을 보냈겠죠?"

"왜 그런 소리를 하지?"

"그렇지 않았더라면 지금 나한테 불같이 화를 냈을 테니까요."

"설사 그런 일이 있었더라도 자네한테는 말해주지 않을 거야."

"거봐요. 내 말이 맞죠?"

정은 소파에 등을 기대며 말했다. 그는 벌써 자신의 도박 빚에 대해서는 까맣게 잊어버리고 있었다.

"기쁘네요. 아저씨가 동성연애자라니."

"무슨 헛소리야."

"난 여자들이라면 넌더리가 나요. 여자들은 꼴도 보기 싫다니까요. 아저씨는 안 그래요?"

"여자들은 나한테 진절머리를 낼지 모르겠지만 난 아직 그 정도는 아니야."

"내 말 무슨 뜻인지 몰라요? 잘 생각해봐요. 우리 남자들은 조련되고 있는 거라니까요. 빌어먹을! 우리 마누라는 자기가 원할 때마다 일일이 나한테 지시를 하면서 마치 하인처럼 부려먹어요. 일찍 출근해라, 일찍 집에 돌아와야 한다, 친구를 만나지 마라, 아기한테 분유를 먹여라, 욕실 문을 고쳐라, 차를 수리해라. 별의별 지시를 다 하죠. 어떤 때는 자기 몸을 건드리지 마라, 지금 섹스는 안 된다고 했다가 자기가 마음이 내킬 때는 잠자는 사람을 느닷없이 깨워서는 당장 섹스를 하자고 우기죠. 지금 내 처지를 봐요. 실컷 부려먹다가 날 내쫓아버렸잖아요. 여기도 마찬가지예요. 빌어먹을 여종업원이 날 함부로 대하잖아요."

"상미는 그냥 내버려둬."

"말 좀 해봐요! 밤새 울어 얼굴은 엉망이 된 상태로 나더러 어디에 있었느냐고 캐묻는 거예요. 골프 치는 데 왜 그렇게 오래 걸렸느냐는 둥, 포커를 밤새도록 치느냐는 둥, 왜 더 이상 선물을 해주지 않느냐고 따진다고요. 왜 이제 반지나 목걸이를 안 사주냐고 묻더군요. 이제 자기를 더 이상 사랑하지 않는 거냐고 물어요. 마음 같아서는 내가 언제 당신 같은 여자를 한 번이라도 사랑했던 적이 있었느냐고 되묻고 싶더군요."

"설마 그런 소리는 하지 않았겠지?"

"나도 지쳤거든요. 피곤했어요. 내가 잠들 때 마누라는 거의 제정신이 아니었어요. 그러고 나서 좀 더 울더군요. 여기에 조금 있다가 가버린 것 같아요."

그는 아내가 자기 지갑에 손을 댔을 거라고 생각하고 재빨리 지갑 속을 살펴보았다. 하지만 그 속에는 현금 한 다발이 그대로 들어 있었다. 골프와 카드놀이에 기술이 있는 정은 친구들한테 용돈을 받아 생활했다. 하지만 게임이 끝나고 나면 그는 내기에서 딴 돈을 친구들에게 음식과 술을 사느라 써버렸다. 그러고도 남는 돈은 애인들에게 돌아갔다.

"배고프네요. 뭐 좀 먹을래요? 내가 살게요."

"할 일이 남았어."

"문제없어요. 특별히 봐줄게요. 오전에는 쉬어도 돼요."

"그렇게 되면 내일은 두 배로 오래 일해야 하잖아. 게다가 김 여사가 알면 가만히 안 있을걸."

김 여사는 2층에 있는 한국 음식점의 주인이었다. 그녀는 자기 손님들이 쇼핑몰의 화장실을 사용하기 때문에 화장실이 더러우면 헥터에게 자주 불만을 늘어놓았다. 헥터가 정에게 가서 불만 사항을 전달해주기를 바라는 것이다. 그녀는 정이 환경을 개선해주겠다고 약속만 해놓고 아무 조치도 취하지 않았기 때문에 그를 경멸하고 있었다. 하지만 그녀는 정이 아무리 푸짐한 음식을 주문해도 공짜로 먹게 해주었다. 왜냐하면 정이 지금 롱 아일랜드에 살고 있는 쇼핑몰 주인인 자기 삼촌을 설득해서 그녀의 6개월 임대기간을 아주 저렴한 가격에 여러 차례 연장해주었기 때문이다. 그녀는 정이 친구들을 데리고 가게로 찾아오면 요리사에게 음식을 너무 짜거나 달게 만들도록 지시했다. 그래야만 정이 공짜 음식을 대접할 요량으로 친구들에게 한국 음식점으로 가자고 제안하면 모두 머뭇거리게 될 거라고 생각했기 때문이었다.

"좋아요. 그럼 난 좀 더 잘 테니까 일하세요. 나중에 깨어나면 같이 식사하죠."

"상미가 오늘 일하고 있더군."

헥터가 말했다.

"그래서요? 내가 신경이라도 쓸 것 같아요? 난 무서울 거 없어요."

지난주에 상미는 정의 등에 물병에 담긴 물을 흘리고 나서 실수로 그랬다고 말했다. 정은 자리에서 벌떡 일어나 그녀에게 당장 주먹이라도 날릴 기세였다. 그때 헥터가 그를 제지했다. 상미는 뜨거운 국물이 아니어서 천만다행이라고 말했다. 그 말에 정은 더욱 화가 나서 한국어로 그녀에게 온갖 욕설을 퍼부었다. 그렇지만 그녀는 그저 미소만 지은 후 주방으로 쏙 들어가 버렸다. 정은 그런 대접을 받아 마땅했다. 지난 두어 해 동안 정은 상미를 살갑게 대해주었지만 아내한테 쫓겨난 직후 그녀를 차버렸다. 결혼 생활을 유지해야 할 구실이 더 이상 없었기 때문이다. 헥터는 항상 친절한 말을 건네는 상미가 좋았다. 맑게 반짝이는 두 눈 덕분에 상미는 더욱 예뻐 보였다. 하지만 어떤 때는 그토록 오랫동안 정을 믿고 의지하는 그녀가 애처로워 보이기도 했다.

"다른 곳에 가서 식사를 한다면 함께하지."

"뭐라고요? 이제 아저씨까지 그 여자 편을 드는 건가요?"

정이 소리를 질렀다.

"나는 그냥 자네가 상미를 혼자 내버려둬야 한다고 생각했을 뿐이야."

"내가요? 날 혼자 내버려둬야 할 사람은 그 여자라고요! 날 귀찮게 하는 건 그 여자란 말이에요. 지난주에는 내가 마실 차에 침을 뱉었다니까요! 해고해야겠어요. 그 정도 일이라면 나도 쉽게 할 수 있다니까요. 두고 봐요."

"쓸데없는 소리."

"알았어요, 알았어. 람보 아저씨. 보세요. 아저씨는 그 여자 편이 됐다니까요."

그는 양손을 들며 말했다.

"식사를 하고 싶은 거야, 아닌 거야?"

"해야죠. 하지만 난 여기서 먹고 싶어요. 상미는 내버려둘게요. 김 여사와의 관계도 괜찮아요. 그리고 난 현금이 필요해요. 마누라가 돈을 모두 가져가버렸어요. 자기 말로는 아이들을 위해서라지만 새빨간 거짓말이죠. 난 다 알아요."

"그 돈으로 음주도박이나 하며 친구들을 만나는 데 쓴다고?"

"정말 웃기네요, 조. 더 이상 배도 안 고파요."

"마음대로 해. 난 화장실 청소를 해야 하니까."

"알았어요. 같이 올라가죠."

"벌써 양동이에 물 받아놨어. 한 시간 뒤에 만나자고."

"조, 난 배고파 죽겠다니까요."

"그럼 혼자 올라가."

헥터는 그렇게 대꾸하고 돌아서서 가려고 했다.

"좋아요. 그럼 먼저 일부터 해요."

정은 투덜거리며 담뱃갑을 손으로 톡톡 쳐서 담배 한 개비를 꺼냈다. 그는 담배에 불을 붙이고 헥터를 향해 손을 휘저으며 말했다.

"가요, 가라니까요. 난 기다릴 수 있어요. 젠장."

헥터는 뜨거운 물과 암모니아가 가득 담긴 바퀴 달린 양동이를 끌고 승강기 쪽으로 건너갔다. 그는 승강기를 멈춰놓고 자루걸레로 바닥을 닦고 나서 젖은 걸레로 벽과 조작 버튼을 꼼꼼히 닦기 시작했다. 쇼핑몰의 다른 곳들과 마찬가지로 승강기도 상태가 형편없었다. 바닥에 깔아놓은 나무판은 가장자리가 휘어져 있었고 금속판으로 된 벽은 움푹 들어간 자국들과 긁힌 자국들로 온통 뒤덮여 있었다. 게다가 벽에는 여러 나라 말로 어지럽게 낙서가 되어 있었는데 좀체 지워지지 않았다. 헥터는 승강기를 타고 2층으로 올라갔다. 그런데 승강기가 갑자기 덜커덕거리더니 이리저리 흔들렸다. 헥터는 머리 위에 있는 케이블이 닳고 닳아서 승강기가 곧장 바닥으로 떨어지는 줄 알았다. 그는 자신이 인생에서 최후를 맞게 된다면 그곳보다 더 나은 곳이 없을 거라고 생각했다. 하지만 그곳에서 떨어져봤자 목숨을 잃을 수는 없었다. 지하주차장으로 떨어지더라도 가벼운 상처만 입을 뿐 머리가 터지거나 팔다리가 부러지지는 않을 것이다.

헥터는 제일 마지막에 청소하려고 화장실은 일부러 놔두었다. 화장실부터 청소하게 되면 손님들 사이에 깔린 카펫을 청소하기 전에 옷을 갈아입어야 하기 때문이다. 화장실에서는 항상 외양간 냄새가 났다. 손님들이 부주의하게 사용해서 화장실은 상태가 더 나빠졌다. 사람들은 그저 동물처럼 살고자 하는 것 같았다. 헥터는 정성을 다해 화장실을 깨끗하게 청소할 수도 있었지만, 건물의 전반적인 상태가 너무 낡고 대대적인 수리를 필요로 하기 때문에 그로서도 어찌해볼 수가 없었다. 칸막이 문은 달아나버린 지 오래되었고 벽은 어지러운 낙서로 뒤덮여 있었다. 세면기는 군데군데 금이 가고 곰팡이가 피어 있는 천장에서는 이따금 물방울이 떨어졌다. 언젠가 천장 한쪽이 썩어서 당장에라도 무너져버릴 것 같아 정에게 말해봤지만 정은 아무런 조치도 취하지 않았다. 헥터는 정에게 말해봐야 아무 소용도 없다는 것을 알고 그 뒤로는 두 번 다시 화장실 상태에 대해 그에게 알리지 않았다.

늘 그랬지만 화장실 상태는 한마디로 참담했다. 변기는 막혀 있었고 주말 오전에는 항상 그랬듯이 악취가 풍기는 세면대와 바닥은 지저분하기가 이를 데 없었다. 몇 달 전 노래방이 개업을 하고 난 뒤부터 상태는 더욱 심해졌다. 여자화장실이 더 지저분했는데 누가 세면대를 붙잡고 음식물을 게운 자국이 있었다. 하지만 토사물의 대부분은 바닥으로 떨어져 보기만 해도 구역질이 날 정도였다. 헥터는 암모니아를 뿌리기 전에 우선 자루걸레로 토사물을 닦아냈다. 그런 다음 그는 스펀지로 낡은 세면대와 녹슨 수도꼭지, 그리고 손잡이를 닦았다. 그는 장갑을 사용하지 않았다. 그의 양손은 1년 내내 세척제를 사용하느라 항상 불에 덴 것처럼 벌게져 있었지만 독한 세척액에 워낙 적응이 되어 이제 더 이상 자극을 느낄 수 없었다. 도라가 술집에서 확인했듯이 그의 손에 닿는 세척액은 부드러운 느낌만 줄 뿐이었다. 세면대 위에 있는 거울은 박살이 난 지 오래되었다. 정은 거울을 갈아 끼우는 대신 얇은 강철판을 벽에 붙이고 나사로 단단히 고정해두었다. 헥터는 흡입식 하수 청소봉을 가져와서 막힌 변기들을 뚫었다. 한참 펌프질을 하자 변기 속에 가라앉아 있던 물질들이 울컥거리며 솟아올랐다. 그는 물을 여러 번 내려서 변기를 깨끗이 씻어낸 다음 자루걸레로 바닥을 닦았다. 바닥이 너무 지저분해서 한 번 더 걸레질을 할 필요가 있었다. 그는 관리실로 내려가 양동이에 새로 물을 받아서 올라왔다.

  2층으로 올라오는데 정과 상미가 음식점 바깥에서 서로 몸을 바짝 붙인 채 서 있는 게 보였다. 정이 상미를 바짝 끌어당기려고 하자 상미가 정의 가슴을 가볍게 두드려댔다. 두 사람 모두 키가 크지 않고 체구도 작았다. 두 사람을 모르는 사람은 그 모습을 보고 열정적인 첫사랑에 사로잡혀 있는 청소년들이라고 여겼을 것이다. 실랑이를 벌이는 것 같던 두 사람은 이제 제법 부드럽게 키스를 했다. 헥터는 무질서가 이 세상을 지배하게 되면 거기에 맞서서 인간은 본능적으로 서로를 더욱 갈망하기 마련이라고 생각했다. 혼란과 무질서에 대한 원초적인 저항은 사랑이었다. 모든 이야기가 그렇게 짜여져 있었다. 물론 상미와 정, 두 사람 사이에는 친밀함이나 육체적 접촉이 있을 뿐이었다. 그것은 진정한 사랑과는 거리가 멀었다. 헥터는 도라와 자신의 관계도 어쩌면 사랑이 아니라 친밀함 속에서 위안을 얻기 위한 것일지도 모른다고 생각했다. 항상 그랬지만 그에게는 누구 하나 마땅히 의지할 사람이 없었다. 하지만 이제 아파트로 돌아가면 그녀가 기다리고 있을지도 모른다고 생각하니 많은 위안이 되었다.

헥터는 남자화장실도 여자화장실과 같은 방식으로 청소했다. 청소를 모두 마쳤을 때, 그의 양손과 양팔, 그리고 작업복 앞부분은 똥과 더러운 물이 튀어 엉망이 되어 있었다. 절로 몸서리가 처지는 그런 지저분한 옷을 입고 있으니 오래전의 어떤 기억이 얼핏 떠오르면서 자신의 처지가 왠지 낯익게 느껴졌다.

그는 그런 것들에 이제 전혀 불쾌감을 느끼지 않았다. 그런 감정은 이미 오래전에 버렸다. 소대에서 젤렌코와 말썽을 일으킨 뒤로 그는 전사자 처리부대로 배속되었다. 헥터는 전시 근무 기간의 대부분을 그곳에서 보냈다. 다른 전사자 처리 부대들처럼 헥터가 속한 부대도 팔다리가 잘리거나 부패한 시체들을 처리하는 것 외에도 다양한 업무를 처리했다. 처음에는 흑인 병사들과 같은 조가 되어 함께 일하는 것이 불편했다. 그때까지만 해도 그는 흑인들 가운데 아는 사람이 한 사람도 없었고 그들을 가까이 대해보지 않았기 때문이다. 언젠가 부모님과 올버니에 갔을 때 셰리단 할로우의 거리에서 그는 밤에 잠시 길을 잃은 적이 있었다. 그때 그들은 길을 물으려고 어떤 교회로 무작정 들어갔다가 흑인을 만나 얘기를 나누었다. 흑인과의 교류는 그것이 전부였다. 흑인 병사들은 전혀 적대적이지 않았다. 오히려 그들은 착하고 점잖았다. 헥터는 다른 모든 사람을 대하듯이 흑인들과 줄곧 적당한 거리를 유지했지만 그들 가운데 어느 누구도 그에게 고함을 지르거나 영화배우처럼 곱상하게 생긴 그의 얼굴을 비웃지 않았다. 그들은 되도록 말썽을 일으키지 않으려고 했다. 왜냐하면 그들에게는 처참한 모습의 시신을 수거하고 처리하는 일보다 더 힘든 일들이 산재해 있었기 때문이다. 무기와 탄약, 그리고 군수품 따위의 짐을 내려야 했고 전투에도 참가해야 했다. 그들에게 무시무시한 지뢰가 사방에 깔려 있는 곳을 뛰어다니는 일보다는 차라리 전사자를 찾아내고 수습하는 일이 더 안전했다.

그들이 맡은 일은 역겹기는 해도 다른 일들과 마찬가지로 일단 적응이 되고 나면 수월해졌다. 구역질이 나는 모습과 냄새, 그리고 시신 수습 과정에 일단 익숙해질 필요가 있었다. 전사자의 나머지 몸이 흙에 파묻혀 있고 지나칠 정도로 부패가 진행되었을 경우에는 시신의 두 팔을 끌어당겨 몸의 일부만 밖으로 끌어내면 되었다. 그리고 전사자가 눈이나 얼음에 얼굴을 파묻고 있으면 주전자에 담긴 뜨거운 물을 부어서 총검으로 시신을 바닥에서 떼어내야 했다. 그러다보면 정육점의 고깃덩어리처럼 시신의 살점이 찢어지거나 부서지기도 했다. 죽은 지 하루나 이틀밖에 안 되는 전사자는 부패가 진행되지 않아 상태가 완벽하게 보존되어 있었다. 봄이 되어 눈이 녹으면 도랑에 처박힌 시신들은 군복만으로 그것이 아군인지 적군인지 구분해야 했다. 아군일 경우에는 피부색이 변해 모두 거무튀튀한 빛을 띠고 있기 때문에 머리카락을 보고서 그것이 백인인지 흑인인지 가려냈다. 그래서 부대원들 사이에는 사람은 죽으면 모두 흑인이 된다는 우스갯소리가 흘러나왔다. 병사들은 새로운 전사자를 찾아 눈으로 뒤덮여 있는 산허리를 헤매고 다녔다. 전선이 앞쪽으로 충분히 옮겨갔을 때에도 안심할 수가 없었다. 기회를 노리고 있던 저격병이 사격을 해오거나 어디에선가 박격포가 날아올 위험이 있었다. 4월 초순의 어느 날, 데이비슨과 제포드가 그런 식의 공격을 받았다. 박격포 한 발이 눈이 녹아가는 옆 산비탈에 떨어졌다. 피가 사방으로 튀면서 하얀 눈밭을 붉게 적셨다. 중국의 박격포 진지는 전방과 후방에 있는 아군 포병부대의 즉각적인 대응 폭격으로 흔적도 없이 사라져버렸다. 헥터와 그의 동료, 그리고 의무병 두 명은 지원 병사들을 기다리지 않고 곧바로 그들을 도우러 산비탈을 기어 올라갔다. 폭격을 받은 지점에 도착했을 때, 두 병사는 이미 숨을 거둔 상태였기 때문에 시신을 수거하는 일밖에 남지 않았다. 헥터는 즉각 산비탈을 달려 내려와 시체 운반용 부대를 들고 다시 산을 기어 올라갔다. 그들의 군복과 군화는 방금 전에 목숨을 잃은 병사들을 처리하느라 평소보다 더 피투성이가 되었다.

그런 시신에 아직 완전히 면역된 건 아니었지만 헥터는 가장 역겨운 일도 주저하지 않고 자발적으로 해냈다. 덕분에 그는 다른 병사들의 존경과 인정을 받을 수 있었다. 부대원들은 그를 꼼꼼한 저승사자라고 불렀다. 물론 그것은 좋은 뜻에서 붙여진 별명이었다. 그는 머리가 달아나거나 팔다리가 달아난 몸통 앞에 무릎을 꿇고 젓가락이나 펜치, 또는 자신의 손가락으로 병사의 인식표가 어쩌다 살 속에 박혀버린 것은 아닌지 일일이 확인할 정도로 일처리가 꼼꼼했다. 부대원들은 피투성이가 되어 쓰러져 있는 시신을 다루는 것보다, 끔찍하긴 해도 구더기가 득실거리는 부패한 시신을 다루는 편이 그래도 낫다는 사실을 모르고 있었다. 방금 목숨을 잃어 아직 핏기가 남아 있는 병사들의 피부와 눈을 볼 때마다 헥터는 뼛속까지 몸서리가 쳐졌다. 그 생명의 표식이 너무 무서워서 소름이 끼쳤다. 죽은 지 오래된 병사들의 몸에서는 악취가 풍겼다. 그런 시신들은 시간이 지나면서 형체가 허물어져 본래의 모습은 찾아볼 수가 없었다. 헥터는 진흙이나 흙 속에 박혀 있는 시신을 맨손으로 파내어 시신 운반용 자루에 담았다. 시신을 발굴하는 일이 우선이었고 부패한 시신을 씻어내는 일은 나중에 할 일이었다. 헥터는 시신 수거 절차를 마치고 나면 강력 방부제를 제거하기 위해 등유에 적신 강철 솜으로 손톱 밑을 깨끗하게 씻어냈다.

그런 시절을 겪고 나서 버릇이 되었는지 헥터는 지금 자기도 모르게 손가락을 코로 가져갔다. 손가락에서 확실히 악취가 풍겼지만 그는 그 지독한 냄새를 분간할 수 없었다. 하지만 다른 무언가가 그의 기억에 되살아났다. 그것은 연기, 아니 재의 냄새였을까? 그는 그 기억이 아주 오래전에 자신의 머리에서 영원히 지워졌다고 생각하고 있었다. 그런데 그것은 그의 착각이었다.

5
1953년 한국, 용인

헥터는 휴전 직후에 고아원에서 일하기 시작했다. 그는 일련의 불명예스러운 행위로 군에 계속 남아 있을 수 없었다. 말하자면 불명예제대를 당한 것이다. 그는 상습적인 주먹다짐, 밀수품 거래, 장교 폭행 등의 혐의를 받았다. 그가 군에서 동료 병사와 싸움을 벌인 것은 확실했지만 다른 혐의들은 논란의 여지가 있었다. 친구의 부탁을 받고 암시장에 물건을 전해주려고 갔다가 발각된 적이 있었는데 당시 그는 그 물건의 성격을 전혀 알지 못했다. 그리고 이태원에 있는 어느 술집 밖에서 장교 한 명을 때렸다는 혐의를 받았는데 그것은 누가 악의적으로 지어낸 새빨간 거짓말이었다. 술에 취한 군인들이 난투극을 벌이고 있었다. 헥터는 이미 실신을 한 군인을 어떤 소위가 발로 걷어차고 있는 것을 목격하고 급히 다가가 그 장교를 손으로 가볍게 떠밀었을 뿐이었다. 그런데 운

나쁘게 그 장교가 뒤로 밀려나다 길바닥에 쓰러져 있는 다른 누군가의 몸에 걸려 넘어지고 말았다. 뒤로 벌러덩 나자빠지면서 장교는 속이 비어 있는 드럼통의 가장자리에 얼굴을 부딪혔다. 장교는 쿵 소리가 날 정도로 심한 충격을 받았다. 실제로 그의 얼굴에는 큰 상처가 났고 한쪽 귀가 떨어져나갈 뻔했다. 헥터는 장교의 변호를 맡은 군법무관의 집요함 때문에 6개월 영창행 대신 불명예제대를 하게 되었다. 군법무관은 원리 원칙을 중시하는 이상주의적인 사람이었다.

　헥터는 평소에 알고 지내던 한국인 목사를 찾아가기로 마음먹었다. 홍 목사는 헥터가 들고 간 서류들을 가지고 그가 한국 땅에 계속 남아 있을 수 있도록 해주었다. 홍 목사는 서울에서 남쪽으로 차로 한 시간 거리에 있는 고아원을 운영하고 있었는데 헥터에게 그곳에 가서 관리인 일자리를 맡아주면 어떻겠느냐고 물었다. 두 사람은 아주 우연히 만났다. 서울의 어느 골목길에서 목사가 강도를 만났을 때 헥터가 우연히 그 옆을 지나가다가 도와준 것이 인연이 되어 그 뒤로 알고 지냈다. 뒷골목에서 기다리고 있던 몇몇 아이들이 목사를 주먹과 대나무 막대기로 흠씬 두들겨 팼다. 그중 한 명은 당시 목사가 들고 있던 손가방과 지갑, 그리고 심지어 신발까지 빼앗으려고 했다. 헥터가 달려가자 그중에서 가장 덩치가 큰 녀석이 칼을 휘둘렀다. 헥터는 주먹을 날려 녀석을 한 방에 제압했다. 그러자 녀석들은 사방으로 흩어졌다. 헥터 덕분에 목사는 더 이상의 피해를 입지 않았다. 정신을 차리고 나서 목사는 헥터에게 일자리를 원하느냐고 물었지만 그는 당장에 거절했다. 하지만 군대에서 쫓겨나고 나서 헥터는 '새 희망'이라는 고아원의 이름을 기억해냈다. 그는 고아원을 찾아가보기로 했다. 지나가는 차에 편승해서 어느 정도 가다가 차에서 내려 나머지 거리를 걸었다. 등에 걸머진 배낭에는 옷가지와 몇 가지 물건들이 들어 있었다. 한참 길을 가다가 그는 준이라는 굶주린 여자아이를 만났다. 준은 먼지 속을 뚫고 점점 다가오는 그를 발견했다. 그들은 앞뒤로 멀찍이 떨어져서 걸었다. 그렇게 해서 두 사람은 고아원에 도착했다. 그곳은 그들이 함께 생활할 공간이었다. 그해 늦여름에 미국인 부부 한 쌍이 그곳에 찾아오지 않았다면 두 사람은 각자의 궤도에 갇혀 살면서 서로 조금도 가까워지지 않았을 것이다.

 태너 부부가 처음 고아원에 도착했을 때, 헥터는 아이들 몇 명과 밖으로 나가 땔감을 모으고 있었다. 그는 고아원에서 일하는 게 좋았다. 골짜기의 공기도 맑아서 좋았지만 무엇보다도 자기 손으로 물건을 만들고 고치는 것이 마음에 들었다. 높고 험준한 산과 언덕으로 첩첩이 둘러싸인 고아원은 낮고 넓은 대지에 자리 잡고 있었다. 고아원 자체는 두 개의 낡고 기다란 기숙사 건물(하나는 예전에 마구간이었고 나머지 하나는 곡물 창고였다.), 별관, 그리고 군부대가 지은 신축 건물로 구성되어 있었다. 신축 건물에는 부엌과 몇 개의 교실이 들어 있었는데 그것들은 식당으로 쓰이기도 했다. L자 모양으로 되어 있는 건물들이 작은 앞마당을 감싸고 있었다. 먼지가 풀풀 피어오르는 마당에서 아이들은 축구나 다른 놀이를 하며 뛰어놀았다. 홍 목사는 항상 아이들과 함께 놀아주었지만 헥터는 미식축구밖에 할 줄 몰랐기 때문에 어울려서 놀자고 하면 항상 거절했다. 사실 그는 고아원 아이들과 함께 생활하는 것은 좋았지만 그들과 어울려서 많은 시간을 보내지 않으려고 의도적으로 애썼다. 아이들을 싫어하는 것은 아니었다. 그는 아이들을 아끼고 좋아했지만 그들 중 어느 하나와 너무 잘 알게 되어 가까워질까 봐 스스로 경계하고 있었다. 아이들이 자기를 친구로 여기고 의지하게 되면 괜히 부담스러워질 수 있었다. 분명히 그 아이들은 불행한 운명을 짊어지고 살아가야 할 존재들이었다. 한국에 있는 동안 그는 길에서, 그리고 마을과 유곽에서 전쟁으로 고통 받는 사람들을 무수히 목격했다. 그는 사람들의 얼굴에 저마다의 그늘이 드리워져 있는 것을 보았다. 전쟁은 끝났지만 사람들의 얼굴에 드리워진 그늘은 사라지지 않았다. 그는 순진한 아이들에게 닥칠 불행을 생각하자 가슴이 먹먹해졌다.

 산골짜기의 나무들은 전쟁 중에 땔감으로 쓰이거나 폭격을 받아 거의 모두 사라져버렸다. 일주일에 한 번씩 헥터는 사내아이들을 데리고 잔가지와 솔방울을 긁어모으려고 산으로 들어갔다. 그들은 지난번에 얻은 땔감과 동일한 양을 얻기 위해 매주 산에 들어갈 때마다 지난번보다 더 깊은 산속으로 들어가야 했다. 그날은 계절에 맞게 날씨가 무더웠지만 북쪽에서 서늘한 바람이 불어와서 다행이었다. 아이들은 산허리를 샅샅이 훑으면서 무척 활기에 차 있었다. 늘 그랬듯이 땔감은 충분치 못했지만 가파른 언덕을 올라 옆 골짜기로 건너가기 전에 그는 꼬맹이들 가운데 나이가 제법 많은 아이들에게 편을 짜서 깃발 뺏기 게임을 하도록 했다. 아무튼 고아원에는 최근에 들여온 석탄 말고도 비축해둔 땔감이 충분히 있었다. 그리고 겨울이 되려면 아직도 멀었기 때문에 당장에 땔감을 구하지 않아도 되었다.

 헥터는 아이들이 뛰어노는 모습을 한동안 지켜보았다. 그러다가 계속해서 지고 있던 편의 아이들이 도와달라고 소리를 치자 그도 결국 게임에 동참했다. 상대편과 공정한 게임을 하기 위해서 그는 아이들 중에서 가장 덩치가 작은 민을 등에 업고서 이리저리 뛰어다녔다. 사실 민은 그 중에서 가장 나이가 어린 꼬마는 아니었다. 하지만 그 아이는 전쟁 중에 심각한 영양실조에 걸려 다른 애들보다 덩치가 턱없이 작았다. 홍 목사는 서울의 어느 골목길에서 몸을 웅크리고 앉아 있는 민을 우연히 발견했다. 당시 민은 하도 못 먹어서 뼈가 앙상하게 드러나 있었고 의식도 거의 없었다. 아이의 몸에는 벌레에 쏘이고 쥐한테 물린 자국에 여기저기 나 있었다. 민을 데려와 정상적인 식사를 제공하자 아이는 한 달 만에 다시 몸이 자라기 시작했다. 하지만 다른 아이들은 몸집이 작고 힘이 없다고 민을 자꾸 놀려대더니, 나중에는 자기들보다 민이 똑똑하다는 이유로 못살게 굴었다. 민을 등에 업긴 했지만 헥터는 조금도 힘들지 않게 달릴 수 있었다. 그만큼 민은 가벼운 아이였다. 몇 차례 식식거리며 달린 뒤에 그들은 결국 승리를 거두었다. 민은 기뻐서 고함을 지르면서 상대팀의 깃발을 흔들었다. 깃발이라고 해봐야 누더기 조각이었다. 헥터의 맹활약으로 그들은 그다음 게임에서도 승리를 거두었다. 상대편 아이들은 거칠게 항의했다. 민은 헥터의 등에 업힌 상태로 아이들을 향해 재잘거렸다. 바위투성이의 작은 개울 하나가 그들이 게임을 펼친 공터를 지나가고 있었다. 나중에 그들은 모두 무릎을 꿇고 개울물을 마시기도 하고 시원한 물을 목과 얼굴에 끼얹기도 했다. 아이들은 자기들이 펼친 게임을 되새기면서 허세를 부리기도 하고 시끄럽게 떠들면서 상대편 아이들을 놀려댔다. 그 장면은 헥터가 일리온에서 보냈던 어느 여름날 오후와 다름없었다. 그는 잠시 동안 자기가 어디에 있는지, 그리고 자기와 함께 있는 아이들이 누구인지를 잊었다. 그러다가 개울가를 따라가면서 한가하게 돌멩이를 뒤집고 있는 민을 발견했다. 아이는 곤충이나 지렁이를 잡고 있는 것 같았다. 커다란 수생곤충 한 마리를 손가락으로 잡고 나서 아이는 그것을 유심히 관찰하는 듯했다. 그것은 호기심 어린 눈빛이 아니라 그런 곤충에 대해 이미 충분히 알고 있는 눈빛이었다. 헥터는 민이 곤충을 자기 입술로 가져가다가 어떤 버릇을 억제하듯이 갑자기 동작을 멈추는 것을 지켜보았다. 그 순간 헥터는 아이들을 모으려고 큰 소리로 불렀다. 아이들은 자리에서 일어나 다시 움직이기 시작했다.

다음 골짜기에서 그들은 그늘진 계곡에 나무가 적잖이 숨어 있는 것을 발견했다. 헥터는 미리 도끼를 준비해온 것을 다행이라 생각했다. 그는 아이들에게 잔가지를 긁어모으라고 지시하고 말라 죽은 나무에 도끼를 들이댔다. 굵직한 나무 둥치는 번개를 맞아 쪼개져 있었다. 그는 서두르지 않고 한결같은 속도로 도끼질을 했다. 하지만 도끼 날이 무디어져 있어서 작업이 수월치 않았다. 도끼를 내리칠 때마다 제대로 찍히지 못하고 거칠게 튕겨 나왔다. 나무에는 대부분의 가지가 여전히 붙어 있었다. 끈질긴 도끼질 끝에 나무가 한쪽으로 쓰러질 때쯤 되자 그는 아이들에게 뒤로 멀찍이 물러나 있으라고 반복해서 말했다. 아이들은 나무에서 물러났다가도 금방 그의 주위로 모여들며 자기들도 도끼질을 한 번 하게 해달라고 졸랐다. 헥터는 그중에서 나이가 많은 아이들 몇 명에게 한 번씩 도끼질을 하도록 허락했다. 그러고 나서 다시 도끼를 받아들고 리듬에 맞춰 일에 몰두했다. 도끼를 내리칠 때마다 쿵쿵 소리가 낮게 울려 퍼졌다. 일을 거의 끝마쳤을 때, 그는 짐수레를 끄는 말처럼 비 오듯 땀을 흘리고 있었다. 양손은 피부가 까지고 벌겋게 달아올랐다. 마침내 그는 도끼를 땅바닥에 던져버리고 나무를 밀었다. 나무는 신음 소리를 한 번 내더니 쩍 갈라지는 소리를 내며 쓰러졌다. 아이들은 헥터와 자신들의 힘으로 드디어 나무를 쓰러뜨린 것을 확인하고 마치 커다란 산짐승을 쓰러뜨리기라도 한 것처럼 나무 위로 기어올라 두 팔을 치켜들며 환호성을 올렸다. 헥터도 가만있지 못하고 아이처럼 기뻐서 소리쳤다.

그렇게 모두 기뻐하는 동안 어느 누구도 민이 도끼를 집어 들고 나무 뿌리를 향해 그것을 휘두르고 있는 것을 알아채지 못했다. 민은 도끼를 휘둘러 처음 두 번은 뿌리를 제대로 맞혔다. 하지만 세 번째로 도끼를 휘둘렀을 때, 아이는 몸이 미끄러지면서 균형을 잃었다. 그 바람에 자신이 휘두른 도끼에 한쪽 발등이 그대로 찍히고 말았다. 아이는 당장에 죽을 것처럼 미친 듯이 비명을 질러댔다. 헥터는 그만 정신이 아뜩해졌다.

그는 쿵쾅거리는 가슴을 진정하지 못하고 부리나케 달려갔지만 민을 움직일 수가 없었다. 묵직한 도끼날은 아이의 발등을 곧장 관통해서 그 아래에 있는 넓은 나무뿌리에까지 파고들어 있었다. 헥터는 양손으로 아이의 얼굴을 잡고 숫자를 셋까지 세겠다고 말했지만 도끼날을 뽑아내는 동안 아이의 귀를 있는 힘껏 잡고 늘어지고 말았다. 민은 다시 한 번 죽을 듯이 비명을 지르고 나서 기절했다. 아이의 닳아빠진 운동화에 금방 핏물이 고였다. 헥터는 얼른 티셔츠를 벗었다. 그러나 운동화를 벗겨내는 게 두려워 아이의 발과 운동화를 최대한 단단히 묶었다. 그는 민을 둘러업고 나서 다른 아이들에게 얼른 달려가 홍 목사에게 무슨 일이 벌어졌는지 알리라고 부탁하고는 민의 가냘픈 몸이 흔들리지 않도록 조심하면서 내달렸다. 하지만 땔감을 구하느라 반 시간 동안이나 걸었기 때문에 고아원까지 되돌아가려면 산과 언덕을 여러 개 넘어야 했다. 민은 곧 의식을 되찾고 신음 소리를 내며 낮게 울었다. 그러자 헥터는 자기도 모르게 어머니가 자주 불러주던 자장가를 부르기 시작했다. 그가 어릴 적에 잠을 이루지 못하고 있으면 그의 어머니는 아일랜드 대기근 시대의 노래인 '아텐라이 들판'을 자주 불러주었다.

한때 우리가 자유로이 하늘을 날아다니는
새들을 지켜보았던
아텐라이 들판이 펼쳐져 있네.
우리의 사랑은 그 날개 위에 있었지.
그때 우리에겐 꿈이 있고 부를 노래가 있었어.
하지만 지금 아텐라이 평원은 너무나 쓸쓸하네.

그는 민에게 자기가 부르는 노래를 따라 흥얼거리도록 했다. 감상적인 가락을 흥얼거리며 산기슭을 올라가는 두 사람은 일요일 등산에 나선 젊은 아빠와 아들처럼 보였다. 날씨는 다소 무덥게 느껴졌다. 셔츠를 벗어버린 헥터가 땀을 흘리고 있었기 때문에 그를 붙잡고 있던 민의 손이 자꾸 미끄러지기 시작했다. 민은 두 번이나 땅에 떨어질 뻔했다. 헥터는 달리는 속도를 줄일 수밖에 없었다. 아이는 곧 울음을 터뜨리기 시작했다. 상처를 싸맨 티셔츠에서 다시 피가 뚝뚝 떨어지고 있었다. 잠시 뒤에 아이의 몸은 축 늘어졌다. 헥터는 아이의 정신이 오락가락하고 있다는 것을 깨달았다. 아이는 너무나 많은 피를 쏟고 있었다. 헥터는 아이를 땅바닥에 내려놓고 붕대 대신 싸맨 티셔츠를 다시 묶으려고 애썼다. 하지만 티셔츠를 풀었을 때, 상처에서 피가 더 빠르게 흘러나왔다. 그는 민이 견딜 수 있는 한 가장 단단하게 상처를 싸맸다.

"아, 아!"

고통을 이기지 못한 민이 날카로운 신음 소리를 내뱉었다. 아이는 다시 약하게 울기 시작했다.

"아파요, 아저씨. 아프다고요."

"나도 알아. 미안하구나."

헥터는 숨을 헐떡이며 대꾸했다.

하지만 헥터는 아이의 통증이 얼마나 심한지 알지 못했다. 그는 총격전과 소규모 접전, 그리고 온갖 종류의 싸움을 겪어보았지만 그때까지 심각한 부상을 입은 적은 한 번도 없었다. 그는 칼에 찔려본 적도 없고 총에 맞은 적도 없었다. 심지어 유산탄에 맞아 부상을 입은 적도 없었다. 운이 좋은 건지 모르겠지만 그에게 치명타를 입힐 수 있는 것들은 신기하게도 모두 그를 비껴지나갔다. 그의 몸은 마치 절대 뚫을 수 없는 신비한 강철에 둘러싸여 있는 것 같았다. 간호사들에게 팔을 내맡겨 헌혈을 했을 때, 그리고 술집이나 창녀촌 밖에서 사람들과 싸움을 벌이다가 코피가 터졌을 때 정도나 피를 흘려보았지 그 외에는 그런 기억조차 없었다. 그리고 또 신기한 것은 그의 상처가 엄청나게 빨리 치유가 된다는 사실이었다. 한마디로 기적에 가까울 정도였다. 세월이 아무리 흘러도 헥터의 육체는 다른 모든 것들과 동떨어져 저 홀로 존재하고 있는 것 같았다. 그는 술을 아무리 마셔도 취기가 오르지 않았다. 고통을 느끼지 못하는 것도 마찬가지였다. 충격을 받으면 그것을 느끼긴 해도 신경이 신체의 필수 부위와 분리되어 있는지 고통까지 느끼는 것은 아니었다. 민을 바라보면서 그는 무언가 딱딱하고 날카로운 덩어리가 가슴을 때리는 것을 느꼈다. 당장 병원으로 데려가지 않으면 아이가 죽을지도 모른다는 생각이 들어 헥터는 아이를 자기 어깨에 둘러업고 고개를 숙인 채 달리기 시작했다. 기껏해야 20킬로그램밖에 안 나가는 아이를 어깨에 멘 채 그는 최대한 빠른 속도로 달렸다. 갑자기 헥터의 머릿속에 아군이 잘못 쏜 포탄에 맞아 한쪽 발이 잘려나간 병사를 업고 달리던 기억이 떠올랐다. 부상을 입은 부위에 일단 지혈을 하고 본부로 부상병을 데려갔지만 위생병은 뒤통수에 동전 크기의 구멍이 뚫려있는 것을 확인하고 이미 사망했다고 말했다. 헥터는 머리에 떠오르는 과거의 불유쾌한 기억을 지우려고 애썼다.

두 사람이 고아원 앞마당에 도착했을 때, 홍 목사, 부엌에서 일하는 부인들, 40여 명의 아이들, 심지어 준까지 포함해서 고아원에 있는 모든 사람이 달려 나왔다. 헥터처럼 혼자서 시간을 보내는 경우가 많은 준은 주로 기숙사 건물 모서리에 몸을 기댄 채 음울한 눈빛으로 사람들을 지켜보곤 했는데 지금은 헥터와 민을 향해 곧장 달려왔다. 헥터는 민을 조심스럽게 내려놓았다. 아이는 눈이 반쯤 잠긴 채 입은 헤벌어져 있었다. 도끼에 찍힌 발은 온통 피에 젖어 번들거렸다. 티셔츠조차 입지 않은 헥터의 상체 역시 땀과 핏자국으로 번들거렸고 바지의 한쪽 가랑이는 바짓단까지 심홍색 피로 젖어 있었다. 홍 목사와 헥터는 체념하는 괴로운 표정만 지을 뿐 아무 말도 하지 않았다. 정작 험악한 표정을 지은 사람은 목사 옆에서 무릎을 꿇고 앉아 있던 미국인이었다. 몸집이 호리호리하고 안경을 낀 그 사람은 모난 턱에 검정색 양복을 입고 있었다. 40대 중반으로 보이는 그 남자도 홍 목사처럼 목사였다. 고아원에서는 며칠 전부터 그 사람이 오기를 기다리고 있었다. 그는 아이를 구하기 위해 즉각 나름의 조치를 취했다. 우선 그는 피에 흠뻑 젖은 티셔츠를 조심스럽게 풀어내고 아이의 발에서 운동화를 벗겼다. 도끼날에 맞아서 아이의 가느다란 발가락 세 개가 잘려나가 있었다. 그는 돌멩이라도 다루듯이 끊어져 나간 발가락 마디들을 주워서 홍 목사에게 건넸다. 홍 목사는 손수건을 꺼내어 그것들을 아주 조심스럽게 감쌌다. 의식이 돌아온 민은 둘러선 사람들의 눈에 서려 있는 두려움과 자신의 끔찍한 발을 보고서 애처롭게 울부짖기 시작했다.

"아직 못 찾았어? 지금 당장 필요해!"

태너는 고개를 들더니 허공을 향해 날카롭게 소리쳤다.

"여기 있어요. 제 가방에 들어 있었네요."

어떤 여자의 목소리가 대답했다. 태너의 아내였다. 그녀는 모여든 사람들의 머리 위로 모습을 드러내더니 남편을 둘러싼 아이들의 머리 위로 구급상자를 건넸다. 강렬한 햇살을 받아 그녀의 새하얀 머리카락과 창백한 피부는 눈이 부실 정도였다. 환한 햇살 속에서 그녀의 얼굴은 윤곽조차 흐릿했다. 태너는 구급상자를 열고 그 안에 들어 있는 작은 사각 깡통에서 모르핀 주사기를 꺼냈다. 그는 아무런 예고도 없이 민의 무릎 뒤쪽에 주사를 놓았다. 아이는 몸이 너무 작아 마취가 위험할 수도 있었다. 민은 순간적으로 숨을 헐떡거렸지만 이내 사지가 축 늘어지면서 부르쥔 양쪽 주먹이 천천히 펼쳐졌다. 태너는 자신이 하고 있는 일에 완전히 몰두하고 있었다. 넥타이와 상의가 땀에 흠뻑 젖었지만 그는 그것들을 벗을 생각도 하지 않고 아이의 발을 붕대로 다시 감쌌다. 그는 조금도 주저하는 법 없이 노련한 손길로 능숙하게 일을 처리했다. 둘러선 사람들 모두는 그 모습을 보고 마음이 놓이는 듯 보였다. 태너가 민을 간호하는 동안, 홍 목사는 태너 부부를 태우고 온 택시 운전사에게 사택에 있는 자기 가방들을 차에 싣도록 지시했다. 태너 부부는 홍 목사의 후임으로 고아원을 돌보게 되었고 홍 목사는 서울에 있는 교단 사무실의 지시에 따라 미국으로 건너가서 아이들의 해외 입양을 위해 일할 예정이었다.

홍 목사는 헥터에게 마지막으로 할 말이 있는지 그에게 오라는 손짓을 했다. 30대 중반인 홍 목사는 헥터보다 나이가 열 살이나 많았지만 몸집이 왜소하고 키가 작아서 덩치가 큰 헥터의 옆에 서 있을 때면 마치 청소년처럼 보였다. 하지만 지금은 헥터가 오히려 풋내기 청년 같았다. 홍 목사가 제법 문법에 맞는 유창한 영어로 조용조용히 말하는 동안 헥터는 죄인처럼 고개를 숙이고 양쪽 어깨를 늘어뜨리고 있었다. 목사는 헥터가 오래전부터 그곳을 떠날 생각을 하고 있다는 사실을 잘 알고 있었지만 고아원이 그를 얼마나 필요로 하는지 거듭 일깨워주면서 자기가 미국 여행에서 돌아올 때까지 그곳에 남아 있겠다고 약속해달라고 말했다.

"그렇게 해줄 수 있지?"

"모르겠습니다."

"이런 사고가 일어났다고 해서 자네를 비난할 사람은 여기에 아무도 없어. 아이는 괜찮아질 거야. 태너 목사님과 나는 기지에 있는 병원으로 아이를 데려갈 걸세. 그런 다음에 나는 곧바로 공항으로 가야 해. 태너 목사님은 돌아와서 고아원을 운영해나가실 거야. 헥터, 지금껏 나를 도와주었듯이 목사님과 사모님을 곁에서 잘 도와드리게. 그래 줄 수 있지?"

헥터는 대답하지 않았다. 홍 목사는 그의 팔을 두드리며 부디 그렇게 해줄 거라고 자신은 믿고 있다고 말했다. 헥터는 항상 예의바르고 품위 있게 대해준 목사에게 거짓말을 하고 싶지 않았다. 그는 목사를 일단 보내고 내일 서울로 올라가서 이태원에 있는 하숙집으로 갈 생각이었다. 그곳으로 돌아가면 별다른 해를 끼치지 않고 친구들과 어울릴 수 있었다. 한편 태너는 두 팔로 민을 번쩍 들어올려 택시 뒷자리에 태웠다. 그는 아내에게 아무래도 자기는 밤늦게 돌아올 것 같다며 아무 일 없을 거라고 그녀를 안심시켰다. 자리가 없어서 택시에 오르지 못한 그녀는 아무 걱정 말고 아이나 잘 돌봐주라면서 남편을 향해 애써 미소를 짓고 손을 흔들었다. 태너가 민의 옆자리에 올라타자 홍 목사는 빙 돌아가서 앞자리에 올라탔다. 홍 목사가 모든 사람을 향해 잘 있으라고 인사하며 큰 소리로 말했다.

"언제가 될지 모르겠지만 꼭 돌아올게!"

택시가 먼지를 일으키며 흙길을 달려 내려가는 동안 고아원에 있는 모든 사람이 손을 흔들어주었다.

헥터는 곧장 자신의 숙소로 갔다. 그의 방은 창고 건물의 한쪽 끄트머리에 있었다. 그가 고아원에 도착한 직후 홍 목사는 창고 일부를 개조해서 숙소로 쓸 수 있도록 해주었다. 헥터는 산비탈이 내다보이는 쪽으로 문을 냈지만 창문은 만들지 않았다. 방 안은 고요하고 후덥지근했다. 어두컴컴한 방에는 벽에 덧대어 붙인 판자들 사이의 미세한 틈으로 햇빛이 스며들고 있을 뿐이었다. 그는 피투성이가 된 바지를 벗었다. 양손에는 흙과 피가 들러붙어 있었다. 건물 바깥에 그는 간단한 샤워 장치를 설치해두었다. 처마에는 둥그런 양철통을 매달았고 길이가 짧은 파이프와 호스 꼭지까지 갖추어 두었다. 물론 날씨가 아주 추울 때는 그것도 아무 소용이 없었지만 사람들의 눈을 피해 몸을 씻을 곳은 거기밖에 없었다. 그는 처음에 지저분한 양손만 씻을 생각이었다. 하지만 잠시 뒤에 몸의 다른 부위도 씻기로 마음먹었다. 미지근한 물은 그날 아침에 채워두었기 때문에 신선했다. 그는 다음 날을 위해 아껴두지 않고 물을 마음껏 사용했다.

헥터는 녹색 빨랫비누로 양쪽 팔뚝과 가슴, 그리고 두 다리를 북북 문지르면서 민이 택시의 뒷자리에서 아픔을 이기지 못해 다시 울고 있는 것은 아닌지 궁금했다. 작은 관 하나가 고아원 묘지에 있는 구덩이 속으로 내려가는 장면을 상상하자 갑자기 몸서리가 쳐졌다. 고아원에서 그런 구덩이를 파는 일을 할 수 있는 사람은 헥터 자신밖에 없었지만 그는 차마 그런 일을 할 수 없을 것 같았다. 전쟁 중에 수십 개의 무덤을 팠고 그 뒤로도 몇 개를 더 팠지만 이번에는 도저히 그럴 수 없을 것 같았다. 그의 양쪽 옆구리는 말라버린 피로 지저분하기 이를 데 없었다. 그는 핏자국이 말끔하게 씻겨나가고 고운 피부가 드러날 때까지 열심히 몸을 닦아냈다. 핏자국은 그의 몸 곳곳에 묻어 있었다. 그는 전쟁터의 시신을 처리한 경험에서 터득한 방법대로 낡은 머리빗을 이용해서 피부를 문질렀다. 물을 모두 써버린 후 수건을 집으려고 손을 뻗다가 그는 불빛 하나가 건물 모서리 너머로 휙 사라지는 것을 발견했다. 처음엔 그것이 나무에서 떨어지는 이파리나 새일 거라고 생각했는데 그게 아니었다. 땅바닥에는 찢어지고 피에 흠뻑 젖은 그의 셔츠가 떨어져 있었다. 그는 건물 모서리에 붙어 서서 밖을 살폈다. 아이들이 앞마당에서 뛰어다니며 놀고 있었고 부인들은 달개지붕의 그늘에서 아이들을 바라보고 있었다. 그 순간 그들의 바로 뒤쪽에서 새로 부임해온 목사의 아내가 홍 목사 사택의 현관 계단을 빠르게 올라가는 모습이 눈에 들어왔다.

태너 목사가 민을 데리고 돌아오길 기다리며 그는 오후 내내 일했다. 땔감을 한곳에 쌓아두고 우물에서 드럼통에 물을 가득 채워 두 개씩 기숙사와 식당에 있는 여자들에게 날라주었다. 또 화재의 위험을 줄이기 위해 건물 주변에 있는 키 큰 잡초와 낙엽, 그리고 잔가지들을 깨끗하게 치웠다. 그리고 비가 올 경우에 대비해서 기숙사 지붕에 나 있는 틈도 메웠다. 그러고 나서 그는 별채와 지난 한 달 동안 파온 작은 연못 크기의 구덩이를 연결하는 파이프를 파묻기 위해 깊고 좁은 도랑을 파기 시작했다. 배관 작업은 이미 시작되었다. 날이 어둑어둑해졌을 무렵, 그는 벌써 5미터나 땅을 팠다. 바위투성이의 딱딱한 땅이었다는 점을 감안하면 사실 그것은 굉장한 작업량이었다. 아이들은 바깥에 놓여 있는 식탁에서 부인들과 저녁을 먹고 있었다. 그는 부인들 가운데 한 사람에게 새로 부임해온 목사의 아내가 사택에서 나왔는지 물어보았다. 여자는 고개를 가로저으며 그가 이해할 수 없는 무슨 말을 주절거렸다. 그는 기본적인 의사소통이 가능할 정도의 한국어를 배웠지만 첫 몇 마디를 놓치면 상대의 말을 거의 알아듣지 못했다. 그는 여자에게 다시 한 번 말해달라고 부탁했다. 그녀는 목사의 아내가 아마 피곤해서 혼자 있는 것 같으니 그냥 내버려두라고 말했다. 헥터는 그러겠노라고 했다. 하지만 여자는 그의 말을 듣는 둥 마는 둥 하고서 저쪽으로 가버렸다. 그녀와 다른 부인들은 헥터를 좋아했고 땔감과 물을 가져다주는 그에게 분명히 고마워하고 있었지만, 헥터는 자신에 대한 그들의 호감에 한계가 있다는 사실을 항상 의식했다. 여자들은 전쟁 중에 얻은 교훈으로 예전에 미군 병사였던 그를 무턱대고 신뢰해서는 안 된다는 것을 알고 있었다. 사실 홍 목사가 명백하게 호의적인 태도로 그를 대해주었기 때문에 여자들도 그를 따스하게 대했던 것이다. 헥터가 이제 그만 그곳을 떠나야 한다고 생각하는 것도 그런 이유 때문이었다. 하지만 그는 가방을 절대 꾸리지 않고 대신 내용물을 모두 비워내고 가방을 서까래에 걸어두었다. 민에 대해 느끼는 죄책감이 근본적인 이유였다. 그는 어디에서 일을 하든지 목사의 아내가 신경이 쓰여 자꾸만 사택의 문 쪽을 기웃거렸다.

 해가 졌을 때, 촛불이 사택 앞쪽 유리창을 잠시 환하게 밝혔다. 헥터는 창고 앞에 놓인 등받이 없는 의자에 앉아서 벽에 등을 기대고 천천히 위스키를 들이켜고 있었다. 태너 목사와 민은 아직도 돌아오지 않았다. 유리창을 밝히던 촛불이 꺼졌다. 그는 유리창이 다시 환해질 때까지 기다리며 병에 남아 있는 위스키를 들이켰다. 목사의 아내가 방을 돌아다니는 것을 보려고 자꾸 그쪽을 힐끗거렸지만 그런 낌새는 없었다. 술을 마실수록 그는 불안해졌다. 아무것도 하지 않고 고요한 공간에 있으려니 사지가 뒤틀리는 것 같았다. 헥터는 지프에 시동을 걸고 기대감에 가득 찬 채 이태원으로 차를 몰았다. 그는 자기를 알아보는 사람이 아무도 없는 술집으로 들어갔다. 거기서 헥터는 손님들과 연이어 술 마시기 시합을 벌여 자신의 술값을 계산하고도 남을 돈을 땄다. 하지만 헥터가 자리를 뜨려고 했을 때, 시합을 벌인 사람들 가운데 하나가 시비를 걸기 시작했다. 입술이 두껍고 심술궂게 생긴 병장이었다. 그는 헥터가 시합에서 사람들을 손쉽게 제치는 것을 지켜보더니 사기를 치고 있다고 결론짓고는 헥터를 술집 밖으로 불러냈다. 헥터는 일단 술에 취한 병장이 화가 나서 주먹을 마구 휘두르도록 내버려두다가 바짝 다가서서 그와 주먹다짐을 벌였다. 상대를 붙잡거나 밀치지 않고 두 사람은 정면으로 맞서서 3분 동안 서로를 향해 주먹을 날렸다. 병장은 힘이 대단했지만 오래가지 않아 몸이 축 늘어졌다. 항상 그랬듯이 그때부터 싸움은 일방적이 되었다. 헥터는 상황이 그렇게 될 거라는 사실을 알고 있었기 때문에 뒷맛이 씁쓸했다. 병장은 골목길의 담벼락에 몸을 간신히 기댄 채 두꺼운 입술을 보기 흉하게 헤벌리고 있었다. 헥터에게 마지막 일격을 당한 그는 옆으로 쓰러지면서 배수로에 처박했다. 만취한 병사는 타박상을 입고 화가 나서 씩씩거렸지만 헥터를 상대로 더 이상 분풀이를 할 수 없었다.

헥터는 하숙집으로 갔다. 안주인은 인근의 창녀촌에 있는 여자 둘을 그의 방에 들여보내주었다. 그는 그럴 수 있는 돈이 있을 때는 항상 두 명을 불렀다. 누나의 여자 친구들과 처음으로 즐기고 나서 생긴 버릇이었고 그렇게 해야 만족이 되었다. 하지만 그날 밤에는 성적 욕구가 그렇게 강하게 일지 않았다. 하루 종일 일을 했기 때문에 잠시나마 육체적 위안을 얻고 싶었을 뿐이었다. 여자들이 옷을 벗었을 때, 그는 그들이 나이 어린 소녀들이라는 것을 알 수 있었다. 아직 열여섯 살도 안 된 것 같았다. 그는 여자아이들을 돌려보내지 않고 침대로 올라와 자기 곁에 눕도록 했다. 새벽 4시라 여자아이들도 지쳐 있었다. 낮에 목격했던 불행한 장면들이 머리에 떠올라 그는 기분이 울적해져 있었다. 미국에 있는 집으로 돌아가고 싶은 생각은 전혀 없었지만 한국을 하루빨리 떠야 한다는 생각은 들었다. 사실 그에게는 예전 동료들이나 전우들에 대한 정은 거의 남아 있지 않았다. 아까 시비를 걸던 병장 같은 고약한 친구들은 마음만 먹으면 언제라도 고통을 안겨줄 수 있었다. 하지만 찢어지게 가난한 사람들과 그들의 자녀들이 다 허물어진 집에서 비참하게 살아가는 모습을 꼬박 3년 동안 지켜보면서 헥터의 마음은 무너져 내렸다. 전쟁 중에 그가 목격한 끔찍한 장면들과 비교하면 그것은 아무것도 아니었기 때문에 처음에는 문제로 보이지 않았다. 하지만 어느 순간 자신의 세포 하나하나가 딱딱한 돌멩이로 바뀌고 있다는 것을 느끼기 시작했다. 그는 민에 대해 죄책감을 느끼고 있었는데 그것은 뼛속 깊이 느껴지는 어떤 감정이었다. 그는 한국 땅에서 살아가는 사람들에 대해서도 똑같은 감정을 느끼고 싶었다. 아침이 되자 여자아이들은 자리에서 일어나 화사한 드레스를 입었다. 그중에 나이가 좀 더 들어 보이는 여자아이가 밤을 지새웠기 때문에 추가로 돈을 지불해야 하는데 그러겠느냐고 정중하게 물었다. 그는 여자아이들을 당장 돌려보내지 않으면 그들의 봉급이 깎이거나 심지어 포주한테 얻어맞을지도 모른다는 것을 알기에 순순히 돈을 지불했다.

헥터가 오전 나절에 고아원으로 돌아왔을 때, 태너 목사는 앞마당에 설치한 대형 천막 아래에서 주일 예배를 보고 있었다. 날씨가 무더우면 사람들은 그 천막 아래에 모여 밥을 먹곤 했다. 헥터는 아치형의 대문 바로 안쪽에 지프를 세우고 걸어 들어갔다. 사람들은 침울한 분위기의 찬송가를 부르고 있었는데 그 소리를 듣는 순간 그는 혹시 민에게 무슨 문제라도 생겼나 하는 생각이 들어 가슴이 철렁 내려앉았다. 하지만 바로 그때, 맨 앞줄 한쪽 끄트머리에 놓여 있는 목발 한 쌍이 그의 눈에 들어왔다. 밝은 표정의 민이 등을 꼿꼿이 세우고 앉아 노래를 부르고 있었다. 그의 한쪽 발에는 붕대가 두껍게 감겨 있었다. 아이의 옆자리에는 태너의 아내 모습이 보였다. 그녀는 예배를 집전하는 남편을 유심히 쳐다보며 목사의 아내답게 열과 성을 다해 노래를 불렀다.

찬송가를 부르고 나자 태너 목사는 모인 사람들에게 말을 하기 시작했다. 그는 전쟁이 끝나는 해에 부산에서 일했기 때문에 한국어를 제법 유창하게 구사했다. 홍 목사가 예전에 그랬던 것처럼 그는 어떻게 해서 자기가 고아원을 감독하기 위해 이곳에 오게 되었는지를 설명했다. 그는 아이들을 입양하는 일은 물론이고 아이들을 가르치고 자금을 배분하며 상황을 파악하기 위해 전국에 흩어져 있는 수많은 교회 관련 고아원들을 둘러본 얘기를 했다. 그러고 나서 그는 병원에서 민을 데리고 돌아오는 길에 벌어졌던 일을 설명하면서 흐뭇한 미소를 지었다. 목사는 민이 운전대를 조금만 잡아보겠다고 택시 운전사를 졸랐는데, 운전대를 잘못 건드리는 바람에 하마터면 차가 미끄러져 도로를 벗어날 뻔했다고 말했다. 그 얘기를 듣고 사람들은 한바탕 웃음을 터뜨렸다. 태너 목사는 민에게 잠시 자리에서 일어서라고 말했다. 그러자 민은 목발을 짚고 자리에서 일어나 사람들을 향해 씩 웃어 보이더니 양손을 흔들었다. 그런 다음 민은 고개를 깊이 숙여 인사를 했다. 그러자 박수와 고함 소리가 터져 나왔다. 태너 목사는 벌써 사람들의 신임과 인정을 받기 시작한 것이다. 그는 성경 이야기가 아니라 자신이 의사가 된 이야기와 치명적인 패혈증을 앓다가 기적적으로 회복한 뒤에 신앙생활을 하게 된 경험을 들려주었다.

"여기에 있는 아내와 제가 결혼식을 올리고 나서 얼마 안 되어 그런 일이 벌어졌습니다."

그는 아주 친한 사람들에게 비밀이라도 털어놓듯 은밀하게 말했다.

"저희 두 사람의 결혼 생활이 막 시작되었을 때였지요. 당장에 죽을 것처럼 아프게 되자 제 자신이 무력하고 보잘것없는 존재로 느껴지더군요. 저는 두려웠습니다. 그전까지만 해도 저는 인간 정신의 무한한 가능성을 항상 믿던 교만한 의사였는데 그런 고통을 겪고 보니 인간이 부질없는 존재라는 것을 느끼지 않을 수 없었습니다. 저는 자만심을 깨달았고 그 순간 죽음뿐만 아니라 전능하신 하나님의 은혜를 마음 깊이 받아들였습니다. 저는 더 이상의 치료를 거부하고 부모님과 저의 사랑하는 아내, 실비에게 작별을 고했습니다. 저는 더 이상 두렵지 않았습니다. 사랑하는 아내와 부모님을 남겨두고 떠나야 한다는 사실과 그토록 우둔하게 살아온 자신이 다만 슬플 뿐이었습니다. 저는 두 눈을 감고 마지막 잠 속으로 빠져들었습니다. 그때는 모든 사람이 저를 포기했습니다. 그런데 놀랍게도 이틀 뒤에 저는 깨어났습니다. 고열도 사라졌더군요. 사지에 힘은 없었지만 몸도 더 이상 떨리지 않고 고통도 사라졌습니다. 하지만 저에게 정작 충격을 안겨준 것은 그게 아니었습니다. 마음의 변화가 가장 충격적이었죠. 그렇습니다. 깊은 산속 옹달샘의 가장 순수한 물처럼 생각들이 갑자기 맑아졌습니다. 그때 저는 온전한 삶이 아니라 절반의 삶만 살아왔다는 것을 깨달았습니다. 저의 모든 세속적 지식, 전문 지식, 그리고 노력은 유용하고 귀하긴 하지만 하나님의 은총과 그분의 영원한 사랑 덕분에 비로소 의미가 있다는 사실을 깨달았습니다. 그때의 일이 계기가 되어 저는 새롭고 영광스러운 삶으로 인도를 받았습니다. 여러분도 저처럼 그런 복된 경험을 할 수 있기를 바랍니다."

목사가 얘기를 하는 동안 헥터는 그의 아내를 몇 번 쳐다보았지만 그럴 때마다 그녀는 고개를 돌려 다른 쪽을 바라보았다. 그러다가 그녀는 이내 고개를 돌려 어두운 해안선에서 빛을 발하는 등대라도 되는 것처럼 자기 남편을 똑바로 쳐다보곤 했다. 태녀도 헥터의 존재를 분명히 의식하고 있었지만 그는 헥터가 몸을 돌려 자기 방 쪽으로 걸어간 뒤에도 말이나 몸짓을 멈추지 않았다. 헥터는 종교적인 이야기라면 넌더리가 날 정도로 들어왔다. 최근 몇 달 동안 그는 홍 목사한테서 주로 그런 얘기를 들었다. 홍 목사는 헥터를 찾아와 함께 위스키를 한잔하고 나면 복음서를 읽어주곤 했다. 헥터는 아직 신자가 아니었지만 종교를 거부할 생각은 조금도 없었다. 아니, 사실 그는 점점 더 종교적인 사람이 되어가고 있었다. 종교에 귀의하는 것은 어쩌면 자신을 버리는 일인데 그것은 전혀 색다른 복종이었다.

첫 주에 헥터는 새로 부임해온 목사와 그의 아내를 의도적으로 멀리했다. 그는 이른 아침에 사람들이 예배를 보거나 식사를 할 때 일을 하다가 그들이 돌아다닐 시간이 되면 밭으로 나갔다. 다른 모든 사람들처럼 그도 실비 태녀의 모습이 언뜻 비칠 때마다 걸음을 멈추지 않을 수 없었다. 그녀의 머리카락은 부드럽게 흘러내려 한국이라는 나라의 황량

한 들판 같은 양쪽 어깨를 덮고 있었다. 마흔 살쯤 되어 보이는 그녀는 양쪽 눈과 입 주변에 주름이 잡혀 있었고 관자놀이 부근의 머리카락이 희끗희끗해져 있었다. 아래로 약간 처진 눈꼬리는 헥터에게 이집트인의 비애를 떠올리게 했다. 아이들은 그녀를 무척 좋아했는데 특히 여자아이들이 더했다. 키가 크고 곧게 뻗은 꽃 주변을 맴도는 배고픈 벌들처럼 아이들은 그녀 곁에서 떠날 줄을 몰랐다. 언젠가 다른 사람들이 모두 식사를 마치고 헥터가 홀로 앉아 밥을 먹고 있을 때, 그녀가 다가와 잠깐 자신을 소개한 적이 있었다. 하지만 헥터는 태너가 분명히 싫어할 거라고 생각해서 그녀에게 다가가지도 않았고 말을 걸지도 않았다. 그녀는 너무나 성숙한 데다 완전하고 행복해 보였다. 그녀는 사랑스러운 것은 물론이고 완벽하기까지 해서 헥터는 자신이 더욱 부끄럽고 초라하게 여겨졌다. 그러다보니 그는 밤마다 지프를 몰고 서울로 올라가 태너의 시각에서는 타락했다고 볼 수도 있는 생활에 젖어들 수밖에 없었다.

어느 날 오전이었다. 헥터가 기숙사 건물의 측면 벽에서 페인트를 새로 칠하려고 낡은 페인트를 긁어내고 있는데 태너 목사가 갑자기 나타났다. 목사는 자기가 도와주고 싶은데 괜찮은지 물었다. 헥터는 고개를 끄덕이고 그에게 페인트를 긁어내는 도구를 건넸다. 두 사람은 한 시간 동안 함께 일했다. 그전에 태너는 작업 계획에 대해 여러 차례 말한 적이 있지만 그렇게 오랜 시간 동안 두 사람이 나란히 붙어 서서 일을 해본 것은 그때가 처음이었다. 태너는 일을 도울 목적으로 그곳을 찾아온 게 아니었다. 그는 일을 거들기 시작하자마자 헥터에게 언제 한국에 도착했으며 전쟁 중에는 어디에 있었는지, 그리고 전투에 직접 참가했는지 물었다. 헥터는 전사자 처리부대에 있었다고만 대답했다. 그러자 태너는 더 이상 구체적인 답변을 재촉하지 않고 자신에 대해 말했다. 그는 버팔로 출신이지만 시카고에서 의학과 신학을 공부했으며 지금 자신은 장로교회 북서부 시애틀 노회에 소속되어 있다고 덧붙였다. 헥터가 어느 지방 출신인지 알았을 때, 그의 두 눈이 반짝 빛났다.

"어릴 적에 그 근처로 놀러간 적이 있지. 나는 이리 운하에서 사촌들과 헤엄을 치고 놀았어. 상류에서 수문을 열면 우리는 다리에서 펄쩍 뛰어내려 물살을 따라 아래로 내려갔다가 운하를 거슬러 오르는 보트를 잡아타고 되돌아오곤 했지. 자네도 그런 경험이 아주 많을 거야."

"저는 수영을 거의 하지 않았습니다. 물을 좋아하지 않았거든요."

헥터가 말했다.

"아, 이제야 기억이 나는군. 그때 그 물은 내가 봤던 물 가운데 가장 더러웠어. 온갖 물건이 물에 둥둥 떠다녔으니까."

"예, 그랬지요."

헥터는 아버지의 헤벌어진 입속의 시커먼 물을 떠올리며 말했다.

"돌아갈 건가?"

"일리온으로 말입니까? 아뇨."

"그럼 미국에서 달리 갈 만한 곳이라도?"

"모르겠습니다."

"이곳 한국에서의 생활이 재미있었나보군. 대부분의 군인이 그렇지."

태너가 말했다.

"저는 더 이상 군인이 아닌데요."

"응, 나도 알아. 자네처럼 젊은 친구들이 그렇다는 말일세."

헥터는 작업에 집중할 뿐 아무런 대꾸도 하지 않았다. 태너는 더 이상 귀찮게 말을 걸지 않았다. 두 사람은 기다란 벽면의 이쪽과 저쪽 끝에서 페인트를 긁기 시작해서 중앙 쪽으로 조금씩 거리를 좁히며 들어왔다. 얼마 되지 않아 두 사람은 마치 삽으로 소각장의 재를 퍼낸 것처럼 머리 끝에서 발끝까지 하얀 페인트 가루들로 뒤덮였다. 태너는 전혀 힘들이지 않고 능숙하게 일을 했다. 그는 아직도 하얀색 깃이 달린 회색 셔츠를 입고 있었다. 목회자의 전형적인 복장이었다. 열심히 일을 하는 동안 몸에 열이 나는지 그는 비 오듯 땀을 흘렸지만 그리 힘들어 보이지는 않았다. 태너는 운동선수처럼 탄탄한 체격에 팔다리가 길었다. 그는 장거리 여행을 하고 나서 다시 육체 활동을 하게 되어 기분이 좋아진 것 같았다. 시애틀에 있을 때, 태너는 유니온 호수에서 아침마다 1인용 보트의 노를 저었다. 헥터보다 나이가 스무 살이나 많아서 정수리 부위의 머리카락이 약간 빠지긴 했지만 젊은이 못지않게 활력이 넘쳤고 강인한 인상이었다. 그런 면에서 그는 헥터보다 오히려 젊어 보였다. 질병에서 기적적으로 회복했다는 그는 분명히 강철 같은 의지와 자신감의 소유자 같았다.

태너는 심지어 헥터보다 먼저 벽면의 중앙 지점에 도달했다. 그렇다고 헥터가 중간에 일을 멈추고 휴식을 취한 것도 아니었다. 항상 그랬듯이 헥터는 한 번도 쉬지 않고 한결같은 속도로 일했는데도 태너의 작업 속도를 따라잡을 수 없었다. 중앙 지점에 먼저 도달한 태너는 뒤로 한 발짝 물러서서 안경을 벗고 소매로 이마에 맺혀 있는 땀방울을 닦았다.

"자네의 성을 보아 하니 가톨릭 집안인 것 같군. 내 추측이 맞나?"

"아버지가 가톨릭 신자였습니다. 어머니도 본래는 가톨릭 신자였는데 나중에 배교를 하셨죠. 두 분 모두 돌아가셨습니다."

"저런. 안됐군."

"예."

"그럼 자네는? 자신을 가톨릭 신자라고 생각하나?"

"저는 어느 쪽도 아닙니다. 아직 종교가 없습니다."

"그래도 분명히 세례는 받았을 거야."

헥터는 고개를 끄덕였다.

"나는 그냥 궁금했을 뿐이야. 중요한 건 아니지만 자네가 교회 안에서 얼마나 시간을 보냈는지 궁금했어."

"그게 왜 궁금하죠?"

"다시 말하지만 그런 건 중요하지 않아. 하지만 나는 자네가 우리를 위해 예배당을 지어줄 수 있는지 묻고 싶네. 지금 이용하고 있는 야외 천막도 괜찮긴 하지만 겨울이 다가오는데 과연 그걸 계속해서 이용할 수 있을지 의문이야. 홍 목사는 혹시 그런 계획을 세워두지 않았나?"

"글쎄요. 저한테는 아무 말씀도 안 하셨습니다."

"그럼 잘됐네. 거기 대해 얘기를 나눠보세. 내 생각에는 자네가 작은 예배당을 지어줬음 좋겠어. 우리 모두가 들어갈 수 있는 크기면 족해."

"헛간도 아니고 충분한 재목을 구할 수 있을지 의문입니다."

"지금 사용하는 공간을 개조하면 어떨까?"

"교실이라면 모를까 다른 곳에는 개조할 만한 공간이 없습니다."

"아니, 교실을 그렇게 쓰면 안 되지. 전적으로 예배만 드릴 수 있는 공간이 필요해. 그곳에서는 기도를 드리고 성경을 읽고 찬송가만 부르는 거지. 그곳에서는 그 밖의 행위들, 이를테면 수업이나 식사는 일절 하지 않을 거야. 외관이 교회처럼 보이지 않아도 좋아. 기다란 의자 몇 개만 갖추고 있는 방이면 돼. 크지 않아도 되고. 서로 몸을 붙이고 앉으면 오히려 나을지도 몰라."

헥터는 부활절이 되면 가족 모두가 찾아가던 올버니의 웅장한 성당과 주일 아침마다 아버지가 자신과 누나들을 데리고 가던 웨스트 스트리트의 교회를 머리에 그려보았다. 가끔은 토요일 오후에 철야예배를 보러 교회를 찾기도 했다. 나이 어린 소년의 눈에는 화강암 덩어리로 지은 건물과 중세 스타일의 탑이 무척 웅장하고 인상적으로 보였다. 건물 내부로 들어가 보면 거대한 버팀벽이 본당 회중석 위의 목재 천장을 떠받치고 있었다. 버팀벽과 벽에는 석회가 발라져 있어서 낮에는 입구 위의 스테인드글라스 창문으로 스며드는 햇살을 받아 눈부시게 빛났다. 반들반들하게 윤이 나는 마호가니 신자석이 수십 개나 들어차 있었으니 아주 기다란 건물이었다. 날씨가 푹푹 찌는 한여름에 그 안에 들어가 있으면 견디기가 아주 힘들었다. 그의 아버지는 밀려오는 졸음을 이기지 못하고 한동안 꾸벅꾸벅 졸기도 했다. 입구 쪽, 그러니까 본당 뒤쪽에 앉게 되는 날이면 헥터는 바로 앞좌석 밑으로 슬그머니 들어가 예배가 끝나기 직전까지 차가운 대리석 바닥에 누워서 더위를 식히곤 했다. 그 교회에는 마리아의 수태고지를 기념하는 조그마한 예배당이 하나 더 있었다. 헥터는 자신이 아직도 그 교회의 구조를 똑똑히 기억하고 있다는 사실에 놀랐다. 미니어처 예배당처럼 비좁은 공간에는 제단과 십자가도 크기가 더 작았다. 방의 한쪽에는 아일랜드 여인처럼 생긴 성모마리아의 놀랍도록 아름다운 조각상이 있었는데 마리아는 어떻게 보면 그의 선머슴 같은 누나들 가운데 하나를 닮았다.

"남자아이들의 숙소와 여자아이들의 숙소 사이에 통로가 있습니다."

헥터가 말했다.

"제 생각에는 두 건물 사이의 그 공간에 장작 난로를 구해와 설치하면 곧바로 예배당으로 쓸 수 있지 않을까 싶습니다. 나무판자는 충분히 구할 수 있으니 벤치를 만드는 일은 문제없을 겁니다."

"그래, 그렇게 하면 되겠군. 그곳이면 우리 모두를 수용할 수 있겠지."

"저는 빼시죠."

"자네는 여기에 온 뒤로 한 번도 예배에 참석하지 않았나?"

"예."

"홍 목사가 아무 말도 안 하던가?"

"저는 여기에서 잡다한 일을 할 뿐입니다. 홍 목사님도 그 점을 알고 계셨죠."

"흠. 그 양반은 앞으로 석 달 안에는 돌아오지 않을 걸세. 홍 목사가 지금껏 일을 훌륭하게 처리했기 때문에 교회는 그가 시애틀에서 정해진 시간을 채우고 나면 미네소타로 가서 목회사역을 도와달라고 할 거야. 그 사람은 아직 교회의 이런 계획을 모르고 있지. 한국 전역에 흩어져 있는 고아원들의 수많은 아이들이 그곳 가정들에 입양될 거야."

"그러니까 저더러 이곳을 떠나라는 말씀입니까? 언제든지 저를 내쫓을 수 있다는 뜻으로 들리는군요."

"그런 말이 아닐세."

태너가 말했다.

"여기를 떠나고 안 떠나고는 물론 자네의 마음에 달렸지만 나는 자네가 한동안 이곳에 머물러주었으면 좋겠네. 날씨가 변하기 전에 고아원 안팎으로 할 일도 많고 말이야. 홍 목사와 고아원을 한 바퀴 둘러보았네. 모든 건물의 지붕을 수리해야 하고 오수처리 탱크와 부엌도 손을 좀 봐야 되겠더군. 방금 말한 예배당을 마련하는 문제도 있고 말이야. 내가 아니라 홍 목사와 아이들을 위해 일한다고 생각하고 이런 계획들을 검토해주게."

그는 헥터의 눈을 똑바로 쳐다보았다.

"자네한테 솔직하게 말해도 되겠나? 좋아, 그렇게 하지. 이곳에 온 지 한 주밖에 안 됐지만 나는 이곳에서 자네의 존재가 아이들에게 그다지 이롭지 않다는 생각을 갖게 되었네. 실례를 무릅쓰고 나는 이곳 부인들 몇 명과 면담을 가졌지. 부탁이니 그 사람들을 나무라지는 말게. 내가 너무 집요하게 캐물은 면도 없지 않아 있었으니까. 분명히 말하지만 나는 자네한테 개인적인 감정은 없어. 자네의 인생은 자네의 것이야. 그리고 나는 자네의 습관이나 성격을 고치려고 한국에 온 게 아니야. 그렇지만 자네가 도시에 나가 질탕한 밤을 보내고 아침이 되어서야 돌아오는 모습을 아이들이 보면 곤란하겠지. 아이들이 보는 앞에서는 술을 자제해 주게. 그리고 우리의 집회와 예배에 드러내놓고 무관심하게 행동하는 것도 보기에 썩 좋지는 않아. 홍 목사는 자네가 아이들과 잘 어울리고 있으니 아무런 문제도 없을 거라고 했지만 나는 그렇게 생각하지 않아. 아이들에게는 의지할 곳이 아무 데도 없어. 어쩌면 걔네들한테는 여기가 새로운 삶을 시작할 수 있는 마지막 기회일지도 몰라. 이런 상황에서 어떻게 내가 전혀 이롭지 않은 영향을 끼칠 수 있는 것들을 너그럽게 봐줄 수 있겠나? 자네 생각은 어때?"

"이해합니다."

"내 말을 이해한다면 동의하는 뜻으로 알겠네."

헥터는 그의 말에 아무 반박도 하지 않았다.

"좋아. 그럼 이제 자네한테 한 가지 속 시원히 털어놓겠네. 내가 잘못 생각하고 있는지 모르겠지만, 만약 내 생각이 틀렸다면 지적해주기 바라네. 자네는 아직 젊으니 살아가야 할 날이 아주 많아. 전쟁 전이나 전쟁 중에 자네한테 무슨 일이 있었는지, 또 자네가 이곳 생활을 어떻게 여기는지 모르겠지만 나는 자네가 피할 수 없는 무언가를 기다리는 사람 같다는 생각이 들어. 그게 무엇인지는 모르겠지만 심지어 그것을 갈구하는 것 같단 말이야. 나는 마음으로 짓는 죄보다 더 악한 것은 없다고 확신하는 사람이야."

그로부터 몇 주 동안 헥터는 일에 몰두했다. 태너에게 좋은 인상을 남기겠다거나 그의 생각을 바꿔보려고 그랬던 것은 아니다. 그는 목사가 했던 마지막 말이 영 마음에 들지 않았지만 목사의 말에 이의를 제기할 수가 없었다. 사실 목사가 지적한대로 그는 피할 수 없는 무언가를 기다리고 있었다. 그는 하늘에서 무언가가 떨어져서 자신을 때려눕혀주기를 바라고 있었다. 말하자면 번갯불이 번쩍이는 폭풍우 속에서 쇠막대기를 이리저리 휘두르며 언덕 꼭대기로 기어오르는 사람이라고나 할까. 하지만 헥터에게 하늘은 항상 끝을 알 수 없는 푸른 공간이었다. 그래서 그는 작업에만 몰두했다. 그는 고된 노동을 훈련이나 처벌이 아니라 자신을 지우는 방법, 즉 도피처로 삼았다. 오후에는 낡은 지붕을 수리했다. 지붕이 그나마 튼튼한 곳은 1년 전, 그러니까 전쟁이 끝날 무렵에 육군 공병 대대가 지어준 학교 건물밖에 없었다. 1920년대에 지은 나머지 건물들은 본래 가축과 닭을 가두던 곳인데 낡아서 지붕이 뒤틀려져 있었다. 그는 하루 중에서 가장 무더운 시간에는 진흙을 이겨서 만든 기와를 지붕에 깔았다. 작업을 하다가 지붕이 무너질 수도 있었기 때문에 건물에 들어가 있는 사람들은 모두 밖으로 내보내야 했다. 8월 말의 푹푹 찌는 더위 때문에 고아원 마당에는 사람의 그림자조차 찾아볼 수 없었다. 아이들은 실내에서 공부를 했고 그 밖의 사람들은 천막이나 고아원 가장자리의 나무그늘 속에 들어가 휴식을 취하거나 허드렛일을 했다. 햇살은 날카로운 유리 조각처럼 따갑게 쏟아졌다. 그는 삐걱거리는 구조물 위를 걸어 다니면서 불에 덴 것처럼 어깨와 등이 벌겋게 달아올랐지만 그런 것에 조금도 개의치 않았다. 그는 자신의 처지가 동족과 어울리지 못하고 혼자 멀리 동떨어져서 일하고 있는 개미 같다고 느꼈다.

식사 시간이 되면 헥터는 밥과 국을 가지고 자기 숙소로 돌아가 혼자서 먹었다. 군부대 매점에서 사온 위스키도 혼자서 몰래 마셨고 서울에도 더 이상 올라가지 않았다. 그뿐만 아니라 그는 아이들도 가급적 멀리했다. 민에게 닥친 불행한 일을 핑계 삼아 이제 그는 땔감을 주우러 갈 때 아이들을 대동하지 않고 혼자서 갔다. 태너 목사가 했던 말에 수치심을 느껴서가 아니라 언제부턴가 마음을 괴롭히기 시작한 어떤 생각 때문에 그는 자신의 행동을 각별히 조심하게 되었다. 그것은 착하고 순박한 사람들에게 적어도 해악을 끼쳐서는 안 되겠다는 생각이었다. 그는 세속적이고 방탕한 자신의 행동을 순진한 아이들이 그대로 본받을까 봐 두려웠다. 성욕이 치밀어 오를 때는 예전과 달리 간단히 숙소에서 해결했다. 전쟁터에 나간 남편이 행방불명되고 나서 거의 미쳐버린 패트리샤 카힐도 그런 식으로 성욕을 해결하지 않았을까? 고아원 아이들에 대해서 태녀가 했던 말은 옳았다. 헥터 자신과 같은 사람이 아이들의 눈에 띄면 아이들의 입장에서는 좋을 게 없었다. 그동안 아이들은 자신들의 인생에서 평생 동안 잊히지 않을 타락과 죽음을 충분히 목격했다. 대부분의 아이는 일반 가정의 아이들처럼 명랑했고 나이에 걸맞게 개구쟁이 짓을 했다. 아이들이 그를 대하는 방식도 많이 달라졌다. 그가 아이들을 대하는 것보다 아이들이 오히려 더 스스럼없이 그를 대할 정도였다. 하지만 그는 말수가 적은 몇몇 아이들, 이를테면 길에서 만나 고아원까지 따라온 준 같은 아이들은 자기의 이면에 내재해 있는 잠재적 재앙을 간파하고 있을 거라고 느꼈다.

그는 군부대에서 낡은 난로 하나를 발견했다. 그리고 충분한 양의 널빤지와 합판을 모을 수 있었는데 그 정도면 두 숙소 사이의 공간에 벤치 네 개를 놓을 수 있었다. 벤치가 추가로 필요할 경우에는 재료를 구하기 위해 조금 더 기다려야 했다. 사실 그 공간은 중앙에 통로를 내기에는 너무 비좁았다. 그래서 아이들을 모두 앉히기 위해서 벤치들을 측벽에 바짝 닿을 정도로 밀어붙여야 했다. 지붕 수리 작업이 정교함보다는 체력을 요구했다면 예배당을 만드는 일은 체력보다 정교함을 필요로 했다. 하지만 그는 하루 일과가 끝날 무렵에는 예배당을 짓는 일에 온 정성을 다했다. 그는 쇠톱으로 합판을 잘라내 기다란 벤치의 지지대로 사용했다. 처음에는 사각형 모양으로 다리를 만들었지만 벤치 하나를 만들고 나서는 둥근 모양의 다리를 만들기로 마음먹었다. 판자를 덧붙인

사각의 벤치는 작은 관과 모양이 흡사했다. 합판이라서 모서리를 대패로 다듬다보면 판이 심하게 쪼개지는 경우가 많았기 때문에 버퍼를 이용해서 꺼칠꺼칠한 모서리를 문질렀다. 그는 해 질 녘에 자기 숙소 앞에서 합판의 모서리를 다듬곤 했는데 일을 하다보면 합판의 본래 모습인 나무의 신선한 냄새를 맡을 수 있었다. 허공으로 피어오른 가루의 일부가 위스키가 담긴 주석 잔에 들어가더라도 그는 신경 쓰지 않았다. 비록 태너 목사의 부탁을 받고 일을 하는 거지만 헥터는 아이들이 변변한 예배당도 하나 없이 한데 앉아서 예배를 보는 모습이 그리 좋아 보이지는 않았다. 더군다나 태너 목사가 집전하는 예배는 홍 목사의 그것보다 훨씬 더 길었다. 헥터는 한국의 추위, 특히 북부 지방 산속의 추위가 얼마나 견디기 힘든지 잘 알고 있었다. 옷 속으로 스며든 차가운 바람은 가차 없이 살을 베어내는 듯했는데 그것은 참호나 방공호의 싸늘한 공기보다 훨씬 더 혹독했다. 전쟁이 시작되고 처음으로 맞이한 겨울에 그는 후퇴를 하다가 길가에서 몸을 잔뜩 웅크린 채 숨겨 있는 여자아이 둘을 발견했다. 여자아이들의 얼굴에선 흠 하나 찾아볼 수 없었고 맨손과 맨발은 잿빛을 띠고 있었다. 보아 하니 누군가가 그들의 신발을 빼앗아간 게 분명했다. 그는 같은 부대 소속의 병사 하나를 손짓으로 불렀다. 두 사람은 얼어붙은 진흙에 박혀 있는 시신을 삽으로 파내어 박물관 직원들이 조각품을 옮기듯이 쑥 덤불 뒤의 적당한 지점으로 조심스럽게 옮겨갔다. 하지만 땅이 바위처럼 단단하게 얼어붙어 있어서 시신을 묻을 수가 없었다. 하는 수 없이 그들은 모포로 시신을 감싼 다음 모포의 가장자리에 묵직한 돌을 얹어 놓았다. 물론 그렇게 해놓아도 아무 소용 없다는 것을 그들은 알고 있었다. 모포는 사람들이 금방 가져가버릴 것이고 시신은 새나 그 밖의 동물들에 의해 훼손되고 말 것이다. 하지만 헥터는 두 여자아이가 아주 잠시만이라도 누구의 방해도 받지 않고 품위 있게 숙면을 취하게 해주고 싶었다.

　헥터는 합판의 끝부분을 모두 다듬고 나서 버퍼로 다듬어둔 기다란 판자를 잘라내고 벤치의 중앙부를 지탱하고 있는 십자형 지지대에 못을 박았다. 벤치는 등받이가 없어서 다소 조잡해 보였다. 그는 목수가 아니라서 등받이를 만들어 붙일 수 있는 재주가 없었다. 하지만 언젠가 여름 아르바이트로 목수의 조수가 되어 의자를 만들어본 경험이 있었기 때문에 균형을 갖춘 튼튼한 의자는 만들 수 있었다. 처음에는 벤치에다 유약을 바를 생각이었지만 그가 구할 수 있었던 것은 부대의 보급계 장교한테서 받은 페인트뿐이었다. 페인트는 모두 칙칙한 회색이라 활기라고는 찾아볼 수가 없었다. 벤치의 한쪽을 칠하고 나서 잠시 일손을 멈추었을 때 뒤에서 어떤 목소리가 들려왔다.

　"내 눈에는 좋아 보이는데요."

　실비아 태너였다. 그녀는 바람에 하늘거리는 무명 드레스를 입고 있었는데 어깨의 끝부분이 햇살을 받아 하얗게 빛났다. 다른 사람들처럼 그녀도 건물 밖에서 벤치를 만들고 있는 그를 보았다. 하지만 지금껏 그에게 다가와 작업에 대해 무슨 말을 하는 사람은 거의 없었는데 전혀 예상치 못한 그녀가 나타난 것이다.

　"좋은 색깔인 것 같아요."

　"비구름이나 전함을 좋아하시나 보군요."

　헥터는 그렇게 중얼거렸다.

　"그래요. 내가 생각해봐도 비구름을 좋아하는 것 같아요."

　헥터의 손에 들려 있는 커다란 솔을 붙잡으며 그녀가 말했다. 그녀는 깡통 속에 솔을 푹 담갔다. 그런 다음 솔의 양쪽 끝을 안쪽 가장자리에 대고 톡톡 두드려 불필요한 페인트를 털어낸 다음 그가 칠해놓은 부위에 서너 번 덧칠을 했다. 그녀의 동작은 거창하고 화려하고 노련했다.

"자, 보세요. 이렇게 하니까 나쁘지 않잖아요."

"목사님이 과연 좋아하실지 의문입니다."

"왜 그런 말을 하죠?"

"목사님은 저를 탐탁지 않게 생각하시거든요. 저는 그런 것에 별로 신경을 안 쓰지만…."

"신경 안 쓴다는 건 나도 알아요."

그녀의 대꾸를 듣고 헥터는 깜짝 놀랐다. 손차양을 하고 있는 그녀의 눈은 놀라울 정도로 컸고 한낮의 햇살 속에서도 검어 보였다. 눈동자는 주변의 해록색을 모두 밀어낼 듯했다. 헥터는 그녀를 보지 않으려고 애썼지만 그게 마음대로 되지 않았다.

"확실히는 모르겠지만 내 생각에 목사님은 그동안 당신이 해온 작업에 만족하고 있어요. 그중에서도 특히 이번 작업은 아주 마음에 들어 할 거예요. 나처럼 말이에요."

"페인트를 좀 더 칠해보시겠습니까?"

"그래도 되겠어요?"

헥터는 그녀에게 솔을 계속 사용해도 좋다고 말하고는 자기는 다른 솔을 찾으러 창고로 갔다. 헥터가 다른 솔을 찾아 돌아왔을 때, 그녀는 초벌칠을 거의 끝마치고 있었다. 두 사람은 다른 벤치로 옮겨가서 작업했다. 초벌칠을 하는 데는 그리 많은 시간이 걸리지 않았다. 그들은 처음의 벤치로 돌아가서 두 번째 칠을 하려고 했지만 페인트가 충분히 마르지 않아 잠시 기다려야 했다. 그녀는 칠이 마를 때까지 기다리는 동안 예배당으로 쓰일 공간을 한번 둘러봐도 되겠느냐고 물었다. 헥터는 군부대에서 구해온 난로를 예배당 뒤쪽에 이미 들여다 놓았다. 그리고 마주 보고 있는 여자아이들 숙소와 남자아이들 숙소의 문들을 열었을 때 벤치에 걸릴 수가 있어 본래 있던 자리에서 그 옆으로 약간 옮겨 다시달았다. 공간을 최대한 넓히기 위해 벽장 두 개도 뜯어냈다. 예전에는 독립된 구조물의 외부였던 목재 벽이 오랜 세월 비바람을 맞아 새까매져 윤이 났다.

"문을 열어놨는데도 여기는 어둡군요."

실비가 말했다.

"여기에서 예배를 보려면 등유램프나 촛불을 켜야 되겠어요."

"본래 창고로 쓰려고 만든 곳이니까요. 바람막이도 되고요."

"너무 어두운데 어떻게 해야 되죠?"

헥터는 어떻게 해야 할지 몰랐지만 갑자기 그 문제가 신경 쓰이지 않을 수 없었다. 다른 사람들과 동떨어져 그녀와 단둘이 그곳에 들어와 있었기 때문이다.

"페인트가 얼마나 있죠?"

여전히 솔을 들고서 그녀가 물었다.

"많이 있지만 모두 같은 색입니다."

그녀는 잠시 주변을 둘러보더니 벽으로 다가가서 아래위로 크게 솔질을 몇 번 했다.

"이렇게 해놓으면 괜찮을 것 같아요."

실비가 벽에서 물러서며 말했다.

"꼭 콘크리트 박스에 들어와 있는 것처럼 보일 겁니다."

"그렇지 않을 거예요. 두고 보기로 하죠. 마음에 안 들어요? 당신한테는 일거리가 늘어나는 거겠지만 원한다면 내가 도울게요. 아니, 내가 부추겼으니까 당연히 도와야겠네요."

"그런 건 중요하지 않습니다. 사모님이 원하시는 대로 하십시오."

헥터가 말했다.

"그럼 내가 도울게요."

실비가 밝게 말했다. 그들은 제단이 들어설 자리 근처에 서 있었다. 페인트를 칠했든 하지 않았든 간에 그곳은 그가 그때껏 보았던 다른 하나님의 집들과는 확실히 달랐다. 두 사람의 머리 위에는 천장도 없었고 훤히 드러난 서까래에는 여기저기 거미집과 벌집이 지어져 있었다. 실내는 제법 무더웠다. 코를 자극하는 페인트가 튀어 두 사람 모두 페인트 투성이가 되어 있었지만 그는 그녀의 희미한 냄새를 맡을 수 있었다. 그녀의 땀 냄새는 달콤했다. 그리고 부드럽고 반들반들한 그녀의 머리카락에서도 기분 좋은 냄새가 흘러나왔다. 그는 자기 몸에서 나는 냄새도 맡을 수 있었다. 그것은 그녀의 몸에서 흘러나오는 냄새와 차원이 달랐다. 동물들한테서나 맡을 수 있는 역겨운 냄새였다. 하지만 그녀는 그와 그렇게 바짝 붙어 있으면서도 불쾌한 표정을 짓거나 별다른 내색을 하지 않았다. 그는 이제 성스러운 공간이 될 그곳에서 실비의 몸을 번쩍 들어올려보고 싶은 이상한 충동을 느꼈다. 어찌됐든 그는 가톨릭 신자였다. 하지만 그 순간 그곳에 있는 희미한 불빛이 깜박거리더니 태너 목사의 홀쭉한 몸이 문간에 나타났다.

"여기 있었군."

태너는 별로 놀라지 않은 말투로 똑똑히 말했다.

"창고 옆에 벤치들이 있더군."

"멋져 보이지 않던가요?"

실비가 물었다.

"그만하면 썩 훌륭해."

태너가 말했다. 그는 다가와 그녀의 허리를 붙잡고는 상체를 기울여 키스를 하려고 했다. 하지만 그녀는 솔과 페인트 얼룩이 덕지덕지 묻은 양손을 휘저으며 그의 몸을 밀어냈다.

"여기도 페인트를 좀 칠해야 할 것 같아서 들어왔어요."

"그래?"

그는 아내의 말에 그렇게 대꾸했지만 헥터를 바라보고 있었다.

"예. 벤치와 같은 색으로 칠하려고요."

그녀가 말했다.

"음, 그렇게 하면 아주 멋지겠군. 내가 좀 도울 수 있을 것 같은데 도와줄까?"

"그래요."

실비는 그렇게 대꾸하고 나서 밝은 표정으로 덧붙였다.

"세 사람이 힘을 모아 일하면 한결 수월할 거예요."

"저기, 도움은 필요하지 않습니다."

헥터가 말했다.

"벤치 몇 개에 페인트를 칠하는 것보다 일이 훨씬 더 많을 텐데."

태너가 말했다.

"그래도 문제없습니다."

"괜한 고집 부리지 말아요. 그게 중요한 게 아니잖아요."

실비가 말했다.

"고집을 부리는 게 아닙니다."

그녀의 의지를 단숨에 꺾어버릴 듯한 말투로 그가 말했다.

"사실 이건 큰일이 아닙니다. 저 혼자서 할 수도 있어요. 보세요. 이제 덧칠만 하면 됩니다."

그가 실비를 향해 손을 내밀자 그녀는 솔을 건넸다. 건물 밖의 벤치는 칠이 말라 있었다. 그는 새 페인트통의 뚜껑을 열어서 솔로 내용물을 휘저은 다음 덧칠을 하기 시작했다. 일을 하는 동안 그는 일절 고개를 들지 않았다. 그는 태너 부부가 그곳을 벗어나는 것을 보지도 못했다. 자기 남편이 나타났는데도 그녀는 조금도 난처해하지 않고 일에 열의를 보였다. 그로서는 그녀의 그런 모습을 이해할 수 없었고 괜히 신경이 쓰였다. 헥터는 그런 일에 일일이 신경을 쓰고 있는 자신에 대해 곰곰이 생각해보았다. 누가 보더라도 그는 어린애처럼 굴고 있었다. 페인트를 칠하면서 그는 자신의 두 손이 지나치게 경직되어 있다는 것을 깨닫고 깜짝 놀랐다. 솔로 표면을 억세게 짓눌러 그 아래쪽의 초벌칠을 망치고 있다는 사실을 그때까지 깨닫지 못하고 있었다. 그는 첫 번째 벤치를 완전히 망치고 두 번째 벤치도 상당 부분 망쳐놓고 나서야 뒤늦게 정신을 차리고 나머지 벤치들을 제대로 칠할 수 있었다. 그는 처음의 두 벤치가 완전히 마를 때까지 기다렸다가 페인트를 벗겨내고 다시 처음부터 칠하기 시작했다.

보름 동안 그는 그녀를 일부러 피해 다녔다. 태너 목사를 피하는 일은 쉬웠다. 목사는 설교를 하고 역사와 수학을 가르치느라 쉴 틈이 별로 없었고 다른 지역의 고아원들을 둘러보기 위해 주기적으로 당일 여행을 떠났다. 실비도 자기 나름대로 바쁘게 시간을 보냈다. 그녀는 영어를 가르치고 바느질을 하고 가끔은 부인들을 도와 음식을 만들었다. 그녀는 고아원의 커다란 정원에서 아이들과 함께 고추와 토마토를 수확하고 상추와 배추를 심을 땅을 일구었다. 실비는 아주 태연한 표정으로 그에게 나타나곤 했다. 그가 열기로 이글이글 타오르는 지붕에 올라가 일을 하고 있으면 그녀는 시원한 보리차 한 잔이나 프라이팬에 구운 옥수수 빵을 들고 나타나 잠깐 내려와서 자기가 만든 음식 좀 먹고 일하라고 말했다. 그는 예배당을 칠하는 일을 아직 시작도 하지 못했다. 이른 새벽부터 줄곧 일에 매달리느라 식사하는 것도 잊을 때가 있었는데 그럴 때면 그녀는 쟁반에 음식을 담아 와서 그의 방문을 두드렸다. 실비 혼자서 그를 찾아오는 경우는 한 번도 없었다. 이제 그녀가 가는 곳은 어느 곳이든 준이 동행을 했다. 그는 실비와 눈을 마주치지 않고 고개만 까닥여 고마움을 표시한 다음 쟁반을 받아 방 안으로 들였다. 그러면 그녀는 준의 손을 잡고 돌아섰다. 마주잡은 손을 앞뒤로 휘저으며 걸어가는 모습을 보고 있으면 둘은 꼭 친자매처럼 다정해 보였다.

실비는 준이 다른 아이들과 어울려 놀기만 하면 항상 말다툼이나 몸싸움으로 이어지는 것을 보고 그녀를 데리고 다니기로 마음먹었다. 준과 몸싸움을 벌인 상대는 항상 준보다 더 큰 상처를 입었다. 준은 침울해져 있었고 공격적이었다. 그리고 자기 마음에 맞지 않을 때는 자기 나이 또래의 아이들뿐 아니라 나이가 아주 어린 아이들에게까지 무자비하게 굴었다. 고아원에서 준이 맡은 일은 부인들의 빨래를 돕는 것이었다. 언젠가 준은 잘 때마다 오줌을 지리는 사내아이가 축축해진 팬티를 벗어 머리에 덮어쓰도록 만들었다. 그리고 그녀는 다른 여자아이들이 너무 계집애처럼 유약하게 굴면 종종 윽박을 질러 사내아이들 앞에서 당당하게 행동하도록 했다. 헥터는 준이 싸움을 벌이는 장면을 여러 차례 목격했고 그때마다 다가가서 싸움을 뜯어말렸다. 헥터가 마지막으로 목격한 싸움에서 준은 나이 많은 사내아이들에게 둘러싸여 쭈그리고 앉아 있었다. 사내아이들은 돌아가며 그녀에게 주먹질과 발길질을 해댔다. 아이들은 그녀 때문에 고아원이 엉망이 되어가고 있다며 당장 꺼져버리라고 바락바락 소리치고 있었다. 사실 준은 고아원에서 골칫거리였다. 그래서 홍 목사는 은밀하게 그녀를 다른 고아원이나 직업훈련 프로그램에 보내려고 시도했었다. 하지만 가족이 없는 여자아이들은 대부분이 비참하고 타락한 생활을 할 수밖에 없다는 것을 잘 알고 있었기 때문에 홍 목사는 준이 열여섯 살이 된 뒤로도 계속해서 데리고 있기로 마음먹었다. 세상으로 되돌려 보낼 시간을 최대한 늦추기로 작정한 것이다.

그런데 실비가 준에게 관심을 보인 뒤로 준은 눈에 띄게 온순해졌다.

예전 같으면 항상 말이 없고 싸움을 하지 않을 때는 남들과 전혀 어울리지 않았는데, 이제는 자기보다 나이가 어린 여자아이들이 세탁을 마친 옷들을 숙소로 옮기는 일을 도와주었고 누가 시키지 않아도 정원에 나와 일을 했다. 그리고 다른 아이들보다 영어 구사 능력이 뛰어난 준은 영어 수업시간에 실비와 학생들 사이에서 통역을 맡기도 했다. 머지않아 그녀는 하루에 두어 시간씩 태너 부부의 숙소에서 일하게 되었다. 그녀는 방을 쓸고 먼지를 털고 침대를 정리했다. 몇몇 아이들은 실비의 곁을 떠나지 않았지만 저녁을 먹고 나서 한참 뒤나 아주 이른 아침에는 그런 아이들의 모습을 볼 수가 없었다. 하루 일과를 시작하기 전이나 일과를 마친 시간에 그녀와 함께 있는 아이라고는 준뿐이었다. 헥터는 두 사람이 함께 있는 모습을 종종 보았다. 실비와 준은 등받이가 없는 의자에 앉아서 서로의 머리를 빗어주거나 한 쌍의 도둑이 은밀하게 계획을 짜듯 서로의 귀에 대고 무언가를 속삭이곤 했다.

  어느 날 오후, 헥터는 새로운 하수관을 파묻기 위한 준비 작업으로 날이 넓은 칼로 덤불을 쳐내다가 실비가 책을 읽고 있는 장면을 목격했다. 실비는 하수관을 설치하게 될 지점이 훤히 내려다보이는 커다란 바위에 올라가 앉아 있었다. 그녀의 곁에 준은 보이지 않았다. 그날 아침에 태너 목사와 아줌마들이 준을 포함한 대부분의 아이들을 폭포로 데려갔기 때문이다. 폭포 아래에는 수영을 할 수 있는 커다란 웅덩이가 있었다. 소풍을 떠난 사람들은 정오가 되도록 돌아오지 않았다. 헥터가 일손을 잠시 멈추었을 때, 실비는 그 순간을 놓치지 않고 재빨리 그에게 다가오라는 손짓을 하더니 다시금 책을 읽기 시작했다. 헥터는 그녀를 회피할 수 있는 구실이 없었다. 그는 실비에게 무슨 말을 해야 할지 몰랐지만 칼을 바닥에 던져놓고 그녀가 앉아 있는 바위 쪽으로 올라갔다. 헥터가 인사말을 건네자 그녀는 자리에서 일어나 "안녕하세요." 하고 간단히 대

꿈했을 뿐 그에게 무엇을 원하는지 묻지 않았다. 그녀는 읽고 있던 책에 아무런 표시도 하지 않고 책을 덮더니 바위에 내려놓았다. 그것은 청색 표지에 두께가 얇은 책이었다. 헥터는 실비가 그 책을 읽는 모습을 자주 목격했는데 그녀는 책을 처음부터 순서대로 읽는 게 아니라 손에 집히는 대로 아무 페이지나 펼쳐놓고 읽는 것 같았다.

"파이프를 묻으려고 땅을 파나 봐요."

실비가 말했다. 그녀는 헥터가 덤불과 잔나뭇가지를 방금 거둬낸 지점을 내려다보았다. 길이가 족히 50미터는 되어보였다.

"정말 손으로 저 일을 다 하려고요? 기계로 하면 좋은데 기계는 없어요?"

"여기에는 없습니다. 게다가 비용이 너무 많이 들어서요."

"그렇겠죠."

"부인이 도와주시면 고맙고요."

"난 당신이 어느 누구의 도움도 원치 않는 줄 알았어요."

그는 아무 대꾸도 하지 않았다.

"아무튼 마음을 바꿨다고 하니 기쁘네요."

"쉽지 않을 겁니다. 페인트를 칠하는 것하고는 차원이 다른 일이니까요. 땅은 대부분 바위투성이인 데다 바위가 없는 곳은 땅이 아주 딱딱해요. 땅이든 바위든 모두 다 똑같습니다."

"선문답처럼 들리네요."

"예?"

"선문답이요. 수수께끼의 일종인데 계속해서 자신한테 말하는 거죠. 불교에서 마음을 집중하기 위해 행하는 거예요."

"이 정도 일을 하면서 마음을 집중할 필요까지 있겠습니까?"

그녀는 그를 보고 빙그레 웃었다.

"난 뭔가 어려운 일을 해보고 싶어요. 아주 고되고 어려운 일 말이에요. 오늘은 정말 조용하네요. 그리고 솔직히 말하면 당신이 저기에서 일하는 모습이 좀 쓸쓸해보였어요."

"전 괜찮습니다."

그가 말했다.

"나도 알아요. 그럼 이제 슬슬 일을 시작해볼까요?"

"그러죠."

그들은 도랑의 머리 쪽으로 내려갔다. 헥터는 곡괭이와 삽을 집어 들더니 그것들을 그녀에게 내밀며 말했다.

"고르시죠."

그녀는 삽을 받아들고 그를 뒤따라 도랑의 주둥이 쪽으로 갔다. 그들은 비어 있는 분뇨 구덩이에서 일을 시작해서 언덕 쪽으로 옮겨갈 예정이었다. 헥터는 구덩이 속으로 풀쩍 뛰어내린 다음 그녀에게 조금 비켜서라는 손짓을 했다. 그는 곡괭이를 자기 머리 위로 한껏 치켜 올린 다음 바윗돌이 박힌 마른 땅을 내리찍었다. 일단 일이 손에 붙자 그의 곡괭이질도 리듬을 타기 시작했다. 워낙 힘겨운 작업이라 결과는 금방 눈에 띄지 않았다. 헥터가 1미터가량 땅을 파냈을 때, 실비가 구덩이로 내려와 파낸 흙과 바위를 삽으로 퍼내기 시작했다. 그녀가 예상했던 것보다 흙이 딱딱해서 처음에는 애를 먹었다. 헥터가 도와주려고 했지만 그녀는 혼자서 할 수 있다고 말하고는 자갈이 많이 섞인 흙에 억지로 삽을 꽂아 넣었다. 어느 정도 구덩이를 파낸 다음 두 사람은 임무를 바꿔서 일했다. 그러기를 서너 차례 반복하다가 갑자기 그녀가 삽질을 멈추더니 양손을 뒤집어보았다. 손바닥에는 물집이 여러 개 생겨나 있었다. 한쪽 손에 잡힌 물집은 크기도 크기지만 상태가 특히 심각했다. 물집은 엄지와 집게손가락 사이의 공간을 온통 차지할 정도로 크게 부풀어 올라 있었다. 헥터가 일을 멈추는 게 좋겠다고 말하자 실비는 고개를 끄덕였지만 사택으로 돌아가 반창고 붙일 생각은 하지 않고 손톱으로 물집을 꼬집어서 터뜨려버렸다. 그녀는 얼굴을 찡그리면서 다시 삽을 집어 들고 흙과 바위를 구덩이 밖으로 퍼내기 시작했다. 실비는 통증을 호소하거나 물러서는 일이 절대 없었다.

　그들은 따가운 오후의 햇살 속에서 근 한 시간을 일했다. 헥터의 작업복은 땀으로 흠뻑 젖었다. 실비도 열이 나서 목과 두 뺨이 발그레해졌다. 덩굴손 같은 그녀의 부드러운 머리카락은 관자놀이에 들러붙어 있었다. 그녀는 속이 비쳐 보일 정도로 부드럽고 얇은 블라우스를 입고 있었다. 태양의 각도가 달라지면서 헥터는 그녀가 착용하고 있는 황갈색 브래지어를 선명하게 볼 수 있었다. 그녀가 엉덩이를 치켜들고 허리를 굽혀 삽질을 할 때는 두 팔과 몸통의 부드러운 곡선도 훤히 드러났다. 헥터가 힘들여 땅을 파내면 실비는 지체 없이 그것을 구덩이 밖으로 퍼냈다. 그들은 이제 임무 교대를 거의 하지 않고 묵묵히 일했다. 하지만 그녀의 양손이 말썽이었다. 헥터는 실비의 손바닥에 새로 부풀어 오른 물집이 터져버린 것을 보고 아무래도 오늘은 그 정도에서 일을 마쳐야겠다고 말했다. 물집이 터진 자리에는 빨간 생살이 그대로 드러나 보였다. 그때 마침 멀리서 차량의 털털거리는 소리가 들려왔기에 망정이지 그러지 않았더라면 그녀는 계속 일을 하고 싶어 했을지도 모른다. 오늘 아침에 아이들을 싣고 간 낡은 트럭이 돌아오고 있었다.

　"그만 가봐야 되겠어요."

　실비가 삽의 손잡이를 그에게 넘겨주며 말했다. 잠시 동안 헥터는 실비가 몸을 기울여 자기 뺨에 키스할 거라고 생각했지만 그녀는 그의 팔만 가볍게 건드리고 나서 야트막한 언덕을 황급히 올라갔다. 실비가 언덕 꼭대기로 막 올라갔을 때 헥터는 그녀가 서두르는 바람에 근처 바위

위에 읽던 책을 그대로 놓아두고 간 것을 알아차렸다. 하지만 헥터는 실비가 아이들과 남편을 맞으러 건물들을 지나 사라질 때까지 소리쳐 부르지 않았다.

실비는 날마다 열심히 일했다. 태너 목사는 서울과 다른 고아원들을 둘러보느라 거의 길에서 많은 시간을 보냈다. 그녀는 집을 비운 남편을 대신해서 지칠 줄 모르고 일했다. 아이들을 가르치고 예배를 인도하는가 하면 정원을 가꾸고 저녁 식사 시간이 될 때까지 아이들과 놀아주었다. 저녁 먹을 시간이 되면 그녀는 식사도 하지 않고 사택 안으로 사라지곤 했다. 부엌에서 일하는 부인들은 그녀가 살이 빠지고 피로한 기색이 역력하다며 자기들끼리 수군거렸다.

"저러다가 병이라도 들고 말지."

어떤 부인이 말했다. 그러자 다른 여자가 대꾸했다.

"목사님이 사모님한테 기대하는 게 너무 많아. 하지만 목사님도 할 일이 산더미처럼 많잖아! 마음이 그렇게 너그러운 목사님을 어떻게 감히 비난할 수 있을까? 목사님이 사모님한테는 어떻게 하는지 몰라도 다른 사람들한테는 그렇게 마음이 너그러울 수가 없어."

뼈 있는 말이긴 했지만 일단 말하고 보니 사실인 것처럼 보였다. 태너는 어느 모로 보나 존경할 만한 사람이었다. 그러나 종교적 사명에 극도로 헌신적이다 보니 가정에는 자연히 소홀할 수밖에 없었다. 실비는 남편의 사명을 충분히 이해하고 있었기 때문에 아내로서의 소망이나 바람 따위는 일찌감치 포기한 듯 보였다. 헥터는 그런 이유 때문에 두 사람 사이에 아직도 자식이 없는 것은 아닐까 하고 생각했다. 목사 부부가 잠자리를 같이 하는지도 의문이었다. 식단이 바뀌고 쉬지 않고 일을 해서 그런지 실비의 몸은 정말로 수척해졌다. 하지만 헥터에게는 그녀가 고아원에 도착한 첫날부터 눈빛이 다소 어두운 것처럼 보였다. 언제부턴가 헥터는 목사가 저녁나절이 되어 돌아오기 전에 그녀가 잠시 밖으로 나오기를 기다리며 자기 숙소 바깥에서 어슬렁거리기 시작했다. 하지만 그녀는 새벽이 될 때까지 절대로 밖으로 나오지 않았다. 도랑을 파는 일을 할 때마다 그는 그녀가 혹시 나타날까 봐 언덕배기를 이따금 쳐다보곤 했다. 이제 헥터는 혼자서 두 가지 일을 번갈아가면서 해야 했다. 그는 먼저 곡괭이로 바위투성이의 땅을 충분히 파낸 다음 삽으로 흙과 자갈을 도랑 밖으로 퍼냈다.

그날 저녁에 책을 그녀에게 가져다주기 전에 그는 꺼칠꺼칠한 페이지를 자신의 뺨에 비벼보고 너덜너덜한 천으로 감싼 표지와 책등의 냄새를 맡았다. 책 제목은 《솔페리노의 기억》으로 본래 불어로 되어 있던 책을 영어로 번역한 책이었다. 작가는 앙리 뒤낭이라는 사람으로 그는 이탈리아 북부를 여행했던 젊은 프랑스계 스위스인 은행가였다. 자신을 그냥 여행자로 묘사한 작가는 솔페리노라는 작은 언덕 마을 근처에서 벌어진 엄청난 전투를 우연히 목격하게 된다. 헥터는 책을 대충 훑어보았다. 책의 앞부분에는 외국의 지명과 장군들의 이름만 잔뜩 나오고 내용이 건조하고 딱딱해서 별로 재미가 없었다. 페이지를 훌훌 넘기다가 그만 책을 내려놓으려고 했을 때 한 구절이 그의 눈에 들어왔다. 거기에는 1859년 6월 24일에 치러진 전투가 기록되어 있었다. 프랑스 연합군과 오스트리아 연합군 사이에 벌어진 전투에는 자그마치 30만 명의 군인이 동원되었다. 거기에는 부상을 당한 군인들의 모습과 전쟁의 참상이 다음과 같이 생생하게 기록되어 있었다.

부상을 당한 병사들의 얼굴에는 파리 떼가 새카맣게 달라붙어 있었다. 파리들은 상처 부위와 그 주변을 완전히 뒤덮었다. 병사들은 험한 눈초리로 주변을 두리번거렸지만 그들의 눈빛에는 무력감만 가득했다. 어떤 병사들의 몸에는 구더기가 들끓고 있었는데 피와 살, 그리고 외투와 셔츠는 이미 구분도 할 수 없을 정도가 되어버렸다. 많은 병사는 자기들의 몸이 구더기들의 먹잇감이 되고 있다는 생각에 벌벌 떨고 있었다. 그들은 구더기가 자신들의 몸에서 나왔다고 생각하고 있지만 사실 그것들은 허공을 날아다니는 파리 떼에서 나온 것이다. 사지가 완전히 망가진 불쌍한 병사 한 명은 턱뼈가 부서지고 퉁퉁 부어오른 혀를 입 밖으로 축 늘어뜨리고 있었다. 그는 몸을 이리저리 뒤척이면서 자리에서 일어나려고 안간힘을 썼다. 나는 그의 메마른 입술과 굳어버린 혀를 침으로 축축하게 적셔주고 나서 솜을 한 움큼 쥐어 양동이에 담갔다가 빼내며 물기를 짜냈다. 그렇게 해서 임시방편으로 만들어진 스펀지를 엉망이 된 그의 입안에 쑤셔 넣었다. 또 다른 가엾은 병사는 얼굴의 한쪽이 칼날에 맞아 잘려나가고 코, 입술, 그리고 아래턱이 반쪽밖에 없었다. 그 병사는 말도 제대로 하지 못했다. 그는 앞이 보이지 않는지 손을 마구 휘저으며 사람들의 관심을 끌려고 그르렁거리는 소리를 내고 있었다. 나는 그에게 물 한 잔을 건네고 나서 피범벅이 된 얼굴에다 물을 조금 부어서 피를 씻어냈다. 세 번째 병사는 두개골이 활짝 벌어져서 돌바닥에 뇌를 쏟아내며 죽어가고 있었다. 부상을 입은 그의 동료들은 길을 막고 쓰러져 있는 그를 매정하게 걷어찼다. 나는 아직 숨이 남아서 헐떡거리고 있는 그를 마지막 순간까지 지켜줄 수 있었다. 나는 손수건을 꺼내서 여전히 팔딱거리고 있는 그의 머리를 덮어주었다.

헥터는 읽던 책을 덮어서 소형 사물함 위에 올려놓았다. 그는 사물함을 침대 옆에 놓아두는 탁자 대용으로 쓰고 있었다. 실비에게 책을 돌려주기 전까지 그는 두 번 다시 책을 들여다보지 않을 생각이었다. 그는 찻잔에 위스키를 가득 따랐지만 결국 마시지는 않았다. 소설에서 묘사된 장면은 그가 전쟁을 치르면서 직접 목격한 장면과 조금도 다르지 않아 글을 읽고 있자니 무척이나 고통스러웠다. 가슴이 서늘해지면서 폐가 오그라드는 것 같더니 숨이 가빠왔다. 그런 느낌이 사라지자 곧이어 온몸이 마비가 된 것처럼 느껴졌다. 아무런 고통도 느낄 수 없는 시간,

그것은 반성이나 판단을 하기 위한 시간이 아니라 자신의 존재 자체를 완전히 잊어버린 시간이었다. 그 시간 속에서 그는 자기가 이미 죽어버렸거나 애당초 이 땅에 존재조차 하지 않았다는 느낌을 받았다. 그는 자신이 어느 누구에게도 영향을 미칠 수 없는 존재, 한순간 이 세상에서 완전히 사라진 존재라고 느꼈다. 그것은 그에게 심적 위안을 주었다. 옥구슬 같은 눈을 가진 여자, 조용하면서 거칠고 끈기가 있으며 한편으로는 매우 연약한 책 주인에 대한 강한 호기심이 없었더라면 그는 책을 좀 더 읽었을지도 모른다. 어쩌면 그녀는 연약한 게 아니라 허약한 체질일지도 모른다. 책은 어디까지나 책이었다. 하지만 어떤 특별한 책을 가까이 두고 있는 것은 다른 문제였다. 더군다나 그런 섬뜩하고 무서운 내용이 담긴 책을 관심을 가지고 읽는 그녀를 헥터로서는 이해할 수가 없었다. 그는 그 책에 나온 비참한 상황이 그녀의 개인적인 시련과 관련이 있는 것은 아닌지 궁금해지지 않을 수 없었다.

그는 책을 돌려주기 위해 태녀가 다시 고아원을 떠날 때까지 기다렸다. 목사는 다른 목회자들과의 저녁 모임이 있어서 서울로 떠났다. 저녁이 되어 실비가 다른 부인들에게 아이들을 맡기고 사택으로 돌아갔을 때 그는 목사의 사택으로 건너갔다. 그는 문을 똑똑 두드리면서 실비를 불렀다. 안에서 반응이 없자 다시 문을 두드렸다. 이번에도 대답이 없자 그는 사택 안으로 들어서면서 "사모님."이라고 낮게 불렀다. 사택은 기차 칸처럼 세 개의 방이 다닥다닥 붙어 있었다. 방의 앞쪽에는 거실이, 한쪽 구석에는 허름한 부엌이 딸려 있었다. 욕실은 거실과 부엌 사이에 자리 잡고 있었다. 건물 뒤쪽에는 창문이 달린 작은 침실 하나와 뒷문이 있었다. 헥터는 홍 목사가 있을 때는 종종 거실에서 그와 마주 앉아 대화를 나누곤 했었다. 그는 싱글 침대를 한쪽 구석에 처박아 놓고 화려하고 멋진 더블 침대가 침실에 들어가 있는 것을 보고 놀랐다. 뒷문이 빠끔히 열려 있어 헥터는 다가가서 문을 열고 밖으로 나갔다. 실비는 그곳에 있었다. 그녀는 검은 상복 같은 옷을 입고 의자에 앉아 있었는데 마치 어디가 아픈 사람처럼 고개를 푹 숙인 모습이었다. 하늘 높이 떠있는 구름은 이제 거무스름한 빛을 띠었다. 그녀가 입고 있는 하얀색 블라우스의 윗부분은 꺼져가는 석탄처럼 벌겋게 달아올랐고 그 아래쪽은 청색이었다. 그녀는 카키색 바지를 입고 있었지만 이상하게도 맨발 차림이었다.

"괜찮아요?"

헥터가 말했다.

그의 목소리를 듣고 그녀는 깜짝 놀란 표정을 지었다.

"어머나! 놀랐잖아요."

"미안합니다."

"괜찮아요."

실비는 숨을 고르면서 말했다. 그를 올려다보는 그녀의 두 눈은 유리처럼 반들반들하게 빛이 났다. 눈에는 물기가 약간 어려 있는 듯 보였지만 울고 있지는 않았다. 그녀는 무기력하고 수심이 가득한 얼굴로 미소를 지어 보였다.

"당신이 내 책을 가지고 있었군요."

헥터는 실비에게 책을 건넸다. 그녀는 책을 받아서 무릎 위에 얹고 고맙다고 말했다. 어쩐 일인지 헥터는 그녀와 눈을 맞추기가 어려웠다. 그녀의 눈동자는 너무 작아서 회녹색 홍채가 웃옷 단추처럼 큼지막하게 보였다.

"그날 너무 황급히 떠나시는 바람에…."

"내가 그랬나요?"

실비가 무심한 표정으로 말했다. 그녀는 마비 증세를 겪고 있는 사람처럼 의자 등받이에 완전히 몸을 기대고 있었다. 크고 예쁜 입은 약간 벌어져 있었다.

"어쩌면 그랬을지도 몰라요. 나도 왜 그런지 모르겠지만 남편이 돌아오면 얼른 맞으러 나가야 한다는 생각에 허겁지겁 서두르게 돼요. 난 남편이 돌아왔을 때 그냥 내 얼굴을 봐주었으면 하고 바라고 있어요. 거기에 크게 신경 쓰지 않더라도 말이에요. 아시다시피 남편은 잠시도 한곳에 붙어 있지 못하고 여기저기 쏘다니죠. 난 남편이 저녁 모임이 있어서 서울에 올라갔다는 것도 모르고 있었어요."

"목사님은 오늘 밤 돌아오십니까?"

"예, 밤늦게 돌아올 거예요. 혹시 책은 읽어봤어요?"

실비가 말했다.

"아뇨."

그는 자기가 왜 거짓말을 하는지 몰랐지만 아무튼 그렇게 대꾸했다.

"다행이네요. 당신이 이런 책을 읽을 이유는 없죠."

그녀가 말했다.

"그건 왜죠?"

"전쟁에 관한 이야기예요. 한때 군인이었던 사람은 여기에 대해 더 이상 알 필요가 없어요."

"그럼 사모님 같은 분은 알아야 한다는 뜻입니까?"

그녀는 손으로 책 표지를 쓰다듬을 뿐 잠시 동안 아무 말도 없었다.

"어쩌면 그럴지도 몰라요. 대부분의 사람들처럼 나도 나름대로 문제들을 가지고 있고 해결을 못해 골머리를 앓고 있죠. 모든 문제가 너무나 중요한 것처럼 보여요. 하지만 징후가 보이는데도 불구하고 난 이곳에서 우리 주변에서 일어나는 것들을 잊어버려요. 이 모든 불행의 원인을 우리는 잊고 있다니까요."

"사모님이 군인이 되어 전쟁터에 나가 직접 싸워보셨더라면 지금쯤 참상을 잊으려고 발버둥을 치고 있을 겁니다."

헥터가 말했다. 그러자 그녀는 눈을 번득이며 그를 쳐다보았다. 헥터는 처음에 그녀의 눈이 분노로 가득 차 있다고 생각했지만 그게 아니었다. 그녀의 눈빛에는 악의나 분노가 전혀 담겨 있지 않았다. 그것은 깨달음의 눈빛이었다. 헥터는 어떤 단단한 벽에 구멍을 낸 기분이었다. 하지만 그때 그녀는 조금 전의 모습으로 되돌아갔다. 실비는 현기증과 구역질이 밀려오는지 다시금 몸이 축 늘어졌다. 헥터는 그녀에게 안으로 들어가서 자리에 눕고 싶은지 물었다.

"아무래도 그게 좋겠어요."

헥터는 실비의 양손을 끌어당겨 자리에서 일어설 수 있도록 도와주었다. 실비는 한순간 비틀거리더니 그의 몸에 기대고 집 안으로 들어갔다. 그녀는 마치 물렁물렁한 바닥을 걷듯이 부자연스럽게 걸었다. 침실에 있는 침대를 지나 거실로 나갔을 때, 그녀는 구석에 놓여 있는 간이침대에 모로 드러누웠다.

"또 책을 밖에 두고 왔네요."

"제가 가져오겠습니다."

"이봐요, 헥터."

실비가 말했다. 헥터는 그녀가 이름을 불러주는 것을 좋아했다. 그녀의 말소리에는 약간의 스페인어 억양이 들어 있었다.

"목이 말라 죽겠어요. 가는 김에 물도 좀 갖다 줄래요?"

사택 뒤로 나가면 펌프가 있었다. 그는 아주 차가운 물이 나올 때까지 처음에 나오는 물을 흘려보낸 다음 머그잔에 가득 물을 받았다. 오는 길에 책을 집어 들고 거실로 돌아왔을 때 그녀는 눈 위에 양팔을 올려놓고 있었다. 그 모습을 보니 마치 터번으로 머리를 감싸고 있는 것처럼 보였다. 그는 한참 동안 그녀를 지켜보기만 했다.

"태너 부인."

헥터는 아주 부드럽게 그녀를 불렀다. 소리가 너무 작았는지 그녀는 꿈쩍도 하지 않았다.

헥터는 그녀를 깨우려고 하지 않았다. 이제 그는 그녀에게 무슨 문제가 있는지 이해했다. 서울에서 그는 그녀와 같은 여자들을 보았다. 현역 군인들이나 그처럼 제대를 한 군인들, 그리고 국제 구호원과 새로 도착한 사업가들은 대부분 호텔의 고급 바나 일반 바를 즐겨 찾는다. 하지만 상하이나 랑군에서 잠시 생활을 했거나 부상을 치료하는 과정에서 독특한 취향을 가지게 된 사람들을 위한 공간도 몇 군데 있었다. 헥터는 실비의 손목과 양팔을 유심히 살펴보았다. 손목과 팔뚝에 아무런 흠도 없는 것을 보고 그는 놀랐다. 어쩌면 그가 잘못 생각했을 수도 있었다. 하지만 그녀의 한쪽 다리가 간이침대의 가장자리 너머로 삐져나와 있었다. 헥터는 그녀의 싸늘해진 발목을 들어올려 제자리에 갖다놓으려고 하다가 결국 그것들을 볼 수 있었다. 하나의 완벽한 선을 이루고 있는 10여 개의 작은 점들이 발뒤꿈치의 오목한 부분에 문신처럼 박혀 있었다. 가장 마지막으로 찍힌 점에서는 아직도 새빨간 피가 흘러나오는 중이었다.

6

 이튿날 아침 식사 시간에 태너 부부는 늘 그러하듯이 아이들과 어울려 식사를 했다. 실비는 발뒤꿈치를 캔버스 천으로 된 청색 운동화 속에 집어넣고 있었다. 헥터는 구석자리에 혼자 앉았다. 실비는 전날과 달리 활기에 차서 아이들과 농담을 하다가 웃음을 터뜨리곤 했다. 그녀는 헥터가 있는 쪽은 건너다보지도 않았다. 하지만 태너는 항상 그렇듯이 무정한 표정으로 그를 향해 고개를 끄덕이며 알은체를 했다. 헥터는 목사가 부인의 습관에 대해 알고는 있는지 궁금했다. 어쩌면 그녀도 자신에 대해 거의 모르고 있을지도 몰랐다.

 그녀는 모든 것이 제대로 돌아가고 있다고 확실히 믿고 있을 수도 있다. 그들 부부가 도착한 뒤로 고아원 분위기는 달라졌다. 고아원은 '새로운 희망'으로 이름 지어졌다. 아이들에게 희망을 주자는 명백한 의도에서 그렇게 이름을 지었겠지만 거기에는 한계가 있다는 것을 누구나 알고 있었다. 우선 주변 환경이 희망을 가질 수 있는 상황이 아니었다. 고아원에서는 엄격하고 검소한 생활을 하지 않으면 안 되었다. 아이들은 닳고 치수도 맞지 않는 옷을 입고 있었다. 하지만 이제 운동장의 공기는 확실히 더 맑아지고 신선해졌다. 가지마다 끈적끈적한 침엽이 무거울 정도로 붙어 있는 전나무 한 그루가 갑자기 아이들 속에 뿌리를 내린 것 같았다. 아이들은 무리를 지어 실비의 주변을 맴돌았고 그 수는 점점 더 불어났다. 실비는 아이들에게 오래된 노래와 게임을 가르쳐주었다. 아이들은 그녀의 지시라면 무엇이든 따랐다. 그녀는 최근에 볼일이 있어 서울에 올라가게 되었는데 아이들을 위해 축구공을 사오기도 했다. 수업이 끝나고 잡일까지 모두 마치고 나면 그녀는 종종 저녁 식사 시간이 될 때까지 아이들과 운동장을 뛰어다녔다. 아이들 사이에 다툼이 일어날까 봐 그녀는 중간에 다른 팀의 일원이 되어 달리기도 했다. 이제 그녀는 아주 오래전부터 고아원에서 생활해온 사람처럼 보였고 앞으로도 계속해서 고아원에서 생활할 것 같았다. 태너 목사는 일과를 끝내면 사택으로 돌아가 책을 읽거나 계획안을 살펴보았다.

그들은 오후 늦게 경기를 시작했다. 헥터는 한 번도 경기에 참가하지 않았지만 종종 일손을 멈추고 경기를 지켜보았다. 모험을 즐기는 아이들은(실비만 제외하고) 다른 모든 아이들보다 확실히 몸놀림이 민첩했다. 실비는 기술은 별로였지만 결연한 자세로 경기에 임했다. 그녀는 한 명도 빠짐없이 경기에 참여하도록 하면서 경기를 최대한 공정하게 치르려고 애쓰는 듯 보였다. 그녀가 긴 다리를 이용해서 일단 공을 붙잡으면, 거칠게 달려드는 아이들을 따돌리면서 소심한 사내아이들과 여자아이들에게 공을 찰 수 있는 기회를 주곤 했다. 실비 덕분에 소심한 아이들도 골대를 향해 슛을 날릴 수 있었다. 그녀는 가벼운 남성용 면바지를 입고 있었는데 두 겹으로 된 끈으로 허리를 졸라맨 차림이었다. 경기가 끝날 무렵에는 점토가 많은 운동장을 뛰고 뒹구느라 두 무릎과 양 옆구리가 붉은 벽돌색이 되곤 했다. 휴식 시간이 되면 그녀는 시합에 나가지 않은 아이들에게 다가가 응원을 주도했다. 여기에서도 누가 가장 큰 소리로 노래를 부를 수 있는지 경쟁이 벌어졌다. 아이들은 좋은 평가를 듣기 위해서가 아니라 실비의 환심을 사기 위해 최선을 다해 노래를 불렀다. 그 모습을 지켜보던 헥터는 자기도 소년 시절로 되돌아가 일리온에 있는 것 같은 착각에 잠시 빠졌다. 아버지와 함께 고등학교 야외 관중석에 앉아 있는 동안 행복감에 젖은 열띤 음성들이 상쾌한 가을바람에 실려 오곤 했었다.

경기에도 일절 참가하지 않고 응원도 하지 않는 아이가 딱 한 명 있었는데 바로 준이었다. 준은 경기가 시작되면 계곡의 키 큰 덤불이나 숙소 안으로 들어가서 경기가 끝날 때까지 절대 나오지 않았다. 헥터는 준이 그러는 모습을 몇 번 보았다. 모든 사람에게 준은 특이한 아이로 비쳐졌다. 하지만 사람들과 전혀 어울리지 못하는 준은 다른 아이들이 실비의 친구가 되어가는 꼴을 차마 견디지 못하는 것처럼 보였다. 그러던 어느 날 오후, 그녀는 헥터의 숙소 뒤편에 있는 덤불에서 기어 나와 건물 모서리에 기대어 서 있었다. 그때 헥터는 등유에 흠뻑 적신 천 조각과 쇠솔을 이용해서 연장에 묻어 있는 녹을 벗겨내는 중이었다. 그날의 경기는 그 어느 때보다 활기를 띠었다. 사내애들이 계집애들과 실비를 상대로 펼친 경기여서 그랬을까. 헥터는 준의 아래턱이 빳빳하게 긴장하는 걸 보고 그녀도 시합에 참가하고 싶어 한다는 것을 알 수 있었다.

"내려가서 함께 뛰어보렴."

"그러고 싶지 않아요."

준이 말했다.

"남자아이들이 밀리네요. 저보다는 아저씨가 뛰어야겠는데요."

"할 일이 있어서 난 안 돼."

"아저씨는 항상 일이 있잖아요."

준은 마치 선언을 하듯이 그에게 말했다. 그녀는 실비 태너만 제외하고 모든 사람에게 그런 어조였다.

"난 일이 좋아."

그가 대꾸했다.

"설마요. 아저씨는 다른 이유 때문에 그저 일을 하고 있는 거예요."

"응? 그 이유란 게 뭐지?"

"즐기고 싶지 않은 거죠."

준은 심각하게 말했지만 장난꾸러기처럼 환하게 미소를 지었다. 길에서 헥터를 만난 뒤로 준이 미소를 지은 것은 그때가 처음이었다. 어쩌면 준은 다른 누구에게 미소를 지어본 적이 한 번도 없었을 것이다. 미소를 짓는 준의 얼굴은 넋을 잃게 만들 정도로 매력적인 데다 상냥해 보였다. 헥터는 준에게 그런 모습이 숨어 있다는 것을 깨닫고 적잖이 놀랐다.

"어쩌면 그럴지도 모르지."

천으로 가래에 묻어 있는 녹 찌꺼기를 닦아내며 그가 말했다.

"그런데 너는 왜 경기를 하지 않는 거지?"

이제 그녀는 경기를 유심히 지켜보고 있었다. 나이가 많은 여자아이들 가운데 얼굴이 아주 동그랗고 상당히 예쁜 미영이라는 여자아이가 한 골을 넣고 실비를 껴안고 소리 내어 웃으며 자축하는 중이었다.

"저도 아저씨와 같은 이유 때문이죠."

갑자기 정색을 하며 준이 말했다.

"유유상종이라더니 우리가 꼭 그렇군."

"무슨 말인지 모르겠네요."

"끼리끼리 어울린단 말이야. 우리 두 사람 모두 즐거움을 애써 피하고 있잖아."

"글쎄요. 전 아직도 이해가 안 가네요."

"관두자. 삽 머리 부분을 좀 긁어내주겠니?"

준은 경기를 힐끗 쳐다보고 나서 소심하게 고개를 끄덕였다. 헥터는 그녀를 향해 쇠솔을 던졌다. 준은 나무 손잡이를 잡고 마치 첼로를 연주하듯이 삽과 한판 씨름을 했다.

"천천히 해."

그가 말했다.

"왜요?"

"녹을 들이마시면 안 되니까."

"그래서요?"

"녹이 몸에 들어가면 이로울 리가 없지."

"괜찮으니까 제 걱정 마세요."

"오래 살고 싶지 않아?"

"오래 살고 싶죠."

그녀는 헥터가 위협이라도 한 것처럼 반항조로 대꾸했다.

"알았어, 그럼."

이번에는 대꾸를 하지 않았지만 준은 곧 일하는 속도를 늦추었다. 그녀는 솔로 대여섯 번 녹을 긁어내고 나서 짙은 오렌지색 녹가루를 조심스럽게 불어냈다. 경기는 점점 더 소란스러워졌다. 경기를 지켜보던 부인들과 아이들은 재치 있는 패스와 멋진 슛이 나올 때마다 깔깔 웃으며 함성을 질러댔지만 헥터와 준은 애써 경기에 무관심한 척하며 축축한 천으로 녹을 벗겨내는 일에 몰두했다. 실비 태너가 여자아이들 편에서 함께 뛰지 않았더라면 경기는 일방적으로 흘렀을 것이다. 여자아이들은 계속해서 실비에게 공을 패스했고 남자아이들은 그녀를 밀착 마크하거나 그녀를 뚫고 드리블을 해야 했다. 하지만 실비는 껑충한 키에도 불구하고 행동이 민첩했다. 여자아이들은 그녀의 도움을 받아 눈 깜짝할 사이에 두 골을 넣었다. 실비도 한 골을 넣었다. 남자아이들은 아직 한 골도 넣지 못하고 있었다. 남자아이들은 마지막에 들어간 골 때문에 기가 꺾인 것처럼 보였다. 발재간이 뛰어난 남자아이들 가운데 한 명인 현은 넌더리가 나는지 땅바닥에 털썩 주저앉기까지 했다. 그는 지친 표정으로 자신의 머리통을 손으로 비벼댔다. 그러자 다른 아이들도 땅바닥에 주저앉기 시작했다. 실비는 남자아이들에게 다가가 손뼉을 치며 소리쳤다.

"자, 자, 얘들아. 계속 뛰어야지 그러고 있으면 어떡해."

그녀의 재촉에도 불구하고 남자아이들은 자리에서 일어서려고 하지 않았다. 준은 헥터에게 깨끗하게 닦인 삽을 건네주고 나서 빠른 걸음으로 그들에게 다가갔다.

"저도 경기 뛰어도 돼요?"

준이 실비에게 물었다.

"물론이지!"

"전 남자아이들 편에서 뛸게요."

준이 남자아이들을 손으로 가리키며 말했다.

"그러면 더 좋고!"

남자아이들은 반발을 했지만 실비는 무시했다. 그녀는 손가락 사이로 휘파람을 불고 나서 공을 준에게 쿡 찔러주며 경기를 재개시켰다. 준은 주저하지 않고 공을 현에게 패스했다. 현은 골대를 향해 돌진하다가 슛을 날렸고 손쉽게 골을 기록했다. 남자아이들은 함성을 지르며 기뻐서 어쩔 줄을 몰랐다. 반면에 여자아이들은 아직 준비를 갖춘 상태가 아니었다며 반칙이라고 주장했다.

"얘들아, 저런 식으로 하도록 내버려두자."

실비는 여자아이들을 달래면서 경기장 한복판에 공을 가져다놓았다. 그녀는 운동선수처럼 준비 자세로 몸을 낮게 웅크리고 있었지만 준이 예기치 않게 경기에 참가해서 기분이 좋아졌는지 준을 보고 환하게 웃었다.

"우리는 우리 방식대로 이기면 되는 거야."

그때부터 경기는 접전 양상을 보이기 시작했다. 미영이 다음 골을 뽑아냈지만 남자아이들이 연이어 세 골을 뽑아내면서 동점이 되었다. 경기가 확연히 달라진 것은 모두 준 때문이라는 것을 누구나 알 수 있었다. 준은 드리블과 패스에 노련하기도 했지만 경기의 흐름을 바꾼 것은 그녀의 지칠 줄 모르는 체력과 거친 플레이였다. 남자아이들은 여자아이들을 막아낼 때 다소 주춤하는 기색을 보였지만 준은 달랐다. 그녀는 누가 공을 가지고 있든지 몸을 사리지 않고 달려들었다. 준이 실비를 밀착 마크하고 있는 바람에 여자아이들은 이제 실비에게 함부로 패스를 할 수가 없었다. 거기에서 멈추지 않고 준은 여자팀의 최고 선수인 미영에게 사냥개처럼 따라붙었다. 체격과 나이가 비슷한 두 사람은 라이벌 관계에 있었다. 모든 여자아이들이 믿고 따르는 미영은 동생들에게 조언을 해주는 큰언니 역할을 했다. 기숙사에서도 여자아이들은 그녀의 침대 주변으로 몰려들곤 했다. 반면에 준은 항상 혼자였다. 누구든지 그녀를 기피했고 가급적 그녀와 충분한 거리를 두고 싶어 했다. 하지만 이제 준은 미영을 강하게 압박하고 있었다. 미영이 가까이 있으면 준은 그녀와 몸싸움을 벌였고 미영이 공을 잡기라도 하면 거친 태클도 마다하지 않았다. 미영도 가만히 있지 않았다. 그녀는 똑같은 힘으로 맞서며 준을 향해 태클을 시도했다. 두 사람 모두 아무런 보호 장비도 착용하지 않았기 때문에 경기가 끝나갈 무렵에는 서로의 무릎과 종아리에 발톱으로 자잘한 상처를 입히게 되었다. 서로를 향한 두 사람의 악의가 경기의 좋은 분위기를 망치고 있다는 사실을 감지한 실비가 다음에 골을 터뜨리는 팀이 승리를 거두는 것으로 하겠다고 선언했다. 그 무렵 헥터는 연장을 닦는 일을 잠시 멈추고 경기에 넋을 잃고 있었다. 경기 막바지에 현은 준에게 길게 크로싱 패스를 올렸지만 실비에게 차단이 되고 말았다. 실비가 지체하지 않고 미영에게 공을 밀어주자 미영은 혼자서 상대 진영으로 돌진해 들어갔다. 그렇게 경기는 끝나가는 중이었다. 어느 누가 보더라도 미영의 골로 경기는 마무리가 될 것 같았다. 하지만 바로 그때 준이 모든 아이를 제치고 수비 진영으로 비호처럼 달려갔다. 아이들은 뿌리를 내린 것처럼 각자의 자리에 박혀 있을 뿐이었다. 준은 미영이 슛을 날리기 직전에 강하게 태클을 걸어 그녀를 넘어뜨렸다.

미영은 비틀거리며 자리에서 일어서더니 미친 듯이 준을 향해 달려들었다. 순식간에 벌어진 일이었다. 미영은 주먹을 날리면서 손톱으로 사정없이 준을 할퀴었다. 두 사람이 엉켜서 땅바닥을 뒹구는 동안 아이들은 싸움을 말릴 생각도 못하고 마비가 된 듯 그 자리에 얼어붙어 있었다. 평소의 모습과는 사뭇 다르게 미영은 엄청난 분노를 참지 못했다. 헥터는 땅바닥을 뒹구는 두 여자아이 중 누가 준이고 누가 미영인지 제대로 분간할 수 없었다. 하지만 준도 미영 못지않게 화가 나 있다는 것만은 분명했다. 두 사람을 뜯어말리러 제일 먼저 달려간 사람은 헥터였다. 헥터가 두 사람을 억지로 떼어놓을 때까지 미영은 미친 듯이 주먹을 날렸다. 준은 주먹도 쥐지 않고 얼굴도 가리지 않은 채 미영의 주먹을 몸으로 받아내고 있었다. 뒤이어 달려온 실비가 준을 보호하려고 본능적으로 몸을 던져 준을 가렸을 때에야 준은 울음을 터뜨리기 시작했다. 준의 우는 모습은 여느 여자아이와 같았다. 그녀는 당장에 숨이 넘어갈 듯이 꺽꺽거리며 서럽게 울었다. 그때까지 준이 우는 모습을 본 사람은 아무도 없었다. 그녀의 우는 모습과 울음소리는 이상하게도 무서운 생각이 들게 만들었다. 미영을 포함해서 모든 사람이 그 모습을 말없이 지켜볼 뿐이었다. 실비가 괜찮을 테니 아무 걱정 말라고 낮은 소리로 그녀를 달랬다. 하지만 준은 괜찮아 보이지 않았다. 코와 두 뺨에는 손톱에 긁힌 자국이 나 있었고 입술은 터져서 피가 흘러나왔다. 한쪽 눈은 타박상을 입어 벌써 시퍼런 멍이 들어 있었다. 그것은 전적으로 준 자신의 잘못이었지만 부상을 입은 쪽도 그녀였다. 실비는 준을 일으켜 세웠다. 두 사람은 태너 목사의 사택으로 걸어갔다. 피로 범벅이 된 준의 얼굴 때문에 실비의 블라우스가 더럽혀지고 있었다.

그런 일이 있고부터 준은 어떠한 경기에도 일절 참가하지 않았다. 준은 마당에 나가 있거나 대형 천막 아래에서 식사를 할 때에도 실비와 다른 아이들로부터 멀찍이 떨어져 있었다. 준은 목사의 사택에서 계속 일했다. 예전보다 일을 하는 시간은 늘어났다. 헥터는 자기 숙소 바깥에 내놓은 의자에 앉아 있다가 태너 목사가 여행을 가고 없으면 준이 오가는 모습을 목격하곤 했다. 준은 실비와 더 많은 시간을 보내는 조건으로 다른 아이들의 권리를 존중하기로 하는 일종의 계약을 맺은 것처럼 보였다. 헥터는 다른 모든 사람들과 마찬가지로 실비와 준이 은밀한 공간에서 무엇을 하는지 궁금해지지 않을 수 없었다. 그는 두 사람이 뜨개질을 하거나 책을 읽거나 그냥 함께 앉아 대화를 나누는 모습을 머리에 그려보았다. 하지만 무엇에 관한 대화를 나눈다는 말인가? 불가사의한 미래에 대해서? 아니면 참담한 과거에 대해서? 실비는 나이가 많은 여자아이들에게 어린아이들이 낄 벙어리장갑을 짜도록 지시했다. 겨울이 다 가오고 있었다. 헥터는 고아들이 실비 같은 여자에게서 무엇을 절박하게 요구할지 자신은 알고 있다고 생각했다. 하지만 실비가 무엇을 하고 있고 그녀가 실제로 의도하는 것이 무엇인지 그는 도무지 종잡을 수가 없었다. 태너 목사는 아이들을 모아놓고 입양에 대해 얘기하면서 이다음에 입양아로 선택을 받을지도 모르니 미리 준비를 하고 있어야 한다고 했다. 하지만 목사는 모든 아이가 자기 부부를 따라 미국으로 가고 싶어 한다는 것을 안 후에는 자신과 아내는 이곳에서만 계속 일할 거라고 항상 말했다.

이상한 일이지만 가끔은 헥터 자신도 차라리 입양이 됐으면 좋겠다는 생각이 들었다. 낯선 사람들의 환영을 받으며 아무런 책임감도 없는 환경에서 자유롭게 생활하고 싶었다. 잡일이나 고된 일을 할 수도 있지만 그 편이 그래도 나을 것 같았다. 이제 그의 어머니도 전쟁의 마지막 달에 심각한 뇌일혈을 일으켜 세상을 떠났다. 누나들이 있지만 헥터는 일리온이나 그와 비슷한 곳으로는 돌아가고 싶지 않았다. 차라리 태너 부부의 사환으로 일하면 어떨까 하는 터무니없는 공상을 해보기까지 했다. 습기가 많고 서늘한 시애틀의 오두막에 처박혀 있으면 실비 태너가 케이크 한 조각과 차 한 잔을 가져다줄 것이다.

식당의 부인들은 자기들끼리 수군거리는 버릇이 있었다. 그들은 주변에서 일어나는 모든 일을 입에 올렸다. 헥터는 쓰레기통을 비우다가 태너 부부한테 왜 아이가 없는지에 대해 부인들이 근거 없는 추측을 늘어놓는 소리를 들었다.

"여자가 몸이 너무 말라서 임신이 안 되는 거야."

한 여자가 말했다. 그러자 다른 여자가 "틀림없이 아이를 갖고 싶지 않았을 거야."라고 말했다. 또 어떤 여자는 "아이가 있었는데 아마 잃어버렸을 거야."라며 제멋대로 추측을 했다. 그들은 실비가 왜 준을 그토록 각별하게 보살피는지에 대해서도 얘기했다. 어떤 여자는 준이 어머니의 보살핌을 가장 필요로 하는 아이라서 그렇다고 말했고 또 어떤 여자는 실비가 준을 보고 자신의 옛 모습을 자꾸만 떠올리게 되어서 그렇다고 말했다. 하지만 그들은 실비가 자신들을 위해 만들어주려고 하는 회랑에 대해서는 아무런 말도 없었다. 회랑을 만드는 일에 태너 목사는 노골적으로 불만을 표시했고 아이들도 의아하게 생각했다. 그녀의 발뒤꿈치에 있는 자국들로 그 이유가 설명될 수 있을까? 헥터가 술에 취해 주먹다짐을 벌이는 것처럼 충동이나 중독도 설명이 될 수 있고 원인을 찾을 수 있을까? 그녀의 몸에 나 있는 주삿바늘 자국과 헥터 자신의 완벽히 치유된 상처 자국들은 이제 그것들 자체가 이유이고 결과였다.

가을로 접어들어 날씨가 선선해지면서 실비의 일과도 달라지기 시작했다. 그녀는 영어를 가르치고 아이들과 같이 점심을 먹었지만 이제 더 이상 아이들과 뛰어놀거나 일을 하면서 오후 시간을 보내지 않고 사택에서 시간을 보냈다. 처음에는 오후 늦은 시간에 양해를 구하고 사택으로 돌아가더니 시간이 지나면서 사택으로 돌아가는 시간이 점점 더 당겨졌다. 그러다가 마침내는 점심을 먹자마자 곧바로 사택으로 슬그머니 가버렸다. 어떤 때는 아예 나오지도 않았다. 그녀가 사택으로 들어갈 때마다 준은 그녀를 뒤따라 들어갔다가 헥터가 발전기를 꺼서 고아원 전체가 캄캄해지는 오후 8시 직전에야 나왔다. 태너 부인이 아프다는 얘기가 나돌았다. 피에다가 물을 들이부은 것처럼 평소의 창백하던 모습조차 더욱 희석이 된 듯 보였다. 하지만 그녀는 고통을 호소하지도 않았고 병원에도 가지 않았다. 의사가 왕진을 오는 경우도 없었다. 물론 헥터는 그녀가 예전과는 어딘가 다르다는 것을 눈치챘다. 그녀는 두 팔과 목을 계속해서 긁어댔고, 아이들이나 부인들이 말을 붙여도 잠시 정신이 나가 있다가 그들이 목소리를 높여야만 제정신이 돌아오곤 했다. 헥터는 그녀가 약병을 어딘가에 숨겨두고 있을 거라고 추측했다. 하지만 마약이 떨어지면 그녀는 어떻게 될까? 물론 헥터 자신이 읍내에 있는 부대나 홍등가의 술집으로 가서 약을 좀 더 구해줄 수 있을 것이다. 실비가 매주 시내로 나가는 것은 약을 구하기 위해서였을까? 어쩌면 약이 이미 바닥이 났을 수도 있다. 얼마 전부터 고아원 사람들은 그녀가 지독한 코감기로 고생을 하고 있다고 믿기 시작했다. 실비의 두 눈은 점액이 끼고 부풀어 있었다. 그녀는 코를 훌쩍이면서 계속해서 코를 풀어댔다. 식사도 거의 하지 않는 것처럼 보였다. 부인들이 날마다 그녀를 위해 특별히 만들어주는 보리차를 몇 번 홀짝거리는 정도였다. 그녀는 이제 마르다 못해 속이 텅 빈 사람처럼 보였다. 환한 아침 햇살을 받고 있을 때 보면 그녀의 피부는 속이 훤히 들여다보일 것 같았다. 목의 시퍼런 핏줄은 그대로 드러나 있어서 헥터는 실비가 정신을 잃고 쓰러지기라도 하면 얼른 달려가서 자기 손으로 그녀의 목을 압박해줄 준비가 되어 있었다. 헥터에게 신경을 쓰는 것은 예나 지금이나 변함이 없었다. 그녀는 준에게 스팸 김밥이나 샌드위치를 그가 일하는 곳으로 날라다주도록 했고 필요한 물건이 있어서 서울로 나갈 때는 그의 문 옆에 버번이나 스카치위스키 한 잔을 놓아두곤 했다. 항상 그렇게 신경을 써주는 모습을 보고 헥터는 그녀가 날마다 자신을 생각하고 있다고 믿게 되었지만 일터로 찾아오는 사람은 언제나 준이었다. 실비는 그가 도랑을 파거나 지붕 고치는 일을 할 때 이제 더 이상 나와 보지 않았다. 그는 이 가엾은 여자에 대해 솟구치는 애정을 느끼다가도 어느 순간에는 자신의 속이 바싹 타들어가는 느낌을 받았다. 시간이 갈수록 그는 자신의 감정을 주체하기 힘들어졌고 자신을 바라보는 모든 사람에게 속마음을 드러내 보일 수밖에 없었다. 그는 상처를 받은 느낌이었다. 사람들을 보기가 부끄러웠다.

그러던 어느 날 아침이었다. 해가 떠오르기 전에 헥터는 도랑을 파는 일을 시작했다. 넓적다리 깊이에다 폭도 자기 몸의 두 배 정도로 땅을 팠다. 그렇게 일을 하고 나니 마음이 뿌듯했다. 그가 스스로를 자랑스럽게 여길 때는 땀 흘려 일할 때뿐이었다. 오후에는 빗물이 심하게 새는 지붕으로 올라갔다. 그는 부서진 기와를 걷어내고 그 아래에 있는 썩은 널빤지를 벗겨낸 다음 새 널빤지로 갈았다. 저녁이 되도록 일을 할 때도 있었다. 하루 일과를 마치고 나면 몸은 녹초가 되어 자기 숙소 뒤편에서 옷을 벗으려고 해도 팔을 들어올릴 힘조차 없었다. 그는 자신이 만든 샤워기 아래에서 땀에 흠뻑 젖은 옷을 빨았다. 부인들이 하는 것과 마찬가지로 그는 무릎을 꿇고 앉아서 옷가지를 납작한 돌판 위에 올려놓고 비누칠을 해가며 벅벅 문질렀다. 빨래를 덤불 위에 널고 나서는 몸에 물을 끼얹은 다음 커다란 비누로 겨드랑이와 옆구리에 비누칠을 했다. 우물물이 경수라서 그런지 아무리 비누를 강하게 칠해도 거품이 잘 나지 않았다. 어느 날은 초저녁이었는데 실비가 건물의 모서리를 돌아서 다가왔다. 순식간에 벌어진 일이라 무슨 말을 하거나 알몸을 가릴 시간조차 없었다. 그녀는 저녁 식사가 담긴 쟁반을 땅바닥에 내려놓더니 한 마디 말도 없이 가버렸다. 이튿날에는 그녀의 모습을 통 볼 수 없었다. 하지만 그다음 날, 그녀는 준을 데리고 도랑을 파는 곳에 나타나서 시원한 매실차 한 잔을 그에게 건넸다. 그가 차를 마시고 빈 잔을 넘겨주자 두 사람은 곧장 그곳을 떠났다. 준은 그가 혹시 자기들을 뒤따라오지는 않는지 확인이라도 하듯 두세 번이나 뒤를 돌아보았지만 실비는 한 번도 돌아보지 않고 똑바로 걸어갔다.

그 뒤로 밤이면 헥터는 침대에 누워 그녀에 대한 생각을 하지 않을 수 없었다. 처음에 그는 길에서 보았던 어떤 인상적인 여자를 머리에 떠올리듯이 그녀를 순결하게 그려보았다. 그녀의 나이가 주는 아름다움 때문이었을까? 지금의 실비는 그의 어머니가 젊고 예뻤을 때의 모습과 비슷했다. 헥터의 어머니가 길을 걸어가면 군인들이나 일꾼들이 아리따운 그녀의 모습에 반해 여기저기에서 휘파람을 불어대곤 했었다. 그러다가 그는 위험한 상상을 했다. 그는 자기 옆에 그녀가 있는 상상을 해보았다. 어두컴컴한 공간에서는 그녀의 몸매의 곡선과 담황색 머리카락만 볼 수 있었다. 그녀는 그의 몸 위에 걸터앉아 부드러운 머리카락을 늘어뜨리고 있었다. 또 이런 상상도 해보았다. 그녀는 폭이 넓은 에메랄드색 띠를 허리에 두르고 그에게 다가온다. 그는 그녀의 주변을 걸어 다니다가 알몸이 드러날 때까지 옷을 하나씩 벗긴다. 하지만 이따금 준이 나타나 그의 공상을 방해했다. 헥터는 준을 도무지 통제할 수 없는 것이다. 그는 두 여자가 함께 목욕을 하는 모습을 상상해보았다. 두 여자는 사택에 있는 가운데 방에서 교대로 욕조에 앉는다. 그들은 서로의 등과 어깨에 물을 끼얹어주면서 아무도 자기들을 방해하지 않을 거라는 확신을 가지고 느긋하고 편안하게 목욕을 즐긴다. 헥터를 대하는 태너 목사의 달라진 태도에 비추어보면 그 모든 공상은 배반적인 것이었다. 최근 한 달 동안 목사는 확실히 헥터에게 너그럽게 대했다. 헥터에게 일의 진척 상황을 물을 때는 아주 자상한 모습을 보이기까지 했다. 작은 우주라고도 할 수 있는 고아원은 이제 예전의 허름한 모습을 버리고 자급자족이 가능한 완벽한 모습으로 변해가고 있었다. 목사는 그것이 헥터의 노력과 헌신 덕분이라는 것을 이해하고 있는 듯 보였다.

  태너 목사는 여전한 활력과 정열로 자신의 업무를 수행했지만 헥터의 눈에는 그의 기도와 봉사에 약간의 변화가 생긴 것처럼 보였다. 그의 교육과 설교에는 다른 목사한테서는 찾아볼 수 없는 절박감과 열정이 배어 있었다. 태너는 다시금 믿음에 불이 붙은 것 같았다. 그는 열의도 대단했지만 자신의 일에서 행복을 느꼈다. 여행과 식단의 변화로 몸무게도 많이 줄었다. 그의 길쭉한 얼굴은 몹시 여위어 광대뼈가 툭 불거졌고 목회자가 입는 검정색 상의는 깡마른 몸에 비해 지나치게 품이 넉넉

했다. 그 모습은 마치 호리호리하고 키가 큰 아이가 자기 아버지의 옷을 입고 있는 것 같았다. 외관은 어정쩡했지만 태너는 시간이 지날수록 더욱 자상해졌고 이제는 누구라도 그에게 쉽게 다가설 수 있을 정도가 되었다. 아이들에게 말을 할 때도 그는 부드러운 눈길로 아이들을 오랫동안 응시했다. 아침에 아이들이 줄을 지어 늘어서면 그는 아이들한테 도덕적인 과제와 책임감을 느끼는 것이 아니라 한 명 한 명을 신비하고 귀한 존재로 여겼다. 굳이 따지면 그의 생각은 자기 아내보다는 헥터의 생각과 비슷했다. 전쟁의 참화를 겪은 아이들이 과거의 뼈아픈 경험을 훌훌 털어버리고 올바르게 성장할 수 있도록 그들은 모든 도움을 주어야 했다. 즉 체계적인 교육, 하나님의 사랑, 질서, 자립 등을 가르쳐야 했다. 물론 헥터는 과거를 기억에서 완전히 지우는 자신만의 방법들을 알고 있었다. 실비는 여전히 그것들을 다르게 바라보았다. 어쩌면 그녀는 과거를 잊지 않고 싶어 하는지도 몰랐다. 모든 아이를 상대로 간단한 일대일 면담을 하는 동안 그녀는 아이에 대한 기본정보와 성격 등을 입양 파일에 적어 넣었다. 이를테면 '명랑하고 쾌활한 성격으로 노래에 재능이 있음'이라고 적어 넣는 식이다. 나이가 많은 여자아이 하나가 면담 도중에 감정을 억누르지 못하고 갑자기 울음을 터뜨렸다. 실비가 달래자 여자아이는 전쟁 중에 자기 가족에게 벌어진 일을 거침없이 털어놓기 시작했다. 다른 아이들도 그녀와 면담을 마쳤다. 고아원에서 가장 거친 남자아이들도 실비에게 자기들이 고아원까지 들어오게 된 상황을 솔직하게 털어놓았다.

하지만 지난 몇 주 동안 실비가 사람들을 멀리하게 되자 아이들은 태너의 주변으로 몰려들기 시작했다. 헥터는 태너가 아이들을 이끌고 언덕의 거뭇거뭇한 덤불 속으로 올라가는 것을 드물지 않게 볼 수 있었다. 태너는 운동장에 아이들을 모아놓고 활력이 넘치는 미용체조를 가르쳐주기도 했다.

"자, 무릎을 높게 치켜들어보자."

태너는 제자리 달리기를 하고 있는 아이들에게 밝게 말했다.

"얘들아, 좀 더 높이. 조금만 더 높이. 하늘에 닿을 수 있게."

모직바지에 와이셔츠, 넥타이 차림에 소매를 걷어붙인 태너는 큰 키와 비쩍 마른 몸, 그리고 끝이 뾰족한 팔꿈치와 무릎 때문에 누가 보더라도 꼭두각시 같았고 자기 모습이 우스꽝스럽다는 것을 그도 알고 있는 듯했다. 곧이어 그는 양쪽 무릎을 번갈아 높이 치켜들며 그것으로 자신의 아래턱을 치는 시늉을 하면서 머리를 뒤로 홱홱 젖혔다. 그 모습이 너무 괴상해서 운동장은 웃음바다가 되었다. 아이들은 태너의 동작을 흉내 내기 시작했다. 그가 두 배, 세 배로 속도를 높이자 몇몇 아이들은 땅바닥으로 쓰러지면서 깔깔대고 웃었다. 목사도 마침내 지쳤는지 불그스름한 땅바닥에 큰대 자로 드러누워 버렸다. 그 모습을 지켜보던 아이들도 너 나 할 것 없이 땅바닥에 드러눕자 부엌에서 부인 한 명이 어슬렁어슬렁 걸어 나와 쓸데없이 빨랫감만 만들어놓는다며 아이들을 꾸짖었다.

태너는 아이들이 하나도 빠짐없이 그주의 빨래를 도와주도록 하겠다고 부인에게 약속했다. 설교와 수업에서 그는 예전과 다름없이 진지했지만 이제 아이들과의 관계를 확실히 즐기고 있었다. 때때로 그는 수업 시간을 단축하고 아이들에게 실비한테서 배운 게임을 할 수 있도록 했다. 하지만 헥터가 보기에 가장 극명한 변화는 태너와 실비가 입양파일에 올릴 아이들의 사진을 찍기 위해 준비를 할 때 드러났다. 불과 몇 주 전에는 다섯 명의 아이—모두 세 살에서 다섯 살 사이의 나이 어린 아이들이었다—가 워싱턴과 오리건 주에 있는 미국인 가정으로 입양이 되었다.

태녀는 새로운 사진을 원했다. 파일에 들어 있는 기존의 사진에서 아이들은 하나같이 우울해 보이고 표정이 한껏 굳어 있었다. 좀 더 밝은 아이들의 모습을 사진에 담을 필요가 있었다. 새로 찍힌 사진은 다음 날 서울에서 현상과 인화가 되어 항공우편으로 시애틀에 있는 교회 사무실로 보내질 것이다. 그곳에서 입양을 원하는 가족들은 아이들의 사진을 곧바로 확인하고 선택을 하게 될 것이다. 헥터는 나이가 제법 많은 아이들이 정말로 입양이 되기를 바라는지 확실히 알 수 없었다. 자기들 말로는 입양이 되면 커다란 집에서 고기와 과일, 그리고 케이크를 저녁 식사 때마다 먹을 수 있어서 참 좋겠다고 흥분해서 말하곤 했지만 그게 진심으로 하는 말이었을까? 아이들은 속마음을 노련하게 숨기고 있을 뿐 분명히 두려워하고 있었다. 그들은 시간이 지나서 서울의 파괴된 거리에 다시 버려지게 될까 봐 가장 두려워하고 있었다. 길거리로 돌아가게 되면 합법적이고 정당한 거래를 해서 돈을 버는 경우는 거의 없었다.

새로운 사진으로 그들은 모두 제자리를 찾아갈 것이다. 헥터의 숙소 외벽에는 의자 하나가 기대어져 있었다. 여러 개의 판자를 대충 다듬어서 만든 외벽은 고아원에서 가장 상태가 나빴다. 태녀는 그곳이 사진의 배경이 되어야 한다고 주장했다. 행복하고 활기에 가득 찬 아이들의 모습도 사진에 담아야겠지만 궁핍한 생활을 하고 있다는 점도 부각시켜야 했다. 실비가 삼각대 위에 설치한 낡은 독일제 사진기 앞에 앉기 위해 모든 아이가 줄지어 서 있었다. 아이들은 사진기 앞에만 서면 무표정한 얼굴이 되었다. 헥터는 전쟁 중에 처형을 하도록 인계받은 소년 병사가 기억났다. 당시 소년 병사의 몸에서 나온 가족사진에는 멋진 양복과 드레스를 차려입은 어른과 아이들 모두 표정이 돌처럼 굳어 있었다. 실비는 바짝 긴장을 하고 있는 아이들의 입과 어깨에 들어간 힘을 빼느라 애를 먹었다. 필름은 두 통밖에 없었다. 아이들을 돌아가면서 한 장씩 찍고 나면 여분으로 찍을 수 있는 게 대여섯 장밖에 안 될 것이다. 그녀는 처음 몇 명에게 계속해서 활짝 웃으라고 주문했다. 하지만 아이들은 마지못해 억지스럽고 부자연스러운 미소를 지었다. 어설픈 미소를 짓고 있는 아이들은 무언가를 잔뜩 경계하거나 위협을 느끼고 있는 것처럼 보였다. 그 모습을 지켜보던 태너는 아내에게 다음 사진을 찍기 전에 좀 기다리자고 말했다.

"뭘 기다려요?"

"조금 있으면 알게 될 거야. 준비나 하고 있어."

그는 의아한 눈길로 쳐다보는 실비에게 말했다. 태너는 의자에 앉은 다음 아이의 눈을 빤히 쳐다보았다. 다음 순간 그는 이상한 소리를 내면서 양쪽 어깨를 잔뜩 웅크린 채 뒤뚱거리기 시작했다. 의자에 앉아 있던 아이가 웃음을 참지 못하고 킥킥거리기 시작했다. 태너는 실비와 사진기 뒤쪽으로 돌아가더니 원숭이처럼 입술을 두툼하게 내밀고 자신의 뺨을 긁어대다가 실비의 머리카락에 코를 갖다 대고 냄새를 맡듯이 킁킁거렸다. 그 순간 실비가 사진기의 셔터를 눌렀다. 태너는 의자에 앉는 모든 아이를 상대로 그런 괴상한 몸짓을 했다. 고함을 지르며 자기 가슴을 주먹으로 쿵쿵 치다가 더 이상 효과가 없으면 그다음에는 코끼리, 수탉, 돼지, 그리고 양의 흉내를 냈다. 목사는 처음에 사진을 찍은 세 아이가 다시 사진을 찍고 나서 가장 마지막 순서인 준이 사진을 찍으려고 자리에 앉았을 때에야 우스꽝스러운 행동을 멈추었다. 준은 의자에 앉아서 조금도 웃지 않았다. 헥터는 실비가 준에게 아무런 주문도 하지 않는 것을 보고 이상하게 생각했다. 파일에 올릴 사진이니 행복하고 쾌활한 표정을 지으라고 준을 설득할 수도 있었을 텐데 그녀는 아무런 요구도 하지 않았다. 결국 실비는 돌처럼 굳은 표정으로 앉아서 전방을 응시하고 있는 준을 사진에 담았다.

그 뒤로 실비는 다시금 며칠 동안 사람들의 눈에 자주 띄지 않았다. 수업을 하지 않을 때는 집에만 틀어박혀 지냈다. 사진을 찍고 나서 그녀의 기분은 부쩍 우울해진 것처럼 보였다. 예전에는 준을 데리고 헥터가 일하는 곳으로 가끔 찾아왔었는데 이제는 아예 발길을 뚝 끊었다. 일하는 부인들은 그녀가 독감에 걸렸다고 말했다. 하지만 헥터는 그녀가 마약에 지나치게 의존을 하고 있거나 반대로 마약의 힘을 충분히 빌리지 못해 집에만 틀어박혀 지내는 거라고 생각했다. 헥터는 미군이 몰려 있는 동네에서 자기와 나이가 비슷하거나 약간 많은 전직 군인들이 몇 주 동안 집에만 틀어박혀 있어 창백하고 홀쭉해진 것을 많이 보았다. 그들은 하나같이 삶의 의욕도 없어보였고 정신이 나간 사람처럼 멍한 표정을 짓고 있었다. 갇힌 공간에서 스스로를 위안하는 일보다 더한 쓸쓸함은 이 세상에 없었다.

헥터 자신도 도랑에 들어가 혼자 땅을 파면서 새로운 쓸쓸함을 느꼈다. 그는 작업을 하다가도 몇 분마다 한 번씩 고개를 들어 언덕 꼭대기에 있는 평평한 바위를 쳐다보는 버릇이 생겼다. 혹시라도 실비가 준을 데리고 와서 바위에 걸터앉아 있는 것은 아닌지 자기도 모르게 확인하는 것이다. 하지만 실비는 더 이상 모습을 보이지 않았다. 남쪽에서 늦여름의 폭풍우가 밀려와서 폭우를 퍼부었기 때문에 땅을 파는 일이 거의 불가능했다. 곡괭이를 휘두를 때마다 그는 중심을 잃고 미끄러지고 말았다. 그래서 그는 땅을 파는 일을 그만두고 대신 앞으로 예배당이 될 건물에 페인트를 칠하기로 마음먹었다. 그동안 도랑을 파느라 예배당을 꾸미는 일은 미루어 두었던 것이다. 그는 먼저 표면에 묻어 있는 먼지를 깨끗이 닦아내고 기름에 적신 천으로 벽과 바닥을 훔쳤다. 페인트를 칠한 벤치들은 당분간 교실에서 사용되고 있었다. 애초에 그는 지붕의 노출된 들보나 그 아래쪽에 페인트를 칠할 계획이 없었지만 페인트를 칠하지 않고 그대로 두면 전체적으로 무척 어두울 것 같았다. 그래서 그는 서까래에 손이 닿을 수 있도록 발판 사닥다리를 테이블 위에 올려놓았다. 일을 하다가 중심을 잃고 두 번이나 떨어질 뻔했다. 사다리가 비틀거리다가 한쪽으로 넘어가는 바람에 그는 대들보에 대롱대롱 매달렸다가 쿵 소리를 내며 바닥으로 떨어졌다. 비가 와서 밖에서 뛰어놀 수 없게 되자 아이들은 그가 일하는 모습을 묵묵히 지켜보며 시간을 보냈다. 아이들은 헥터가 깜박 잊고 칠을 하지 않고 넘어간 부위나 너무 얇게 칠한 부위를 손가락으로 가리키며 알려주었다. 그렇지만 태너나 실비는 그가 일하는 곳에 나와 보지도 않았다. 헥터가 지붕과 벽을 모두 칠한 후엔 바닥을 칠해야 했기 때문에 아이들은 자기네 방으로 들어갔다. 바깥도 어두웠지만 건물 안이 더 어두워서 등유램프를 켜야 했다. 그는 무릎을 꿇고 램프를 끌고 다니며 앞뒤로 몸을 움직여 칠을 했다. 그때마다 등유램프를 끌고 다녔다. 페인트에서 피어오르는 역겨운 냄새 때문에 현기증이 났지만 몸을 일으켜 세우고 맑은 공기를 들이마시자 다시 생기가 도는 것 같았다. 바닥에는 회색과 금색, 그리고 녹색이 한데 뒤섞여 은은하게 빛이 났다. 그것을 바라보고 있자니 실비의 머리카락과 눈동자가 떠올랐다. 그는 아이들이 숙소를 드나들면서 젖은 페인트를 밟을까 봐 숙소 문 앞의 어느 지점까지만 칠을 했다. 그리고 이튿날에는 전날 칠한 페인트 위에 덧칠을 한 번 했다. 우레를 동반한 폭우가 휩쓸고 지나가자 하늘은 맑고 화창했지만 뒤로 물러나서 방을 한 번 빙 둘러보니 앞문을 활짝 열어놓았는데도 불구하고 실내가 여전히 우중충하고 음침해서 실망스러웠다. 예배당은 그가 실비에게 말한 것보다 훨씬 더 상태가 안 좋았다. 방은 그냥 콘크리트 박스가 아니라 임시변통으로 만든 무시무시한 지하 감옥 같았다. 날림으로 만든 지하 납골당 같은 그곳에는 페인트를 칠한 서까래와 배가 불룩한 검정 난로가 갖추어져 있었다. 그곳은 살아 있는 사람들의 무덤이었다. 헥터는 민을 통해 이미 실비에게 내일 예배당을 한번 둘러보라는 말을 전했다. 하지만 초라하고 우중충한 예배당을 보고 있자니 차라리 작업을 아예 시작하지 않았더라면 나았겠다는 생각이 들었다. 건물을 허물어버렸으면 좋겠다는 생각까지 들었다. 하지만 민이 돌아와서 태너 부인은 아직 몸이 편찮아서 예배당을 보러 오라는 말은 꺼내지도 못했다고 말했다. 아이는 엉거주춤한 자세로 서서 방의 뒤쪽 벽을 오른발로 가리키며 "창문."이라고 중얼거렸다. 그쪽에 창문을 하나 냈어야 한다는 뜻 같았다.

헥터는 창문을 낼 생각을 미처 하지 못한 자신을 믿을 수가 없었다. 창고에 가면 다양한 부속건물을 짓고 남은 유리창이 대여섯 개나 있었지만 하나 같이 자그마했다. 헥터는 그중에서도 가장 큰 것을 하나 골라 벽의 한복판에 박아 넣으면 어떨지 생각해보았다. 하지만 창고에 가서 유리창을 실제로 보니 그가 기억하고 있던 것보다도 더 작았다. 그중에서 가장 큰 것이라고 해봐야 정사각형의 커다란 소반 크기였다. 유리창 몇 개는 폭이 좁고 길었다. 그는 창고 바닥에 유리창을 쭉 펼쳐놓고 어느 것으로 할지 고심했다. 창틀을 만들 수 있는 목재는 충분히 있었기 때문에 그는 그것들을 꿰맞추어 금세 커다란 창문 하나를 만들어냈다. 하지만 그는 그것을 어떻게 벽에 박아 넣어야 세련되어 보일지 전혀 모르고 있었다. 균형이나 대칭을 기대한다는 것은 애당초 무리였다. 그곳뿐만 아니라 고아원의 다른 곳도 세련되어 보이지 않기는 마찬가지였다. 그에게는 건물을 아름답게 꾸미는 감각이 전혀 없었다. 그래서 헥터는 실비의 마음에 들 만한 곳에 대충 창문을 만들었다. 그리고 며칠 뒤에 실비가 모습을 드러냈다. 그녀는 기분이 한결 좋아져 있었다. 그는 아이들과 함께 정원을 가꾸고 있는 실비에게 다가가 예배당 작업을 마쳤다고 말했다. 그때 태너는 수업을 하고 있었다. 헥터는 태너보다는 실비에게 먼저 예배당을 보여주고 싶었다. 그는 태녀의 의견 따위는 전혀 개의치 않았지만 실비가 어떻게 생각할지 두려웠다. 그는 심지어 지평선 위에 잔뜩 끼어 있던 구름이 모두 밀려가고 예배당으로 빛이 최대한 들어올 때까지 기다렸다. 그녀는 땅바닥에 맨 무릎을 꿇고 잡초를 뽑고 있다가 일어섰다. 무릎에는 흙이 묻어 있었고 관자놀이에는 땀이 흘러 머리카락이 들러붙어 있었다. 게다가 목은 벌겋게 달아올라 얼룩덜룩했다. 헥터의 눈에 그녀는 결혼 첫날밤을 보내고 이슬이 맺힌 아침에 잠자리에서 막 일어난 신부처럼 사랑스러워 보였다. 그녀는 혈색이 무척 좋았고 피부도 생기가 넘쳐흘렀다. 헥터는 갑자기 당황했다. 자신이 그동안 작업해온 예배당이 미적 감각이라고는 전혀 찾아볼 수 없는 소박하고 무미건조한 건물이라는 생각이 들었기 때문이다. 자신이 생각해도 예배당은 초라하고 보잘것없는 방이었다. 헥터는 쥐구멍이라도 있으면 기어들어가고 싶었지만 이제 그녀와 함께 일하고 있던 아이들까지 그를 빤히 쳐다보고 있었다. 그는 간신히 용기를 내어 작업을 방해할 뜻은 없었으며 자기 때문에 정원 일을 중단할 필요는 전혀 없다고 중얼거렸다.

"그게 무슨 말이에요."

그녀는 흙이 묻은 양손을 작업복 반바지에 쓱쓱 문질러 닦으며 말했다. 반바지는 군복 바지를 잘라서 만든 것이었다.

"너무 보고 싶어서 참을 수가 없네요. 그러지 않아도 아이들이 방금 나한테 그러더군요. 아저씨가 커튼을 달았다고요. 사람들이 안 보이는 건물 뒤편으로 돌아가서 톱질과 망치질도 했다더군요."

"변변치 않습니다. 너무 보잘것없는 예배당이라 송구스럽습니다."

"목사님은 뭐라고 하시던가요?"

"목사님한테는 아직 안 보여드렸습니다."

"그럼 내가 제일 먼저 구경을 하는 건가요? 이거 영광이네요."

그녀는 헥터를 스치고 지나가서 아이들의 숙소를 향해 걸어갔다. 그들이 현관으로 들어갔을 때, 먼지막이용 커튼으로 그가 사용한 방수포는 여전히 올라가 있었다. 그녀는 헥터에게 준비가 되었노라고 말했다. 그러자 헥터는 그것을 당겨서 한 번에 끌어내렸다.

"오, 헥터."

그녀는 조금도 움직이지 않고 한동안 뒤쪽에 서 있었다. 그가 페인트를 칠한 대로 벤치, 바닥, 벽, 지붕의 들보, 그가 제단으로 개조한 낡은 피크닉 테이블, 심지어 두께 5센티, 폭 10센티의 재목 두 개에 새김눈을 넣어 서까래에 매단 단순한 십자가에 이르기까지 표면이란 표면은 모두 회색이었다. 본래 색깔을 그대로 놔둔 것이라고는 난로밖에 없었다. 하지만 난로는 저쪽 벽에 달려 있는 세 개의 작은 창문을 통해 들어오는 햇빛을 받아 맹렬하게 빛을 발하고 있었다. 헥터는 의도적으로 창문들을 일렬로 나란히 설치하지 않았는데 그것은 창문들의 크기가 제각각이었기 때문이다. 햇빛은 허공에 떠 있는 십자가의 바로 위, 그러니까 지붕에 설치한 정사각형 창문에서도 쏟아져 들어오고 있었다. 실비는 벽을 따라 앞으로 나아가면서 벤치의 측면을 건드려보았다. 제단 옆에 서서 위쪽을 응시하고 있을 때, 그녀의 얼굴과 머리카락은 새하얗게 타오르는 불꽃처럼 빛이 났다.

"저걸 어떻게 달았죠?"

"지붕 위로 올라가 창틀을 만들었죠. 창틀 가장자리에는 역청을 발랐습니다만 비가 오면 흘러내릴지도 모르겠습니다."

"상관없어요."

그녀가 말했다.

"창문 안쪽에는 스테인드글라스처럼 보이도록 핑거페인트(젤리 모양의 그림물감-옮긴이)를 칠할 생각이었는데 그런 걸 찾지 못했습니다. 다음에 부대에 들어가면 구해보도록 하겠습니다."

"그러지 마세요. 지금 저대로도 좋은데요, 뭘."

그녀가 말했다.

"색깔이 없어서 좀 썰렁하지 않습니까?"

"그렇긴 하죠."

그녀는 십자가를 살짝 밀어보며 말했다.

"하지만 그 때문에 오히려 완벽해 보이잖아요. 깨끗하고 잔잔한 영혼처럼 보여요."

"정말 마음에 들어요?"

"그렇다니까요. 당신 덕분에 이제야 기억이 나네요. 당신은 모르고 한 일이겠지만 난 확실히 기억이 났어요. 모든 교회의 모습이 바로 이래야 돼요."

마침내 무거운 짐을 내려놓은 아이처럼 헥터가 자기 발을 내려다보고 있을 때, 실비가 갑작스러운 포옹을 해서 그를 놀라게 했다. 그 순간 헥터는 심장이 멎을 것 같았다. 그는 즉각 두 팔을 들어 그녀를 가슴에 안았다. 실비는 얼굴을 한쪽으로 돌리고 있었지만 헥터의 입과 눈은 그녀의 귀와 부드러운 뺨에 닿아 있었다. 헥터가 세게 끌어안으면 안을수록 그녀는 물기가 빠져나간 푸석푸석한 흙처럼 완전히 허물어질 것처럼 보였다. 헥터는 그녀의 모든 부분을 들어올리고 싶었다. 그녀의 머리카락으로 자신의 입을 가득 채우고 싶었다. 하지만 그들은 사람들의 목소리를 들었다. 그녀는 제정신을 차리고 시끄러운 여자아이들이 방으로 쏟아져 들어오기 직전에 그의 몸에서 떨어져나갔다. 여자아이들은 갑자기 조용해졌다가 다음 순간 휘둥그레진 눈으로 모든 창문과 허공에 떠 있는 커다란 십자가, 그리고 방의 이상한 색깔 등 예배당에 대해 흥분해서 재잘거리기 시작했다. 아이들의 모습을 보고 헥터와 실비도 덩달아신이 났다. 헥터는 키가 작은 아이들을 두 팔로 들어올려 십자가를 흔들어볼 수 있게 해주었다. 실비는 다른 아이들에게 아저씨가 창문을 세 개로 만든 것은 서양의 교회를 본뜨느라 그렇게 한 것이라고 설명했다. 행복감에 젖은 아이들 속에서 헥터는 어른이 되고 나서 처음으로 앞장서서 아이들을 끌고 가는 자신의 모습을 상상할 수 있었다.

하지만 그 아이들 속에는 준도 포함되어 있어야 하지 않았을까? 어쩌면 그도 고아원의 모든 아이처럼 앞으로 실비와 함께 생활하는 것을 꿈꾸고 있는지도 몰랐다. 그는 모르긴 해도 준은 항상 그 자리에 있을 거라고 추측했다. 하지만 이튿날 저녁 헥터가 발전기를 끄고 태너 부부의 사택 앞을 지나가고 있을 때 준은 그의 옆을 쏜살같이 달려가더니 숙소 안으로 금세 사라져버렸다. 헥터는 자기 숙소를 향해 계속 걸어가려다 빠끔히 열려 있는 사택의 문 안에서 흘러나오는 태너의 목소리를 우연히 들었다. 그는 무엇에 홀린 사람처럼 몸을 웅크리고 앉아 등을 사택에 기대었다. 그런 다음 고개를 돌려 귀를 나무판자에 바짝 붙였다. 거기에는 판자와 그것을 감싼 얇은 막이 있을 뿐이었다. 그는 방에서 목사 부부의 옆자리에 앉아 있는 것처럼 안에서 들려오는 두 사람의 얘기를 똑똑히 들을 수 있었다.
"그 애한테 말하지 않을 수 없었어. 미안해."
태너는 그렇게 말했지만 그의 목소리에는 미안한 기색이 전혀 보이지 않았다.
"내가 자제력을 잃었어. 하지만 그 애가 우리한테 그런 식으로 말하는 꼴을 도저히 참을 수가 없어."
"아직 애잖아요. 자기가 무슨 말을 하고 있는지도 모르는 애라고요."
실비가 대꾸했다.

"여보, 제발 그런 소리 그만해! 그 계집애가 얼마나 약삭빠르고 영리한지 당신은 몰라. 그 애가 저지른 짓은 단순한 실수로 볼 수 없단 말이야. 그 애가 우리를 돌봐주겠다는 말을 했을 때, 나는 돌아버리겠더라고. 건방진 계집애."

"그렇지만 당신이 너무 심했어요."

그녀는 낮지만 강한 어조로 남편에게 말했다.

"절대로 너의 도움 따위는 필요 없을 거라는 말을 하다니."

"그래, 그건 미안해. 그런 말은 하지 말았어야 하는데. 하지만 당신이 그 애를 데려온 날부터 지금까지 어떤 일이 있었는지 솔직히 말해주지. 나는 당신이 더 이상 그 애와 함께 시간을 보내지 않았으면 좋겠어. 그 애는 여기에서 자기가 맡은 허드렛일만 하면 되는 거야. 앞으로 쭉 우리와 함께 지낼 거라는 공연한 믿음은 주지 말아야 해. 내 말 모르겠어? 당신은 지금 잔인하게 굴고 있는 거란 말이야. 당신은 믿지 못하겠지만 당신은 그 애의 인생을 망치게 될 거야."

그녀는 아무 대꾸도 하지 않다가 마침내 입을 열었다.

"잔인하게 굴고 있는 사람은 내가 아니라 당신이에요."

바닥을 가로질러 가는 발소리와 삐거덕거리는 소리가 들려왔다. 목사가 침대 겸용 소파에 앉아 있는 부인에게 다가가 그 옆자리에 앉은 것 같았다.

"당신 정말 그렇게 생각하는 거야? 내가 그 애의 인생을 망치고 있다고?"

목사가 말했다.

"아니, 아니에요."

실비가 말했다. 그녀의 목소리에는 고뇌가 가득 차 있었다. 한순간 정적이 흐르는가 싶더니 그녀가 울음을 터뜨리기 시작했다. 그녀는 감정을 주체하지 못해 이따금 헐떡거리며 울고 있었다.

"그동안 당신은 아이들한테 너무나 잘 대해줬어요. 날마다 그랬죠."

"그럼 내가 이런 행동이 그 애한테 아무 도움도 안 될 거라고 말했을 때 나를 믿었어야지. 아무튼 그 애한테 함부로 말했던 건 미안해. 내일 사과하도록 하지. 하지만 당신은 현실을 직시할 필요가 있어. 서울에서 우리가 입양하려고 서명했던 세 아기는 완전히 잊은 거야?"

"아니에요…. 물론 잊지 않았죠…."

"그럼 그 애는 무슨 일이 일어날 거라고 생각하는 거지? 그 애한테 무슨 약속을 한 거야?"

"아무 약속도. 그 애한테는 아무 약속도 안 했다고요."

"그럼 당신이 바라는 건 뭐야?"

"난 그 애도 데려갈 수 있었으면 하고 바라고 있었어요. 대사관을 설득하는 일이 쉽지 않을 거라는 건 나도 알아요. 하지만 당신이 잘 알고 지내는 그 영사에게 찾아가 한 아이만 더 데려갈 수 있도록 부탁해보면 어떨까 하는 생각을 했어요. 그리고 준이 나를 도와 아이들을 돌볼 수 있을 거라고 생각했어요. 나 혼자서 아이들 모두를 돌보는 일이 가능할지 솔직히 모르겠어요."

"우선 내가 당신을 도울게. 그리고 당신 숙모도 틀림없이 도와줄 거야. 당신, 혹시 준을 데려가면 일이 보다 수월해질 거라고 믿는 거야? 그 애는 분명히 당신을 사랑하니까 당신한테는 도움이 되겠지. 하지만 우리는 어떻게 되지? 우리가 키울 애들은 어떻게 되는 거냔 말이야. 당신, 정말 준이 그 애들한테도 친절하게 대해줄 거라고 믿는 거야? 그 애들한테도 사랑과 관심을 보여줄 거라고 믿어? 당신이 없는 자리에서도 애들을 잘 보살펴줄 것 같아? 자, 솔직히 말해 봐."

"난 모르겠어요. 그 애가 어떻게 나올지 난 모르겠다고요."

실비는 부드럽게 말했다.

"아니야. 당신은 알고 있어. 이곳에서 그 애가 어떻게 처신하는지 봤잖아. 그러면서도 어떻게 당신은 다른 상상을 할 수 있어? 사실 그 애는 이미 다 자랐어. 아이가 아니란 말이야. 지금의 모습이 바로 그 애야. 지금의 모습에서 절대 변하지 않을 거란 말이야."

"왜 그 애는 안 된다고 생각해요?"

"그 애는 심성이 고운 애가 아니기 때문이지. 친절하지도 않고. 과거에는 착했는지 모르지만 지금은 아니야. 나라고 이렇게 모질게 굴고 싶겠어? 하지만 사실대로 말하지 않을 수 없잖아."

"당신은 그 애한테 무슨 일이 있었는지 모르고 있어요. 그 애가 어떤 험한 일을 겪었는지 알기나 해요? 그 애의 과거를 알고 있다면 그런 식으로 얘기하지 않겠죠."

"당신 말대로 나는 그 애한테 무슨 일이 있었는지 몰라. 하지만 당신과 마찬가지로 나도 다른 애들에 대해서는 충분히 알고 있어. 모두 다 불쌍한 애들이야. 어느 한 아이가 다른 애들보다 특별히 더 불쌍하다고 볼 수는 없다는 거지. 모두 가진 것 하나 없는 애들이야. 여기에서 아이들과 함께 시작하기로 뜻을 모았잖아. 우리가 할 수 있는 건 그뿐이야. 이 나라에는 가난한 아이들이 수천 명이나 있어. 어쩌면 수만 명일지도 모르지. 우리는 단지 고아들을 돕고 있는 거야! 동료들이 우리한테 경고했던 말, 기억 안 나? 그 친구들이 뭐라고 했지? 강바닥에는 예쁜 돌이 무수하게 흩어져 있지만 그것들을 모두 건져 올릴 수는 없다고 하지 않았어? 그 말이 꼭 맞아 들어갔지 뭐야. 우리와 함께 지금 이곳에서 생활하는 애들도 수가 너무 많아. 그런데 당신은 하필이면 면도날처럼 날카로운 돌을 골랐군."

"내가 그 애를 고른 게 아니라 그 애가 날 고른 거예요."

"그렇지만 당신은 다른 애들보다 그 애를 특별히 두둔했어. 모두가 그걸 봤잖아."

"아무도 그 애를 입양하지 않을 거예요. 사람들이 그 애를 입양하지 않을 거라는 거, 당신도 잘 알잖아요."

실비는 기가 죽은 목소리로 말했다. 그는 아내의 말에 아무런 대꾸도 하지 않았다. 곧이어 헥터는 그녀가 아주 낮게 우는 소리를 다시 들었다. 문설주의 갈라진 틈으로 희미한 촛불이 보였다. 틈에 눈을 대자 태너가 앉아 있는 아내를 감싸주는 모습이 보였다. 그녀는 무릎 바로 아래까지 올라오는 여자용 양말을 신고 면으로 된 얇은 잠옷을 걸치고 있었다. 헥터는 헐렁한 잠옷 안의 가슴 윤곽을 볼 수 있었다. 태너는 실비의 가슴을 부드럽게 감싸 쥐고 키스를 하려고 했지만 그녀는 자세를 조금도 바꾸지 않았다. 잠시 뒤에 태너는 포기하고 말았다.

"당신, 그동안 너무 침울해져 있었어. 그것도 상당히 오랫동안. 그 애 때문에 그런 건 아닌 것 같은데. 여기 온 뒤로 내 행동은 조금도 변하지 않았어. 내가 잘못한 것은 하나도 없는 것 같은데 혹시 내가 잘못한 게 있었나?"

그녀는 고개를 가로저었다.

"어쩌면 잘못을 저질러놓고 미처 깨닫지 못하는 건지도 모르지."

격정으로 그의 목소리가 더 높아졌다. 그의 얼굴은 그녀의 얼굴처럼 절박하고 참담한 심정이 그대로 드러나 있었다.

"말해줘. 그동안 내가 잘못한 게 있는지."

하지만 실비가 더 이상 말을 하지도, 자기를 올려다보지도 않자 태너는 결국 자리에서 일어나 차가 담긴 머그잔을 집어 들었다. 그는 벽을 향해 머그잔을 집어던질 것처럼 뒤로 홱 뺐다가 동작을 멈추더니 책상 위에 거칠게 내려놓았다. 그는 침실로 돌아갔다. 실비는 양쪽 무릎을 가

숨게로 끌어당기고 두 팔과 손으로 머리를 감쌌다. 헥터는 그녀를 탐색이라도 하듯이 조금 더 지켜보았다. 봉헌 촛불의 기운이 수그러들면서 펄럭거리더니 잠시 뒤에 다시 환하게 타올랐다가 결국 꺼졌다. 사택 안은 칠흑 같은 어둠에 휩싸였다. 어둠 속에서 움직이는 것은 아무것도 없었다. 헥터는 그녀가 밖으로 나올 때까지 기다릴 생각이었으나 마침 부인 두 명이 골짜기의 반대편 끄트머리에 있는 자기네 마을로 가기 위해 뒷길로 오고 있었다. 사택에 몸을 바짝 붙이고 있는 모습을 부인들한테 들키기라도 하면 이상하게 생각할 것 같아 그는 아쉽지만 그만 자리에서 일어나 자기 방으로 천천히 돌아왔다. 아침이 올 때까지 그곳에 쭈그리고 있을 수도 있었지만 대신 그는 한밤중에 자신의 침대에서 그녀의 자세를 그대로 따라했다. 그는 자신의 살을 음미하려고 애쓰는 것처럼 팔뚝과 무릎으로 얼굴을 비볐다. 실비가 얼마나 오랫동안 그런 자세를 취하고 있을지 궁금했다. 몸을 그렇게 웅크린 자세로 밤을 꼬박 새울 수도 있었고 남편이 깊은 잠에 빠져들 때까지 기다렸다가 자세를 풀고 일어설 수도 있었다.

 그주에 태너 부부는 열흘 일정으로 교회에서 운영하는 다른 고아원들을 둘러보기로 되어 있었다. 안동을 거쳐 남쪽으로 부산까지 내려갔다가 광주에서 서해안을 타고 올라오는 여행이었다. 하지만 떠나는 날 아침에 모든 사람에게 작별 인사를 한 사람은 태너 혼자였다. 그의 차가 시동을 걸고 움직이기 시작하자 아이들과 부인들은 허리를 깊이 숙여 인사를 했다. 태너가 운전사에게 차를 멈추게 했을 때, 헥터는 고아원 입구의 나무문과 연결된 쓰러진 울타리를 고치는 중이었다. 태너는 차에서 내려 헥터가 방금 다시 박아 넣은 말뚝에 울타리를 맞추는 동안 반대편에서 울타리를 붙잡아 주었다. 헥터는 그에게 원하는 게 무엇인지 물었다. 태너는 차에서 몇 발자국 더 떨어진 지점으로 헥터를 데려갔다.

영어가 유창하지 못한 운전사가 말을 알아들을 가능성은 거의 없어 보였는데도 태너는 혹시 그가 얘기를 들을까 봐 낮은 소리로 말했다.

"이제 나는 여행을 떠나네."

"알고 있습니다."

"집사람은 여기에 남아 있을 거야. 내가 없는 동안 이곳을 감독하기 위해 날마다 서울에서 어떤 목사가 내려올 거야. 그렇지만 나는 자네가 어디 멀리 가지 말고 이곳에 붙어 있었으면 좋겠네. 내가 없는 동안 무슨 일이 벌어질지 몰라서 그래. 헥터, 그렇게 해줄 수 있겠나?"

"제가 이곳을 떠난 적이 최근에는 한 번도 없었죠."

"나도 알아. 거기에 대해서는 자네한테 고맙게 생각하고 있지. 그뿐만 아니라 자네가 그동안 열심히 일해줘서 그저 고마울 따름이야. 계획대로 일이 착착 진행되고 있더군. 하지만 내가 없는 동안에도 자네가 이곳에 붙어 있어준다면 내가 마음을 놓을 수 있을 것 같아. 꼭 여기에만 있지 않아도 좋아. 이 근처에만 있어준다면 괜찮네. 자네도 눈치를 챘는지 모르겠지만 집사람이 얼마 전부터 몸이 좋지 않아."

"몸이 편찮으신 것 같더군요."

"육체적 질병만이 아니야."

태너가 목청을 가다듬었다.

"내가 없는 동안에 혹시라도 어떤 일이 생길까 봐 이런 얘기를 하는 거야."

"어떤 일이라뇨?"

"나도 몰라."

그는 심각한 표정으로 대꾸했다.

"어쩌면 자해를 할지도 몰라."

"그럼 차라리 사모님을 데려가시는 게 낫지 않을까요?"

"따라와야 말이지. 집사람은 여기에 있고 싶어 해."

한 줄기 바람이 불어와 길바닥의 먼지를 하늘로 밀어 올렸다. 태너는 바람에 날리지 않도록 모자의 가장자리를 붙잡아야 했다. 두 사람이 서 있는 곳으로 차가 굴러왔다. 운전사는 한국말로 태너에게 인천 쪽으로 가서 이번 여행에 동행할 미국인 목사를 태워야 한다는 사실을 상기시켰다.

"그만 가봐야겠네. 나를 위해 그렇게 해줄 수 있지?"

"뭘 어떻게 해야 할지 저는 잘 모르겠습니다."

"집사람을 그냥 지켜보기만 하면 되네. 원하면 방문을 두드려 봐도 좋고."

목사가 떠나고 나서 헥터는 종일 목사가 부탁한 일을 어떻게 하면 좋을지 곰곰이 생각해보았다. 하지만 처음 며칠 동안 헥터는 그녀를 피하기만 했다. 실비는 주기적으로 아이들을 가르치고 새로 고친 식당 지붕 아래에서 아이들과 식사를 했기 때문에 헥터로서는 별다르게 할 일이 없었다. 그녀는 서울에서 내려온 목사가 오후 일찍 떠난 뒤에는 마당에서 아이들과 술래잡기까지 했다. 서울에서 내려오는 김 목사는 몸이 비쩍 마르고 학구적으로 보이는 젊은이였다. 그는 매일 아침 9시까지 도착해서 예배와 성경공부를 인도하고 나면 걸신들린 사람처럼 점심을 먹었다. 몸집도 호리호리한 사람이 밥은 두 공기, 세 공기까지 싹싹 비우곤 했다. 국을 떠먹을 때 후루룩거리는 소리는 어찌나 큰지 온 식당 안에 울려 퍼졌다. 그것은 마치 물이 배수구 속으로 빨려 들어가는 소리 같았다. 아이들은 그의 행동을 몰래 흉내 내면서 놀려댔다. 실비까지 나서서 그의 행동을 따라했지만 젊은 목사는 그것을 전혀 눈치채지 못했다. 남편이 곁에 없어서 그런지 아니면 혼자 남아서 그런지 몰라도 아이들과 뛰어노는 모습을 보면 그녀는 소녀 시절로 돌아간 것처럼 아무 근심격정도 없이 즐겁고 행복해 보였다.

분명하게 달라진 게 하나 있다면 그녀가 이제 더 이상 준을 데리고 다니지 않는다는 것이다. 실비는 혼자서 다니거나 아이들을 몰고 다녔다. 이제 그녀가 편애하는 아이는 없었다. 이제 따돌림을 당하는 아이는 오히려 준인 것처럼 보였다. 헥터는 실비가 준에게 말이라도 붙여보았는지 궁금했다. 그와 다른 모든 사람은 준이 누군가를 넘어뜨리거나 싸움이라도 걸기를 기다리고 있었다. 하지만 준은 계속 주변에서 맴돌기만 했다. 비교적 가까운 거리에서 실비를 발견하면 마지못해 그녀를 지켜보고 귀를 기울였다. 자신이 맡은 허드렛일을 묵묵히 해내고 수업에도 참가하는 준을 보고 상심에 젖어 있는지 화가 나 있는지 알아내는 것은 사실상 불가능했다. 이제 준은 욱하던 성질이 완전히 사라져버리고 전형적인 고아처럼 행동했다. 말수가 없고 사람들을 경계하면서 매사에 조심성이 많아졌다.

사실 그 시기에 부담감을 가장 분명하게 느낀 사람은 헥터였다. 그는 긴장감을 겉으로 드러내 보였다. 목사의 부재는 알게 모르게 그를 압박하고 있었다. 처음에는 날짜를 헤아리지 않았는데 이제는 목사가 돌아올 날을 손으로 꼽아가며 기다리게 되었다. 머지않아 태너는 돌아올 것이다. 부산에서 그는 젊은 김 목사의 거점이라고 할 수 있는 서울의 행정사무실로 전화를 걸었다. 김 목사는 예배를 시작하기 전에 태너 목사님한테서 전화 연락이 왔었다고 알리고 기도 끝머리에는 목사님이 무사히 여행을 마치고 돌아올 수 있도록 다함께 기도를 드려달라고 당부했다. 그의 부탁에 아이들과 부인들은 방이 울릴 정도로 큰 소리로 아멘, 하고 화답했다. 헥터는 실비가 아멘, 이라고 큰 소리로 외치는 것을 들은 것 같았다. 헥터는 왠지 기분이 울적해지고 딴 데 정신이 팔려 있었다. 하루 종일 쉬지 않고 일해서 몸은 녹초가 되었지만 그는 평소와 달리 잠을 좀체 이룰 수가 없었다. 땔나무를 구하러 멀리까지 나갔고 도끼를 들고 나무를 패다가 날이 무디어져서 여러 번 도끼가 튕겨 나오기도 했다. 그러고 있다 보니 어느새 사방이 어둑어둑해졌다. 그는 이미 어두워진 고아원으로 돌아오기 위해 양손을 앞으로 내밀고 어둠 속을 더듬으며 걸었다. 도랑을 파서 하수도를 만드는 일도 아직 못 마치고 있었다. 생활을 하다 보니 만들어야 할 하수도가 자꾸만 생겨났다. 그는 다시 본격적으로 도랑을 파는 일에 매달렸지만 이번에도 비가 말썽이었다. 폭우가 쏟아졌고 그는 축축하게 젖은 땅에서 올라오는 특유의 냄새에 점점 염증을 내고 있었다. 퀴퀴한 흙냄새는 그의 입과 내장에까지 스며들었다. 그는 자기가 땅을 파고 있는 게 아니라 한 마리 지렁이가 된 자신의 몸을 흙이 훑고 지나가고 있는 것 같은 느낌을 받았다.

 도랑을 파고 돌아오는 길에 헥터는 사택 뒤편에서 불빛이 흘러나오는 것을 보고 걸음을 멈췄다. 내일이면 태너가 여행에서 돌아올 예정이었다. 밤하늘은 맑았고 그의 허연 입김은 상쾌한 공기 속에 떠다녔다. 그는 사택 전체가 훤히 보이는 뒤쪽 텃밭 가장자리에 서 있었다. 작업을 한 뒤라 아직도 그의 몸에서는 열기가 흘러나왔다. 싸늘한 밤공기가 오히려 반가웠다. 그는 가벼운 셔츠와 무명 작업복 바지 차림이었다. 침실 창문에는 레이스가 달린 얇은 천으로 된 커튼이 쳐져 있었는데 그는 실비가 촛불을 켜놓고 책을 읽는 모습을 간신히 볼 수 있었다. 헥터는 그녀가 책장을 10여 장 넘길 때까지 잠자코 지켜보았다. 실비가 책을 손에서 놓으면 삽을 땅바닥에 떨어뜨리고 다가갈 생각이었다. 드디어 그녀가 책을 내려놓았을 때, 그는 마음을 굳혔다. 하지만 그녀는 자리에서 벌떡 일어서더니 누가 자기를 지켜보고 있다는 사실을 깨달은 것처럼 얼른 창문에서 벗어났다. 그는 그 자리에 얼어붙어서 그녀가 밖으로 나와 자기와 마주칠 경우에 대비했다. 그런데 실비의 모습이 다시 창문에 비쳤다. 그녀는 이미 스웨터를 벗어던진 상태였다. 서두르는 기색 없이 그녀는 블라우스와 속옷을 벗었다. 길고 매끄러운 그녀의 등과 엉덩이가 드러났다. 그녀는 눈에 띌 정도로 몸을 부르르 떨고 있었지만 자기 몸을 감싸지 않았다. 다음 순간 그녀는 양팔을 머리 위로 들어올리고 가운을 꿰어 입고 나서 몸을 가볍게 흔들어 허리에 모여 있는 주름을 반듯하게 폈다. 그리고 촛불을 후, 불어서 껐다. 헥터는 창문을 유심히 살폈다. 불빛 한 점 흘러나오지 않는 유리창은 완전히 새까맸다. 실비의 몸 전체를 얼핏 보기는 했지만 그것은 그녀가 발가벗은 자기 몸을 느리고 조심스럽게 감싸는 모습이었다. 헥터는 숨이 막혔다. 그가 가던 길을 가려고 몸을 돌리자마자 어디에선가 삐거덕거리는 소리가 들려왔다. 별빛 속에서 헥터는 실비가 길고 창백한 손으로 문을 당겨서 여는 순간 그녀가 입고 있는 가운이 가볍게 흔들리는 것을 보았다.

7
1934년 음력 설날, 만주

"정말 근사한 성찬이군."

실비의 아버지가 말했다.

"자, 그럼 기도를 드리도록 합시다."

기다란 테이블에 둘러앉은 모든 사람이 양손을 마주잡자 그녀의 아버지는 찬미와 감사를 인도했다. 그녀의 어머니는 오래된 휘장 두 개를 이어 붙여 예쁜 식탁보를 만들었다. 중국인 목사의 아내는 미션스쿨에서 일하는 자원봉사자들의 도움을 받아 점심 식사를 준비했다. 그것은 당시의 상황을 감안하면 정말로 성대한 상차림이었다. 현미밥, 식초에 절인 양배추, 가공 처리한 오리 알, 그리고 설탕에 절인 검정콩 등이 식탁에 올랐다. 후식으로는 쌀떡이 조금 준비되어 있었다. 하지만 모든 사람이 기다리고 있던 음식은 럼 목사의 아내가 커다란 도기냄비에 담아서 내온 돼지갈비찜이었다. 그녀는 마을에 사는 도축꾼에게 자기들이 키우는 마지막 돼지를 잡아달라고 부탁했다. 잡은 돼지는 겨울에 먹을 식량으로 이용하기 위해 나머지 부위는 모두 소금에 절여 저장을 해두었고 갈비살 부위로는 특별한 설날 음식을 만들기로 했다. 그녀는 일본 사람들은 절대로 그런 음식을 맛보지 못할 거라고 장담했다. 중국 공산군을 상대로 전투를 벌이는 대대는 몇 달 전에 그 지역을 휩쓸고 지나갔지만 몇몇 소부대는 그때까지도 그 지역을 다시 훑고 있었다. 그들은 마을을 샅샅이 뒤져 이따금 집과 농장을 탈취했고 저항을 하는 사람이 있으면 가차 없이 죽였다. 지난주에 말을 탄 몇몇 장교는 학교를 철저히 조사하기 위해 교문 안까지 들어왔다. 그들은 학교에서 일하는 사람들을 한 명씩 불러다놓고 경력이나 이곳에서 일하는 목적 따위를 꼬치꼬치 캐묻다가 자기들에게 아무런 방해도 안 된다고 판단했는지 그대로 떠났다. 하지만 모든 사람은 그들이 되돌아오는 것은 시간문제일 뿐이라는 걸 알고 있었다.

테이블 둘레에는 사람들로 가득했다. 실비와 그녀의 부모인 프랜시스와 제인 비네 부부, 럼 부부, 국제 구호원으로 방문 중인 해리스 부부가 있었고 실비의 옆자리에는 젊은 총각 리가 앉아 있었다. 지난여름에 비네 부부가 오고 나서 곧바로 도착한 리는 아이들에게 라틴어와 수학을 가르쳤다. 그는 홍콩에서 날아온 중국인이었지만 맨체스터에 있는 대학에서 고전영어와 고전문학을 공부했다. 그래서인지 그는 영국 여권을 가지고 있었다. 테이블 끄트머리에는 고아가 된 아이 두 명과 학교에서 자원봉사자로 일하는 어머니들의 가족들이 비좁은 공간에 끼어 앉아 있었다. 평소에 자원봉사자들은 선교사들과 함께 식사를 하지 않았지만 그들의 가정에는 아버지도 없는 데다가(남자들은 징집을 당했거나 전사했다.) 프랜시스 비네가 설날 식사자리에 자원봉사자들을 초대하자고 주장했기 때문에 함께 자리한 것이다. 그들은 다른 사람들에게 차례대로 접시를 전달했다. 럼 부인은 갈비찜을 조금씩 덜어주었다. 모든 사람이 정확히 다섯 입 먹을 분량을 받았다. 학교는 스파르타식의 엄격하고 간소한 생활을 했다. 하지만 전시 상태가 계속 이어지면서(비록 전쟁은 1931년에 시작되었지만 아직 정식 전쟁이라고는 할 수 없었다.) 창충의 식료품 조달업자한테서 살 수 있는 물건은 점점 줄어들었다. 그런 상황이 한 달쯤 되자 그들은 기아에 허덕일 정도는 아니었지만 그래도 확실히 영양 부족을 겪고 있었다.

하지만 가장 시급한 문제는 배고픔이 아니라 추위였다. 작은 식당의 벤치에 다닥다닥 붙어 앉아서 음식을 먹고 있는 와중에도 마치 건물 밖에 나와 있는 것 같았다. 일단은 차림새부터가 그랬다. 그들은 외투와 모자, 심지어 장갑까지 끼고 있었다. 그달 초에 폭설이 내렸지만 그 뒤로는 북극에서 불어오는 살을 에는 듯한 바람과 함께 하늘이 맑아졌다. 차가운 바람 때문에 세상은 꽁꽁 얼어붙었다. 정오가 막 지난 시각이었지만 해는 하늘에 낮게 걸려 있었고 바깥 기온은 영하 10도 가까이 되었으며 실내 온도는 간신히 빙점을 웃돌고 있었다. 방에는 작은 석탄 난로가 하나 있었지만 럼 목사와 프랜시스 비네는 작은 방에 모인 사람들의 몸에서 온기가 흘러나오면 굳이 난로를 사용하지 않아도 될 거라고 생각해서 난로에 불을 붙이지 않았다. 그들은 중국 공산군과 일본 식민 군대가 대부분의 물자를 고갈시키고 있었기 때문에 얼마 안 되는 석탄이라도 비축을 해두어야 했다. 아직 한겨울이었고 겨울이 끝나려면 거의 두 달이나 남아 있었다. 무슨 큰 변화가 없이는 겨울을 버티기가 쉽지 않을 것 같았지만 어느 누구도 거기에 대해서는 말하지 않았다.

사람들이 식사를 하는 동안 그들의 입에서는 입김이 뿜어져 나왔다. 몸을 조금이라도 따뜻하게 하려고 작은 접시 위로 상체를 기울이고 있는 사람들은 대화를 거의 하지 않았다. 싸늘한 접시 위에서 갈비는 금세 식어버렸기 때문에 모든 사람이 갈비를 먼저 먹었다. 기름방울은 불투명한 원반 모양으로 응고가 되어 시커먼 소스 위에 둥둥 떠다녔다. 기름방울 하나도 그냥 버릴 수가 없었다. 실비는 원래 돼지요리를 좋아하지 않았지만 지방과 연골이 많은 고기를 보자 침이 절로 흘러나왔다. 음식이 너무나 맛있어서 그녀는 고기를 뼈째 삼키고 싶은 충동을 억눌러야 했다. 실비는 부드러운 연골조직의 마디를 발라먹고 나서 뼈를 접시에 내려놓았다. 뼈가 담긴 접시는 럼 부인에게 돌아갔다. 그녀는 그것들을 가지고 이튿날에는 국을 끓이겠다고 말했다.

테이블 너머에 앉아 있던 실비의 아버지는 딸이 다른 사람들처럼 갈비의 살점을 깨끗하게 발라먹는 것을 보고 대견한 듯 고개를 끄덕였다. 그녀는 입이 짧아서 아주 어릴 때부터 부모님의 속을 썩였지만 최근 들어서는 허기를 느끼다 못해 며칠 굶주린 아이처럼 먹는 양이 늘었다. 단순히 식량이 줄어들어서 그런 것은 아니었다. 그녀는 열네 살이 다 되어가고 있었다. 그녀의 몸은 아직도 지나치다 싶을 정도로 말랐지만 이제 드디어 변화를 겪는 중이었다. 엉덩이가 커지고 가슴은 부풀어 올랐으며 피부는 거칠어졌다. 눈이 맑은 그녀의 어머니는 실비의 피부가 마치 비단이 아니라 섀미 가죽 같다고 말했다. 실비는 자기 어머니를 닮았기 때문에 부끄럽다거나 당황스럽지 않았다. 남들은 볼 수 없는 겨드랑이나 성기 주변의 털에서 사향 냄새가 났지만 그녀는 별로 개의치 않았다. 아마도 그녀는 여자가 된다는 게 무엇이며, 그게 무엇을 의미하는지 아직 정확히 몰랐기 때문에 자신을 여자로 느끼지 못했을 것이다. 하지만 그녀는 자신의 소녀 시절은 이미 지나가버렸거나 설사 아직 지나가지 않았더라도 아기 담요가 닳고 닳아 구멍이 숭숭 뚫린 거미줄처럼 되듯 간신히 명색만 남아 있을 거라고 확신했다.

게다가 실비는 더 이상 아이로 남아 있을 여유가 자기한테는 없다는 것을 알고 있었다. 전쟁이 계속되면서 그들의 생활은 너무 위험하고 현실적이 되어갔다. 그녀의 부모는 얼마 전부터 딸을 해리스 부부와 함께 떠나보내는 것에 대해 얘기를 나누었다. 며칠만 있으면 해리스 부부는 상하이로 갔다가 홍콩으로 갈 예정이었다. 그리고 홍콩에서 호놀룰루까지 장거리 바다 여행을 시작해서 결국 시애틀로 들어가게 되어 있었다. 시애틀은 그들 부부와 비네 부부가 떠나왔던 곳이다. 실비의 숙모도 그곳에 살고 있었다. 숙모는 실비의 부모가 이듬해 봄에 미국으로 돌아올 때까지 실비가 당분간 머물 수 있는 공간을 제공하겠다고 이미 약속했었다. 실비의 부모는 그것이 마치 여름 캠프를 고르는 것처럼 전혀 대수롭지 않은 일인 것처럼 말하려고 애썼지만 이제 나이가 먹을 만큼 먹은 실비는 자기 부모가 무슨 일이든 대수롭지 않게 말하는 사람들이 절대 아니라는 것을 알고 있었다. 그녀의 부모는 이 세상에서 목회 활동이 가장 중요한 업무라고 생각하고, 필요한 경우에는 어떠한 위험도 견뎌내며 모든 행동과 노력을 진지하게 받아들이는 사람들이었다. 그들은 아이들을 가르치고, 가난한 사람들을 먹이며, 고통 받는 사람들의 고통을 덜어주려고 애썼다. 어릴 적에 그녀는 부모님을 따라 아마존에서 서아프리카로, 그리고 지금은 아시아로 빈민지역만 돌아다녔다. 물론 실비는 자신을 향한 부모님의 사랑을 항상 느꼈지만 정열적으로 업무에만 매달리는 부모님을 볼 때면 자신이 부모님의 구심력이 미치지 못하는 곳으로 내던져진 것 같은 느낌을 받을 때도 있었다. 그녀는 부모님의 시야에서 벗어난 곳에는 거의 있어보지 않았지만 그렇다고 가장 눈에 잘 띄는 최전면에 있어본 적 역시 아직 한 번도 없었다는 느낌을 종종 받았다. 어떤 때는 자신이 이 지구상에서 가장 외로운 아이라는 확신이 들기도 했다.

그렇다고 해서 부모님을 향한 실비의 존경심이 사그라진 적은 절대로 없었다. 오히려 그런 감정은 나이를 먹으면서 더욱 깊어졌다. 부모님의 무조건적 희생과 봉사를 곁에서 지켜보면서 그녀는 자기의 이기심과 자기 연민이 너무 유치해보여서 수치심까지 느꼈다. 그들은 교회가 설립한 낡은 학교에 활력을 불어넣기 위해 창충에서 25킬로미터 떨어진 이 마을로 왔다. 학교는 그들이 운영을 도운 다른 모든 미션스쿨처럼 사실상 진료소와 농업센터화 되어갔다. 물론 무료 급식소로도 운영되고 있었다. 다섯 달 만에 입학생 수는 두 배로 늘었다. 도시의 일부 유복한 상인 가정에서도 자식들을 날마다 학교로 보내 수업을 받도록 했다. 하지만 전쟁이 점점 격화되면서 그곳은 피난처로도 쓰이게 되었다. 불과 며칠 전에 그녀의 아버지는 럼 목사의 반대에도 불구하고 경상을 입은 초췌한 중공군 두 명을 받아들여 치료를 해주었다. 군인들은 일본군에게 쫓기고 있다고 말했지만 탈영병일 가능성도 있었다. 럼은 어쨌든 군인들을 숨겨주었다가는 나중에 문제가 생길 수도 있다고 주장했지만 그녀의 아버지는 그럴 경우에 앞뒤를 재어보고 문제를 처리하는 사람이 아니었다. 그는 가장 인간적인 측면에서 모든 것을 바라보는 사람이었다.

"지금 이 사람들은 두려움과 굶주림에 고통 받고 있습니다."

그는 럼과 나머지 사람들에게 말했다.

"그리고 궁극적으로 우리는 이 사람들이 주장하는 사정을 가지고 판단해선 안 되고 우리의 도리만 다 하면 됩니다. 그런데 어떻게 이 사람들을 그냥 돌려보낼 수 있겠습니까?"

다행히 아무 일도 일어나지 않았다. 일본군과 중공군 어느 쪽도 두 병사를 찾으러 오지 않았고 그들은 이틀치의 식량까지 받아들고 어둠을 틈타 다음 날 저녁에 마을을 빠져나갔다. 하지만 럼 목사와 톰 해리스는 마을로 흘러들어온 군인들이 줄어드는 식량을 축내는 문제는 차치하고

서 그런 일이 앞으로 자주 일어나 더 큰 위험에 빠지게 될까 봐 여전히 걱정을 하고 있었다. 자원봉사자들과 그들의 자식들이 음식을 다 먹고 밖으로 나가자 테이블에 둘러앉은 사람들은 전면전이 벌어질 경우 어떻게 학교를 운영해나갈지에 대해 토론을 벌였다. 럼 목사와 해리스는 군인들이 학교로 들어오는 일이 없도록 철저히 막아야 한다는 주장을 펼쳤다. 그들은 학교가 중립지대로 인정받을 수 있도록 일본과 중국 관리들을 만나 협상을 벌이고 싶어 했다.

"이런 일에는 완전히 빠지는 편이 우리한테는 더 안전할 겁니다."

큼지막한 양손으로 뜨거운 찻잔을 감싸 쥔 톰 해리스가 말했다. 그는 50대 초반인 프랜시스와 비슷한 연배였지만 목사가 아니라 농업실기와 관개작업의 전문가로서 국제 구호원이었다. 그의 아내 베티는 간호사였다. 지난 몇 달 동안 그들은 북부아시아를 여행하면서 오지 마을에 사는 아이들에게 천연두 예방주사를 놓았다.

"중립지대가 못 되면 그냥 학교를 폐쇄해버리고 지금 모두 밖으로 나와야 합니다. 1929년에 콩고의 루터파 미션스쿨에 어떤 일이 있었는지 기억하시죠? 처참한 부족 전쟁의 한복판에서 양쪽 부족에게 결국 이용만 당했죠. 교장은 학교가 열린 피난처가 되길 원했지만 결국 그는 모든 사람에게 불신만 당하고 학교는 산산조각이 났습니다."

"교장은 어떻게 됐죠?"

럼 목사가 물었다.

"여보, 그만해요."

그의 아내가 남편을 제지하며 말했다.

"실비의 부모님은 실비가 구체적인 얘기를 듣는 걸 원치 않으세요."

"베티, 우리는 괜찮으니까 신경 쓰지 마십시오."

실비의 아버지가 말했다.

"실비도 이제 충분히 자랐으니까 무슨 일이 벌어지는지 알아야 한다고 생각합니다. 그렇지, 실비?"

"예."

"목숨을 부지한 사람은 아무도 없었습니다."

해리스는 실비에게서 시선을 돌리며 말했다.

"콩고에서는 총을 쓰지 않습니다. 그곳에서는 그냥 총살을 시키지 않죠. 무슨 말씀인지 아시죠? 여러분을 위해 그냥 그 정도로만 말씀드리겠습니다."

"여기는 아프리카가 아니잖아요. 그때와는 사정이 다르죠."

럼 부인이 말했다.

"과연 그럴까요? 저는 북쪽 지역에서 벌어지는 일을 계속해서 듣고 있습니다. 일본군이 몇 개 마을을 쑥대밭으로 만들어놨답니다. 지도에서 아예 지워버렸다는군요. 한 사람도 남기지 않고 몰살시켰다는 얘기도 들리고 있습니다."

"그건 일본군이 우리한테 겁을 주려고 일부러 퍼뜨린 소문이죠."

럼 부인이 대꾸했다.

"제가 들은 얘기는 달라요. 일본군이 본거지로 삼고 싶어 한 어떤 오지 마을이 있었대요. 그 마을 사람들은 모두 자발적으로 다른 곳으로 이주를 했고 지금은 하얼빈 근처에 있는 신발 공장에서 일하고 있다는데요? 과연 무엇이 진실일까요? 우리는 누구 말을 믿어야 하죠?"

"사실상 이곳은 전쟁 구역입니다."

해리스가 대꾸했다.

"전쟁 구역으로 선포가 되었든 되지 않았든 실상이 그렇다는 얘기죠. 이제 상황은 달라졌습니다. 제가 보고 들은 바에 따르면 이곳에서는 어느 누구도 보호받을 수 없습니다. 외국인을 포함해서요."

한순간 침묵이 흐르고 나서 제인 비네가 입을 열었다. 실비는 그녀의 눈빛이 희미하게 반짝이는 것을 보고 자기 어머니가 무슨 말을 할지 예상할 수 있었다.

"톰, 당신 얘기가 맞다면 저는 선교 사업을 계속하고 학교도 계속 열어두어야 한다고 생각해요. 전 그게 어느 한쪽과 합의를 해야 한다는 의미인지는 잘 모르겠어요. 그 부분은 당신과 프랜시스, 그리고 럼 목사님이 결정해야겠죠. 결론이 어떻게 나올지는 두고 봐야겠지만 어쨌든 우리는 여기에서 버틸 수 있을 때까지 최대한 버텨야 해요. 마지막 순간까지. 왜냐고요? 정말 전쟁이 닥치면 이곳 아이들과 그들의 가정이 어떻게 될지 우리 모두 상상할 수 있기 때문이죠."

"문제는 그 마지막 순간이 언제인지를 결정하는 겁니다."

톰 해리스가 말했다. 하지만 자기 의견을 아무리 주장해봐야 소용이 별로 없다는 것을 알고 있었기 때문에 그의 어조는 강하지 않았다. 그동안 그와 그의 아내는 실비의 부모님과 여러 차례 같은 장소나 지역에 배치를 받아 일한 경험이 있었다. 함께 일했던 국제 구호원들과 선교사들과 마찬가지로 그들 부부도 비네 부부가 선교 사역을 나서는 사람들이 흔히 둘러대는 명분들, 즉 하나님의 영광을 위해서라거나 사마리아인의 신앙을 실천하기 위해서 세계의 버림받은 지역에 나와 있는 게 아니라는 사실을 깨닫게 되었다. 그리고 비네 부부는 현실도피나 모험, 또는 자기시험의 방편으로 그런 일을 하고 있는 게 아니었다. 그들은 자기들에게 맡겨진 사람들을 진심으로 사랑하고 아낌없이 보살펴주었지만 감정에 지배를 받는 감상적인 사람들이 아니었다. 수년에 걸쳐 그들은 자비를 온전히 실천하는 이상적인 도구로 스스로를 연마시켰다. 다른 도구들과 마찬가지로 이제 그들에게 가장 큰 죄악은 그런 뛰어난 도구를 절반만 사용하는 것이었다.

"쌀떡이 좀 있던 것 같던데."

실비의 아버지가 가라앉은 분위기를 깨느라 밝게 말했다. 그들은 4등분이 된 떡을 각자 하나씩 먹었다. 실비는 다른 사람들이 떡을 천천히 조금씩 뜯어먹는 동안 한입에 넣고 우물우물 씹었다. 실비의 부모는 자기들이 먹을 떡을 넘겨주었다. 그녀는 매끈매끈하고 달콤한 떡이 입안에서 솜사탕처럼 살살 녹는 듯했지만 거절했다. 실비는 찢어지게 가난한 아이가 아니었다. 라틴어와 수학을 가르치는 리가 팔꿈치로 쿡 찌르며 말없이 자기 떡을 건넸을 때도 그녀는 거절했다. 한 달 전이었다면 실비는 그에게 홀딱 빠진 사실을 남들이 혹시라도 알아챌까 봐 떡을 줘도 받지 않았을 테지만 지금은 남들이 어떻게 생각하든 일절 개의치 않았다. 리가 마을에 도착한 순간부터 실비는 그에게 홀딱 빠졌다. 그는 영국인 특유의 아름다운 악센트를 가지고 있었는데 라틴어 개인 수업 도중에 갈리아 전쟁기의 한 구절을 해석해보라고 부탁하면서 소설 속에 나오는 어떤 청혼자처럼 그녀에게 비네 양이라고 부르곤 했다. 키는 그녀에 비해 그리 크지 않았지만 대학을 떠난 지 벌써 몇 년이나 되었으면서도 몸이 유연하고 피부가 고와서 고등학생이라고 해도 곧이들을 정도였다. 리는 양손을 들어 둥그스름한 은테 안경을 유별나게 도드라진 코 위로 섬세하게 고쳐 쓰는 버릇이 있었다. 그는 또한 설탕에 버무려 만든 아몬드인 마지팬 냄새가 나는 영국제 크림을 숱이 많은 새까만 머리에 바르곤 했다. 지난 늦여름의 어느 날, 실비는 그가 셔츠도 입지 않은 채 그녀의 아버지를 도와 우물물을 길어 나르는 모습을 우연히 보게 되었다. 아이들을 씻길 물을 양동이로 나르는 그의 양팔과 어깨, 그리고 목에는 힘이 들어가서 근육이 불끈불끈 솟았다. 그는 자기를 지켜보는 실비를 발견하고서 손을 흔들어주었지만 그녀는 가슴 위에 얹혀 있던 무언가가 땅바닥으로 툭 떨어지는 것을 느꼈다. 이제 리는 테이블 밑으로 실비의 손을 벌린 후 떡 한 조각을 그녀의 손바닥에 얹어주었다. 하지만 그녀가 느낄 수 있었던 것이라고는 자신의 손가락 마디를 짧게 스치고 지나가는 그의 손가락밖에 없었다. 사람들의 대화가 다시 이어지자 그녀는 손바닥에 들어 있는 떡을 살포시 감싸 쥐었다. 떡은 축축한 반죽 덩어리처럼 되었다. 실비는 그가 건네준 선물에 정신을 집중하면서 그것을 삼킬 기회만 엿보았다. 대화가 다시 중국과 일본 당국에 어떻게 맞서는 게 가장 좋을지에 대한 토론으로 옮겨갔을 때에야 실비는 테이블에서 벗어날 수 있었다. 그녀는 꽁꽁 얼어붙은 안뜰을 가로질러 부모님과 함께 쓰는 방으로 갔다. 난방도 되지 않는 방에서 그녀는 손가락을 살며시 펼쳤다. 떡 조각에는 아직 열기가 남아 있었다. 이번에는 떡을 씹거나 삼키지 않고 천천히 먹었다. 그녀는 혀끝으로 손바닥에 묻어 있는 부스러기와 기름까지 남김없이 핥아먹었다.

    방에는 냉기가 감돌았지만 달콤한 떡을 먹고 나자 몸이 훈훈해졌다. 그녀는 외투에 붙은 단추를 풀고 목에 두른 스카프도 풀었다. 사실 그녀는 부모님과 주변사람들이 계속되는 강추위로 고통을 받고 있을 때, 자신의 몸은 최근 들어 지나치게 더워지는 것을 느꼈다. 심지어 벤저민 리도 움직임이 뻣뻣해 보였다. 그녀의 변화하는 몸은 아주 효율적인 발전기가 되어 아무리 빈약한 음식이 몸에 들어와도 제법 오랫동안 열기를 내도록 만들었다. 몸은 연료가 없어도 현기증, 지독한 갈증, 그리고 관절과 뼈의 극심한 고통을 무시하고 어떻게든 돌아갔다. 무엇보다 나쁜 것은 닳고 닳아서 속이 훤히 들여다보이는 감각이었다. 실비는 자신의 내부가 끊임없는 마찰로 열기가 치솟으며 몸에 반기를 드는 느낌을 받았다. 그녀는 밤마다 자신의 간이침대에서 접이용 채색 칸막이를 바라보고 누웠다. 칸막이는 그녀의 부모님이 함께 사용하는 방이라 약간의 사생활이라도 보호하려고 럼 부부한테서 빌려온 것이었다. 그녀는 여러 겹의 꺼칠꺼칠한 모포를 옆으로 제쳐두고 잠옷을 목까지 끌어올렸다. 살을 에는 듯한 차가운 공기가 자신의 몸에서 피어오르는 모든 불씨를 꺼트리고, 달빛이 칠하는 대로 자신의 몸이 창백해질 때까지 실비는 그대로 있었다. 그녀는 벗은 몸으로 바르르 떨며 양손의 감각이 없어질 때까지 침대의 가로대를 움켜쥐었다. 어느 날 아침, 실비의 어머니는 머리를 빗겨주면서 사람의 몸은 절대 나쁜 것이 아니라고 말해주었다. 그녀의 어머니는 직접적으로 그 의미를 말하진 않았지만 나중에 실비는 어머니가 무슨 뜻으로 그런 말을 했는지 이해했다. 그 뒤로 그녀는 얼어붙은 손으로 잠을 깨어도 별로 놀라지 않았다. 다른 모든 것과 마찬가지로 그녀는 이것 역시 부모님한테서 배웠다. 실비의 기억이 옳다면 그녀는 아주 어릴 적부터 부모님이 사랑을 나누는 소리를 들으며 자랐다. 어디로 발령을 받아서 가든 그들의 거처는 불가피하게 비좁고 초라했기 때문에 어쩌면 그것은 지극히 자연스러운 일이었다. 그녀는 부모님이 서로의 몸을 애무하는 모습을 두 팔 사이로 훔쳐보았다. 몸이 버들가지처럼 유연한 어머니는 아버지의 배 위로 올라가자마자 침대 틀이 리드미컬하게 삐거덕 소리를 내기도 전에 규칙적인 신음을 내뱉었다. 실비는 그 아름다운 소리를 들으며 잠에 빠져들곤 했다.

실비는 벤저민 리가 담배를 피우기 위해 안뜰에 나와 있는 것을 보았다. 그녀는 창밖에 있는 그를 향해 손을 흔들었지만 맑은 하늘에서 쏟아지는 눈부신 햇살 때문에 자신의 모습이 보이지 않았는지 그는 알은체도 하지 않았다. 그녀는 리가 자기를 알아채지 못해 오히려 기뻤다. 이제 실비는 마음 놓고 리를 지켜볼 수 있었다. 그는 그림이 새겨진 은색 케이스에서 담배 한 개비를 빼내더니 항상 하는 버릇대로 케이스에 담배를 가볍게 세 번 톡톡 두드렸다. 다른 어른들 중에는 담배를 피우는 사람이 아무도 없었고 그 때문에 그는 자기 혼자만 담배를 피우고 있다는 사실을 부끄럽게 생각하고 있었다. 이렇게 추운 날씨에는 건물 안에서 담배를 피워도 아무도 뭐라고 할 사람이 없었겠지만 그는 담배를 피우고 싶으면 항상 밖으로 나왔다. 리는 자기가 무척 멋진 자세로 담배를 피우고 있다는 사실을 모르는 것 같았다. 담배를 피울 때면 그는 항상 외투의 깃을 세웠고 바람에 꺼질까 봐 성냥불을 양손으로 감쌌으며 연기를 들이마실 때는 눈을 가늘게 떴다. 여름에 도착해서 라틴어 수업을 처음 시작했을 때, 그는 실비를 위해 종종 담배연기를 뿜어 도넛을 만들어주었다. 며칠 전에 그녀는 갑자기 너무 유치한 것 같다는 생각이 들어 더 이상 도넛 구멍 속으로 손가락을 집어넣지 않고 도넛이 저절로 흩어지도록 내버려두었다. 그랬더니 그는 비록 잠깐이지만 마음에 상처를 입은 것처럼 보였다. 그의 중국 이름은 '펑 워'였지만 모두 그를 벤저민으로 불렀다. 벤저민은 영국에서 공부할 때 디즈레일리(벤저민 디즈레일리, 영국의 정치가·소설가·수상-옮긴이)를 본떠 그 자신이 직접 고른 이름이었다. 실비는 최근에서야 그의 이름을 부르기 시작했다. 그녀는 수업 중에 그의 이름을 부르면서 질문을 하나 던졌다. 그는 잠시 뜸을 들였지만 아무 말도 하지 않고 다시 수업을 진행했다. 그 뒤로도 몇 번 이름을 불렀지만 그는 마찬가지 반응을 보였다.

실비는 2주 전 어느 날 저녁에, 그러니까 그가 창충에서 저녁을 먹고 돌아왔을 때 벌어진 일을 자기 부모님한테 이를까 봐 그가 두려워하고 있다는 것을 알고 있었다. 그때 벌어진 일은 그의 탓이 아니라 순전히 실비 때문에 벌어진 것이었지만 모든 걸 망칠 수도 있었기 때문에 그녀는 거기에 대해 일언반구도 하지 않았다. 설사 말을 하더라도 아무도 곧이들으려 하지 않을 거라는 사실을 그녀는 알고 있었다. 실비는 함부로 입을 놀려 리의 입장을 난처하게 만들고 싶지도 않았지만 그렇다고 연기가 흩어지도록 무슨 일을 나서서 하지도 않았다. 그녀는 자신의 어두운 사고의 극장 외에서는 어떠한 일도 실제로 벌어지지 않은 것처럼 행동하고 싶어 했다. 그곳에서는 오렌지색 조명이 아주 흐릿하게 빛나고 있었다. 그 안에서 실비는 침대에 누워 말발굽 소리를 기다렸다. 얼어붙은 땅을 느릿느릿 걸어오는 말발굽 소리를 들었을 때, 그녀는 잠옷 위에 외투를 걸치고 나서 책을 읽고 있는 부모님에게 옥외에 있는 화장실에 좀 다녀오겠다고 말했다. 그녀는 화장실로 가지 않고 마구간으로 달려 갔다. 마구간에는 한때 말이 다섯 마리나 있었지만 지금은 한 마리밖에 없었다. 럼 부부는 물건을 실어 나를 때 말을 이용했다. 때로는 말을 이용해서 밭을 갈기도 하고 수레에 연결해서 장작이나 석탄을 끌었다.

 실비가 그곳에 도착했을 때, 그는 안장을 풀고 있었다. 지친 말의 몸에서 흘러나오는 특유의 냄새 속에서도 실비는 그의 입김 속 짙은 위스키 향을 맡을 수 있었다. 리는 톰 해리스와 가끔 술을 마시곤 했지만 등불 아래에 서 있는 그의 모습은 평소와 달라보였다. 얼굴과 목은 벌겋게 달아올라 있었고 말의 검은 갈기를 톡톡 두드리는 그의 눈빛은 날카로우면서도 먼 곳을 바라보고 있는 것 같았다. 리는 실비를 존재를 알아차리고 깜짝 놀라는 표정을 지었다. 그가 무슨 말을 하기도 전에 실비는 달려가서 그를 껴안았다. 그녀는 단추가 풀린 그의 외투 안으로 양팔을 밀어 넣었다. 그는 몸을 움직이지도 않았지만 그렇다고 그녀를 밀어내지도 않았다. 실비의 두 손이 미끄러져 내려가 옆구리에 머물렀을 때도 그는 그녀의 손길을 거부하지 않았다. 그의 몸은 그녀의 양손 아래에서 긴장하고 있었다. 실비는 고개를 들어 리의 얼굴을 쳐다보려고 했지만 그는 계속해서 두 눈을 꼭 감고 그녀를 보려고도 하지 않았다. 그다음에는 어떻게 해야 할지 몰라 그녀는 그의 허벅지와 엉덩이를 좀 더 강하게 붙잡았다. 그녀는 자신이 무지와 욕망, 그리고 자기혐오로 가득 찬 채 퍼즐이나 자물쇠를 풀려고 애쓰는 둔한 아이처럼 느껴졌다. 하지만 그때 갑자기 그가 무시무시한 힘으로 그녀를 끌어당겼다. 그의 작업복 바지 속에서 무언가가 불쑥 치솟으면서 그녀의 엉덩이에 닿았다. 그녀는 자기도 모르게 그것을 손으로 어루만지면서 자신이 지금 무엇을 하고 있는지 깨달았다. 그녀는 그가 비록 순간적이나마 고통을 느끼는 사람처럼 몸을 부들부들 떠는 것을 보고 손동작을 멈추었다. 실비는 줄곧 그의 목에 키스를 퍼부었지만 그는 그녀와 눈도 마주치지 않으려고 한쪽으로 고개를 돌리다가 결국 그녀를 떼어내며 "그만 들어가서 자."라고 말했을 뿐이었다. 그런 일이 있고 나서 그는 며칠 동안 그녀를 피하는 것은 물론이고 수업을 두 번이나 취소해버렸다. 하지만 개별 지도가 다시 시작되었을 때는 마치 두 사람 사이에 아무 일도 없었던 것처럼 본래의 자기 모습으로 돌아가 그녀를 자상하고 밝게 대했다.

벤저민은 담배를 다 피우고 다시 안으로 들어갔다. 그녀는 나중에, 어쩌면 한밤중이 되었을 때, 그의 숙소로 찾아가서 다시 한 번 강하게 그를 밀어붙여보기로 마음먹었다. 강하게 밀어붙이면 그에게 기쁨뿐만 아니라 어느 정도 참담한 기분을 안겨줄지도 모른다는 생각을 하자 그녀는 긴장이 되었다. 자신이 좀 더 성숙해졌다는 생각이 들면서 자신감도 붙었다. 실비는 자신이 나이에 비해 정신연령이 높은 반면 벤저민 리는 그 반대라고 확신했다. 리는 지식이나 상식은 풍부할지 몰라도 여자 문제만큼은 경험이 없어서인지 아직도 많이 서툴렀다. 언젠가 실비는 리에게 대학교 다닐 때 여자 친구가 있었는지 물어보았다. 그러자 그는 조금도 망설이지 않고 자기는 여자를 사귀어본 적이 한 번도 없다고 불쑥 내뱉었다. 마구간에서 있었던 일은 두 사람만의 비밀로 남게 될 것이다. 그녀는 리가 자기한테 앞으로 무슨 짓을 하든 조금도 거부하지 않고 순순히 응할 생각이었다.

실비는 부모님이 뒤에 남겠다고 하면 해리스 부부를 따라가지 않고 자기도 이곳에 끝까지 붙어 있어야겠다고 생각했다. 부모님을 남겨두고 이곳을 떠나는 일은 절대로 있을 수 없었다. 선교 사업을 마치기 전에는 절대로 이곳을 떠나지 않으려는 부모님처럼 자기도 단호하게 거부 의사를 밝힐 생각이었다. 이곳을 떠나게 되면 리를 두 번 다시 볼 수 없을지도 모른다는 생각에 벌써 가슴이 무너지지만 이곳에 남아 있기로 마음먹은 것이 꼭 리 때문만은 아니었다. 이제 충분히 나이가 들면서 그녀는 부모님에게 맞서는 가장 적당한 방법이 무엇인지 깨달았다. 실비는 부모님처럼 자신도 스스로 앞날을 결정할 수 있는 인격체라는 사실을 보여줄 생각이었다. 그동안 세 사람은 온갖 위험한 상황을 견디며 살아왔다. 전쟁을 실제로 겪지는 않았지만 전쟁의 망령이 이처럼 가까이 다가온 지금의 상황에서는 세 사람이 떨어지지 않고 꼭 붙어 있는 게 무엇보다 중요했다. 실비가 곁에 없으면 부모님은 자신들의 안전 따위는 돌보지 않고 아무리 위험한 일이라도 강하게 밀어붙일 것이다. 실비가 아홉 살 때, 실비의 가족은 시에라리온(아프리카 서부에 위치한 공화국-옮긴이)에 살고 있었는데 부모님은 그녀를 프랑스 수녀들에게 맡겨두고 부족 간의 전쟁이 한창인 마을로 식량과 의약품을 싣고 갔다. 원주민 네 명이 동행을 했다. 부모님은 원래 일주일 뒤에 돌아올 계획이었는데 거의 2주가 되도록 돌아오지 않자 수녀들은 무사 귀환을 기원하는 기도를 매 시간 드리기 시작했다. 설상가상으로 그녀의 부모님이 목적지로 삼았던 바로 그 언덕 마을에서 얼마 전에 대량학살이 있었다는 소문이 떠돌고 있었다. 당시 실비는 부모님이 목숨을 잃었을 거라고 확신했다. 그런데 어느 날 부모님은 함께 떠났던 원주민 두 명과 한밤중에 돌아왔다. 나머지 원주민 두 명은 그들을 지키려다가 목숨을 잃었고 부모님과 다른 원주민들은 간신히 그곳을 피해 나올 수 있었다. 실비의 부모님은 눈물을 흘리면서 한창 잠에 빠져 있는 그녀를 꼭 껴안았다. 그날 밤 부모님은 그녀를 자기들 사이에 재웠다. 하지만 아침이 되었을 때, 그녀는 부모님의 눈빛을 보고 무언가 깨닫는 게 있었다. 하도 고생을 해서 몰골은 형편없었지만 부모님의 눈빛에서는 예전보다 비록 더하지는 않더라도 어떤 결연한 의지 같은 것을 읽을 수 있었다. 그녀는 부모님이 수십 명의 목숨을 구하는 일이라면 자기를 고아로 만들 수 있는 위험을 무릅쓰고서라도 어느 날 똑같은 행동을 다시 할 거라는 사실을 깨달았다.

  실비가 그런 생각을 할 정도라면 부모님도 그런 날이 올 것에 대비해서 나름대로 무슨 준비를 해두지 않았을까? 비록 의도하지는 않았겠지만 딸에 대한 교육만큼은 철저했다. 그들은 이 세상 구석구석을 누비고 다녔다. 비록 박물관이나 미술관, 성이나 궁전 따위의 문화 유적은 거의 찾지 않았지만 병원, 무료급식소, 보호시설, 공동묘지, 그리고 억울하게 죽었거나 의로운 일을 하다 죽은 사람들을 기리는 기념관이나 기념비는 거의 모두 찾아다녔다. 실비의 기억으로는 어릴 적에 부모님은 교회와 대성당을 자주 찾았는데 인도주의적 업무가 증가하면서 그런 곳을 찾는 횟수가 점점 줄어들었다. 중국으로 건너오기 직전에 그들은 이탈리아에 있었다. 모퉁이마다 성당과 예배당이 있는 그곳에서도 그들은 딱 한 곳만 제외하고 들어가 보지도 않았다. 그들이 둘러본 성당은 겉모습만 성당일 뿐, 성당이라고도 할 수 없었다. 부모님은 기도를 인도했고 늘 성경책을 가지고 다녔고 그녀의 생각으로는 여전히 하나님을 믿고 있었지만, 타 종교를 개종시키려는 열의나 열정 같은 것은 모두 잃어버린 것처럼 보였다. 그녀의 아버지는 심지어 선교사들에게 자신과 아내를 목사 부부가 아니라 적십자사에서 파견 나온 교사들로 지역민에게 소개해달라고 부탁했다. 실비의 부모님은 그해 여름에 유럽을 돌아다니다가 정식으로 적십자사에 등록을 했으니 그렇게 소개를 하더라도 거짓말을 하는 건 아니었다. 럼 목사가 그랬던 것처럼 선교사들도 왜 그렇게 소개해주기를 원하는지 물었다. 그러면 비네 부부는 특별한 이유는 없으며 다만 어느 누구의 방해도 받지 않고 편하게 일하고 싶기 때문이라고 대답했다. 선교사들로서는 혼란스럽고 모욕까지 느꼈겠지만 그들은 경험이 풍부한 부부의 요청을 거절하지 않았다.

실비의 어머니는 지역민들이 자신들의 전통적 믿음에 어긋나는 답례를 하려는 경우에는 필요한 도움이라도 아예 받지 않으려고 할 때도 간혹 있다고 그녀에게 말했다.

"어느 누구에게 선택을 하도록 해선 안 돼."

그녀의 어머니는 그렇게 말했다. 물론 그것은 옳은 판단이었다. 부모님의 판단은 항상 옳았다. 하지만 교회로부터 조금씩 멀어지고 있다는 것은 삶에 대한 그들의 열정이 비록 강도는 높아지지만 두 사람만 간신히 들어갈 수 있을 정도로 그 폭과 규모가 조금씩 축소되고 있다는 사실을 나타내는 게 아닐까? 나이를 먹어가면서 실비는 부모님이 언젠가 자기를 선교 사업에 참여시키고 거기에 수반하는 기쁨과 위험을 모두 경험하도록 만들 것이라고 예상하고 있었다. 그녀의 어머니는 언제부턴가 시애틀에서 사는 문제에 대해 점점 더 많은 얘기를 하기 시작했다. 실비는 호수가 훤히 내다보이는 아늑하고 예쁜 집에서 부모님과 함께 사는 모습을 머리에 그려보기 시작했지만 그녀의 어머니는 리지 숙모에 대해 얘기하면서 숙모가 실비를 다시 보게 되면 얼마나 기뻐할지에 대해서만 말했다. 실비는 부모님이 오래전부터 계획했던 시나리오를 이제 서서히 드러내고 있다는 것을 깨달았다.

이탈리아에 있을 때는 미국으로 돌아가 대학에 다니는 것이 아주 먼 미래의 일처럼 보였다. 이제 그들은 서로 떨어질 수가 없었다. 그들은 롬바르디아 주의 솔페리노라는 작은 마을로 여행을 갔다. 그곳의 피에 젖은 땅이 적십자사의 창설을 불러왔다. 그들은 그곳에서 벌어진 처참한 전투를 기념하는 75회 기념식에 참석할 계획을 세웠었다. 말하자면 그녀는 부모님이 몇 년 동안 얘기해오던 순례를 그곳으로 떠난 것이다.

그것은 실비와 그녀의 부모님 모두에게 지루하고 힘 빠지는 여행이었다. 그들은 연락선을 타고 북아프리카에서 스페인으로 건너간 다음 3등석 열차에 올라탔다. 통풍이 제대로 되지 않아 열기로 푹푹 찌는 열차는 코트다쥐르를 따라 느리게 동쪽으로 굴러갔다. 세 사람 모두 복통과 멀미 때문에 고생을 했다. 이탈리아 북부의 저지대를 가로질러 갈 때는 모기와 파리 때문에 애를 먹었다. 그들은 여행을 잠시 멈추고 니스나 밀라노에 내려 근사한 호텔에 묵으면서 기력을 회복할 수도 있었지만 얼마 안 되는 돈(그들은 돈을 세속적인 해악이라 여겼다.)이라도 아껴보려고 다음 기차로 갈아타기 전까지 남는 두 시간 동안 역 근처의 하숙집을 찾아 나섰다. 식사를 제공하지 않는 하숙집을 찾아내면 불과 몇 프랑이나 리라로 목욕을 하고 그녀의 아버지는 면도까지 할 수 있었다. 어머니는 실비에게 자기들은 불쌍한 사람들을 돕는 집시들이기 때문에 근사한 침대를 바라서는 안 된다고 일깨워주었다.

그래서 그들은 행상인한테서 사온 버터 샌드위치로 끼니를 때우며 기차에서 잠을 잤다. 실비의 어머니는 파니니 샌드위치에 들어 있는 반들반들하게 윤이 나는 햄을 빼내서 까마귀들한테 던져주곤 했다. 그녀의 가족은 보기 드문 채식주의자들로 불가피한 경우가 아니면 육식을 금했다. 그들은 솔페리노 전투와 그것이 끼친 여파에 대한 적십자 창설자의 설명을 서로에게 읽어주면서 이번 여행의 목적을 되새겼다. 그들이 싸온 짐 속에는 물론 성경책이 끼어 있었지만 그것을 꺼내어 읽는 시간은 점점 줄어들었다. 대신에 그들은 마르크스와 에밀 졸라, 그리고 데브즈(미국의 노동운동 지도자-옮긴이)의 낡은 팸플릿을 읽었다. 이미 그 무렵 그들은 행동하는 선교사가 되어 있었고 사회주의자의 기질이 보이기 시작했기 때문이다. 그것이 결국에는 그들을 중국 북부까지 오도록 만들었다. 드디어 만토바에 도착했을 때, 그녀의 아버지는 솔페리노까지 태워다줄 차량을 대절했다. 하지만 마을로 이어진 언덕길을 올라가다가 차량이 그만 고장이 나서 그들은 늦은 아침에 따가운 햇살을 받으며 나머지 길을 걸어야 했다. 실비의 아버지와 운전사는 한 사람 앞에 두 개씩 짐을 들었고 어머니는 흙길에서 발을 잘못 디뎌 넘어지는 바람에 일용직 가정부 마냥 스커트가 엉망이 되었다. 물론 그녀는 그런 것에 별로 신경을 쓰지 않았다. 머나먼 여정이 거의 끝나가는 마당에 지저분한 스커트 따위가 무슨 대수였겠는가.

교회는 마을 한복판에 우뚝 솟아 있는 산등성이에 세워져 있었다. 여관에서 그들은 어린 삼나무들 사이로 난 산책길 끝에 웅장한 모습으로 서 있는 교회를 쉽게 볼 수 있었다. 그들은 여관에 들어가 투숙 절차를 밟았다. 실비는 아버지가 짐을 풀자마자 당장 교회로 가보자고 할 줄 알았는데 우선 커튼을 치고 몇 시간 동안 누워 있자고 해서 깜짝 놀랐다. 그녀의 아버지는 먼 길을 왔으니 일단 푹 쉬면서 활력을 되찾아야 한다고 말했다. 물론 그들은 예정보다 하루 늦게 도착하는 바람에 기념식에 참가할 기회를 놓쳤다는 것을 알고 있었다. 처음에는 파리에서, 그리고 그다음에는 프랑스와 이탈리아 국경에서 약간 지연이 되는 바람에 그들은 날짜에 맞추어 도착할 수가 없었다.

기차에서 금이 쩍쩍 간 가죽 의자에 쪼그려 잠을 자다가 비록 표면이 우툴두툴하고 악취가 풍기지만 침대에 드러누워 있으니 오리털로 만든 잠자리처럼 포근해서 잠이 절로 왔다. 부모님이 다섯 시간 뒤에 잠을 깨웠을 때, 그녀는 마치 일주일 동안 잠을 잔 것처럼 기분이 상쾌하고 개운했다. 그만한 시간 동안 또 잠을 자라고 해도 잘 수 있을 것 같았지만 허기가 밀려왔다. 여관 주인의 아내는 친절하게도 호박꽃 튀김과 파스

타로 일찌감치 저녁을 만들어주었다. 완두콩과 크림이 들어간 달걀소스는 어찌나 맛이 풍부하고 달콤한지 그들은 짭조름한 판체타를 부스러기 하나 남기지 않고 먹었다. 저녁을 먹고 나자 여관 주인은 그들이 구경을 할 수 있도록 도로 건너편에 있는 방 하나짜리 전쟁박물관의 문을 열어주었다. 말이 박물관이지 건물은 온갖 물건들로 가득 찬 창고였다. 거기에는 총검, 구식 보병총, 공 모양의 옛날 포탄, 장식과 색상이 화려하고 술이 달린 모자가 붙어 있는 제복, 새가 그려진 견장 등이 가득했다. 제복은 여기저기 해지거나 찢어져 있었고 말라버린 피로 군데군데 시커먼 자국이 보였다. 액자에 끼운 지도도 10여 개나 있었다. 여관 주인은 오스트리아와 프랑스 군대의 다양한 배치, 초기 접전과 주요 진격작전, 가장 치열한 전투가 벌어졌던 지역 등에 대해 장황하게 설명을 해주었다. 여관 주인이 설명을 해나가면 그것을 실비의 아버지가 통역을 해주는 식이었다. 치열한 전투들은 주로 그들이 서 있는 언덕이나 그 주변에서 벌어졌다고 여관 주인은 설명했다. 사망자가 너무 많아서 시신을 수레에 그냥 쌓아두다가 적당한 장소를 발견할 때마다 하나씩, 또는 무더기로 매장했다고 그는 말했다. 전투가 끝나고도 부상을 입은 수많은 사람들이 목숨을 잃었고, 같은 방식으로 매장이 되었다고 했다. 전염병이 퍼지는 것을 막기 위해 인근 마을의 주민들이 총동원 되어 최대한 빨리 시신을 매장했다고도 말했다. 시신을 파묻는 데에는 몇 주가 걸렸다. 악취는 이루 말할 수 없을 정도로 심했다. 또 쥐들은 얼마나 쑥쑥 자라는지 금세 강아지 크기가 되었다. 나중에는 사지가 멀쩡한 남녀와 신체 건강한 아이들까지 부득불 무덤을 파는 일에 동원되었다. 몇 년 뒤에 교회가 세워졌을 때, 집단 매장지에서 유골을 발굴해서 깨끗이 손질한 다음 교회 안에 진열했다. 교회 자체는 성스러운 유해를 진열하는 성해함으로 변했다.

여관 주인은 설명을 마치고 언덕 꼭대기에 있는 교회로 그들을 데려갔다. 시간은 거의 6시가 되었지만 날씨는 여전히 무더웠다. 언덕을 오르는데 경사가 그다지 가파르지 않은데도 불구하고 실비는 높은 산을 올라가고 있는 느낌이었다. 실비는 저녁을 먹은 지 얼마 안 되어 아직 배가 부른 상태인 데다 자갈길에서 올라오는 열기를 견디며 먼 거리를 걸어왔고 전쟁박물관까지 들렀기 때문에 속이 메스꺼웠다. 잠은 잘 잤지만 여관방의 상태도 엉망이었다. 쉰 냄새와 곰팡내가 나는 리넨이 몸에 불길한 먼지처럼 아직까지 달라붙어 있는 것 같았다. 언덕을 중간쯤 올라갔을 때, 신물이 올라오면서 실비는 결국 길가에다 먹은 것을 토하고 말았다. 그 모습을 안타깝게 지켜보던 그녀의 어머니는 여관 주인과 남편에게 그만 여관으로 돌아가는 게 좋다고 말했지만 실비는 어머니에게 자기는 뒤에 남겨두고 계속 올라가라고 말했다. 그녀는 그들을 실망시키고 싶지 않았다. 언덕 꼭대기에 이르렀을 때, 그들은 교회로 곧바로 들어가지 않고 문 앞에 잠시 서 있었다. 교회 건물의 전면은 지는 해 때문에 황금색으로 물들어 있었다. 건물의 형태는 평범하고 고전적으로 보였다. 건물 안으로 들어가자 환한 곳에 있다가 어두컴컴한 곳으로 들어서서인지 처음 몇 초 동안은 아무것도 보이지 않았다. 여느 교회들처럼 고요하고 엄숙한 분위기였다. 그곳에 들어서는 순간 모두 숨이 멎어버렸는지 숨소리 하나 들리지 않았다. 어둠에 눈이 익었을 때, 실비의 어머니는 숨이 막히는 소리를 내지르며 갑자기 남편의 팔을 붙잡았다. 여관 주인은 한 마디도 하지 않고 그들로부터 멀찍이 떨어져 있었다. 실비는 이해할 수 없었다. 그녀는 하얀 대리석 제단과 평범한 나무 십자가를 올려다보고 다른 교회에서 흔히 볼 수 있는 것들이라고 생각했다. 하지만 벽에 붙어 있는 특이하고 아름다운 장식물을 보자 앞으로 나아가지 않을 수 없었다. 그 순간 그녀는 부모님과 여관 주인의 목소리를 들었다. 그녀는 자신이 마치 무대에 올라서서 음침한 오페라극장의 관객들을 내려다보는 것 같았다. 새까만 눈알들이 일제히 그녀에게 말하고 있었다.

"얘, 거기에 함부로 올라가면 안 돼."

그들은 한목소리로 그렇게 말했다.

실비는 유리창이 부르르 떨리는 것을 느꼈다. 차량들이 털털거리며 정문을 향해 다가왔고 경적 소리가 연이어 들렸다. 실비가 밖을 내다보았을 때, 그녀의 아버지와 럼 목사가 식당에서 나와 외투의 단추를 채우면서 안뜰을 가로지르고 있었다. 톰 해리스와 리가 그 뒤를 따랐다. 아내들은 식당 유리창으로 밖을 내다보았다. 실비의 어머니는 딸이 안뜰 건너편의 숙소에 들어가 있는 것을 확인하고 밖으로 나오지 말고 안에 있으라는 손짓을 했다. 실비 가족의 숙소는 정문과 같은 방향에 있었기 때문에 그녀는 사람들이 무엇을 보고 있는지 몰랐다. 남자들이 실비의 시야에서 사라졌을 때, 그녀는 하도 궁금해서 밖으로 나와 보지 않을 수 없었다.

연철로 만든 정문의 맞은편에 차량 두 대가 서 있었다. 낡은 검정색 세단과 덮개를 씌운 트럭이었다. 럼 목사가 세단 운전사에게 무슨 얘기를 하고 있었다. 운전사는 군복을 입은 젊은 병사로 정문 쇠창살 사이로 서류를 들이밀어 목사에게 보여주려고 애쓰고 있었다. 럼 목사는 일본어로 병사에게 무어라고 말했다. 두 사람이 무슨 대화를 나누고 있는지 알 수는 없었지만 럼 목사가 병사의 요구를 완강히 거부하고 있는 것만은 분명해 보였다. 병사가 서류를 럼 목사에게 들이밀 때마다 그는 서류를 병사에게 억지로 되돌려주며 고압적인 자세를 보이기까지 했다. 병사는 상당히 젊어 보였다. 두꺼운 군복을 입고 있었지만 그는 검은 쇠창

살 사이로 빠져나올 수 있을 만큼 몸집이 호리호리했다. 운전사는 화나 짜증을 내지 않았는데 그게 놀라웠다. 어쩌면 아직 나이가 어려서 그럴지도 몰랐다. 그게 아니면 단추가 풀어 헤쳐져 있는 럼 목사의 외투 속에서 목사 고유의 복장을 보고 지레 주눅이 들어버린 건지도 모른다. 일본 사람들 가운데는 소수의 신실한 기독교 신자들이 있었다. 병사는 도저히 안 되겠다고 생각했는지 금방 포기하고 서류를 들고 돌아가서 다시 차에 올라탔다. 차가 약간 기우뚱거렸지만 차량의 앞쪽 유리가 햇빛에 반사되어 차에 타고 있는 사람들이 전혀 보이지 않았다. 차량은 조금 후진을 했다가 곧장 앞으로 달려 나가는 듯했다. 하지만 바로 그때 어떤 장교가 손에 서류를 돌돌 말아 쥐고 차량의 뒷좌석에서 나왔다. 장교는 서류로 럼 목사를 가리키더니 정문으로 다가오라는 손짓을 했다. 실비의 아버지와 해리스, 그리고 리도 럼 목사와 함께 앞으로 나갔다.

그때는 이미 실비의 어머니가 실비 곁에 다가와 있었지만 그녀는 딸을 데리고 집으로 들어가려고 하지 않았다. 장교도 병사와 마찬가지로 아직 젊었으나 그는 경험이 풍부한 군인처럼 표정이 차분했다. 실비는 그가 지난주에 찾아와서 사람들에게 이것저것 물어보던 장교들 가운데 한 명이라는 것을 알아차렸다. 그는 장갑을 벗어 럼 목사에게 건넸고 목사는 받으려고 하지 않았다. 그러자 장교는 잠시 낄낄거리며 웃고 나서 자기가 더 이상 무엇을 어떻게 할 수 있겠느냐고 묻듯이 두 팔을 활짝 펼쳤다. 럼은 마침내 마음이 누그러졌는지 창살 사이로 한 손을 천천히 내밀었다. 두 사람이 악수를 했다. 장교는 정문에 바짝 몸을 기대고 럼에게 무슨 말을 속삭였다. 목사가 천천히 한쪽 무릎을 꿇는 것을 보고 실비가 무슨 영문인지 몰라 혼란스러워하고 있을 때, 어머니가 필사적으로 실비의 팔을 잡아끌었다. 럼 목사는 단조로운 음악을 흥얼거리고 있는 것처럼 보였다. 실비의 아버지와 다른 사람들이 다가갔을 때 그는 대문에 바짝 붙어서 중국어로 "제발, 이러지 말아요!" 하고 소리쳤다.
 소리는 서예용 붓이 둘로 딱 부러지는 것처럼 맑고 날카로웠다. 럼은 얼어붙은 땅바닥으로 쓰러졌다. 그는 자기 손목을 붙잡고 미친 듯이 고함을 지르며 괴로워했다. 장교가 럼의 손목이 부러질 때까지 쇠창살에 대고 손목을 강하게 꺾어버린 것이다. 실비의 아버지와 리가 얼른 다가가 럼을 달래려고 애쓰는 동안 톰 해리스는 민간인을 이런 식으로 다루는 법이 어디 있느냐며 일본 장교에게 고함을 지르기 시작했다. 해리스는 이 사건을 미 영사에게 보고하겠다고 협박까지 했다. 하지만 장교는 모욕적인 언사가 쏟아지는데도 마치 귀머거리라도 된 것처럼 해리스를 멀뚱히 쳐다보고 있을 뿐이었다. 그러더니 정문 자물쇠를 손으로 가리켰다. 문을 열라는 뜻이었다. 해리스가 거부하자 그는 부드럽지만 잽싸게 권총을 꺼내더니 그것을 해리스의 머리를 향해 겨누었다.
 "그만해요!"
 실비의 아버지가 소리쳤다. 그는 자리에서 일어나 얼른 대문을 열어주었다. 트럭 뒤칸에서 소총을 멘 군인 네 명이 뛰어내리더니 장교를 따라 안뜰로 들어섰다. 차량들이 천천히 그 뒤를 따라 들어왔다. 작은 안뜰에 엔진 소리가 쩌렁쩌렁 울려 퍼졌다. 리와 해리스가 럼 목사를 부축해서 자리에서 일으켜 세우자 베티 해리스가 그들에게 다가갔다. 그들은 럼 목사를 데리고 식당으로 다시 들어갔다. 실비는 어머니의 손에 이끌려 곧바로 그들을 뒤따라갔다. 리와 해리스는 목사를 식당에 데려다 놓고 금방 밖으로 다시 나왔다.
 목사의 아내는 베티 해리스가 남편을 돌보는 동안 날카롭게 울부짖었고 럼 목사는 의자에 앉아서 불안에 떨고 있었다. 테이블 위에서 미동도 없는 그의 팔은 마치 다른 신체 부위와 뚝 떼어져 있는 것처럼 보였다. 겉옷을 벗겨내는 일조차도 호된 시련이었다. 럼은 고통을 감당하지 못해 여러 차례 혼절했다. 베티 해리스는 그가 정신을 잃고 있는 동안 붕대로 팔목을 동여매려고 했지만 그것도 여의치가 않았다. 그는 금세 정신을 차리고 비명을 질러대며 자기도 모르게 그녀를 향해 성한 손을 휘둘러댔다. 다른 쪽 손은 팔목이 뒤로 완전히 꺾여 제멋대로 덜렁거렸다. 그는 자신의 손목 상태를 마침내 확인하고 구역질을 하더니 결국 바닥에 먹은 것을 토하고 말았다. 베티 해리스는 줄곧 흐느꼈고 럼 부인을 달래는 동안 실비 어머니의 눈에도 눈물이 그렁그렁 고였다. 하지만 실비 자신은 잠잠히 있었다. 그녀는 말을 할 수도, 몸을 움직일 수도 없었다. 그동안 부모님을 따라 여기저기 돌아다니는 동안 그녀는 사람들이 고통 받는 모습을 무수히 보았다. 하지만 그녀가 보아온 것은 어디까지나 빈곤에서 야기된 고통이었다. 그녀는 굶주리고 몸이 아픈 아이들이나 어른들이 고질병이나 치료받지 못한 질병 때문에 발을 절거나 불구가 된 모습을 많이 보았다. 시에라리온의 포트로코 지역에 있을 때였다. 실비의 가족은 난도질을 당한 어떤 시신을 우연히 목격하게 되었다. 나중에 그녀의 부모님은 피살자가 이웃 부족의 손에 살해당했다는 얘기를 들었다. 실비가 의도적인 잔혹 행위와 폭력을 목격한 것은 그때가 처음이었지만 그녀는 자기 부모님과 같은 입장에서 누군가를 적대시하지는 않았다. 실비가 할 수 있었던 거라곤 창가에 뻣뻣하게 서서 무의식적으로 자신의 팔목을 움켜쥐는 것뿐이었다. 팔목을 어찌나 세게 움켜쥐었던지 잠자리에 누웠을 때는 아직도 팔목에 벌겋게 고리 모양이 새겨져 있었다.

실비의 시선은 안뜰에서 오가는 고성에 이끌렸다. 세 남자가 일본군 장교에게 무슨 말인가를 했다. 사람들의 입에서 피어오른 입김이 차가운 공기 속에서 재빨리 흩어졌다. 세 남자는 장교에게 영어로 말을 했고 실비의 아버지는 장교에게 다시 생각하도록 종용했다. 장교는 말귀를 알아들은 것처럼 보였다. 하지만 장교가 돌아서려고 하자 그녀의 아버지는 장교에게 바짝 다가섰다. 그러자 군인 한 명이 두 사람 사이에 갑자기 끼어들더니 소총의 옆구리로 실비의 아버지를 떠밀었다. 그는 순간적으로 중심을 잃고 비틀거렸지만 리가 재빨리 붙잡아 땅바닥에 넘어지지는 않았다. 톰 해리스는 다시금 고래고래 소리를 질렀지만 장교는 그의 말은 들은 척도 하지 않고 나머지 군인들에게 큰 소리로 명령을 내렸다. 군인들은 모두 합해서 스물다섯 명 정도 되었다. 그들은 커다란 트럭에서 연이어 뛰어내리더니 트럭에 실려 있던 배낭과 상자를 앞 사람에게 전달하기 시작했다.

세 사람은 식당 안으로 다시 들어와서 베티 해리스가 럼 목사의 손목을 붕대로 감을 수 있도록 목사를 꽉 붙들어주었다. 베티 해리스는 얼른 달려가서 구급함을 가지고 와서는 주사기로 모르핀이 들어 있는 병에서 일정량을 빼낸 후 그의 팔뚝에 주사를 놓았다. 하지만 목사는 여전히 고통스러워하며 미친 듯이 몸부림을 쳤다. 그나마 다행인 것은 골절 부위가 피부를 뚫고 나오지도 않았고 혈관을 건드리지도 않았다는 사실이었다. 그녀는 팔목을 단단히 묶고 나서 환자를 당장 병원으로 데려가서 노련한 정형외과 전문의한테 보여야 한다고 말했다. 무크덴(선양의 만주어 명-옮긴이)에 병원이 하나 있긴 했지만 제대로 치료를 받으려면 베이징까지 가야 했다. 실비의 아버지는 눈을 가늘게 뜨고서 이미 모든 사람이 추측하고 있던 것, 즉 일본군이 선교시설을 접수하게 될 거라는 사실을 말했다.

"얼마 동안이죠?"

럼 부인이 울먹이는 목소리로 물었다.

"그건 저도 모릅니다."

그가 대답했다.

"우리는 아주 오래전부터 이곳에서 살아왔어요! 여기 말고 갈 곳이 없단 말이에요! 여러분은 다른 곳으로 훌쩍 떠나버리면 그만이지만 우리는 갈 데가 없어요."

"저도 안타깝습니다. 장교는 얼마나 머무를지 밝히지 않더군요."

"왜 하필이면 여기에 눌러앉는대요?"

실비의 어머니가 남편에게 물었다.

"그것도 밝히지 않더군. 내 생각에는 최근에 벌어진 몇몇 사건 때문인 것 같아."

성탄절 이후로 저항 활동이 꾸준히 벌어졌고 일본군 무기고와 연료 창고를 폭파시키는 사건이 두 건 있었다. 그리고 창충에서는 일본군 장교가 암살을 당하기도 했다.

"럼 목사님을 얼른 병원으로 옮겨야겠어요."

베티가 모든 사람에게 상기시켰다.

"혈액이 응고될 위험이 있어요. 잘못하면 팔을 잃을 수도 있고요. 지금 당장 옮겨야 해요."

"우리는 아무 데도 못 가."

그녀의 남편이 화가 나서 말했다.

"어느 누구도 이곳을 빠져나가지 못하게 하라는 명령이 떨어졌어. 우리는 지금 포로나 마찬가지야."

"하지만 왜 못 나가게 하는 거죠?"

럼 부인이 울부짖었다.

"우리는 선교사일 뿐이잖아요. 제 남편은 당장 의사를 찾아가야 한다고요!"

"제가 가서 장교를 설득해보겠습니다."

실비의 아버지가 럼 부인의 두 손을 꽉 붙잡으며 말했다.

"어떻게든 병원으로 옮길 수 있도록 해볼 테니 너무 걱정 마십시오. 그렇지만 지금 당장 해야 할 일은 숙소에서 개인 물품을 빼내는 겁니다. 모두 각자의 숙소로 돌아가서 물건을 빼내오도록 하십시오. 여기에서 다시 모이기로 합시다. 당분간 몸을 따뜻하게 해야 하니 한곳에 모여 있기로 하고 난로를 피우죠."

어른들은 너도나도 외투로 몸을 감싸고 물건들을 가지러 우르르 몰려나갔다. 실비의 어머니는 그녀에게 절대로 식당을 벗어나지 말도록 당부했다. 그래서 식당에는 실비와 럼 목사만 남게 되었다. 사람들은 럼 목사가 드러누워 쉴 수 있도록 의자를 일렬로 늘어놓았다. 실비는 부모님이 지시한 대로 목사의 곁에 앉아 그를 위로하기 위해 성한 손을 붙잡아주었다. 목사의 손은 차갑고 끈적끈적했다. 의자의 높이가 고르지 않아 누운 자리가 불편했을 텐데도 목사는 이제 안정을 되찾고 있었다. 자기 아내와 마찬가지로 목사는 키가 작고 통통했다. 의자의 앉는 부분은 폭이 좁아서 목사의 통통한 체구와 맞지 않았다. 실비는 목사가 바닥으로 굴러떨어지지 않도록 의자에서 삐져나온 그의 몸을 다리로 떠받치고 있어야 했다. 그는 더 이상 고통스러워하지 않았다. 눈꺼풀은 무거워 보였지만 목사는 효성이 지극한 딸의 얼굴을 들여다보듯이 고마워하는 표정으로 실비를 올려다보았다. 그의 손을 붙잡고 있으면서 실비는 조금도 불편함을 느끼지 못했다. 럼 목사 부부에게는 자식이 없었다. 그들은 항상 실비를 자상하게 대해주었고 식량을 배급하기 전에 사탕이나 케이크가 있으면 챙겨주곤 했다.

"그런 추한 장면을 네가 보지 않았더라면 좋았을 텐데. 너도 보고 있었지?"

목사가 말했다. 그녀는 고개를 끄덕였다.

"부모님을 닮아서 강하고 냉철하구나. 내가 보기에는 부모님보다 오히려 네가 더 강한 것 같아. 혹시 넌 중국인의 피를 물려받았을지도 모르겠구나."

"어쩌면 그럴지도 몰라요."

실비가 동조하듯 말했다.

"정말? 좀 더 가까이 오너라. 눈을 한번 보자."

그녀는 목사 쪽으로 머리를 기울였다. 그는 의사처럼 꼼꼼하고 주의 깊게 실비의 눈썹, 광대뼈, 그리고 눈의 모양과 선까지 느리게 살폈다.

"어쩌면 네 말이 맞을지도 모르겠구나. 예전에는 미처 깨닫지 못했는데 지금 보니까 무언가가 보여. 눈꺼풀 안쪽을 보니까 알겠어. 네 눈은 전형적인 서양인의 눈과는 달라. 네 눈을 보고 있으니까 우리 조카딸의 눈이 떠오르는구나. 두 사람 모두 졸음이 오는 것 같은 눈이지."

"저희 엄마도 그런 얘기를 하셨어요. 항상 피곤해 보인다나요."

"하지만 너는 빈틈이라곤 보이지 않는 애야. 항상 모든 것을 놓치지 않고 받아들이지. 나와 달리 겁이 없다는 건 좋은 거야."

목사가 말했다. 실비는 그를 위로하려고 자기도 겁에 질려 있었다고 말했다.

"아냐. 넌 겁이 없어."

목사가 희미하게 미소를 지으며 말했다. 약 기운 때문인지 그의 눈에는 생기가 없었다.

"걱정 마라. 기분은 괜찮으니까. 나는 겁이 많아 위인은 못 돼. 위인이 못 될 거라는 건 아주 오래전부터 알고 있었지."

"그래도 그 무서운 장교한테 맞섰잖아요."

"그러다가 이 모양이 되었지. 게다가 여기 있는 사람들 모두에게 해만 끼치고. 선교 사업에도 타격을 입혔잖니. 그냥 순순히 들여보내줬더라면 그 장교 놈이 우리를 숙소에서 내쫓지 않았을지도 몰라."

하지만 두 사람 모두 일본군을 처음부터 들여보내줬더라도 상황이 달라지지는 않았을 거라는 사실을 알고 있었다. 실비는 다른 말은 하지 않았다. 일본군은 이 지역을 확실히 장악하기 위해 점점 더 잔인해지고 있었다. 일본인들이 흔히 부르는 만주국은 이제 실현이 되었다. 일본군이 공산군과 국민당, 그리고 민간인의 저항을 다루는 것을 직접 목격했다는 농부들의 확인되지 않은 얘기가 떠돌았다. 일본군이 포로들과 무고한 마을 사람들을 고문하고 처형했다는 소문이 자자했다. 그것은 톰 해리스가 예견했던 내용의 일부였다. 해리스는 중국의 파벌들 사이에 소규모 충돌이 몇 년 동안 벌어지다가 일본이 영토와 자원을 완전히 지배하기 위해 통제권을 강화하게 되면 중국은 점령군에 대항하게 될 거라고 예견했었다.

그때 럼 목사의 팔목을 부러뜨린 장교가 창문으로 다가와 식당 안을 들여다보았다. 목사는 본능적으로 장교의 시선을 피하려고 고개를 돌리면서 자기도 모르게 부러진 손목을 의자 등받이에 부딪치고 말았다. 목사는 고통스러운 표정을 지으며 날카롭게 울부짖었다. 장교는 아무 표정도 짓지 않고 있다가 약간 놀란 표정으로 실비를 뚫어지게 바라보았다. 운전사였던 젊은 병사는 배낭 두 개를 어깨에 걸머지고 장교를 뒤따르고 있었다. 그의 얼굴은 두들겨 맞았는지 퉁퉁 붓고 시뻘게진 상태였고 한쪽 눈은 거의 감겨져 있었다. 하지만 그는 충실한 짐꾼 노릇을 하며 상관의 뒤를 졸졸 따라다녔다. 그는 테두리에 털이 박혀 있는 모자를 약간 삐딱하게 쓰고 있었다. 그들은 비네 가족의 숙소로 곧장 걸어갔다. 그곳에서는 실비의 어머니와 아버지가 옷과 몇 가지 물건을 방에서 꺼내려고 서두르고 있었다. 실비의 부모님은 교대로 방을 드나들면서 가방, 신발, 그리고 시트 따위를 가지고 나와 숙소 앞 땅바닥에 아무렇게나 내려놓았다. 장교는 그들이 짐을 꺼내는 일을 마칠 때까지 기다려주지 않았다. 그는 짐을 꺼내고 있는 두 사람을 그냥 지나쳐서 마치 자기가 처음부터 그곳에 살았다는 듯이 집 안으로 성큼성큼 걸어 들어갔다. 실비의 어머니는 장교의 뒤통수를 잡아먹을 듯이 노려보았지만 아버지는 그러는 아내의 팔을 붙잡았다. 그들은 두 팔을 벌려 물건을 최대한 많이 끌어안고 식당을 향해 걸어왔다.

이제 럼 목사는 다친 손목을 끌어안고 몸을 웅크린 채 울고 있었다.
"제가 어떻게 하면 되죠?"
실비는 쿵쾅거리는 가슴을 주체하지 못하고 물었다.
"나도 모르겠어."
그는 몸을 움츠리며 치아 사이로 빠르게 숨을 토해냈다.
"주사를 한 번 더 놔줄래? 베티가 구급함을 어디에 놔두고 갔을 거야. 아, 저기 있군."
식탁 위에 앰플과 주삿바늘이 담긴 나무상자가 놓여 있었다.
"저는 어떻게 하는지 잘 모르는데…."
"베티가 하는 것 봤지?"
"예."
"그대로 하면 돼."
"차라리 해리스 아줌마를 불러올게요."
"밖에 군인들이 있잖아. 어머님 말씀대로 너는 여기에 있어야 해."
숨을 헐떡이며 그가 말했다.

실비는 주사기에 용액을 가득 채운 후 베티 해리스가 그랬던 것처럼 날렵하고도 확실하게 주사를 놓기 위해 그의 팔에서 적당한 자리를 찾으려고 애썼다. 하지만 그의 팔목에는 붕대가 감겨 있었다. 실비가 두 번째로 외투를 벗겨내려고 하자, 목사는 날카롭게 숨을 색색거렸다. 그녀가 양손으로 외투를 끌어당기자 그의 몸은 뻣뻣하게 굳어졌다.

"정말 죄송하지만 주사를 놓을 자리가 없어요."

그녀가 말했다. 목사가 고통스러워하는 모습에 실비의 가슴이 빠르게 뛰기 시작했다.

"어디에 주사를 놓아야 할지 모르겠어요."

"아래쪽에 놓으면 돼. 아래쪽에."

목사는 외투 끝자락을 톡톡 두드리며 신경에 거슬리는 목소리로 말했다. 실비는 그의 외투를 걷어 올리고 혁대를 풀어야 했다. 그는 힘겹게 몸을 돌려 바지를 조금 내렸다. 실비는 셔츠 자락을 당겨내고 그의 엉덩이를 꽉 붙잡고는 눈을 질끈 감았다. 다음 순간 그녀는 주사를 놓을 부위를 강하게 두어 번 두드린 다음 베티 해리스가 주사를 놓던 모습을 상기하면서 그의 부드럽고 살집이라곤 없는 엉덩이에 바늘을 꽂아 넣었다. 바늘을 꽂은 부위에 검붉은 핏방울이 맺혔다. 실비는 구급함에서 리넨 한 조각을 꺼내어 강하게 그 부위를 압박했다. 주사를 놓는 순간 목사의 몸은 긴장 때문에 뻣뻣하게 굳었지만 금세 안정이 되었다. 몸은 이제 완전히 흐늘거리는 상태였다. 목사의 입이 헤벌쭉하니 벌어져 있는 것을 보고 실비는 자기가 주사를 잘못 놓아 그를 죽인 것은 아닌지 걱정이 되었다. 그녀는 다시 목사의 손을 붙잡고 그를 깨우기 위해 손아귀에 힘을 주었다. 갑자기 목사가 가슴을 부들부들 떨면서 숨을 내쉬었다. 그의 눈은 흐리멍덩해져 있었다. 다시 자신의 내부로 사라지기 전에 그가 속삭이듯이 말했다.

"잘했어, 실비. 그렇게 하면 돼."

남은 오후 시간과 밤은 별다른 사건 없이 지나갔다. 이제 새벽이 밝아오고 있었다. 식당 안은 지독히도 추웠고 사람들이 내쉬는 숨 때문에 유리창은 뿌옇게 흐려져 있었다. 사람들은 실비의 아버지가 제안한 대로 모두 한곳에 모여 있었다. 난로는 거의 밤새도록 켜놓았다. 장교가 부하들에게 선교단의 석탄을 대부분 압수하라는 명령을 내렸기 때문에 난롯불의 세기는 아주 약했다. 일본군은 커다란 화분 크기의 양동이에 석탄을 담아 주고 나머지 석탄은 모두 압수해버렸다. 그것으로 얼마나 오래 버틸 수 있을지는 미지수였다. 난로의 불이 꺼졌지만 모두 얇은 이불을 덮어쓴 채 꼼짝도 하지 않았다. 중국인 도우미 아줌마들과 그들의 자식들은 전날 땅거미가 질 무렵에 그곳을 떠나는 것이 허용되었기 때문에 이제 사람들은 모두 합해 여덟 명밖에 없었다. 제인 비네는 사람들이 떠날 때 고아 두 명을 딸려 보냈다. 그들은 난로 주변의 꺼칠꺼칠한 널빤지 바닥에 식탁보를 펼쳐놓고 반원 모양으로 옹기종기 모여서 잠을 잤다. 벤저민 리만 사람들로부터 약간 떨어져서 잤다. 처음에 의자에 앉아 잠을 자던 사람들은 시간이 조금 지나자 불편함을 느꼈다. 톰 해리스는 사정이 여의치 않으면 석탄 대신 의자를 하나씩 태워야 할 거라고 말했다. 군인들이 예전에 그들의 것이었던 방과 교실에 들어가 카드놀이를 하며 웃고 떠드는 소리가 밤새 들려왔다. 아직 나이가 팔팔한 군인들은 건초 태우는 냄새가 나는 싸구려 담배를 피우고 있었다. 이 모든 상황들을 보자니 군인들과 식당에 있는 사람들은 폭설이 내려 오도가도 못하고 시골 외딴 기숙사에 갇혀 있는 것 같기도 했다. 밖에서는 강풍이 불어와 흙먼지를 유리창에 뿌려댔고 무릎 높이의 먼지 회오리가 생겨나 텅 빈 안뜰을 휘젓고 다녔다. 장교는 안뜰 건너편에 있는 실비 가족의 예전 숙소에서 밤을 보냈다. 그의 운전사는 햇빛을 차단하기 위해 창문에 방수포를 걸어두었다.

럼 목사는 자기 아내의 무릎에 머리를 기대고 잠을 잤다. 자리에 드러눕지 않고 줄곧 일어나 앉아 있었던 사람은 럼 부인밖에 없었다. 그녀는 남편의 이마와 듬성듬성한 머리칼을 쓰다듬으며 그를 위로해주기 위해 안쪽 벽에 등을 기대고 앉아 있다가 고개를 앞으로 축 늘어뜨린 채 잠이 들었다. 럼 목사는 손목 때문에 밤새 고통을 받았다. 손목은 부풀어 올라 자줏빛 덩어리가 되었고 피부가 지나치게 팽창하는 바람에 반들반들해졌다. 목사의 고통이 심해지자 베티 해리스는 모르핀 주사를 두 번이나 놓아주어야 했다. 목사가 심장이 약하기 때문에 그녀는 처음에 무척 조심스러워했지만 고통이 너무 심하다 보니 그의 끈질긴 요구를 거부할 수 없었다. 하지만 마취상태가 오래 가지 못할 거라는 사실을 모두 알고 있었다. 베티 해리스의 구급함은 위급한 상황을 위한 것이었다. 그녀는 자기가 가지고 있는 약으로 그날 밤과 다음 날 아침까지는 그를 편안하게 지켜줄 수 있겠지만 더 이상은 곤란할 거라고 예측했다. 전날 저녁에 실비의 아버지는 럼 부인을 통해 일본군 장교에게 그 사실을 알렸지만 장교는 어느 누구도 그곳을 벗어날 수 없다며 딱 잘라 거절했다. 사실 장교는 식당으로 와서 이번에는 실비를 포함해서 여자들까지 다시 심문을 하겠다고 선언했었다. 실비의 아버지는 여자들, 특히 실비는 제발 내버려두라고 강력하게 주장했다. 그러자 무슨 이유에서인지 장교는 결국 동의했다.

"그럼 좋습니다."

장교는 완벽하게 악센트가 들어간 미국 영어로 그렇게 대꾸했다. 프랜시스와 톰 해리스는 한순간 너무 놀라 잠잠했지만 다음 순간 장교에게 항의했다. 하지만 장교는 다시 심문을 하겠다는 이유를 설명해주지 않았다. 간청과 논쟁이 한창 벌어지는 중에 그는 식당을 나가버렸다.

톰 해리스는 석탄 난로를 다시 지피고 물주전자를 그 위에 올려놓았다. 옆방에서는 군인들의 하품 소리와 휴대용 식기세트가 서로 부딪치며 나는 소리가 들려왔다. 얼마 지나지 않아 밥이 익는 냄새와 담배 냄새가 식당 쪽으로 흘러왔다. 실비와 그녀의 어머니는 차와 먹다 남은 떡을 아침 식사로 내놓았지만 사람들은 배가 고프지 않은지 아무도 먹으려고 하지 않았다. 방이 따뜻해지기를 기다리며 사람들이 다시 담요 속으로 기어들어가고 있을 때 덩치가 크고 어깨가 구부정한 군인 하나가 방으로 들어왔다. 그는 톰 해리스를 손가락으로 가리키며 큰 소리로 명령을 했다. 보아 하니 해리스가 재심문의 첫 번째 상대였다. 해리스는 반항하는 것처럼 보이려고 일부러 천천히 자리에서 일어섰다. 그는 자기 아내에게 키스를 하고 나서 군인을 뒤따라갔다. 하지만 시간이 지나면서 베티는 점점 불안해졌는지 벽에 기대고 앉아 무릎을 턱까지 치켜세웠다. 실비의 어머니는 베티의 옆자리에 앉아 위로를 해주려고 그녀의 어깨에 한쪽 팔을 둘렀다.

실비는 줄곧 벤저민 리를 바라보았다. 그의 턱은 긴장으로 팽팽하게 당겨져 있었다. 실비가 리를 보고 미소를 지으려고 애썼을 때, 그는 굳은 표정으로 씩 웃어 보였을 뿐이었다. 그는 담뱃갑을 꺼내더니 안뜰로 나가는 작은 현관에서 담배를 피우려고 자리에서 일어섰다. 간밤에 톰 해리스는 리에게 일본군에게 징집을 당할 것 같으냐고 물었다. 수많은 중국 남자들이 일본군에 강제 징집을 당해 공산군과 국민당 분자들을 상대로 싸우거나 강제 노동에 시달려야 했다. 하지만 리는 여권이 자신을 그런 위험에서 지켜줄 것으로 확신하고 있었다. 여권으로 보면 그는 엄연한 영국 국민이었다. 외국에 나가 있는 중국인이 징집을 당한 사례를 들어보긴 했지만 일본은 영국 국민의 권리를 함부로 침해할 명분이 없었다. 리가 일본군에게 끌려가는 것은 럼 목사에게 일어난 일만큼이나 두렵고 소름 끼치는 일이었다. 실비는 일본군이 만약 벤저민 리를 데려가려고 한다면 자기가 무슨 수를 써서라도 그런 일을 막아주겠다고 그에게 말해주고 싶었다. 물론 그것이 터무니없는 생각이라는 것을 실비 자신도 알고 있었지만 자신의 생각과 감정을 그에게 알려주고 싶었다. 실비는 그에게 다가가 말을 할 기회를 엿보고 있었다.

실비의 바람을 알아차렸는지 벤저민은 그녀의 눈을 쳐다보았다. 실비는 즉각 자리에서 일어나 식당보다 훨씬 더 추운 현관으로 나갔다. 어두컴컴한 방에서 말없이 쉬고 있는 사람들은 그녀가 현관으로 나가는 것을 알아차리지 못한 것 같았다. 그는 벌써 담배를 피우고 있었다. 실비는 자기도 담배를 한 개비 피울 수 있는지 물었다. 눈부신 햇살이 문과 문설주 사이의 비좁은 틈으로 쏟아져 들어와 그 작은 공간을 환하게 밝히고 있었다.

실비는 담배를 피워본 적이 한 번도 없었다. 그는 밝은 눈으로 그녀를 응시하더니 담뱃갑을 꺼냈다.

"부모님께 담배를 피워도 되는지 먼저 여쭤봐야겠지만 부모님도 반대는 하지 않을 것 같은 느낌이 드는군."

그는 담배를 톡톡 두드려 재를 떨어내는 방법을 몸소 보여주고 나서 불을 붙여 주었다. 실비는 그가 했던 것처럼 최대한 깊이 연기를 들이마시려고 애썼다. 처음에는 몹시 기침을 했다. 두 사람은 소리 내어 웃었다. 하지만 그녀는 곧 익숙해졌다. 연기를 아주 부드럽게 들이마시자 잠시 뒤에 코와 입으로 연기가 빠져나왔다.

"제법이군."

그가 말했다.

"저도 이제 열네 살이에요. 담배는 언제 처음 피우셨어요?"

그녀가 물었다.

"네 나이쯤 됐을 거야."

"거보세요. 저도 이제 어른이라고요. 장담하건대 선생님은 저처럼 살지 않았을 거예요."

"그렇지. 나는 한곳에서 쭉 자랐어. 너처럼 이곳저곳을 떠돌지도 않았고 네가 지금껏 목격한 것들을 못 보고 나는 자랐지. 이런 상황은 처음 겪어 봐."

"하지만 전 두렵지 않아요."

그녀가 말했다.

"두려워해야 돼."

벤저민은 단호하게 말했다.

"지금은 매우 위험한 상황이야. 다른 것들은 생각하면 안 돼."

실비는 꾸짖음을 당한 기분으로 고개를 끄덕였다. 그들은 한동안 말 없이 담배를 피웠다. 담배를 피울수록 실비는 옷을 차려입는 놀이를 하는 여자아이처럼 자신이 바보 같다는 느낌이 들었다. 그녀는 담배를 바닥에 떨어뜨리고 발로 비벼서 불을 껐다.

"실비."

그는 느긋하고 낮은 목소리로 자상하게 말했다.

"오늘 식사 시간에 너한테 말해주고 싶었는데 그동안 너랑 수업을 하면서 난 무척 즐거웠어. 넌 훌륭한 학생이야. 사실 너무 훌륭해서 나 자신이 뛰어난 선생이라고 생각될 정도였어."

"제가 수학에서도 좀 뛰어나죠?"

"글쎄. 내가 무슨 말을 하고 있는지 너도 잘 알 거야. 나는 네가 대학에 입학할 때 고전문학을 전공하는 걸 심각하게 고려해봤으면 좋겠어."

"어쩌면 제가 영국에서 공부할 수도 있겠네요. 선생님은 저의 강사가 될 수도 있겠고요."

실비가 말했다.

"그렇게 되면 좋지만 내가 영국으로 돌아갈 수 있을지 모르겠어. 아마 힘들 거야."

"선생님은 여기를 떠나면 어디로 가시죠?"

"모든 사람의 계획을 뒤흔들어놓는 게 일본의 목표인 것처럼 보이지만 나는 본래 상하이에 정착하길 원했어. 어쨌든 고전을 본격적으로 공부하려면 너한테는 나보다 두 배는 훌륭한 학자가 필요해."

"저는 신경 안 써요."

실비는 갑자기 자신이 통제력을 잃고 목소리가 커지고 있다는 느낌이 들었다.

"전 그런 것에 조금도 신경을 안 쓴다고요."

"그러면 안 돼. 대학에 들어갈 무렵이 되면 너는 고전을 해석하는 능력이 나와 맞먹거나 나보다 뛰어나야 돼. 부모님께도 이미 말씀드렸다. 부모님은 너를 무척 자랑스럽게 여기고 계셔. 단순히 너의 라틴어 실력 때문이 아니야."

"저는 부모님께 짐만 되고 있어요."

"실비, 절대로 그렇게 생각하면 안 돼."

벤저민은 그녀의 양 어깨를 붙잡으며 말했다. 반사된 햇빛으로 그의 안경이 반짝 빛났다.

"네 생각은 진실과 거리가 아주 멀어. 무거운 짐을 지고 있는 사람은 부모님이 아니라 오히려 너일지도 몰라. 세계 곳곳을 떠돌아다니는 것이 싫은 적은 없었는지 궁금하군. 한곳에 오래 붙어 있지 못하고 항상 떠돌아다니잖아."

"어떤 때는 한곳에 눌러앉아 살았으면 좋겠어요."

실비는 그렇게 말했지만 그것은 사실이 아니었다. 그녀는 부모님의 선교와 봉사 활동에 불만은 없었다. 그것은 그녀에게 익숙한 생활이기도 했다. 하지만 지금까지 '한곳'이라는 단어에는 벤저민 리 같은 사람은 포함되어 있지 않았다.

"전 우리 모두가 여기서 계속 생활할 수 있었으면 좋겠어요."

"너도 알다시피 이제 그건 불가능해."

"알아요. 단지 해리스 부부를 따라가고 싶지 않을 뿐이에요."

"선택의 자유가 있을 때가 좋았지. 너는 지난주에 일본군이 처음 들이닥쳤을 때 이곳을 떠나버렸어야 해. 그때 내가 부모님께 말씀을 드렸어야 하는데 미처 거기까지는 생각을 못했지. 사실, 그때 모두 떠나버렸다면 좋았을 텐데."

"선생님은 어쩌고요?"

"나는 괜찮을 거야."

그는 그렇게만 말하고 더 이상 말을 덧붙이지 않았다. 실비는 그에게 담배 한 개비를 더 달라고 말했다. 그는 담뱃갑에서 한 개비를 뽑아서 건넸다. 담배에 불을 붙여주기를 기다리는 동안 실비는 몸을 부르르 떨었다. 그는 실비를 향해 바짝 몸을 기울이더니 한 팔로 그녀의 어깨를 감싸주었지만 곧바로 팔을 풀었다.

"너한테 줄 게 있어."

벤저민은 웃옷 주머니에 손을 집어넣더니 무언가를 꺼내 그녀에게 건넸다. 그것은 청색과 흰색 줄무늬가 그려진 비단 띠에 매달린 작은 황동 메달이었다.

"이게 뭐죠?"

실비는 엄지손가락으로 돋을새김이 되어 있는 얼굴을 어루만졌다.

"예전에 군인이셨어요?"

"아니, 그건 아니고."

그는 껄껄 웃었다.

"비록 육군사관학교였지만 이건 학업 성적이 우수한 사람에게 수여했던 메달이야. 무슨 이유에서인지 모르겠지만 학교에서는 이런 것들을 나눠줬지. 내 생각에는 우리의 학문적 성취를 영웅적인 행위로 보이게 하려고 그랬던 것 같아. 그들은 운동경기와 무술연습을 할 때도 아주 크고 화려한 메달을 주었지만 이 메달은 희랍과 라틴 문학에 대해 수여한 거야. 너한테 주고 싶었어."

"제가 받아서는 안 될 것 같은데요."

"왜? 네 라틴어 실력에 감탄해서 뭔가 주고 싶었는데 이 메달이 적당할 것 같았어. 내가 들고 다니는 것보다 네가 가지고 있는 게 나한텐 더 큰 의미가 있을 거야. 오늘 오후에 내 물건들 속에서 우연히 이걸 발견하고서 결국에는 내가 이걸 잃어버리고 말 거라는 사실을 깨달았어. 나 대신에 네가 이것을 안전하게 보관해줬으면 좋겠어. 그러다가 다른 사람한테 줘도 되고. 그래 줄 수 있겠지?"

실비는 그로부터 영원한 상을 받는 것 같은 기분을 느끼며 고개를 끄덕였다. 그녀는 그것을 다른 사람에게 절대 넘겨줄 수 없다는 것을 이미 알고 있었다. 겹겹이 껴입은 옷 속에서 그녀의 가슴이 쿵쾅거리고 있었다. 실비는 외투의 단추를 풀고 나서 메달을 직접 걸어달라고 그에게 부탁했다. 메달의 연결고리 부분이 녹슬어 있어서 그는 조심스럽게 그것을 다루었다. 그는 혹시나 실비가 긁히기라도 할까 조심하면서 그녀의 스웨터 위로 메달을 걸어주었다. 하지만 그가 막 손을 떼려고 했을 때, 실비는 그의 손을 붙잡아 자신의 가슴에 갖다 댔다. 손은 그녀의 가슴 위에서 잠시 머물렀지만 그는 곧 손을 뒤로 뺐다. 벤저민은 약간 굴욕감을 느낀 표정을 지었지만 실비의 표정을 읽고서 애써 미소를 지으며 빠르고도 깊은 포옹을 해주었다. 그녀의 얼굴이 그의 외투에 붙어 있는 거친 털실에 파묻혔다. 두 사람은 아무 말도 하지 않았다. 그들은 다시 담배 한 개비씩을 피웠다. 서로 가까이 서 있었지만 상대의 몸은 건드리지 않고 말없이 담배만 피웠다. 하지만 마음속으로 실비는 이미 그에게 몸을 기대고 있었다. 그녀는 자신의 관자놀이를 벤저민의 목 아래로 쑤셔 넣고 자신의 팔로 그의 팔을 꽉 끼었다. 두 사람은 머지않아 다가올 이별을 앞두고 슬픔을 나누었다. 어쩌면 그들은 이미 연인이 되었을지도 모른다. 실비는 만약 그가 싸늘한 기운이 감도는 현관에서 자기한테 모자, 외투, 스웨터, 스커트 그리고 속에 입고 있는 다른 모든 속옷을 벗으라고 요구한다면 거부하지 않고 그가 시키는 대로 할 수 있을 것 같았다. 그녀는 그가 무엇을 바라건 하나도 거부하지 않고 알몸이 드러날 때까지 그가 원하는 순서와 속도대로 옷을 벗을 준비가 되어 있었다.

그때 문이 열리면서 톰 해리스가 무장을 한 병사 한 명과 안뜰에서 들어왔다. 두 사람이 들어서고 나자 차가운 공기가 현관으로 밀려들어왔다. 실비와 벤저민은 그들이 지나갈 수 있도록 길을 터주고 나서 그들을 뒤따라갔다. 교실로 들어섰을 때, 베티 해리스가 자리에서 벌떡 일어서더니 남편을 껴안으며 소리쳤다.

"오, 여보! 괜찮아요?"

"괜찮아. 걱정 마."

아내를 포옹하며 톰 해리스가 말했다. 그는 실비의 아버지를 향해 돌아섰다.

"프랜시스, 이제 당신 차례입니다."

"뭘 원하던가요? 의사소통은 어떻게 했죠?"

럼 부인이 물었다.

"영어를 잘하던데요. 최근에 일어난 사건들, 그중에서도 특히 장교 암살 사건에 대해 아는 게 있는지 묻더군요."

해리스가 대답했다.

"그래서 뭐라고 했어요?"

실비의 아버지가 물었다.

"뭐라고 하긴요. 아는 게 전혀 없다고 했지요. 그 사건이 터질 당시에 우리는 여기 막 도착했다고 했어요. 하지만 제 말을 안 믿고 여기 있는 이 병사를 시켜 저를 위협하더군요. 그 사건을 두고 한창 설전을 벌이다 장교가 갑자기 심문을 중단했죠."

병사가 뭐라고 소리를 지르자 프랜시스는 손을 들어 자신을 나타냈다. 그는 병사와 함께 안뜰을 가로질러갔다. 하지만 그는 불과 10분 정도만 심문을 받고 돌아와서 자기도 해리스가 받았던 것과 똑같은 질문들을 받았다고 말했다. 그는 장교가 언제 이 지역에 도착했는지, 무슨 자격으로 여기에 왔는지, 누구의 도움을 받았는지, 군인으로 복무한 적은 있는지, 폭파사건들이 일어난 날과 일본군 장교가 창충의 한 음식점에서 암살당하던 날 밤에는 어디에 있었는지 등을 물었다고 했다.

병사가 다음 순서로 벤저민을 데려갔다. 벤저민이 병사를 뒤따라가고 있을 때, 실비는 달려가서 그를 포옹했다. 계획에도 없던 행동이었다. 실비의 갑작스런 행동에 벤저민도 놀랐지만 그녀 자신도 놀랐다. 하지만 그는 실비를 따뜻하게 안아주면서 아무 문제도 없을 거라고 안심시켰다. 그는 남들이 지켜보고 있다는 사실을 걱정하거나 의식하지 않는 것처럼 보였다. 그가 떠나고 난 뒤, 실비는 자기 엄마 옆에 앉았다. 그녀의 어머니는 아침과 밤마다 늘 그랬듯이 딸의 머리를 빗겨주었다. 하지만 이날 아침, 실비는 일주일 동안 한 번도 감지 못해 기름기가 번들거리고 냄새가 나는 자신의 머리카락을 빗이 쓸어내리는 동안 자신의 목덜미에 이상한 시선이 쏟아지고 있는 듯한 느낌을 받았다. 실비는 어머니가 이상한 눈길로 자기를 바라보고 있는 것을 알아차렸다. 실비의 어머니는 갑자기 다른 사람의 눈을 가진 것처럼 딸의 이목구비를 찬찬히 훑어보았다. 어머니는 벤저민 리 같은 젊은 남자가 갈망하는 눈길로 자신의 딸을 바라볼까 봐 신경이 쓰였던 걸까? 그것은 확실히 그 상황에서는 어울리지 않는 생각이었다. 실비는 눈을 감고서 머리카락을 빗어내리는 빗을 어머니가 부드럽게 어루만지는 손으로 생각하기로 했다. 그녀는 달콤한 상상에 빠졌다. 어머니의 손은 그녀의 뒷목과 척추를 따라 아래로 내려갔다. 그러다 그 손은 그녀의 뺨을 어루만졌고 몹시 굶주린 입으로 옮겨갔다. 유쾌한 상상은 럼 목사가 다시금 주절거리는 소리에 깨지고 말았다. 모르핀의 약효가 떨어지면서 부러진 손목에 다시 통증이 오는 것 같았다. 약이 모두 떨어져서 이제부터 목사는 버텨내는 수밖에 달리 도리가 없었다. 럼 부인은 남편이 고통을 견뎌내야 한다는 것을 이미 느꼈는지 아주 낮은 소리로 흐느끼고 있었다. 그때까지 그녀를 위로해주던 실비의 어머니와 베티 해리스는 이제 위로해주려고 하지 않았다. 그들로서도 이제 더 이상 해줄 수 있는 말도, 해줄 수 있는 일도 없었다. 목사는 한참 혼자서 주절거리더니 몸을 떨기 시작했다. 신음 소리가 그의 입에서 흘러나왔다. 끔찍한 소리는 목구멍보다는 몸 전체에서 흘러나오는 것 같았다. 그것은 거대한 땅이 아래로 푹 꺼지는 소리 같기도 했다.

"제기랄, 뭐가 이렇게 오래 걸려?"

해리스가 말했다. 그는 창가에 서서 굳은 표정으로 안뜰 건너편을 바라보고 있었다. 벤저민이 나간 지 거의 한 시간이나 되었다.

"톰, 가만히 앉아 있어요. 곧 돌아올 겁니다. 그리고 이 모든 절차는 곧 끝날 거예요."

실비의 아버지가 말했다.

"그렇게 생각해요? 저는 이제 의심이 가는데요. 그 일본군 장교가 언제 죽었죠? 지난주 초 아니었나요? 그때 벤저민은 여기에 없었어요. 적어도 하룻밤은 없었단 말입니다."

"저는 그렇게 생각하지 않습니다."

실비의 아버지가 대꾸했다.

"그 친구는 여기에 있었어요. 평소처럼 우리와 함께 저녁을 먹었다니까요."

"하지만 그 친구는 낮 시간에 창충에 나가 있지 않았습니까? 지난달에도 며칠 외출을 했잖아요?"

"그래서 어쨌다고요?"

제인이 목소리를 높였다.

"그 사람이 나가서 뭘 하든 우리가 상관할 바가 아니잖아요."

해리스는 밖에 있는 보초가 우연히 얘기를 듣게 될까 봐 주변을 살피고 나서 낮은 소리로 말했다.

"그렇지만 만약 그의 임무가 우리 모두를 위험에 빠뜨리는 것이라면 어쩌죠? 저기 있는 불쌍한 럼 목사님을 보십시오. 리는 공산주의에 동조하는 경향이 아주 강하죠. 저는 우리 모두가 그 사실을 알고 있다고 생각합니다. 그 친구는 비록 영국 국민이지만 일본군은 어렵지 않게 그의 동향을 파악할 수 있었을 겁니다."

"심문을 받을 때, 벤저민에 대해 뭐라고 말씀하셨어요?"

제인이 물었다.

"아무 말도 안 했습니다. 하지만 그 친구가 이 일에 관련이 되었다고 하더라도 제게는 그리 대단한 뉴스가 못 됩니다. 저는 그 친구를 비난할 마음이 조금도 없습니다. 설사 공산당이나 국민당과 관련이 있더라도 애국적인 감정을 가진 중국인 청년이니까요. 일본이 이 나라를 접수하더라도 그 친구는 괜찮지 않겠습니까? 여러분은 어떻게 생각하시는지 모르겠는데 저는 벤저민이 저항운동 세력과 관련이 있을 거라고 생각합니다. 하지만 분명히 말씀드릴 수 있는 것은 이유가 어떻든지 그 친구 때문에 나머지 사람들이 여기에 갇혀 있는 것은 도저히 참을 수 없습니다. 자신의 목적을 달성하기 위해 우리를 방패나 엄폐물로 이용해선 안 된다는 겁니다. 벤저민이 돌아오면 제가 그 부분을 확실히 밝혀두겠습니다. 저는 우리 모두가 그렇게 해야 된다고 생각합니다."

"선생님은 어느 누구도 이용하지 않아요!"

실비가 자리에서 일어서며 말했다. 자신의 목소리에 힘이 잔뜩 들어가 있는 것을 깨닫고 그녀는 놀랐다. 하지만 한편으론 힘이 북돋기도 했다. 실비는 화가 나 있었고 당장에라도 눈물을 왈칵 쏟을 수 있을 것 같았다.

"그분은 그냥 선생님이라고요!"

해리스는 무슨 대꾸를 할 것 같더니 가만히 있었다. 실비와 말다툼을 벌여봐야 아무 소용이 없다고 판단한 게 분명했다. 그는 창가로 돌아가서 다시 밖을 살폈다. 실비의 아버지는 딸을 진정시키려고 그녀의 어깨를 붙잡았다.

"괜찮을 테니 걱정마라. 이제 그만 자도록 해. 알았지? 좀 쉬도록 해."

"벤저민 선생님은 어떻게 되는 거죠?"

"나도 모르겠다."

그는 럼 부부를 힐끗 쳐다보며 말했다. 럼 목사는 상당히 고통스러워하고 있었다.

"이대로 기다리는 수밖에 없을 것 같구나. 어떻게 해서든지 럼 목사님을 여기에서 당장 빼내야 할 텐데. 하지만 벤저민은 아직까지 괜찮으니 걱정 마라."

하지만 시간이 지날수록 무언가가 잘못되어 가고 있다는 사실은 더욱 분명해졌다. 입을 여는 사람은 아무도 없었다. 해리스만 차양을 내린 창문을 쳐다보고 있을 뿐이었다. 하지만 보이는 것은 아무것도 없었고 바람 소리밖에 들리지 않았다. 머지않아 하늘이 흐릿해지면서 눈이 내리기 시작했다. 흩날리는 눈발이 안뜰을 가로질러 들어왔고 구중중하고 무거워진 공기가 식당 안으로 스며들었다. 석탄 난로는 사람들이 간신히 버틸 수 있을 만큼만 실내온도를 높여주고 있었다. 한 가지 이득이 있다면 추위가 럼 목사의 고통을 무디게 만들어주었다는 것이다. 톰 해리스는 여행을 갈 때 항상 가지고 다니는 진을 럼 목사에게 마시도록 해주었다. 평소에 술을 마시지 않는 럼은 처음에 숨통이 막히는지 캑캑거렸지만 고통으로 일시적인 정신착란 증세까지 겪고 있는 데다 스스로를 마취시켜야 한다는 절박감에 술을 제법 많이 들이켰다. 그는 술병을 껴안고 몸을 웅크린 채 아내의 무릎에 머리를 눕혔다. 술을 마신 후 그의 숨소리는 다소 안정을 되찾았다. 이제는 계속해서 신음 소리를 내뱉지 않고 몇 분에 한 번씩 통증을 호소할 뿐이었다. 덕분에 모두들 한시름 놓을 수 있었다.

  그것은 특히 실비에게 많은 위안이 되었는데 그 이유는 아주 작은 신음 소리만 들려도 그녀는 자신의 손목이 부러진 것처럼 느껴졌기 때문이었다. 실비는 럼 목사와 그의 아내와 함께 앉아 있으려고 했지만, 목사는 너무 고통스러워하며 정신까지 오락가락하는 바람에 그녀를 알아보지도 못하는 것 같았다. 목사가 울부짖는 소리를 듣고 있자니 일본군 장교 앞에서 무력하게 앉아 있는 벤저민의 모습이 실비의 머리에 그려졌다. 장교가 벤저민을 어떤 저항단체의 일원으로 의심하게 될 경우, 럼 목사를 그 지경으로 만든 잔인무도한 장교는 벤저민에게 어떤 흉악한 짓을 할까? 비록 벤저민이 저항단체의 일원일 가능성은 있었지만 그것을 사람들 앞에서 떠벌린 톰 해리스에게 실비는 아직도 화가 나 있었다. 해리스의 경솔한 공표가 벤저민을 럼 목사와 비슷한 운명으로 이끌게 될까 봐 두려웠기 때문이다. 그녀는 벤저민은 물론이고 해리스를 포함한 다른 사람들의 정보를 절대로 털어놓지 않겠다고 굳게 다짐했다. 사람들에게 해가 되는 말은 한마디도 안 할 생각이었다. 그것은 자신을 믿고 있는 사람들을 배신하는 행위였다. 배신이 될 만한 정보를 그녀가 알고 있는지 그렇지 않은지는 중요하지 않았다. 어머니가 해리스에게 대들었을 때, 그녀는 어머니가 너무나도 자랑스러웠다. 어떠한 협박과 강압이 있더라도 자신은 어머니와 아버지처럼 겸손함과 강한 의지력, 그리고 정당한 대의를 위해 끝까지 충성하는 모습을 보여줄 생각이었다.

"사람들이 나오고 있습니다."

창밖을 내다보던 해리스가 말했다.

"무더기로 쏟아져 나오네요."

"벤저민도 있습니까?"

실비의 아버지가 물었다.

"예. 있어요."

갑자기 목소리가 굳어지면서 해리스가 말했다. 실비가 미처 창가로 다가가기도 전에 현관문이 열리고 닫히면서 차가운 공기가 밀려들어왔다. 무장한 군인들을 앞세우고 장교가 식당 안으로 들어왔다. 대여섯 명의 군인이 그를 뒤따르고 있었다. 딱 한 사람만 제외하고 그들은 추운 날씨에 대비해서 두꺼운 옷으로 몸을 단단히 감싸고 있었다. 제외된 한 명은 옷을 거의 입고 있지 않았다. 군인들은 식당에 들어오자마자 흐릿한 회색 팬츠만 입고 있는 그 사람을 짓눌러 자기들 앞에 무릎 꿇도록 만들었다. 그 사람은 다름 아닌 벤저민 리였다. 식당에 모여 있던 사람들은 깜짝 놀라 짧고 날카로운 비명을 질렀지만 실비는 아무 소리도 내지 않았다. 자제력 때문이 아니라 숨도 제대로 쉴 수 없었기 때문이었다. 그런 일이 있고 나서 오랫동안, 아니 사실은 그녀의 나머지 인생 동안, 그날 벌어진 일은 과거의 기억이라기보다는 나쁜 환상으로 다가왔다. 실비는 자학의 목적으로 그날의 암울한 환상을 여러 번 복기했고 그것은 일종의 교훈으로 작용했다. 그녀는 그날 목격한 장면을 상기할 때마다 완전히 넋을 잃고 그 속으로 빠져들었다.

벤저민의 양손은 등 뒤로 묶여 있었다. 실비가 추위 때문에 몸을 덜덜 떨고 있는 동안 그는 반쯤 의식을 잃은 상태에서 무릎을 꿇은 자세를 간신히 지탱하고 있었다. 양쪽 어깨와 목에 여기저기 채찍 자국이 있는 걸 보니 심하게 두들겨 맞은 것 같았다. 가슴에는 작은 마마자국 같은 것들이 찍혀 있었는데 자세히 보니 담뱃불로 지진 자국이었다. 얼마나 맞았는지 얼굴은 소름이 끼칠 정도로 엉망이 되어 있었다. 한쪽 눈은 부풀어 올라 눈알이 전혀 보이지 않았다. 머리 상처에서 흘러나온 피가 뿌리처럼 아래로 뻗어 내렸다가 엉겨 붙어 있었다. 그는 고개를 들 수도 없었지만 고개를 들려고도 하지 않았다. 이상하게도 군인들은 이제 선교사들에게 총을 겨누었다.

"이놈이 자신의 범행을 자백했다."

장교가 사람들에게 말했다. 그의 영어는 일본어를 할 때보다 더 부드러웠다. 어조는 점잖고 우아하기까지 했다.

"하지만 함께 범행을 저지른 친구들에 대해서는 끝내 말을 않더군."

"이 사람은 우리에 대해 특별히 할 말이 없어요."

톰 해리스가 말했다.

"우리는 벌어진 사건과 아무 관련이 없습니다. 우리는 결백하단 말입니다."

"그건 나도 알아."

장교가 말했다.

"내가 말하는 것은 이 지역에 있는 이놈의 동료들이야. 이 친구는 영국 국민이 아니라 국민당 요원으로 밝혀졌다. 그런데 온갖 수단을 동원해도 이놈이 입을 열지 않으니 이 노릇을 어쩌면 좋지? 그래서 할 수 없이 내가 여기로 데려온 거다."

장교는 럼 부부에게 다가가서 한쪽 무릎을 바닥에 꿇었다. 그는 럼 목사의 부러진 손목을 조심스럽게 감싸 쥐었다. 럼 부인은 소스라치게 놀라며 몸을 떨기 시작했다. 장교는 자신이 원하는 정보를 이제 그만 털어놓으라고 벤저민을 압박했다. 벤저민은 고개를 가로저었다. 그가 아직도 소리를 들을 수 있다는 사실에 사람들은 모두 놀랐다. 장교는 다시금 벤저민에게 정보를 털어놓으라고 압박했지만 이번에도 그는 거부했다. 그러자 장교는 화가 나서 일본어로 버럭 소리를 질렀다.

"안 돼!"

핏물이 고인 입으로 벤저민이 깜짝 놀라 소리쳤다. 장교는 목사의 손목을 여전히 거머쥔 상태로 자리에서 벌떡 일어섰다.

그 순간, 럼의 입에서 찢어지는 비명이 터져 나왔다. 그것은 흡사 폭발물이 터지는 소리 같았다. 비명 소리는 한순간 방을 뒤흔들다가 이내 잠잠해졌다. 실비의 아버지는 장교가 자리에서 일어선 뒤에 럼에게 달려갔지만 목사를 위해 해줄 수 있는 것은 아무것도 없었다. 목사의 심장은 멎어 있었다. 이미 숨을 거둔 것이다. 장교는 권총을 뽑아들고 벤저민에게 얼른 동료들의 이름을 대라고 다시 압박했다. 그는 이제 럼 부인을 빤히 내려다보고 있었다. 부인은 장교가 자신을 내려다보고 있다는 사실을 알지도 못했고 그런 것에 신경을 쓸 겨를도 없었다. 그녀는 울부짖으며 완전히 정신이 나가 자신의 머리카락을 쥐어뜯었다. 자기 눈앞에서 순식간에 벌어진 일을 도저히 못 믿겠는지 그녀는 남편의 가슴을 부여잡고 이미 생기를 잃은 그의 손등에 키스를 했다. 해리스는 알고 있는 대로 밝히라고 벤저민에게 버럭 소리를 질렀지만 그는 고개를 돌려버렸다.

"지금 털어놓으면 여기에 있는 사람들을 모두 보내주겠다. 그건 내가 분명히 약속하지."

장교가 말했다. 벤저민은 자신의 성한 눈을 감추려고 고개를 더욱 떨어뜨렸다.

"그래도 못 하겠다 이건가?"

"이 미친 새끼야, 밝히란 말이야!"

해리스가 소리쳤다.

"용서해주세요."

벤저민은 차마 사람들의 얼굴을 똑바로 쳐다보지 못하고 중국어로 우물거렸다.

"모두 눈을 떠."

장교가 말했다. 다음 순간, 그는 아무런 예고도 없이 럼 부인의 머리를 향해 권총을 발사했다. 그녀는 남편의 몸 위로 무겁게 쓰러졌다. 그녀의 얼굴은 일부가 달아났고 총알이 관통한 부위에는 끈적끈적한 살점이 밖으로 드러나 있었다. 그녀는 남은 사람들에게 무슨 말을 하려고 했던 것처럼 허공을 응시하고 있었다. 도와달라는 말을 하고 싶었을 것이다. 사람들은 충격을 받고 모두 그 자리에 얼어붙었다. 군인들은 사람들을 일렬로 세우고 무릎을 꿇어앉혔다. 그런 상황에서 자신들의 운명을 너무 잘 알고 있는 사람들처럼 그들은 눈에 띄게 고분고분해졌고 누구 하나 입도 뻥긋하지 않았다. 해리스조차도 아내의 손을 굳게 잡고 있을 뿐이었다. 그의 아내는 두려움으로 숨조차 제대로 쉬기 힘든지 헐떡거렸다. 비네 부부는 자기들 사이에 실비를 꼭 끼고 있었다. 실비의 어머니는 딸에게 고개를 들지도 말고 움직이지도 말라고 속삭였지만 굳이 그런 당부를 할 필요조차 없었다. 실비는 몸을 움직일 수가 없었다. 손끝 하나 움직이는 것도 불가능한 상황이었다. 하지만 이제 그녀의 아버지는 그 상황에서도 벤저민을 사나운 눈초리로 노려보고 있었다.

"지금 이놈을 대하는 모습을 보니 모두가 이놈을 끔찍하게 아끼고 있다는 걸 알겠어."

장교가 실비의 아버지에게 말했다.

"이놈은 당신들 모두를 깜짝 놀라게 만들었어. 나는 이놈을 알아. 우리는 비록 오늘 만났지만 나는 이놈을 충분히 알게 되었지. 이놈은 당신들이 생각하는 것만큼 특별하지 않아. 일본군 장교가 암살당했듯이 나도 이놈한테 당할 수 있어. 이놈은 당신들 모두에게도 똑같은 짓을 할 수 있단 말이야."

장교는 실비의 아버지 앞으로 다가가더니 일어서라는 손짓을 했다.

"당신은 착한 사마리아인이야. 그렇지? 그러니까 이 비참한 곳까지 와서 불쌍한 사람들을 돕는 거겠지. 당신은 가족까지 데려왔군! 그것도 지금처럼 분쟁이 끊이지 않는 시기에 말이야! 칭찬할 만하군. 정말이야. 하지만 그 때문에 이런 엿 같은 상황도 겪게 됐어. 이놈은 동지들 목숨이 여러분의 목숨보다 더 귀하고 가치가 있다고 생각하고 있어. 알아? 자신의 하찮은 대의를 위해서라면 여러분의 목숨 정도는 기꺼이 희생되어도 괜찮다고 생각한단 말이야."

말을 하는 동안 장교는 권총의 탄창을 열어 총알을 자기 손바닥에 쏟아냈다. 그런 다음 그는 총알 하나를 다시 탄창에 꽂아 넣고 그것을 도르르 돌렸다. 그것이 다음에 발사될 총알이었다.

"이놈은 죽고 싶어 환장을 했어. 사실 이 녀석은 이미 죽은 거나 마찬가지야. 이 녀석은 당신들 모두와 함께 죽기로 마음을 굳힌 것 같아. 그래서 나는 매질이나 고문을 가하는 것은 아무 효과도 없다는 것을 깨달았지. 이놈은 절대로 입을 열지 않을 거야. 그런데 궁금한 게 하나 생겼단 말이야."

그러면서 장교는 자신의 권총을 실비 아버지의 손에 쥐어주었다. 군인들은 상관의 느닷없는 행동에 무척 당황하면서 황급히 소총의 안전장치를 풀고 사격 자세를 취했다.

"저놈을 쏴버리고 싶나? 저놈 때문에 죄 없는 사람들이 목숨을 잃었는데 복수를 해야지?"

프랜시스는 총을 마치 석탄 덩어리라도 되는 것처럼 손에 쥐었다. 그는 무기를 다뤄본 적이 한 번도 없었지만 장교는 그 사실을 알지 못했다. 제1차 세계대전 중에 프랜시스는 양심적 병역 기피자였고 감옥을 가거나 국외로 추방되는 대신 위생병으로 복무했다. 그는 여러 번 부상을 입었고 전쟁이 막바지에 이르렀을 때는 프랑스 동부의 뮤즈 아르곤에서 포탄에 맞아 하마터면 목숨을 잃을 뻔했다. 당시 퍼싱 장군이 지휘한 피비린내 나는 가을 전투에서 장군은 부하 12만 명을 잃었다. 프랜시스는 그때 이야기를 아내나 딸에게 한 번도 하지 않았지만 아직도 밤이면 잠을 제대로 이루지 못했다. 그 당시 그의 손이 미치지 못했던 부상병들이 꿈에 자주 나타나고 아직도 자신의 등에 박혀 있는 유산탄의 파편이 타들어가는 것 같은 통증을 일으켰기 때문이다.

"당신은 살인을 세 건이나 저질렀소."

프랜시스는 조용하지만 또렷하게 말했다.

"도덕상의 선택을 해야 할 사람은 저 친구가 아니라 바로 당신이오."

"도덕상의 선택이라고?"

장교는 낄낄대며 웃었다.

"말 한번 잘했소! 우리 좀 더 철학적으로 말해볼까. 애초에 그런 선택들을 하게 만든 사람은 여기 있는 이놈이야. 그리고 이놈 전에는 다른 사람들이 많이 있었지. 하지만 지금 우리들, 군인이든 선교사든 구경꾼이든 아무튼 우리는 몇몇 인간이 저지른 일의 결과를 감당해야 해. 각자가 맡은 역할에 따라 우리는 이런 자들이 저지른 일의 뒤처리를 최대한 깔끔하게 해야 한단 말이야."

장교는 군홧발로 벤저민의 등을 떠밀었다. 벤저민은 힘없이 앞으로 푹 고꾸라졌다. 장교는 실비 아버지의 손에 권총을 맞추어주었다. 그는 실비의 아버지가 손바닥으로 총신을 단단히 붙잡도록 만들고는 방아쇠 구멍 속에 손가락까지 끼워주었다.

"총알은 딱 한 발이야. 만약에 그걸로 이놈을 죽인다면 나머지 사람들을 계속 붙잡아둘 이유가 없겠지. 하지만 그걸로 죽이지 못한다면 계속 붙잡아두는 수밖에."

벤저민은 얻어맞아서 엉망이 된 얼굴을 치켜들고 프랜시스를 향해 힘없이 고개를 끄덕였다. 그는 무슨 말을 하려고 애썼지만 입에서 흘러나온 말은 거의 들리지 않았다. 그는 다시 쓰러져 관자놀이를 꺼칠꺼칠한 바닥에 갈면서도 총을 쏘도록 허락을 하듯이 계속해서 고개를 끄덕였다.

"쏘세요!"

해리스가 말했다.

"제발, 프랜시스! 고개를 끄덕이고 있잖아요. 아무짝에도 쓸모없는 놈이잖아요. 이제 그만 끝냅시다!"

해리스가 미친 듯이 소리쳤다.

하지만 프랜시스는 방아쇠에 감아쥔 손가락을 조금도 움직일 수가 없었다. 그는 목표물을 겨눌 수도, 심지어 팔을 들 수도 없었다. 마침내 그는 권총을 돌려주려고 장교에게 총을 내밀었다.

"오, 여보."

제인이 낮게 말했다. 그녀의 눈은 아른아른 빛나고 있었다. 실비는 자비야말로 유일하고 진정한 구원이라고 어머니가 항상 하시던 말씀을 갑자기 떠올리고 저도 모르게 울음을 터뜨렸다. 그보다 더 인간적이고 아름다운 장면은 이 세상 어디에도 없었다. 사랑의 감정이 물밀듯이 밀려왔다. 그녀는 아버지와 어머니, 그리고 벤저민 리에게 무한한 애정을 느꼈다. 비록 리 때문에 끔찍한 일을 겪었지만 그녀는 자기 아버지가 방금 전에 깨달은 것처럼 지금 어느 누구보다 자비를 필요로 하는 사람은 바로 벤저민이라는 것을 깨달았다. 이제 일본군은 미친 짓을 그만두는 수밖에 달리 도리가 없을 터였다. 장교조차도 그 무시무시한 연극은 이제 끝이 났다는 사실을 인정하는 것 같았다.

하지만 그 순간 갑자기 해리스가 소리쳤다.
"이런 제기랄. 이리 줘요, 내가 할게요!"

그는 권총을 거머쥐려고 달려들었다. 장교가 버럭 소리를 지르자 해리스를 맡은 군인이 홱 돌아서며 소총의 개머리판으로 그의 귀를 내리쳤다. 해리스는 그 자리에 푹 고꾸라지더니 눈알이 뒤집어지면서 흰자위가 드러났다. 그는 한 방에 그대로 뻗어버렸다. 턱이 부러지고 한쪽 무릎 관절이 나간 것 같았다. 베티가 비명을 지르며 달려가자 군인은 반사적으로 그녀에게도 개머리판을 휘둘렀다. 그녀는 이마를 얻어맞고 완전히 의식을 잃었다. 바닥으로 쓰러질 때, 베티의 치맛자락이 다리 위쪽으로 치켜 올라가며 넓적다리와 엉덩이가 만나는 부드럽고 두툼한 부위가 훤히 드러났다. 스타킹을 고정하는 가터벨트가 풀어지면서 찢어진 스타킹이 무릎까지 흘러내렸다. 그녀의 평범한 속옷이 대리석처럼 하얗게 빛났다. 군인이 꼼짝도 못하는 베티를 내려다보고 있다가 그녀를 만지려고 손을 뻗자 장교가 일본어로 버럭 소리를 질렀다. 군인은 할 수 없이 뒤로 물러났다. 장교는 하반신이 드러난 베티 해리스를 바라보고 있다가 그녀의 치마를 끌어내려 드러난 부위를 덮어주었다. 하지만 그는 제인 비네를 한참 동안 바라보더니 실비에게로 시선을 옮겼다. 거기에서 모든 것이 끝난 게 아니었다. 광기가 다시 시작된 것은 바로 그때였다.

8

실비는 하루를 시작하면서 처음 몇 시간 동안은 자신이 정상적인 생활을 하고 있다고 믿을 수 있었다. 그녀는 에임즈보다 조금 일찍 잠자리에서 일어나서 커피 주전자에 커피가루를 채우고 밖에 있는 펌프에서 깨끗한 물을 받아왔다. 그리고 캠핑용 싱글버너 위에 커피 주전자를 올려놓고 나서 테이블에 주석 머그잔을 내놓았다. 조금 있으면 고아원 사람들과 함께 아침 식사를 해야 됐지만 미국에 있는 집에서 늘 하던 버릇대로 그들은 하루 일과를 시작하기 전에 커피부터 한잔 하곤 했다. 두 사람 모두 잠옷을 입고 앉아 아무 말 없이 짧은 시간을 보내다보면 서서히 잠이 깼다. 그들의 결혼생활에서 그 시간은 더할 수 없이 자유로웠다. 그것은 하루의 목표나 두 사람 사이의 이전 감정에 대해 생각하지 않아도 되는 시간이었다. 아무런 느낌이나 생각도 없이 철저히 자신에게로 돌아갈 수 있는 그 시간은 두 사람 사이에 일체감까지는 아니더라도 친밀감을 느끼게 해주었다. 그들은 시애틀의 로렐허스트 지역에 있는 자그마한 자기네 집으로 돌아와 편안히 쉬고 있는 것 같은 느낌을 받았다. 하지만 자리에서 일어나 하루를 시작하려고 옷을 갈아입는 에임즈 때문에 환상은 오래가지 못하고 깨어지곤 했다. 그가 침대 밑에 있는 구두를 꺼낼 때 마룻바닥에 구두가 긁히는 소리는 환상을 여지없이 망가뜨리는 마지막 구두점이었다. 그러면 실비는 피부 속의 살은 몸 안 깊숙한 곳으로 밀려들어가고 피부 바로 밑의 자잘한 눈물들이 당장에라도 쏟아져 내릴 것 같은 느낌을 받곤 했다.

오전 10시가 가까워오면 슬슬 하루 일과를 시작해야 한다. 실비는 나이가 어린 아이들을 상대로 영어회화 수업을 할 예정이었다. 수업은 아이들 한 명 한 명에게 질문을 던지는 방식으로 진행된다. "우유 한 잔 더 줄까?", "네가 가장 좋아하는 사탕은 뭐니?", "네 생일은 몇 월 며칠이지?"와 같은 질문을 주로 던진다. 아이들은 모두 한결같은 열정을 보였지만 어떤 아이가 대답을 제대로 하지 못하면 나머지 아이들은 그녀가 실망감과 허탈감을 느낄까 봐 두려워했다. 이러한 현상은 그녀에게 자의식을 갖도록 만들었다. 그녀는 어머니가 곁에 있다면 자기한테 어떤 조언을 해줄지 항상 생각하면서 다시금 정신을 바짝 차리고 총명하고 열정이 넘치는 아이들에게 걸맞게 최선을 다하여 가르치려고 애썼다. 그렇게 해서 실비는 점심시간까지 수업을 진행했다. 그녀는 점심시간에 식사를 하는 둥 마는 둥 했다. 고아원에 도착한 첫날부터 실비는 부인들이 준비해서 내놓은 국과 채소가 불충분한 예산을 고려한다면 상당히 멋스러운 데다가 종종 맛있기까지 하다는 걸 알고 있었다. 하지만 이제 그녀의 몸은 더 이상 음식을 갈망하지 않았다. 그녀는 다음 식사시간까지 어지럼증을 느낀다거나 실신을 하지 않고 몸이 버틸 수 있을 만큼의 영양분만 섭취했다. 실비는 다른 모든 사람들에게 그랬던 것처럼 자신을 설득하려고 애쓰고 있었다. 그녀는 더 이상 허기를 모르는 사람이 되어버렸다. 사발에 가득 담긴 보리밥은 이제 그녀의 눈에 자갈 무더기나 다름없었다.

   실비의 습관은 너무나 자연스러운 행동이었으며 그것은 처음부터 그랬다. 그래서 그녀는 이건 습관이 아니며 앞으로도 습관이 못 될 거라고 믿었다. 이를테면 그것은 초콜릿을 다소 지나치다 싶을 정도로 좋아하는 누군가가 이따금 초콜릿 따위는 이 세상에 아예 존재조차 하지 않았다고 결론짓고 연속적으로 찾아오는 충동을 내장의 기억에서 완전히 지워버리는 것과 같았다. 실비는 불빛이 가물거리는 시원한 강을 보고 싶은 욕구를 전혀 느끼지 않고 여러 달을 보내기도 했다. 에임즈와 서둘러 결혼식을 올리고 나서 아이를 가지려고 수차례 시도했던 1년 반 동안은 그런 욕구가 전혀 들지 않았고 오히려 강에서 멀리 떨어져 있는 동안 완벽한 자유를 느꼈다. 변화를 자극하는 것은 어떤 불행한 기억이나 사건, 또는 육체적 욕구가 아니라 그런 자유로운 상태가 계속 이어지지 못할지도 모른다는 무서운 생각이었다. 이런 의미에서 실비의 일탈은 믿음의 소멸이라고밖에는 볼 수 없는 것에 그 근거를 두고 있었다. 그녀의 생각들은 가지를 치고 한없이 뻗어나갔고 그러다보면 불가피하게 과거의 어떤 기억들에 사로잡히곤 했다. 어쩌면 그것은 에임즈 앞에서 느끼는 수치심과 죄책감이었을지도 모른다. 에임즈는 자기와 결혼한 여자에 대해 아는 게 거의 없었다. 그는 다만 실비의 능력과 마음을 예쁘게 보아주고 깊은 존경심을 표할 뿐이었다. 한 아이의 엄마가 되고 나서도 의과대학에 입학하려는 아내에게 그는 격려를 해주고 용기를 북돋워주었다. 그가 목회활동을 하는 동안 실비가 소아과 진료를 다시 시작하는 문제를 두고 두 사람은 얘기를 나누기도 했다.

그는 아내가 중국에서 돌아온 뒤에 청년기를 어떻게 보냈는지, 또 대학 2학년 때 선교단체의 무료 급식소에서 일하는 동안 짐이라는 자원봉사자와 어떻게 친구가 되었는지 알지 못했다. 짐은 40대 초반의 중년 남자였다. 그녀는 그 남자를 졸졸 따라다니면서 항상 먼저 말을 걸었고 한번은 심지어 길모퉁이에 있는 간이식당에서 커피나 한잔하자는 말까지 했다. 남자는 섬유공장에서 야간 경비원으로 일했다. 그녀는 숙모가 잠이 들면 한 손에는 신발, 그리고 다른 손에는 지갑을 들고 숨소리도 죽여가며 집을 몰래 빠져나와 시내로 가는 야간버스를 타려고 언덕을 달려 내려갔다. 짐은 자상한 성격에 부드러운 말투를 지닌, 마음까지 너그러운 사람이었지만 어딘가에 상처가 있는 듯했다. 그녀는 그가 뒷문을 열어줄 때 얼굴에서 항상 그 상처를 읽을 수 있었다. 그는 그녀를 보고 반가운 표정을 지었지만 그 눈빛은 아름다움 속에 뿌리깊이 박힌 슬픔만 볼 수 있는 사람의 눈빛이었다. 그는 자신의 인생에 대해서는 일절 언급하지 않았다. 지난 몇 주 동안에 벌어진 일이라면 모르겠지만 그 이전에 있었던 일은 아예 입 밖에 내지 않았다. 실비는 비좁은 사무실에 앉아서 그가 가져온 루트비어(나무뿌리·껍질·약초에서 짜낸 즙에 시럽을 타서 만든 탄산음료-옮긴이)를 함께 마셨다. 짐의 얼굴에는 왼쪽 눈 가장자리에서 귀까지 이어지는 하얀 흉터가 있었지만 나이에 비해 동안이었다. 그는 무슨 사고를 당했는지 몰라도 귀의 위쪽 끄트머리가 잘려나가 있었다. 두 사람은 책에 대해 얘기를 나누었고 노래를 불렀다. 그러다가 짐은 느닷없이 자기처럼 타락하고 형편없는 남자가 나이 어린 여학생의 술친구가 되어서 미안하다고 말하곤 했다. 그러면 실비는 양심의 가책을 느끼는 그의 입을 막기 위해 입술에 가볍게 키스를 했다. 짐이 자신의 마르고 딱딱한 입술로 답례 키스를 해주면 그녀는 그를 꼭 끌어안아야 했다. 그렇게 끌어안지 않으면 자기를 밀어낼 거라는 사실을 실비는 알고 있었다. 그들은 나무 바닥에 드러누워서도 서로를 감싼 팔을 풀지 않았다. 짐은 도드라지게 짠 무늬가 잘못되어 값어치가 없어진 두꺼운 벨벳 커튼을 바닥에 깔아두었다. 그는 또한 사방 벽에도 잘못 만든 커튼과 침대커버를 덮어씌워 두었다. 그 때문에 희미한 전등불이 켜진 그 비좁은 공간은 갈보집이나 유원지의 도깨비집 같았다. 하지만 실비에게는 그것이 자신의 기분을 편안하게 만들어주기 위해 짐이 애쓴 흔적처럼 생각되었다. 등이 몹시 아파서 고생을 하는 짐에게 바닥은 잠시나마 고통을 덜어주었다. 하지만 짐의 고통을 마침내 가라앉힌 것은 암갈색 병에 들어 있는 내용물이었다. 그것을 몇 모금 홀짝거리자 그의 목소리는 허스키하게 변했고 눈알은 갑자기 유리병과 비슷한 색으로 변했다. 그는 실비를 꼭 껴안고서 그녀가 자기처럼 시시한 남자를 만나 귀한 시간을 허비하고 있는 것 같아 정말 부끄럽고 미안하게 생각한다고 말했다. 물론 그는 자기를 만나고 있는 그녀에게도 분명히 무슨 문제가 있다는 것을 알고 있었다.

"미안하게 생각할 필요 정말 하나도 없어요. 그러니 앞으론 그런 말 마세요."

실비는 늘 하던 말을 했다.

"그럼 나는 뭐지? 왜 계속 나를 찾아오는 거야? 같은 학교에 다니는 남자들과 데이트해도 되잖아."

"그런 애들은 관심 없어요."

실비가 말했다. 그건 진심이었다. 남자아이들은 충분히 괜찮았고 실비에게 관심이 있는 게 확실했지만 그녀는 그들 모두가 산란에만 온통 정신이 팔려 있는 물고기처럼 너무 적극적이고 저돌적이라 생각하고 있었다. 하지만 실비는 그가 뼛속까지 친절한 사람이라서(사실 그는 실비뿐만 아니라 만나는 모든 사람들에게 조금의 가식도 없이 친절하게 대했다.) 자꾸 찾아오게 되는 거라고 대답하지는 않았다. 실비가 짐을 만나는 또 다른 이유가 있다면 그것은 그가 비록 비참할 정도는 아니었지만 너무 허약해 보여 자꾸만 마음이 쓰였기 때문이었다. 그는 세월의 무게에 짓눌려 눈에 띄게 구부정한 모습을 하고 있었는데, 그것은 그녀의 눈에 가엾은 모습이 아니라 낡았지만 여전히 아름다운 망토를 걸치고 있는 것처럼 보였다. 세월의 망토는 마음대로 벗어던질 수도 없는 것이었다.

짐은 극소량의 아편을 루트비어에 첨가한 다음 홀짝거렸다. 아편은 아주 오래전, 그러니까 제1차 세계대전이 끝나갈 무렵 짐이 프랑스에서 입원했을 때, 이질에 대한 처방으로 받은 것이다. 그는 항상 약간의 아편을 가지고 있었지만 실비가 맛이라도 볼 수 있게 해달라고 조르면 너무 위험한 약이라서 줄 수 없다고 버텼다. 하지만 어느 날 밤, 그가 순찰을 도느라 실비를 홀로 5분 동안 남겨두었을 때, 그녀는 외투 주머니를 뒤져서 적은 양의 아편을 꿀꺽 삼켜버렸다. 실비는 거기에서 멈추지 않고 동일한 양을 다시 한 번 삼켰다. 진하고 달콤한 향기가 나는 시럽은 즉각 그녀의 내장 전체를 감쌌지만 느낌은 그와 정반대였다. 그녀는 곧바로 자신의 몸과 분리되는 느낌을 받았다. 자신은 에테르와 빛처럼 더 이상 실체가 없는 존재 같다고 느꼈다. 몇 년 뒤에 에임즈 태너와 결혼을 하고 나서 실비는 다시금 그런 느낌을 갈망하게 되었다. 이번에는 아편이 아니라 작은 유리병과 주삿바늘의 형태로 그런 느낌을 얻을 수 있었다. 그녀는 도시 병원 뒷골목에서 짐처럼 이번에도 선교단체를 통해 알게 된 사람에게서 그것들을 손에 넣었다. 저번과 차이가 있다면 이번에는 그녀가 고객이었다는 사실이다.

짐이 순찰을 돌고 돌아왔을 때, 그는 무언가 달라진 것을 알 수 있었다. 그는 즉각 그녀의 숨결을 맡아보고 아편을 복용한 기미를 알아차렸다. 하지만 짐이 윽박지르기 전에 그녀는 다시 그의 입술에 키스했다.

그전에는 한 번도 자신을 허락하지 않았기 때문에 짐은 처음에 무엇을 어떻게 해야 할지 몰라 쩔쩔맸지만 급기야 실비에게 녹아버렸다. 오히려 놀란 쪽은 그녀였다. 짐이 두 팔로 갑자기 자신을 거칠게 끌어안자 그녀는 순간적으로 놀랐다. 하지만 다음 순간 그와 사랑을 나누고 싶은 욕망이 불타올랐다. 그때까지 그녀는 순결을 지켜오고 있었는데 그것은 무슨 특별한 이유가 있다거나 누군가를 위해 지켜온 게 아니었다. 그녀는 정절이나 자신만의 고상한 세계를 위해 자신을 지킬 여자가 아니었고 또 그렇게 할 이유도 없었다. 그렇기 때문에 이제 그녀가 괴상하지만 사랑스럽게 꾸며진 작은 방에서 짐과 단둘이 있는 것을 막을 수 있는 건 아무것도 없었다. 실비가 혁대를 붙잡고 죔쇠를 풀려고 했을 때 그는 몸을 비틀어 그녀의 손길을 피했다. 다시 그녀가 혁대를 붙잡자 짐은 그녀의 양손을 꽉 붙잡았다.

"불 좀 꺼줘."

그가 말했다. 그녀가 몸을 일으켜 세우고 전등 스위치를 끄자 비좁은 방은 완전히 깜깜해졌다. 그녀는 방이 캄캄해진 것이 불을 꺼서 그런지 아니면 아편을 복용해서 그런지 알지 못했지만 비단 날개를 단 것처럼 부드럽고 가벼운 걸음으로 그에게 돌아갔다. 두 사람이 다시 키스를 하기 시작했을 때, 그녀는 새롭고 황홀한 통증이 자신의 사지로 뻗어가는 것을 느꼈다. 통증은 그녀의 몸통을 가득 채웠다. 그녀는 자신의 팬티를 벗겨 내렸다. 짐은 부지런히 그녀에게 키스를 퍼부으며 머리카락을 쓰다듬었다. 그녀는 다시금 그의 혁대를 찾아서 바지를 벗겨냈다. 그녀의 기다란 치마는 위로 치켜 올라가 있었다. 짐은 그녀의 몸 위로 올라갔지만 자신의 허벅지를 그녀의 허벅지에 맞대고 있을 뿐 그녀가 애타게 기다리는 동작으로 넘어가지 않았다. 그녀는 더 이상 참지 못하고 그의 성기를 만지려고 아래로 손을 뻗었다. 그런데 그곳에 당연히 달려 있어야 할 성기가 만져지지 않았다. 성기가 작아서가 아니었다. 그곳에는 아예 성기가 붙어 있지도 않았다. 그 자리에는 기다란 흉터를 꿰맨 오톨도톨한 자국만이 만져졌다.

"난 쓸모없는 놈이야."

짐이 어둠 속에서 그녀에게 속삭였다. 그는 울고 있었다.

"전쟁 이후로 이 모양이 되었어."

"당신은 쓸모없는 사람이 아니에요."

실비가 말했다. 그녀는 그의 눈물 젖은 얼굴을 자신의 가슴에 안았다. 그녀는 언젠가 어머니가 아버지를 그런 식으로 품에 안는 장면을 창호지에 뚫린 구멍으로 본 적이 있다. 그녀는 거기에서 멈추지 않고 그의 얼굴을 아래로 천천히 밀어 내렸다. 그가 흘리는 눈물이 자신의 배와 허리, 그리고 사타구니 안쪽을 스치고 지나가면서 서늘한 느낌이 들었다. 하지만 거기까지였다. 그는 더 이상 진행하지 않고 그쯤에서 동작을 멈추었다.

"괜찮아요. 원하시면 계속해도 돼요."

그녀가 말했다.

"뭘 어떻게 해야 할지 모르겠어."

"아니에요. 당신은 알고 있어요. 그럼 거기에 키스만 해주세요."

"어떻게?"

"당신이 원하는 대로."

"키스만 해달라고?"

"예."

짐이 자신의 성기에 입을 맞추었을 때, 실비는 자신과 짐이 얼마나 섹스에 무지한지 깨닫고 놀랐다. 실제 성행위에서는 무엇보다 경험이 중요했는데 그때까지 두 사람은 섹스에 있어서만큼은 숙맥이나 다름없었다. 하지만 그는 그녀가 어둠 속에서 절정을 만끽하기 전까지 최대한 정중하고 친절하게 다루었다.

그런 일이 있고 나서 그녀는 그해 겨울 내내 일주일에 한 번씩 그를 찾아왔다. 두 사람이 만날 때마다 밤의 패턴은 동일하게 반복되었다. 실비는 첫 버스가 운행을 시작하는 새벽 5시까지 그와 함께 있곤 했다. 안개가 자욱하게 낀 언덕에 위치한 숙모의 집으로 걸어 올라갈 때면 그녀의 마음도 안개처럼 축축하고 흐릿해져 있었다. 하지만 그의 손과 입술이 스치고 지나간 그녀의 몸은 그때까지도 피가 뛰고 활력이 넘쳐흐르고 있었다. 그리고 머지않아 실비는 아편의 맛에 중독이 되다시피 했다. 그녀의 입이 아니라 그녀의 뼈가 그것을 갈망하고 있었다. 그녀는 아편에 손을 댈 때마다 조금씩 복용량을 늘려갔다. 짐은 주의해야 한다고 경고하면서 그런 것은 건강한 아가씨가 손을 댈 물건이 아니라고 말했지만 그녀는 짐이나 자기 숙모, 또는 자기를 아는 모든 사람들이 생각하는 것만큼 자기가 강한 사람이 아니라는 것을 알고 있었다. 사람들은 실비가 아름다우며 다소 소극적이지만 학구적인 여학생, 그처럼 애처로운 가족 비극을 겪고도 금세 툴툴 털고 일어선 의지 굳은 여학생, 전도가 유망한 여학생으로 알고 있었다. 하지만 최근에 그녀의 삶은 한마디로 가시밭길이었다. 자신이 알고 있는 그 유일한 길에서 그녀는 과거와 현재를 오락가락하고 있었다. 학교에 나가 수업을 듣고 리지 숙모와 교회에서 예배를 보면서도 그녀는 짐이 근무하는 공장의 칠흑 같은 방으로 달려가 약을 마시고 자신의 원초적인 모습으로 돌아가고 싶은 마음뿐이었다.

실비가 짐을 더 이상 만나지 않기로 마음먹은 것은 부모님과 오랫동안 알고 지낸 교회 집사님의 소개로 에임즈 태너를 만나고부터였다. 그 무렵 에임즈는 그녀에게 아직 데이트 신청도 하지 않았다. 하지만 실비는 에임즈가 머지않아 사귀자는 말을 할 것이며 그의 실제 모습과 겉으로 보이는 모습이 똑같다면 자기는 그와 평생을 함께 지내게 될 거라고 생각하고 있었다. 그녀는 짐을 만나는 게 좋았고 그의 자상하고 겸손한 모습도 좋았다. 하지만 그것은 사실 그녀가 소박한 은둔 생활을 좋아한 데다 육체적 쾌락을 얻을 수 있었기 때문에 끌리는 것도 있었다. 그 모두가 자신의 추한 자기애, 자신의 불가해한 약점을 보여주는 증표라는 것을 그녀는 이미 깨닫고 있었다.

 짐과 대조적으로 에임즈 태너는 그녀를 더 넓은 세상으로 나아가도록 만들었다. 목사로 임명된 지 얼마 안 된 에임즈는 소아과 의사이기도 했다. 그는 자신의 새 교회를 위한 웅대한 계획을 가지고 있었다. 그의 머릿속에는 신도들을 위한 계획뿐 아니라 더 넓은 공동체에서 추진할 자선사업 계획까지 이미 구상이 되어 있었다. 자기 부모님을 꼭 닮아 그의 눈은 냉철한 이성과 더불어 뜨거운 열정으로 활활 불타오르고 있었다. 교회의 훈훈한 지하실에서 차와 쿠키를 먹고 마시려고 자리에 앉자마자 그는 자기 교회로 와서 힘없고 가난한 사람들의 환경을 개선하기 위해 실비의 부모님이 헌신한 이야기를 해줄 수 없겠느냐고 그녀에게 물었다. 다른 모든 사람처럼 그는 실비의 부모님에게 어떤 일이 벌어졌는지 들어서 대충은 알고 있었다. 하지만 주저하지 않고 그 얘기를 언급하는 사람은 거의 없었는데, 그는 그중 한 명이었다.

 그래서 그녀는 짐을 찾아가면서 어쩌면 그것이 그와의 마지막 만남이 될지도 모른다고 생각하고 있었다. 하지만 막상 짐을 찾아갔을 때는 도저히 입이 떨어지지 않아 아무 말도 할 수 없었다. 하필이면 그날 밤, 짐은 그녀에게 주려고 말린꽃 한 다발을 사두었다. 물론 루트비어와 다크 캐러멜 빛깔의 작은 병도 잊지 않고 내놓았다. 실내도 색다르게 꾸며져 있었다. 그는 이전에 걸어두었던 천을 모두 걷어내고 새로운 무늬와 색깔의 천을 벽에 박았다. 여러 주 만에 처음으로 그녀는 약을 마시지 않겠다고 말했다. 약은 짐이 병원에 있는 자기 친구한테서 추가로 몇 병을 구입해둔 것이다. 그는 천천히 뚜껑을 돌려 병을 다시 닫으면서 독방으로 끌려가는 죄수와 같은 표정을 지었다. 하늘을 쳐다보며 하루 날씨를 예상하는 사람처럼 그는 그녀의 얼굴을 빤히 들여다보았다. 실비가 꽃을 선물로 줘서 고맙다고 말하고 그를 포옹하고 키스를 하자 그도 그녀를 뻣뻣하게 껴안았다.

"불을 꺼야 돼요?"

그녀가 물었다.

"응."

하지만 익숙한 어둠인데도 그녀는 그를 찾는 데 애를 좀 먹었다.

"이쪽이야."

한쪽 구석에서 그가 말했다. 두 사람이 더듬거리며 서로를 찾다가 약간의 충돌이 있었다. 실비의 머리 정수리 부분이 짐의 아래턱과 부딪쳤다. 그는 자기가 펼쳐둔 커튼 위에 눕지 않고 일어나 앉아 있었다. 그녀가 미처 사과를 하기도 전에 그는 그녀의 양쪽 어깨를 거칠게 붙잡더니 바닥에 쓰러뜨렸다. 그녀는 어깨뼈의 튀어나온 부위가 바닥에 긁히는 것을 느낄 수 있었다. 그는 그녀의 옷을 벗겨냈다. 이번에는 키스도 하지 않고, 그녀에 대해 알 수 있는 시간이 거의 남지 않은 사람처럼 양손으로 그녀의 몸을 샅샅이 더듬었다. 그는 그녀의 목덜미를 손으로 거머쥐다가 젖꼭지를 손가락으로 비틀어보고는 엄지손톱으로 그녀의 배꼽을 후비기도 했다. 어찌나 배꼽을 집요하게 후벼 파던지 그녀는 배꼽에서 피가 날지도 모른다는 생각이 들었다. 하지만 그녀는 그의 손길 아래에서 긴장을 하지 않으려고 애쓰며 몸을 온전히 그에게 맡겼다. 그녀는 그가 무엇을 어떻게 하든 자기는 조금도 개의치 않는다는 것을 보여주고 싶었다. 자신을 통해서만 짐이 성적 기쁨을 느낄 수 있다는 것을 알고 있었기 때문에 그녀는 그가 어떤 충동이나 필요에 따라 행동을 하든 자기는 거기에서 진정한 기쁨을 얻도록 노력하겠다는 점을 알려주고 싶었다. 짐이 자기 바지를 끄집어 내린 다음 자신의 두 다리를 벌리고 돌진해 들어왔을 때 그녀는 깜짝 놀랐다. 자신의 가느다란 허리를 그녀의 허리에 거세게 부딪치며 비벼대는 행동이었지만 그는 멈추지 않고 계속했다. 그녀는 그의 엉덩이를 붙잡고 자기 쪽으로 바짝 끌어당기며 리듬을 탔다. 그도 그녀의 호응에 맞추어 손가락을 그녀의 입안에 집어넣는 동시에 한쪽 팔로 그녀의 허리를 감싸 안았다. 그녀는 그때까지 한 번도 느끼지 못한 쾌감을 맛보았다.

그녀는 자기가 잠에 빠진 것으로 알고 그가 순찰을 나갈 때까지 기다렸다가 그곳을 몰래 빠져나왔다. 비겁한 행동이었지만 짐은 사랑을 나누고 나서 그녀에게 단 한 마디 말도 하지 않았다. 아무 말도 없이 사라져주는 것이 두 사람 모두에게 좋을 것 같았다. 하지만 버스가 운행을 시작하려면 아직도 한 시간이나 남아 있었다. 그녀는 꾸준하게 내리는 3월의 차가운 비를 맞으며 집까지 계속해서 걸었다. 뼛속까지 스며드는 비를 맞으면서 그녀는 비참한 기분에 젖었다. 길게 이어진 언덕길을 오르는 데 무려 한 시간이나 걸렸다. 그녀는 집에 돌아와서 이틀 동안 고열과 몸살로 누워 있어야 했다. 숙모는 침대에 누워 있는 그녀에게 살짝 구운 크래커와 쇠고기 수프를 손수 먹여주었다. 숙모는 대체 어쩌다가 치마와 스웨터가 그토록 젖었는지 도무지 모르겠다고 혼자서 구시렁거리더니 실비가 자고 있을 때 에임즈 태너가 잠깐 들러서 쪽지를 남기고 갔다고 말했다. 쪽지에는 깨끗하고 반듯한 글자로 다음과 같이 적혀 있었다. '당신이 경험한 것들에 대해 좀 더 알고 싶은데 가능할까요? 당신의 지혜를 듣고 싶습니다. 그럼 몸조리 잘 하시고…. 에임즈 태너.'

그다음 주에 에임즈는 그녀에게 점심을 대접했고 또 그다음 주에는 영화 관람을 하고 나서 저녁을 사주었다. 그는 잡담은 일절 하지 않고 그녀의 가족이 아프리카와 중국에서 어떤 생활을 했는지 물었다. 그는 그녀의 가족이 직면했던 상황, 선교지에서의 목회 활동과 학교 수업, 그리고 상업과 농업, 질병관리 분야에서 펼친 사업들에 대해 꼼꼼하게 물었다. 그는 파견된 지역의 언어를 어떻게 배웠는지, 또 다른 선교사들, 그중에서도 특히 가톨릭 선교사들과 함께 일하면서 어려움을 없었는지 알고 싶어 했다. 그녀의 부모님이 목숨을 잃은 상황에 대해서는 묻지 않았다. 아니, 그는 그녀의 부모님에 대해서는 입도 뻥긋하지 않았다. 그래서 그녀는 부모님의 얘기를 하기가 훨씬 더 편했다. 그의 세심한 배려 덕분에 그녀는 부모님이 아직 돌아가시지 않고 이 세상 어딘가로 나가서 어려운 사람들을 돕고 가르치고 구조하고 있다는 느낌으로 얘기를 할 수 있었다. 그녀는 부모님이 펼친 활동에 대해 숙모님을 포함한 다른 사람들에게 들려주었던 내용보다 더 상세하게 설명해주었다. 얘기를 다 듣고 나서 그는 그녀의 부모님이 보여준 아낌없는 수고와 노력에 찬사와 경의를 표하면서 그분들의 숭고한 뜻은 마땅히 재조명받아야 한다고 말했다.

하지만 그녀를 자신의 패커드 세단(그의 가족은 목재업계에서 명성이 자자했고 제법 부유한 편에 속했다.)에 태워 숙모님의 집까지 바래다주는 동안 그는 그녀에게 그동안 살아오면서 진지하게 사귄 남자가 있었는지, 또 현재 결혼을 염두에 두고 있는 남자가 있는지 물었다. 질문을 받고 그녀는 얼른 짐을 머리에 떠올렸지만 그런 사람은 아직 없다고 말했다. 에임즈는 고개를 끄덕였다. 그는 여전히 진지한 표정을 지었으나 기분은 분명히 좋아보였다. 그녀는 더 이상 무료급식소에서 자원봉사를 하지 않았지만 어두컴컴한 공장 사무실에 혼자 앉아 있을 짐을 머리에서 지울 수가 없었다. 다양한 커튼이 벽에 붙여져 있는 비좁은 방에서 그가 아편을 복용하고 있을 거라는 생각이 들었다. 간혹 밤늦게 있다 보면 아편 맛이 미치도록 그리울 때가 있었다. 물론 짐도 보고 싶었다. 그럴 때면 그녀는 엄지손가락 뒷부분이 벌게질 때까지 짓눌러 두 가지 충동을 이겨냈다. 불쑥불쑥 치솟는 욕구나 충동은 그런 식으로 자기 몸을 학대해서 극복할 수 있었다. 이제 더 이상 세상으로부터 숨어서는 안 된다는 것을 그녀는 알고 있었다. 자신이 파놓은 깊고 어두운 동굴에서 이제는 기어 나와야 했다. 에임즈를 알게 된 것과 자신의 부모님에 대해 그가 그토록 관심을 보였다는 것은 사실 그녀에게 하나의 축복이었다. 과거의 뼈아픈 기억을 다시 떠올려야 할지 모르겠지만 에임즈라면 그녀를 다시 세상으로 끄집어내줄 수 있었다.

어느 날 저녁, 과거의 기억들이 한꺼번에 실비를 덮쳐왔다. 그녀는 에임즈와 다섯 번째로 저녁을 먹기 위해 외출 준비를 하고 있었다. 면도기로 종아리에 돋아 있는 털을 밀다가 그만 살을 베고 말았다. 종아리에서 핏물이 흘러내렸다. 욕조에 들어가 있던 실비는 밖으로 나와 화장지로 상처 부위를 닦아낼 생각은 하지 않고 다리를 타일 벽에 기대고 드러누워 핏물이 흘러내리도록 했다. 거기에서 멈추지 않고 그녀는 다시 한 번 면도칼로 다리에 상처를 냈다. 핏줄기가 그녀의 무릎을 지나 허벅지로 흘러내렸다. 시뻘건 줄무늬가 그려진 창백한 다리는 서늘하고 얼얼하게 느껴졌지만 그녀는 그런 감각이 자기와는 아무 상관도 없는 것처럼 생각되었다. 그것은 마치 피 물결이 밀려와 그녀의 다리를 적시는 것 같았고 아주 얕은 물이라 전혀 위험하게 느껴지지도 않았다. 하지만 그 모습은 그녀를 얼어붙게 만들었다. 밖에서 초인종 소리가 들려왔지만(그때 그녀의 숙모는 마을을 떠나 있었다.) 실비는 꿈적도 하지 않았다. 그녀는 과거의 기억 속에서 럼 목사와 그의 아내의 시신이 덮여지지도 않은 채 선교 시설 안뜰에 나란히 눕혀져 있는 것을 보았다. 피범벅이 되어버린 럼 부인의 얼굴에서 검붉은 피가 땅으로 흘러내렸다. 가느다란 눈발이 두 사람 위로 떨어지고 있었다. 참으로 이상한 것은 과거의 일이 떠오를 때는 부모님의 모습이 아니라 럼 목사 부부의 모습이 항상 제일 먼저 머리에 떠오른다는 점이었다.

그녀는 에임즈가 욕실의 열린 창문을 쳐다보고 외치는 소리를 들을 수 있었다. 얼른 대답을 하지 않자 그는 다시 소리치며 그녀의 이름을 불렀다. 실비가 희미하게 그의 이름을 부르며 응답했을 때, 그는 그녀의 목소리에서 이상한 낌새를 알아차린 게 분명했다. 왜냐하면 잠겨 있지 않은 현관문을 박차고 들어와 허름한 연립주택의 폭이 좁은 계단을 한 걸음에 달려 올라왔기 때문이다. 그는 다급하게 그녀의 이름을 부르며 욕실 문을 쾅쾅 두드려댔다. 그래도 안에서 아무 대답이 없자 그는 욕실로 달려 들어왔다. 그는 핏빛으로 변한 욕조 물과 욕조 가장자리와 타일 벽에 묻어 있는 핏자국을 보고 놀라서 눈이 휘둥그레졌다. 이제 그녀의 한쪽 다리는 벽에서 미끄러져 물속에 담겨 있었다. 그는 본능적으로 그녀의 양쪽 손목을 붙잡아 물 밖으로 끌어냈다. 하지만 양쪽 손목이 모두 멀쩡한 것을 확인하고 그는 당황해서 소리쳤다.

"상처가 어디죠? 도대체 무슨 짓을 한 겁니까?"

그녀는 아직도 뜨거운 물속에 잠겨 기력이 하나도 없었다. 에임즈가 양손을 물속에 넣어 한 번의 날렵한 동작으로 그녀를 번쩍 들어올렸을 때, 그녀는 목구멍을 열고 그 안으로 사라질 수 있겠다는 생각이 들었다. 그녀는 자신의 발 쪽을 힐끗 쳐다보았다. 그는 그녀의 발뒤꿈치 윗부분에 작게 베인 자국이 두 개 나 있는 것을 금세 발견하고 세면대의 약장에서 붕대를 꺼내 상처를 싸맸다. 그녀는 몸이 축 늘어지면서 이제 추위로 벌벌 떨고 있었지만 그가 무릎을 꿇고 타월로 몸을 감싸주자 그것을 벗겨내어 물에 젖은 그의 재킷과 바지를 기어코 더럽히고 말았다. 그는 시선을 다른 곳으로 돌리려고 애쓰면서 대체 무슨 문제냐고 계속 물었다. 하지만 그녀는 그의 아랫도리가 빳빳하게 일어서는 것을 느낄 수 있었다. 그녀는 자신이 무슨 짓을 하고 있는지도 모른 채 그의 혁대를 풀고 성기를 자기 입속에 집어넣었다. 그는 그러면 안 된다고 소리쳤지만 벌겋게 달아오른 얼굴로 몸을 부르르 떨었다. 불과 몇 분 만에 그는 발기했고 두 사람은 바로 그 자리에 드러누웠다. 그녀의 몸에서 피가 흘러내린 것은 바로 그때였다. 바닥에 깐 구겨진 타월이 검붉은 피로 물들었다.

 이튿날 에임즈는 그녀에게 프러포즈를 했다. 그것은 그가 일찌감치 계획하고 있던 일이었지만 전날 벌어진 일 때문에 앞당겨진 게 분명했다. 그녀가 임신을 할지도 모른다는 우려도 어느 정도 작용을 했는데 사실 그녀는 그때 벌써 임신 상태였다. 그들은 그달에 결혼식을 올렸다. 하지만 그녀는 유산을 하고 말았다. 그 뒤로도 유산을 두 번이나 겪었다. 사실 그것은 에임즈의 문제가 아니었다. 그녀는 그들이 알기에 적어도 다섯 번이나 임신이 되었지만 그녀의 몸이 출산예정일까지 버텨내지 못했다. 그들이 한국으로 가기 몇 년 전 실비는 마지막 임신을 했다. 임신 석 달째인 태아가 유산이 되었는데 분명히 그것은 남편의 문제가 아니었다. 부부는 참담한 심정이 되었다. 충격은 그보다 실비가 훨씬 더 심했다. 그녀는 어떤 위로도 소용이 없을 만큼 큰 슬픔에 잠겼다. 그전에 몇 번 임신을 했을 때는 아주 짧게, 그러니까 한두 달을 간신히 버티다가 모두 유산이 되었지만 마지막 유산으로 그녀가 받은 충격과 절망감은 그전의 유산 때와 마찬가지로 컸다. 사산아 적출을 마치고 기력을 회복한 뒤에 실비는 아무렇지 않게 샤워를 하고 옷을 갈아입었다. 그런 다음 그녀는 낙심하는 기색도 없이 병원 가운을 접어 침상에 올려놓고 간호사가 병원 밖으로 데려나갈 휠체어를 가져올 때까지 조용히 기다렸다. 로렐허스트에 있는 그들의 작은 집에서 그녀는 정성들여 만들어둔 아기방을 손도 대지 않고 그대로 두었다. 그것을 보고 에임즈는 어느 정도 마음의 위안을 얻었지만 머지않아 그녀가 방에 있는 물건들을 조금씩 들어내고 있다는 것을 깨달았다. 책, 그림, 속을 채운 장난감, 딸랑이 등이 한 번에 하나씩 빠져나가자 방은 가구와 아기용 침대만 남기고 텅 비어버렸다. 그는 실비의 허약한 체질과 성적 방종이 자기한테 미치는 악영향을 두고 그녀를 비난했다. 그는 그녀와 첫 번째 성관계를 가졌을 때를 떠올리며 괴로워하기 시작했다. 혼란스런 욕망을 주체하지 못하고 추잡한 성관계를 맺었기 때문에 그들의 인생이 망가졌다고 그는 생각하고 있었다. 분노 때문인지, 앙심을 품어서 그랬는지, 그도 아니면 자포자기가 된 심정에서 그랬는지 모르겠지만 그는 만주에서 장인장모한테 어떤 일이 있었는지 꼬치꼬치 캐묻기 시작했다. 그는 그녀의 모든 문제들이 만주에서 비롯되었다고 확신하고 있는 것 같았다.

실비는 대답을 하지 않았지만 남편의 판단이 정말로 옳은지, 또 자기가 가진 문제들의 근원이 그처럼 쉽게 추론할 수 있는 성질인지 궁금했다. 거기에 대해 그녀는 회의적이었다. 만약 진실을 털어놓게 되면 남편은 끊임없이 떠오르는 과거의 기억들을 떨쳐버리지 못할 것이다.

과거를 떠올리는 일은 너무나도 쉬웠다. 그녀는 부모님과 함께 군인들이 럼 목사 부부의 시신을 밖으로 끌고 나가는 것을 교실 창문으로 지켜보았다. 부모님은 그녀의 눈을 가리지 않았다. 그들은 두 사람을 그토록 잔인하고 손쉽게 죽여 버리는 일본군의 만행을 목격하고 여전히 충격에 사로잡혀 있었다. 가장 충격을 받은 사람은 아마 실비의 아버지였을 것이다. 럼 부부가 떠난 뒤에 그는 담요 위에 도로 주저앉아 양손으로 머리를 감쌌다. 실비의 어머니는 투박하고 어설픈 프로방스어로 그에게 무어라고 열심히 속삭였다. 그들은 남들이 무슨 말을 하는지 알아 듣지 못하도록 하고 싶을 때는 프로방스어로 대화를 나누곤 했다.

실비는 여러 해에 걸쳐 무수한 언어를 접했기 때문에 그때 정신을 집중해서 들었더라면 부모님이 나누는 대화의 골자를 파악했을 것이다. 그녀는 평소에 부모님이 이런 식으로 대화를 나누면 무슨 말인지 알아 들었지만 일부러 못 알아듣는 척했다. 부모님을 속이려고 그랬던 것이 아니고 그녀도 다른 아이들처럼 아무런 거리낌 없이 나누는 두 사람의 대화 내용에 호기심이 발동했기 때문이었다. 부모님은 프로방스어로 농담도 하고, 입씨름도 벌이고, 때로는 듣기 민망한 성적인 얘기까지 거침없이 했다. 하지만 그때 실비는 부모님이 소곤소곤 나누는 대화에 귀를 기울이지 않고 있었고 귀를 기울일 마음조차 없었다. 그녀는 럼 부부로부터 시선을 뗄 수가 없었다. 그녀의 눈은 갑자기 텅 비어버린 극장에서 상영되는 밝은 스크린처럼 활기로 가득 차 있었다. 그녀는 자신의 내부 어딘가로 달아나고 있었고 아직도 달리고 있었다. 하지만 남들 눈에는 무시무시한 광경이었지만 정작 럼 부부 자신들은 그다지 혼란스러워 보이지 않는다는 사실이 이상했다. 그들 부부는 눈발이 쌓여가는 안뜰에 평화롭게 누워 있었다. 공교롭게도 목사의 손이 자기 아내의 이마를 감싸고 있었는데 그 모습은 마치 그녀의 체온을 확인하고 있는 것처럼 보였다.

"여보, 그럼 당신은 그 사람에 대해 알고 있었단 말이에요? 맙소사!"

어머니가 놀란 목소리로 말했다. 실비는 자기 어머니가 그토록 분노에 차서 말하는 것을 그때까지 한 번도 들어보지 못했다. 하지만 그들은 그쯤에서 대화를 마쳤다. 아버지는 자리에서 일어서더니 갑자기 실비를 꼭 껴안았다. 너무나 억세게 껴안아 실비는 눈앞이 흐려지면서 당장에 숨이 막힐 것 같았다. 아버지의 몸에서 말라버린 땀으로 시큼한 냄새가 훅 끼쳤지만 그녀는 최대한 숨을 깊이 들이마시면서 숱이 많은 아버지의 갈색 머리에 자신의 얼굴을 묻었다. 그녀의 아버지는 덩치나 키가 큰 사람이 아니었다. 실비는 이제 자기 아버지와 키가 엇비슷했지만 그의 품에 안겨 있으니 자신이 어린아이처럼 느껴졌다. 그녀는 자기도 모르는 사이에 한꺼번에 허물어지고 있었다. 격정을 이기지 못한 그녀는 흐느껴 울면서 아버지의 귀 뒤쪽에 입을 맞추었다. 자기가 목숨을 잃을까 봐 두려운 것보다도 부모님 가운데 어느 한 분, 아니면 두 분 모두를 앞으로 두 번 다시 보지 못할지도 모른다는 두려움이 훨씬 더 컸다. 그녀의 어머니가 딸의 등을 어루만졌다. 장교와 병사들이 벤저민 리를 마지막으로 심문하기 위해 데려갔기 때문에 이제 교실에는 그들 세 사람밖에 없었다. 해리스 부부도 자신들의 숙소로 옮겨졌다. 군인들은 정신을 들게 만드는 약으로 그들의 의식을 억지로 회복시켰다. 부부는 제대로 걷지도 못해 선교 시설 한쪽 구석에 있는 숙소로 거의 실려 가다시피 했다. 숙소 앞에서는 병사 한 명이 보초를 서고 있었다. 여러 지역을 떠돌아다니는 동안 실비는 부모님과 항상 붙어 다녔다. 그동안 그녀는 부모님이나 다른 사람(벤저민 리 같은)한테서 교육을 받았다. 세 사람은 잠도 같이 잤고, 밥도 같이 먹었고, 심지어는 뜨거운 물이 충분치 않아 목욕까지 같이 하는 경우가 많았다. 그러다보니 실비는 자신의 벗은 모습보다 부모님의 벗은 모습을 훨씬 더 쉽게 머리에 떠올릴 수 있었다. 하지만 이제 그들은 서로 붙어 있기가 힘들 것처럼 보였다. 허황된 상상이고 바람이겠지만 그런 일이 정말 가능하기만 하다면 그녀는 부모님 중에 어느 한 사람의 몸속으로 미끄러져 들어가 부모님의 눈물과 피로 자신을 가득 채우고 식별할 수 없는 존재가 되고 싶었다.

    그녀는 그때까지 벌어진 모든 일에도 불구하고 벤저민 리를 향한 자신의 마음이 여전한지 궁금했다. 살아남은 사람들은 그 비참한 하루를 무사히 넘길 수 있을까? 이제 부모님은 벤저민 리에게 더 이상의 동정이나 연민의 감정이 남아 있지 않을지도 모른다는 생각이 들었다. 하지만 그녀는 그동안 벤저민의 무사귀환을 빌어준 부모님에게 그를 받아들이고 그의 생명을 구해달라고 설득할 수 있을 것 같았다. 아버지의 판단은 항상 그랬듯이 이번에도 옳았다. 벤저민은 이번 사태의 원인이 아니며 그는 애당초 어느 누구에게 해를 끼칠 의도가 조금도 없었다. 럼 부부처럼 벤저민도 잔악행위의 피해자이며 평생 죄책감에 시달리며 살아야 할 것이기 때문에 어쩌면 이번 사건의 가장 큰 피해자는 벤저민일지도 모른다. 그는 마음이 따뜻하고 부드러운 사람이었고 열과 성을 다해서 가르치는 선생이었다. 그리고 무시무시한 협박과 강압에도 절대 비밀을 폭로하지 않을 정도로 의지가 굳은 자유 투사였다. 평소에도 벤저민을 좋게 생각하고 있었지만 용기 있는 모습을 보고나서 그녀는 그에게 더욱 마음이 이끌렸다. 그는 정말이지 철두철미한 원칙주의자였다. 그렇기 때문에 그는 그녀의 욕구를 절대로 이용하지 않았고, 학교에서 받은 자신의 메달을 그녀에게 주었으며, 그녀를 훈계하고 설득할 때도 품위를 지켰던 것이다. 또한 그렇기 때문에 그녀는 영속적이고 가치 있는 사랑을 바라기 전에 유치하고 뻔뻔스러운 행동을 자제하고 인내심을 가지고 기다려야 했다.

"얘야, 네 엄마와 내가 이제 너한테 말을 해야겠구나."

그녀의 아버지는 딸의 뺨을 손으로 감싸 쥐며 말했다.

"시간이 별로 없을 것 같으니 그냥 듣기만 하거라."

"왜요? 무슨 일인데요? 우리는 함께 지내는 거죠? 그렇죠?"

"그렇게 될 수 있도록 최선을 다해보마."

실비의 아버지는 미소를 지으려고 애쓰며 말했다.

"가능한 한 오래 우리는 함께 있을 거야. 마지막 순간까지 말이다. 하지만 네가 만약 이곳에서 안전하게 빠져나갈 수 있게 된다면 여기를 떠나겠다고 우리한테 약속해줘야 한다. 우리와 함께 떠나든, 해리스 부부와 함께 떠나든, 아니면 너 혼자 떠나든 관계없이 말이야. 망설여서는 안 돼. 깊이 생각해서도 안 되고. 우리를 포함해서 다른 사람들은 일절 신경 쓰지 말고 떠날 수 있으면 무조건 떠나는 거야."

"아빠, 지금 무슨 말씀 하시는 거예요?"

그녀는 당당하게 따지듯이 소리쳤다. 분노와 두려움으로 그녀의 얼굴은 달아올랐다.

"타인의 행복을 항상 우선시 하라고 가르치셨으면서 어떻게 저한테 그런 요구를 할 수 있죠? 어떻게 제가 여기를 떠날 수 있느냔 말이에요."

"그렇지만 너는 기회가 생기면 떠나야 해. 제발 그렇게 해다오. 부탁이다. 너를 떠나보내지 못하면 네 엄마와 나는 절대로 우리 자신을 용서하지 못할…."

실비는 자기 아버지를 밀쳐내며 고개를 가로저었다.

"죄송해요, 아빠. 하지만 그동안 온갖 위험한 상황을 견뎌왔는데 지금 와서 저한테 그런 요구를 하다니요. 그러시면 안 되죠! 이제 너무 늦었어요."

"아냐, 지금도 늦지 않았어."

그녀의 어머니가 끼어들며 큰 소리로 말했다. 어머니는 딸의 두 손을 꼭 잡았다.

"너는 기필코 여기를 빠져나가야 해. 우리와 함께 가든 혼자 가든 상관없이. 내 말 알아듣겠니?"

실비는 고개를 끄덕였다. 어머니는 평소보다 두 배나 확고한 모습이었다. 어머니의 강렬한 눈빛은 상대를 주눅 들게도 만들고 위로해주기도 했다. 그녀의 아버지가 등대로서 처자식을 이끄는 불빛이라면 지금이 순간 그녀의 어머니는 딸에게 자신이 현재 있는 위치와 해야 할 일을 알려주는 사람이었다. 그런 이유로 실비의 마음속에 어머니는 아름답기도 하지만 항상 차분하고 신중한 모습으로 남아 있었다.

"그렇게 하겠다고 말해주렴."

"그렇게 할게요."

"다시 말해 봐."

"말씀대로 하겠다고요!"

실비는 비참한 심정으로 말했다. 눈물이 다시 그녀의 뺨을 적시고 있었다.

"자, 그럼 이것들을 너한테 줘야겠구나."

어머니가 말했다.

"지금은 그냥 가지고만 있어."

그녀는 남편의 손에서 결혼반지를 빼서 실비의 손가락에 끼워주었다. 손가락이 가늘어서 반지가 헐렁했다. 그녀는 자신의 반지도 빼서 그 위에 끼웠다. 두 번째 반지는 손가락에 딱 들어맞았다.

"우리는 이 세상 무엇보다 너를 사랑한단다."

어머니는 그렇게 중얼거리고 나서 딸의 이마와 양쪽 뺨, 눈물이 흘러내려 엉망이 된 코와 눈에까지 키스를 했다.

"저도 알아요."

어머니의 말이 사실인지 확인할 수는 없었지만 실비는 그렇게 대답했다. 부모님이 그녀를 사랑한 것은 맞지만 전 세계는 슬픔으로 가득 차 있었고 그동안 그들이 머물렀던 곳은 어디든지 환경이 열악했다. 그래서 설사 그녀의 부모가 딸과 빈곤 지역을 동일한 애정을 가지고 돌봐주었다거나 딸보다 오히려 빈곤 지역에 더 관심을 기울였다고 하더라도 절대 그들을 탓할 수는 없었다. 그녀는 좀 더 현명하고 진지하게 생각하고 행동할 필요가 있었다. 그리고 자신을 향한 부모님의 사랑에는 어느 정도 한계가 있을 수밖에 없다는 사실을 깨달아야 했다. 부모님의 포용력과 이해의 폭이 무한대일 수는 없었다. 자선 행위를 하겠다고 굳게 마음을 먹은 한, 부모님은 지금까지 그랬던 것처럼 앞으로도 계속 활동을 펼쳐나갈 수 있을 것이다. 그런데 희망은 남아 있을까? 해리스 부부는 부상만 입고 다행히 목숨은 건졌지만 이제 그녀의 부모님이 함부로 할 수 없을 정도로 사이가 틀어져버렸다. 실비와 그녀의 부모님은 아직 아무 피해도 입지 않았지만 벤저민은 심각한 위험에 놓여 있었다. 그는 이제 달리 방법이 없다는 것을 분명히 깨달았을 것이다. 자기로 인해 몸서리쳐지는 결과가 벌어지는 것을 직접 목격했기 때문에 한풀 꺾여서 장교가 원하는 정보는 무엇이든 제공할 수도 있었다.

갑자기 발소리가 들려오자 그녀의 어머니는 다급하게 딸의 허리를 꽉 껴안았다.

"이제 조심해야 돼. 가만히 있거라."

그녀는 딸의 귀에 대고 속삭였다. 실비가 대꾸를 하기도 전에 장교가 들어왔다. 병사 세 명이 그 뒤를 따라 들어왔다. 그들은 벤저민 리를 자기들 앞으로 밀쳤다. 벤저민은 아직도 수갑을 차고 있었다. 실비가 보기에 그는 추가로 구타를 당한 것 같지는 않았다. 오히려 그의 몸은 아까보다 더 깨끗했다. 통통 부어오른 얼굴에는 이제 핏자국이 깨끗이 지워져 있었다. 그녀는 그와 시선을 맞추려고 애썼지만 그는 아직도 깊은 수치심을 느끼는지 고개를 푹 숙이고 있었다.

"벤저민, 괜찮아요. 우리는 이제 괜찮을 거예요!"

그녀는 북받치는 감정을 주체하지 못하고 그렇게 울부짖었다. 그 순간 장교의 어두운 눈이 그녀의 눈과 마주쳤다.

"아직도 이놈이 내 질문에 순순히 대답을 안 하고 있어. 그래서 부득이 여기로 다시 왔지."

장교는 아주 자연스럽고 흔들림 없는 목소리로 말했다. 그러고 나서 그는 일본어로 무뚝뚝하게 몇 마디 지껄였다. 잠시 묘한 분위기가 감돌았다. 그러다가 느닷없이 군인 하나가 실비 어머니의 머리카락을 움켜쥐더니 그녀를 강제로 일으켜 세웠다. 그 순간, 실비 아버지의 입에서 낮지만 거친 소리가 튀어나왔다. 아버지는 양손을 내뻗으며 군인에게 달려들었다.

"프랜시스!"

그녀의 어머니가 놀라서 비명을 질렀지만 때는 이미 늦어버렸다. 뒤에 서 있던 다른 병사가 그녀의 아버지에게 소총을 휘둘렀다. 램프의 불빛 속에서 한순간 쇠가 희미하게 번쩍였다. 그녀의 아버지는 신음 소리를 내며 바닥으로 고꾸라졌다. 실비는 자기 아버지가 부상을 입었는지도 모른 채 허겁지겁 그에게로 다가갔다. 다음 순간, 그녀는 아버지를 일으켜 세우려고 하다가 옆구리에서 뜨뜻한 무언가가 흘러나오는 것을 느꼈다. 그녀의 손은 축축하게 젖어 있었다. 그녀의 아버지는 늑골 바로 아래쪽을 총검에 찔리고 말았다. 희미한 불빛 속에서 그녀의 손가락에 묻은 피는 검붉게 보였다. 아니, 그것은 검정색에 가까웠다. 그는 얼굴을 심하게 찡그리며 제대로 말도 하지 못했다. 그는 딸을 자기 쪽으로 끌어당겼다. 아버지의 얼굴이 너무 무서워 그녀는 처음에 그 손길을 거부했지만, 그 순간 아버지가 지금 무엇을 하고 있으며 딸에게 무엇을 보여주지 않으려고 그렇게 필사적으로 애쓰는지 깨달았다.

군인 두 명이 그녀의 어머니를 밀어뜨리고 나서 그녀를 발가벗기기라도 할 것처럼 입고 있던 옷을 하나씩 찢어버렸다. 실비는 어머니가 곧 숨이 넘어갈 것처럼 헐떡이는 소리와 옷이 갈가리 찢기는 소리, 그리고 군인들이 낄낄거리며 좋아하는 소리를 들을 수 있었다.

장교는 벤저민 리의 턱을 붙잡아 고개를 강제로 치켜들고는 눈앞에서 벌어지는 그 장면을 똑똑히 보도록 만들었다.

"이러지 마요, 제발!"

벤저민이 눈을 감고서 소리쳤다.

"말을 하란 말이야, 말을!"

장교가 버럭 소리를 질렀다. 벤저민은 고개를 흔들며 자기 앞에 친어머니와 여동생이 있는 것처럼 쉰 목소리로 울부짖었다. 군인들은 이미 제인 비네의 옷을 벗겨 벌거숭이로 만들었다. 장교가 다시 말을 하라고 재촉했지만 벤저민은 눈을 질끈 감고 요구에 응하지 않았다. 그는 몸을 떨면서 울먹이고 있었다. 그는 무릎을 꿇은 채 앞으로 고꾸라져서 꺼칠꺼칠하고 갈라진 나무 바닥에 얼굴을 찧었다. 장교가 명령을 내리자 병사 하나가 벤저민을 질질 끌고 제인에게로 데려갔다. 다른 병사들이 제인의 팔다리를 짓눌러 꼼짝도 못하게 만들어 놓고 있었다. 병사는 벤저민을 그녀의 몸 위로 밀어뜨려 그녀의 입과 목, 그리고 배와 그 아래쪽 부위에까지 키스를 하도록 만들었다. 거기에서 그치지 않고 그들은 강제로 두 사람이 성관계를 맺도록 만들었다. 벤저민이 중간에 동작을 멈추면 그들은 사정없이 발길질을 해댔다. 그렇게까지 했는데도 별로 효과가 없자 이번에는 벤저민 대신에 제인에게 발길질을 하기 시작했다. 결국 그는 체념을 하고 그들의 요구에 순순히 따를 수밖에 없었다. 그는 발작적으로 낮게 식식거렸지만 그녀의 입에서는 더 이상 아무 소리도 흘러나오지 않았다. 군인들은 그를 조롱하면서 깔깔거렸다. 벤저민이 일을 끝낼 것 같아 보이지 않자 목이 두껍고 덩치가 큰 병사가 그를 옆으로 집어던지고 자기가 그녀의 몸 위로 올라갔다. 벤저민은 몇 미터 떨어진 거리에서 사타구니와 가슴에 발길질을 몇 번 더 당하더니 결국 뻗어버렸다. 몸을 웅크리고 있는 그의 입에서 기침을 할 때마다 핏물이 흘러나왔다. 덩치 큰 병사가 일을 마치자 나머지 두 병사는 서로 자기 차례라며 실랑이를 벌였다. 장교가 날카롭게 고함을 지르자 병사들은 잠잠해졌다.

그때서야 실비는 고개를 들고 상황을 살필 수 있었다. 그녀는 숨이 차서 헉헉거리며 몸을 부르르 떨고 있었다. 마치 보이지 않는 양손에 자신의 목이 조이고 있는 것 같았다. 실비의 어머니는 찢어져 엉망이 되어버린 옷가지들을 주워 모아서 입기 시작했다. 그러는 동안 그녀는 어느 누구도 쳐다보지 않았다. 그녀는 블라우스의 찢어진 소매에 팔을 찔러 넣고 실비와 프랜시스가 있는 쪽으로 엉금엉금 기어가서는 남편의 상처부터 살폈다. 그는 아내를 포옹하려고 애썼지만 기력이 조금도 남아 있지 않았다. 그녀는 자신의 외투를 돌돌 말아서 남편의 머리를 받쳐주었다.

"여보, 정말 미안해."

그가 말했다. 말소리는 너무 약해서 거의 들리지도 않았다. 그의 얼굴에서 눈물이 흘러내리고 있었다. 그의 두 뺨과 입술은 핏기가 모두 빠져나간 것처럼 보였다.

"나를 용서해주겠소? 제발 용서해줘."

"그만하고 가만히 있어요."

그녀는 남편의 눈물을 닦아주면서 말했다.

"움직이지 말아요. 출혈이 너무 심해요."

"난 괜찮아. 내가 신경 쓰는 것은 당신과 실비뿐이야."

"우리도 알아요. 그러니까 제발 가만히 있어요."

"제인, 정말 사랑해."

"우리도 당신을 사랑해요."

"실비는 빼고. 당신이 날 사랑하고 있다고 말해줘. 부탁이야."

"난 당신을 사랑해요."

그는 무슨 대꾸를 할 것 같더니 갑자기 호흡이 거칠어졌다. 그의 몸통이 위로 한 번, 두 번 심하게 솟구치더니 낮아졌다. 그녀의 어머니는 울고 있었다. 실비는 아버지의 관자놀이에 키스를 했다. 그곳에는 온기가 남아 있었다. 그는 아직까지 살아 있었다. 그녀는 다시 아버지에게 키스를 했다. 이번에도 온기가 느껴졌다. 그것으로 모든 것은 끝났다. 실비는 자신의 목에 약간 거친 손이 닿는 것을 느꼈다. 그녀는 손이 꺼칠꺼칠한 것을 느끼고 어머니가 한순간에 폭삭 늙어버렸다고 생각했다. 실비는 그 손에 자신의 뺨을 잠시 비벼대다가 그것이 젊은 장교의 손이라는 것을 깨닫고 소스라치게 놀랐다. 장교의 짧고 가느다란 손가락들은 부르트고 갈라져 있었다.

"일어나라."

장교가 말했다. 하지만 대신 자리에서 일어선 사람은 제인 비네였다. 그녀는 차갑고 냉정한 표정으로 분노에 차서 장교의 권총집으로 양손을 내뻗었다. 한순간이었지만 그녀는 권총을 손에 거머쥘 수 있었다. 다음 순간 장교는 그녀의 손에 들려 있는 권총을 비틀어 빼내서는 손잡이로 그녀의 귀를 후려쳤다. 하지만 그녀는 주춤거리지 않고 장교에게 달려들었다. 장교는 그녀의 가슴을 향해 두 발의 총알을 발사했다. 그는 그녀가 바닥에 쓰러진 뒤에도 다시 한 방을 쏘았다. 장교는 아버지 곁에 꼭 붙어 있는 실비의 팔을 홱 잡아당겨 벤저민 리에게 끌고 갔다. 실비는 너무 겁에 질려 저항은커녕 몸조차 제대로 움직일 수 없었다. 가슴이 쿵쾅거렸지만 그것은 팔다리와 분리되어 있는 것처럼 느껴졌다. 작디작은 눈알을 통해 그녀는 모든 것을 받아들였다. 장교가 치마를 걷어 올리는 순간, 실비는 자신의 몸에서 터져 나오는 희미한 비명 소리를 들었다. 그녀는 부모님이 대답을 하지 않을 거라는 사실을 알면서도 어머니와 아버지를 소리쳐 불렀다.

이제 장교는 고함을 지르고 있었다. 그것은 그녀에게 호통을 치는 소리가 아니었다. 장교는 벤저민의 목을 붙잡고 격노해서 그에게 우레와 같은 고함을 지르고 있었다. 장교는 고문을 하는 것도 이제 진절머리가 났는지 목소리에는 짜증이 잔뜩 묻어 있었다.

"너는 아무짝에도 쓸모없는 놈이야! 내 말 듣고 있어? 야, 이 버러지 같은 새끼야! 넌 쥐새끼보다 못해! 똥 덩어리 같은 자식! 넌 조금도 달라지지 않아! 죽여버리겠어!"

장교는 벤저민을 실비 쪽으로 한껏 떠밀어 그녀의 벗은 몸을 보게 만들었다.

"이제 이 계집애한테 대체 무슨 일이 벌어지는지 보고 싶나? 보고 싶지? 응?"

벤저민은 눈을 꼭 감은 채 고개를 가로저으며 계속해서 혼잣말로 주절거렸다.

"그 자식들이 누군지 대란 말이야!"

장교가 소리를 버럭 질렀지만 벤저민은 그 자리에서 사라지려고 애쓰는 것처럼 몸을 둥글게 웅크렸다.

"아, 정말 돌아버리겠군!"

장교가 탄식을 했다. 그는 좌절감에 사로잡혀 벤저민을 걷어찼다. 그런 다음 그는 병사들에게 명령을 내렸다. 병사 두 명이 달려들어 몸을 움직이지 못하도록 벤저민을 바닥에 짓눌렀다. 장교는 벤저민의 옆자리에 무릎을 꿇고 앉아 뒷주머니에서 접고 펼 수 있는 면도칼을 꺼냈다. 그는 면도칼을 펴서 순식간에 일을 처리했다. 벤저민은 신음을 하다가 갑자기 실없이 웃음을 터뜨렸다. 그러다가 그는 비명을 지르기 시작했다. 장교가 뒤로 물러섰을 때, 벤저민의 양쪽 눈은 피범벅이 되어 있었다. 양쪽 눈알이 도려내진 것처럼 보였다. 장교는 그것들을 자신의 소매에 대충 닦았다. 이제 장교가 무슨 짓을 저질렀는지 명확해졌다. 그는 양쪽 눈꺼풀만 베어내고 눈알에는 손도 대지 않았던 것이다. 안구가 훤히 드러나 있어 마치 괴물의 눈처럼 보였다. 병사들이 그의 등 뒤로 손을 다시 묶었다.

"자, 잘 봐둬. 이 병신 새끼야."

장교가 날카롭게 명령을 내리자 병사 하나가 실비의 앞으로 다가서더니 자신의 혁대를 끄르기 시작했다.

벤저민이 다시 비명을 지르기 시작한 것은 바로 그때였다. 그는 매우 괴로운 표정을 지으며 큰 소리로 동지들의 이름을 하나씩 장황하게 털어놓고 있었다.

9

  지역 경찰대에 제출할 진술서의 말미에 니콜라스와의 거래 내용을 설명하면서, 런던에서 골동품 가게를 운영하는 그녀는 다음과 같은 말을 덧붙였다.
  "드 니콜 씨, 나중에 그가 누구로 판명이 날지 모르겠지만 아무튼 그 사람은 여러 모로 매력적이고 더할 수 없이 자신감에 넘치며 상당히 박식한 청년입니다. 도난당한 물품들의 가치는 일단 제쳐두고 그의 이탈은 우리 회사에 엄청난 손실이 될 것이 틀림없습니다."
  준은 다른 누군가도 그를 그리워할 거라고 생각했다.
  그런 감정이 겨우 한 달밖에 안 되었다는 사실이 특별히 가슴 아팠다. 준은 클라인스가 그들을 위해 빌린 세단의 뒷자리에서 차창을 내다보다가 그런 상황에도 불구하고 자신이 느끼고 있는 감정이 어머니로서의 자부심이라는 것을 깨달았다.

갑자기 '더할 수 없이 자신감에 넘치다'라는 표현은 그녀의 육체의 노예가 되었다. 그러지 않았더라면 그녀는 관절과 사지에 느껴지는 엄청나게 날카로운 통증에 울부짖지 않을 수 없었을 것이다. 당분간 그것들은 멀리 떨어져 있는 경보장치들처럼 보였다. 자신이 아니라 불행하게 죽어가는 다른 여자에게 그런 일이 벌어지고 있는 것 같았다. 어느 포근한 가을 저녁에 이 죽어가는 여자는 모직 베레모를 쓰고 녹색 비단 숄로 어깨를 아늑하게 감싸고 있었다. 그녀는 말년의 하루를 유쾌하게 보내는 중이었다. 구덩이가 군데군데 파인 웨스트사이드 고속도로를 따라가다가 보니 준은 자신의 비참한 뼈가 상기되었다. 그녀는 니콜라스가 기본적으로 괜찮은 사람이라고 믿고 있었다. 그에게는 아무런 잘못도 없었으며 설사 무슨 범죄를 저질렀더라도 그는 본질적으로 앞날이 유망하고 능력이 있는 청년이었다. 아이러니는 그가 성공을 하기 위해서는 세상에서 돌아오기만 하면 된다는 사실이었다.

물론 이것은 그녀의 질병이 불러온 어리석은 논리였다. 그녀는 니콜라스를 생각하고 있을 때마다 의사한테서 통증의 일시적 완화를 얻어내는 것과 동일한 위안을 얻을 수 있었다. 이제 그런 생각들은 그녀의 삶에서 따뜻한 담요가 되었다. 지난 몇 주에 걸쳐 그녀의 몸에는 무언가 변화가 일어났다. 준은 한 달 전에 의사가 경고한 내용을 머리에 떠올렸다. 그때 그녀는 더 이상 그를 보러 찾아오지 않을 것이며 자기는 떠나겠다고 말했었다. 퀘니그 박사는 잘못하면 통증이 점점 더 악화되어 결국에는 감당할 수 없는 지경이 될지도 모른다고 말했었다. 더 이상 자신의 환자가 아닐 수 있는 사람에게 의사가 그렇게 솔직하게 말해주자 오히려 준은 마음에 들었다. 퀘니그 박사가 위에서 종양이 발견되었다는 사실을 처음으로 알렸을 때, 그녀는 소름 끼치는 울음소리가 자신의 목구멍에서 흘러나오는 것을 느꼈다. 전혀 동요가 없는 의사의 시선에서 이제 자신에게는 희망이 거의 남아 있지 않다는 것을 알 수 있었기 때문이다. 물론 그는 그렇게 확정적으로 말하지는 않았다. 퀘니그 박사는 환자의 상태가 어떻든 간에 적극적이고 혁신적인 의료기법을 감행하는 것으로 유명했다.

준은 종양이 쉽게 눈에 띄지 않는 아주 까다로운 위치에 자리를 잡아 상황이 좋지 않다는 말을 레지던트한테서 들었다. 그럼 앞으로 어떻게 할 거냐고 그녀가 묻자 젊은 의사는 어두운 단지 속에 손가락을 집어넣고 무작정 더듬어보는 수밖에 더 있겠느냐고 시적으로 표현했다. 결국 암세포는 다른 장기들로 퍼져나갈 것이다. 하지만 처음 검사를 할 때, 퀘니그 박사는 종양을 제거할 수 있을 거라고 말했다. 그는 우선 몇몇 특정 부위를 떼어내고 최신 의료기법을 포함한 다양한 치료를 시행할 거라고 했다. 준은 의사가 암 진단을 내렸을 때는 그의 시선을 보고 절망감을 느꼈지만 그렇게 긍정적인 의사의 얘기를 듣고 그를 당장 신뢰하게 되었다.

"곧 아시게 되겠지만 저는 목숨을 아주 귀하게 여기는 사람입니다."

의사는 굵직한 목소리로 말했다.

"하나밖에 없는 생명이니까요."

한동안 준은 본보기용 환자였다. 그렇게 되려고 노력을 한 것은 아니지만 그녀는 의사가 가장 관심을 갖고 지켜보는 환자가 되었다. 그가 맡고 있는 특수한 환자들 가운데서도 가장 특수한 환자가 된 것이다. 그녀는 병원에 며칠 동안 입원을 해야 할 때마다 환자로서 자신의 달라진 지위를 실감할 수 있었다. 의사가 데리고 있는 레지던트들이 시도 때도 없이 그녀의 병실에 들러 상태를 알고 싶어 했고 혹시 몸이 불편한 곳은 없는지 물었다. 그녀는 아무런 통증도 느껴지지 않는다고 대답했다. 준은 의사의 처분에 자신을 온전히 맡기기로 마음먹었다. 불편하거나 고통스러운 절차들에 따르도록 요청을 해올 때마다 거부는커녕 주저조차 하지 않았고 일련의 새로운 테스트에도 순순히 응했다. 그들은 수도꼭지에서 물을 뽑아내듯 그녀의 몸에서 피를 뽑아갔다. 물론 그녀는 좌절과 포기를 모르는 의사의 집념과 끈기에 많은 용기와 위안을 얻었다. 그는 다른 사람들이 아무 소용이 없다고 믿고 있을 때에도 수술을 하기로 과감한 결정을 내렸으며 방사선요법을 적극적으로 시행했고 상황과 경과에 따라 적절한 약물을 지속적으로 투여했다. 그러던 어느 날이었다. 그때 그녀는 병원에서 일주일 정도 입원을 하고 있었는데 윤기가 나는 새까만 머리카락들은 모두 빠져버리고 뼈와 관절은 약해질 대로 약해져 몸을 움직일 때마다 우두둑거리는 소리가 났다. 양팔의 혈관들은 로마 시대의 수도관처럼 너무 낡아서 금방이라도 터져버릴 것처럼 불안해 보였다. 등도 오른쪽 절반은 대상포진이 생겨 엉망이 되어버렸다. 준은 레지던트가 컴퓨터 X선 체축 단층 촬영을 하자고 했을 때 자기는 더 이상 못하겠다고 말했다. 사실 레지던트의 요구는 사소한 거였고 그전에도 그런 촬영을 이루 헤아릴 수 없을 만큼 많이 했지만 그녀로서는 더 이상 감당할 수가 없을 것 같았다. 그런 촬영을 하자면 쇠붙이 맛이 나는 역겨운 약을 마셔야 했다. 레지던트는 수염을 말끔히 깎고 안경을 낀 파키스탄인이었는데 준이 하는 말을 제대로 듣지 못했거나 자신의 요청에 그녀가 응했다고 착각을 했는지 간호사에게 조제한 약을 준비하라고 지시했다. 그러자 준은 조금 전보다 더 큰 목소리로 거부의사를 다시 한 번 밝혔다. 젊은 의사는 잠시 동안 아무 말이 없더니 한 마디도 하지 않고 병실을 나갔다. 조금 있으니 퀘니그 박사가 달려왔다. 그는 청혼을 했다가 거절당한 사람처럼 침상 발치에 서서 양손을 펼쳐보였다. 희끗희끗한 털이 수북한 그의 눈썹은 찌그러져 있었다. 그는 벌써 그녀가 무슨 말을 할지 알고 있는 것처럼 보였다. 그래도 그는 무슨 문제냐고 그녀에게 낮게 물었다.

"뭐 잘못된 게 있어요?"

준은 고개를 가로저었다.

"몸이 많이 불편한가요? 통증이 심한가요? 통증이 있으면 대처를 해야 합니다."

"그게 아니에요."

사실 그녀는 통증을 느끼고 있었지만 그것은 어디까지나 육체적인 면에 머물러 있었다. 문제는 육체가 아니라 정신적인 면이었다. 그녀는 아직도 신경이 날카로워져 있었고 더 이상의 치료에 응할 수 없다는 의지가 확고했다. 그녀의 마음은 모든 측면에서 매 순간을 관찰하고 있었다.

"준, 저는 이해할 수가 없군요. 왜 그렇게 고집을 부리죠? 우리는 지금 최선의 노력을 다 하고 있는데 훼방을 놓으면 안 되죠. 그동안 우리가 얼마나 노력을 기울였는지 한번 생각해주십시오."

"물론 저도 알아요. 선생님은 최선을 다하셨어요. 여기에 계시는 모든 의사 선생님들이 노력을 하셨죠."

"아신다면서 이러면 곤란하죠. 계속 진행합시다!"

의사가 말했다. 그는 준이 고마워하자 그녀의 치료 거부 행위를 대수롭지 않게 생각하고 자신의 계획을 고집했다. 그녀는 의사의 그런 성격이 무엇보다 마음에 들었다.

"저보다는 이곳에 계속 머무르면서 치료를 받고 싶어 하는 환자를 상대하는 편이 낫지 않을까요? 그런 환자가 적어도 수십 명이 되는 걸로 아는데요."

"때가 되면 그 사람들도 진료를 할 겁니다. 저희는 지금 당신에게 모든 신경을 집중하고 있습니다. 저희는 환자들을 신중히 선택하고 저희가 할 수 있는 모든 치료를 하고 있습니다. 처음부터 무작정 치료를 하지는 않죠."

"하지만 이제 선생님도 제 상태가 어떤지 알고 계시잖아요."

"뭘 안다는 겁니까? 제가 뭘 알고 있죠?"

퀘니그는 양손을 휘저으며 다급하게 말했다.

"제가 살아날 가망이 없다는 사실 말이에요."

"별소리를 다 하십니다! 그건 정말 말도 안 되는 착각입니다."

그가 화가 나서 소리쳤다. 의사의 감정이 갑자기 폭발하는 것을 보고 그녀는 안심이 되면서 기분이 좋아졌다. 통증도 잠시나마 멎었다.

"준, 병이 들었든 들지 않았든 생명은 연장할 수 있는 겁니다. 우리 대부분은 몸이 아파봐야 그 사실을 깨닫습니다. 저는 우리가 세상에 태어날 때, 어떤 운명을 가지고 태어난다고 생각지 않습니다. 사람의 일생은 운이나 뭐 그런 것으로 확정되는 게 아닙니다. 오래 살고 싶어 하는 사람은 누구든지 생명을 연장할 수 있습니다. 저는 '삶의 질'이나 그런 것에 대해서는 듣고 싶지 않습니다. 생명 자체가 삶의 질이죠. 음식물을 섭취하고 사람들과 얘기를 나누고 내일을 꿈꾸고 상상할 수 있으면 또 다른 하루는 충분히 풍성해질 겁니다."

그는 지금껏 항상 그랬듯이 저명한 의사로서의 상당한 자부심과 권위를 가지고 말했다. 하지만 의사의 확신과 호언장담을 통해 오히려 준은 그가 불굴의 의지를 지닌 인간이 아니라는 것을 알 수 있었다. 어쩌면 그는 어려서 어머니를 잃었거나 형제자매 중에 누군가가 고질병에 걸려 고생하고 있는 사람일지도 모른다. 상태가 비참할 정도로 악화되어 가는 형제자매를 보고 조심스러운 반응을 보이거나 당장 자비를 베풀기보다는 쉬지 않고 자신만의 세계를 구축하고 있는지도 모른다.

"저는 동의할 수 없어요. 그럴 수 없다고요."

그녀가 말했다.

"그럼 지금 당장은 포기하지 마십시오!"

"포기는 안 해요."

"여기를 떠나면 포기하는 겁니다. 우리는 지금 아주 중요한 시점에 와 있습니다. 이제 성공을 눈앞에 두고 있지만 위험한 상태예요. 꾸물거릴 시간이 없습니다. 오늘 오후에 허비한 약간의 시간 때문에 원치 않는 결과가 나올 수도 있습니다. 저는 아직도 희망을 버리지 않고 있어요. 제가 가서 레지던트를 다시 불러올 테니 지시에 따라주시기 바랍니다. 그래주시겠죠? 그래주실 거라고 믿습니다. 오늘과 내일, 그리고 모레까지만 하면 됩니다."

그는 준의 양쪽 어깨를 붙잡고 그녀의 눈을 뚫어지게 들여다보았다. 그것은 그녀의 상태를 살피는 것이 아니라 그녀에게 용기를 북돋아주는 시선이었다. 어쩌면 그것은 긍정적인 반응을 일으키려는 시선인지도 모른다. 그의 두 손이 자신의 어깨를 부드럽게 감싸고 있었지만 그녀는 어깨의 살갗이 벗겨지는 것처럼 쓰라렸다. 통증은 등과 목으로 들불처럼 퍼져나갔다. 그녀는 절로 얼굴이 찡그려졌지만 내색을 하지 않으려고 안간힘을 썼다. 그녀는 애초에 그를 속일 의도가 전혀 없었다. 의사가 나가고 젊은 레지던트가 돌아오기 전에 그녀는 황급히 옷을 갈아입고 퀘니그에게 다음과 같은 쪽지를 남겼다.

"지금껏 살아오면서 저는 수많은 위험한 고비를 넘겼고 아직도 이렇게 살아 있습니다. 이제 그만 저는 잊으시고 다른 환자를 보살펴주시기 바랍니다."

준은 그렇게 쪽지를 적고 나서 자신의 행동을 몇 번이나 후회했다. 어찌된 일인지 병원을 떠난 뒤로 그녀의 상태는 놀라울 정도로 나아졌다. 몸은 유연해지고 활력이 넘쳤다. 하지만 클라인스를 만난 뒤로 상태는 악화되었다. 이제 그녀는 쾨니그 박사가 레지던트를 통해 전달해준 진통제에 점점 더 의존하게 되었다. 의사가 조제해준 알약과 물약을 헤아릴 때(그것은 시간을 헤아리는 한 방법이었다.), 그녀는 가장 신경이 날카로워졌다. 약 몇 개는 이듬해에 먹도록 되어 있었다. 약을 헤아려보면서 그녀는 전혀 예상하지 못한 곳에서 보내온 연하장을 받은 것처럼 고맙고 반가운 마음이 들었다. 미래가 그녀의 수명 연장을 축하해주었다.

차가 뉴저지로 가는 다리를 건너는 동안, 남쪽 방향에서는 대도시의 저녁 불빛들이 손짓하듯 빛나고 있었다. 불빛은 항구로 이어지는 길과 그 너머의 넓은 바다를 환하게 비추었다. 수영을 배워본 적이 없는 그녀는 본래부터 물을 무서워했다. 하지만 지금은 팔다리를 능숙하게 휘저으며 검은 강을 건너가는 상상을 했다. 온 몸의 근육에서 뿜어져 나오는 열기로 그녀의 몸은 다시금 활력이 넘쳐흘렀다. 그녀는 어린 니콜라스가 자기 옆에서 헤엄을 치고 있는 것을 보았다. 니콜라스는 본능적으로 엄마가 이끌어줄 것으로 믿고 그녀의 곁에 꼭 붙어서 그녀가 속도를 높이면 거기에 맞추어 자기도 속도를 냈다. 그러다가 그는 그녀의 배로 파고들어 잠시 휴식을 취하기도 했다. 그녀는 자신을 덮쳐 몸 곳곳으로 퍼져나간 거대한 종양 대신 니콜라스를 느끼기라도 하듯 자신의 배에 손을 얹었다. 니콜라스를 임신했을 때, 그녀는 입덧이 무척 심했다. 입덧은 임신을 하고 처음 몇 주 동안 느껴진 게 아니라 계속해서, 그러니까 거의 출산 때까지 그녀를 지긋지긋하게 괴롭혔다. 목이 붓고 메스껍고 헛구역질이 나서 음식을 제대로 먹을 수 없었다. 그 고통이 얼마나 견디기 힘들었으면 잘못해서 넘어지거나 해서 유산이 되더라도 자기는 아무 상관하지 않을 거라는 끔찍한 생각까지 할 정도였다. 니콜라스는 머리가 너무 커서 자연분만이 불가능했다. 다급하게 제왕절개를 하고 깨어났을 때 간호사가 니콜라스를 그녀의 가슴에 얹어주었다. 그때 그녀는 너무나 놀랍고 경이로워서 꺽꺽거리며 울었다. 마취 뒤에 종종 통증이 올 수 있다는 사실을 그녀는 나중에서야 알았다. 니콜라스를 바라보며 그녀가 했던 첫마디는 "미안하다."였다.

그것은 진심이었다. 입덧이 심해 한때 부질없는 생각을 했던 것이 미안했다.

니콜라스가 초등학교에 다닐 때, 그들은 이따금 차를 타고 팰리세이즈 공원으로 나들이를 갔다. 그때 그들은 모닝사이드 하이츠에 살고 있었는데 32번가에 있는 한국 음식점에 가서 일요일의 이른 저녁을 먹으려면 도심으로 들어가는 것보다 다리를 건너는 편이 더 쉬웠다. 운전을 배우지 않았기 때문에 그들은 주로 택시를 타고 다녔다. 갖가지 채소가 담긴 작은 가방을 두 사람 사이에 놓고 집으로 돌아올 때면 하수구 냄새가 나는 무김치와 마른오징어 냄새를 도저히 감당하지 못해 니콜라스는 코를 반쯤 감싸 쥐고 잠이 들곤 했다. 두 사람이 한국 음식점을 이따금 찾은 이유는 니콜라스가 그녀의 고향과 고국, 그리고 다른 한국 사람들에 대해 계속해서 물었기 때문이다. 그녀는 아들의 계속되는 질문을 받고 굳이 그것들에 대답을 하기보다는 한국 음식점에 데려가면 될 거라고 생각했다. 하지만 거기에만 가면 그녀는 기분이 점점 더 우울해졌다. 니콜라스는 아무 말도 하지 않고 자기 앞에 놓인 비빔밥을 깨작거리며 먹기만 했다. 아이가 밥을 절반도 먹지 못하고 있으면 준은 그릇을 깨끗이 비우도록 재촉했다. 그녀는 여종업원을 불러 몇 가지 음식을 사기도 했다. 음식을 사오면 다 먹지 못하고 썩어서 버리는 경우도 많았다. 그들은 한국 음식점에 대여섯 번 정도 갔다가 그 뒤로는 발길을 끊었다. 니콜라스를 위해서라도 고국에 대한 향수를 떠올려보려고 했지만 그런 것은 이미 오래전에 그녀의 뇌리에서 지워졌고 붙잡고 싶은 과거의 기억 역시 하나도 없었기 때문이다. 니콜라스도 아무 불평하지 않았다. 하지만 마지막으로 거기에 갔을 때는 그녀가 물건을 사고 음식을 먹는 동안 자기는 택시에 그냥 있으면 안 되겠느냐고 물었다. 물론 준은 절대로 안 된다고 하면서 왜 택시에 남아 있으려고 하냐고 물었다. 그러자 아이는 "거기에만 가면 엄마가 항상 화를 내잖아요." 하고 대답했다. 그들이 주로 식사를 하는 음식점으로 택시가 다가갈 때 준은 운전사에게 일을 보고 나서 모닝사이드 하이츠로 돌아가야 하니까 그때 다시 데려다달라고 부탁했다. 집에 돌아와서 그녀는 땅콩버터 샌드위치를 만들어 먹었다. 아이는 마치 아무 일도 없었다는 듯이 샌드위치를 먹고 자기 방으로 가서 책을 읽었다. 니콜라스는 원래 감수성이 예민한 아이였지만 가끔은 놀라울 정도로 침착한 모습을 보이곤 했다. 균형과 절제를 통해 자기 마음을 그 정도로 다스릴 수 있는 아이였다.

 런던의 골동품 상인한테서 받은 편지는 니콜라스가 그녀를 떠나 있는 동안 양극적인 성격이 어느 정도 누그러들었다는 것을 보여주는 걸까? 아니면 반대로 더욱 훌륭하게 양극적인 성격을 통제할 수 있음을 보여주는 걸까? 많은 직업을 놔두고 니콜라스가 골동품 사업을 하기로 마음을 굳히는 것을 보고 그녀는 자신이 아들에게 적어도 해를 입히지 않았다는 생각을 했다. 니콜라스는 가게에 있는 것을 확실히 좋아했다. 학교수업을 마치고 돌아오면 니콜라스는 저녁 식사시간까지 기름을 묻힌 천 조각으로 골동품을 닦거나 말을 잘 안 듣는 서랍레일을 손보느라 시간 가는 줄을 몰랐다. 그는 타고난 손재주가 있어서 한 번도 고쳐보지 않은 물건이라도 꼼꼼히 들여다보기만 하면 어떤 부속이 빠졌는지, 또 작동이 왜 안 되는지 금방 알아차렸다. 가구 외에도 그는 벽난로 시계와 주크박스, 그리고 특별한 도구나 부품이 필요 없고 완전히 망가지지 않은 물건들은 무엇이든 뚝딱 고쳐냈다. 그는 확실히 기계와 통하는 게 있었다. 그것은 교감이 없으면 도저히 불가능한 일이었다. 다른 상황에 있었다면 수리공이자 기술자로서의 그의 천부적인 재능이 빛을 발했을 것이다. 하지만 그녀는 아들에게 용기를 북돋아주거나 격려하는 말을 한 번도 하지 않았다. 어떤 때는 작업용 램프 아래에서 웅크리고 앉아 일을 하는 그를 보고 자세가 꼭 보석상 같다고 놀리기까지 했다. 그녀는 아이라면 모름지기 신선한 공기를 마시며(뉴욕 시의 공기가 그리 좋은 것은 아니지만) 머리와 손이 아니라 두 발과 다리로 마음껏 뛰어놀아야 한다고 말했다. 아이에게 그런 말을 서슴없이 할 수 있었다는 것이 지금 와서 생각해보면 무섭고 어처구니없어 보이지만 그때만 해도 이 세상에는 그들 두 사람밖에 없었고 아이를 다루는 방식도 지금과는 달랐다. 어떤 때는 아이를 아주 매정하게 다루다가 또 어떤 때는 한없이 부드럽고 자상한 모습을 보여주었다. 아이는 그녀가 바라보는 광활한 들판에서 하나의 잔물결에 불과했다.

아이는 주로 가게의 안쪽에 처박혀 있었다. 손님이 들어올 때마다 아이는 쪼르르 달려 나와 어서 오시라고 따뜻하게 인사를 건네고는 가게 안쪽의 비좁은 작업실이나 지하실로 슬그머니 돌아가곤 했다. 손님들은 저마다 아이가 예의 바르고 귀엽다고 한마디씩 했다. 그러면 준은 아이들이나 부모 노릇에 대해 잠시 손님과 대화를 나누었다. 화제는 아주 자연스럽게 가정에 필요한 물건들로 넘어갔다. 그녀는 타고난 판매원도 아니었고 남들을 사로잡는 특별한 매력이 있는 여자도 아니었지만 대화를 이끌어가는 데 재치가 있었고 어떤 상황에서도 적응하는 능력이 뛰어났다. 거기다 집요한 구석도 있었고 기회를 포착하는 능력도 있었다. 그녀가 꿈꾸던 일에 비하면 장사는 그저 단순한 놀이에 불과했다. 니콜라스가 가게에 나와 오래 머무는 날에는 장사가 제법 잘 되었는데 그것은 순전히 우연의 일치였을 것이다. 하지만 그녀는 니콜라스가 곁에 있어주는 것이 자기에게 도움이 되었다는 사실을 확실히 알고 있었다. 손님들과 니콜라스를 화제로 삼아 얘기를 나누다가 자연스럽게 다음 이야기로 이어지는 경우가 많았다. 그런 이야기는 니콜라스가 만약 가게에 나와 있지 않았더라면 그녀로서는 애당초 시작할 수도 없는 것들이었다. 그녀는 아이를 자신의 영업에 이용하고 있다는 죄책감에 시달리는 걸 원치 않았다. 그래서 항상 아이를 약간 차갑게 대했고 가게가 아닌 다른 곳으로 아이를 내몰려고 애썼다.

하지만 니콜라스는 조금도 개의치 않는 것처럼 보였다. 사업 초기에 렉싱턴에 가게가 있을 때, 준은 니콜라스가 모자지간에 흔히 빠질 수 있는 불행한 패턴에 대해 틀림없이 무언가를 배웠을 거라고 생각했다. 마지막 손님이 가게를 나가고 그녀가 진열창의 전등을 모두 끄면 니콜라스도 일손을 멈추고 모습을 드러냈다. 그녀는 아이를 보고 "두더지 소년이 드디어 모습을 드러냈군." 하고 말하곤 했다. 물론 부드러운 말투였지만 그 말에는 뼈가 있었다. 그것은 말수가 적은 아홉 살 소년보다는 그녀의 동료나 친구한테 더 어울릴 말이었다. 아이는 눈을 질끈 감고 과장되게 미소를 지어 보이는 것으로 대답을 대신했다. 그러다가 마치 마비가 된 것처럼 그 자리에 얼어붙은 자세로 있다가 갑자기 폴짝폴짝 뛰어 달아나곤 했다. 어머니와 아들은 함께 그런 장난을 치며 놀았지만 그것은 어디까지나 부자연스러운 코미디였다. 하지만 아파트로 돌아오면 그녀가 저녁을 준비하는 동안 아이는 숙제를 하고 그림을 그렸다. 저녁 식사라고 해봐야 간단했다. 너무 간단해서 요리라고도 할 수 없었다. 메뉴라고는 밥과 생선찜, 마카로니와 병에 담긴 소스가 전부여서 탈이 날 음식이 없었다. 하지만 그녀는 한밤중에 아이의 방에서 숨이 넘어가는 소리가 들려와 잠을 깨는 경우가 몇 번 있었다. 그런 소리를 처음 들었을 때는 아이가 목이 막혀 캑캑거리는 줄 알고 얼마나 놀랐는지 모른다. 그녀는 소리에 놀라 너무 급히 일어나다가 하마터면 침대에서 굴러떨어질 뻔하기도 했다. 하지만 나중에 알고 보니 그것은 아이가 잠결에 흐느끼는 소리였다. 그때도 그랬고 그 뒤로도 몇 번 그런 일이 있었지만 막상 방으로 달려가 보면 아이는 잠을 자면서 무슨 슬픈 꿈을 꾸는지 훌쩍거리고 있었다. 아이가 크게 슬퍼하는 것은 아니었다. 그것은 아주 낮게 흐느끼는 소리였다. 그게 가능한 일인지 모르겠지만 아이는 터져 나오는 울음을 제 스스로 막고 있는 것처럼 보였다. 아이를 깨워서 달래주면 될 일인데도 그녀는 왜 그랬는지 모르겠지만 어둠 속에 서서 아이의 일그러진 입과 떨리는 어깨를 멍하니 내려다보기만 했다. 그녀는 아이를 영원히 돌봐줘야 한다는 생각을 버리기가 아주 힘이 들었다.

그러나 그 뒤로 상황은 완전히 달라져버렸다.

"싱어 부인, 다시 한 번 말씀드리겠습니다."

클라인스는 거울에 비친 그녀를 쳐다보지 않고 말했다. 그는 운전할 때는 안경을 꼈다.

"브레넌이라는 사람은 더 이상 신경 쓰지 마십시오."

"알았어요."

"우리는 지금쯤 로마에서 부인의 아드님을 찾고 있어야 합니다."

"내일 밤에 비행기로 떠날 거예요. 더 이상 변동은 없을 거고요."

"싱어 부인, 죄송한 말씀이지만 부인은 더 이상 지체할 할 수 있는 상태가 아닙니다."

"그럼 차를 좀 더 빨리 달리면 되잖아요."

그녀는 룸미러로 그의 굳게 다문 입술을 볼 수 있었다. 그는 차를 돌려 뉴저지로 돌아가는 것은 시간 낭비라며 그러고 싶어 하지 않았지만 준은 그도 헥터를 두려워하고 있다는 것을 알 수 있었다. 그녀가 쌀쌀맞게 대꾸하자 그는 한동안 차의 속도를 높이는 것 같더니 다시 평소처럼 느긋하게 운전을 했다. 그는 겉으로 보이는 것보다 나이가 많았다. 어스름 속에서 그는 긴장을 하면서 도로를 주시하고 있었다. 그는 그녀에게 자기 옆자리에 앉으면 기침감기가 옮을 수도 있으니 뒷자리에 앉도록 권했다. 하지만 그것은 구실에 불과했다. 그녀는 클라인스가 형식이나 규칙 따위를 무척 중시하는 사람이라는 것을 알게 되었다. 그는 자신만의 지정된 자리가 있어야 마음을 놓을 수 있는 그런 사람이었다. 뒷자리에 앉았으면 좋겠다는 클라인스의 말을 듣고도 그녀는 기분이 별로 상하지 않았는데 그것은 그의 성향을 이미 파악하고 있었기 때문이다. 일일이 따지고 묻는 것은 그녀로서도 피곤한 일이었다. 그녀에게는 나름대로의 목적과 의도가 있었고 클라인스는 그녀를 도와주고 있는 입장이었으므로 두 사람 사이에 이렇다 하게 나눌 얘기는 별로 없었다.

물론 니콜라스는 그녀의 명령에 항상 순종했다. 10대인데도 그는 자기 엄마한테 대들거나 반항하지 않고 그녀가 바라는 것은 따를 수밖에 없었다. 그녀는 자기가 생각해도 너무 불합리하거나 무자비하게 아이를 다루고 있다는 생각을 간혹 했다. 그럴 때는 아이가 더 이상 참지 못하고 생떼를 부리거나 톡 쏘아붙일 거라 예상을 했지만 아이는 절대로 그러지 않았다. 니콜라스는 그녀의 무리한 요구나 부탁을 대수롭지 않게 받아들이거나 슬그머니 자리에서 일어나 아파트의 다른 방으로 들어가 버리곤 했다. 그렇게 순종적인 모습은 그 애의 타고난 성격일까? 아니면 그녀가 골동품 가게에서 날카로운 말을 여러 번 내뱉다보니 아이의 태도가 그렇게 순종적으로 변한 걸까? 다른 엄마들처럼 그녀도 니콜라스가 단지 아이라는 이유로 그에게 함부로 분풀이를 할 때가 있었다. 나중에는 분풀이를 하는 이유가 조금 달라졌다. 아무튼 그녀는 가끔 자신의 감정을 주체하지 못할 때가 있었다. 아마 니콜라스도 그럴 때가 있었을 것이다. 집을 몇 달 동안 떠나 있을 때, 아이는 자기 엄마한테 전화나 편지를 일절 하지 않았다. 그녀는 객관적인 관찰자가 있다면 자신을 아들의 인생에서 가장 해악을 끼친 존재로 여기지나 않을지 궁금했다.

아들이 그토록 쉽게 절도 행위를 저지르게 된 것을 보면 그녀의 탓이 분명히 있었다. 클라인스는 아직 확정되지 않은 범죄이니 너무 섣불리 단정 지으면 안 된다고 거듭 말했지만 그녀는 진실이 이미 오래전에 확정되었다고 믿고 있었다. 니콜라스는 오래전부터 도둑질을 해왔기 때문에 그녀는 그렇게 확신하고 있었다. 사실 니콜라스는 도둑질을 저지르고 나서 한 번도 발각이 되지 않아 그전에는 아무 문제가 되지 않았다. 일곱 살 때부터 그는 좀도둑질을 했다. 신문가판대에서 사탕이나 껌을 훔치는가 하면 울워스 매장에서는 카드와 매직펜을 슬쩍했다. 그리고 중학교에 들어가서는 공공도서관에서 레코드판이나 책을 훔치고 백화점에서 값비싼 옷을 훔치기도 했다. 그녀는 이따금 아들의 옷장이나 매트리스 사이, 그리고 침대의 박스 스프링을 뒤져서 꽁꽁 감추어둔 물건들을 찾아냈다. 한번은 유명 디자이너의 이름이 붙은 청바지를 세 벌이나 찾아냈고 또 한 번은 스키 파카 두 벌을 발견했는데 그것들 가운데 그의 몸에 맞는 치수는 하나도 없었다. 그녀는 아들이 물건을 훔쳐와 사람들에게 팔거나 친구들한테 공짜로 나눠주고 있다고 생각했다. 니콜라스가 도둑질을 하고도 들키지 않은 것은 그녀에게 그리 놀라운 일이 아니었다. 그는 영리하고 매력적인 데다 얼굴까지 부드럽고 곱상하게 생겨서 별다른 의심을 받지 않고 도둑질을 할 수 있었을 것이다. 그는 조금도 불안해하는 기색 없이 가게로 걸어 들어가 점원의 눈을 쳐다보며 인사까지 건네면서 마음에 드는 물건을 셔츠 밑으로 쑤셔 넣었을 것이다.

놀랄 만한 사실은 아들의 도둑질을 눈치챘으면서도 그녀는 한 번도 아이를 다그치지 않았다는 것이다. 그녀는 아들을 타이르기는커녕 훔친 물건에 대해 묻지도 언급하지도 않았다. 그녀는 포르노 잡지를 찾아낸 것처럼 아들이 훔친 물건들을 제자리에 넣어 두었다. 왜 그랬을까? 도둑질은 소년기에 누구나 저지를 수 있는 행동이 아니었다. 그녀는 아들의 양말 속에 10여 종류의 껌이 쑤셔 넣어져 있는 것을 발견하고 아들이 좀도둑질을 하고 있다는 것을 처음 알게 되었다. 그때 그녀는 아들의 볼기짝을 때려서라도 따끔하게 혼을 내거나 겁을 주어 두 번 다시 그런 나쁜 행실을 하지 못하게 만들었어야 했는데 그러지 않았다. 새로 훔친 물건을 발견할 때마다 그녀는 그전에 훔친 물건들은 대수롭지 않게 생각하게 되었고 그것들을 서로 다른 별개의 사건으로 취급했다. 심지어 그녀는 니콜라스가 깜빡 잊고 물건 값을 치르지 않았던 것이라고 자기 식대로 해석했다. 그녀 자신도 그런 경험이 두어 번 있었다. 한 번은 깜빡 잊고 물건 값을 치르지 않은 채 매장을 나오다가 보안요원에게 걸려 몸수색을 당하는 일까지 있었다. 니콜라스는 어릴 때부터 한곳에 정신을 집중하지 못하고 다른 일에 정신이 팔려 있는 경우가 많았는데 그게 문제였다. 하지만 문제의 핵심은 준이 아들의 좀도둑질을 은근히 기대하는 태도로 바라보기 시작했다는 것이다. 그녀는 아들이 방에 없을 때마다 몰래 들어가서 반쯤 기대하는 마음으로 훔쳐온 물건들을 찾아보곤 했다. 물론 물건을 찾아낼 때마다 당황스럽고 실망도 되었지만 다음 순간 그녀는 아들이 물건을 훔치는 순간을 상상하면서 일종의 섬뜩한 호기심에 사로잡히곤 했다. 그녀는 정신을 집중하면서 니콜라스가 도둑질을 하는 모습을 상상해보았다. 그녀는 도둑질을 하는 순간의 주변 상황을 머리에 그려보았다. 아들은 가게의 한쪽 구석에서 서성거리다가 하마터면 도둑질이 발각될 뻔한 상황을 맞기도 했을 것이다. 마음에 드는 물건에 손을 댈 때는 쿵쾅거리는 가슴을 진정시키느라 무진장 애를 썼을 것이다. 물건을 훔칠 때 그는 무슨 생각을 했을까? 아무 생각도 하지 않았을 수도 있다. 훔치고 싶은 충동을 이기지 못하는 아들의 얼굴 표정이 궁금했다.

언젠가 그녀는 자신의 가게에 있다가 도로 건너편의 인도를 걸어가는 아들을 우연히 발견하고 뒤를 밟아본 적이 있다. 그 당시 니콜라스는 열세 살이었다. 그녀는 재빨리 가게를 닫고 아들을 미행하기 시작했다. 니콜라스는 한참을 걸어가다가 레코드점으로 들어갔다. 그녀는 뒤따라 들어가지 않고 커다란 진열창의 가장자리에 숨어서 아들을 지켜보다가 물건을 훔치는 모습을 제대로 볼 수가 없어서 안달이 났다. 그때는 무더운 여름날이었기 때문에 니콜라스는 폴로 티셔츠와 운동용 반바지만 달랑 입고 있었다. 그는 앨범을 죽 훑어보다가 카세트테이프와 포스터가 빼곡하게 꽂혀 있는 곳에서 서성거렸다. 그는 한가롭게 산책을 하다가 덤불 속에서 이파리 하나를 뽑아내듯이 앨범 한 장을 집어 들고 입구 쪽으로 걸어왔다. 입구는 계산대 바로 앞에 있었다. 니콜라스가 가게를 막 빠져나오려고 했을 때 점원이 그를 멈춰 세우고 손에 들려 있는 앨범을 가리켰다. 그때 니콜라스는 최면상태에 있다가 깨어나는 사람처럼 보였는데 일부러 그런 표정을 짓는 것 같지는 않았다. 아이는 일단 사과를 하고 히죽히죽 웃어 보이더니 계산을 치르고 가게를 나섰다. 아이는 그녀가 숨어 있는 방향으로 오지 않고 반대편으로 걸어갔다. 그녀가 모퉁이 근처에 있는 아들의 모습을 다시 발견했을 때 그는 새 앨범이 담겨 있는 종이봉투를 철망으로 만든 쓰레기통에 통째로 버리고 있었다. 그런 다음 아이는 손을 등으로 돌려 티셔츠의 혁대 속에서 오렌지색의 8트랙 녹음테이프를 끄집어냈다. 그는 무지개빛깔의 거울처럼 맑은 플라스틱 포장지가 반사하는 빛들과 테이프의 앞뒷면에 새겨진 글자를 유심히 들여다보며 정말 기뻐하는 것 같았다. 하지만 다음 순간 그는 전혀 아무렇지도 않게 그 테이프마저 쓰레기통에 떨어뜨려버렸다.

나중에 니콜라스는 남쪽으로 방향을 틀어 3번가 쪽으로 걸어갔다. 그의 손에는 아무것도 들려 있지 않았다. 그는 의심을 받지 않을 가게들을 찾아가고 있었던 걸까? 깡마른 그의 몸이 보이고 사라지기를 반복하다가 점심시간이라 사람들로 북적거리는 인도에서 결국 사라졌다. 그녀는 아들을 끝까지 뒤쫓아가보려고 했지만 그렇게 놓치고 말았다. 하지만 그녀는 갑자기 가슴이 벅차오르는 기분을 느꼈다. 급박한 상황에서도 아들이 자제력을 잃지 않고 상황에 침착하고 의연하게 대처하는 모습을 보고 그녀는 가슴이 뿌듯했다. 니콜라스는 그녀가 생각했던 것보다 훨씬 더 많이 그녀 자신을 닮아 있었다. 그녀는 자신을 존경받을 만한 인물이라고 여기지는 않았지만 적어도 혼자서 세상을 헤쳐 나갈 능력은 갖추고 있다고 생각했다.

"클라인스 씨, 혹시 자제분이 있나요? 죄송해요. 아직 당신한테 부인이 있는지 어떤지도 모르고 있네요."

"집사람은 오래전에 죽었습니다."

"저런."

"딸이 하나 있는데 지금 필라델피아에 살고 있습니다."

클라인스가 말했다. 그들은 신호등에 걸려서 한참을 기다려야 했다.

"어떤 일을 하는데요?"

"사위와 함께 식료품 가게에서 점원으로 일하고 있죠."

"자식은요?"

"아직 없습니다."

클라인스는 머뭇거리면서 자신에 관한 이야기를 더 이상 밝히고 싶어 하지 않았지만 준은 무슨 이유에서인지 몰라도 계속해서 캐묻고 싶은 충동을 느꼈다.

"거리가 가까워서 따님을 자주 보겠군요."

"그렇지도 못합니다."

"주로 휴일에 만나겠죠?"

"아뇨. 휴일에는 못 만납니다."

그는 헛기침을 하면서 말했다. 그때 마침 신호등이 바뀌었다. 두 사람은 아무 말도 나누지 않고 몇 블록을 지나쳤다. 클라인스는 양손으로 운전대를 단단히 움켜쥐고 줄곧 전방을 주시하면서 상당히 뻣뻣한 자세로 운전을 했다. 그녀는 화제를 다른 걸로 바꾸든가 아예 입을 다물 생각을 하고 있었다. 하지만 바로 그때 클라인스가 입을 열었다.

"딸과는 서로 말을 하지 않고 지낸 지 꽤 됩니다."

"이유를 여쭤봐도 될까요?"

"저도 그 이유를 모르겠습니다. 우리 사이에는 불미스러운 일이 전혀 없었습니다. 적개심도 없었고요. 사실 저는 죽을 때 딸에게 제법 많은 돈을 남기고 싶습니다. 딸이 없었다면 저는 일찌감치 퇴직을 했을 겁니다. 하지만 딸은 그 사실을 절대로 모르겠지요. 우리는 서로 얘기를 많이 나누지 않았습니다. 딸이 어렸을 적부터 그랬습니다."

"지금은 후회가 되시나요?"

"얘기를 많이 나눴더라도 달라지지는 않았을 겁니다. 딸과 저는 말을 많이 하는 편이 아닙니다. 정말이지 뭐가 잘못된 것인지 저는 모르겠습니다."

갑자기 무거운 표정을 지으며 그가 말했다. 그제야 그는 본래 나이처럼 보였다.

"부인은 어떻습니까? 후회하지 않습니까?"

"니콜라스와의 관계 말인가요? 아뇨. 저는 별로 후회하지 않아요."

클라인스는 다른 말은 하지 않았다. 그녀는 자신의 대답이 방어적이거나 냉담하게 들릴 수도 있다는 것을 알고 있었지만 더 이상 설명해주지 않았다. 아이가 세 살이 되었을 무렵 그녀는 결코 충분치 않을 거라는 걸 알면서도 자기가 줄 수 있는 것은 무엇이든지 아이에게 주려고 애썼다. 상대방을 위해 무슨 일을 하든지 우리는 상대방의 성격이나 운명을 배제하고 그를 무한정 사랑할 수는 없다. 그녀는 사랑이 그런 힘을 갖추지 못했다고 믿게 되었다.

니콜라스는 그녀의 성격을 닮은 걸까? 오래된 가구나 예술작품에 대해서는 완전히 윤리적인 방식을 고수하기가 힘들었지만 골동품 판매업을 하면서 그녀는 가능한 한 정직하게 장사를 하려고 애썼다. 골동품 판매란 것이 원래 그랬다. 손님의 입장에서 보자면 그것은 설사 완전한 속임수는 아닐지라도 구조적으로 신뢰할 수 없는 사업이었다. 어떤 골동품의 출처에 대해 가게에서 무슨 말을 하더라도 손님으로서는 확인할 길이 없었다. 사업 초기에 그녀는 골동품 취급업자와 골동품 원소유자로부터 종종 제값보다 더 많은 금액을 지급하고 물건들을 사들였다. 가구의 경우에는 자세히 살펴보면 서랍의 구조나 다리의 홈에 하자가 있는 것들이 간혹 보였지만 그런 것들은 나중에 어떻게든 손을 보면 되었다. 어느 시대의 물품이든지 가짜가 넘쳐났다. 가짜들은 조잡하게 만들어진 것들이 대부분이었지만 그래도 몇몇 개는 아주 뛰어난 경우가 있었다. 물론 경매장 밖에서 취급되는 수많은 제품들을 취급하려면 제품을 제대로 볼 수 있는 전문가적인 안목을 갖추고 있어야 했고 거짓말을 하거나 대충 얼버무리지 않고 제품들에 대해 충분한 설명을 해줄 수 있을 정도의 지식을 갖추고 있어야 했다. 손님의 입장에서 어떤 제품이 진짜인지 가짜인지 판단하는 기준은 결국 가게 주인이 들려주는 이야기나 설명에서 판가름이 났다. 이야기가 한편으로는 공상적이고 또 한편으로는 현실적일 때 효과는 가장 높게 나타났다. 모든 제품이 가장 확고해 보이는 기초에 바탕을 두고 있다고 하더라도 손님들에게 이야기를 할 때는 제품들마다 제각기 변화를 주어 다양한 기준을 제공해야 했다. 장사를 하다 보니 그녀는 그 방면에 상당한 소질이 있었다. 그녀는 몸가짐이 바르고 조심스러웠다. 말을 할 때도 똑 소리가 났다. 허술한 구석이라고는 도무지 찾아볼 수가 없었다. 그러다보니 단골 손님들은 그녀는 물론이고 자신들의 미적 감각 또한 절대적으로 신뢰하게 되었다. 물론 여러 해 장사를 해오는 동안 손님들 중에는 불만을 표하는 사람도 있었고 의혹을 품는 사람도 있었지만 그녀는 그런 문제를 깨끗하게 처리하여 자신이 판매한 제품과 관련하여 아무 뒤탈이 없도록 했다.

물론 어릴 적에 준도 물건을 대놓고 훔쳤지만 그때는 그것이 생존의 문제였고 니콜라스의 경우와는 완전히 달랐다. 그녀가 늙은 농부의 담요를 훔치고 전쟁 중이나 전쟁 직후에 다른 수십 개의 물건과 식량을 훔친 것은 오로지 살아남기 위해서였다. 그런데 먹을 것이 풍족하고 안전한 피난처가 되는 고아원에 정착을 한 뒤에도 그녀는 다른 아이들의 물건을 훔친 경우가 몇 번 있었다. 그녀는 자기한테 별로 이득도 되지 않는 물건들을 훔쳐 아이들에게 커다란 불행만 안겨주곤 했다. 당시 그녀의 눈길을 끄는 감상적인 물건들이 몇 개 있었는데 이를테면 어떤 남자아이가 가지고 있던 화려한 색깔의 구슬들, 어떤 여자아이의 은색 팔찌 등이었다. 은색 팔찌는 그녀의 어머니가 한때 차던 것과 같은 종류였다. 훔친 물건들 가운데 특히 터무니없는 것은 구겨진 한 장의 가족사진이었다. 그녀는 잠을 자고 있는 어떤 남자아이의 뒷주머니에서 사진을 훔쳐냈다. 그 남자아이한테 특별히 악감정이 있어서 그랬던 것은 아니다. 오히려 그 애는 대부분의 사람들이 준을 기피하고 있을 때 그녀를 친절하게 대해줄 때가 많았다. 준은 꼬박 사흘 동안 사진을 가지고 있다가 돌려주었다. 그녀는 남자아이가 몇 개 안 되는 자신의 물건들을 허겁지겁 뒤지면서 사진을 찾는 모습을 지켜보기만 했다. 아이는 자기 주머니에 넣어둔 사진이 흘렀을까 봐 운동장과 교실을 엉금엉금 기어 다니며 샅샅이 살펴보았다. 어느 날 오후, 준은 남자아이들의 숙소에서 아이가 울음을 터뜨리는 소리를 들었다. 아이는 엉엉 울면서 하나밖에 없는 가족사진을 잃어버린 것에 대해 돌아가신 부모님께 용서를 빌었다. 준은 자기가 얼마나 잔인한 짓을 저질렀는지 깨닫고 양심의 가책을 느꼈다. 하지만 그녀는 이제 남자아이도 부모님이 돌아가셨다는 사실을 인정하고 받아들여야 한다고 생각했다. 사진을 지니고 다니면 아이한테 해로울 수가 있었다. 그 사진이 마치 힘과 믿음의 유일한 원천이라도 되는 양 날마다 그것을 들여다보고 거기에만 의지하다보면 소년 자신을 나약하게 만들게 될 거라고 그녀는 생각했다.

준이 소년의 사진이나 다른 아이들의 물건을 훔친 사실을 알아차린 사람은 아무도 없었다. 물건이 하나둘 사라지자 사람들은 아주 당연하다는 듯이 그녀를 제일 먼저 의심했지만 아무것도 밝혀낼 수가 없었다. 자기가 물건을 가져갔노라고 공개적으로 시인하면서 그녀가 물건을 돌려줄 때에야 사람들은 그녀가 훔쳤다는 사실을 뒤늦게 알아차렸다. 그녀가 돌려준 물건은 실비 태너의 책이었다. 그 책은 실비가 침대 머리맡의 탁자로 쓰고 있는 등받이 없는 의자에 항상 놓아두던 것이었다. 준은 자기가 할 일이 있느냐고 실비에게 물었다. 실비는 준이 고아원에서 문제아로 통하고 있었기 때문에 그러라고 하면서 고아원의 허드렛일을 맡기는 한편 시간이 나는 대로 목사 사택에 들어가 먼지를 털고 바닥을 쓸도록 시켰다. 책꽂이에는 다른 책들이 항상 있었다. 책들은 헥터 브레넌이 보름에 한 번씩 서울에 있는 미8군에 가서 실비를 위해 빌린 것들이다. 책들은 대출과 반납을 거듭하면서 자주 바뀌었다. 성경과 찬송가책 옆에 놓아두던 그 얇은 책만큼은 항상 그 자리를 차지하고 있었는데, 목사 부부는 미국에서 나올 때 그것을 가져왔다.

준은 그녀에게 책을 읽어달라고 부탁했지만 실비는 그것이 시도 아니며 아이들이 좋아할 만한 동화도 아니라고 말했다. 사실 그것은 전쟁에 관한 이야기였다. 실비는 그런 책은 읽을 필요가 없다고 준에게 말했다. 하지만 준은 계속해서 읽어달라고 그녀를 졸랐는데 그것은 아마도 실비가 그 책을 읽으면서 다소간의 즐거움을 느끼면서 어떤 음울한 분위기에 젖어드는 것을 보았기 때문일 것이다. 준은 먼지 청소를 하러 사택으로 들어가서는 침실 안을 기웃거리거나 사택 뒤쪽으로 기어 나가곤 했다. 사택 뒤편으로 나가보면 실비가 흐릿한 청색 천으로 덮인 책을 꼭 붙잡고 있었다. 그녀는 책을 읽지도 않고 그냥 자기 가까이에 두었다. 그녀는 항상 그렇듯이 의자에 몸을 접고 앉아 책을 가슴에 끌어안고 있거나 책으로 턱을 받치고 있었다. 준은 혼자 집에 있을 때마다 방으로 몰래 들어가서 한 페이지라도 책을 읽으려고 애썼다. 그때 그녀는 영어 초급 독본을 주로 읽고 있었기 때문에 책을 읽으면서도 무슨 소린지 이해하기가 힘들었다. 머리말과 역사적 배경을 설명하는 처음의 몇 페이지를 읽는데도 몇 시간이나 걸릴 것 같았다.

그래서 그녀는 책을 가지고 언덕 비탈에 있는 천연 벙커로 가서 읽었다. 늦은 오후 시간에는 일이 별로 없어서 여유가 있었다. 벙커는 덤불과 잡초로 뒤덮여 있어 사람들의 눈을 피하기에 안성맞춤이었다. 전투에 대한 설명이 시작되면서 글이 눈에 좀 더 또렷하게 들어왔다. 글자들은 명확해졌다가 곧이어 사라졌다. 이제 글을 읽는 것이 그녀에게는 극장에서 영화를 보고 있는 것처럼 쉬워졌다. 작가가 전투를 묘사하는 장면은 한마디로 섬뜩했다. 기병대의 대대적인 살육, 불을 뿜는 대포와 연발총, 팔다리가 잘리고 짓뭉개져 산더미처럼 쌓여 있는 시체들, 여기저기 아무렇게나 흩어져 있는 무수한 시체들, 시체에서 흘러나온 피가 강물을 이루어 흘러가는 모습 등은 끔찍하기 그지없었다. 하지만 작가가 가장 관심을 가지고 그린 것은 전투가 벌어지고 나서 며칠 동안 벌어진 사건이었다. 그는 부상자들의 비참한 운명에 관심을 가지고 있었다. 부상자들은 식량과 식수, 그리고 약품이 터무니없이 부족해서 인간 이하의 생활을 했다. 그런 상황에서는 살아 있다는 사실 자체가 '완벽한 고문'이라고 할 수 있었다. 부상자들을 돌보던 사람들은 대부분이 그 자신이나 지역민처럼 전문 의료진이 아닌 평범한 사람들이었다. 그들 모두는 생존자들을 돕고 싶어 했지만 그럴 만한 능력을 전혀 갖추지 못한 상태였다. 솔페리노라는 마을을 둘러싼 지역에 있는 모든 교회는 부상을 당한 병사들로 가득 찼다. 성스러운 교회들의 공기는 이미 죽은 사람들과 죽어가고 있는 사람들의 악취 때문에 혼탁해졌다.

며칠 뒤에 실비 태너는 준에게 혹시 자기 책을 보지 못했는지 물었다. 준은 고개를 가로저으며 헥터가 부대 도서관에서 빌린 책들을 반납할 때 실수로 그 책이 딸려 들어간 것은 아닌지 모르겠다고 말했다. 그녀는 자신의 죄를 일부러 드러내려고 작정이라도 한 것처럼 서투르게 거짓말을 했지만 아무튼 먹혀들었다. 실비는 부대 도서관에서 책을 다시 가져오게 된다면 함께 책을 읽고 토론을 벌여보자고 준에게 말했다. 다음 날 준은 고아원에서 슬그머니 빠져나와 땅에 반쯤 파묻어둔 소총 탄약통이 있는 곳으로 건너갔다. 준은 책을 탄약통 안에 숨겨두었다. 표지에 묻어 있는 흙을 털어내고 책을 사택으로 가져왔다. 태너 목사는 그녀의 손에 들려 있는 책을 알아보고 책을 가지고 어쩌려고 그러느냐고 물었다. 하지만 마침 그 순간 실비가 뒤뜰에 있다가 들어오면서 책을 보고 소리쳤다.

"어머, 착하기도 해라. 네가 책을 도로 찾아왔구나!"

하지만 실비는 약속을 지키지 않았다. 그녀는 여전히 준과 함께 책을 읽으려고 하지 않았다. 할 수 없이 준은 허드렛일을 마치고 나면 다른 책들이라도 함께 읽었으면 좋겠다고 간청하듯이 말했다. 실비는 선뜻 대답을 못하고 망설였다. 남들의 눈에 준을 편애하는 것으로 비치게 될까 봐 두려워하는 게 분명했다. 하지만 실비는 준이 평소와 달리 자기 또래의 여자아이들처럼 부드러운 눈길로 자신을 쳐다보고 있자 결국 요구에 응하고 말았다. 준이 청소를 재빨리 마치고 나면 두 사람은 실비의 침대에 걸터앉아 서로에게 책을 읽어주다가 저녁 식사시간이 다가오면 밖으로 나와 다른 사람들을 돕곤 했다. 준은 그동안 끊임없이 느껴왔던 배고픔이 마술처럼 가라앉는 것을 발견했다. 전쟁이 끝나고도 여전했고 죽을 때까지 없어지지 않을 것 같던 배고픔이었다. 그때까지 그녀는 떠돌이 고양이처럼 자신의 배의 상태와 관계없이 항상 허기에 시달려왔는데 함께 책을 읽는 동안은 그런 허기가 느껴지지 않았다. 준은 태너 부인이 허락만 한다면 따스한 그녀의 옆자리에 밤새도록 붙어 앉아 시간 가는 줄도 몰랐을 것이다.

　준은 조금이라도 시간이 날 때마다 계속해서 책을 읽어나갔다. 그녀는 실비 태너가 그 책의 저자이자 참상의 목격자라는 상상을 하지 않을 수 없었다. 그녀는 실비 태너가 처참한 전투와 교회에 있는 불쌍한 부상자들을 직접 목격하고 약품과 깨끗한 붕대, 그리고 식량이 절대적으로 부족해서 고통 받는 그들을 도와주려고 애쓴 거라고 상상했다. 책의 속표지에는 고풍스러운 흘림체로 다음과 같은 글이 멋지게 새겨져 있었다. '신념이 확고한 우리 딸이 부디 구원의 천사가 되길 바라며.' 일곱 살이나 여덟 살 무렵에 니콜라스는 바로 그 책을 손에 들고서 '신념이 확고한' 사람이 어떤 사람이냐고 준에게 물은 적이 있다. 그 무렵에는 책의 표지를 덮고 있던 파란색 천이 이미 오래전에 벗겨져 나가 있었고 제본을 한 자국도 훤히 드러나 있었지만 안쪽 페이지만큼은 멀쩡했다. 상태도 좋지 않고 망가지기 쉬운 책이라서 그녀는 화장대에 올려놓은 커다란 보석함에 책을 보관했다.

그녀는 실비가 자기한테 해준 말을 아들에게 그대로 전해주었다.

"자신에 대한 믿음이 확고한 사람은 항상 세상을 따뜻하게 품어줄 수 있다는 얘기야."

"그럼 엄마가 구원의 천사예요?"

"나도 언젠가는 그렇게 되고 싶어."

그녀가 말했다. 니콜라스는 속표지에 적혀 있는 말이 누군가가 자기 엄마를 위해 적어준 말이라고 오해하고 있었다.

"아니, 우리 모두 그런 사람이 되도록 노력해야겠지."

니콜라스는 고개를 끄덕이고 나서 책을 조심스럽게 보석함에 넣었다. 그녀는 아들이 이따금 자기 몰래 방에 들어와서 책을 들여다보고 있다는 사실을 알아차렸다. 책에서 나왔을 것 같은 자잘한 부스러기들이 가끔 화장대 위에 떨어져 있었다. 그녀는 처음에 아들이 가급적이면 책도 건드리지 않고 그런 까다롭고 가슴 아픈 내용에 관심을 가지지 않기를 바랐다. 하지만 나중에는 아들의 행동을 모자지간의 어떤 이상한 종류의 친밀감을 쌓아가는 행동이라고 달리 생각하게 되었다. 자신의 생활과 과거를 아들이 몰래 엿볼 수 있도록 함으로써 그녀는 자신에 관한 일을 아들에게 굳이 밝히지 않아도 되었다. 그러던 어느 날이었다. 그때는 아이가 좀 더 자라 6학년이었다. 니콜라스는 그 책을 들고 부엌으로 들어와서 그게 누구의 책이냐고 물었다. 자기 엄마의 부모님은 두 분 다 한국 사람인데 책에 적힌 헌정사는 영어로 되어 있으니 아무래도 이상하다고 여긴 것 같았다. 그녀는 친구한테서 받은 선물이라고 대답했다. 자기가 어릴 적에 도움을 주었던 여자였는데 전쟁이 끝나고 죽었다고 그녀는 덧붙였다.

"그 여자 이름이 뭐였죠?"

그녀는 이름을 알려주었다. 니콜라스에게는 아무 의미도 없는 이름일 텐데 그 이름은 아이에게 이야기 속의 인물들이 그러하듯이 상상력을 자극한 것처럼 보였다.

"그 여자한테 무슨 일이 벌어졌죠?"

"사고가 있었어."

"어떤 사고요?"

"불이 났단다."

아이는 아무 말도 하지 않았다. 항상 자기 엄마의 감정을 잘 헤아리는 니콜라스는 설명을 재촉하지 않았다. 두 사람은 한동안 말없이 앉아 있었다. 그러다가 아이가 입을 열었다.

"그곳에서 아빠를 만나셨어요?"

"어디 말이야?"

"솔페리노."

그녀는 고개를 가로저었다.

"나는 한 번도 그곳에 안 가봤어."

"지금 그곳에 뭐가 있는지 아세요?"

"작은 마을이 있겠지. 교회도 하나 있는 걸로 알고 있는데."

"아주 특별한 곳일 거예요. 책에 나온 내용이 사실이라면 바티칸처럼 특별한 곳일 거라고 생각 안 하세요? 황금조각상과 회화작품 같은 멋지고 환상적인 물건들로 가득할 거예요."

"대단한 보물이나 유물 같은 거? 그럴지도 모르지."

"언제 저랑 한번 가봐요. 알았죠?"

아이는 흥분해서 말했다.

"알았어. 그러자꾸나."

그녀는 오래전부터 혼자 그곳에 다녀올 생각을 하고 있었지만 아무튼 그렇게 대답했다.

"이 책, 제가 가져도 돼요?"

아이는 책을 꼭 쥐고 기대에 차서 물었다.

"글쎄… 그 책을 누구한테 준다는 생각은 아직까지 한 번도 해보질 않아서…. 심지어 너한테도 말이다."

말은 그렇게 했지만 그녀의 얼굴 표정은 갑자기 어두워졌다. 그녀는 재빨리 다음과 같은 제안을 했다.

"이렇게 하면 어떨까. 그 책에 내가 무슨 말을 써서 너한테 주는 거야, 어때?"

"좋아요."

아이는 급히 방으로 달려가더니 펜을 가지고 돌아왔다. 그리고 헌정사가 적힌 페이지를 펼쳤다. 무슨 말을 써줘야 할지 그녀가 곰곰이 생각하고 있는데 전화벨이 울렸다. 수화기 저쪽 편의 사람은 그녀가 전화를 기다리고 있던 도매상이었다. 그녀가 전화를 받는 동안 니콜라스는 참을성 있게 기다렸다. 하지만 그녀는 수화기를 내려놓자마자 당장 시내를 향해 떠나야 했다. 시내로 가서 남들보다 먼저 매물로 나온 땅을 둘러보고 값을 불러야 했다. 니콜라스는 집에 있었다. 팔려고 내놓은 땅을 대부분 사들이고 몇 시간 뒤에 돌아왔을 때, 아이는 텔레비전 앞에서 잠이 든 상태였다. 아이의 무릎에는 반쯤 먹고 남은 살라미 샌드위치가 얹혀 있었다. 그녀는 아이를 가볍게 흔들어 깨워 침대로 데려갔다.

여러 해 뒤에, 멀리 여행을 떠나는 아이를 택시에 태워 공항에 보내고 나서야 그날 아이를 위해 책에 무슨 글을 써주기로 했던 일이 기억났다. 아마 그날 이후로 그녀는 한 번도 책을 들여다보지 않았을 것이다. 아파트로 돌아와 곧장 자기 침실로 들어가 보고 나서야 그녀는 보석함에 들어 있던 책이 사라진 것을 깨달았다. 그녀는 책을 찾느라 집 안을 샅샅이 뒤졌다. 침대 밑은 물론이고 수납실과 거실 선반 위를 살펴보고 나서 니콜라스의 방에도 들어가 보았다. 방은 아이의 물건들로 가득했다. 산더미처럼 쌓여 있는 스케치북과 레코드, 그리고 포스터 사이사이를 빠짐없이 들여다보고 아파트의 다른 곳도 살펴보았지만 책은 보이지 않았다. 그녀는 아이가 여행을 떠나면서 책을 가져갔다고 확신했다.

어떻게 감히 니콜라스가 그런 짓을 했을까? 처음에 그녀는 상당한 충격을 받았고 너무 혼란스러워 정신을 차릴 수가 없었다. 다음 순간, 그녀는 자신의 감정 따위는 생각지도 않고 자기 인생에서 유일하게 아끼는 물건을 제멋대로 가져간 니콜라스 때문에 마음에 상처를 입었다. 다음 날 그녀의 분노는 극에 달했고 별의별 상상을 다 하기 시작했다. 그녀는 아이가 어느 도시에 가 있는지 모르겠지만 타고 가던 버스가 언덕을 구르거나 묵고 있는 호스텔에 불이 나거나 하는 상상까지 하게 되었다. 그런 사고를 당하게 되면 아이는 허겁지겁 그녀에게 전화를 걸어올 것이다. 하지만 그런 상상은 금세 끝나버리고 그녀는 심한 죄책감에 휩싸였다. 준은 특이하게 비밀이 많고 남의 물건에 손을 대고 싶은 욕구가 있는 니콜라스가 너무 감상적이라서 그런 행동을 했을 거라고 스스로를 설득했다. 그녀가 잠을 자는 동안 아이는 방에 몰래 들어와 머리카락 한 타래를 싹둑 잘라간 적이 있다. 준은 아이가 책을 가져간 일을 그때 머리카락을 잘라간 것처럼 일종의 사랑스러운 행위로 보게 되었다. 니콜라스는 책을 숨길 곳을 찾다가 이참에 여행을 떠나기로 마음먹은 걸까? 그랬을지도 모른다고 생각하니 가슴이 뛰었다. 그녀의 마음은 몸과 함께 무너져 내리기 시작했다. 자기가 왜 여태까지 그런 생각을 못했는지 알 수 없었다. 그들은 무슨 일이 있어도 솔페리노로 가야 했다. 그녀는 니콜라스가 노천카페에 앉아서 자기가 오기를 기다리고 있는 모습을 상상했다. 클라인스는 달갑게 생각하지 않겠지만 그녀는 비행기에서 그에게 설명을 해줄 생각이었다. 로마에서는 몇 시간만 휴식을 취하고 차를 한 대 빌려 북쪽으로 달려야 한다고 말해줄 생각이었다.

뒤따라오던 차가 시끄럽게 경적을 울렸다. 클라인스가 너무 느리게 운전을 하자 참다못한 뒤차 운전자가 경멸하듯이 서너 번 경적을 빵빵 울려댔다. 맨해튼에서 넘어올 때도 그랬다. 클라인스의 저속운전에 열을 받는지 다른 차들은 몇 번이고 경적을 울렸다. 뒤따라오던 차가 속력을 높이는 바람에 이제 두 차는 나란히 달리게 되었다. 옆 차의 운전자는 클라인스를 향해 가운뎃손가락을 치켜세워 보이고는 다짜고짜 핸들을 돌려 클라인스의 앞으로 끼어들었다. 그 바람에 두 차의 범퍼가 서로 살짝 부딪쳤다. 클라인스는 갑자기 벌어진 사태에 당황해서 핸들을 홱 꺾었다. 차가 중심을 잃고 좌우로 흔들리는 동안 핸들도 사정없이 흔들렸다. 이제 충돌은 피할 수 없게 되었다고 준이 확신하고 있을 때, 클라인스가 간신히 차의 중심을 잡았다. 하지만 그는 아까보다 더 속도를 늦추었다. 뒤따라오던 다른 차가 경적을 울리기 시작했을 때, 그는 아직 도로를 벗어날 때가 되지 않았는데도 다음 출구에서 빠져나왔다. 그는 몇 블록을 달리다가 차를 멈추더니 지도를 좀 살펴봐야겠다고 말했다. 관자놀이는 땀으로 축축하게 젖어 있었는데도 그는 눈에 띄게 몸을 떨고 있었다.

준은 자신의 머리와 얼굴을 감싸 쥐었다. 차를 타고 오는 동안 차창에 가볍게 몸을 부딪쳤는데 그녀의 건강 상태에서는 마치 막대기로 쿡쿡 찔리는 것 같았다. 뺨은 금이 간 유리처럼 느껴졌다. 갑자기 배에서 구역질이 올라왔다.

"문 좀 열어주세요."

그녀가 힘없는 목소리로 말했다.

"괜찮습니다, 싱어 부인. 이제 출발합니다."

클라인스는 자기를 생각해서 문을 열라는 줄 알고 그렇게 대꾸했다.

"제발요!"

자동잠금장치가 풀리자마자 그녀는 차에서 뛰쳐나갔다. 그녀는 비틀거리며 몇 미터를 가다가 푹 쓰러지며 잡초가 우거진 갓길에 한쪽 무릎을 꿇었다. 그녀는 클라인스가 차로 태우러 오기 전에 손수 끓여 마신 보리차를 기어이 토하고 말았다. 침에서 담즙과 쇠 맛이 느껴졌다. 다행히 그곳은 어두워서 풀 속에 쏟은 구토물에 피가 섞여 있는지 어떤지는 확인할 수가 없었다. 언제부턴가 그녀는 가게에서 몸이 안 좋아 화장실로 달려갈 때마다 섬뜩한 피를 보지 않으려고 눈을 감은 채 변기의 물을 내리곤 했다.

"부인, 이런 몸 상태로는 더 이상 가기 힘들겠는데요."

클라인스가 그녀를 부축해서 일으켜 세우며 말했다.

"가게로 모셔다드리겠습니다."

"아니에요."

그녀는 단호하게 말했지만 중심을 잡기 위해 그에게 몸을 기대야 했다. 그의 옷에서 곰팡이와 구취제거제의 냄새가 강하게 풍겼다. 그녀는 참지 못하고 다시 구역질을 하고 토했다. 이번에는 속이 텅 비었는지 아무것도 나오지 않았다. 그녀는 입가에 묻은 침을 닦았다.

"아직은 돌아갈 수 없어요. 아시겠어요?"

그는 고개를 끄덕이고 나서 그녀를 부축해서 차에 태웠다. 클라인스는 여전히 불안해보였다. 하마터면 사고를 당할 뻔했고 그녀의 몸 상태가 좋지 않아서였을 것이다. 간이식당을 막 지나쳤을 때, 그녀는 차를 돌리라고 말했다. 그는 왜 그러느냐고 묻지도 않았다. 클라인스가 차를 돌려서 세웠다. 준은 그에게 자기는 차에 남아 있을 테니 식당에 들어가서 커피나 한잔하고 오라고 말했다. 클라인스가 자기는 괜찮다고 하자 그녀는 날카로운 목소리로 다시 한 번 말했다. 그는 시무룩한 표정으로 식당 안으로 들어가서 카운터 쪽에 있는 의자에 앉았다.

그녀는 클라인스가 여종업원에게 주문을 할 때까지 기다렸다가 손가방에서 작고 새까만 통을 하나 꺼냈다. 통에는 쿼니그의 레지던트한테서 받은 주사기와 솜뭉치, 그리고 알코올과 모르핀이 담긴 병이 들어 있었다. 바늘은 당뇨병 환자들과 마약 상용자들이 쓰는 것과 같은 종류로 필라멘트처럼 가늘고 길이가 짧았다. 레지던트는 불필요한 상처나 고통을 피하기 위해 바늘은 찔렀다가 금방 빼내야 한다고 말했다. 하지만 그런 몸 상태에서 혼자서 주사를 놓는 일은 생각만큼 쉽지 않았다. 등 아래쪽과 배의 통증이 너무 심해서 손이 부르르 떨렸다. 소독약의 뚜껑을 벗기는 것조차 힘들었다. 그녀는 모르핀 약병의 고무 뚜껑에 바늘을 꽂아 넣으려고 애쓰다가 포기하고 대신 쓴 맛이 나는 알약 두 개를 입안에 털어 넣었다. 목구멍이 막혀 알약이 잘 넘어가지 않았지만 억지로 그것들을 내려 보냈다. 그녀는 주삿바늘을 통에 던져 넣었다. 자그마한 바늘을 보고 있자 그녀는 덜컥 겁이 났다. 주삿바늘을 어떻게든 몸에 꽂았더라면 환상처럼 어떤 영상이 떠올랐을 것이다. 의사의 하얀 가운을 입은 아이가 애늙은이 같은 작고 쭈그러든 얼굴에 어울리지 않게 지나칠 정도로 크게 입을 벌리고 있는 모습. 그 애는 니콜라스였을까? 아니면 남동생 지영이었을까? 쿼니그 박사는 환각 증상을 경험할 수도 있다고 그녀에게 경고했다. 최근에 그녀는 그런 환각과 그 외의 여러 환각 증상을 경험했다. 그녀의 환각에 등장하는 인물들은 말을 거의 하지 않거나 일절 하지 않고 다만 그녀를 기다리고 있는 것처럼 보였다. 환각 속에서 준은 자기도 모르게 그들에게 반말을 하면서 혹시라도 자기를 따돌릴까봐 이제껏 어느 누구한테도 사용해본 적 없는 부드럽고 알랑거리는 어조로 그들에게 간청했다.

"먼저 그 애를 찾게 해줘."

준은 그렇게 말했다. 뒷좌석에 드러눕자 그녀의 고개가 아래로 축 처졌다. 그들은 여전히 그녀에게 주의를 기울이고 있었다. 그녀는 그들과 어울리는 일을 참아내기만 하면 그들이 자기에 대해 잊거나 자기를 같은 유령으로 판단하고 지하의 잿빛 어둠에 머물고 있는 그들의 집단에 합류시켜 줄 거라고 믿었다.

10

그가 생각하기에 도라는 아주 멀쩡했다. 아직 저녁때가 되지 않았다. 헥터는 막 샤워를 끝내고 이제 면도를 하는 중이었다. 도라는 그의 부엌에 들어가 프라이팬에 구운 블레이드 스테이크(소의 어깨 부위를 사용하는 요리-옮긴이)와 구운 감자로 저녁을 준비하면서 노래를 부르고 있었다. 그의 엄마가 예전에 목이 쉰 것 같은 탁한 목소리로 흥얼거리던 옛날 노래를 도라는 갓 태어난 나이팅게일처럼 고운 목소리로 부르고 있었다.

이렇게 행복한 날
이제는 더 이상 슬픈 노래를 부르지 않으리.

그녀의 소녀 같은 목소리는 마치 거품이 부글부글 끓어 넘치는 소리 같았다. 밝고 유쾌한 가사인데도 불구하고 그런 노래를 들으면 그는 금세 꿀 먹은 벙어리처럼 가만히 있곤 했는데 지금은 음울한 어조이긴 하지만 그녀를 따라 노래를 흥얼거리고 있었다. 그의 목소리는 과히 나쁘지 않았다. 마지막으로 노래를 불러본 게 언제였더라? 그는 노래를 좋아하고 즐겨 부르는 가정에서 자랐다. 비록 짧은 기간이었지만 그는 천주교회의 성가대에서 노래를 부르기도 했다. 그때 그는 성가대에서 가장 나이가 어린 아이들 가운데 하나였다. 그는 독창을 몇 차례 할 정도로 충분한 재능을 보여주었고 음악도 무척 좋아했지만 사실은 자신의 몸을 혹사시키고 나서 느껴지는 기분에 더 큰 매력을 느꼈다. 몇 시간 동안의 리허설을 마치고 나면 몸이 뜨거워지면서 목과 가슴은 지칠 대로 지쳐버렸다. 하지만 어느 날 신부가 교회 부속실에서 자신을 위해 노래를 불러달라는 요구를 한 뒤로 헥터는 성가대를 그만두어야 했다. 뺨이 불그스레한 늙은 신부는 헥터의 앞에서 무릎까지 꿇고는 그의 두 다리를 꼭 끌어안았다. 신부는 하나님이 보내주신 귀한 선물이라며 헥터의 가슴에 대고 속삭였다.

"헥터, 넌 정말 멋지고 훌륭한 보배야."

신부는 눈물까지 글썽이며 그렇게 지껄였다. 그러고 있는데 성가대 단장이 부속실의 문을 확 열었다. 그녀는 헥터에게 다음 리허설에 나오지 않겠다는 약속을 하게 만들었다. 그런 일이 있은 후 헥터는 어머니와 함께 미사에만 참석했다. 그가 노래를 부른 것은 그때가 마지막이었다. 그 뒤로 그는 공식적인 자리에서든 비공식적인 자리에서든 거의 50년 동안 한 번도 노래를 부르지 않았다.

그는 얼굴에 남아 있는 비누거품을 말끔히 닦아내고 자기가 사온 로션을 바른 다음 짧게 깎은 머리를 빗었다. 머리는 샤워를 하기 전에 도라가 잘라주었는데 자기가 기억했던 것보다 더 새까맣고 숱도 많아 보였다. 여자의 노랫소리가 울려 퍼지고 제대로 된 음식 냄새를 맡고 있자니 완전히 딴 세상에 와 있는 것 같았다. 벌써 그의 아파트에는 눈에 띄는 변화가 몇 개 있었다. 헥터의 당부에 따라 그녀는 옷이나 보석 등, 자신의 분명한 흔적들은 조금도 아파트에 남겨두지 않았다. 그래도 헥터가 이제 더 이상 아파트에 혼자 살고 있지 않다는 사실을 보여주는 몇 가지 징후는 분명히 있었다. 우선 아침에 침대의 모습이 달라졌다. 헥터 혼자 살았을 때는 그러지 않았는데 이제 침대의 네 모서리가 빳빳하게 당겨져 있었다. 그리고 예전에는 세면대 근처에 아무렇게나 굴러다니던 칫솔과 치약이 이제는 세면대 약상자 속에 잘 정리되어 있었다. 그의 구두 세 켤레는 현관문 옆에 깔끔하게 놓였다. 도라와 함께 밤을 보낼 때마다 그녀라는 존재에서 흘러나오는 투명한 어떤 것들이 그와 그 밖의 모든 것에 먼지처럼 내려앉는 것 같았다. 그는 숟가락이나 유리잔의 테두리에 내려앉은 그녀의 미세한 먼지를 맛볼 수 있었다.

거의 2주 동안, 도라는 그와 사귀어왔다. 헥터가 여자를 떠나보내는 시간의 한계선을 두 사람은 이미 넘어서버렸다. 그동안 그녀는 즐거워했고 조금도 힘들어 하는 기색 없이 그에게 정성을 다했다. 헥터는 그녀의 생활을 보고 예상치 못한 귀한 진실을 발견한 것처럼 기뻤다. 그것은 기쁨이나 그와 비슷한 어떤 감정이었다. 헥터는 그런 느낌을 오랫동안 유지하기 위해서 자기가 할 수 있는 일이라면 무슨 일이든 해야겠다는 생각을 했다. 헥터가 무엇보다도 놀란 것은 도라의 지극히 낙관적인 태도였다. 지금까지 도라가 스미티즈에서 한 번이라도 앞으로의 생활이나 여행, 대학의 야간강좌에 대해 얘기를 했던가? 어쩌면 그녀의 쾌활한 표정이나 모습은 마음속에서 자연스럽게 우러난 것이 아니라 가식적인 것일지도 모른다. 그리고 어쩌면 항상 손가방에 넣고 다니는 자기계발서의 영향을 받아 그런 태도를 갖추게 된 것일 수도 있다. 설사 그렇다고 하더라도 그것 때문에 그녀를 낮추어 볼 생각은 전혀 없었다. 책에서 얻은 조언이 생활에서 효과를 발휘할 거라고 그녀가 정말 믿고 있다면 어쩔 텐가? 책을 읽지 않았으면 감히 꿈도 못 꾸었을 수준을 책을 읽어서 그녀가 실제로 도달하게 된다면? 정상적이고 고상한 사람들은 모두 그런 식으로 자기 계발에 힘쓰지 않았던가? 비록 남들처럼 과음을 하는 나쁜 버릇이 있지만 그녀는 자기가 좋아하고 관심을 갖는 일이라면 끝까지 붙잡고 결국 해내고 마는 집념이 있었다. 그녀는 자신의 가능성을 믿고 있었다. 아직 이렇다하게 성공을 거두지는 못했지만 그녀는 목표 지점을 향해 거침없이 노를 저어가고 있었다.

어릴 때 그녀는 오리 사냥을 하다가 의붓아버지가 쏜 총알에 맞은 적이 있다. 물론 계부가 의도적으로 그녀를 겨냥해서 총은 쏜 것은 아니었다. 그녀의 의붓아버지는 동네에서 알아주는 술꾼이었고 오하이오의 작은 마을에서 은행원으로 일하고 있었다. 그는 마른번개처럼 알 수 없는 기질의 소유자로 간혹 밤늦은 시간에 도라나 그녀의 여동생을 찾아왔다. 의사는 혹시라도 마비 증상을 겪게 될까 봐 그녀의 몸에 박힌 총알을 빼내지 않고 그냥 내버려두었다. 도라는 이따금 헥터에게 아직도 목과 등에 박혀 있는 산탄 총알이 확실히 느껴질 때가 있다고 말했다. 통증은 메아리처럼 한순간 또렷하게 느껴졌다가 몸 전체로 퍼져나가곤 했다. 최근에는 날씨의 변화나 생리주기에 따라 통증이 오락가락하지만 그녀는 평생 동안 그런 고통에 시달려왔다고 말했다.

헥터와 함께 시간을 보내기 시작한 뒤로는 괜찮았지만 바로 어젯밤, 도라는 잠을 자면서 계속해서 앓는 소리를 냈다. 헥터는 그녀를 깨울 수가 없었다. 잠들기 전 그녀는 헥터의 몸 위로 올라가 엉덩이를 움직였다. 헥터는 동그랗게 뜨고 있지만 초점이 없어 멍해 보이는 그녀의 두 눈을 보고 섬뜩한 기분이 들었다. 그녀는 자신의 몸에서 흘러내린 땀방울이 헥터의 몸을 흠뻑 적실 때까지 동작을 멈추지 않았다. 그는 이미 그녀의 나긋나긋한 살과 땀이 배어 약간 축축한 손, 그리고 정수리와 머리카락에서 흘러나오는 달콤하고 부드러운 향기를 사랑하고 있었다. 그 모든 것들은 하나로 합쳐져서 거부할 수 없는 여성적 매력으로 그에게 다가왔다. 이제 헥터는 그 안에서만 제대로 된 휴식과 수면을 취할 수 있었다. 마약에 취한 것 같은 도라의 표정을 보고 헥터는 그녀의 몸짓에 호응을 해줘야 할지 말아야 할지 알 수 없었다. 하지만 일단 호응을 해주고 나자 그녀는 만족스럽게 죽음을 맞이한 사람처럼 흐뭇한 표정을 지으며 아주 깊은 잠속으로 빠져들었다.

하지만 헥터는 그녀만큼 깊이 잠들 수 없었다. 준의 소식을 들은 뒤로 그는 다시 오래된 악몽에 시달리고 있었다. 쇠처럼 질기고 단단한 악몽은 선로용 대못처럼 그의 몸 깊숙한 곳에 들러붙었다. 악몽은 준에 관한 것이 아니었다. 그의 생각을 여전히 지배하고 있는 것은 실비 태너의 환영이었다. 헥터는 자기 앞에 벌거벗은 몸으로 서 있는 그녀가 어렴풋이 보였다. 그녀는 여전히 아름다운 모습으로 완벽하게 살아 있었다. 그녀의 피부는 어느 누구와 견주어도 뒤떨어지지 않을 정도로 맑고 깨끗하게 빛났다.

"너무 덥네요."

그녀가 그런 말을 할 때마다 그의 가슴은 사정없이 뛰기 시작했다.

"제발 그러지 말아요."

그는 간청했다.

"괜찮으니 걱정 말아요."

그녀는 그렇게 대꾸하고 나서 가려운지 자신의 어깨를 가볍게 긁곤 했다. 하지만 그건 그냥 긁는 정도가 아니었다. 그녀는 손가락을 자신의 고운 피부 밑으로 푹 찔러 넣은 다음 조금도 힘들이지 않고 피부를 벗겨냈다. 그녀는 마치 기다란 장갑이라도 끼고 있는 것 같았다. 그녀는 다른 쪽 팔로 옮겨가서 같은 동작을 했다. 그런 다음 몸통을 덮고 있는 피부를 벗겨내기 시작했다. 위에서부터 벗기기 시작한 피부는 가슴과 배를 지나 천천히 아래로 내려갔다. 피부를 벗겨내자 피나 조직이 드러나는 게 아니라 시커멓게 타버린 몸속이 들여다보였다. 몸속 장기들은 완전히 타버려 엉망이 되어 있었다.

  헥터는 참회하는 뜻으로 자신의 숨통을 조르기라도 하듯 도라의 배에 얼굴을 파묻고 컥컥거렸다. 그러다가 도라의 두 다리를 껴안은 채 악몽에서 간신히 깨어났다. 그녀는 헥터가 자기를 꽉 끌어안자 성욕이 발동해서 그런 줄 알고 금방 가서 씻고 오겠다고 귓속말을 했지만 헥터는 더 깊은 곳으로 자신의 몸을 파묻을 뿐이었다. 도라는 헥터가 하는 대로 그냥 내버려두다가 급기야 그의 머리카락을 붙잡고 그를 끌어당겼다가 밀어내기를 반복했다. 헥터는 더할 수 없을 정도로 기뻤다. 그는 도라의 기분 좋은 리듬에 자신을 맞추고 싶었고 그녀의 눈에 안 보이는 순종적이고 협조적인 도구가 되고 싶었다. 하지만 앞으로 계속해서 도라를 위해 헌신할 수 있을지 의문이 들었다. 자신의 작고 비참한 우주에서 벗어나 그녀에게 정말 잘해줄 수 있을지, 그녀를 아껴줄 수 있을지 그는 궁금했다. 그녀에게 잘해주고 싶은 마음이 있는 것은 확실했지만 그녀의 인생을 엉망진창으로 만들 수도 있다는 두려움 때문에 그는 자상하고 부드럽게 대해줘야 할 순간에는 오히려 굳게 입을 다물어버렸고 그녀와의 만남도 주저하게 되었다. 그렇다보니 당연히 그녀는 자신에 대해 확신을 가질 수 없었고 더더욱 그의 관심을 갈구하게 되었다. 그녀는 자신의 감정을 숨기려고 애썼지만 헥터는 그녀의 눈빛을 보고 우려와 갈망이 점점 커져가고 있다는 것을 눈치챌 수 있었다. 스미티즈에 약속 시간보다 30분 늦게 도착할 때나 바쁜 일도 없었는데 일이 바빠 부득이 늦었다고 거짓말을 할 때 그녀는 "괜찮아요." 하고 대수롭지 않게 말했지만, 그럴 때마다 헥터는 죄책감으로 마음이 찜찜했다. 헥터 자신이 생각해도 그런 행동은 옳지 않았다. 아니, 그의 행동은 옳지 않은 정도가 아니라 역겹고 비겁하고 무례했다. 그런 행동을 하고 다녀도 지난 몇 년 동안은 아무렇지 않게 생각되었는데 이제는 달랐다. 그는 자신의 행동 때문에 괴로워하고 있었다.

어제 그는 도라의 멋진 반려자가 되기 위해 작지만 소중한 첫 걸음을 떼려고 노력했었다. 도라는 헥터가 틱과 싸움을 벌인 일을 걱정하고 있었다. 비록 직접적으로 언급은 하지 않았지만 그녀는 한숨을 내쉬면서 헥터가 싸움을 벌이기 시작했을 때 자기가 얼마나 무서웠는지 모른다고 다시 말했다. 그녀는 헥터가 다치는 모습은 정말이지 보고 싶지 않다는 말도 했다. 헥터도 더 이상 다치고 싶지 않았지만 그를 가장 심란하게 만드는 것은 남에게 상처를 입히는 일이었다. 틱과 격투를 벌이고 나서 헥터는 줄곧 마음이 찜찜했다. 나이를 쉰다섯 살이나 먹은 인간이 순간의 감정을 억제하지 못하고 싸움을 벌였다는 사실이 자기가 생각해도 측은했다. 그것은 유감스럽고 수치스러운 장면이었다. 그날 밤, 불쌍한 틱을 내려다보면서 틈을 주지 않고 무자비하게 주먹을 휘둘러대는 모습을 도라가 보았을지도 모른다고 생각하자 후회와 자책감은 두 배로 커졌다. 그래서 일터에 있다가 그는 낮잠을 자는 정을 깨워 올드 루디가 살고 있는 티넥으로 가자고 말했던 것이다. 당연히 정은 가고 싶어 하지 않았다. 그는 빚진 돈의 절반밖에 모으지 못했는데 다음 주에 나머지 돈을 모으면 자기가 직접 가겠다고 했다. 헥터는 정이 말한 '모은다'는 표현이 '노름을 한다'는 의미라는 것을 알고 있었다. 도박을 해서 돈을 모은다는 것은 어처구니없는 생각이었다. 도박을 하게 되면 더 큰 난관에

봉착할 수밖에 없었다. 동료라면 누구나 그런 상황에서 그렇게 했을 테지만 헥터는 졸린 눈을 비비는 정의 멱살을 붙잡고는 빚진 돈을 전부 마련하지 못했으면 일부라도 갚으면 될 것 아니냐고 소리쳤다.

"이거, 왜 이래요? 군인 아저씨, 이제 그 미친 늙은이 밑에서 일하는 거예요?"

정이 소리쳤다.

"친구, 난 자네를 위해 하는 말이야."

"때려치워요! 난 가기 싫어요."

"가야 돼."

"람보 아저씨, 나 열 받게 하지 마요."

"지금 출발할 거야."

정은 헥터가 마음이 누그러지면서 진지한 표정을 짓는 것을 보고 길을 떠나기 전에 시바스 리갈을 챙겼다. 정이 술병의 봉인을 뜯어내고 술을 몇 모금 길게 들이켜는 동안 헥터는 자신의 멋진 링컨 쿠퍼를 몰고 4번 고속도로를 서쪽으로 달리고 있었다. 헥터는 몇 년 전에 올드 루디의 무남독녀인 위니를 만나러 한두 번 가보았기 때문에 그의 집이 어디에 있는지 알고 있었다.

위니는 그 당시 불과 스물여섯 살이었다. 몸매가 조각처럼 아름답고 풍만한 그녀는 커다란 갈색 눈과 괄괄한 목소리를 가지고 있었다. 게다가 자기 아버지를 닮아서 성깔이 대단했다. 그녀는 감정의 기복이 심했고 섹시했으며 위협을 받거나 부당한 대우를 받는다는 생각이 들면 상당히 위험한 여자로 돌변했다. 언젠가 그녀는 음식점 화장실에서 바람을 피운 남자 친구의 물건을 스테이크 나이프로 잘라낼 뻔한 일이 있었다. 지금도 그 사건은 그녀의 고장에서 아주 유명한 전설로 내려오고 있다. 그 당시 헥터는 마흔 살로 용모가 준수했고 이상적인 남자 친구로 손색이 없었다. 또 그때만 해도 그의 인생에서 한창 때라서 거의 비정상적인 열정으로 여자들과 잠자리를 가지곤 했다. 그는 한국을 떠난 뒤로 오랫동안 세상과 담을 쌓고 지냈다. 어떻게 보면 그는 땀 흘려 일하는 수도사처럼 생활했다. 끊이지 않는 고된 노동으로 고아원, 준, 그리고 실비 태너에 관한 모든 기억과 자기 자신까지 지워버리려고 애쓴 것이다. 물론 술도 기억을 지우는 일에 일조를 했다. 하지만 외로움과 성욕이라는 큰 파도가 밀어닥쳤을 때 그는 감정의 물결에 자신을 온전히 내맡겼다. 그때 그는 자신이 끝이 보이지 않는, 빽빽하게 떼를 지어 움직이는 여자들 사이에서 헤엄을 치고 있는 것 같은 느낌을 받았다. 그는 여자들에게 불행이나 고통을 안겨줄 생각이 전혀 없었지만 어쩌다보니 이 여자에서 저 여자로 계속해서 옮겨가게 되었다. 교제를 하다가 깨질 때마다 여자들은 분노하여 울음을 터뜨리거나 고함을 질러 그를 괴롭혔고 그것은 결국 그가 좀 더 빨리 다른 여자를 찾도록 만들었다.

헥터는 위니한테서 고집이 세고, 변덕스럽고, 자기처럼 성적 욕구가 많은 모습을 발견했다. 그녀는 야생마처럼 거칠고 성욕이 무척 강하다는 평판이 있었다. 그런 딸을 둔 올드 루디는 고민이 이만저만이 아니었다. 그녀가 남자로 태어났더라면 루디는 그렇게 성격이 거친 아들을 두었다고 오히려 자랑스럽게 여겼을 것이다. 꼬박 일주일 동안 그녀와 헥터는 밤마다 서로의 몸을 미친 듯이 탐닉하며 한데 뒤엉켜 있었다. 그녀가 헥터를 데려가려고 휘몰아치는 비를 뚫고 웨인에 있는 그의 일터로 차를 몰고 오지만 않았다면 두 사람의 관계는 좀 더 이어졌을지도 모른다. 그때 그녀는 헥터를 태워 가려고 비가 억수같이 쏟아지는데도 폭이 좁고 구불구불한 도로를 달렸다.

결국 그녀는 모습을 드러내지 않았다. 헥터는 다음 날 밤이면 그녀를 볼 수 있을 거라고 생각하고 별로 이상하게 생각하지 않았다. 그날은 직장 동료와 함께 지나가는 차를 잡아타고 집으로 돌아왔다. 이튿날 아침, 그는 신문에 실린 사고 기사를 읽었다. 소형 트럭 한 대가 빗길에 미끄러져 뒤집어지면서 중앙분리대를 넘어갔다. 트럭은 거기에서 멈추지 않고 마주 달려오는 차량을 정면으로 덮쳐버렸다. 신문에는 기사 내용과 함께 두 차량의 사진이 실려 있었다. 사진에서 위니의 흰색 카마로는 앞쪽 절반이 완전히 구겨져 있었고 충격은 거의 트렁크까지 이어져 있었다. 헥터는 그 사진을 보는 순간, 먹고 있던 시리얼에 먹은 것을 토하고 말았다. 헥터가 장례식 전날 철야를 하는 장소에 모습을 드러냈을 때, 올드 루디는 자기 딸이 차를 몰고 가서 만나려고 했던 사람이 맞느냐고 그에게 물었다. 헥터가 음울한 표정으로 고개를 끄덕이자 올드 루디는 다짜고짜 그의 멱살을 양손으로 움켜잡았다. 헥터는 당장에 숨이 막혀 죽을 것 같았지만 심한 죄책감에 사로잡혀 어떠한 저항도 하지 않았다. 그곳에 참석한 사람들 중에 경찰이 한 명 있었다. 마침 그날이 비번이라 그곳에 올 수 있었던 경찰은 올드 루디의 손을 억지로 떼어내고 헥터의 등을 떠밀어 장례 회관 밖으로 밀어냈다.

그날 이후로 헥터는 올드 루디를 한 번도 보지 못했다. 헥터는 회반죽을 칠한 튜더양식의 웅장한 저택 앞에 차를 세우면서 올드 루디가 자기를 알아보기나 할지 궁금했다. 들리는 소문에 의하면 루디는 몸도 별로 좋지 않은 상태였다.

"내 친구로 남을 수 있는 마지막 기회예요."

마지막으로 술을 한 모금 들이키며 정이 말했다.

"그만 돌아가죠. 상미가 음식을 대접할 겁니다. 제가 한턱내죠."

"쓸데없는 소리 말고 돈이나 내놔."

정은 재킷의 안쪽 주머니에서 한 다발의 지폐를 꺼냈다. 헥터는 그의 손에 들려 있는 돈을 재빨리 낚아챘다. 헥터가 돈을 세는 동안 정이 소리쳤다.

"그 돈만 있으면 부족한 돈은 금방 딸 수 있다니까요! 손쉬운 상대들인데…. 이제 나머지 절반은 어떻게 마련합니까?"

"어떻게 마련할지 잘 생각해 봐."

"아저씨 월급에서 빼내는 수밖에 없겠죠."

"뭐? 메츠에 6달러를 걸겠다고? 그만 나가지. 술병은 차에 놔두고."

"군인 아저씨, 난 여기 있을게요. 내 돈이 남의 손에 넘어가는 건 정말 보기 싫거든요."

"좋을 대로 해."

헥터는 정이 차에 남아 있는 게 좋겠다는 생각이 갑자기 들어 그렇게 말했다. 가능성은 적지만 올드 루디는 틱 같은 친구를 한두 명 곁에 두고 있을지도 몰랐다.

"어쩌면 시동은 끄지 않는 게 나을 거야."

정의 얼굴에는 놀란 기색이 역력했다. 헥터는 석판이 깔린 길을 따라 걸어가면서 등 뒤에서 차량의 자동잠금장치가 찰칵, 소리를 내는 것을 들었다. 현관문에 이르러 초인종을 누르자 유니폼을 입은 가정간호사가 안에서 대답을 했다. 헥터는 이름을 밝히고 나서 약속을 하고 찾아온 것은 아니라고 덧붙였다. 간호사가 다시 모습을 드러내더니 문을 열어주었다. 그녀는 헥터를 위층으로 데려갔다. 집은 어두침침하고 냉기가 감돌았다. 튜더 양식의 폭이 좁은 창문에는 물 자국이 그대로 남아 있어 지저분해보였다. 낡은 양탄자에서 흘러나오는 곰팡내와 새로 데운 음식 냄새가 허공을 떠돌고 있었다. 침실 문은 활짝 열려 있었다. 헥터는 현관에서도 병실 특유의 소독약 냄새를 맡을 수 있었다. 그는 소독약 냄새 사이사이로 오줌과 제대로 닦지 않은 똥, 그리고 곰팡내가 한데 뒤섞인 것 같은 노인 냄새를 맡았다. 그가 막 돌아서서 집을 나오려고 했을 때,

침실에서 차갑고 성마른 목소리가 희미하게 들려왔다.
"뭘 그렇게 꾸물거리고 있나?"
헥터는 할 수 없이 문간에 멈춰 섰다. 올드 루디는 회색 환자복 차림으로 침대에 일어나 앉아 있었다. 그의 얼굴 주변에는 산소 튜브가 묶여 있었다. 침대 옆에는 상자에 담긴 산소 탱크가 서 있고 바퀴가 달린 카트 위에는 갖가지 약이 잔뜩 쌓였다. 방바닥에는 오줌이 담긴 비닐 백이 놓여 있었는데 봉지에서 흘러나온 구불구불한 선이 시트 밑까지 이어진 것 같았다. 뼈가 앙상한 그의 어깨가 병원 가운의 커다란 목으로 훤히 드러났다. 한때는 그렇게나 억세어 보이던 살집이 이제는 푹 쪼그라들어 있었다. 살갗은 깡마른 뼈대에 착 들러붙어 인공적인 피부처럼 보였다. 한때는 건장한 체구만으로도 상대방에게 위협이 되곤 했던 그는 아일랜드와 독일인의 피가 섞여 있었고 이른 나이에 머리카락이 희끗희끗해져서 올드 루디라고 알려졌다. 그런데 지금은 머리카락이 거의 모두 빠져 버리고 양쪽 관자놀이에만 지느러미처럼 털이 조금 남아 있었다. 머리는 반들반들하게 윤이 났다. 잠시 동안 헥터는 자기 아버지, 재키가 아직까지 살아 있다면 어떤 모습일지 궁금했다. 아버지의 넓고 불그스레한 두 뺨도 올드 루디처럼 쭈그러들었을까? 아버지의 손은 뺨보다 더 형편없이 시들어버렸을까? 아직도 헥터를 버팀목이나 비서처럼 항상 자기 곁에 두고 종달새 같은 멋진 목소리로 노래를 불러달라고 조르고 있을까?
"난 자네가 찾아올 줄 알았어."
올드 루디가 말했다. 그는 네다섯 낱말을 간신히 내뱉고 나서 급하게 숨을 들이마셔야 했다.
"당연히 내가 죽기 전에 찾아와야겠지."
"저는 당신을 해치러 온 게 아닙니다."

"오, 그래? 그럼 무슨 일로 여기에 왔지? 문안 인사를 하러? 건강과 안녕을 빌어주려고?"

헥터는 얇은 지폐 다발을 그에게 보여주면서 정한테서 받은 것인데 나머지 돈도 갚겠지만 시간이 조금 걸릴 거라고 말했다. 헥터는 다가가서 돈을 카트 위에 내려놓았다. 올드 루디는 돈을 쳐다보지도 않았다. 그는 아예 그런 것에는 관심도 없는 것처럼 보였다. 헥터가 널빤지로 자기 가슴을 짓누르기라도 하는 것처럼 그는 힘들게 숨을 내쉬면서 신음하듯 말했다.

"자네는 내가 그까짓 몇 천 달러 때문에 걱정할 거라고 생각하나?"

"불과 2주 전에는 그렇게 보이더군요."

"그때만 해도 당장 죽을 거라는 느낌이 안 들었지. 하지만 요즘에는 오줌을 누다가도 이제 살날이 얼마 안 남았다는 생각이 들어."

"어디가 문제죠?"

"전부."

그가 말했다. 하지만 루디가 구체적으로 얘기를 하기도 전에 발작적인 기침이 오랫동안 터져 나왔다. 마침내 기침이 가라앉았을 때, 그의 눈에는 핏발이 서 있었고 물기가 어려 반들반들해졌다. 그는 카트 위에 있는 스티로폼 컵을 손가락으로 가리키며 달라는 몸짓을 했다. 컵은 커다란 뚜껑으로 덮여 있었다. 헥터가 그것을 집어 루디에게 건네자 그는 빨대로 몇 모금을 홀짝였다. 그가 마신 액체는 비닐 백에 담겨 있는 오줌과 같은 색깔이었다. 루디가 힘없는 목소리로 말했다.

"예전과 달라진 게 별로 없군."

"속은 모르죠."

"하기야 그건 그래."

헥터에게 컵을 돌려주며 그가 말했다. 그의 목소리는 기침을 너무 해서 공허하게 들렸다. 몸도 이제 속이 텅 비어버리고 껍질만 남아 있는 것처럼 보였다. 베개를 베고 있었지만 실리는 무게가 거의 없는 듯 베개는 구겨져 있지도 않고 멀쩡했다.

"이게 얼마만이지?"

"15년쯤 됐을 겁니다."

"그동안 계속 건물 청소만 하고 지냈나?"

"다른 일도 이것저것 했지만 청소를 오래 했죠."

"나 때문에 자네가 그렇게 됐지."

"제가 마음만 먹었으면 건축 일을 계속할 수 있었을 겁니다."

"하지만 자네는 그러지 않았잖아."

"그렇죠."

헥터가 말했다.

"왜 그랬지?"

"청소일이 제게 맞는 것 같았습니다."

"그 애의 모습을 아직도 기억하고 있나?"

루디가 말한 '그 애'는 물론 자기 딸, 위니였다. 헥터는 노인이 그동안 딸에 대해 얘기를 하고 싶어 했다는 것을 깨달았다. 노인은 자기가 아는 유일한 방법으로 헥터에게 손을 뻗은 것이다.

"기억하고 있습니다."

"자네는 그 애한테 마지막 사람이었어. 진실한 시간을 함께 보낸 마지막 사람."

올드 루디가 말했다.

"그 애와 나는 끊임없이 말다툼을 벌였지. 결국 나는 다른 모든 사람들처럼 그 애를 상대조차 하지 않았어. 아예 만나지도 않았지. 잘은 모르겠지만 자네도 그 애한테 질려버렸을 거야."

"따님은 매우 아름다운 분이었습니다."

"그래? 자네는 운이 좋군. 나는 시체안치실에 있는 그 애를 마지막으로 보았지. 가슴 위쪽은 거의 남아 있지 않더군. 얼굴도 완전히 달아나 버렸어. 내가 그 애가 내 딸인지 어떻게 확인했는지 아나? 그 애는 자기 엄마의 반지를 끼고 있었어. 사파이어 반지였는데 돌아가면서 다이아몬드가 박혀 있었지. 요즘 그 애를 생각할 때마다 나는 그 손을 머리에 떠올리려고 애쓰지. 특별한 색깔이 없는 그저 창백한 손이었지만 완벽했어. 어쩌면 나한테 보여주기 전에 사람들이 그 애의 몸을 깨끗이 씻어냈을지도 모르지. 아무튼 핏자국 하나 찾아볼 수 없었어. 정말 사람들이 그 애의 몸을 씻어냈을까? 자네 생각은 어떤가?"

"잘 모르겠습니다."

헥터는 전사자 처리부대에 있을 때 수도 없이 시신을 씻어냈던 사람이 바로 자기라는 사실을 상기하면서 그렇게 대답했다. 부대에 있을 때 그는 처음에는 호스를 가지고 시신을 씻었지만 나중에는 필요할 경우에 양동이와 누더기로도 시신들을 씻어내곤 했다. 그런 일을 하면서 그는 조금도 거리낌을 갖지 않았다. 사실 그는 비록 처참하게 망가지긴 했지만 시신들이 깨끗해져서 조금이라도 본래의 모습으로 되돌아가는 것을 볼 때면 기운이 샘솟았다. 어쩌면 그것은 자비나 구원을 베푸는 일일 수도 있었다.

간호사가 들어와 올드 루디의 맥박과 체온, 그리고 호흡 등을 확인하더니 주사를 한 방 놓았다. 헥터가 그만 방에서 나오려고 하자 올드 루디는 가지 말고 자기 곁에 좀 더 있으라는 뜻으로 손짓을 했다. 간호사는 노인을 돌아 눕히고 움푹 꺼진 엉덩이의 한 지점에 약솜을 문지르더니 바늘을 꽂아 넣었다. 루디는 그런 주사에 이제 익숙해질 대로 익숙해졌는지 조금도 움찔하지 않았다. 그녀는 그의 호흡을 확인하고 비어 있는 컵을 다시 채우고 비닐 백을 교체한 다음 이제 휴식을 취할 시간이라고 말했다.

"뭘 위해 휴식을 취하라는 거지?"

그가 말했다.

"우선 몸이 회복되어야 뭐든 할 수 있지 않겠어요?"

그녀는 그렇게 대꾸하고 방을 나갔다. 올드 루디는 금세 기가 꺾여 헥터를 향해 고개를 돌렸다.

"자네 친구 정한테 돌아가거든 남아 있는 빚은 신경 쓰지 말라고 전해주게. 이렇게 된 마당에 그까짓 돈이 무슨 문제가 되겠는가. 어차피 나는 오래 못 살아."

"알겠습니다."

헥터가 말했다.

"그럼 저는 어떻게 되죠?"

"자네가 어떻게 되다니?"

"저도 이제 어느 누구의 간섭도 받지 않고 자유롭게 살고 싶습니다."

헥터는 몇 년 만에 처음으로 자신과 도라를 한 몸이라고 생각하고 자기들을 그냥 내버려두라는 뜻으로 그렇게 말했다.

"제가 원하는 것은 그뿐입니다."

"자네는 그게 나한테 달린 문제라고 생각하나?"

"그럼 아니었습니까?"

"자네 미쳤군."

올드 루디가 억지로 웃으며 말했다.

"혼자서 자유롭게 사는 사람이 이 세상에 어디 있나?"

헥터가 차로 돌아와 올드 루디가 남은 빚을 탕감해주었다는 소식을 전하자 정은 뛸 듯이 기뻐했다. 하지만 그것도 잠시였다. 정은 죽어가는 노인이 잠에 곯아떨어졌을 때 가져간 돈을 되찾아오지 왜 그냥 왔냐며 헥터를 호되게 꾸짖었다.

만약에 세상의 모든 비난과 혼란에 휘말리지 않고 그것들을 교묘히 피해갈 수 있는 사람이 있다면 그것은 세상살이에 노련한 징이었다. 헥터는 자신과 도라도 정처럼 처신할 수 있을지 묻지 않을 수 없었다. 어느 누구의 간섭도 받지 않고 살아가는 사람들은 분명히 있다. 그렇지 않은가? 이제 그와 도라는 자유로운 상태가 된 것처럼 보였다. 그들은 다른 사람들보다 조금도 특별할 것이 없는 평범한 사람들이었다. 어쩌면 더 이상 사람들의 눈에 띄지 않도록 헥터의 작은 방에 틀어박혀 있기만 하면 문제가 해결될지도 모른다.

스테이크 요리가 곧 완성될 거라고 도라가 소리쳤다. 헥터는 자신의 몸을 가리기 위해 작은 타월 하나만 들고 침실로 성큼성큼 걸어갔다. 도라가 놀리느라 그의 등 뒤에서 휘파람을 불었다. 그는 도라 앞에서 벗은 몸을 보여주는 데 익숙하지 않아 얼굴이 화끈거렸다. 침실로 들어갔을 때, 그는 중고품 가게에서 사온 낡아빠진 화장대 위에 도라가 옷들을 가지런히 개어놓은 것을 보았다. 옷들은 대부분 그가 평소에 즐겨 입던 티셔츠들이었다. 하지만 그는 옷장에서 좀 더 나은 옷을 찾아보기로 마음먹었다. 옷장을 열었을 때 그곳에 있는 옷들도 깔끔하게 정리가 되어 있었다. 도라는 무명 작업복 바지와 몇 벌의 셔츠까지 옷걸이에 걸어두었다. 헥터는 그녀를 위해 적당한 옷을 입을 생각이었다. 어쩌면 자신을 위해서도 그런 옷을 입을 필요가 있었다. 깨끗하지만 여기저기 구겨진 옷을 입고 단추를 끝까지 채우는 것도 나쁘지 않았다. 평소에 그는 자기 빨래를 손수 세탁하면서 사용하는 가루비누에 대해서는 전혀 신경을 쓰지 않았다. 그런데 도라는 두 사람의 빨래가 뒤엉켜 있는 건조기에다 시트형으로 하나씩 뽑아서 쓰는 작고 하얀 섬유유연제를 넣었다. 그래서 세탁을 마친 옷가지에서는 라일락 향이 났다. 헥터가 생각하기에는 라일락 향이었다. 그것은 일리온에 있는 고향집에서 맡았던 냄새와 똑같았다. 집 옆의 비좁은 뜰에서 그의 어머니는 꽃을 피우는 갖가지 덩굴식물들을 정성껏 돌보았는데 해마다 봄이 되면 덩굴에서 빽빽한 꽃잎과 함께 새하얀 꽃이 피어나곤 했다.

  스테이크와 양파 냄새를 맡자 그의 입에서는 군침이 절로 흘러나왔다. 속옷과 팬티 차림으로 식탁에 앉더라도 도라는 개의치 않을 것 같았지만 그는 지난 몇 년 동안 한 번도 입지 않은 옷을 입기로 마음먹었다. 그는 이번 금요일에 스미티즈 말고 다른 근사한 곳으로 도라와 외식을 하러 갈 생각을 하고 있었다. 르모인에 가면 새로운 장소가 있다. 그곳에서는 젊은 친구들이 윤이 반들반들하게 나는 금속성 바에서 형형색색의 칵테일을 마신다. 자기는 원래 그런 장소를 절대 찾지 않지만 도라는 그런 곳을 좋아할지도 모른다고 그는 생각했다. 그리고 어쩌면 자기도 앞으로 그런 곳을 가끔 찾게 될지도 몰랐다. 여피족의 소굴로 한번 찾아가보는 거다. 자기라고 여피족과 어울리지 말란 법은 없는 것이다. 예전에는 술을 마실 때 요일 따위는 전혀 문제가 되지 않았는데 지금은 달랐다. 술을 연거푸 며칠 동안 마시면 무언가 잘못하고 있다는 생각이 들었다. 도라는 스미티즈에 여자용 화장실이 없다며 불만을 털어놓곤 했다. 스미티즈는 아무래도 마음대로 소변을 보기가 불편하다는 것이다.

  헥터는 옷장을 뒤지다가 몇 년 전에 중고품가게에서 관리 업무를 잠시 맡았을 때 공짜로 받았던 헌 양복을 발견했다. 양복은 아직도 새까만 비닐에 그대로 덮여 있었다. 그는 재킷을 코 높이까지 들어올려보았다. 상의는 냄새가 좋지 않았지만 바지는 역한 냄새가 덜했다. 넥타이와 괜찮은 혁대는 찾을 수 없었지만 검정색 구두는 있었다. 헥터가 부엌에 발을 들여놓았을 때, 도라는 손에 들고 있던 주걱을 하마터면 떨어뜨릴 뻔했다. 그녀는 거리에서 낯선 사람이 불쑥 집으로 들어오기라도 한 것처럼 놀란 눈으로 헥터를 쳐다보았다.

"어머, 세상에. 헥터!"

그녀는 간신히 숨을 가다듬으며 말했다.

"어쩜 그렇게 단정해졌어요? 딴 사람인 줄 알았잖아요."

"왜, 마음에 안 들어?"

"마음에 안 들다뇨? 정말 보기 좋아요. 이리 와 봐요."

그녀는 헥터의 셔츠 깃을 건드리고 나서 주름이 펴진 소매를 손으로 쓸어내렸다.

"이렇게 입고 있으니까 꼭 사업가 같아요. 사무실에서 막 퇴근한 사람 같다니까요."

"그래? 하지만 주머니에 돈은 한 푼도 안 들었어."

"어디 한번 봐요."

도라는 주걱을 식탁에 내려놓고 그의 주변을 한 바퀴 빙 돌아보고는 두 손을 그의 바지 주머니에 밀어 넣었다. 그녀는 손가락 끝으로 그의 넓적다리를 부드럽게 긁고는 한 손으로 부드러운 부위를 어루만졌다. 하지만 그녀의 손길에 헥터의 몸이 슬슬 반응을 보이고 있을 때, 욕실로 이어진 짧은 복도에서 갑자기 화재경보기가 작동되면서 시끄러운 소리가 집 안에 쩌렁쩌렁 울려 퍼졌다. 프라이팬에 올려놓은 스테이크 때문이었다. 헥터는 그곳에 경보장치가 있다는 사실을 깨닫고 놀랐다. 그동안 한 번도 작동이 되지 않았으니 그럴 만도 했다. 그가 배터리를 빼내러 서둘러 그쪽으로 가는 동안 도라도 급히 달려가서 불에 달궈지고 있는 프라이팬을 들어올렸다.

"어머, 이를 어째!"

그녀는 얼굴을 찡그리며 약간 당황하는 기색을 보이더니 프라이팬에 들러붙은 양파를 미친 듯이 긁어내기 시작했다.

"항상 마지막에 이렇다니까. 무슨 일을 하든 난 마무리가 항상 문제야."

"아니, 내가 보기엔 괜찮은데."

"괜찮긴요. 고기를 한번 봐요. 타서 숯이 됐잖아요."

"한쪽만 그렇지. 완전히 익힌 스테이크라고 생각하고 먹으면 돼. 잘 구웠는데 뭘."

"말로만 그러는 거죠?"

"아니야."

"날 위로하려고 괜히 하는 말이잖아요."

"아무튼. 하기야 나는 덜 익힌 스테이크를 좋아하지."

"뭐예요! 지금 나 놀려요?"

도라는 팔꿈치로 헥터의 가슴을 쿡 찔렀다. 헥터는 그녀를 와락 끌어당겼다. 두 사람은 준비한 요리가 식어버릴 정도로 오랫동안 키스를 나누었다.

그녀는 접시를 준비하는 동안 자리에 앉아 있으라고 말했다. 도라는 감자 몇 개를 미리 구워놓았다. 헥터는 오븐이 제대로 작동되는 것을 보고 기뻤다. 도라는 얇게 썰어서 찐 당근과 완두콩을 사발에 담아 내놓았다. 그 옆에는 롤빵 한 무더기가 쌓여 있었다. 식탁 자체도 아주 멋져보였다. 도라는 새하얀 침대 시트를 가져와 식탁보로 만들었다. 그녀는 시트를 반으로 접어서 홈이 파이고 긁힌 자국이 여기저기 있는 베니어 상판을 가리는 센스를 발휘했다. 헥터는 그 식탁을 어디에서 구해왔는지 기억이 나지 않았다. 하지만 아마도 아파트에 있는 다른 모든 물건들처럼 자선 바자회에서 구입을 했거나 인도에 버려져 있는 것을 가져왔을 것이다. 그는 요즘도 길에 버려져 있는 쓸 만한 물건들을 집어오고 있다. 물론 공짜라서 집어오는 것도 있지만 그보다는 오래전부터 헥터는 부서지거나, 오래 써서 닳아빠진 물건들에 관심이 있었고 그런 물건들에서 미적 가치를 발견하곤 했다.

하지만 지금 그는 식탁의 다리들이 너무 심하게 긁혀 있지 않고 의자들도 좀 덜 흔들렸으면 좋겠다고 생각했다. 또 이삿짐을 집에 들여놓기 전에 벽에 페인트를 한 번이라도 칠했더라면 낫지 않았을까, 하는 생각도 들었다. 도라와 함께 지내게 되면서 그는 소박하지만 깨끗한 공간에서 살고 싶은 마음이 생겨났다. 언제 그랬는지 도라는 부지런하게도 길가의 공터에서 야생화 한 묶음을 꺾어 와서 유리병에 꽂아두었다. 반으로 접은 종이 냅킨 위에는 은식기 한 세트가 가지런히 놓여 있었다. 헥터는 반들반들하게 윤이 나는 식기류를 보면서 그것들이 자신의 물건들이 맞는지 궁금했다. 도라가 어느새 물 자국 하나 보이지 않을 정도로 식기들을 닦아놓았던 것이다. 그의 도기 접시들은 본래 구토물처럼 칙칙한 빛깔이었는데 도라는 스테이크 주변으로 감자와 양파를 보기 좋게 배열해서 접시까지 그럴듯하게 만들어놓았다. 그녀는 이미 스테이크를 비스듬한 각도로 잘라서 반원 모양으로 펼쳐두고 있었다. 그녀는 버터와 밀가루(찬장에 밀가루가 들어 있었던가?)로 육즙 소스를 금방 만들었고 자신을 위해 헥터가 사온 레드 와인을 내놓았다. 도라가 감칠맛이 나는 검은 소스를 숟가락으로 떠서 고기에 끼얹을 때, 그의 입에서는 어찌나 군침이 흘러나오는지 혀가 아플 정도였다. 그는 도라가 자리에 앉을 때까지 기다렸다가 그녀에게 와인을 한 잔 가득 따라주었다. 헥터는 한창 배가 고플 청소년기의 아이처럼 자기 모습은 조금도 의식하지 않고 게걸스럽게 먹어대기 시작했다. 그는 포크로 감자를 짓눌러 뭉개고는 그것을 고기 위에 듬뿍 발라 소스에 휘저은 다음 꿀꺽 삼켜버렸다.

"맛이 어때요? 양파는 어떤 것 같아요?"

"양파가 달콤하군."

그가 말했다.

"내 눈에는 좀 탄 것 같은데요. 스테이크는 맛이 어때요? 좀 더 먹을래요?"

"응. 고마워."

도라는 그에게 고기를 좀 더 썰어주고 나서 자기도 먹었지만 헥터가 먹는 양의 절반도 못 먹었다. 그녀는 헥터가 사 온 와인을 음미하고 있었다. 와인은 진짜 코르크 마개가 꽂혀 있는 보통 크기의 병에 담겨 있었다. 그는 돈을 절약한답시고 커다란 병에 담겨 있는 싸구려 와인을 사올까도 했지만 갈대밭 둥지 속에 편안히 앉아 있는 오리가 병 딱지에 그려져 있는 것을 보자 갑자기 도라가 생각나서 큰맘 먹고 비싼 와인을 샀다. 싸구려 와인을 샀더라면 그것보다 네 배나 많은 양을 살 수 있었다. 도라는 싸구려 와인을 즐겨 마셨다. 병에 그려져 있는 오리처럼 도라는 스미티즈의 높고 둥근 의자에 앉아 있을 때도 그랬지만 항상 편안하고 느긋한 모습이었다. 도라는 먼저 맛을 음미하려고 와인을 한 모금만 홀짝거렸다. 그것은 그녀가 평소에 즐겨 마시는 달콤한 맛이 아니었다. 하지만 혀에 닿는 느낌이 시큼하면서 괜찮다고 하면서 그녀는 이제 그것을 단숨에 들이켜고 있었다.

근사하고 맛있는 식사에 대한 경의를 표하기 위해 헥터는 위스키 대신 맥주를 마셨다. 무더운 저녁에 바에서 술을 마실 때는 무서운 속도로 마셨지만 지금 그는 술맛을 제대로 즐기며 아주 느긋하게 들이켜고 있었다. 아니, 그는 목 안에서 느껴지는 상쾌한 기분을 위해 술을 마셨다. 목 안이 깨끗하게 씻겨나가고 회복되는 느낌이었다. 어쩌면 그는 싹싹하고 현명한 여자와 마주앉아 집에서 요리한 음식을 먹기 위해 일부러 술을 마시고 있는지도 몰랐다. 도라를 실망시키거나 이미 약해질 대로 약해진 그녀의 인생을 망가뜨리게 될까 봐 멀리 도망치고 싶은 마음이 없었던 건 아니었다. 하지만 그렇게 함께 앉아 있으니 더할 수 없이 기쁜 마음이 들었다. 한곳에 여섯 달 이상 머물지 않던 예전에는 문제가 되지 않았지만 앞으로 포트 리에 계속 눌러앉게 될 거라는 생각이 들자 그는 가정의 평온 같은 안락한 상황에 빠지지 않으려고 일부러 애써야만 할 것 같은 압박감을 느꼈었다.

그랬던 그가 지금은 막 집에 도착한 사람처럼 걸신들린 듯이 스테이크를 해치우고 포크로 정신없이 완두콩과 당근을 긁어모으고 있었다. 이제 그도 마침내 나이가 들어가는 건가? 신기하게도 그의 몸은 나이가 들어도 별로 변함이 없었다. 그의 몸은 시간의 영향을 조금도 받지 않는 것처럼 보였다. 하지만 마음은 달랐다. 다른 사람들처럼 그의 마음에도 시간의 더께가 쌓이고 쌓였다. 예전에 그는 적지 않은 여자들과 사귀면서 남들은 이해하기 힘든 행동으로 여자들을 당황하게 만들곤 했다. 이를 테면 음식점에서 같이 음식을 먹다가 중간에 혼자 빠져나오기도 했고 공원 벤치에서 한창 대화를 나누다가 갑자기 사라지기도 했다. 그는 벤치로 돌아가지도 않았고 전화도 해주지 않았고 자신이 아직 어딘가에서 살아 있다는 암시조차 주지 않았다. 예전에는 그런 행동을 서슴지 않고 했는데 지금은 그렇게 하지 못한다.

헥터는 접시에 담긴 음식을 깔끔히 해치웠다. 도라가 그에게 캔맥주를 하나 더 가져다주는 동안 그는 남은 와인을 그녀의 잔에 채워주었다. 와인을 두 병 사두어서 다행이라고 그는 생각했다.

"이제 디저트 가져올 테니 놓을 자리 좀 만들어요. 디저트는 체리 파이예요."

"그걸 당신이 직접 만들었다고?"

"아니죠. 당신은 내가 줄리아 차일드(미국의 전설적인 프랑스요리 전문가-옮긴이)라도 되는 줄 알아요?"

"내가 보기에는 당신 음식 솜씨도 그리 나쁘지 않아."

도라는 아무 대꾸도 하지 않았지만 분명히 기분은 좋아 보였다. 오늘 아침에 그들이 잠에서 깨었을 때, 그녀는 얼른 옷을 차려입고 나중에 보자고 그에게 중얼거렸다. 하지만 헥터는 도라가 그녀답지 않게 머뭇거리면서 함께 제대로 된 식사를 먹자고 말했을 때 어쩌면 그녀가 근사한 저녁을 만들어줄지도 모른다고 생각했다. 나중에 도라가 식료품이 가득 담긴 바구니를 손에 들고 나타났을 때, 그녀는 여전히 다소 무뚝뚝하고 태연한 표정을 짓고 있었다. 헥터는 그제야 그녀의 계획을 알아차리고 다가가서 그녀의 사랑스러운 얼굴에 키스해주었다. 상하기 쉬운 식품들을 치우자마자 두 사람은 사랑을 나누었다. 도라는 낡아서 녹이 슬고 삐걱거리는 소리가 나는 냉장고 손잡이를 붙잡은 채 그에게 등을 돌리고 있었다. 냉장고 문이 두세 번 열렸다 닫혔을 때 그녀는 더 이상 흥분을 이기지 못하고 그의 이름을 불렀다. 헥터도 그녀의 이름을 연거푸 불렀다. 두 사람은 바닥으로 쓰러졌다. 사랑을 나눌 때 그녀는 항상 적극적이었다. 언어와 몸짓, 그리고 적극성을 보고 헥터는 그녀가 그동안 얼마나 사랑에 굶주렸는지 짐작할 수 있었다. 그녀는 헥터의 넓적다리와 엉덩이, 심지어 은밀한 부위와 그 주변을 마구 꼬집고 할퀴어댔다. 고의로 그러진 않았겠지만 도라와 사랑을 나누고 나면 헥터의 온몸에는 매질을 당한 것 같은 자국이 여기저기 생겨났다. 벌겋게 달아오른 자국도 수도 없이 보였다. 그 정도로 그녀의 애무는 철저하고 지독했다. 오늘도 여느 날과 마찬가지였다. 따뜻한 물로 샤워를 하면서 헥터는 무엇에 찔린 것 같은 자국을 10여 개나 발견했다.

"커피 마실래요?"

그녀가 물었다.

"좋지. 물은 내가 끓일게. 그 정도는 할 수 있어."

"난 차를 마실래요. 커피를 마시면 이상하게 가슴이 두근거려서요."
그녀가 말했다.
"그럼 차를 끓이지 뭐."
"그래도 괜찮겠어요?"
"괜찮아."

하지만 차는 남아 있지 않아 끓일 수가 없었다. 게다가 커피까지 바닥이 나 있었다. 찬장은 한마디로 썰렁했다. 있는 거라고는 각설탕 몇 개와 젤리컵 서너 개, 그리고 오트밀이 담긴 녹슨 깡통뿐이었다. 요즘 들어서 그가 손수 만들어 먹은 음식이라고는 오트밀밖에 없었다. 찬장을 들여다보면서 그는 한숨이 절로 나왔다. 그녀를 위해 무언가를 해주고 싶었기 때문에 헥터는 찬장을 보고 나니 마음이 서글프고 안타까웠다. 그는 자기만 아는 이기적인 사람이 아니었지만 그렇다고 자신의 판에 박힌 생활에서 벗어나 남을 위해 무언가를 해본 적도 별로 없었다. 헥터는 할 수 없이 이웃집의 문을 두드렸다. 이웃에 사는 사람도 헥터처럼 사교성이라고는 찾아볼 수 없는 사람이었다. 세상에 불만이 많아 보이는 이웃 사람이 문을 열어주었다. 그는 미심쩍어 하는 눈초리로 헥터를 바라보긴 했지만 결국 립톤차 두 봉지를 내주고는 고맙다는 말은 듣지도 않고 문을 쾅 닫아버렸다. 헥터는 집으로 돌아와 주전자에 물을 담았다. 물이 끓는 동안 그는 바닥에 금이 쩍쩍 나 있는 테라스에 의자 두 개를 내놓았다. 요리를 하느라 비좁은 아파트가 후덥지근했기 때문이다. 바깥도 더웠지만 그래도 부엌보다는 더 시원했다. 그는 접이용 탁자를 두 사람 사이에 놓고 접시와 차를 내왔다. 그런 다음 도라를 위해 두 번째 와인병의 마개를 뽑고 자기도 맥주를 하나 더 마셨다. 두 사람은 파이 조각을 먹으면서 단지 안에 풀이 듬성듬성 나 있는 마당에서 숨바꼭질을 하며 노는 아이들을 바라보았다.

다섯 살이나 여섯 살쯤 되어 보이는 여자아이 하나가 그들이 앉아 있는 쪽으로 달려오더니 테라스의 경계가 되는 낮은 벽돌담 뒤에 웅크리고 앉았다. 여자아이는 두 사람을 쳐다보며 손가락을 입술에 갖다 대고는 쉿 소리까지 냈다. 하지만 술래가 즉각 그들이 있는 쪽으로 달려와 담 뒤에 숨어 있는 여자아이를 찾아냈다. 틀림없이 여자아이는 자기가 헥터를 보고 얼굴을 찡그렸기 때문에 숨어 있는 장소가 탄로 났을 거라고 믿었을 것이다. 그는 여자아이를 따라서 얼굴을 찡그리긴 했지만 사팔뜨기처럼 우둔한 표정을 지으며 앞니를 드러냈다. 아무튼 두 여자아이는 깔깔거리며 달려갔다.

"우리가 결혼한 지 오래된 부부 같지 않아요?"

도라는 헥터가 오해를 할 경우에 대비해서 놀리는 투로 말했다. 헥터는 그녀의 말에 대꾸를 하지 않았지만 사실 같은 생각을 한 적이 있었다. 그의 부모님도 사이가 아주 좋았을 때는 그렇게 베란다에 나와 함께 앉아 있곤 했다. 부모님은 흐뭇한 표정으로 아이들이 뛰어노는 모습을 지켜보며 대화를 나누다가 진이 들어간 레모네이드를 얼음조각이 담긴 상대의 잔에 부어주곤 했다. 아이들 사이에서 아버지의 잔에 담긴 음료를 서로 마시려고 경쟁이 붙었다. 그는 아이들이 무슨 놀이를 하든지 승자에게 잔을 내주었다. 가끔은 아이들 가운데 어느 한 명에게 남아 있는 음료를 모두 마시게 해주었는데 그러면 아이들 사이에 치열한 쟁탈전이 벌어지곤 했다. 그때는 그런 놀이를 하며 생활하던 시기였다. 전쟁 중에 그들은 모두 함께 모여서 생활했다. 헥터의 아버지는 병역 면제자였다. 공장에서 일을 했던 것도 아니고 술집에도 들락거리지 않았기 때문에 그는 집에서 알몸으로 느긋하게 지냈다. 집은 그에게 왕국이나 다름없었다. 그 당시 헥터의 어머니는 미모가 절정에 달해 있을 때라 도시에 사는 여느 여자들만큼이나 예쁘고 사랑스러워 보였다. 하지만 그녀는 나이가 너무 어리고 순진해서 자기가 얼마나 아름다운 여자인지 제대로 알지 못했다. 그녀는 눈부신 미모를 갖추고도 크기가 맞지 않는 왕관을 쓴 것처럼 어색하게 행동했다. 길거리나 청과물 시장에서 전혀 모르는 사람들이 자기를 빤히 쳐다보면 그녀는 당황해서 어쩔 줄을 몰랐다.

"오늘 저녁 식사는 정말 좋았어."

헥터가 말했다.

"평가가 후하네요. 만약 우리 엄마가 오늘 같은 저녁상을 받았다면 절대 만족하지 못했을 걸요. 당신은 요리를 해주는 여자들이 항상 옆에 있었을 것 같은데, 내 판단이 맞죠?"

"뭐? 이 주변에서 어슬렁거리는 여자들을 몇 명이나 봤지?"

"몇 주 동안만 이곳에 얼쩡거리지 말고 떠나 있으라고 부탁했겠죠. 내 말 맞죠?"

"글쎄."

헥터는 그녀의 농담에 장단을 맞추며 말했다.

"어쩌면 다음 주에도 여기에 안 나타날지도 몰라."

그 말을 들은 그녀의 기분은 확실히 좋아 보였다. 헥터는 자기가 내뱉은 말을 얼른 주워 담고 싶었다. 그는 미래의 어느 날에 대해서만 얘기를 나누고 그 외의 이야기는 그녀와 나누지 않기로 예전에 마음먹었다. 그는 앞으로 펼쳐질 일들에 대해 점점 더 깊게 생각했다. 두 사람이 도망을 갈 어떤 멋지고 근사한 장소도 머리에 그려보았고 전원생활을 꿈꾸기도 했다. 그녀의 차를 타고 숲 속의 차갑고 맑은 호수를 찾아가는 장면도 그려보았고 한 쌍의 탈주자처럼 호숫가 통나무집에 숨어들어 사는 모습도 그려보았다. 잡을 수 있는 물고기나 산짐승은 무엇이든 먹고 오염이 전혀 안 된 시냇물을 마시고 어린 양치식물을 화관처럼 엮어서 푹신한 침대로 만들어 쓰면 살아가는 데는 전혀 문제가 없을 것 같았다.

도라가 와인 잔을 그의 맥주에 가볍게 부딪쳤다. 한동안 두 사람은 아무 말 없이 술만 마셨다. 이제 사방에 어둠이 안개처럼 깔리기 시작했다. 테라스에 나와 있는 것만으로도 여유롭고 상쾌한 기분이 들었다. 그들은 마치 어느 멋진 공원에 나와 맑은 공기를 들이마시고 있는 것 같았다. 헥터는 자신이 점잖고 품위 있는 사람처럼 느껴졌다. 도라 역시 자신이 평소보다 훨씬 더 우아하고 기품 있는 여자가 된 것 같다고 느꼈다. 그런 분위기에서 그들은 이튿날을 두려워할 필요도 없었고 과거를 굳이 잊으려고 애쓰지도 않았다. 어쩌면 그들은 편안한 교감과 의식이 주는 순수한 기쁨을 느끼려고 술을 마시고 있는지도 몰랐다. 사실 그들은 예전에 그랬던 경험이 별로 없어서 좋은 기분을 부드러운 날씨, 그리고 복숭아색 불빛과 혼동을 하고 있는 것 같기도 했다. 아무튼 그들이 앉아 있는 그곳은 스미티즈처럼 갑갑한 곳과는 완전히 다른 세상이었다.

사실 헥터는 어떻게 하면 당분간 스미티즈에 가지 않을 수 있을지 생각하고 있었다. 이미 그들은 지난주에 이틀 밤을 그곳에 가지 않았다. 친구들은 두 사람을 무단결근자나 탈영병 취급을 하면서 자기들끼리 수군거렸고 몇몇은 동정하는 눈빛까지 보냈다. 스미티즈로 들어서면서 헥터는 도라와 함께 지낸다는 사실 때문에 괜히 수치심을 느꼈다. 그는 바의 지정석에 혼자 말없이 앉아 있곤 했는데 싸움 도전을 받거나 해서 밖으로 나가면 그런 모습은 완전히 사라지고 전혀 다른 사람처럼 과격해지곤 했다. 거꾸로 말하면 그는 자신의 무쇠 갑옷 조끼가 찢어진 것처럼 다소 취약해졌다는 느낌을 받고 있었다. 아랫배를 따라 새로 벌어진 틈은 도라의 상처와 정확하게 들어맞았다. 도라의 몸에 나있는 상처는 그녀가 어릴 적에 사슴 울타리를 빠져나가려고 하다가 생긴 것이다. 헥터가 그 부위를 쓸어내리거나 건드리기라도 하면 그녀는 몸을 움찔했다. 그는 환상통으로 신경이 간질간질한 느낌을 받고 두 번 다시 그녀의 마음을 아프게 하지 않겠다고 다짐했다.

"그 여자 생각을 하고 있었어요."

도라가 잔에 남아 있는 와인을 내려다보며 말했다.

"당신을 만나 얘기하도록 스미티즈로 사람을 보낸 여자, 기억나죠?"

그녀는 이름을 기억해내려고 애쓰는 척했다.

"그 여자 이름이 준이었던가요? 예, 그 이름이 맞아요. 그렇죠? 준 싱어. 그 여자가 원했던 게 뭐죠?"

헥터는 그 남자가 처음 모습을 드러낸 다음 날 도라에게 악의 없는 거짓말을 해야 했다. 그때 그는 도라에게 자기는 준을 전쟁에서 만났고 그 뒤로 그 여자를 위해 이런저런 잡다한 일을 했는데 준이 사람을 보낸 것은 다시 그런 일을 해달라고 부탁을 하기 위해서였다고 말했다.

"그 여자는 다시 나타나지 않을 거야. 내가 관심이 없다고 분명히 말했으니까."

헥터가 말했다.

"다른 사람에게 잡일을 맡겨도 될 텐데 왜 하필 당신을 찾았을까요?"

"그건 나도 모르겠어."

헥터가 말했다. 그는 준을 조금도 마음에 담아두지 않으려고 그동안 애썼기 때문에 왜 그녀가 자신을 찾고 있는지 정말 모르고 있었다. 준이 그를 찾고 있는 데에는 수많은 이유가 있었다. 그중에서도 가장 큰 이유는 고아원에서 벌어진 일과 실비 태너 때문이었다. 하지만 과거를 다시 더듬어 봐도 거기에는 어둠밖에 없었다. 물론 헥터는 그 뒤에도 준과 함께 생활했다. 돌이켜보면 매우 짧고 이상한 기간이었는데 결국 그는 준을 법률상의 아내로 만들어 미국으로 데려왔다. 하지만 미국에 도착하자마자 두 사람은 금방 헤어졌다. 지난 26년 동안 두 사람 모두 상대의 존재를 까맣게 잊고 지냈다.

"잘은 모르겠지만 당신이 그 여자한테는 중요한 존재였던 게 분명해요. 다른 사람을 구해도 되는데 굳이 당신을 찾은 걸 보면."

도라가 말했다.

"그렇지 않고는 누군가를 그렇게 보낼 리가 없죠. 이야기 하고 싶지 않으면 안 해도 돼요."

"사실 할 얘기도 없어."

그녀는 잔에 남아 있는 와인을 마저 들이켜고 나서 다시 잔을 채웠다.

"나한텐 중요하지 않으니 더 이상 말 안 해도 돼요. 난 당신이 몇 명의 여자를 사귀었는지 신경 쓰지 않아요. 과거든 현재든."

"현재라고?"

"난 조금도 신경 쓰지 않는다는 얘기예요."

"믿기 힘들군."

"정말이에요. 당신한테만 선택권이 있는 건 아니죠. 난 가구 매장에서 많은 사람들과 함께 일해요. 그중 대부분은 남자고요."

"그렇겠지."

"며칠 전에는 매니저가 느닷없이 데이트를 신청하더군요. 정말 예상치 못한 일이었어요. 그 사람과 난 여러 해 동안 함께 일했어요. 요즘 들어서 내 표정이 무척 밝아 보인다고 하더군요. 괜찮은 사람 같았지만 그래도 예의를 갖추려고 생각을 좀 해봐야겠다고 대답했죠. 당신 생각에는 어때요?"

"당신이 원하는 대로 해야 할 것 같은데."

"이건 우리 두 사람에게 주어진 문제예요. 그렇게 생각 안 해요?"

그가 아무 말도 하지 않자 도라는 자리에서 일어나 파이 한 조각을 더 먹을 거냐고 물었다.

"응. 내가 가서 가져올게."

그가 말했다.

"어차피 숄을 가지러 들어가야 돼요. 갑자기 날씨가 쌀쌀해지네요. 폭풍우가 몰려오는 것 같아요."

"내가 전부 다시 들여놓을게."

"아니에요. 공기는 여기가 좋아요. 버틸 수 있는 데까지 밖에서 버텨 보죠. 괜찮죠?"

"알았어."

그녀가 자기 앞을 지나갈 때 헥터는 손으로 그녀의 허벅지를 휘감고 자기 쪽으로 바짝 끌어당겼다. 뜨거운 사랑을 나눌 때 땀을 흘려서인지 그녀의 얇은 모슬린 치마 속에서 짭조름한 냄새가 흘러나왔다. 헥터는 그 진한 냄새로 자신을 마취시키려는 듯 깊이 들이마셨지만 역효과만 나타났다. 헥터가 도라의 펑퍼짐한 엉덩이를 감싸 쥐자 도라는 숱이 많은 그의 검은 머리카락에 손가락을 집어넣어 바짝 움켜쥐고는 얼굴을 끌어당겨 자신의 배에 짓눌렀다.

"당신과 여기에 계속 머물고 싶어. 다른 것은 필요 없어."

"그런 말은 할 필요 없어요. 난 어린 소녀가 아니잖아요."

"나는 하고 싶지 않은 말은 안 해."

그녀는 상체를 기울여 부리로 모이를 쪼듯이 그의 얼굴 여기저기에 가벼운 키스를 했다. 헥터도 가만히 있지 않았다. 그는 폭풍처럼 강하고 격렬한 키스를 퍼부었다. 그 모습은 마치 그녀의 몸속에 있는 피를 모두 뽑아냈다가 다시 채우고 있는 것처럼 보였다. 그녀의 양쪽 뺨과 목이 벌겋게 달아오르면서 축축하게 젖었다. 그의 입은 격렬하게 움직이면서 그녀의 새하얀 피부 위에 벌건 자국들을 남겼다. 입은 그녀의 귀를 힘껏 빨아들였다가 목으로 옮겨가더니 거기에서 멈추지 않고 미끄러져 내려가 가슴뼈 위쪽의 부드러운 살에 닿았다. 삐거덕거리는 의자에 앉아 있는 그의 몸 위에 그녀가 다리를 벌리고 걸터앉을 때까지 입은 그곳에 머물러 있었다. 의자는 두 사람의 몸무게를 감당하지 못하고 당장 무너져 내릴 것처럼 크고 날카로운 소리를 냈다.

"의자가 부서지겠어요."

약간 몸을 뒤로 빼면서 도라가 말했다.

"당신은 내 몸 위로 쓰러지면 돼."

"주변에 아이들도 있지 않나요?"

"모두 건물 안으로 들어갔어."

그는 아이들이 뛰어노는 소리가 들리지 않았기 때문에 그렇게 짐작하며 말했다. 그녀도 주변을 둘러보지 않았다. 그녀의 기다란 치마가 두 사람의 다리를 가려주었다. 그녀는 키스를 하면서 손을 아래로 뻗어 그의 바지단추를 풀었다. 그런 다음 몸을 약간만 들어올려 피스톤 운동을 할 자세를 취했다. 이제 도라의 속옷이 거치적거렸다. 헥터가 그녀의 팬티를 아래로 끌어내리자 그녀는 자신의 어떤 모습을 그가 가장 좋아하는지 상기하면서 팬티를 한쪽 다리에서 빼냈다. 헥터는 그녀의 가식적이지 않은 수줍음과 평범하면서도 부드러운 몸짓을 좋아했다.

"말해줄게 있는데 할까요?"

그녀가 말했다.

"응?"

"꼭 말해줄 필요는 없는데. 그냥 입 닫고 있을게요."

"해 봐."

"당신 정말 잘생겼어요. 그거 알고 있었어요? 잘 차려입지 않아서 그렇지 솔직히 내가 지금까지 본 남자들 중에 가장 미남이에요. 나한테는 지금껏 이상하게 생긴 사람들만 접근했어요. 마지막 남자가 그 불쌍한 슬로안이었죠. 그런데 당신이 보였어요. 당신은 밤마다 스미티즈에 있었죠. 당신의 진가는 어느 누구도 몰라주더군요. 당신도 이런 거 모르고 있었죠?"

헥터는 아무 대꾸도 하지 않았다. 그 사실을 알고 있었다고 말하는 것보다 차라리 아무 말도 하지 않는 편이 훨씬 더 낫다는 것을 그는 평생의 경험으로 깨닫고 있었다. 그는 자신의 외모가 본인은 물론이고 주변 사람들에게 안겨준 불행에 대해 심히 유감스럽게 생각하고 있었다. 그런 그가 뭐 하러 그 사실을 수긍하고 인정하겠는가? 대꾸해봐야 좋을 게 하나도 없었다.

"내가 분위기만 망쳤나 보네요."

"아니야."

그녀를 바짝 끌어당기며 그가 말했다.

"당신은 밖에서 하는 섹스를 좋아하는 것 같아요."

그녀는 이제 빳빳하게 일어선 그의 성기 위로 몸을 치켜세우면서 속삭였다.

"당신 탓이야."

"으음."

그녀는 그의 성기를 부드럽게 쓰다듬고 간질이며 신음 소리를 냈다. 그의 성기는 마치 눈은 없지만 앞에 무엇이 있는지 모두 아는 달팽이 같았다.

"당신도 준비가 됐군."

그가 말했다.

"난 파이를 가지러 들어갈 생각이었다고요."

"들어가도 돼."

"알았어요."

하지만 그녀는 안으로 들어가지 않았다. 헥터 역시 미동도 하지 않았다. 두 사람 모두 어슴푸레한 불빛 속에서 시간을 좀 더 끌고 싶어 했다. 그들은 멀리서 보면 자신들이 취하고 있는 자세가 조각품처럼 순결하고 고상하게 보인다는 사실을 알지 못했다. 그들의 자세는 조각품처럼 굳어 있었다. 굳이 제목을 붙인다면 '중년의 욕망'쯤 될 것이다. 미동도 없는 대리석 작품이었던 도라의 몸이 갑자기 환하게 빛났다. 정지했던 시간이 놀라운 효과를 보여주면서 그녀의 피부와 머릿결이 화려한 빛을 발했다. 그녀의 정신과 마음은 그동안의 후회와 자책, 그리고 오랫동안 몸에 배인 진지하고 엄숙한 태도라는 무거운 짐에서 순간적으로 풀려났다. 그녀는 그의 몸 위에서 미끄러지듯이 움직이고 있었다. 비록 행동은 작았지만 그녀는 동작을 멈추지 않았다. 그것은 사실 하나의 축복이었다. 그는 그녀를 가까운 거리에서 조종할 수 있었다. 거리가 너무 가까우면 당황을 해서 몹시 허둥거릴 수도 있었지만 그는 더 이상 그러고 싶지 않았다.

  나중에 도라가 침실에서 잠을 자는 동안 그는 아파트를 청소했다. 그들은 일찍 사랑을 나누었기 때문에 시간은 이제 겨우 8시가 지나 있었고 밖은 아직도 캄캄하지 않았다. 그녀는 섹스를 하고 나면 잠시 눈을 붙이는 버릇이 있었다. 게다가 와인을 한 병 반이나 마셨기 때문에 졸리기도 했을 것이다. 헥터도 술을 많이 마셨지만 평소처럼 멀쩡했다. 그의 몸에 맥주는 커피나 마찬가지였다. 맥주를 마셔도 기억과 같은 유용한 것들이 사라지는 일이 없었고 가뜩이나 잠자는 시간이 적은데 커피를 마셨을 때처럼 잠이 더욱 오지 않았다.

  그는 급히 침대로 가느라 그대로 놓아둔 지저분한 접시와 냄비를 씻고 나서 바닥을 쓸고 조리대와 레인지를 윤이 나도록 닦았다. 직업상 하는 일이 청소이다 보니 그는 청소에 필요한 모든 비품들을 집에 갖추고 있었지만 아파트에 살기 시작한 뒤로 한 번도 대청소를 하지 않았다. 나름대로 청소를 하긴 했다. 한 달에 한두 번 스펀지와 빗자루를 들고 대충 훑고 지나가는 식이었다. 예전에는 찾아오는 손님도 없었지만 설사 손님이 찾아왔다고 해도 그는 별로 신경 쓰지 않았을 것이다. 그을음과 먼지가 층층이 쌓여가도 그는 더 이상 그런 것들에 개의치 않았기 때문에 아파트는 대체로 지저분했다. 자신이 죽지 않고 영원히 존재할 거라는 사실을 믿거나, 자신이 소멸되지 않을지도 모른다는 두려움을 느끼게 되면 그런 생각이 오랜 세월 쌓이고 쌓여 그것을 진실이라고 믿게 된다. 전쟁 중에 그가 입은 부상들, 외견상 아주 심각한 부상들조차도 놀라울 정도로 빠르게 치유가 되었다. 그는 이전의 상태도 미래의 상태도 없고 오직 현재의 상태만 존재한다고 믿으며 나이를 먹었다. 그러다 보니 청결과 같은 것들에 대한 우려는 이상하게도 줄어들었다.

하지만 그에게 도라는 이 세상에서 유일한 사람이었다. 고마운 그녀를 위해 그는 생활공간으로 나왔다. 그는 행주로 커피 탁자를 닦고 나서 방석을 테라스로 들고 나가 먼지를 털었다. 욕실에 들어가서 세면대와 거울을 닦고 변기도 깨끗하게 씻어냈다. 욕조에 들러붙은 물때도 북북 문질러서 두 번이나 닦았다. 아침에 도라가 목욕을 하게 되면 기분이 좋아지도록 두 번째 닦을 때는 깨끗한 걸레로 구석구석 꼼꼼하게 닦았다. 그는 적어도 그녀의 비서 노릇은 할 수 있었다. 비록 그녀를 위해 거창한 일은 못할지라도 집에 있는 물건들을 깨끗하게 만들어놓아 기분 좋게 사용할 수 있도록 할 생각이었다. 쇼핑센터에서도 청소를 했지만 도라를 위해 청소를 하면서 그는 진정 뿌듯한 기분을 느꼈다. 그런 사소한 일을 하면서 그는 자신이 제법 쓸모 있는 존재임을 실감했다. 아파트라는 그 작은 세상에서 그의 운명은 가장 작은 도구들, 이를 테면 얼룩을 벗겨내는 수세미, 망치, 그리고 걸레를 본래의 목적 이상으로 사용하는 것이었다. 그의 아버지는 항상 자식을 지나치게 자랑스러워하고 부러워하면서 환상을 품었지만 그의 노동은 지극히 소박한 목표를 가지고 있을 뿐이었다.

　헥터는 자신이 드디어 무언가 옳고 고상한 일을 하고 있다는 느낌으로 충만해 있었다. 그는 와인에 취해 달콤한 잠에 빠져든 도라를 깨우지 않으려고 조심하면서 화장대 위에 곱게 개어져 있는 깨끗한 티셔츠와 바지를 소리 나지 않게 입었다. 이제 그에게는 멋진 사명이 있었다. 그녀를 위해 식료잡화점에 가서 몇 가지 물건을 사오는 것이다. 그는 자기가 평소에 먹는 깡통 스파게티, 돼지고기, 콩, 그리고 소금을 뿌린 크래커 대신에 그녀가 잠에서 깨었을 때 좋아할 만한 물건들, 이를테면 신선한 달걀과 베이컨, 포르투갈 스위트 롤빵과 차를 사올 생각이었다. 잼도 두세 가지 종류로 사와야 될 것 같았다. 한밤중이나 아침을 먹고 나서 갈증이 날지도 모르니 돌아오는 길에 주류 판매점에 들러 도라를 위해 와인을 한 병 사고 자기가 마실 여섯 개 들이 캔맥주도 사올 생각이었다. 그는 다른 바지에 들어 있는(그는 지갑이 없었다.) 얼마 안 되는 현금을 세어보고 나서 집 안 여기저기에 떨어져 있는 지폐와 동전을 주우러 나갔다. 돈은 모두 합해서 22달러 정도 되었다. 그는 포트 리의 밤거리로 나갔다. 여기저기에서 주워 모은 동전들로 주머니는 불룩해져 있었다.

　하늘에는 구름이 잔뜩 끼어 있었고 가로등이 꺼진 곳은 칠흑처럼 어두웠다. 벽돌로 지은 소형 연립주택에서는 노인네들이 일찌감치 잠자리에 들고 있었다. 높은 층의 방들에서는 침대 옆 탁자의 등불과 텔레비전 브라운관에서 흘러나온 불빛이 창문에 번들거렸다. 창문에서 흘러나온 불빛은 자그마한 앞뜰과 인도에 줄무늬를 그려놓았다. 그 모습은 마치 탁상 위에 놓인 등불이 주변을 밝히고 있는 것처럼 보였다. 도로 중앙에 일렬로 심어놓은 땅딸막한 나무들을 한계선으로 해서 그 모든 풍경은 하나로 결합되었다. 주차된 차량들은 미리 짜놓은 틀이라도 있는 듯 주택 부지에 정확히 맞추어져 있었다. 윙윙거리는 에어컨 소리와 숨어서 우는 매미 소리를 제외하면 거리는 대체로 조용한 편이었다. 견디기 힘들 정도로 무더운 밤에 경쟁이라도 하는 것 같은 매미의 울음은 소리라기보다 열기처럼 느껴졌다. 대로에서는 디스코 음악과 쿵쿵거리는 정글 같은 음악이 터져 나오고 있었다. 그곳은 차량 소리와 사람들이 차에서 더러운 가게 진열창을 향해 고함을 질러대는 소리 때문에 꽤나 시끄러웠다. 동네 청년들은 자기들끼리 큰 소리로 얘기를 나누었고 경찰들은 무관심한 표정으로 순찰을 돌았으며 젊은 이민자 커플은 사랑을 나누었다. 부랑자들은 금속제 쓰레기통을 휘저으며 맥주 찌꺼기나 테이크아웃 음식이 있는지 찾아보았다. 그들 모두는 이제 빠르게 선선해지는 공기에 만족하고 있었다. 만약 그들이 티셔츠와 무명 작업복 차림의 어깨가 딱 벌어진 사람이 눈부시게 환한 식료 잡화점 안으로 들어와 흉터투성이의 험한 손으로 과일을 고르는 모습을 유심히 지켜보았더라면 어떤 생각을 했을까? 그들은 요즘 세상에는 아주 보기 드문 사람이나 오랫동안 잃어버린 영웅이 별안간 나타났다고 여겼을지도 모른다.

물론 헥터는 영웅이 아니었다.

잼과 방금 구운 빵 값을 치르고 나서 그는 도로 건너편에 있는 주류 판매점으로 들어가 남은 돈을 모두 써버렸다. 도라가 아침에 먹을 음식을 안고 가게에서 나왔을 때는 가랑비가 내리고 있었다. 비는 금세 그쳐버렸다. 온기가 남아 있는 인도는 비가 내려 축축하게 젖어 있었다. 그것을 보자 그는 유년시절의 행복했던 한때가 생각났다. 그때는 그가 어른이 되기 훨씬 전이었고 같은 동네에 사는 여자아이들, 아주머니들, 그리고 술집 지배인들이 그를 알기 전이었다. 여름에 억수 같이 쏟아지는 비 때문에 아이들은 거리에서 마음대로 뛰어놀 수가 없었다. 그들은 폭우가 물러갈 때까지 현관에서 기다렸다가 다시 뛰어나와 놀았다. 비가 물러간 뒤에는 축축한 콘크리트 바닥에서 흙냄새와 돌 냄새가 피어올라 아이들을 감싸곤 했다. 그때 콘크리트 바닥은 살아 있는 생명체로 보였다. 어린 헥터는 자신이 어떤 거대한 존재, 이를테면 배를 원 없이 채운 벼룩의 넓은 등을 밟고 서 있는 것 같은 느낌을 받곤 했다. 지금 그는 그때와 똑같은 느낌을 받았다. 그는 이 세상에 알려지지 않은 길, 사실상 형체도 없고 무시를 당해도 아무 불만이 없는 길을 느긋한 마음으로 걸어가고 있었다.

11

 차창을 똑똑 두드리는 소리에 준은 정신이 번쩍 들었다. 고개를 돌리자 간이식당에서 나온 클라인스가 여위고 찌무룩한 얼굴로 밖에 서 있었다. 그녀는 몸 전체로 날카롭게 퍼져나가는 통증 때문에 자기도 모르게 긴장했다. 알약은 효과를 나타내지 못했다. 어쩌면 먹은 것을 게울 때 알약이 토사물에 섞여 나왔을 수도 있었다. 차문의 비닐 장식품 위에는 윤이 나는 천 조각이 하나 붙어 있었다. 그녀는 누군가가 자신의 몸이라는 집으로 들어와서 여기저기 온통 들쑤시고 다니는 것 같은 느낌을 받았다. 그 사람은 자기 꽃병 한 상자를 들고 방마다 들어가서 벽을 향해 꽃병들을 집어 던져 산산조각을 내버렸다. 클라인스는 운전석에 올라타더니 이제 어떻게 해야 좋을지 물었다. 그녀는 고통을 견디느라 이를 악문 채 계속 가야 한다고 대답했다. 조금이라도 통증이 가라앉기를 바라면서 그녀는 알약 두 개를 입 안에 털어 넣었다.

하지만 약효가 나타나기도 전에 클라인스는 헥터 브레넌이 살고 있는 거리로 들어섰다고 알렸다. 땅거미가 짙어지면서 이제 저녁이 되었지만 그녀는 아직도 동네의 모습을 알아볼 수 있었다. 줄지어 늘어선 단층짜리 집들이 보였다. 대지에 딸린 집들은 굵은 철사를 다이아몬드형의 고리로 엮은 울타리와 폭이 좁은 진입로로 옆집과 분리되어 있었다. 집들은 대체로 상태가 좋지 못했는데 그중에서도 헥터의 아파트 단지는 상태가 더 안 좋았다. 노후한 아파트는 당장에 페인트를 칠해야 할 정도로 상태가 형편없었다. 앞마당에는 집에서 내놓은 폐물들과 부서진 장난감이 여기저기 흩어져 있었다. 옹이가 많은 나무들은 그동안 손질을 전혀 하지 않았는지 보기가 흉했다. 주인이 없을 것 같은 개 세 마리가 인도를 뛰어다니다가 서로를 향해 시끄럽게 짖어댔다. 헥터는 그런 곳에서 살고 있었다. 그녀는 지나간 세월과 클라인스가 헥터에 대해 알아낸 좋지 못한 사실들을 생각해보면서 헥터에게 나쁜 일이 닥쳐서 그런 생활을 하고 있는 것인지, 아니면 자기가 원해서 그런 생활을 하고 있는 것인지 궁금했다. 사람들 가운데는 옳고 그름을 떠나 자신을 처벌하려고 일부러 그런 궁핍한 생활을 하는 사람이 있다고 그녀는 들었다.

클라인스는 차를 세우고 나서 그녀가 내리는 것을 도와주려고 차를 빙 돌아왔다. 그녀는 혹시라도 부축을 받는 모습을 헥터가 보게 될까 봐 (그녀는 동정심 따위는 조금도 바라지 않았다.) 자기 혼자 내릴 수 있다고 말하려고 했다. 하지만 클라인스가 다가와 자신의 어깨와 팔을 붙잡아주는 순간 그녀는 기쁘고 고마웠다. 클라인스가 도와주지 않았다면 그녀 혼자의 힘으로는 푹신한 뒷좌석에서 일어서지 못했을지도 모른다.

"어떤 아파트죠?"

"16호입니다. 제 생각에는 저기 오른쪽 건물 같은데요. 싱어 부인, 팬

찮겠습니까?"

"예, 괜찮을 거예요."

하지만 그녀는 그렇지 못했다. 겉으로 보기에도 그녀는 기력이 몹시 떨어져 있었다. 클라인스는 그것을 알아차리고 그녀가 균형을 잃고 쓰러질 뻔했을 때 팔을 붙잡아주었다. 고맙다는 말을 해주고 싶은 마음이 굴뚝같았지만 그녀는 그의 부축을 뿌리치려고 애썼다. 클라인스는 자신의 손길을 뿌리치는 그녀를 무시하고 함께 걸어갔다. 어찌나 준의 몸을 꼭 붙잡고 있었는지 그녀가 클라인스를 질질 끌고 가는 것처럼 보일 정도였다. 커다란 나뭇가지 몇 개가 손질이 전혀 안 된 잔디밭 위에 흩어져 있었다. 그녀는 자신이 죽은 나뭇가지 같다는 생각을 했다. 한때 육중하고 부러지기 쉬운 몸이었던 나뭇가지는 이제 딱딱한 땅바닥에 간신히 몸을 붙이고 있었다. 바람이 한바탕 휘몰아쳤다. 건물 입구에 도착하기 직전에 그녀는 클라인스를 밀쳐내고 허리를 굽혀 구역질을 했다. 그녀의 입에서는 끈적거리는 허연 침만 흘러나올 뿐이었다. 침과 섞여 흘러내리는 분필처럼 하얗고 번들거리는 액체는 그녀가 삼킨 알약이었다. 준의 몸은 고통을 조금이라도 덜어보려는 그녀의 노력을 단호하게 거부하고 있는 것처럼 보였다. 하지만 준은 굴복하지 않았고 자신을 꾸짖었다. 그녀는 척추를 오르내리는 통증을 무시하고 상체를 똑바로 일으켜 세웠다. 아직 그녀는 비교적 젊은 편에 속했다. 설사 죽게 되더라도 그녀는 정상인처럼 활동을 하다가 죽지 자리에 드러누워 수동적으로 죽음을 맞이할 사람이 아니었다.

클라인스가 다가가 준의 한쪽 팔을 붙잡자 그녀는 그의 손길을 뿌리쳤다.

"괜찮아요."

"부인, 아무래도 그냥 돌아가는 편이 나을 것 같습니다. 우리가 처음

만났을 때, 저는 그런 생각을 했는데 지금은 확신을 하고 있습니다. 아무리 생각해도 이건 부질없는 짓입니다. 브레넌이라는 이 사람은 더 이상 문제가 안 됩니다. 문제는 부인이죠. 부인은 이런 일을 감당할 수 없어요. 얼마나 더 명확해져야 이해하시겠습니까? 부인이 계속 그렇게 고집을 부리시면 저는 이쯤에서 일을 그만둘지도 모릅니다."

"그럼 그만두세요."

준은 입 주변에 묻어 있는 침을 닦아내며 단호하게 말했다. 그녀는 혀에 남아 있는 알약의 쓴 맛을 삼키려고 애썼다.

"가지고 계신 파일과 비행기 표를 주세요. 지금까지 하신 일에 대한 대가는 지불하죠."

"올라가봐야 얻을 게 하나도 없단 말입니다."

그가 말했다.

"귀한 시간만 낭비할 겁니다. 아드님을 설사 찾는다고 하더라도 당장은 찾을 수 없을 겁니다."

"당신이 제 곁에 있든 없든 저는 아들을 찾아낼 거예요. 저는 확신해요. 제가 얼마만큼의 대가를 지불하기로 했는지 아시니까 그만한 수고를 들일지 말지는 당신이 지금 결정해야 돼요. 이제 어쩌시겠어요?"

클라인스는 뻣뻣하게 굳은 몸으로 아래를 내려다보았다. 눈을 가늘게 뜨고 있는 것을 보면 그가 화가 나 있다는 것은 누구라도 알 수 있었다. 하지만 그는 차분한 목소리로 그녀에게 말했다.

"좋습니다, 싱어 부인. 부인이 원하는 대로 따르겠습니다. 그리고 앞으로 두 번 다시 이 문제는 거론하지 않겠습니다."

"좋아요. 고마워요."

"하지만 이것만을 알아주셨으면 좋겠습니다. 저는 제가 할 수 있는 모든 일을 하겠지만 지시는 부인이 해주셔야 합니다. 저는 곁에서 권고는 해드리겠지만 책임은 부인이 지셔야 한다는 겁니다. 부인의 손에 우리의 성공 여부가 결정될 겁니다."

준은 고개를 끄덕였다. 그가 차 안에서 기다려야 할지 묻자 그녀는 그렇게 하라고 대답했다. 하지만 그가 돌아서자 그녀는 다시 불안해지면서 입이 바짝 말랐다. 그녀는 차에 마실 물이 있는지 그에게 물었다.

"없지만 가서 좀 사오면 됩니다. 올 때 보니까 대로에 주유소가 하나 있더군요."

"좋아요. 그럼 가서 좀 사오세요. 그리고 차에서 기다리고 계세요. 저는 그 사람이 여기에 있는지 알아볼게요."

그녀가 말했다.

한 계단을 올라서는 데에도 그녀는 몹시 힘에 부쳐 했다. 결국 그녀는 층계참에 잠시 멈춰 서서 숨을 골랐다. 그들이 걸어온 30여 미터가 마치 300미터는 되는 것처럼 생각되었다. 층계참에는 담배꽁초와 찌그러진 맥주캔이 여기저기 흩어져 있었고 고양이 오줌 냄새가 악취를 풍기고 있었다. 날벌레들이 건물 입구에 붙어 있는 희미한 백열전구 주변을 맴돌면서 부산스럽게 전구에 몸을 탁탁 부딪쳤다. 그녀의 뒤에서는 클라인스가 차를 도로 쪽으로 빼내고 있었다. 그녀는 잠시 클라인스가 정말로 돌아가려고 그러는지 궁금했다. 어쩌면 그는 그녀를 그곳에 버리고 가려고 마음먹었을지도 모른다. 16호의 철제문은 긁히고 찌그러져 있었다. 표면이 움푹 들어간 자국도 한둘이 아니었다. 그곳에 사람이 살고 있다는 사실을 보여주는 것이라고는 아무것도 없었다. 사람이 드나들었을 것 같지도 않아 보였다. 그녀는 초인종을 찾았지만 보이지 않았다. 문에는 종이나 방울도 붙어 있지 않았다. 노크를 하려다가 그녀는 갑자기 손가락과 손마디가 실유리처럼 느껴져서 대신 손바닥으로 문을 날카롭게 두드렸다. 안에서는 아무 응답이 없었다. 소리 하나 들리지 않왔다. 그녀는 다시 문을 두드려보았다.

문이 열리면서 침대시트를 몸에 느슨하게 두른 여자가 모습을 드러냈다. 다소 저속해 보이는 그녀는 균형 잡힌 몸매를 갖추고 있어 누드모델처럼 보이기도 했다. 풍만한 두 개의 젖가슴은 얇은 시트를 앞으로 밀어내고 있었다.

"혹시 열쇠를 잃어버렸…?"

여자는 말을 하다가 준의 표정을 살피더니 말끝을 흐렸다. 잠을 자다가 나왔는지 그녀는 졸린 눈을 하고 있었다.

"아, 죄송해요. 무슨 일로 오셨죠?"

여자는 전체적인 느낌이 아름다울 뿐 그다지 예쁜 얼굴은 아니었다. 생기가 넘쳐흐르는 그녀는 적갈색 머리카락이 헝클어져 있었고 목과 어깨에 불그스름한 반점이 있었다. 부드럽고 매끄러워 보이는 양쪽 어깨는 반들반들하게 윤이 났다. 그녀는 준과 같은 또래이거나 준보다 나이가 약간 더 많을 것 같아 보였다. 하지만 준은 활기에 가득 차 있는 여자를 보고 갑자기 자신이 햇볕에 바짝 말라서 비틀어진 베니어판 같다는 생각이 들었다. 힘들이지 않고도 손쉽게 외피를 벗겨낼 수 있는 베니어판.

"방해가 되었다면 죄송해요. 저는 준 싱어라고 하는데 헥터 브레넌 씨를 찾고 있어요."

"아."

여자는 한손으로 시트를 몸에 단단히 두르면서 다른 손으로는 자기 앞을 휘젓더니 문고리를 붙잡았다. 그녀의 표정은 순식간에 굳어졌다.

"그 사람은 이제 더 이상 당신네들을 위해 일하고 싶어 하지 않아요."

"이제 더 이상이라뇨?"

"그 사람은 당신네들을 만나고 싶어 하지 않는다고요. 그 사람이 벌써 확실히 밝혔을 텐데요. 그러니 그냥 가주세요."

"저기, 잠깐만요."

준은 기운을 내야 한다는 생각이 갑자기 들어 그렇게 말했다.

"설명을 하자면 길어요. 지금 그분을 만나 얘기를 하고 싶어요."

"그럼 무슨 일인지 저한테 설명을 해보세요."

"당신한테 설명해봐야 무슨 소용이 있겠어요?"

준은 자기도 모르게 날카롭게 소리쳤다. 여자도 마찬가지였지만 준 자신도 적잖이 놀랐다. 위기의식을 느낀 여자가 본능적으로 뒤로 물러섰다. 준은 여자가 문을 닫기 전에 얼른 앞으로 몸을 기울였다.

"정말 죄송해요."

준은 힘없는 목소리로 말했다. 그녀는 자신의 내부로 빠져들어 가는 것 같은 느낌을 받았다. 그녀의 겉은 뻣뻣했지만 속의 부드러운 세포조직은 녹아내리고 있었다. 이제 여자는 준의 몸 상태가 어떤지 분명히 알게 되었다. 자기 앞에 서 있는 고집불통의 허약한 사람이 지금 몹시 아픈 상태라는 사실을 깨닫자 여자의 두 눈은 빛을 냈다.

"정말 죄송한데 성함을 여쭤봐도 될까요?"

준이 말했다.

"도라예요."

"실례 좀 할게요, 도라. 저는 지금 그 사람과 얘기를 하고 싶어요. 그뿐이에요."

"그 사람, 지금 여기 없어요."

도라는 그렇게 대꾸하고 나서 준을 꼼꼼하게 살폈다.

"조금 전까지만 해도 여기에 있었는데 지금은 어디로 갔는지 저도 모르겠어요."

"언제쯤 돌아올까요?"

"금방 돌아올 거예요."

문을 빠끔이 열면서 도라가 말했다.

"그렇지만 저도 확실히는 몰라요. 근데 괜찮으세요?"

준은 그 순간 비틀거렸다. 다소 의도적인 몸짓이었다. 하지만 효과는 있었다. 도라는 그녀의 팔을 붙잡아주려고 얼른 앞으로 걸어 나와야 했다. 만약 그러지 않았더라면 준은 바닥으로 곧장 쓰러졌을 것이다. 어쩌면 일부러 쓰러졌을지도 모른다.

"저는 괜찮아요. 아무튼 고마워요."

준이 말했다.

"아니, 제가 볼 때는 안 그런 것 같은데요. 몸이 많이 안 좋아 보여요."

준은 도라가 자신을 감싸 안도록 내버려두면서 대답했다. 도라의 포옹은 강하지만 여전히 부드럽고 조심스러웠다.

"여기에는 어떻게 오셨어요?"

준은 차를 타고 왔다고 말했다. 하지만 그 순간 그녀는 두 다리가 다시 풀리는 것을 느끼고 도라가 더욱 강하게 자신을 감싸도록 만들었다.

"일단 안으로 들어오시는 게 낫겠어요."

도라가 그녀를 아파트 안으로 데리고 들어가면서 말했다.

"헥터는 금방 돌아올 거예요."

"고마워요. 정말 친절하시네요."

도라는 그녀를 낡은 안락의자에 앉히고 나서 자기는 침실로 가서 옷을 좀 입고 오겠다고 말했다. 잠시 뒤에 도라는 얼음물 한 잔을 손에 들고 돌아왔다.

"자, 드세요. 기분이 조금 나아질 거예요."

도라가 말했다.

"고마워요."

준은 물을 한 모금 마셨다. 마음이 조금 안정되는 것 같았다. 그녀는 도라가 병에 남아 있는 레드와인을 마지막 한 방울까지 잔에 따르는 모습을 지켜보았다. 도라는 다소 야하지만 괜찮아 보이는 줄무늬 여름옷 차림이었다. 이제 도라는 처음에 보았을 때보다 정상적인 사람으로 보였다. 그녀는 허리 주변과 목 주변, 그리고 팔뚝 위쪽에 살집이 제법 있는 중년 여자였지만 몸매가 보기 싫은 것은 절대 아니었다. 오히려 더 건강해 보여서 좋았다. 아파트는 작지만 깔끔하게 정돈이 되어 있었다. 식탁 위에 남아 있는 음식 부스러기로 보건대 근사한 저녁 식사를 마친 뒤인 것 같았다. 과일 파이는 거의 손도 대지 않은 상태로 남아 있었다. 어처구니없는 생각이지만 준은 그것들을 보면서 한순간 질투심에 사로잡혔다. 두 사람이 안락한 가정생활을 꾸려가는 모습을 보면서 준은 진이 빠지면서 더더욱 외로움을 느꼈다.

"함께 생활한 지 좀 되신 것 같은데요?"

"저와 헥터 말인가요?"

도라는 벌써 비워버린 잔을 들고 준의 맞은편에 앉아서 말했다.

"아니에요. 얼마 안 돼요. 솔직히 저는 우리가 함께 살고 있는 건지조차 모르겠어요. 하지만 좋긴 해요. 헥터와 오랫동안 알고 지내신 것 같네요."

"예. 오래됐죠."

"그 사람의 도움을 다시 받고 싶으신 건가요?"

"음…. 예. 그 사람이 도와주겠다고 하던가요?"

"헥터는 지금 자신이 좋아하는 일을 가지고 있어요. 아니, 적어도 그 자신이 껄끄러워하지 않는 일이죠. 그 사람이 지금 하고 있는 일을 그만두고 과연 다른 일을 하려고 할지 저는 모르겠네요."

준은 도라가 무슨 얘기를 하고 있는지 정확히 이해하지 못했지만 좀 더 얘기를 하도록 내버려두었다. 잠시 뒤에 준은 도라가 자신을 어떤 사람으로 여기고 있는지 알 수 있었다. 도라는 헥터가 과거에 준을 위해 잡역부 비슷한 일을 했다고 알고 있었다. 준은 조금도 망설이지 않고 헥터가 과거에 골동품 가게에서 일하면서 가구를 고객들에게 날라주는 일을 했다고 말했다. 나중에 도라가 진실을 알게 되든 말든 준은 개의치 않았다. 지금은 그런 것에 신경을 쓸 여유가 없었다. 지금이 아니면 영원히 기회가 없었다. 니콜라스를 찾아낼 희망이 조금이라도 있다면 내일은 무조건 떠나야 했다. 하지만 헥터에 대해 준이 무슨 말을 지어내든 간에 그것은 클라인스가 그동안 헥터에 대해 파악한 사실을 근거로 하고 있었기 때문에 충분히 그럴듯하게 들렸다. 도라는 준이 하는 말을 조금도 의심하지 않았다. 오히려 그 반대였다. 준은 헥터가 가게에서 일할 때 상당히 믿음직스러운 사람이었으며 가구를 옮기고 다룰 때도 매우 조심스러웠고 고객들한테도 늘 좋은 인상을 주었노라고 늘어놓았다. 헥터에 대해 이런저런 이야기를 쉬지 않고 늘어놓자 도라도 마음이 풀어지면서 즐거워하는 것 같았다. 도라는 헥터에 대해 그동안 자신이 생각하고 바라던 것을 확실히 믿게 된 것처럼 보였다. 준의 입장에서는 일종의 속임수였고 잔인한 면이 없지 않았지만 이제 도라는 미소까지 지어 보이며 그녀에게 호의를 보이기 시작했다. 자신의 힘이 점점 사그라지는 것을 느꼈기 때문에 준은 계속해서 얘기를 늘어놓지 않을 수 없었다. 그녀는 헥터가 아주 노련한 잡역부(고아원에 있을 때, 헥터는 실제로 그랬다.)로 지치지 않고 일하는 사람이라고 말했다. 가게를 그만둘 때 헥터는 다른 곳으로 떠나버렸는데 이렇게 오랜 세월이 흐르고 나서 다시 찾게 되어 자신은 무척 운이 좋다는 말까지 했다.

"이제 보니 헥터를 존경하고 있군요. 그렇죠? 상당히 괜찮은 사람이라고 생각하고 있는 것 같네요."

도라가 말했다.

"정말 그래요."

도라는 눈을 내리깔고 자신의 잔을 들여다보았다.

"예전에 두 사람이 연인 사이였나요?"

"아니에요."

준은 단호하게 말했다. 그녀는 이 부분만큼은 도라에게 거짓말을 하고 있는 게 아니라고 생각했다. 솔직히 말해서 두 사람이 연인 사이로 발전할 뻔한 기회가 딱 한 번 있었지만 그것은 두 사람이 갈망하던 바가 아니었다.

"우리는 그런 사이가 아니에요."

"왠지 설득력이 별로 없는 것 같은데요."

그 부분에서 준은 미소를 짓지 않을 수 없었다. 하지만 그녀는 더 이상 거기에 대해서 얘기하지 않았다. 대신 그녀는 "당신이 그 사람을 사랑하고 있군요." 하고 말했다.

도라는 한숨을 내쉬었다.

"제가 아는 수많은 남자들과 달리 헥터는 이기적인 사람이 아니에요. 싸울 일이 있으면 절대 피하지 않고 싸우지만 그렇다고 성격이 고약한 사람은 절대 아니죠. 놀라울 정도로 재미있는 면도 있고요. 비록 가진 돈은 수백 달러밖에 안 되지만 마음이 무척 너그러운 사람이죠. 그런 것들을 모두 감안해봤을 때, 저 같은 여자한테는 과분한 사람이에요."

"그 사람한테 상처를 주었나 보군요."

"예. 그것도 여러 번이나."

"절대로 그렇게 보이지 않는데요."

"그렇게 말씀해주시니 고맙네요. 그럼 이제 그 사람한테 뭘 원하는지 말해줄래요?"

도라는 준의 눈을 똑바로 쳐다보면서 물었다.

"제발 거짓말은 하지 마시고요. 그리고 죄송한 말씀이지만 몸이 많이 편찮아 보이세요. 누가 보더라도 알 수 있을 정도로. 자신이 하는 일에 도움을 받으려고 그 사람을 찾아오신 건 아니죠? 그 사람한테서 어떤 도움을 받고 싶어서 이렇게 오신 거죠?"

준은 잠시 뜸을 들이면서 물을 한 모금 마셨다.

"그 사람이 여행을 같이 좀 떠나주었으면 좋겠어요."

"여행이라고요? 어떤 여행이요?"

"오래 걸리지는 않을 거예요. 한 주? 길어봐야 두 주 정도?"

그녀는 자신에게 상기시키기 위해 한마디 덧붙였다.

"그보다 오래 걸릴 리는 없어요."

"하지만 무슨 이유로 여행을 간다는 거죠?"

"저는 지금 아들을 찾고 있어요."

"아드님을 찾는다고요?"

도라는 깜짝 놀란 표정을 지으며 말했다.

"헥터가 댁의 아드님과 무슨 상관이죠?"

준은 그녀에게 얘기를 해주는 것이 이로울지 계산을 해보려고 애썼지만 몸도 피곤하고 머릿속도 뒤죽박죽이라 대충 말해버렸다.

"아무, 아무 상관도 없죠."

"그렇다면서 왜 그 사람을 여행에 데려가려고 하죠?"

"저는 그냥 그 사람이 필요해요."

"합당한 이유가 못 되는 것 같은데요."

"그렇게 들릴지도 모르죠."

준이 말했다. 이제 그녀의 피로는 짜증과 분노로 넘어가고 있었다. 자잘한 고통은 확장되고 있었고 그녀의 작은 세상은 산산이 부서지고 있었다. 그녀는 차에 있는 구급함을 열어 주사를 한 방 놓고 싶은 마음이 간절했다. 머릿속에서 그녀의 두 팔은 이미 투명한 약병을 향해 뻗어가고 있었다. 하지만 그 순간 그녀는 자신의 손가방에 모르핀 한 병과 주사기가 들어 있다는 사실을 깨달았다. 아니, 어쩌면 그것은 단순한 상상이었을까?

"당신 말을 믿을 수가 없어요!"

도라가 숨을 헐떡이며 말했다.

"당신을 조금도 믿지 않는다고요. 여기까지 찾아온 데에는 분명히 다른 이유가 있을 거예요. 그렇죠?"

"무슨 말씀을 하시는지 모르겠네요."

"두 사람 사이에 무슨 사연이 있는 게 틀림없어요. 헥터가 당신에게 빚을 지고 있다든가. 그렇지 않다면 그 사람이 당신을 따라나설 이유가 없다고요."

"어쩌면 당신은 그 사람에 대해 아무것도 모르는지도 몰라요."

준은 거침없이 말을 내뱉었다. 어느새 그녀는 차갑고 날카로운 강철을 손쉽게 휘두를 수 있었던 과거의 모습으로 돌아가 있었다.

"제대로 알고 있는 게 하나도 없을지도 모른다고요."

"이제 그만 나가주시죠."

도라가 자리에서 일어서면서 말했다.

"지금 당장 나가달라고요."

하지만 준은 그녀의 요구에 순순히 따르지 않았다.

"여기에서 기다리겠어요."

"안 돼요. 나가주세요!"

"기다린다니까요."

도라는 도저히 안 되겠다고 생각했는지 준의 팔을 붙잡았다. 팔을 거칠게 붙잡지도 않았는데 준은 고통을 느끼며 당장에 숨이 넘어갈 듯이 헐떡거렸다. 도라의 손이 자신의 피부와 속살을 움켜잡고 할퀴는 것 같았다. 그녀는 나름대로 저항을 해보려고 애썼지만 도라의 힘에 비하면 자신의 힘은 어린아이 수준에 불과했다. 도라는 마음만 먹으면 한 손으로도 그녀의 뼈를 바스러뜨릴 수 있을 것처럼 보였다. 도라가 휙 끌어당기자 준은 바닥으로 힘없이 푹 고꾸라졌다. 도라는 일어서라고 소리를 질렀지만 준은 자리에서 일어설 수가 없었다. 준은 바닥에 무릎을 꿇고 있었다. 바닥에는 양탄자가 깔려 있었지만 그녀의 슬개골은 부서진 유리처럼 느껴졌다. 얼음처럼 차가운 고통이 즉각 두 다리를 타고 올라왔다. 고통은 척추를 지나 그녀의 모든 세포로 퍼져나갔다. 고통은 몸에 이로운 세포든 몸에 해로운 세포든 가리지 않았다. 도라는 아직도 준의 팔을 끌어당기고 있었다. 준의 팔은 프라이드 치킨 다리처럼 약간 비틀기만 해도 몸에서 쉽게 뽑아져 나올 것처럼 보였다. 준이 너무 크게 비명을 지르자 도라는 할 수 없이 팔을 놓아주었다. 비명 소리에 깜짝 놀란 도라는 한 걸음 뒤로 물러서며 자기 입을 손으로 가리기까지 했다. 준은 신음 소리를 내다가 마구 기침을 해대더니 이제 다시 구역질을 했다. 그녀는 방금 마신 물을 울컥울컥 토해냈다. 준의 눈물이 하도 닳아서 납작해진 양탄자와 그녀의 양손을 적셨다. 그녀의 머릿속에는 자리에서 일어서는 편이 낫다는 생각, 계속 그렇게 주저앉아 있다가는 영원히 이 자세로 있을지도 모른다는 생각까지 들었다.

"좀 도와주세요."

준이 속삭이듯이 말했다.

"오, 이런."

도라는 죄책감을 느끼며 말했다.

"정말 미안해요. 해칠 생각은 전혀 없었어요."

"갈 테니까 좀 도와주세요. 갈게요. 지금쯤 차가 와 있을 거예요."

도라는 준의 양쪽 겨드랑이에 손을 넣고 그녀를 들어올리려고 애써 보았지만 너무 힘에 부쳤다. 그래서 할 수 없이 준의 앞에 등을 돌리고 쪼그려 앉아 그녀를 등에 업다시피 해서 일으켜 세워주어야 했다. 준은 자신의 손가방을 거머쥐었다. 그런 식으로 두 사람은 몇 발자국을 옮길 수 있었다. 준의 다리가 다시 말을 듣기 시작했을 때, 도라는 자신의 어깨를 그녀의 어깨 밑으로 쑤셔 넣어 부축을 해주었다. 그들은 아파트를 걸어 나왔다. 그 사이에 비가 내려 공기는 습기로 인해 무거워졌다. 도라는 계속해서 차가 어디에 있는지 물었지만 준은 대답을 할 수 없었다. 이제 그녀는 가장 단순한 생물체가 되어 말도 못하고 발걸음만 앞으로 내디디고 있을 뿐이었다. 역설적이게도 이제 그녀를 지탱하고 있는 것은 통증이었다. 그녀는 타들어가는 것 같은 통증을 통해서만 존재하고 있는 것 같았다. 하지만 그녀는 잠시만이라도 아파트 잔디밭에 드러누워 샌들을 신고 있는 그녀의 발에 휘감겨오는 시원하고 축축한 풀을 느껴보고 싶었다. 아니면 다른 곳을 원하는 걸까? 어쩌면 그녀는 자신의 고통에 미련이 있는지도 모른다.

좀 눕게 해주세요.

조금만, 아주 조금만 쉬게 해주세요.

여기가 좋아요.

힘이 빠진 도라는 그녀를 똑바로 일으켜 세우려고 안간힘을 썼다. 준은 무릎을 꿇은 상태로 도라의 따스하고 부드러운 두 팔의 부축을 받고 있었다. 그녀는 자리에 누워야 했다.

"내 가방."

그녀는 중얼거리듯이 말했다.

"가방이 필요해요."

도라는 재빨리 가방을 가져와서 내용물을 준의 앞에 펼쳐놓았다. 준은 약병과 작은 주사기를 찾아냈다. 그녀의 두 손은 갑자기 차분해졌다. 그녀는 주사기의 보호덮개를 뽑아내고 약병에 담긴 액체를 조금 뽑아냈다. 주변이 너무 어두워서 눈금을 제대로 읽을 수가 없었다.

"여기에서 꼭 이래야 하나요?"

도라가 물었다. 일어서 있는 그녀는 준으로부터 몇 킬로미터나 떨어져 있는 것처럼 보였다.

"제가 도와드려야 해요?"

준은 아무 대꾸도 하지 않았다. 그녀는 잡초가 우거진 풀밭에서 알코올 패드를 열려고 애썼다. 준이 손을 더듬거리고 있자 도라가 그녀를 위해 패드를 꺼내주었다. 하지만 준은 기다릴 수가 없어 당장 치마를 걷어올리고 자신의 몸에 대충 주사기를 찔러 넣었다. 따끔한 통증이 느껴지면서 약효가 몸 전체로 퍼져나가는 느낌이 들었다. 시원한 느낌은 위로 계속 올라와 그녀의 목과 입까지 전해졌다. 온도의 변화는 그녀가 몸으로 느낄 수 있을 정도로 생생했다.

다음 순간 뜨거운 기운이 밀려와 그녀를 덮쳤다. 그녀는 무게가 없는 담요를 덮고 있는 것 같은 느낌을 받았다.

세상이 한쪽으로 움직이다가 다시 제자리로 돌아갔다. 도라는 그녀에게 일어나고 싶은지 물었다. 준은 그렇다고 말했고 아무런 고통 없이 자리에서 일어설 수 있었다. 아무리 둘러봐도 클라인스와 차가 보이지 않았지만 준은 그런 것에 개의치 않았다. 왜냐하면 그 순간 그녀는 자기가 왜 그곳에 와 있는지 잊어버렸기 때문이다. 그녀가 알고 있었던 거라고는 자신을 부축하고 있는 여자의 이름이 도라이며 도라는 매력적이고 기본적으로 친절하다는 것, 그리고 자신은 도라의 부축을 계속 받고 싶다는 것밖에 없었다. 그들의 머리 위에서 갑자기 가로등이 켜졌다. 준은 밝은 불빛에 갑자기 예민해진 눈을 가려야 했다. 인도를 지나 연석 너머의 도로로 들어가는 동안 준은 도라의 목과 머리카락에 얼굴을 파묻었다. 아까 보았던 떠돌이 개 세 마리가 껑충껑충 달려와 두 사람의 주변을 맴돌았다. 개들은 두 사람의 발뒤꿈치를 쿵쿵거리며 냄새를 맡아보다가 장난스럽게 컹컹 짖으며 어떻게든 그들의 관심을 끌어보려고 애썼다. 도라가 쉬이, 하고 소리를 내어 귀찮게 달라붙는 개들을 쫓아버렸다. 폭이 넓은 2차선 도로를 따라 몇 블록을 걸었을 때, 멀리서 자동차의 전조등이 보였다.

"저 차 같은데요."

도라가 차를 향해 손을 흔들며 말했다. 차가 불빛을 깜빡이며 반응을 보이더니 속도를 높여 달려왔다.

"아직은 떠나고 싶지 않아요."

준이 말했다. 하지만 자기 입에서 나온 소리에 그녀 자신도 놀랐다. 소리가 너무나 힘이 없고 괴상하게 흘러나왔기 때문이다. 그녀는 이제 벙어리나 다름없었다.

도라가 부축을 해주고 있었지만 준은 자신의 몸이 미끄러져 내리는 것을 느꼈다. 그래서 도라는 할 수 없이 주차되어 있는 차량의 트렁크에 준과 자신의 몸을 잠시 기댔다. 그때 도라는 몸을 돌려 달려오는 차량을 바라보고 있었기 때문에 준이 목격한 것을 볼 수 없었다. 그들의 뒤쪽, 그러니까 도로 건너편의 가로등 불빛 너머에서 어떤 남자가 걸어오고 있었다. 그 남자는 하얀색 쇼핑용 비닐봉지를 양손에 들고 있었는데 자세나 걸음걸이에서 무슨 일인지 무척 만족해하고 있다는 것을 알 수 있었다. 혹시 저 사람일까? 준은 그렇게 중얼거렸다. 도라는 이제 자신은 그만 떠나야겠다고 대꾸했다. 차량이 빠르게 다가오고 있었고 두 사람은 작별을 코앞에 두고 있었다. 도라는 운전대 뒤에서 안경을 끼고 있는 사람을 보았다. 준과 마찬가지로 개들도 어떤 남자가 길 건너편에서 걸어오고 있다는 것을 알아차렸다. 어쩌면 개들은 남자의 쇼핑 봉투에서 흘러나오는 맛있는 냄새 때문에 그를 발견하게 된 건지도 모른다. 개 세 마리가 지체 없이 달리기 시작했다. 개들은 길을 건너려고 달려오는 차량의 앞으로 곧장 뛰어들었다. 차량은 급히 방향을 틀어 간신히 개를 피했지만 다음 순간 중심을 잃고 반들반들한 도로를 거침없이 달려가 주차된 차량 뒤에 서 있던 도라를 그대로 치고 말았다.

무슨 소리라도 났던가? 쇠가 부딪치는 소리? 준은 양초 속에 담기다가 막 빠져나온 사람처럼 주변이 온통 불투명해보였다. 주변 세상의 겉껍질은 빠르게 굳어가고 있었다. 차는 거기에서 멈추지 않고 한쪽으로 기울면서 도로를 대각선을 달려가더니 전신주를 그대로 들이받았다. 주차된 차량의 한쪽 모서리는 충격을 받아 움푹 들어가 있었다. 준과 도라는 바로 그 모서리에 몸을 기대고 서 있었는데 준은 멀쩡했다. 하지만 도라는 길에 쓰러져 미동도 하지 않았다. 남자가 급히 달려와 그녀의 옆에 무릎을 꿇고 앉았다. 그는 준에게 등을 보이고 돌아앉아 인공호흡을 시도했다. 남자가 손에 들고 있던 하얀색 쇼핑 봉투들은 도로 한복판에 버려져 있었다. 도라의 한쪽 다리는 온통 피에 젖어 있었다. 준으로서는 확실히 알 수 없었지만 아마도 살이 짓이겨진 것 같았다. 도라는 아주 낮게 울고 있었다. 그리고 곧 울음을 멈추고 차분해졌다가 다시 소리 내어 조금 울더니 더 이상 어떤 소리도 내지 않았다. 남자는 그녀를 소생시키려고 애썼다. 잠시 뒤에 남자는 그녀의 이마에 키스를 하고 나서 그녀의 손을 놓아주었다. 개들이 도로 달려와 쇼핑봉투 안을 뒤지고 있었다. 남자는 자리에서 일어나 준이 옆에 있는 것도 인지하지 못했는지 곧장 개들을 지나쳐 똑딱거리는 소리를 내고 있는 차로 다가갔다. 차량 바퀴들이 연석 위에 걸쳐져 있었다. 준은 도로로 내려섰다. 클라인스는 차문 쪽으로 쓰러져 있었고 운전석 쪽의 앞유리는 금이 갔다. 그의 얼굴은 피로 범벅이 되어 있었다. 그는 숨을 쉬기가 어려운지 떨리는 손을 목까지 억지로 들어올려 옷깃을 끌어당겼다. 남자는 야만적인 위협을 가할 자세로 그에게 다가갔다. 남자는 클라인스의 멱살을 붙잡고 응징을 가할 것처럼 보였다. 하지만 남자가 그의 몸에 손을 대기도 전에 클라인스는 몸을 한 번 뒤척이더니 뒤로 쓰러지며 미동도 하지 않았다. 남자는 뒤로 물러나더니 그제야 몸을 돌려 준을 바라보았다. 준은 창백한 가로등 불빛 아래에서 그 사람이 헥터라는 것을 마침내 확신할 수 있었다.

12

 이 나라에서 꼬박 닷새 동안 함께 다니면서 헥터는 준이 또 한 주를 버텨낼 수 있을지 확신하지 못했다. 그들은 시에나로 가고 있었다. 그녀가 말기암 환자라는 사실은 누가 보더라도 알 수 있을 정도였지만 지금 그의 옆자리에 앉아 있는 그녀의 눈은 많이 안정되어 있었고 마레만 언덕에서 반사된 초록 풀빛에 반들반들하게 빛을 내고 있었다. 도로의 열기로 그녀의 피부도 따스하게 달아올랐다. 누구든 그녀가 앞으로 한 달, 어쩌면 한 계절을 넘길 수 있을 거라고 믿을 수 있을 정도였다. 살려는 의지만 확고하다면 언제까지나 목숨을 연장할 수 있을 정도로 그녀는 안정되어 보였다.
 로마에서 그녀의 몸 상태는 전혀 문제가 없었다. 존 에프 케네디 공항에서 로마까지 먼 거리를 날아오고 나서 극도로 지쳐 있었는데도 그녀는 인파를 헤치고 입국심사대와 터미널을 지나 밖으로 나왔다. 몸이 아픈 사람은 그녀가 아니라 오히려 헥터인 것처럼 보일 정도였다. 어떤 때는 그녀가 보호자처럼 그의 손을 끌고 다니기까지 했다. 그들은 이른 아침에 도착했다. 비행기에서 그녀가 이미 설명했듯이 그녀의 계획은 차를 한 대 빌려 곧바로 북쪽으로 달리는 것이었다. 하지만 헥터는 그럴 기분이 아니었다. 그는 줄곧 시무룩한 표정을 짓고는 말은 한 마디도 하지 않았다. 비행기를 타고 오는 동안 그는 계속해서 술만 들이켰다. 그녀는 택시기사에게 근처에 있는 공항호텔로 데려가 달라고 말했다. 일단 호텔에 들러 기운을 차린 다음에 움직일 생각이었던 것이다.

비행기를 갈아타기 위해 도중하차한 일본인 관광객들이 작은 호텔을 거의 전부 차지하고 있었기 때문에 방 하나를 같이 쓸 수밖에 없었다. 하지만 그는 자기를 가까이 두기 위해 그녀가 일부러 그렇게 방을 얻었을 것이라고 확신하고 있었다. 약을 복용했는데도 그녀는 잠을 제대로 이루지 못했다. 포트 리에서 일이 벌어진 뒤로 그는 필요에 의해서, 또 초조하고 불안한 마음에 그녀와 함께 있었다. 자기가 갈 수 있는 곳이나 자기가 할 수 있는 일이 무엇인지 그는 분명하게 알지 못했다. 그런데도 그녀는 그가 당장 자신을 버릴까 봐 두려워하고 있었다. 그녀는 여권들을 손가방 안에 넣어가지고 다니다가 방으로 들어서자마자 가방에서 여권을 꺼내어 금고 속에 넣어두었다. 사실 그는 클라인스의 여권을 이용해서 이 나라로 들어올 수 있었다. 처음에 그녀와 클라인스는 헥터에게 여권을 신청하도록 만들 계획이었다. 하지만 중간에 예기치 못한 사건들이 터졌고 준은 당장 여행길에 올라야 했기 때문에 부득이 입국심사를 할 때에 모험을 감행할 수밖에 없었다. 그녀는 100달러짜리 지폐 다섯 장을 접어서 자신의 여권 안에 넣었다. 그녀는 입국심사원에게 자기 뒤에 따라오는 남자를 그냥 들여보내주면 나중에 지폐 다섯 장을 추가로 주겠다고 말했다. 수하물 찾는 곳으로 가서 그녀가 자신의 가방 한 개(그는 짐이 없었다.)를 찾고 나자 입국심사원이 나타났다. 심사원이 다가와 준의 팔짱을 끼더니 곧장 두 사람을 대합실 한쪽으로 데려갔다. 그곳에서 그녀는 심사원에게 나머지 돈을 건넸다.

호텔 방에서 헥터는 아래층의 작은 가게에서 사온 싸구려 브랜디 두 병을 가지고 한쪽 구석 바닥에 주저앉아 계속해서 술만 들이켰다. 그러는 동안 준은 트윈 침대에 드러누워 있었다. 그녀는 한쪽으로 돌아누워 초점이 없는 검은 눈을 동그랗게 뜨고 있다가 이따금 눈꺼풀을 파르르 떨며 눈을 껌벅거렸다. 도로 쪽에서 끊이지 않고 들려오는 차량 소리와 고막을 찢을 것 같은 제트 엔진의 날카로운 소음 때문에 굳이 얘기를 나눌 이유가 없었다. 두 사람 모두 배는 고프지 않았다. 그는 그녀의 얼굴을 보고 싶지 않았기 때문에 술기운이 만들어준 밀폐된 공간 속에 자신을 가두려고 애썼다. 여느 때와 다름없이 술은 그를 취기 상태가 아니라 격리 상태로 몰아넣었지만 이번에는 그녀의 존재가 자꾸만 방해를 하고 있었다. 결국 그는 얼굴을 감싸고 있던 손으로 병을 붙잡고 술을 벌컥벌컥 들이켰다.

하지만 어둠이 세상에 깔리자 도로는 고요해졌고 비행기들도 다양한 방향으로 다가와 착륙했다. 그제야 그녀는 그에게 말을 하기 시작했다. 그녀의 주변상황이 모두 험하고 냉혹했기 때문에 전혀 힘이 들어가지 않고 방 안에 부드럽게 울려 퍼지는 그녀의 목소리는 아주 특이하게 들렸다. 그는 그런 목소리를 가지고 있는 그녀가 다음 세상에서는 가수를 해도 될 것 같다는 생각이 들었다.

"여자 친구한테 일어난 일은 정말 미안하게 생각해요."

여전히 돌아누운 상태로 그녀가 말했다. 얇은 침대보를 덮고 있는 그녀는 양쪽 무릎을 가슴까지 끌어올리고 있었다. 그녀는 간헐적으로 몸을 떨었다. 비행기를 타고 올 때도 몸을 그렇게 떨면서 담요를 좀 더 얻을 수 있는지 물었었다. 그녀의 몸은 30년도 전에 길에서 그녀를 처음 만났을 때처럼 쪼그라들어 있었다.

"괜찮은 여자였어요. 그렇죠?"

그가 아무 대꾸도 하지 않자 그녀가 말을 이었다.

"내가 그 자리에 없었다면 그분은 거리로 나오지도 않았을 거예요. 비행기를 타고 오면서 말하려고 했는데 그분은 날 차가 있는 곳까지 부축해주고 있었어요. 나 때문에 그런 사고를 당하게 돼서 정말 미안해요. 당신은 그분이 나를 도와주고 있었다는 사실을 알아야 돼요. 무척 친절한 분이었어요."

그는 준의 말을 무시했지만 그녀의 표정은 변하지 않았다. 그는 자신의 행동을 재고할 정도로 비난을 퍼붓지 않자 그녀가 한시름 놓았다는 것을 알 수 있었다. 그는 그녀를 비난하고 싶었다. 그녀가 나타나는 바람에 순탄하게 진행될 것 같은 생활은 뒤틀어져 버렸고 도라까지 사라졌다. 더럽고 지저분한 생활을 해온 그 자신은 도라의 수고와 노력 덕분에 많은 의미 있는 변화를 겪고 있었다. 그와 함께 지내면서 도라는 항상 옷을 깨끗하게 세탁해서 다림질까지 해놓았다. 그리고 그녀 자신은 손톱에 예쁘게 매니큐어를 칠했으며 그의 아파트를 깔끔하게 유지하려고 애썼다. 도라가 당한 사고는 그녀의 불운으로 보일지도 모르겠지만 좀 더 넓은 관점에서 보자면 그의 탓이 컸다. 그는 원인이요 징후였으며 질병이었다. 그는 자신만 제외하고 주변 사람 모두에게 불행을 초래하는 요소였다.

"그 여자를 위해 당신이 할 수 있었던 것은 아무것도 없었어요."

준이 말했다.

그는 아무 대꾸도 할 수 없었다. 비록 그녀가 의도적으로 그런 말을 한 것은 아니었겠지만 그녀의 말속에 담긴 어떤 진실이 병조각을 꿀꺽 삼킨 것처럼 그의 가슴을 날카롭게 후벼 팠다. 도라는 피에 흠뻑 젖은 채 길거리에 쓰러져 있었는데 마지막 순간까지 그 모습이 얼마나 소름 끼치고 혼란스러웠던지 그는 공포와 분노로 부들부들 떨었다. 그러다가 한순간 그녀는 숨이 끊어졌다. 그는 그녀에게 인공호흡을 시도했다. 그녀의 입에서 와인 맛이 느껴졌다. 하지만 그녀의 몸은 싸늘해져 가고 있었고 얼굴은 이미 매끄러운 대리석처럼 변해 있었다. 그녀의 몸에서 피가 남김없이 쏟아져 나와 버린 것이다. 그녀가 그토록 처참한 모습으로 순식간에 숨을 거두는 것을 보고 헥터는 클라인스가 눈알이 뒤집어지고 숨이 막혀 캑캑거릴 때까지 그의 목을 조르고 싶었다. 하지만 그가 손을 대기도 전에 클라인스는 저 혼자 숨을 거두고 말았다. 그 무렵에는 벌써 사이렌 소리가 저 멀리서 들려오고 있었다. 순식간에 숨을 거둔 도라가 더 이상 살아날 가능성이 없었기 때문에 그는 주차된 차량 옆에 서서 자신의 이름을 부르고 있는 여자에게 다가갔던 것이다. 그는 그녀를 즉각 알아보고 본능적으로 반대편 방향으로 도망치고 싶었다. 하지만 아파트에서 빠져나온 사람들이 그를 가리키고 있었다. 사이렌 소리가 요란하게 울렸다. 그녀는 차분하고 확신에 가득 찬 목소리로 벌어진 상황과 이미 숨을 거둔 클라인스에 대해 자기가 경찰에 진술하겠다고 그에게 말했다. 구급차들이 두 사람의 시신을 옮기는 동안 그녀는 무슨 일이 있었는지 경찰에 진술했다.

"이제 그만 쉬세요."

방이 터무니없이 비좁아 자신의 침대 쪽으로 바짝 붙여놓은 트윈 침대를 가리키며 그녀가 말했다. 회반죽을 바른 벽에는 아무것도 걸려 있지 않고 작은 창문만 하나 달랑 붙어 있었다. 그나마 그 창문도 지나치게 높은 위치에 붙어 있었다. 호텔 방이라는 것을 알고 있었으니 망정이지 그러지 않았더라면 헥터는 자신과 준이 감방에 들어와 있는 것으로 착각했을지도 모른다.

"뉴욕을 떠난 뒤로 잠은 좀 잤어요?"

그는 고개를 가로저었다.

"내일 일어나자마자 운전해야 하니까 잠을 좀 자야 돼요. 얼굴이 많이 피곤해 보여요."

"난 괜찮아."

"그렇지 않은 것 같은데요."

그녀가 말했다.

"제발 술은 그만 마셔요. 이리 와서 누워요. 귀찮게 하지 않을게요. 말도 붙이지 않고요."

그녀는 그에게 쉬라고 하면서도 입을 잠시도 가만히 두지 않았다. 그녀는 자비를 베푸는 천사처럼 그를 향해 양손을 내뻗었다. 뼈가 앙상하게 드러나 유령 같은 모습을 하고 있는 그녀는 비록 허약하고 가련해 보였지만 목소리만큼은 풍부하고 낭랑해서 객실에 쩌렁쩌렁 울려 퍼졌다. 그는 준을 보면서 도라가 예전의 관능적인 몸으로 되살아난 것 같은 느낌을 받고 눈시울이 뜨거워졌다. 그는 피곤하긴 했지만 희망과 의지가 꺾일 정도로 지치지는 않았다. 하지만 매트리스에 몸을 눕히는 순간, 앞선 서른 시간의 기억이 갑자기 머리 정수리로 몰리면서 그곳의 의식을 거의 완벽하게 지워버렸다. 묘하게도 꿈을 꾸고 나서 그가 기억하는 내용이라고는 자신의 몸에서 발만 남아 있던 장면이었다. 한밤중에 잠에서 깨었을 때, 그는 자신의 발에 신겨 있던 작업화가 사라진 것을 깨달았다. 발 냄새가 솔솔 흘러나오던 회색 양말도 손빨래가 되어 욕실의 수건걸이에 걸려 있었다.

준은 깊은 잠에 빠져 있었다. 구급함은 열려 있었고 작은 주사기는 그녀의 옆자리에 아무렇게나 놓여 있었다. 그가 그녀의 목에 손을 갖다 대고 맥박을 짚었을 때도 그녀는 몸을 뒤척이지 않았다. 그녀의 피부는 푸르스름한 빛을 띠면서 제법 싸늘했다. 맥박을 제대로 짚기 위해 그는 손에 힘을 주어 눌러야 했다. 그는 침대에 다시 누워 잠을 청해보았지만 좀체 잠을 이룰 수가 없었다. 그래서 할 수 없이 호텔을 나와 공항 마을의 지저분한 거리를 휘젓고 다니며 술을 한잔 더 할 수 있는 곳이 있는지 둘러보았다. 마을에는 외부에 전혀 장식이 되어 있지 않은 콘크리트 석판 건물들밖에 없었다. 표면이 딱딱한 느낌을 주는 건물들은 하나 같이 높이가 낮았다. 가게들의 전면에는 셔터가 내려져 있었고 그 위의 주거공간도 마찬가지였다. 문을 연 곳은 어디에도 없었다. 심지어 주유소도 영업시간이 지나 있었다. 살아 있는 것이라고는 아무것도 없는 듯 보였다. 불빛도 없었고 사람들의 목소리도 들리지 않았고 곤충이나 새들의 소리조차 들리지 않았다. 그곳은 지저분하고 지극히 평범한 건물 전면에서 전선들이 아무렇게나 뻗어 나와 있는, 껄끄러운 현대식 공간이었다. 길거리에 심어져 있는 나무들은 그가 보았던 것들 중에서 가장 흉하고 초라했다. 공기에는 제트 연료의 지독한 냄새가 배어 있었다. 그의 차림새에는 그런 곳이 오히려 어울렸다. 그는 자신이 버려진 동굴에 기어들어와 흙과 먼지를 뒤집어쓰고 있는 것 같은 느낌을 받았다.

그는 니콜라스라는 친구가 자신과 닮은 점이 많은지 궁금했다. 그 친구는 정말 멀지 않은 곳에 있을까? 준은 비행기를 타고 오면서 오래전에 찍은 학창시절의 사진을 그에게 보여주었다. 그는 사진을 힐끗 쳐다보기만 했다. 그때 그는 도라를 잃은 슬픔에 창가 좌석에 구겨진 듯이 앉아서 가장 비참한 기분에 젖어 있었다. 작은 병으로 술을 10여 종류나 마시면서 그는 자신을 외부와 철저히 차단시켰다. 하지만 구겨진 사진이 불빛을 받아 순간적으로 번득였을 때, 그는 그 짧은 순간에 자신의 부성을 충분히 느낄 수 있었다. 사진 속에서 아이는 각이 진 턱과 부드럽게 각을 이루며 튀어나온 이마, 그리고 입까지 헥터가 아니라 자기 아버지를 닮아 있었다. 항상 웃음을 물고 있는 두툼한 입술은 재키 브레넌과 꼭 닮았다. 그는 갑자기 자신이 얼마나 둔감했는지 깨달았다. 준은 단순히 그의 도움을 요구한 게 아니라 그 두 사람을 함께 데려올 목적을 갖고 있었는데 그는 그 사실을 전혀 깨닫지 못했던 것이다. 그것은 그녀의 감상적인 마지막 몸짓이었을까? 그것은 자신의 아들을 이 세상에 홀로 남겨 두지 않으려는 죽어가는 어머니의 소망이었을까? 이제 확실히 세상의 끈을 놓아가고 있으면서도 그녀는 지금 그들을 엮어주는 것이 니콜라스에게 어떤 식으로든 이로울 거라고 생각이라도 했던 걸까? 그녀는 자식의 일로 헥터에게 불필요한 짐을 지우고 있었다.

만약 헥터에게 아버지 같은 본능이 조금이라도 남아 있다면 그는 아이에게 자신의 존재를 알려 경고를 해주어야 한다. 먹이를 제공할 수 없는 떠돌이 개처럼 아이를 영원히 쫓아버려야 한다. 물론 그는 아이를 가지고 싶은 적이 단 한 번도 없었고 니콜라스에 대해서도 자식 같은 느낌을 전혀 받지 못했다. 하지만 떨쳐버리려고 애썼던 호기심이 자꾸만 그의 마음에 싹트고 있었다. 매우 불행한 결합에서 나온 피를 가진 이 아이가 궁금해진 것이다. 헥터는 니콜라스가 준을 닮아 다이아몬드처럼 강한 아이인지, 아니면 자기처럼 사회에 적응을 잘 못해 세상과 담을 쌓고 살아가는 아이인지 궁금했다. 혹시 아이는 다른 사람들처럼 마음씨 착한 이방인이나 자신을 사랑해주는 사람에 의해 발견되기를 갈망하고 있는 건 아닐까? 그럴지도 모른다. 만약 그렇다면 문제는 간단해진다. 호기심도 있었지만 먼지투성이의 낯선 골목길을 내려가면서 헥터는 두려움에 사로잡혔다. 니콜라스와 실제로 마주쳐야 한다는 생각을 하자 마음이 무거웠다. 두 사람이 나누어야 할 어색한 대화가 문제가 아니었다. 거기에는 그것보다 훨씬 더 그를 불안하게 만드는 요소가 있었다. 자신이 아껴주고 보호하고 사랑해야 할 사람을 조금이라도 실망시키게 될까 봐 그는 두려웠던 것이다.

호텔로 돌아와 보니 준이 두 침대 사이의 바닥에 먹은 것을 게워놓고 있었다. 방이 워낙 비좁다보니 침대 두 개를 최대한 벌려 놓았지만 거리는 30센티미터밖에 되지 않았다. 게운 거라고는 희멀건 점액이 전부였다. 그는 토사물을 치웠다. 헥터가 작은 타월로 입을 닦아주었을 때, 그녀는 약기운으로 반쯤 잠이 든 상태에서 그에게 주먹을 휘둘렀다. 헥터는 그녀를 진정시켜야 했다. 양팔을 붙잡는 것만으로도 그녀는 고통을 느끼는 듯했다. 그녀의 발은 심하게 부풀어 올라 붉은 자줏빛 가방처럼 섬뜩하게 보였다. 장거리 비행으로 결국 탈이 난 것이다. 그녀가 그런 상태에 있었는데도 헥터는 아까부터 그녀를 다르게 보고 있었다. 그녀는 그가 한때 알았던 여위고 뼈가 앙상한 아이였다. 그녀는 누가 자기를 건드리거나 너무 가까이 다가오면 참지 못하던 소녀, 항상 화가 나 있었고 공격적이었으며 차갑고 말수가 적은 소녀였다. 당시 고아원에 있었던 사람들은 누구나 그녀를 조심하고 경계했으며 그녀와 적당한 거리를 두고 지냈다. 성격이 거칠기로 소문난 남자아이들도 거세게 떠밀리거나 사타구니를 걷어차이게 될까 봐 몸을 사렸다. 어느 날, 그녀는 덩치가 상당한 남자아이 둘을 한꺼번에 상대했다. 그녀는 한 아이의 가운뎃손가락을 부러뜨렸고 다른 애의 눈알을 사정없이 긁어서 하마터면 파낼 뻔했다. 그때의 기억이 너무나 생생하게 남아 있어 헥터는 자기도 모르게 아주 조심스럽게 침대에 드러누웠다. 스프링이 삐걱거리는 소리가 나면 그녀의 잠을 방해할 수 있었기 때문이다. 그는 준이 건네준 잡다한 서류와 거금을 받기만 하고 그녀가 이름도 없이 죽도록 내버려두고 대충 일을 마무리 지을 수도 있었다. 하지만 그는 그녀의 불같은 생존 의지에 큰 감명을 받았다. 육체적 고통이 그렇게 심한데도 그녀의 생명력은 꺾이기는커녕 어떻게 된 영문인지 더욱 강해졌다. 그는 명백히 비참한 본인의 처지를 무시한 채 극한 상황으로 밀어붙이며 자신을 도구처럼 이용하는 그녀에게 섬뜩한 두려움까지 느꼈다.

다음 날 아침, 그녀는 기적적으로 상태가 호전되었다. 두 뺨은 더 이상 연한 슬레이트색이 아니었다. 가방을 다시 재빠르게 싸는 모습을 보니 움직임도 허술하지 않고 정확했다. 그녀는 출장을 떠나는 여자처럼 보였다. 그들은 아침으로 차와 딱딱하게 굳어버린 롤빵을 먹고(준은 차만 마셨다.) 택시를 잡아타고 렌터카 사무실로 갔다. 얼마 뒤에 그들은 북쪽으로 달리고 있었다. 헥터가 운전을 하는 동안 준은 지도를 살펴보았다. 두 사람은 정오 무렵이 되어 리보르노에 도착했지만 결과적으로 그것은 쓸모없는 여행이었다. 그들에게 길을 가르쳐준 것은 로마에 있는 클라인스의 연락원한테서 받은 일련의 서류들이었지만 그들은 불편하기 이를 데 없는 비좁은 길을 따라가고 있었다. 헥터의 눈에는 그 길이 닳아서 해어진 실처럼 보였다.

그들이 리보르노로 찾아간 것은 니콜라스의 가명 중 하나와 비슷한 이름을 가진 사람이 최근에 공수표 발행 혐의로 그곳 법원에 소환되었기 때문이다. 하지만 막상 도착해보니 법원에 있는 사람들 중에 그 사람에 대해 아는 사람이 아무도 없었고 그에 대한 파일조차도 찾아내지 못했다. 그들을 상대하기로 되어 있는 법원공무원은 휴가 중이었다. 준은 가명에 혼란이 있었고 언어소통이 어려워 목적 달성에 실패했다고 여겼지만 헥터는 그렇게 생각하지 않았다. 로마에 있는 클라인스의 연락원은 호주인 특유의 억양이 들어간 영어를 구사하는 친구로 수다스러웠다. 헥터는 그 친구를 보자마자 사기꾼이자 거짓말쟁이 같다는 인상을 받았다. 그 사람은 노인과 여자들을 상대로 전문적으로 사기를 치는 부류 같았다. 그 사람은 자신이 약속받은 금액을 밝혔다. 준이 돈을 지불하자 그는 리보르노에 있는 법원공무원의 이름을 알려주면서 그 사람한테 상당한 뇌물을 먹이면 기소 내용을 삭제할 수 있을 거라고 장담했다.

클라인스의 연락원은 이미 다른 곳으로 도망을 갔을 것이기 때문에 로마로 되돌아가는 것은 별로 의미가 없었다. 그들은 리보르노에서 하룻밤을 묵고 나서 마사 마리티마로 갔다. 그녀의 아들은 런던을 떠난 뒤로 그곳에 있는 고급 골동품 가게에서 잠시 일한 적이 있다. 그들은 가게의 위치를 찾아냈지만 그곳은 더 이상 골동품 가게가 아니었다. 가게는 최근에 남의 손에 넘어가서 여행사로 한창 개조 중이었다. 체코 출신의 건설 인부들은 그녀에게 아무 말도 해줄 수가 없었다. 하지만 두 사람은 운이 좋았다. 준이 갑자기 달콤한 젤라토를 먹고 싶어 했기 때문이다. 그들은 자갈길 건너편의 노점에 들렀다가 영어를 구사하는 여점원에게 말을 붙여볼 수 있었다. 준은 골동품 가게에서 어떤 젊은이가 일을 한 적이 있느냐고 물어보았다. 점원 아가씨는 니키 크럼프라는 아시아계 영국인이 그 가게에서 일한 적이 있다고 대답했다.

준은 소녀의 대답을 듣고 확실한 증거를 확보했다는 생각이 들어 숨이 막혔다. 사업 초기에 그녀의 가게 이름이 바로 크럼프 골동품이었다. 그것은 그녀가 지은 이름이 아니라 가게의 원소유자가 사용하던 이름이었는데 나중에는 파인 골동품으로 바꾸었다. 니콜라스가 직접 유리문에 적혀 있는 오래된 이름을 긁어내고 금색과 검정색 글자로 새로운 이름을 그려 넣었다. 준이 니콜라스의 학창시절 사진을 보여주자 아가씨는 처음에 자신의 코를 매만지며 머뭇거렸지만 준이 다그치듯이 묻자 그녀는 니콜라스가 맞다고 대답했다. 니키 크럼프는 가게가 문을 닫고 시에나로 가게 될 거라는 사실을 알았을 때 그녀에게 이름을 밝힌 게 분명했다. 시에나에는 골동품 가게들이 수도 없이 많았다. 친절하고 매력적인 아가씨는 다른 얘기도 해주고 싶어 하는 눈치였다. 어쩌면 그녀는 니콜라스를 좋아했는지도 모른다. 하지만 아가씨가 무슨 말을 하기 전에 준은 급히 가야할 곳이 있다면서 헥터의 팔을 끌었다.

시에나를 향해 달려가면서 그들은 다시 길을 잃은 듯했다. 그들은 울퉁불퉁한 바퀴자국이 나 있는 2차선 길에 멈춰 있었다. 지도에도 나와 있지 않은 곳이었다. 아우토스트라다(이탈리아의 고속 도로-옮긴이)를 달려오는 동안 관광버스와 화물트럭으로 도로는 붐볐다. 게다가 곳곳에서 진행되는 공사가 풍경을 해치고 있었다. 차는 가다 서다를 몇 번씩이나 반복했다. 반시간쯤 달리고 나서는 예외 없이 멈춰서야 했다. 참다못한 준은 고속도로에서 빠져나와 폭은 좁지만 고속도로와 평행으로 나 있는 길을 달리기로 마음먹었다. 하지만 그것도 생각만큼 수월하지가 않았다. 달리다보니 지도에도 나와 있지 않은 로터리와 커브길이 무수히 나왔다. 해를 보고 방향을 잡아야 하는데 날씨가 흐려서 그마저도 쉽지가 않았다. 그들은 벌써 왔던 길을 여러 번 되돌아갔고 어쩌다보니 같은 로터리를 두 번이나 돌기도 했다.

"지도가 완전 엉터리예요!"

참다못한 준이 갑자기 소리를 질렀다. 그녀는 화가 치미는지 지도책에서 한 페이지를 북 찢어내더니 사정없이 구겨버렸다.

헥터는 가만히 있었지만 운전을 하는 동안 그 모든 일의 진실성에 의심이 들기 시작했다. 그는 클라인스의 연락원이 어떻게 정보를 얻을 수 있었는지 궁금해지기 시작했다. 그는 어쩌면 클라인스가 준을 상대로 사기를 쳤거나 클라인스 자신도 사기를 당했을지도 모른다고 생각했다. 어쩌면 클라인스도 자기처럼 준의 초인적인 열정과 집념에 눌려 이 사건에 어쩔 수 없이 끌려들었을지도 몰랐다. 하지만 준의 아들에 대한 갖가지 의문은 쌓여만 갔다. 준보다는 오히려 헥터 자신이 니콜라스에 대해 더 많은 의문을 품게 되었다. 준은 클라인스의 서류철에 정리되어 있는 사실들, 즉 그녀가 지난 몇 주 동안 돈을 송금한 사람의 이름, 폴 페로는 니콜라스가 과거에 사용한 이름들과 완전히 다르다는 사실과 요구받은 돈의 액수가 엄청나게 늘어난 사실에는 신경도 쓰지 않는 것처럼 보였다. 그녀는 니콜라스가 계속해서 거주지를 옮겼기 때문에 그에게만 초점을 맞추었다. 그녀의 여행은 아무것도 얻지 못하고 끝나버리는 부질없는 짓이 될 수도 있었지만 그녀는 결과가 어떻게 나오든 개의치 않았다.

하지만 머지않아 그들은 제대로 길을 찾았다. 준은 바닥에 떨어져 있는 공 모양의 지도를 주우려고 손을 뻗으면서 통증을 느꼈는지 몸을 움찔했다. 그녀는 꼬깃꼬깃 구긴 지도를 조심스럽게 펼쳐서 지도책의 본래 페이지에 끼워 넣었다. 그녀의 기분은 그처럼 변덕스러웠다. 통증의 변화, 약효, 강도와 주기에서 점점 정도가 심해가는 현기증의 주기적인 공격에 따라 그녀의 기분은 달라졌다. 그에 따라 이성적인 사고를 할 수 있는 그녀의 힘과 능력도 덩달아 쇠퇴하고 있었다. 불과 30분 안에 그녀는 가는 길을 변경했고 신경쇠약 증세를 보였으며, 운전을 너무 느리게 한다며 그에게 신랄한 공격을 퍼붓기까지 했다. 준은 이따금 그의 어깨를 가볍게 두드리면서 차를 갓길에 세우도록 했다. 차를 세우면 그녀는 1분 정도 눈을 감고 평정을 되찾으려고 애쓰거나 먹은 것을 게우기 위해 화장실로 달려가곤 했다. 화장실에서 나오면 선글라스를 끼고 재빨리 차가 있는 곳으로 걸어와 앞으로 100킬로미터는 문제없이 달릴 수 있는 사람처럼 지도책을 펼쳐들곤 했다.

그들은 언덕을 지나 오르막길을 한참이나 올라왔다. 길은 폭이 좁아지면서 꼬불꼬불하게 언덕 비탈 쪽으로 뻗어 있었다. 길에는 가드레일이 없었다. 비탈이 너무 가팔랐기 때문에 차가 U자형으로 굽은 길을 돌아갈 때 준은 눈을 질끈 감았다. 시내버스 한 대가 그들을 바짝 따라붙고 있었다. 헥터는 준을 생각해서 일부러 속도를 높이지 않았지만 준은 얼마 가지 않아 차를 세우라는 손짓을 했다. 길은 심하다 싶은 정도로 꼬불꼬불했다. 지그재그의 산길을 조금 더 달리다가 헥터는 자갈길로 빠져나올 수 있었다. 진입로는 도로보다 경사가 더 가팔랐다. 차는 울퉁불퉁한 길에서 뒤뚱거렸다. 그는 차가 움직일 수 있도록 속력을 높여야 했다. 그들을 위험하게 몇 미터를 미끄러져 나갔다. 차량의 앞바퀴는 깊이가 무릎까지 오는 기다란 빗물 도랑의 가장자리에서 멈추었다. 준은 얼른 차 문을 열고 몸을 밖으로 기울여 구역질을 했다. 그녀의 얼굴은 생기라고는 찾아볼 수 없는 잿빛이 되어 말이 아니었다. 헥터는 나무 사이로 빛바랜 테라코타 타일 지붕을 발견하고 내리막길을 따라 내려갔다.

"뭐하는 거예요?"

입을 닦으며 준이 말했다.

"조금만 기다렸다가 움직이면 돼요."

"잠시 쉬었다가 가."

"난 괜찮다니까요. 지금 돌아서 가요. 헥터…."

그는 아무 대꾸도 하지 않았다. 두 사람이 함께 지낸 지 며칠 만에 처음으로 그녀는 그를 지배하지 못했다. 그녀는 이미 눈을 감은 채 문의 손잡이를 꼭 붙잡고 있었다. 차가 언덕을 덜컹거리며 내려가자 꽁무니에서 먼지가 자욱하게 피어올랐다. 진입로는 다음 모퉁이에서 갑자기 끊어져버렸다. 언덕의 중간쯤에서 끊어진 길에는 거대한 두 개의 바위가 서 있었는데 집은 거기에서 20여 미터 아래쪽, 오솔길이 끝나는 지점에 있었다.

그는 차에서 내리는 준을 부축해주었다. 그녀는 발에 힘이 풀려서 걷는 데 애를 먹었다. 그는 그녀를 부축해서 오솔길을 내려갔다. 경사가 좀 더 가파른 지점에 이르렀을 때, 그녀가 중심을 잃고 비틀거렸다. 다행히 그는 그녀가 쓰러지기 전에 양팔로 붙잡아주었다. 그녀의 몸은 연처럼 가벼웠다. 그는 그녀의 몸을 건드리는 것이 불편하게 느껴졌다. 두 사람이 아주 짧은 기간 동안 결혼생활을 했을 때, 그는 그녀의 몸에 절대 손을 대지 않았다. 딱 한 번 예외는 있었다. 두 사람이 헤어지기 전날 밤이었다. 밤늦게까지 술을 마시고 집으로 돌아온 그에게 그녀는 술을 내놓았고 나중에는 죽은 사람처럼 잠들어 있는 그의 몸 위로 올라와 그를 놀라게 했다. 그런 일이 있고 나서 그녀는 곧바로 아파트를 떠났다. 그때 헥터가 느낀 감정은 자신이 이용을 당했다는 것보다는 무언가를 도둑 맞았다는 느낌이었다.

이제 그는 그녀를 업고 집까지 내려갔다. 그녀는 그만 내려달라고 했지만 자리에서 일어설 생각을 하지 않았다. 그는 준이 자리에 눕고 싶어한다는 것을 깨달았다. 집 근처에는 낡은 나무 벤치 하나가 웃자란 풀숲 속에 넘어져 있었다. 그는 다가가서 한 발로 벤치를 일으켜 세우고 그녀를 거기에 앉혔다. 그녀는 무릎을 가슴 높이까지 끌어올려 웅크린 채 무척 힘들어하고 있었다. 샌들은 벗겨져 있었고 창백한 발에는 뼈가 앙상하게 드러나 있었다. 안개가 흩어져버린 늦은 오후의 햇볕은 따갑지는 않지만 여전히 눈이 부셨다. 헥터는 준이 좀 덜 밝은 곳에서 쉴 수 있도록 집을 살펴보기로 마음먹었다.

오두막집은 지은 지 적어도 100년은 되어보였다. 오랜 세월을 지나오면서 집은 다양한 종류의 돌과 회반죽으로 여러 번 보수과정을 거친 듯 보였다. 여기저기 이끼가 끼어 있는 북쪽 벽에는 정사각형의 유리창이 하나 붙어 있었는데 셔터는 내려져 있었다. 근처의 우람한 나무에 사냥감의 올가미로 쓰일 것 같은 밧줄이 여러 개 걸려 있는 걸로 봐서 아무래도 집은 사냥꾼의 은신처 같았다. 금이 쩍쩍 갈라진 작은 나무문에는 맹꽁이자물쇠가 달려 있었다. 하지만 녹슨 자물쇠를 고정하는 나사들이 문설주의 썩은 나무에 박혀 있었기 때문에 자물쇠를 거머쥐고 몇 번 세차게 흔들자 그것은 손쉽게 떨어져나갔다. 그는 문을 밀고 안으로 들어갔다. 어둠 속에서 재 냄새가 희미하게 피어오르고 있었다. 그것은 지난 며칠 안에 누군가가 그곳에 머물렀다는 뜻이었다. 창문을 가리고 있는 셔터를 열자 비로소 공간 전체를 살펴볼 수 있었다. 가로 3미터에 세로 4미터쯤 되는 방이 하나 있었다. 길이가 짧은 벽 쪽에는 난로 하나, 조잡하게 만든 테이블, 의자 두 개, 그리고 야전침대가 있었다. 침대 위에는 침낭이 놓여 있었다. 회반죽을 바른 벽에는 닳아서 실밥이 다 보이는 주단이 걸려 있었는데 살짝 건드리기만 해도 부서져버릴 것처럼 아주 오래되어 보였다. 그는 침낭으로 다가가 지퍼를 열어보았다. 강하진 않았지만 그 속에서 사람 냄새가 흘러나왔다. 그는 밖으로 나가 준을 데리고 들어와 자리에 앉혔다. 그녀는 구급상자를 가져다달라고 말했다. 그는 차를 세워둔 곳으로 걸어 올라가서 구급함을 가져왔다. 하지만 그가 돌아왔을 때, 그녀는 이미 잠들어 있었다. 고통으로 일그러진 얼굴로 그녀는 무언가 복잡하고 유쾌하지 않은 이야기를 늘어놓는 것처럼 중얼거리고 있었다. 실비라는 이름을 언급한 걸까? 그는 준에게 주사를 한 방 놓아줄 생각을 했다. 물론 거기에는 준이 겪는 고통을 조금이라도 덜어주려는 의도도 있었지만 두 번 다시 준이 그 이름을 내뱉지 못하도록 만들려는 의도도 포함되어 있었다. 하지만 그는 대신에 난로에 불을 피웠다. 셔터를 내려두어서 안이 추웠기 때문이다.

 하지만 얼마 되지 않아 그녀는 잠에서 깨어났다.

 "차는 어디에 있죠?"

 그는 언덕 쪽을 턱으로 가리켰다.

 "뭐하는 거예요?"

"음식을 좀 만들려고."

그는 찾아낸 재료들을 냄비에 담았다. 찬장에는 집에서 만든 통조림 한 무더기, 흰 콩과 토마토가 담긴 단지들, 그리고 간물에 절인 고기와 멸치 따위가 들어 있었다. 그밖에도 올리브 오일과 바삭바삭한 빵, 그리고 집에서 담근 것으로 보이는 포도주 몇 병과 굵은 소금이 담긴 깡통도 보였다.

"먹고 싶지 않아요."

"나는 먹고 싶어."

그는 며칠 동안 한 번도 제대로 식사를 하지 못해 정말로 배가 고팠다. 준과 함께 있으면서 그는 먹는 것조차 거의 잊고 지냈다.

"그만 떠나야 해요."

자리에서 일어서려고 애쓰면서 그녀가 말했다.

"여기에서 시에나까지 한 시간밖에 안 걸릴 거예요. 도착해서 식사하면 돼요."

"당신은 쉬어야 해."

"충분히 쉬었어요."

"좀 더 쉬어야 해."

"나보고 이래라저래라 하지 말아요."

"그럼 좋을 대로 해. 하지만 나는 당신이 좀 쉬어야 한다고 생각해. 그러지 않으면 죽을 수도 있어. 자식을 찾기도 전에 죽으면 어떻게 해?"

헥터의 말에 그녀는 아무 대꾸도 하지 않다가 다시 자리에 드러눕더니 그를 쳐다보았다. 그녀가 잠들어 있는 동안 그는 오두막집에서 몇 계단 아래쪽에 언덕 비탈을 깎아서 만든 자그마한 테라스 정원이 있는 것을 발견했다. 정원에는 갖가지 채소가 심어져 있었는데, 대부분은 씨앗으로 돌아가고 남아 있는 것들은 제때에 수확을 하지 않아 지나치게 자라있었다. 그는 양파와 당근, 그리고 거대한 크기의 서양호박을 가져와서 찬장에서 찾아낸 칼로 그것들을 잘게 잘랐다. 냄비에는 회전손잡이가 붙어 있었다. 그는 손잡이를 불 위의 고리에 끼워 넣었다. 그는 냄비에 담긴 갖가지 채소를 볶고 나서 거기에다가 병에 담긴 콩과 토마토, 그리고 약간의 물을 추가했다. 오두막집에는 배관시설이 되어 있지 않았다. 밖으로 나가 혹시 우물이 있는지 찾아보았지만 그런 것도 보이지 않았다. 그는 할 수 없이 차에 있는 물을 사용했다.

"무슨 음식을 만드는 거예요?"

한참 만에 그녀가 입을 열었다.

"스튜를 만들어볼까 하는데 냄새가 거슬려?"

"괜찮아요. 한때 자주 만들던 음식과 비슷한가요?"

그는 준의 말이 무슨 뜻인지 알지 못했다. 하지만 자신을 빤히 쳐다보는 그녀의 얼굴을 보자 갑자기 어떤 기억이 떠올랐다.

"아니, 그렇지 않아."

군대에 있을 때, 그는 부대 식당에서 잠시 일한 적이 있었고 고아원에 있을 때는 피엑스에서 식료품을 얻어올 수 있을 때는 아이들을 위해 손수 저녁을 만들어주곤 했다. 스튜는 보름에 한 번꼴로 만들어주었다. 부인들은 주로 밥, 나물국, 감자, 그리고 자기들이 얻을 수 있는 모든 고기로 식탁을 꾸몄다. 어떤 때는 콩줄기와 골파가 들어간 만두를 내놓기도 했다. 하지만 피엑스 담당 병장과 성공적인 거래를 마치고 나면 헥터는 부대에서 가져온 온갖 음식들을 넣고 부대찌개를 끓이곤 했다. 그가 주로 가져오는 식료품은 옥수수 통조림, 강낭콩, 캠벨 토마토 수프, 냉동 소고기 패티, 스팸 핫도그, 계란 국수, 그리고 타바스코 소스 등이었다. 아이들은 그가 만들어주는 음식을 미치도록 좋아했다. 그가 음식을 만들 때면 아이들은 환호성을 울리며 불이 활활 타오르는 화덕 위에 놓인 냄비 주변으로 옹기종기 모여들었다.

고기와 채소를 닥치는 대로 넣고 끓인 부대찌개는 아이들이 평소에 먹던 음식들보다 훨씬 더 기름지고 칼로리가 높고 위에 부담을 주었다. 몇몇 아이는 너무 많은 양을 너무 빨리 먹는 바람에 중간에 게우기도 했다. 아이들은 먹은 것을 게우고 나서 다시 자리로 돌아와 새로 받은 한 그릇을 뚝딱 해치웠다. 준은 아이들과 섞이지 못하고 시끄럽게 떠드는 아이들이 잠잠해질 때까지 주변에서 기다리곤 했다. 이제 헥터는 그때 그녀의 모습이 어땠는지 기억이 났다. 준은 그릇을 가득 채워달라고 그에게 졸랐었다. 그녀는 자기 그릇을 그에게 계속해서 내밀며 정확한 영어로 솔직하게 말했다.

"오늘은 배가 너무 고파요. 조금 더 주세요."

그녀는 아이들 중에서 영어를 가장 잘했지만 특별한 경우가 아니면 영어를 쓰지 않았고 다른 사람을 위해 통역이나 변호를 맡으려고도 하지 않았다. 대부분의 아이들과 달리 그녀는 성마른 성격이라 다루기가 아주 까다로웠다. 어떤 때는 참을성이 부족해서 분노를 그대로 드러내기도 했다. 아이들이 어떤 끔찍한 일을 겪거나 목격하거나 저질렀는지 아무도 알 수 없었다. 그리고 그런 사정을 파악하는 것도 소용없는 일이었다. 그는 그녀가 원하는 것을 주면 되었고 실제로 그렇게 했다. 그릇을 채워주면 그녀는 혼자 멀찍이 떨어져서 음식을 먹었다. 말은 배가 고프다고 했지만 준은 한 숟가락 한 숟가락 세어가면서 먹듯이 아주 느리고 조심스럽게 음식을 떠먹었다.

"음식을 좀 먹어봐야겠어요."

그녀가 말했다.

"냄새가 좋은데요."

"조금만 더 끓이면 돼."

"거기에 있는 물 좀 줄래요?"

오두막집에는 컵이 하나도 없어서 그는 유리병에 담긴 물을 병째로 내밀었다. 하지만 물이 1.5리터나 들어 있어서 병은 그녀가 들기에는 너무 무거웠다. 그는 그녀가 물을 마실 수 있도록 병을 들고 있었다. 그녀는 물병에 담긴 물을 그대로 마시는 데 약간 애를 먹었다. 그래도 몇 모금이 기도를 타고 내려갔다. 그녀는 잠시 동안 발작적인 기침을 해대고 나서 다시 자리에 드러누웠다. 요리를 마쳤을 때, 헥터가 아직도 음식을 먹고 싶은지 묻자 그녀는 고개를 끄덕였다. 그는 뜨거운 냄비를 두 사람 사이의 의자에 내려놓고 나서 다른 의자를 끌어와서 앉았다. 접시도 없었고 그릇도 없었다. 있는 거라고는 달랑 나무 숟가락 하나였다. 그는 숟가락을 그녀에게 건넸다.

"먼저 먹어요."

그녀가 말했다. 이제 준은 자리에서 일어나 앉아 있었다. 그녀는 좁은 어깨를 앞으로 기울이고 있었는데 그렇게 있으니 몸은 더욱 왜소하고 허약해보였다. 책에 실린 사진이 접혀져 있는 것처럼 보이기도 했다.

"난 맛만 보면 돼요."

"그럼 나보다 먼저 먹어야지."

그는 찌개를 약간 떠서 그녀에게 건넸다. 내용물은 별로 없고 국물이 많아서 그것은 스튜라기보다는 수프에 가까웠다. 그녀는 찌개를 시험하듯이 천천히 씹어보고 나서 두 숟가락을 떠먹었다. 준은 숟가락을 냄비의 가장자리에 톡톡 두드린 후 그에게 건넸다.

"계속 먹어."

그가 말했다.

"같이 먹어요."

"먹고 싶을 때 먹어두는 게 좋아."

그렇게 말하고 나서 그는 덧붙였다.

"먹을 수 있을 때 먹어둬야 해."

그녀는 고개를 끄덕이고 나서 두 숟가락을 더 떠먹었다. 마지막 숟가락은 그녀의 목 안에 달라붙은 듯 보였다. 헥터는 집에서 담근 포도주를 개봉하고 50달러에 해당하는 리라를 놓아두었다. 그 돈에는 그가 개봉한 다른 것들의 값도 포함되어 있었다. 준은 리보르노에서 그에게 미리 환전을 해두도록 지시했다. 사실 그녀는 헥터에게 돈뭉치를 맡겨두었다. 돈은 여행자수표와 현금으로 만 2천 달러쯤 되었는데 헥터는 그렇게 큰돈을 한 번도 만져본 적이 없었다. 하지만 그는 돈 따위에는 조금도 관심이 없었다. 오두막집에 코르크 마개뽑이가 없었다면 그것을 구하는 대가로 돈은 얼마든지 내놓았을 것이다. 예전에 그는 마개뽑이를 사용하지 않고 병의 주둥이를 깨부수고 내용물을 마시곤 했다. 하지만 이 집에서 그는 코르크 마개뽑이를 하나 찾아냈다. 병의 익숙한 무게로 그의 양손은 조금도 떨리지 않았다. 그는 노련한 손길로 코르크 마개를 한 번에 뽑아내고 마개를 입술에 갖다 댔다. 포도주인줄 알았는데 그것은 포도주가 아니라 냄새가 아주 강하고 맑은 브랜디였다. 드라이클리닝 액체세제처럼 독한 화학약품 냄새가 났지만 그런대로 마실 만했다. 그는 단번에 술을 거의 3분의 1이나 들이켰다. 준이 반쯤 내리깐 눈으로 자기를 쳐다보고 있다는 것을 그는 의식했다. 틀림없이 그녀는 자기보다 그의 상태가 훨씬 나은지 궁금하게 생각했을 것이다.

"예전에는 술을 그렇게 많이 마시지 않았잖아요."

그녀가 말했다.

"예전에는 내가 술을 마시는 모습을 못 봤을 거야."

"봤어요. 이따금 당신을 뒤따라 다녔어요. 당신은 눈치 못 챘을 테지만 난 당신을 몰래 지켜보고 있었다고요."

그는 또다시 길게 술을 들이켜면서 그녀는 어떤 장면을 목격했든지 신경 쓰지 않으려고 애썼다. 어린 소녀가 그런 짓을 하는 것은 옳지 못했다. 실비 태너의 기억이 뜨겁게 자신을 훑고 지나가면 그녀의 우윳빛 목의 이미지가 자신을 더욱 조심성 있게 만들었고 다음 순간에는 갈증을 느끼게 만들었기 때문에 그는 외부세계로부터 자신을 철저히 보호하며 살았다. 그는 하루 이상 술을 입에 대지 않았다. 그의 몸이 느끼는 갈망은 준과 정반대였다. 그는 빠르게 움직이지 않았고 유령 같은 속도를 느낄 수도 없었다. 술은 그를 자신으로부터 적당히 멀어지도록 만들어주었다. 술을 마시는 행위는 헥터와 같은 영원한 패배자, 세계적인 수준의 자기 연민자, 지칠 줄 모르는 자기 학대자에게는 용서가 되었다. 헥터는 이제 모든 것을 잃은 가엾은 신세가 되었다.

"태너 목사님이 부인을 몹시 야단치던 일이 기억나네요. 그녀에게 망신거리라고 하면서요."

준이 말했다.

"나는 그때 어디에 있었지?"

"그날 당신은 고아원에 없었어요. 아마 식료품을 얻으러 부대에 들어갔을 거예요. 오전에 부인은 아침 식사도 거른 채 사택 뒤편의 잔디밭에 앉아 있었어요. 난 청소를 하러 사택으로 건너갔지요. 부인은 두 눈이 충혈되어 있었고 머리카락은 마구 헝클어져 있었어요. 목사님이 잔디밭에 서서 부인을 내려다보고 있었죠. 소리를 치지는 않더군요. 하지만 무슨 이유인지 모르겠지만 난 목사님이 부인을 두들겨 팰 거라는 확신이 들더군요. 그때 난 목사님의 유리 문진을 손에 들고 있었는데 불가피한 상황이 벌어지면 그걸로 목사님을 후려칠 생각이었어요. 물론 목사님은 부인을 때리지 않았어요."

"그럴 분이 아니었지."

헥터가 말했다.

"예. 그래요. 하지만 목사님은 부인 때문에 도저히 부끄러워서 못 살겠다고 계속해서 말하더군요. 어떻게 자신을 그렇게 당황스럽게 만들 수 있느냐고 윽박질렀어요. 부인은 그냥 잔디밭에 앉아서 비난만 듣고 있었어요. 난 너무 화가 났어요."

30년도 넘는 긴 세월이 흘렀지만 헥터는 준이 날카로운 수정 문진을 휘두르는 모습을 쉽게 상상할 수 있었다. 그리고 굴욕적인 참회의 옷을 기꺼이 입을 준비가 되어 있는 실비의 모습도 충분히 상상이 갔다. 태너가 여행을 마치고 고아원으로 돌아왔을 때, 평소와 달라진 모습은 아무것도 없었다. 굳이 달라진 것을 하나 꼽으라면 부인이 일주일 동안 여행을 하고 돌아온 사람처럼 눈에 띄게 행동이 굼뜨고 녹초가 되어 있었다는 것이다. 예전에는 한 번도 그러지 않았던 그녀가 며칠 동안 연속으로 늦잠을 잤다. 태너는 헥터에게 자기가 없는 동안에 혹시 무슨 이상한 일이 있었는지, 또 부인이 아파보이지는 않았는지 두 번이나 물었다. 헥터는 새빨간 거짓말은 하고 싶지 않아서 그냥 고개만 가로저었다. 목사 부부가 고아원에 도착하고 나서 첫 주가 지난 뒤부터 목사는 헥터를 공정하게 대해주었다. 헥터는 목사에게 사과를 하지 않았다. 부인이 자기 침대에서 나흘 밤을 보냈다는 사실을 굳이 태너에게 알릴 필요는 없었다. 함께 지내는 동안 헥터와 부인, 두 사람 모두 잠은 조금도 자지 않았다. 사랑을 나누고 나면 헥터는 술을 마셨고 부인은 마약을 투약했다. 그녀의 성적 갈망은 애원이자 모험이었다. 그녀는 해변에서 멀리 떨어져서 파도에 휩쓸려 허우적거리는 사람 같았다. 그것은 헥터에게 뜻밖의 새로운 발견이었다.

"우리를 몰래 훔쳐볼 때, 창고에 들어가 있었나?"

"그래요."

당시 그의 방은 기다랗고 낮은 목재 건물의 끄트머리에 있었다. 건물 지붕은 골진 강철판으로 되어 있었다. 그의 방은 그들이 지금 들어가 있는 오두막집의 절반 크기였지만 둘은 상당히 비슷했다. 방에는 간이침대 하나와 물건을 올려두는 녹슨 철제 선반이 있었고 마당 쪽으로 뚫린 창문은 없었다. 그곳은 거주용으로 지은 방이 아니었다. 그 옆방은 고아원의 잡다한 물건들을 넣어두는 창고였다. 그곳에는 학습서, 연필, 통조림, 공구, 갈퀴, 성경책, 기증 받은 담요, 유아용 의류와 신발, 사각 등유통 따위가 있었다. 준은 창고와 그의 방을 나누는 벽에 자신이 어떻게 쭈그리고 앉아 있었는지 설명했다. 그 벽은 헥터가 수중에 있는 재료들을 가지고 지은 것이다. 그는 여기저기에서 주워온 장식 못과 나무판자로 벽을 세우고 나서 캔버스 천을 덮어씌워두었다.

"당신 방 쪽에 붙여놓은 캔버스 천에 틈이 있었어요. 바닥 근처에요. 거기에 눈을 바짝 갖다 붙이면 방 안을 살펴볼 수 있었죠."

"우리는 전혀 모르고 있었어."

"소리를 내지 않으려고 조심했죠."

"거기에는 몇 번이나 들어가 있었지?"

"모르겠어요."

그는 길게 술을 들이켜고 나서 다시 술을 들이켰다.

"그 얘기는 왜 하는 거지?"

"나도 정확히는 모르겠어요."

준이 말했다. 하지만 그녀의 눈은 활기를 띠면서 혈색이 나쁜 얼굴과 대조적으로 밝게 빛나고 있었다. 눈은 버려진 평원에 마지막으로 남은 두 개의 물웅덩이처럼 보였다.

"부인한테 얘기를 듣고 나서 난 더 이상 사택에서 일할 수 없었고 부인을 증오하고 싶었어요. 하지만 그때 부인은 당신을 바라보기 시작했고 난 방법을 찾았죠."

"방법이라니?"

"부인과 항상 함께 있을 수 있는 방법. 당신이 원했던 것도 그게 아닌 가요?"

물론 그것은 사실이었기 때문에 그는 아무 대꾸도 하지 않았다. 하지만 그 당시에는 그것을 잘 모르고 있었다. 그때 그는 너무 거칠고 어리석었다. 이기적으로 갈망하고 반항하던 사람이었다. 그는 그때 자기가 얼마나 그녀를 필요로 하고 있는지 이해하지 못했다. 그는 단순히 그녀의 강렬한 욕망과 육욕을 사랑한 것이 아니라 그녀의 기품, 아름다움, 그리고 선량함이 그러한 욕망들과 긴밀하게 결합되어 있는 모습을 사랑했던 것이다. 그녀는 감정의 소용돌이에 휘말려 있었다. 그녀는 상대방에게 자신이 제공하는 후원과 원조에 걸맞은 것을 요구하는 사람이었고 헥터와 준이 절박하게 필요로 하는 사람이었다. 그녀는 두 사람에게 어머니이자 연인이었으며 자식이기도 했다. 헥터와 처음으로 사랑을 나눌 때, 그녀는 그를 위해 사택의 뒷문을 열어두었다. 그녀는 난간에서 스스로 몸을 던진 사람처럼 그를 사정없이 덮쳤다. 거기에는 의지와 굴복이라는 엄청난 힘이 실려 있었다. 그녀는 그에게 키스하고 그를 물어뜯었다. 그리고 그의 손가락이 자신의 몸 구석구석으로 파고들기를 원했다. 이제 30년도 더 지난 일이 되어버렸지만 그는 자신의 가슴에서 갑자기 솔기가 뜯어지면서 쇠사슬 뭉치가 순식간에 녹이 슬어 떨어져나가고 그 안에 있던 차가운 상자, 즉 죄책감이 가득한 어둡고 거대한 지하 세계가 다시 모습을 드러내는 것 같은 느낌을 받았다.

"너무 피곤하네요."

준이 말했다. 그녀는 한손을 배에 얹고 있었다. 배를 붙잡지는 않고 마치 임신한 여자가 무의식적으로 자신의 배가 불러오는 것을 느껴보듯 그렇게 엎고만 있었다. 그녀는 다시 자리에 누워 천천히 눈을 감았다. 헥터는 첫 번째 병을 들고 벌컥벌컥 들이켜더니 결국 병을 완전히 비웠다. 술은 아직도 그의 목구멍을 뜨겁게 태우고 있었다. 그가 또 다른 병의 마개를 막 열었을 때, 그녀가 말했다.

"난 눈 좀 붙일게요."

"응. 그렇게 해."

"음식은 안 먹을 거예요?"

"먹고 싶지 않아."

그는 벌써 다른 병을 들이켜는 중이었다. 술은 메마른 평야에 쏟아지는 비처럼 끝없이 그의 몸으로 스며들었다.

"나중에 먹든가 하지 뭐."

"어디 가지 말고 내 곁에 있어줄래요?"

"여기에서 갈 데가 어디 있어?"

"그냥 내 곁에 붙어 있어요."

헥터는 고개를 끄덕이고 나서 그녀의 숨결이 차분해지면서 숨소리가 좀 더 크게 들릴 때까지 기다렸다. 그는 이제 그녀의 간병인이 되었다. 그녀는 헥터가 자기 곁에 있고 자신의 시야에서 벗어나지만 않으면 그곳을 떠날 의지나 능력도 줄어들 거라고 생각하고 철부지처럼 행동하는 듯했다. 하지만 그녀의 고집스러운 요구는 근거가 아주 없는 것은 아니었다. 왜냐하면 그는 오두막집을 나가서 앞으로 어떻게 해야 할지 결정할 필요가 있다고 생각하고 있었기 때문이다. 사실 리보르노에서 그는 비록 잠깐 동안이었지만 그녀를 버렸다. 두 시간 동안 그는 역에 앉아서 로마행 다음 기차를 기다렸다. 결국 마음을 접고 호텔로 돌아왔을 때, 그녀는 욕조에서 나오지도 못하고 있었다. 그녀는 샤워를 하고 있었는데 샤워기를 조정하려고 손을 위로 뻗다가 그만 중심을 잃고 미끄러지면서 옆구리와 등을 욕조 바닥에 심하게 부딪치고 말았던 것이다. 그녀는 무척 고통스러워하고 있었지만 기적적으로 아무데도 부러지지 않았다. 수건을 접어 욕조 가장자리에 올려두었는데 그게 충격을 완화시켜주었던 것이다. 뜻하지 않게 고통스러운 상황을 겪다보니 그녀는 헥터가 두 시간 동안 어디에서 무엇을 하고 있었는지 물어볼 여유도 없었다. 그녀는 자신의 벌거벗은 모습을 아무렇지도 않게 생각했다. 오히려 당황한 사람은 헥터였다. 그녀는 헥터를 보고도 얼른 몸을 가리지 않았다. 헥터가 욕조에서 꺼내준 뒤에도 그녀는 몸을 가릴 생각은 않고 비데 위에 앉아서 정신이 나간 표정만 지었다. 젖가슴은 쭈그러들었고 흉터가 있는 배는 약간 부풀어 올라 있었다. 가랑이 사이의 검고 무성한 털은 그녀가 아직 쉰 살도 되지 않았다는 사실을 보여주는 유일한 증거였다. 헥터가 수건을 건넸지만 그녀는 손에 들고 있기만 하다가 힘없이 수건을 비틀어 짜고는 수건이 마치 귀한 옷감이라도 되듯이 그걸로 자기 얼굴을 가볍게 두드렸다.

이제 해가 하늘에 낮게 걸려 있었지만 아직도 밖은 환했다. 그는 오두막집을 걸어 나와 햇빛이 그녀의 잠을 방해하지 않도록 문을 닫았다. 그는 삐걱거리는 벤치에 앉아 등 뒤의 돌담에서 한낮의 열기가 발산되는 것을 느끼며 두 번째 병을 비웠다. 두 번째 병에 담긴 술은 첫 번째 병의 술보다 더 독한 것 같았다. 헥터는 도라가 저녁 무렵만 되면 작은 잔으로 술을 세 잔이나 연거푸 마시던 모습이 생각났다. 그녀는 본격적으로 술을 마시기 전에 시동을 걸듯이 그렇게 마셔대곤 했다. 헥터는 도라에게 엄숙하게 경의를 표하는 뜻에서 그녀가 하던 방식대로 연거푸 세 모금을 마시고 나서 다시 세 모금을 들이켰다. 혓바닥과 목구멍이 타들어가면서 가솔린 냄새가 났지만 개의치 않았다. 하지만 의식은 오래 진행되지 못했다. 도라가 갈증을 해소하는 모습, 첫 모금의 환희, 그녀의 사과 같은 엉덩이의 부드러운 느낌, 사랑을 나눌 때 그녀가 미친 듯이 자신을 끌어안고 머리카락을 끌어당기며 어깨를 움켜쥐던 모습이 상기되는 것이 아니라 피범벅이 된 거리의 소름 끼치는 모습과 그녀의 아름다운 다리가 엉망으로 짓이겨진 모습, 자신에게 애원하는 듯한 그녀의 눈빛이 자꾸만 머리에 떠올랐다. 당시 그녀의 눈빛은 왜 자기가 원치 않는 방향으로 세상이 굴러가는지, 왜 하필이면 그처럼 행복한 시기에 죽음이 자신을 데려가는지 억울해하고 있었다.

중공군 소년 병사의 눈빛도 그런 애원을 하고 있었던가? 전쟁 중에 목격한 죽어가는 병사들의 눈빛은 어떠했던가? 헥터는 왜 자신이 항상 억울한 죽음의 사자가 되어야 했는지 궁금하게 생각했다. 그에게 가장 소름 끼치는 장면이 있다면 그것은 사람들이 숨을 거두기 전 몇 초 동안의 모습이었다. 전사자들을 처리하면서 죽은 지 오래된 시신들을 많이 보았지만 그들의 모습은 하나같이 냉정하고 무심했다. 얼굴이라도 남아 있는 시신들은 약간 넋이 나간 표정을 짓고 있었다. 전사자 중에는 부패하거나 피가 말라붙어 얼굴이 검게 변한 시신도 있었고 뺨이나 턱, 또는 이마가 달아난 시신도 있었으며 팔다리가 모두 잘려나간 끔찍한 시신도 무수히 많았다. 하지만 숨이 아직 끊어지지 않은 얼굴이 핏기를 잃고 창백하게 변해가는 모습은 가장 괴기스러워 그것을 지켜보는 일은 정말이지 견디기 힘들었다. 준의 곁을 끝까지 지켜주겠다는 약속을 하고 보니 그는 몰래 도망을 치고 싶었다. 어차피 자신은 그녀의 곁을 떠날 수밖에 없을 거라는 사실을 그는 알고 있었다. 그것은 불가피한 일이었다. 마지막 순간이 다가오기 전에 그는 그녀를 버릴 수밖에 없었다.

그는 술병을 손에 들고 메마르고 경사가 급한 산비탈을 내려가면서 이따금 술을 들이켰다. 집에서 담근 술은 평소에 마시는 술보다 더 뜨겁게 그의 몸으로 흘러들어갔다. 그것은 고통에 가까웠다. 그는 몸속에 들어간 술이 습지에서 개미들이 줄지어 움직이듯이 손과 발로 뻗어나가는 것을 느낄 수 있었다. 그는 술을 조금 더 마시려고 했다. 어쩌면 남아 있는 술을 몽땅 마셔버릴 수도 있었다. 설사 그것이 독약이더라도 신경 쓰고 싶지 않았다. 그는 들쭉날쭉한 덤불 사이로 나 있는 오솔길을 발견했다. 사슴이 다니는 길 같았다. 그는 조심스럽게 그쪽으로 발을 들여놓으려고 하다가 경사가 너무 심해 중심을 잃고 나뭇잎이 깔린 길로 곤두박질치고 말았다. 그는 떨어지면서 두 다리를 필사적으로 버둥거렸는데 그 모습을 만약 위에서 누가 보았더라면 떨어지지 않으려고 최대한 빠르게 달리는 사람처럼 보였을 것이다.

하지만 헥터는 필요한 속도와 균형을 적절하게 조화시킬 수 없었다. 그는 중심을 잡지 못하고 비탈길을 데굴데굴 굴러 내려갔다. 어찌나 맹렬하게 굴렀던지 푸른 잎과 바위와 먼지가 풀풀 나는 땅을 모조리 쓸어버리기로 작정을 한 사람처럼 보였다. 그는 결국 코르크나무들로 둘러싸인 캄캄한 빈터에서 멈춰 섰다. 구불구불한 줄기들은 2.5미터 높이까지 수피가 벗겨져 있었다. 오래된 나무들은 이제 수피를 모두 잃어버리고 매끈매끈한 속살을 드러내고 있었다. 그는 자신의 처지가 그 나무들과 비슷하다고 생각했다. 얼굴과 무릎 주변이 찢어지고 타박상을 입었다. 그는 울고 있었다. 하지만 그것은 육체적인 고통 때문이 아니었다. 바닥을 드러낸 병이 아직 그의 손에 들려 있었다. 그는 굴러떨어지다가 하마터면 바위의 뾰족하게 튀어나온 모서리에 몸이 찍힐 뻔했다. 그는 자신의 불운을 저주하며 홧김에 병을 바위에 집어던져 박살을 내버렸다. 이제 더 이상 맞붙어 싸울 상대가 없었기 때문에 그는 자신과 싸움을 벌여 위안을 얻으려고 했다. 그는 이 세상에서 아무짝에도 쓸모없는 불멸의 챔피언이었다. 주둥이 근처가 삐죽삐죽해진 병으로 그는 양쪽 손목과 목을 긋고 나서 옆구리와 양쪽 넓적다리를 찔렀다. 그리고 나서 그는 자리에서 일어나 주변에서 가장 큰 나무를 향해 황소처럼 돌진했다. 그는 가슴으로 나무를 들이받고 나서 어깨로 다시 들이받았다. 지칠 대로 지쳐버린 그는 시뻘건 피로 뒤덮인 양손과 이마로 나무를 힘껏 밀어붙였다. 그는 연습용 장비를 앞에 두고 비지땀을 흘리는 미식축구의 라인맨처럼 식식거리며 두 다리를 버둥거렸다.

혼자 있는 사람에게조차 당혹감이 느껴질 정도로 충분한 시간이 흐른 뒤에야 그의 감정은 누그러졌다. 병에 찔린 부위는 지금껏 항상 그랬듯이 불가사의하게도 이미 피가 굳어 있어 딱지가 생겨 있었다. 그가 실제로 느낀 고통은 그것밖에 없었다. 고통 자체가 아니라 순식간에 치유된 흔적이 정작 그를 아프게 했다. 힘의 소진이 아니라 극도의 좌절감과 배출구 없는 분노가 그를 녹초로 만들었다. 그는 뿌리가 드러난 땅바닥에 쓰러져 하늘을 가리고 있는 무성한 나뭇가지를 쳐다보았다. 하늘은 울퉁불퉁하고 시커먼 나뭇가지들 사이에서 암청색으로 보였다. 그 모습은 아름다운 실크 스크린처럼 약간 동양적인 느낌을 주었다. 하지만 그는 그것이 자신의 인생에서 병적인 모습과 비슷하다고 생각했다. 주변의 화려한 장관을 지켜보는 동안 죽음은 냉정하게 모든 것들 위를 맴돌고 있었다. 언덕 위로는 오두막집의 굴뚝만이 흐릿하게 보였다. 그는 잠에서 깨어난 준이 소리쳐 부르면 어떻게 할지 생각해보았다. 그냥 가만히 있어야 할까? 그냥 내버려두면 아침에 사냥꾼이 돌아와 야전침대에 누워 있는 그녀를 발견할 것이다. 그렇게 되도록 내버려두어야 할까? 아니면 구덩이를 파고 과거에 수많은 시신을 파묻었듯이 준을 파묻어버릴까? 사람을 파묻는 일은 그가 지닌 모든 음울한 재능들 가운데서도 가장 음울한 재능이었다.

13

 준은 밤잠을 설치지 않고 아주 곤하게 잤다. 잠에서 깨어났을 때, 그녀는 헥터가 오두막집에서 몰래 빠져나간 사실을 뒤늦게 깨닫고 당황했다. 그녀는 바닥으로 굴러떨어져 하마터면 다칠 뻔했지만 밖으로 나왔을 때, 오두막집 위쪽의 산허리에 헥터가 있는 것을 발견했다. 그는 운전석에 앉아 있었다. 준은 차 바퀴자국이 울퉁불퉁하게 나 있는 길을 달리다시피해서 올라갔다. 그때 만약 헥터가 가속페달을 밟았더라면 그녀는 범퍼를 향해 몸을 날렸을 것이다. 하지만 차로 가까이 다가갔을 때, 그는 잠들어 있었다.
 미국에서 날아온 뒤로 그녀는 헥터가 잠을 자는 모습을 그때 처음 보았다. 그녀는 한동안 그를 찬찬히 살펴볼 수 있었다. 약간 뒤로 눕혀진 운전석에서 그는 얼굴을 창문 쪽으로 돌리고 있었다. 적갈색 머리카락에는 흰머리가 단 한 가닥도 섞여 있지 않았다. 그동안 세월이 많이 흘렀고 자신을 가꾸는 일에는 전혀 신경을 안 쓰는 것 같았는데 얼굴이 예전 모습 그대로라 그녀는 놀라지 않을 수 없었다. 그는 르네상스 회화에 나오는 성인처럼 얼굴에서 빛이 났지만 그 빛은 마냥 화사한 것이 아니라 약간 그늘이 깃든 것 같은 느낌을 주었다. 아무튼 그는 놀라울 정도로 아름다운 사람이었다. 그녀는 아주 오래전부터 그렇게 생각하고 있었다. 그의 얼굴이 환하게 빛나는 것이 자기한테는 아무 의미도 없었지만 그녀는 피난길에서 그를 처음 보았을 때부터 그렇게 생각했다. 헥터를 그냥 바라보는 것만으로도 그녀는 원기가 회복되는 느낌을 받았다. 자신의 몸에 내려진 사망선고가 잠시나마 유예되는 느낌이었다. 그녀는 지금껏 아름다움이 유용하기보다는 위험한 것이라고 생각했는데 아름다움도 제대로 보존될 경우에는 그 나름의 독창적 가치가 있고 신뢰할 수 있는 요소라는 생각이 들었다. 그녀는 헥터의 잠을 방해하지 말고 좀 더 내버려두는 것이 마땅했지만 혹시라도 그가 차를 몰고 달아날까 봐 불안해서 견딜 수가 없었다. 운전석에 앉아 있었으니 마음만 먹으면 그녀를 내팽개치고 쉽게 달아날 수 있었다. 그녀가 다가가 차창을 톡톡 두드려 잠을 깨웠을 때, 그는 눈을 뜨고 아이처럼 약간 몸을 떨면서 겁먹은 표정을 지었다. 그 모습을 보고 그녀는 심한 죄책감을 느꼈다.

준은 오두막집을 본래 상태로 해놓으라고 그에게 부탁했다. 헥터는 집 주인을 위해 탁자 위에 약간의 돈을 놓아두었다. 그녀는 지폐 한 장을 꺼내어 서랍에서 찾아낸 유성연필로 '미안합니다'라는 글자를 이태리어로 적어 헥터가 놓아둔 돈 위에 얹어두었다. 고마운 감정보다는 미안한 감정이 훨씬 더 컸다. 그녀는 중간에 차를 세우고 자신이 쉴 수 있도록 배려해준 헥터에게도 고마운 마음이 들었다. 덕분에 그녀는 하룻밤을 보내고 확실히 건강해진 느낌을 받았다. 헥터를 깨우고 나서 확실히 그런 기분이 들었는데 걸음걸이도 지난 이틀과 달리 당당해져서 넘어지거나 비틀거리지 않고 혼자서도 제대로 걸을 수 있었다. 예전에는 주변의 모든 사물이 축을 중심으로 엄청난 속도로 돌아가는 것처럼 보여서 눈을 부릅뜨고 사물을 바라보아야 했지만 이제는 그러지 않아도 되었다. 퀘니그 박사가 특유의 거만한 말투로 열거한 무수한 합병증과 부작용들 가운데 현기증이 있었다. 암에 걸리기 훨씬 전에 그녀는 현기증을 경험했다. 그녀는 자신의 내이(內耳)에 약간의 장애가 있는 것이 아니라 뇌에서 종양이 자라고 있을지도 모른다는 생각이 들었다.

  물론 그녀는 자신이 오래 살면 살수록 암세포가 몸의 다른 부위로 전이될 거라는 사실을 알고 있었다. 과거에 병원에서 치료를 받을 때, 의사의 지시에 철저히 따랐더라면 어느 정도 치료 효과가 나타났을 것이다. 그랬다면 자신은 끝까지 실험대상으로 남게 될 거라는 사실을 그녀는 알고 있었다. 최근에 그녀는 고통스러울 정도로 감상적인 꿈을 꾸었다. 간밤에 꾸었던 꿈도 그랬다. 종양들은 그녀가 돌보는 피후견인들이었다. 그녀는 아이들에게 이름을 지어주듯 자신의 뼈와 림프절에 침투한 이 끈질긴 덩어리들, 그리고 간과 폐에 찍혀 있는 반점들에게 이름을 붙여주고 있었다. 그것들은 그녀에게 마지막 선물을 서로 전해주려고 자기들끼리 치열한 경쟁을 펼치고 있었다. '귀엽고 사랑스러운 것들아.' 다정하고 품위 있는 목소리로 그녀는 그것들에게 말했다. 그녀는 새하얀 수의를 입고 있었다. 장례식장의 관 속에 누워 있던 그녀의 증조모도 그런 옷을 입고 있었다. 그녀는 양손으로 아직도 튼튼한 자신의 몸을 머리끝에서 발끝까지 더듬어보았다.

  "아, 고마워. 고맙구나."

  "고마워요. 싱어 부인!"

  그녀는 정신이 나간 사람처럼 그렇게 혼자서 중얼거렸다. 사냥꾼의 오두막집을 잠그고 나서 그들은 차가 세워져 있는 곳으로 올라갔다. 경사가 가파른 진입로를 걸어 올라가다가 그녀는 돌부리에 발이 걸려 넘어질 뻔했다. 헥터는 자기가 안고 가면 안 되겠느냐고 그녀에게 물었다. 그렇게까지 할 필요는 없었지만 그녀는 그렇게 하라며 승낙했다. 헥터는 그녀를 가뿐히 들어올렸다. 두 팔로 그녀의 가냘픈 척추와 무릎을 감싸자 그녀는 빳빳하게 힘이 들어간 그의 목을 한 손으로 휘감고 몸을 바짝 붙여왔다. 그녀는 자신의 볼이 그의 어깨와 목에 짓눌리도록 내버려두었다. 헥터의 몸에서는 풀 냄새와 무언가 강렬한 냄새가 났다. 셔츠 아래에서 더 진한 냄새가 올라오고 있었다. 그것은 부지런히 달린 말에서 나는 냄새와 비슷했다. 그녀는 남자와 그렇게 가까이 몸을 붙이고 있는 것이 얼마만의 일인지 곰곰이 생각해보았다. 마지막으로 진한 포옹을 한 사람은 물론 데이비드였다. 그는 스스로도 인정했듯이 자신의 위생에 지나칠 정도로 신경을 썼다. 그녀의 보디로션과 파우더를 주기적으로 사용하기도 했다. 유대인이었던 그는 놀라우리만치 피부가 부드러운데다 몸에 털이 없어서(그는 그 사실을 그녀에게 몇 번이고 밝혔다.) 그녀는 침대에서 그를 포옹할 때 여자를 안고 있다는 생각이 들 때가 몇 번 있었다. 데이비드 전에 깊은 포옹을 했던 남자는 청소년기의 니콜라스였다. 니콜라스의 작은 침실에서는 더럽혀진 양말과 옷가지들 때문에 체육관에 들어온 것처럼 아주 고약한 냄새가 났다. 그래서 아들의 방으로 들어설 때, 그녀는 잠시 숨을 멈추곤 했다. 어떤 때는 니콜라스가 포옹을 해줄 때도 숨을 멈추고 있었다. 그때만 해도 죄책감 같은 것은 느끼지 않았다. 그 당시에 그녀가 무슨 죄책감에 시달렸겠는가? 하지만 지금 그녀는 양심의 가책을 많이 느끼고 있었다. 헥터가 자신의 제안을 뿌리치고 여행에 동행하지 않았더라도 서운하게 여길 일은 절대 아니었다. 그녀는 가슴 저 밑바닥에서 무언가가 치밀어 오르는 것을 느꼈다.

그것은 병으로 인한 통증은 절대 아니었다.

"차에서 자게 해서 미안해요."

그녀가 말했다. 헥터는 주변에 수목이 우거진 꼬불꼬불한 산길을 느리게 운전했다. 커브길을 돌 때는 브레이크와 가속페달을 적절히 밟아가며 한쪽으로 차가 기울지 않도록 각별히 신경 썼다.

"일어나고 나서야 당신이 잘 자리가 없다는 걸 깨달았어요."

"차에는 고작 한두 시간밖에 안 들어가 있었어."

"그럼 뜬눈으로 밤을 보낸 건가요? 뭘 하고 있었는데요?"

"아무것도 안 했어."

"술도 더 이상 안 마셨고요?"

"난 늘 그런 식으로 밤을 보내."

"차를 몰고 달아날 생각은 안 해봤어요?"

그는 대답을 하지 않았다.

"아무튼 피곤하겠어요. 잠을 깨우지 말았어야 하는데."

"난 괜찮아."

겉으로는 정말 괜찮아 보였다. 평소의 모습과 다른 게 있다면 오늘 아침에 면도를 하지 않아 턱이 거무스름하다는 것뿐이었다. 술을 마시는 것처럼 면도를 하지 않는 것도 그의 습관인 듯싶었다. 함께 다니는 동안 그는 매일 아침 면도를 했다. 일반 숙소에서 묵을 때는 그랬다. 의도적으로 자신을 그처럼 비참한 환경으로 몰아넣었으면서도 빼먹지 않고 면도를 한다는 사실이 놀라웠다. 하지만 이상하게도 면도를 하지 않은 모습이 지저분하게 보이지 않고 오히려 고상해 보였다. 그는 아직 주름이 잡힌 새 셔츠를 입고 있었는데(공항에 착륙하고 나서 그녀는 그가 입을 옷을 대여섯 벌 사주었다.) 얼핏 보면 데이비드의 동료들 가운데 하나와 비슷해 보였다. 턱이 모난 그 동료는 시골에 살고 있었고 마당에 애완동물을 기르려고 주말에 차를 몰고 철물점으로 달려가곤 했다.

"어젯밤에는 추웠을 텐데요."

"조금."

"오늘 밤에는 근사한 방을 얻어야겠어요."

헥터는 말없이 고개를 끄덕였다.

"당신이 청소를 하는 동안 결심한 게 있어요."

"뭔데?"

"니콜라스를 찾고 나면 곧바로 솔페리노로 가보고 싶어요. 지금까지 알아낸 사실에 의하면 니콜라스는 지금 거기에 있을지도 몰라요. 니콜라스가 어디에 있든 간에 빨리 그곳에 가보고 싶어요. 늦은 밤이라도 괜찮아요."

"지도로 보면 시에나에서 대여섯 시간은 걸릴 거야."

"상관없어요. 난 이제 건강해진 느낌이지만 당신 말이 옳아요."

그녀는 숨을 들이마시고 나서 말을 이었다.

"난 곧 죽게 될 거예요."

"휴식을 취하지 않으면 죽게 될 거라고 말했지 곧 죽게 된다는 말은 하지 않았어."

"무슨 뜻으로 그런 말을 했는지 알아요. 당신이 무슨 생각을 하고 있었는지도 알고요. 내 소망은 그거예요. 죽기 전에 솔페리노를 찾아가는 것. 니콜라스를 찾아내면 곧바로 솔페리노로 갈 거예요. 허비할 시간이 없어요. 당신은 니콜라스를 찾아내는 일이 쉽지 않을 거라고 생각하죠? 당신의 얼굴에 그렇게 쓰여 있어요. 그렇지만 우리는 니콜라스를 찾아낼 거예요. 아이를 찾아내기만 하면 아이는 우리를 따라올 거예요."

"아이가 싫다고 하면?"

"니콜라스는 내가 하자는 대로 하는 아이예요. 만약에 니콜라스가 따라오지 않으려고 하면 당신이 설득을 해줘요."

"내가?"

"당신한테는 싫다고 하지 못할 거예요."

"내 말은 들으려고도 하지 않을 텐데."

"그런 뜻으로 말한 게 아니에요."

"그럼? 내가 뭘 어떻게 해주길 바라는 거지?"

"난 아들이 내 곁에 있기를 원해요. 아들을 도망가지 못하게 꽉 붙잡을 수만 있다면 그러고 싶어요. 하지만 당신도 알다시피 나한텐 힘이 더 이상 남아 있지 않잖아요. 돈은 있지만 힘을 쓰는 일은 더 이상 할 수 없어요. 이렇게 힘이 없어서 뭘 하겠어요. 이제 당신은 내 몸이나 마찬가지예요. 내 손발이 돼줘요. 내가 원하는 일만 해주면 우리 두 사람 모두에게 좋을 거예요. 말했다시피 뉴욕에 있는 내 변호사는 이 일이 모두 끝나면 당신의 얘기를 듣고 싶어 할 거예요. 그때쯤이면 난 이 세상 사람이 아니겠죠. 당신이 어디에 있든 변호사한테 전화만 하면 돼요. 당신을 위해 내가 준비해둔 돈을 변호사가 송금해줄 거예요. 그러면 당신은 그 돈으로 정말 원하는 일을 할 수 있을 거고요."

"내가 원하는 게 뭔데?"

"내가 무슨 생각을 하는지 정말 알고 싶어요?"

"응."

"세상과 영원히 담을 쌓고 사는 거죠."

헥터는 말없이 차를 몰았다. 그는 준에게 화가 나 있었지만 그녀는 그런 것에 개의치 않았다. 그는 돈을 벌거나 준을 돕기 위해 그곳에 있는 게 아니었다. 그렇다고 그 자신을 위해 여행을 따라나선 것도 아니었다. 사람들은 원칙, 필요, 즐거움, 불쾌감이나 고통의 회피를 위해 어떤 일을 하면서 '그 자신을 위해' 그런 일을 한다고 흔히 말한다. 그 자신을 위한다는 말이 그런 뜻으로 쓰이는 거라면 그가 지금 하고 있는 일은 거기에 해당되지 않는다. 준은 어릴 적에는 거기에 대해 깊이 생각해보지 않았다. 어릴 적에는 지금보다 삶의 목표가 더 확고했다. 그때는 오로지 살아남는 것, 죽지 않고 목숨을 이어가는 것이 그녀의 뚜렷한 목표였다. 아니, 그것은 목표의 전부였다. 하지만 지난 며칠 동안 헥터를 곁에서 지켜보면서 그녀는 그에게 삶의 의욕이 전혀 없다는 것을 알 수 있었다. 분명히 헥터는 도라를 아직도 애틋하게 생각하고 있었다. 이제 도라는 없지만 그는 자신에게 가장 익숙한 존재로 되돌아가 있는 듯 보였다. 그는 예전의 낡고 구질구질한 모자를 쓰고 있는 것 같았다. 그는 원하는 게 아무것도 없었다. 동경하는 것도 없었다. 술을 마시는 것도 그랬다. 술이 좋아서 마시는 게 아니라 그저 시간을 때우기 위해 손과 입을 부지런히 움직이고 있을 뿐이었다. 그는 자신이 살아 있든지 죽었든지 아예 신경도 쓰지 않는 것처럼 보였다. 그녀는 벼랑 끝에 매달려 있는 자신의 처지와 너무나 대조적인 그의 모습을 보고 있노라면 때때로 분노가 치밀었다. 운전을 하고 있는 그를 차 밖으로 밀어내고 자기가 운전대를 잡고 싶은 마음이 들기도 했다. 그녀는 헥터가 실비 태너의 기억을 애써 떠올리며 스스로를 벌하고 있다고 생각했다. 헥터는 실비 태너의 어두운 매력으로 자신을 사정없이 채찍질하면서 그녀의 곁에 조금이라도 오래 머물려고 발버둥치고 있었다.

 준도 자신을 처벌할 수 있는 수단을 많이 가지고 있었지만 지금은 니콜라스에게만 초점이 맞추어져 있었다. 그녀는 니콜라스가 더 이상 자기를 보고 싶어 하지 않을까 봐 겁이 났다. 어쩌면 니콜라스는 그녀와의 만남을 강하게 거부할 수도 있었다. 어처구니없는 상상일지 모르지만 그녀는 헥터가 가축을 사로잡듯이 니콜라스를 붙잡아 땅바닥에 짓누르고 있으면 자기가 달려들어 가방에 있는 주사기로 니콜라스에게 주사를 놓아 진정시키는 장면까지 상상해보았다. 하지만 분명히 니콜라스는 최선의 선택으로 두 사람을 받아들이게 될 것이다. 준과 헥터에게 붙잡히든지 당국에 붙잡히든지 어차피 니콜라스는 붙잡히게 되어 있다. 당국에서 그를 가만히 놓아둘 리가 없다. 그녀는 차량 뒷좌석에 니콜라스와 함께 앉아 솔페리노로 여행을 가는 동안 아들이 유럽으로 떠난 뒤로 그에게 해주려고 마음먹었던 것들을 차근차근 들려줄 생각이었다. 아들이 어렸을 때, 자기가 이기적으로 생각하고 행동했던 점에 대해 사과도 하고 아들의 재능을 지나치게 확대해서 믿은 것과 약점이 아니라 장점이 될 수도 있는 아들의 감수성을 미처 깨닫지 못하고 아들로 하여금 스스로를 나약한 존재로 믿게 만든 것에 대해서도 사과를 할 생각이었다. 결과적으로 그녀의 편협한 생각은 니콜라스가 고집스럽게 그녀와 일정한 거리를 두는 부작용을 낳고 말았다. 그녀는 솔페리노에 관한 자신의 책을 니콜라스가 몰래 가져간 것도 용서를 할 생각이었다. 그리고 가능한 일인지 모르겠지만 니콜라스가 지금 당장은 아니더라도 언젠가 자신을 용서해주길 바랐다. 마지막으로 그녀는 아들을 항상 사랑했다는 말을 해주고 싶었다. 비록 능력은 부족하지만 자신의 의지로 생명을 연장할 수 있다면 아들의 곁에서 자신의 모든 인생을 보내겠다는 말도 해주고 싶었다.

  그 모든 것은 그녀의 진심이었다.

  하지만 그녀의 마음의 날씨를 지배하는 것은 실비 태녀였다. 실비는 폭풍우가 몰려올 것 같은 날씨에 제일 먼저 나타나는 시커먼 구름 덩어리 같았다. 준은 눈에 보이지 않는 존재의 소용돌이에 휘말리면 마음이 불안하고 혼란스러워졌다. 심지어 자신의 혀가 느끼는 미각도 평소와 달라졌다. 헥터가 속력을 높이고 있었기 때문에 그녀는 이제 눈을 감아야 했다. 그녀는 실비에 대한 자신의 사랑이 사라져버렸다고 오래전부터 생각했다. 실비와의 기억은 오랜 세월이 흐르는 동안 거의 머리에 떠오르지 않았다. 하지만 사랑은 무척 까다로운 과제였다. 사랑은 그녀의 인생에서 가장 혼란스럽고 당황스러운 문제였다. 어머니와 아버지에 대한 사랑, 자매들과 남동생에 대한 사랑, 그리고 아들에 대한 사랑. 그들과의 관계는 항상 사랑으로 시작되어 처음에는 순조롭게 진행이 되지만, 시간이 지나고 생각지도 못한 사건이 터지면 그 사랑이 확대되고 강화되거나 반대로 꾸준히 공격을 받아 결국에는 파괴되고 너덜너덜해지고 말았다.

하지만 준의 경우에는 꼭 그렇지는 않았다. 그녀의 은밀한 감정은 그 반대였다. 사랑하는 사람들이 죽거나 사라지기도 전에 그녀는 자신의 마음이 받아들일 수 있는 한계보다 더 많은 것을 갈망하는 경향이 있었다. 그녀는 사악한 이유나 악의 없이 사랑하는 사람의 얼굴을 냉정히 바라볼 수 있었고 인간관계의 유대를 단박에 끊어버릴 수 있었다. 그것은 힘이 전혀 들지 않는 무서운 능력이었다. 그녀는 사랑이라는 뒤축을 신발에서 간단히 떼어버릴 수 있는 여자였다. 그녀가 가진 차가운 피는 가장 효과가 빠른 해독제였다.

그러나 잘 모르는 사람들과의 관계는 완전히 달랐다. 그녀는 남자든 여자든 잘 모르는 사람들에게 너무 깊이 빠져들었다. 그런 일이 대여섯 번은 있었다. 니콜라스가 자기 곁을 떠나고 데이비드를 만나기 전까지 그 몇 년 동안 그녀의 고독감은 극에 달했다. 그 당시 그녀는 사람을 갈망했다고 해도 과언이 아니다. 그녀는 사람과 접촉하고 싶어 미칠 지경이었다. 어느 정도의 예비 행위가 항상 있어야 하는 것이지만 사람과의 접촉은 단순한 행위에 지나지 않았다. 그때 그녀는 스테파니라는 여자를 만났다. 어느 주말에 골동품 전문가들의 회의가 있었는데 거기에서 준은 그녀를 만났다. 회의가 끝나고 헤어지면 그녀를 다시 만날 기회가 없었다. 준은 누군가를 만날 의도가 전혀 없었지만 부스에서 그 아름답고 인상적인 여자를 만나게 되었다. 스페인계인 그녀는 피부가 하얗고 입술이 부어오른 것처럼 두툼했다. 목소리는 바람에 흔들리는 갈대 소리처럼 가늘었다. 어깨가 좁고 나긋나긋한 몸매를 가진 그녀를 보는 순간 준은 그 자리에서 눈이 멀어버렸다.

이틀 동안 준은 그 여자를 유혹하기 위해 무진장 애를 썼다. 준은 자신의 몸매나 성격, 또는 평소에 자주 써먹던 계략이나 속임수로 그녀를 유혹한 것이 아니라 거침없이 자신의 욕망을 드러내보였다. 계속해서 스테파니의 팔을 건드렸고 함께 앉아 있을 때는 다분히 의도적으로 그녀와 몸을 비벼대곤 했다. 스테파니에게 그녀가 얼마나 아름다운지 직접 말해주기도 했다. 그녀를 향한 자신의 호감을 끊임없이 노골적으로 드러내어 자신을 벗어날 수 없도록 만들었다. 준은 스테파니가 달아날 수 있는 통로를 완전히 차단시켜버렸고 자신을 향해 마음의 문을 열도록 만들었다. 그렇게 해서 결국 준은 목표를 달성했다. 준의 집중적인 구애에 정신을 차리지 못한 가엾은 스테파니는 전시실에서 나왔다. 그녀는 방화문을 지나 호텔 안쪽에 있는 콘크리트 계단 쪽으로 들어갔다. 그곳에서 두 사람은 호텔 방으로 올라갈 때까지 미친 듯이 서로의 몸을 더듬으며 키스했다. 불빛이 흐릿하게 비치는 계단에서 마치 카타콤에 갇혀 힘들어하는 사람들처럼 끙끙대는 그들의 신음 소리는 아래층과 위층으로 메아리처럼 퍼져나갔다.

고아원에서 벌어진 일도 그와 비슷했다. 태너 부부가 고아원에 처음 도착했을 때, 준은 거의 일주일 동안 제대로 걷지도 못하는 사람처럼 보였다. 그때 그녀는 나이가 많은 부인들 가운데 한 사람처럼 등이 굽어져 있었고 음식을 제대로 삼키지도 못했다. 그녀는 하루나 이틀 동안 거의 먹지도 못하다가 다음 날은 숨도 쉬지 못할 정도로 폭식을 했다. 그녀의 배는 당장에 뻥 터져버릴 것처럼 부풀어 있었다. 물론 실비와 준이 서로를 알게 되고 준이 목사의 사택을 청소하기 시작하면서 그런 현상은 사라졌지만 한동안은 그런 괴기스런 행동의 영향이 약간 남아 있었다. 이별을 코앞에 두었을 때처럼 자신이 실비와 함께 지낼 거라는 사실을 알기 직전에 그녀는 가벼운 메스꺼움에 시달렸다. 그녀는 입에 침이 가득 고이면 곧 토하게 될 것이라는 것을 알아차렸다. 그러던 어느 날, 그녀는 실비가 저녁 식사 전에 더러운 청바지를 벗고 치마로 갈아입는 장면을 우연히 목격했다. 실비의 기다란 옆구리는 꺼끌꺼끌한 옷감에 쓸려 살갗이 분홍빛으로 부르터 있었고 무릎의 매끈한 관절은 투명한 피부 밖으로 훤히 드러나 보였다. 준은 가슴이 뜨거워지는 것을 느꼈다. 그녀는 자신이 겪는 불편이 어떤 욕망의 표현이라는 것을 결국 깨달았다.

당연한 일이지만 그녀는 이따금 실비도 자신과 비슷한 감정을 느끼고 있는지 궁금했다. 물론 그런 감정은 아직 세상의 때가 묻지 않은 그녀의 순수한 일면을 보여주는 것이었다. 그때만 해도 그녀는 너무나 순수해서 자신의 감정을 전쟁 중에 목격한 타락한 육욕과 절대로 연결 지을 수가 없었다. 그녀는 실비라는 성숙한 여자의 등장으로 다시금 어린아이로 돌아가 있었다. 준은 실비의 부탁이라면 그것이 무엇이든지 군말 없이 따랐다. 다른 아이들을 생각해서 단둘이서 많은 시간을 보내서는 안 된다고 실비가 말했을 때도 준은 순순히 그녀의 말에 따랐다. 준은 다른 사람들이 어떻게 생각하고 말하든 조금도 신경 쓰지 않았지만 그녀의 말이라면 주저하거나 의심하지 않고 무조건 수긍했다. 하지만 준은 끊임없이 실비를 시험해보지 않을 수 없었다.

"만약 사모님이 여자아이라면 저랑 같이 놀아주셨을까요?"

"물론이지. 우리는 항상 모든 일을 함께하잖아. 안 그래?"

"하지만 사모님이 여기에 있는 아이들처럼 고아라면 저를 과연 좋아

하셨을까요?"

"왜 자꾸 바보 같은 소리를 하지?"

"대답해보세요. 사모님이 고아라면 저를 과연 좋아하셨을까요?"

"좋아하고말고."

"다시 말씀해보세요."

"좋아한다고! 됐니?"

그게 중요한 것은 아니었지만 준은 그녀의 말을 전적으로 믿지는 않았다. 자신이 실비와 날마다 함께 있다는 사실, 수업을 마치고 취침 전까지 사택에서 일할 수 있다는 사실, 그리고 실비를 언제나 가까이 둘 수 있다는 사실이 준에게는 중요했다. 그것이 그녀에게는 유일한 재산이요 사치품이었다. 준이 실비를 소중하게 여기는 만큼 실비도 그녀를 귀하게 여겼다. 태너 목사는 자신의 집을 날마다 드나드는 준에게 점점 반감을 드러냈다. 어떤 때는 그녀를 보고도 알은체도 하지 않았다. 목사가 그렇게 노골적으로 준을 적대시하고 있는데도 실비는 평소보다 한두 시간 더 머물 수 있도록 준을 배려했다.

실비는 남편에게 준을 입양해서 미국으로 데려가자는 말을 더 이상 하지 않았지만 준은 실비가 남편을 위해 나름대로 배려를 해주고 있다고 확신하고 있었다. 실비는 남편이 준을 입양하는 문제를 충분한 시간을 가지고 생각하도록 배려하고 있었다. 피 한 방울 섞이지 않은 남의 아이를 받아들이는 것은 쉽게 결정할 문제가 아니라는 것을 실비는 알고 있었다. 준은 목사 부부가 아이를 갖는 데 문제가 있다는 것을 알았다. 그녀는 실비의 침대 밑에 들어가 있는 여행 가방을 몰래 열어본 적이 있었다. 거기에는 가죽으로 장정된 일기장이 여러 권 들어 있었다. 준은 호기심에 일기장을 훔쳐보았고 실비가 아이를 낳는 일에 여러 번 실패했다는 것을 알게 되었다. 실비의 일기는 1930년대 초반에서 시작하여 고아원에 도착하기까지의 일들이 적혀 있었다. 선교사역을 나선 부모님과 세계의 이곳저곳을 떠돌아다닌 이야기, 시애틀에서 보낸 청소년기와 대학 생활, 그리고 에임즈 태너와의 결혼에 이르기까지 상세하게 적혀 있었다. 결혼 후 실비는 여러 번 임신이 되었지만 몇 년 전에 아이를 갖는 일을 포기했다. 일기를 읽어보고 준은 목사 부부가 한국에서 무슨 일을 하고 있는지 이해할 수 있었다. 목사 부부가 한국과 같은 비참하고 가난한 나라까지 오게 된 데에는 자선이나 박애 따위의 명목 외에도 다른 이유들이 있는 게 분명했다. 태너 부부가 단지 남에게 헌신하기 위해서 한국 땅을 밟았을 리는 없었다. 그들은 다른 무언가를 기대하고 있었다. 준은 목사 부부가 바라는 것을 자신이 어떻게 줄 수 있을지 생각하느라 머리를 쥐어짰다. 그것은 그녀의 능력으로 충분히 가능한 일이었다. 준이 고아원에서 생활하면서 가장 좋았던 것은 의식주 해결이나 교육이 아니라 작지만 독자적인 세계를 가질 수 있다는 것이었다. 그곳에서 그녀는 자신의 일그러진 세계를 원하는 방식대로 다시 고쳐 만들 수 있었다.

그래서 그녀는 고아원에서 정한 규율을 충실히 준수하고 자신의 입양 문제는 더 이상 거론하지 않기로 굳게 마음먹었다. 그녀는 인내심을 갖고 기다렸다. 실비와 그녀의 인간적 유대는 단순히 어머니와 딸의 관계가 아니라 전쟁의 재앙 때문에 외톨이가 될 수밖에 없었던 두 동료의 관계였다.

준은 실비의 일기장에서 한 가지 빠진 내용을 발견했다. 실비의 부모님이 어떻게 숨을 거두게 되었는지에 관한 언급은 일기장 어디에도 없었다. 예전에 실비는 자신의 부모님이 만주에서 돌아가셨다고 준에게 말한 적이 있다. 준은 그녀의 부모님이 뉴 호프와 아주 비슷한 지역에서 선교활동을 하고 있었다고 들었다. 준은 실비도 자기처럼 고아가 되어 길바닥에 내팽개쳐졌을 것이고 불굴의 의지로 혼자 일어서야 했을 거라고 생각했다. 물론 두 사람이 고아가 된 시점은 시간적으로 상당한 거리가 있었다. 준은 두 사람이 다시 시작한 인생에서 실비의 비서나 가정부, 또는 하녀가 되어 실비가 밤낮으로 부려먹을 수 있고 의지할 수 있는 사람으로 일하는 자신의 모습을 상상해보았다. 자신은 실비에게 없어서는 안 될 존재가 될 것이다. 그 답례로 실비는 애정과 호의로 그녀를 따뜻하게 감싸주고 한 여자로 문제없이 성장할 수 있도록 교육을 책임져줄 것이다. 준은 실비의 동의와 허락을 얻기 전까지는 사람을 함부로 사귀지도 않고 결혼도 하지 않을 생각이었다.

  준은 태너 부부의 결혼생활이 얼마나 삭막하게 변했는지 직접 목격했고 전혀 유쾌해 보이지 않았기 때문에 결혼에 대한 막연한 동경 따위는 애초에 하지 않았다. 그녀는 실비의 불행한 모습을 차마 견디고 볼 수 없었다. 다른 사람들은 태너 부부가 얼마나 부서지기 쉬운 캡슐 속에 자신들을 가두고 있는지 준만큼 알지 못했다. 목사 부부는 서로의 몸을 건드리는 일이 거의 없었다. 그들은 상대의 팔에 손을 얹거나 간단한 포옹조차도 하지 않고 지냈다. 사람들에게 보여주는 모습은 완전히 달랐다. 고아원 마당에 나가 있을 때는 서로 따뜻한 말을 주고받았지만 집으로 들어오면 서로를 냉랭하게 대했다. 준은 일주일에 한 번씩 두 사람의 침대시트를 벗겨내서 빨래를 했다. 그들은 당연히 침대도 따로 썼는데 잠을 자는 도구로만 쓰이는 침대 시트에서는 사랑을 나눈 흔적이나 냄새 따위는 전혀 찾아볼 수 없었다. 하지만 준은 태너 목사 또한 불쌍하다는 생각이 들었다. 어느 늦은 오후였다. 목사가 자기 책상에 앉아 편지를 쓰고 있을 때, 그녀는 안쪽 방에서 실비의 침대를 정리하고 있었다. 그때 실비는 새로운 하수도를 만드느라 도랑을 파는 헥터를 도와주고 있었다. 준이 한창 침대를 정리하고 있는데 목사가 갑자기 그녀의 이름을 불렀다. 준은 자기가 잘못 들었다고 생각하고 하던 일을 계속했다. 그때 목사가 다시 부르는 소리가 들려왔다.

"준, 잠깐 이리 좀 와볼래?"

그녀는 램프 기름을 약간 적신 먼지닦이용 걸레를 들고 방에서 나와 접어 넣는 뚜껑이 달린 책상 위를 닦기 시작했다.

"그건 됐고."

동작을 멈추라는 손짓을 하며 그가 말했다.

"내가 부른 이유는 할 얘기가 있어서야. 좀 앉지 그래."

그때까지 목사는 한 번도 그렇게 예의바른 태도를 보이지 않았기 때문에 준은 어떻게 해야 할지 몰라 머뭇거렸다.

"그럼 안 앉아도 돼."

이중 초점 안경을 벗으며 그가 말했다. 흰색 셔츠 소매가 다림질이 되어 빳빳했다. 얼룩덜룩한 반점이 있는 손목을 덮는 옷감은 종이처럼 얇고 죽은 사람들이 입는 수의처럼 빳빳했다.

"준, 올해 몇 살이지?"

"열네 살인데요."

"전쟁이 끝나고 계속 여기에서 생활했지?"

"예."

"여기가 괜찮긴 하지만 집은 아니야. 그렇지?"

그녀는 아무 대꾸도 하지 않았다.

"궁금한 게 있는데, 어른이 되면 뭐가 되고 싶어? 자신의 가정을 꾸미고 싶지 않아?"

준은 고개를 끄덕였다. 하지만 가정을 이루고 싶다거나 거기에 대해 생각을 해봐서가 아니라 목사가 듣고 싶어 하는 대답이 그것일 것 같아서 그런 반응을 보였다.

"집사람과 나도 행복한 가정을 이루고 싶었는데 불행히도 그러지를 못했어. 복이 없었던 거지. 하지만 우리한테는 너희가 있으니까 만족해. 너희와 함께 살아간다는 사실이 그저 감사할 따름이야."

"예."

"너도 알겠지만 집사람은 너를 무척 아끼는 것 같더구나. 너의 총명함과 마음씨, 그리고 불굴의 의지에 감탄을 하더군. 그게 무엇을 뜻하는지 알겠니?"

"사모님은 저를 두고 포기를 모르는 아이라고 하셨어요."

"맞아. 네가 들으면 놀랄지도 모르겠다만 나도 너의 그런 면에 감동을 받았어."

준은 마땅히 대꾸할 말을 찾지 못해 고맙다고 말했다. 그녀는 목사와 함께 있으면 항상 불편했는데 지금처럼 단둘이서 마주앉아 얘기를 나누고 있으니 더더욱 그랬다. 목사의 이마 위쪽의 곤추서 있던 머리카락이 힘을 잃고 흘러내려 이마를 덮고 있었다. 그래서인지 기다랗고 폭이 좁은 그의 얼굴은 평소보다 더 부드럽고 젊어 보였다. 가까이에서 보니 목사의 눈은 그녀의 남동생이 가지고 놀던 화려한 구슬들처럼 무척 새파랬다.

"내가 다른 고아원들을 방문하느라 떠나 있을 때, 너는 지금보다 더 많은 시간을 우리 집사람과 보냈을 거야. 괜찮으니까 굳이 부인할 필요는 없어. 가장 마지막으로 이곳을 떠나 있을 때, 집사람 걱정이 많이 되더군. 너도 알다시피 집사람의 상태가 최근에 정상은 아니잖아."

"자주 피곤해하세요."

준은 실비가 자기는 쉴 테니 그만 나가달라고 부탁했던 일이 지난 몇 주 동안 몇 번이나 있었는지 속으로 헤아려보면서 말했다.

"그렇지."

태녀가 유감스럽다는 듯이 말했다.

"그래도 안심이 되는 게 하나 있다면 네가 집사람 곁에 항상 붙어 있다는 사실이야. 그게 얼마나 위안이 되는지 이제야 알겠어."

"사모님을 위해 이런저런 일을 거들어주고 있어요."

"응, 좋아. 계속 그래줬으면 좋겠어. 특히 내가 없는 동안 말이야. 집사람은 지금 고아원의 잡다한 일을 처리하느라 정신이 하나도 없어. 하루 일과를 마치고 나면 녹초가 되어버리지. 내 생각에는 집사람이 그렇게 자기 몸을 혹사한 대가를 치르기 시작한 것 같아."

준은 고개를 끄덕였다. 사실 실비는 몹시 힘들어하고 있었다. 일하는 부인들은 실비의 몸이 아픈 것은 극도의 피로, 정수처리가 되지 않은 물, 낯선 음식, 아침마다 잠에서 깨어 폐허가 된 슬픈 땅을 대해야 하는 현실 때문이라고 생각하고 있었다. 부인들은 국제 구호원들에게 그런 일이 종종 일어난다고 말하기도 했다. 처음에는 괜찮다가 어느 시점이 되면 몸에 고장이 난다는 것이다. 하지만 준의 생각은 달랐다. 실비가 겪고 있는 문제는 주변 상황과 관련이 있다기보다는 다른 무언가와 더 깊은 관련이 있었다. 자신의 일기장에서도 언급했듯이 실비는 재 구덩이에 빠져버렸고 거기에서 모든 에너지와 의지를 잃어버린 듯 보였다. 준에게 실비의 상태는 신기하게도 오락가락하는 것처럼 보였다. 실비가 처음으로 아침 식사 시간에 모습을 드러내지 않았을 때, 태녀 목사는 몸이 아파서 사택에서 쉬고 있다고 사람들에게 말했다. 하지만 식사시간에 빠지는 횟수가 몇 주에 걸쳐 증가하자 목사는 더 이상 어떠한 해명도 하지 않았다. 젊은 김 목사 같은 사람이 느닷없이 나타나 그녀를 대신해서 강의를 하더니 어떤 때는 그다음 수업까지 맡았다. 그럴 경우에 준은 오후에 사택으로 들어가 허드렛일을 하면서 침실 문이 닫혀 있으면 문을 두드리지 않았다. 어떤 때 보면 실비는 낮잠을 자지 않고 사택 뒤편으로 나가 돌부처처럼 미동도 않고 앉아 있곤 했다. 그러다가 준을 보면 그녀는 희미하게 미소를 지으며 가까이 오라는 손짓을 했다. 그녀는 준을 자기 옆에 앉히고는 길고 축 늘어진 양팔로 그녀를 안아주었다. 그들은 얘기도 하지 않고 움직이지도 않은 채 그렇게 앉아 있었다. 실비의 숨소리는 약하고 희미했다. 그러고 있다가 태너 목사가 나타나기라도 하면 그들은 얼른 떨어져서 자세를 고치고 앉았다. 실비는 남편을 향해 환하게 웃어보이곤 했지만 그가 가버리고 나면 금세 표정이 바뀌었다. 어느 날은 비가 내리고 있었는데 준은 부인이 또 밖으로 나가 계단에 앉아 있는 것을 발견했다. 하지만 이번에는 머리를 양 무릎에 올려놓고 있었다. 그녀의 털실 스웨터와 평소 집에서 입는 옷은 비에 흠뻑 젖어 있었고 머리는 헝클어져 엉망이 되었다. 실비는 눈에 띄게 몸을 파르르 떨었고 얼굴은 창백해져서 생기라고는 조금도 찾아볼 수가 없었다. 그녀의 얼굴은 구름이 잔뜩 낀 하늘같았다.

"준, 그래서 내가 부탁하는 거야."

태너가 말을 이었다.

"집사람이 특별히 몸이 안 좋거나 하면 나한테 알려줘. 집사람이 자꾸 심신의 고통을 숨기려고만 하니 내가 상태를 모르고 있을 때가 많아. 앞으로 나는 여행을 자주 해야 돼. 그러니 네가 나의 눈과 귀가 되어주었으면 좋겠어. 하루 일과가 끝나더라도 주의 깊게 지켜봐줬으면 좋겠는데 그래줄 수 있지?"

"밤에도요?"

"집사람이 너를 필요로 할 거라는 생각이 들 때는 언제든지. 그리고 외로워 보일 때도 유심히 지켜봐줘. 요즘 들어 부쩍 외로워하는 것 같아 걱정이야."

목사는 한순간 정신이 나간 사람처럼 시선에 초점이 없었다. 하지만 이내 정신을 차리고 말했다.

"집사람을 위해서 하는 일이야. 이해할 수 있지?"

"예."

"좋아. 고마워."

목사는 준의 팔을 톡톡 두드려주며 말했다. 그는 만년필의 뚜껑을 열고 다시 편지를 쓰려고 하다가 그녀가 자리를 뜰 때까지 잠시 기다렸다.

"아직도 목사님은 자신만의 가정을 꾸미고 싶으세요? 아니면 여기에서 영원히 머무실 건가요?"

준이 물었다.

"'영원히'라고 하니까 아주 오랜 시간처럼 들리는구나. 하지만 그건 어느 누구도 모르는 일이지."

"목사님의 가정은요?"

"집사람과 아직도 생각 중이란다."

"여기에도 아이들은 많잖아요."

그녀는 최대한 이기적인 욕심이 없는 것처럼 보이려고 애쓰며 그렇게 말했다.

"이곳저곳의 고아원을 방문하면서 무수히 많은 아이들도 만났을 테고요."

"그렇지. 정말 많은 아이들을 만났지. 모두 착하고 괜찮은 아이들이었어. 마음에 들지 않은 아이는 정말이지 하나도 없었어."

목사가 그런 말을 했을 때, 준은 그의 말이 암시하는 바를 온전히 이해했다. 그녀는 태너 목사가 자신과 흥정을 한 것이라는 확신을 가지고 자리로 돌아가 하던 일을 계속했다. 이제 그녀가 해야 할 일은 분명해졌다. 실비의 최측근 조수가 되어 그녀를 위해 헌신하고 계속해서 친구가 되어주는 것이다. 그리고 이따금 목사한테 가서 실비가 무슨 문제를 겪고 있는지 알려주면 되었다. 준은 목사가 헥터를 염두에 두고 자기한테 그런 부탁을 했을 거라고 생각했다. 헥터 말고는 다른 사람이 없었다. 몸이 허약해지고 나서 실비가 더 많은 시간을 함께 보낸 사람은 헥터밖에 없었다.

　태너 목사가 밖에서 밤을 보낼 때마다 준은 잠도 자지 않고 두 사람의 움직임을 유심히 관찰했다. 하지만 그것은 목사만을 위해서 하는 행동은 아니었다. 어느 날 밤이었다. 준은 두 사람을 지켜보려고 했지만 그들이 등유램프를 꺼버렸기 때문에 그녀가 할 수 있는 거라고는 귀 기울여 듣는 수밖에 없었다. 처음에는 거의 아무런 소리도 들리지 않았다. 헥터의 침대가 삐거덕거리거나 이리저리 움직이는 소리조차 들리지 않았다. 그러다가 옷이 바스락거리는 소리가 아주 희미하게 들렸고 입술이 서로 부딪히는 소리와 아주 희미하게 속삭이는 소리, 그리고 마침내 두 사람의 숨소리까지 들려왔다. 먼저 헥터의 숨소리가 아주 낮게 들려왔고 뒤이어 실비의 숨소리가 들렸다. 그녀는 두꺼운 가제로 입을 막고 있는 것처럼 힘겹게 소리를 내고 있었다. 두 사람은 제각각 거친 소리를 내뱉다가 어느 순간 소리가 합쳐지면서 리듬을 타기 시작했다. 준은 벽과 등유 통 사이의 칠흑 같은 어둠 속에 납작 웅크리고 앉아서 숨소리조차 내지 않으려고 입을 틀어막고 있었다. 숨이 막힐 것처럼 고통스러운 시간이었다. 두 사람이 몸을 섞는 장면이 그녀의 머릿속에 그려지기 시작했다. 이상하게도 몸의 다른 부분은 묵직하게 느껴지면서 감각이 없어졌는데 유독 아랫배만 생생하게 살아 있는 느낌이 들었다. 아랫배가 묘하게 달아오르는 느낌이었다. 벽 너머에서 두 사람이 드디어 일을 끝내고 잠에 빠져들었다는 확신이 들었을 때에야 그녀는 용기를 내어 몸을 움직이기 시작했다. 양손과 양발이 쩌릿쩌릿하면서 후들거렸다. 그녀는 할 수 없이 팔꿈치를 바닥에 대고 엉금엉금 기어서 창고를 빠져나왔다.

이튿날, 고아원으로 돌아온 태너 목사는 저녁을 먹으러 와서 그녀의 옆자리에 앉았다. 준은 실비를 독점하지 않기로 약속을 했기 때문에 혼자서 식사를 하고 있었다. 그날 아침, 잠에서 깨어났을 때 그녀는 태너와 나누었던 대화 내용에 대해서는 완전히 잊어버리고 있었다. 목이 말랐고 헥터가 흔히 그러듯이 밤새 술을 마신 것처럼 머리가 띵하고 흐리멍덩했다.

"준, 어떻게 지내? 아무 문제 없니?"

목사가 물었다. 실비는 식탁 저쪽 끄트머리에서 나이 어린 아이들과 함께 식사를 하고 있었다. 헥터는 들에 나갔는지 보이지 않았다.

그녀는 목사의 느닷없는 질문에 미처 준비가 되어 있지 않아 고개만 끄덕였다.

"확실히 모르겠다는 눈치군."

굳이 대답을 들으려고 던진 질문이 아니었으면서도 목사는 익살스럽게 말했다. 준은 전날 밤의 기억이 음악 소리와 함께 무대의 커튼이 올라가듯 서서히 머리에 떠오르면서 목의 피부가 팽팽하게 당겨지는 것을 느꼈다. 갑자기 두 뺨이 확 달아오르는 것 같은 느낌이 들었다. 그녀는 목사가 한쪽 구석으로 자기를 데려가 무슨 일이 있었는지 꼬치꼬치 물어볼 거라고 생각했는데 그는 그러지 않았다. 목사는 기대 반 조심 반의 시선으로 그녀를 응시하며 곰곰이 생각하는 것 같더니 밝은 목소리로 말했다.

"먼저 갈게. 또 봐."

그 뒤로 며칠 동안 준은 무엇을 해야 할지 결정하려고 애썼다. 실비와 헥터, 두 사람의 관계가 계속 이어진다면 곤란해질 수밖에 없었다. 하지만 준은 태너 목사가 다시 밖에서 하룻밤을 자고 오기를 자기도 모르게 바라고 있었다. 그것은 그녀가 더 이상 느끼지 못하는 허기와 같았다. 그 거대한 감정은 그녀를 떠나지 않고 나름의 세계로 확고히 자리를 잡았다. 준의 몸속에 확고히 자리 잡은 또 다른 몸이 그녀의 모든 에너지를 빨아들이고 있었다. 열네 살이 된 그녀의 몸은 전쟁 중에 성장이 멈추었다가 이제 드디어 변화를 보이기 시작했다. 고아원에 들어와 살기 시작하면서 그녀의 몸무게는 8킬로그램도 넘게 늘어났다. 넓적다리와 엉덩이, 그리고 가슴에 살이 붙자 나이가 제법 많은 남자아이들은 그녀를 힐끔거리기 시작했다. 대놓고 쳐다보았다가 발각되는 날에는 싸움이라도 한판 벌이자는 도전으로 그녀가 착각을 할까 봐 남자아이들은 조심스럽게 힐끔거릴 뿐이었다. 눈치 빠른 준이 그것을 모르는 바는 아니었다. 때때로 그녀는 멀찍이 물러나서 눈을 감고 있는 척하면서 남자아이들이 마음대로 쳐다볼 수 있도록 했다. 거기에서 멈추지 않고 그녀는 양쪽 어깨를 뒤로 빼내어 봉긋하게 솟아오른 자신의 젖가슴이 더욱 도드라져 보이도록 만들었다. 그녀가 그런 행동을 한 것은 자부심 때문도 아니었고 자랑을 하려는 마음이 있어서도 아니었다. 그렇다고 남자아이들 가운데 어느 하나에게 약간의 관심이 있어서도 아니었다. 그것은 순전히 실험을 한번 해보고 싶은 마음에서 나온 행동이었다. 그녀는 욕망의 대상이 되면 어떤 기분일지 궁금했고 그래서 시험을 해보았던 것이다. 그런데 이상했다. 사내아이들의 시선을 느끼면 느낄수록 그녀 자신의 욕망도 덩달아 불타올랐다. 그 불길은 나중에 두 배, 세 배로 강렬해지더니 결국 그 나름의 이유와 근거를 갖추었다.

그 뒤로 몇 주 동안 태너가 이곳저곳으로 여행을 떠날 때마다 준은 드러나지 않게 있다가 실비가 한밤중에 사택에서 빠져나올 때까지 기다렸다. 실비와 헥터가 등유램프를 밝힐 때마다 준은 두 사람이 인내심을 가지고 서로의 몸을 부드럽게 애무하는 장면을 볼 수 있었다. 그것은 전쟁 중에 그녀가 목격할 수밖에 없었던 거칠고 꺼림칙한 성행위와는 완전히 달랐다. 준은 밧줄처럼 탱탱한 헥터의 건장한 몸을 보고 깜짝 놀랐지만 실비의 종아리와 무릎, 그리고 헥터의 키스를 받고 흐느적거리는 그녀의 아랫배와 엉덩이 아래쪽의 옴폭 들어간 부위에 줄곧 시선이 쏠려 있었다. 실비는 무척 굶주린 사람처럼 보였다. 그녀의 몸은 가장 아름답게 빛나고 있었다. 빛은 그녀의 두 눈과 반쯤 벌어진 입에서 흘러나오고 있는 듯 보였다. 그것은 그들이 관계를 마치고 나서 한참이 지날 때까지 사라지지 않았다. 준은 실비가 자그마한 검정색 구급상자를 열고 테두리가 벨벳으로 되어 있는 통에서 주삿바늘을 꺼내는 것을 보았다. 헥터는 자기 몸에는 주사를 놓지 않고 그녀를 도와주었다. 그는 먼저 고무줄로 그녀의 종아리를 묶고 발뒤꿈치 부위를 톡톡 두드린 다음 주사를 놓았다. 그러자 실비는 몸을 가볍게 떨다가 축 늘어지면서 유령처럼 몸이 푸르스름해졌다.

  태너 목사가 집에 있을 때, 준은 안쪽 방에서 실비와 밤늦게까지 함께 있곤 했다. 그런 일이 잦아지자 얼마 뒤에는 발전기가 꺼진 뒤에 두 여자가 함께 있는 일은 습관처럼 되어버렸다. 그 시간까지 그들 모두는 책을 읽었다. 실비와 준은 비좁은 침대에서 읽었고 태너는 거실에 있는 자기 침대에서 글을 읽었다. 목사는 여자들보다 항상 일찍 잠자리에 들었다. 두 여자는 등유램프 옆에서 부대 도서관에서 빌려온 책들을 서로에게 교대로 읽어주었다. 그들이 읽은 책들 중에는 어린이용 도서뿐 아니라 실비가 준을 위해 특별히 선택한 《작은 아씨들》, 《위대한 유산》, 그리고 《대지》 같은 책들도 있었다. 이따금 준은 《솔페리노의 기억》을 읽어달라고 실비를 졸랐다. 그러면 실비는 처음에는 거절을 하다가 결국 버티지 못하고 글을 읽어주었다. 준이 생각하기에 책의 내용은 구급상자에 담겨 있는 그 약처럼 고통과 함께 환희를 안겨주었고 두 사람이 서로에게 더욱 꼭 매달리도록 만들었다.

  어느 날 밤, 준은 그곳에서 깜박 잠이 들고 말았다. 아침이 되어 눈을 떴을 때, 그녀는 자기가 실비의 잠옷을 입고 몸을 웅크린 채 실비의 몸에 안겨 있는 것을 깨달았다. 준은 조심스럽게 실비를 향해 돌아누워 그녀의 머리카락에서 흘러나오는 포근하고 성숙한 냄새와 목에서 나는 새콤달콤한 냄새를 깊이 들이마시고 나서 실비의 잠옷에 묻어 있는 흐릿한 물기에 자신의 눈을 갖다 댔다. 그 뒤로 며칠 동안 준은 잠에 빠져드는 척하면서 실비가 어떻게 하는지 지켜보았다. 실비는 구급상자를 가지고 사택을 몰래 빠져나가 뒤뜰에 있는 의자로 갔다. 준은 실비가 방으로 돌아와 자신의 가슴 위로 쓰러졌을 때, 그녀의 몸무게가 짧은 시간에 두 배로 불어난 것처럼 느껴졌다. 실비의 거친 호흡이 잔잔해져 그녀가 깊은 잠에 빠져들 때까지 준은 기다렸다. 몇 시간이고 기다려야 할 때도 가끔 있었다. 그런 일은 거의 밤마다 계속되었다. 실비는 돌아누워서 등을 바닥에 대고 반듯하게 잤다. 그녀의 입술은 부드러워지다가 축 늘어졌다. 별빛이나 달빛이 있었다면 그녀의 얼굴과 기다란 목은 희미하게 빛났을 것이다. 잿빛 조각상 같은 그녀의 몸은 절반만 살아 있었다. 세상에서 유일한 아름다움은 거기에 있었다. 그러던 어느 날 밤이었다. 준은 더 이상 참을 수가 없었다. 그녀는 골동품 서적의 부서질 것 같은 페이지를 다루듯이 아주 조심스럽게 담요를 끌어당겼다. 준의 두 손은 목 부위가 벌어져 있는 실비의 잠옷을 타고 슬금슬금 기어 올라갔다. 그녀는 실비의 허벅다리까지 달려 있는 진주색 단추들을 위에서부터 차례로 풀었다. 잠옷의 거의 절반이 벗겨지면서 실비의 몸이 싸늘한 밤공기에 노출되었다. 준은 실비의 배와 가장 아래쪽 갈비뼈, 그리고 자기 젖가슴보다 크지 않은 작고 납작한 그녀의 젖가슴을 만져보았다. 점토처럼 단단한 젖꼭지가 손가락 사이로 삐져나왔다. 자기가 무엇을 하고 있는지도 모른 채, 준은 눈을 감은 채 젖꼭지에 입을 갖다 댔다. 그녀는 또 숨을 제대로 쉴 수가 없었다. 당장에 가슴이 터져버릴 것 같았다. 작고 단단한 젖꼭지를 빨고 있는 동안 실비가 반항을 하거나 몸을 꿈틀거릴 것 같았다. 하지만 그런 일은 일어나지 않았다. 준의 손이 아래로 미끄러져 내려가 기다란 두 다리 사이의 뜨거운 둔덕에 자리를 잡았을 때에도 실비는 조금도 꿈틀거리지 않고 가만히 있었다.

14

시에나에서도 두 사람은 숙소를 함께 사용해야 했다. 조약돌이 깔린 작은 광장이 내다보이는 개조된 호텔, 레지덴자에는 객실이 여섯 개밖에 없었기 때문이다. 헥터가 이 나라에서 보았던 다른 모든 것들과 마찬가지로 호텔은 오래되고 아름답고 꽤 낡아 있었다. 그의 기억이 옳다면 호텔의 전면은 그의 어머니의 엷은 갈색 눈과 똑같은 색깔이었다. 오래된 목재가구에서는 윤이 반들반들하게 났다. 하지만 어디를 가든지 아름다운 풍경과 오래된 건축물이 주변에 널려 있어 아무리 색다른 것들을 보더라도 더 이상 신기하지도 않았다. 오히려 벗어날 수 없을 것 같은 그런 풍경에 헥터는 넌더리를 내고 있었다. 어쩌면 그가 살았던 곳들이 하나같이 소박한 장소였고 수수한 환경에 너무 익숙해져버려 새롭고 멋진 풍경을 보고도 거부감을 느끼는지도 몰랐다. 그동안 그가 생활한 곳들은 어디든지 소박했다. 일리온이 그랬고 전쟁으로 폐허가 된 서울이 그랬다. 또 고층건물이라고는 찾아볼 수 없는 타코마와 포트 리의 이름 없는 마을들이 그랬다. 그밖에도 그는 쓸쓸하고 삭막한 곳들만 떠돌아다녔다. 준과 함께 며칠을 보내면서 그는 너무나 색다른 풍경에 압도되어 눈이 아플 지경이었다. 아름다운 풍경을 보면서 위안을 받고 기분이 좋아져야 정상인데 이상하게도 길을 잃고 헤매는 것 같은 기분이 들었다. 주변이 영 어색하고 낯설었다. 마치 다른 사람의 생활 속에 들어와 있는 기분이었다.

  방은 상당히 컸다. 복층 스위트룸이었는데 우물천장은 그 높이가 상당했다. 바닥에는 대리석 타일이 깔려 있었고 커튼이나 그 밖의 천은 한눈에 보더라도 모두 값비싼 제품들이었다. 방은 오래된 양탄자와 그림들로 장식이 되어 있었다. 준은 가구가 모두 최상품이라고 했다. 헥터는 그런 곳에서 묵어보기는커녕 그처럼 화려하고 웅장한 방은 한 번도 본 적이 없었다. 욕실에는 대리석 한 덩어리를 깎아서 만든 욕조가 있었다. 붙박이 설비들은 모두 반들반들하게 윤이 나는 황동 소재였다. 침대와 욕실용 리넨은 새로 풀을 먹이고 깔끔하게 다림질이 되어 빳빳하면서 광택이 났다. 특대형 침대(평소에 헥터는 빨간색 벨벳 소파 위에서 잠을 잤다.)의 이쪽과 저쪽에 놓여 있는 꽃병에는 해바라기가 꽂혀 있었다. 적갈색의 호화로운 침대 머리판에는 대형광장에서 개최되는 유명한 경마대회인 시에나 팔리오 축제의 한 장면이 조각되어 있었다. 거대한 시계탑을 배경으로 거침없이 질주하는 여러 필의 말과 결승선을 앞두고 고함을 질러대는 기수들의 모습이 생동감 있게 새겨져 있었다. 팔리오는 7월과 8월에 개최되는데 어떤 해(올해처럼)에는 9월에 특별한 경기가 열리기도 한다. 마침 내일 경기가 열리게 된다. 헥터는 역사가 오래된 도시 성벽의 북쪽 끄트머리에 차를 세워두고 택시를 타고 중심가로 들어왔다. 그들이 그나마 방을 하나라도 얻을 수 있었던 것은 이 도시에서 가장 값비싼 호텔 중 하나인 그곳에서 어떤 스위스 출신 커플이 갑자기 몸에 탈이 나는 바람에 예정보다 일찍 떠났기 때문이다. 택시운전사는 스위스 출신 커플을 불과 한 시간 전에 그들의 차가 있는 곳까지 실어다 주었기 때문에 호텔에 방이 하나 비어 있다는 것을 알고 있었다. 브루노라는 이름의 그 택시운전사는 밝은 표정을 지닌 수다스러운 청년이었는데 특색 있는 영어를 구사했다. 그는 내일 열리게 될 화려하고 특이한 팔리오와 경마대회의 역사, 그리고 '콘트라다'에 대해 주절주절 늘어놓았다. 그는 중세시대 시에나를 구성했던 17개 독립 자치구인 '콘트라다'를 상징하는 17주자가 경기를 펼치게 된다고 설명했다. 운전사가 그들을 호텔에 내려주었을 때(평소라면 규정된 요금의 두 배를 지불해야 하지만 경마축제를 코앞에 두고 있어 요금의 세 배를 지불해야 했다.) 헥터는 그에게 50달러를 주면서 사람을 찾고 있다고 설명하고 한 시간 뒤에 돌아와서 통역사와 가이드 역할을 해달라고 부탁했다.

준은 얼른 목욕을 하고 그들을 따라나설 계획이었다. 하지만 목욕을 마쳤을 때, 그녀는 힘없는 목소리로 헥터를 불렀다. 헥터는 다시 한 번 그녀를 욕조에서 꺼내주어야 했다. 이번에는 타월로 그녀의 젖은 피부와 머리를 닦아주었다. 그녀는 몸이 몹시 아픈 아이처럼 제대로 서지도 못하고 헥터의 앞에서 비틀거렸다. 따뜻한 물로 오랜만에 목욕을 해서 기분이 조금 나아지기는 했지만 그 대신 몸에 남아 있던 얼마 안 되는 기운이 빠져나갔던 것이다. 준은 숨을 헐떡이며 일시적인 정신착란을 일으킨 사람처럼 말했다. 자기가 얼마나 고마워하고 있는지 그에게 밝히면서 뉴욕에 있는 자신의 변호사가 충분한 보상을 해줄 거라며 언젠가 했던 말을 반복했다. 그녀는 두 팔을 그의 목에 두르고 실오라기 하나 걸치지 않은 몸을 그에게 내맡겼다. 그러고는 그의 귀와 목에 키스를 하면서 원하면 자기한테 무슨 일을 해도 괜찮다고 중얼거렸다. 헥터는 그녀의 촉촉한 두 다리가 자신의 넓적다리를 휘감아오는 것을 느꼈다. 그는 이처럼 잘못된 초청에 절대로 응할 수가 없었지만 아주 경미한 본능적 전율이 사타구니에서 가슴으로 스멀스멀 기어오르며 자신의 성기가 순간적으로 발기하는 것을 느꼈다. 수치심이 그의 목구멍을 틀어막았다. 준은 그의 품속으로 무너졌다. 그는 목욕가운으로 그녀의 몸을 감싸고 침대로 데려갔다. 준은 잠시 쉬고 싶다고 말했지만 자리에 드러눕고 나서 모르핀 한 방을 놓아달라고 부탁했다. 헥터는 구급상자를 열고 주사를 놓을 준비를 하면서 몸의 감각을 죽이는 동시에 즐거움을 주려고 과거에 실비 태너에게도 똑같은 일을 했던 기억이 자꾸만 떠올라 곤혹스러웠다.

"우리가 지금 어디에 있는 거죠?"

"시에나야."

"아, 그렇죠. 맞아요. 니콜라스를 찾으러 나설 거죠?"

"노력은 해봐야지."

"빨리 여기로 데려오도록 해요."

그녀는 흐릿한 눈빛으로 말했다.

"하루빨리 찾아내야 해요."

헥터가 준을 돌아 눕히고 엉덩이에 주사를 놓자 그녀는 스르르 잠에 빠져들었다. 준이 약병과 주사기를 손에 들고 몸을 비틀면서 주사를 놓을 부위를 찾으려고 애쓰는 모습을 지켜보는 것보다 그가 주사를 놓아주는 편이 물론 더 쉬웠다. 주사를 놓아줄 때면 그녀의 호흡이 가빠졌다. 그녀는 손을 뻗어 그의 셔츠를 꽉 움켜잡았다가 그가 마침내 주사를 놓아주면 어떤 무르익은 고통의 한숨을 부드럽게 토해내곤 했다. 언젠가 그녀는 지나치게 도취감에 젖어 헥터에게 사랑한다고 말했다. 그때 그는 어떻게 대꾸를 해야 할지 몰랐다.

때때로 그는 필요 이상으로 주삿바늘을 세게 찔러 넣거나 살이 충분치 않은 부위에 주사를 놓기도 했다. 그럴 때면 그녀는 날카로운 비명을 지르며 이를 악물었다. 헥터가 그녀에게 일부러 고통을 준 데에는 그만한 이유가 있었다. 그의 마음 한구석에는 준을 두려워하는 마음이 있었다. 생각 같아서는 준으로부터 멀리 달아나고 싶은데 차마 그럴 수 없는 자신이 싫었다. 하지만 이제 그는 자신의 그런 행동에 죄책감을 느끼고 그녀에게 약물을 조금 더 투여했다. 준은 정신을 맑게 할 필요가 있다는 말을 더 이상 하지 않았다. 허약해진 준의 몸이 그녀를 감당하고 있었다. 그녀는 약간 더 생기가 돌고 건강해진 듯 보였다. 두 뺨도 그다지 여위고 파리해보이지 않았다. 음식을 먹는 양도 갑자기 늘어났다. 그녀는 헥터가 사온 젤라토와 버터쿠키를 두세 시간마다 한 번씩 먹었는데 물을 제외하고 주기적으로 섭취하는 거라고는 그것들밖에 없었다. 어쩌면 거기에 들어 있는 당분이 그녀의 몸을 살찌우고 그녀를 지탱하고 있는지도 몰랐다. 그날 일찍 그들은 고속도로에 있는 대형 카페테리아에 들렀다. 준은 아니스 쿠키와 레모네이드로 배를 채우고 나서 아주 건강하고 활기찬 여자처럼 의자에서 벌떡 일어섰다. 그녀의 확 달라진 모습에 헥터는 깜짝 놀랐다. 그녀는 차에 있는 여행용 기본회화 책자를 가지러 식당 밖으로 성큼성큼 걸어 나갔다. 시에나를 떠나 롬바르디아로 가는 가장 좋은 길이 무엇인지 카운터에 있는 아가씨에게 물어보기 위해서였다. 하지만 그렇게 팔팔하고 생기가 넘치던 그녀가 결국에는 지쳐서 이 모양이 되었다. 헥터는 그녀가 한동안 잠에서 깨어나지 않을 것이라는 생각이 들어 두꺼운 커튼을 끌어당겨 닫았다. 커튼으로 가려진 고요한 방은 웅장한 무덤 속 같았다.

헥터는 욕실로 들어가 목욕을 하고 면도를 했다. 그런 다음 밖으로 나와 그녀가 사준 여러 셔츠들 가운데 아직 입지 않아 투명한 비닐봉투에 그대로 들어 있는 마지막 셔츠를 꺼내어 입었다. 다른 옷들에는 그의 몸에서 나는 악취가 배어 있었다. 그들은 함께 여행을 하는 동안 빨래를 할 생각은 한 번도 해보지 않았다. 헥터는 옷장 안에서 졸라매는 끈이 달린 세탁물 자루를 발견하고 거기에다 자신의 더럽혀진 옷들을 담고 나서 그녀의 여행 가방을 뒤져 펼쳐져 있거나 더러워진 옷가지를 가려냈다. 자신의 옷들보다 그녀의 옷들이 조금 냄새가 덜하긴 했지만 악취가 풍기기는 마찬가지였다. 그녀의 옷가지들에서 풍기는 악취는 몸에서 나는 냄새보다 습기가 차서 꿉꿉한 곰팡내가 더 강했다. 헥터는 체격이 아직도 놀라울 정도로 좋았지만 이제 누구나 그를 보면 엉망진창이 되어버린 사람이라고 주저 없이 말할 수 있을 것이다. 그의 내면을 자세히 들여다볼 수 있는 특수한 장치라도 있다면 겉모습과는 완전히 다른 그의 참모습을 발견할 수 있을 것이다. 그의 영혼은 풍부하지도 부족하지도 않고 이제 완전히 고갈되어 바닥을 훤히 드러내고 있었다. 물론 도라가 곁에 있었다면 그에 대해 그런 지적을 하지 않았을 것이다. 하지만 말없이 오랜 시간 차를 타고 오는 동안 그는 자기가 준과 자신을 속여오고 있었던 것은 아닌지 의문이 들었다. 자신의 본모습을 준이 알았더라면 그래도 그녀가 자신을 찾아왔을지 궁금했다. 그는 세상과 영원히 담을 쌓고 살기를 원했다. 그렇다고 그가 이 세상에서 완전히 쓸모없는 사람은 아니었다. 한때는 무덤을 파는 일도 했고 세탁실에서 조수로 일하기도 했다. 그리고 관리인, 운전사, 간호사로 일한 적도 있다. 실수나 일탈행위, 또는 명백한 범죄는 제쳐두더라도 일반 사람들이 판단의 근거로 삼는 현실적인 증거들, 즉 가족, 우정, 사랑, 자기 목표 등을 기준으로 판단해봤을 때 그는 이 세상에서 그다지 쓸모 있고 가치 있는 사람이라고 할 수 없었다. 그것은 그가 느끼는 갈증처럼 단순하고 명백했다. 도라를 머리에 떠올릴 때마다 그는 가슴이 찢어지는 것 같았다. 하지만 솔직히 말해 그것은 그에게 아픔과 동시에 무한한 자유를 안겨주었다. 그런 감정 덕분에 그는 희망이나 꿈을 가져야 한다는 심적 부담에서 풀려날 수 있었다.

그리고 지금 그는 자신과는 무관한 일인 척할 수 없는 심부름을 수행하기 위해 옷을 차려입고 있었다. 니콜라스에 대한 호기심이 점점 커져가는 것도 사실이다. 자신과 준의 핏줄을 이어받은 아이의 외모가 어떨지 궁금했다. 누가 보더라도 비뚤어진 성격을 가진 아이의 목소리는 또 어떨지 궁금하기도 했다. 자기를 닮은 아이를 그저 한 번 보는 것만으로도 좋을 것 같았다. 헥터는 아이를 길거리에서 우연히 마주치기를 바랐다. 아이를 한눈에 알아보고 자신이 누구인지 밝히지 않은 채 뒤따라가서 카페나 버스에 자리를 잡고 앉는 아이를 지켜보고 싶었다. 쓸쓸한 표정으로 아이를 몰래 지켜보는 것, 어쩌면 그것은 헥터와 같은 처지에 있는 사람이 보일 수 있는 아버지의 모습일지도 모른다. 그는 존경받을 만한 어른과 자신의 거리는 1천 광년이나 떨어져 있다는 것을 알고 있었다. 그가 젊은이들을 위해 해준 일이라고는 스미티즈에서 술을 마실 때 교외의 슬럼가에 사는 젊은 친구들에게 팰리세이즈 파크웨이의 집으로 돌아가기 전 도수가 약한 맥주로 바꿔 마시도록 가끔 충고를 해준 것밖에 없다. 이제 그는 사람들과의 어떠한 교류나 인간관계도 감당할 수 없었다. 앞으로 니콜라스에 대해 많은 것을 알게 될 거라는 예상도 그리 달갑게 여겨지지 않았다. 니콜라스를 만나면 자신의 과거와 성장 배경을 밝혀야 하고 준과의 관계도 설명을 해줘야 할 것이다. 또 니콜라스가 재촉하면 그 밖의 시시콜콜한 이야기까지 털어놓아야 할 것이다. 그것은 생각만 해도 소름 끼치는 일이었다. 그는 밖으로 나가려고 발을 끌며 값비싼 스위트룸을 조심조심 가로질러 가다가 침실 앞에서 걸음을 멈추었다. 미동도 없는 준의 몸은 생기를 완전히 잃고 차양이 드리워진 침대 위에 아무렇게나 내버려져 있는 것 같았다. 속이 훤히 비치는 차양이 매달린 침대는 조난을 당한 그녀를 태우고 있는 뗏목처럼 보이기도 했다. 그 모습을 보자 헥터는 자기가 아무리 혼란스러운 상황을 겪게 되더라도 그녀를 거부하고 떠날 수 없다는 생각이 들었다.

그는 1층에 있는 호텔 사무실에서 더러운 옷이 잔뜩 들어 있는 자루를 들어 보이며 책상에 앉아 있는 여자와 어렵게 대화를 시도했다. 빨래를 하고 싶다는 뜻을 간신히 전하자 여자는 계속해서 뭐라고 주절거리며 이런저런 몸짓을 하더니 결국 그의 손에 들린 자루를 받아들려고 했다. 마침 그 순간에 브루노가 나타나면서 문제는 간단히 해결되었다. 헥터는 그동안 지독한 싸구려 호텔만 이용했지 그렇게 값비싼 호텔에서 묵어본 적이 거의 없는 데다 그런 경험도 너무 오래되어 세탁 서비스 같은 게 가능하다는 사실을 잊고 있었다. 그는 빨랫감 자루를 여자에게 건네주고 나서 브루노에게 통역을 부탁해서 여자 손님이 잠을 자고 있으니 세탁을 마치면 방 앞에 자루를 놓아두도록 했다. 그런 다음 그들은 밖으로 나와 어떻게 할 것인지 계획을 세웠다. 호텔에 도착해서 택시에서 내릴 때, 사람을 찾고 있다고 간단히 언급해두었기 때문에 헥터는 우선 니콜라스의 학창시절 사진을 브루노에게 보여주면서 확실히는 모르지만 골동품 가게에서 일하고 있을 가능성이 크다고 말했다.

"선생님, 이곳 시에나에는 골동품 가게가 무수히 많습니다. 하지만 그중에서도 규모도 크고 괜찮은 가게들을 제가 알고 있으니 그런 곳부터 찾아보기로 하죠."

브루노는 오늘 같은 날은 걸어서 가는 편이 나을 거라고 말했다. 그들은 캄포 광장을 향해 걷기 시작했다. 그곳에는 상당히 유명한 가게가 몇 군데 있는데 가게들은 광장 자체와 광장을 둘러싼 거리에 모여 있었다.

내일 경마대회가 열릴 장소가 바로 그 광장이었다.

"저, 실례되는 질문인지 모르겠는데, 찾고 계시는 이 친구가 누구인지 여쭤봐도 될까요?"

"그 여자의 아들입니다."

"아, 알겠습니다."

헥터의 얼굴을 빤히 들여다보며 그가 말했다.

"안타까운 일이네요. 사이가 소원해져서 집을 나갔나보죠?"

"그런 것 같습니다."

"그럼 선생님은 그 여자분한테 참 좋으신 친구입니다."

브루노가 말했다.

"아니, 좋은 친구는 아닙니다."

브루노는 궁금하게 생각하면서도 일단 고개를 끄덕였다. 그는 재미있게 말하는 방식을 알고 있었고 매우 솔직했지만 언제 침묵을 지켜야 하는지도 알고 있었다. 그는 니콜라스와 비슷한 또래로 보였다. 헥터는 브루노 같은 청년과 동행을 하게 되어 다행이라 생각했다. 그와 함께 다니게 되면 젊은 친구를 다루는 데에 약간의 도움은 될 것 같았다. 처음부터 줄곧 헥터는 니콜라스를 상대할 사람은 자기가 아니라 준이라고 생각하고 있었다. 무슨 일을 하게 되더라도 자기는 준이 부탁하는 일만 할 생각이었다. 어쩌면 어떤 수단을 써서라도 니콜라스를 육체적으로 제압하는 일을 할 수도 있었다. 하지만 지금 그는 자기가 무슨 일을 하게 될지 확실히 알지 못했다. 브루노가 곁에 있어서 그는 기뻤다. 브루노를 앞세워 일을 처리할 수 있었고 필요할 경우에는 자기 대신 니콜라스에게 말을 하도록 만들면 되었기 때문이다.

광장으로 가는 길에 그들은 축제를 맞아 사람들로 빼곡히 들어찬 광장과 골목길을 지나쳤다. 마치 도시 전체가 곡마단과 그 가족들에게 점령당한 것 같았다. 사람들은 내일 열리게 될 경기를 한창 준비 중이었다. 그들은 경기 전에 펼쳐지는 가두행진을 위해 거대한 마차를 아름답게 장식하고 여러 개의 깃발을 만들고 있었다. 깃발에는 중세풍의 투구와 문양이 새겨졌다. 동일한 차림새의 젊은이들이 기다란 탁자 주변을 배회하고 있었고 탁자 위에서는 나이 많은 여자들이 빵 바구니와 살라미 소시지가 담긴 접시, 그리고 물과 와인이 담긴 병을 나눠주고 있었다. 강아지들과 축제 옷으로 차려입은 아이들이 자갈밭을 뛰어다니고 있었고 관광객들은 한쪽으로 비켜서서 신기한 광경을 사진기에 담느라 여념이 없었다. 여기저기 무리를 지은 사람들은 누가 제안을 하거나 시키지도 않았는데 한순간 노래를 부르기 시작했다. 응원가와 민요가 반반씩 섞인 전통 축가였다. 한쪽에서 노래를 부르기 시작하면 다른 쪽에서도 노래를 불러댔고 그 소리는 또 다른 곳에서 합창이 터져 나오게 만들었다. 합창 소리는 도미노처럼 계속해서 퍼져나갔다. 그렇게 해서 석벽으로 둘러싸인 도시 전체에 음악과 노랫소리가 울려 퍼졌다.

헥터는 일리온에서 보냈던 여름날을 회상해보았다. 그곳에서는 잔치가 함께 어울려 노래를 부르면서 끝나는 게 아니라 욕설과 고함, 그리고 싸움으로 끝나는 경우가 너무나 흔했다. 대부분 가족과 함께 강변 유원지로 소풍을 나온 직장인들이었는데 남자들은 생맥주를 먹을 수 있는 장치를 한쪽에 설치해두고 야구를 했고 여자들은 샌디(맥주와 레모네이드의 혼합 음료-옮긴이)와 레모네이드를 마시면서 열광적으로 응원을 했다. 처음에는 그렇게 활기차고 유쾌하게 경쟁을 펼치다가 어느 순간 얼굴이 시뻘게진 어떤 얼간이(재키 브레넌도 가끔 그랬다.)가 거친 슬라이딩이나 인사이드 피치(투수가 타자의 몸 쪽으로 공을 던지는 것-옮긴이)를 보고 고래고래 고함을 지르며 흥분을 하면 주변에서 야유가 쏟아지고 결국에는 밀고 당기는 몸싸움이 벌어지고 만다. 나중에는 수십 명이 자리를 박차고 일어나 한두 차례의 난투극을 벌인다. 어느 시점이 되면 사람들은 더 이상 함께 어울리지 않고 자기 집 베란다에서 술을 마신다. 결국 모든 가족이 피해를 입는 것이다. 만약에 헥터가 일리온이 아니라 시에나에서 태어나 자랐다면 과연 어땠을까? 해마다 오랜 이웃들과 서로 몸을 붙이고 앉아 있지 않았을까? 가슴에 통증을 느낄 때까지 사람들과 어울려 노래를 부르고 술을 마시며 축제를 즐기지 않았을까? 존경받을 만한 오빠나 남편이 되지 않았을까? 어쩌면 아버지까지 될 수 있지 않았을까? 그래도 모르는 일이다. 어쩌면 지금과 똑같은 비사교적인 인물이 되었거나 주변 사람들의 끊임없는 기대로 지금보다 훨씬 더 비사교적인 인물이 되었을지도 모른다. 다른 모든 곳과 마찬가지로 이곳 시에나에도 틀림없이 불평분자와 이단자가 있을 것이다. 사회에 적응하지 못하는 사람들은 어디에나 있다. 하지만 이곳저곳의 군중들을 보면서 그는 브루노가 들려주는 얘기를 믿을 수밖에 없었다. 거동이 불편한 사람들을 포함해서 거의 모든 사람들이 축제에 참가하고 있었다. 브루노가 표현한 '공동체의 물결'은 거세게 밀려와 모든 사람을 덮쳤다. 물살은 헥터처럼 아무런 깃발도 들고 있지 않은 표류물까지 단번에 휩쓸어 버렸다.

"며칠 동안 머무실 예정이죠?"

브루노가 물었다.

"오늘 하루만 있을 생각입니다."

"경마경주는 안 보시려고요?"

"예."

"팔리오 축제는 정말 장관입니다. 놓치면 후회하실 텐데요. 더군다나 이번 경기는 특별하죠. 말씀드렸다시피 자치구 지정을 기념하는 행사니까요. 하지만 전 이해할 수 있습니다. 같이 여행하시는 그 숙녀분이 건강이 안 좋으신 것 같더군요."

"예, 그렇습니다."

"저희 가족은 이 도시에서 가장 뛰어난 의사 선생님과 친분이 있습니다. 한때는 밀라노에서 영업을 하셨던 분인데…."

"걱정 안 하셔도 됩니다. 괜히 수고하지 마세요."

"수고라뇨. 도움이 필요하면 언제든 알려주십시오. 제가 그 선생님한테 전화를 해드리죠."

"이제 그 사람한테는 어떠한 도움도 필요 없습니다. 아시겠죠?"

브루노는 고개를 끄덕였다. 그들은 드디어 대형 광장에 도착했다. 눈부신 햇살을 받으며 비좁은 거리를 따라 걸어가자 갑자기 광장이 눈앞에 펼쳐졌다. 행상인들이 여기저기 돌아다니며 관광 안내 책자, 기념품, 음료수, 스낵 따위를 팔고 있었다. 브루노의 제안에 따라 먼저 찾아가본 광장의 골동품 가게 두 곳은 모두 문이 열려 있었고 손님들로 만원이었다. 하지만 브루노를 잘 알고 있거나 적어도 그를 같은 지역 사람으로 알아보는 듯한 가게 주인들은 그가 니콜라스의 사진을 보여주자 아무런 반응도 보이지 않았다. 두 번째 가게를 나오려고 했을 때, 주인은 헥터를 빤히 쳐다보았다. 주인의 눈빛에는 오만함과 동정심이 깃들어 있었다. 눈빛을 보아 하니 그는 헥터를 마치 어릴 때부터 제멋대로 자란 자식을 부질없이 찾고 있는 가엾은 아버지로 여기는 듯했다.

두 곳을 둘러보고 나서 그다음으로 찾아간 가게는 캄포 광장 바로 바깥에 있었다. 비아 디 치타 거리를 따라 두오모 쪽으로 가다가 그들은 가게를 발견했다. 여주인은 최근에 어떤 외국 청년이 일자리를 알아보러 가게에 들른 적이 있다고 브루노에게 말했다. 하지만 그녀의 가게는 광장에 있는 가게들보다 규모도 작았고 토요일에만 도움이 필요했기 때문에 청년을 고용할 수가 없었다. 그녀는 그 청년이 자신감이 넘치고 약간 동양인처럼 보였다고 말했다. 청년은 영어를 하는 직원을 필요로 하는 골동품 가게들이 혹시 없는지 그녀에게 물었다고 했다. 그녀는 청년에게 시에나의 서쪽 끄트머리에 있는 특제품 판매점을 알려주면서 그곳은 부유한 관광객들을 대상으로 고가품을 취급하는 갤러리인데 주인이 시에나 출신이 아니라서 관리자를 필요로 할지도 모른다고 말해주었다고 했다. 그곳 가게는 시에나에서 유명한 교회인 바실리카 디 산 도메니코 근처에 있었다. 브루노는 그 가게를 잘 몰랐지만 일단 거기로 가보자고 말했다. 그는 거기에도 니콜라스가 없으면 도시를 빙 돌아 호텔로 돌아가서 숙녀분의 몸 상태부터 확인하고 다시 도시의 동쪽을 훑어보자고 제안했다. 그래도 못 찾으면 학생들과 젊은이들 사이에 인기가 많은 나이트클럽과 커피전문점을 오늘 밤에 찾아가보자고 했다. 브루노는 니콜라스가 시에나에 정말 있으면 경마대회 전야인 오늘 밤에 밖으로 나올 확률이 높다고 판단하는 것 같았다.

가게는 전면이 통유리로 된 새로 생긴 갤러리로 바실리카 앞의 작은 광장 길 건너편에 있었다. 전면 진열창에는 커다란 유화 세 점이 걸려 있었는데 토스카나의 시골 풍경을 인상주의 화법으로 그린 부드러운 느낌의 그림들이었다. 가게로 들어가려면 버저를 눌러야 했다. 브루노는 버저를 누르고 잠시 기다렸다가 다시 한 번 눌렀다. 그러자 안경을 낀 예쁜 아가씨가 안내 데스크 쪽에 모습을 드러내더니 그들을 들여보내주었다. 아가씨는 회색 정장에 흰색 블라우스를 차려입고 있었다. 규모가 상당한 갤러리는 두 개의 동으로 이루어져 있었다. 건물의 이쪽과 저쪽 끄트머리에는 소매점이 있었고 중앙의 방에는 조각품과 보석류가 진열되어 있었다. 두 개의 동에서 한쪽에는 골동품 가구와 현대 가구, 그리고 다른 쪽에는 그림들이 진열되었다. 아가씨는 헥터를 보는 순간 관광객이라고 판단한 것 같았다. 셔츠와 바지가 새것이었으니 그럴 만도 했다. 그녀는 완벽한 영어로 자기소개를 했다. 로라. 그녀의 이름이었다. 그러자 브루노도 영어로 갤러리를 찾아온 이유를 짤막하게 설명했다. 그들은 아가씨에게 니콜라스의 중학시절 사진을 보여주었다. 사진을 유심히 들여다보는 그녀의 얼굴에 잔물결 같은 주름이 잡혔다. 브루노가 혹시 아는 사람이냐고 묻자 그녀는 최근에 고용한 영국 청년이 있다고 말했다.

"여기에 말입니까?"

"예."

"이름이 뭐죠?"

브루노가 물었다.

"그 사람한테 무슨 볼일이라도?"

갑자기 냉랭해진 목소리로 그녀가 물었다.

"그 사람이 무슨 잘못이라도 저질렀나요?"

"이분은 지금 그 사람을 찾고 있는 어떤 여자분을 도와주고 있는데요. 그 여자분이 그 친구의 어머니입니다."

"아, 그러세요."

이번에는 헥터를 유심히 살피며 그녀가 말했다.

"그 사람 이름은 닉 크럼프예요."

두 사람이 헥터를 쳐다보았다. 헥터는 찾고 있는 사람이 맞다는 뜻으로 고개를 끄덕였다. 하지만 그는 너무나 빨리, 그리고 수월하게 니콜라스를 찾아낸 것이 도무지 믿기지 않는지 얼떨떨한 표정을 짓고 있었다. 그동안 니콜라스는 자신의 흔적을 지울 생각은 하지 않고 누가 자기를 찾아와주길 고대하고 있었던 걸까? 그런 생각이 들지 않을 수 없었다. 헥터는 당황했다. 다른 가게들에 들렀을 때는 니콜라스와 마주칠 준비가 되어 있다고 생각했는데 이제 막상 그와 마주한다고 생각하니 돌아서서 거리로 뛰쳐나오고 싶은 충동이 일었다. 일이 복잡하게 얽히기 전에 자신은 그곳에서 멀리 도망치고 싶었다. 자신의 예상과 달리 이제 일은 거침없이 무서운 속도로 진행되고 있었다. 브루노는 그 친구가 오늘 근무를 하고 있는지 물었다. 그러자 로라는 어떤 호텔에 물건을 배달해주러 나갔는데 곧 돌아올 거라고 대답했다. 로라의 말에 따르면 그녀와 니콜라스는 각각 일주일에 나흘씩 갤러리에 출근을 하는데 두 사람이 함께 일하는 날은 하루밖에 되지 않았다. 그녀는 '닉'이 볼로냐에서 미술사를 전공하는 대학원생으로 한 학기를 쉬고 있는 것으로 알고 있었다. 로라는 다소 냉정한 표정으로 니콜라스의 어머니를 어떻게 알고 있는지 헥터에게 묻고 나서 그에게 런던에 살고 있는지 물었다. 그녀는 닉의 동료로서 단순한 관심을 보이는 게 아니라 누가 보더라도 정도가 지나친 관심을 보이고 있었기 때문에 헥터는 어떻게 대답을 해야 할지 몰랐다. 헥터는 생각 끝에 닉의 가족과 친구로 지내고 있다고 간신히 둘러댔다. 하지만 헥터가 힘없이 주절거렸기 때문에 로라는 그의 말을 곧이듣지 않는 듯 보였다.

그녀는 한숨을 쉬며 말을 늘어놓았다.

"참 안타까운 일이에요. 그렇죠? 닉의 어머니와 그녀의 변호사들이 닉의 상속권을 박탈하려고 애쓰고 있다죠? 닉의 아버지가 죽고 나면 어머니가 닉을 못살게 굴 거라네요. 그것 때문에 어머니가 지금 닉을 찾는 건가요? 지금은 어머니가 뉘우치고 있나요?"

"아닙니다."

이번에도 마땅히 대꾸할 말을 찾지 못해 헥터는 짧게 대꾸했다. 그동안 닉이 어찌나 그럴듯하게 이야기를 꾸며냈는지 똑똑하고 매력적인 아가씨는 몹시 흥분을 하고 있었다.

"그럼 뭐죠? 닉에게 전할 메시지라도 있나요? 최종결론이 났나요?"

헥터가 아무 대꾸도 하지 않자 그녀는 기분이 몹시 상한 것 같았다. 한동안 갤러리 안에는 어색한 침묵이 흘렀다. 로라는 참다못해 또각또각 하이힐 소리를 내며 문 쪽으로 걸어가더니 문을 당겨서 열고 섰다.

"죄송하지만 이제 그만 나가주셨으면 좋겠네요. 어느 호텔에 묵고 계시는지 알려주시면 닉에게 전해드리죠. 어쩌면 연락이 갈 거예요. 하지만 결정은 닉에게 달렸죠. 갤러리의 고객도 아니시니 여기에 더 이상 계시면 안 될 것 같아요. 죄송합니다. 양해해 주세요."

브루노가 날카로운 이탈리아어로 그녀에게 빠르게 조잘거리기 시작했다. 헥터는 그가 무슨 말을 하는지 대충 짐작하고 그만하라는 손짓을 했다. 헥터가 바라는 것이라고는 니콜라스가 어디에 있는지 알아내고, 어머니가 얘기를 나누고 싶어 한다는 것을 그가 알게 하고, 그가 만남에 동의를 하는지 기다려보는 것밖에 없었다. 니콜라스가 만남에 동의를 하지 않으면 준이 무엇을 해주길 원하든 헥터나 다른 누군가가 할 수 있는 게 아무것도 없었다. 하지만 헥터가 정말 원하는 것은 무엇일까? 그가 원하는 것은 분명히 그런 것이 아니었다. 언젠가 니콜라스와 얼굴을 마주 대하고 얘기해야 한다는 사실을 생각만 해도 호리병박의 속을 도려내듯이 자신의 내장을 온통 도려내는 느낌이었다. 물론 비우는 것과 채우는 것은 상반되는 느낌이겠지만 그것은 술집에서 빈속에 일주일치 마실 술을 단번에 입안에 들이붓는 것과 비슷한 느낌이었다.

그는 브루노에게 문을 가리키며 자기도 돌아섰다. 바로 그때였다. 키가 크고 몸매가 늘씬한 청년 하나가 연한 녹색과 흰색이 뒤섞인 스쿠터를 타고 쪼르르 달려오더니 판유리 앞에 멈춰 섰다. 청년은 조종사용 짙은 선글라스를 끼고 검정색 바지에다 청색과 흰색 줄무늬가 있는 셔츠를 입고 있었다. 신발은 광택이 나는 간편화를 신고 있었다. 그는 스쿠터를 밀어 뒷받침 장치에다 올려놓고 로라를 향해 다가갔다. 그녀는 아직도 문을 열고 문간에 서 있었다. 청년은 갤러리 안을 힐끗 들여다보았다. 그는 헥터와 브루노가 서 있는 쪽을 쳐다보았지만 유리에 비친 사물들 때문에 안에 누가 있는지 제대로 못 보는 것 같았다. 청년이 가게 안으로 들어오자 로라가 그를 맞았다. 청년은 그녀의 손을 잠깐 붙잡더니 안에 손님들이 있는 것을 알아차리고 붙잡고 있던 손을 놓았다. 만약에 손님이 없었다면 분명히 로라에게 키스를 했을 것이다. 로라는 두 사람을 힐끔 돌아보고 나서 청년의 귀에다 대고 무어라고 몇 마디 주절거렸다. 하지만 청년의 얼굴에는 표정의 변화가 전혀 없었다. 오히려 팽팽하게 당겨져 있던 턱의 근육이 조금 풀리는 듯 보였다. 청년은 선글라스를 벗고 두 사람에게 곧장 다가왔다.

"안녕하세요."

청년이 손을 내밀며 헥터에게 말했다. 그의 말투에는 영국인의 억양이 약간 깃들어 있었다. 어떻게 보면 유럽대륙 사람의 억양이 약간 깃들어 있는 것 같기도 했다. 헥터는 차갑고 뼈가 앙상하게 드러난 청년의 손을 붙잡고 가볍게 두어 번 흔들었다. 닉은 몸을 앞으로 기울이더니 작고 부드러운 소리로 말했다.

"다른 곳으로 가서 얘기를 나눌까요? 괜찮죠? 모퉁이에 카페가 하나 있습니다."

닉은 로라의 뺨에 가볍게 키스를 하고 나서 그녀와 이탈리아어로 몇 마디를 소곤거렸다. 그러고 나서 그는 헥터와 브루노를 모퉁이에 있는 카페로 데려갔다. 헥터와 닉이 안쪽 테이블에 앉아 있는 동안 브루노는 바에서 커피를 마셨다. 닉은 자리에 앉자마자 담배 한 개비를 꺼내 불을 붙였다. 그는 특색 있는 외모를 가진 사람이었다. 광대뼈가 상당히 날카롭게 튀어나와 있었고 코는 좁고 섬세해 보였다. 눈은 갈색으로 상당히 컸고 물결모양의 기다란 검은 머리를 귀 뒤로 넘기고 있었다. 오래된 사진에 나와 있는 모습과 많이 닮지 않았지만 헥터의 눈에 그는 유라시아 혼혈아처럼 보였다. 헥터는 닉한테서 자신의 모습을 그다지 발견할 수 없었다. 준의 모습도 별로 찾아볼 수 없었다. 그렇다면 그는 닉이 자신의 핏줄이라는 것을 어떻게 확인할 수 있을까? 조상대대로 아일랜드인의 피를 물려받은 그의 가문에는 다양한 파가 존재했다. 스미티즈처럼 어둡고 축축한 공간에서도 헥터는 어떤 사람이 주먹코에다가 안색이 누런빛이 돌면서 창백하고, 치아나 머리카락의 상태가 별로 좋지 못하면 자신과 한 핏줄이라는 것을 알아볼 수 있었다. 닉은 아주 미남이었다. 하지만 그는 완벽하게 독창적인 방식의 미남이었다. 헥터가 옛날에 있었던 고아원에는 혼혈아들이 많았다. 그것은 어떻게 보면 전쟁이 낳은 자연스러운 결과였다. 혼혈아들은 때때로 다른 아이들의 놀림을 받거나 외면을 당했다. 헥터에게는 커다란 눈망울과 반들반들한 흙빛 피부색을 가진 혼혈아들이 독특한 존재들로 보였다. 그런 아이들은 아름답기도 하고 활력이 넘쳤다. 그럼에도 불구하고 헥터는 그들을 세상에 상처 받기 쉬운 존재들로 보지 않을 수 없었다. 독특함은 그들의 인생에 짐이 될 수밖에 없었다. 혼혈아들을 볼 때마다 헥터는 이상하게도 동류의식을 느꼈다. 그들은 순간순간 보이는 모습이 많이 달랐다. 지금 닉이 그런 것처럼 각도나 빛에 따라서 이런 모습에서 저런 모습으로 수시로 바뀌었다. 하지만 남들은 두 사람이 비록 체격은 다를지라도 키는 거의 똑같으니 닮았다고 말할지도 모른다. 헥터는 닉의 표정과 외모에서 준의 입모양과 입술의 잔주름, 그리고 불굴의 의지 같은 것을 어느 정도 엿볼 수 있었다.

웨이터가 닉이 주문한 커피를 가져왔다. 헥터는 아무것도 주문하지 않았다. 닉은 커피를 마시지 않고 담배만 피우며 손가락 마디를 탁자 위에 굴렸다. 그는 자기 앞에 앉아 있는 헥터를 쳐다보지 않고 바에 서 있는 브루노를 힐끔거리다가 도망을 갈 궁리라도 하듯 뒤쪽에 있는 문을 바라보았다.

"우리끼리 이럴 필요가 있을까요?"

마침내 그가 입을 열었다.

"저는 변호사를 선임하기 전에는 더 이상 이야기하지 않겠습니다."

"난 경찰이 아닙니다. 절도에 대해서는 나도 알고 있습니다만 그것 때문에 우리가 찾아온 것은 아닙니다."

"헛소리 집어치우시죠."

헥터는 대꾸를 하지 않고 그를 쳐다보기만 했다.

"그럼 도대체 누구신데요?"

헥터는 브루노와 로라에게 말한 대로 자기는 어머니를 도와주고 있는 사람이라고만 밝혔다.

"이런, 젠장!"

니콜라스가 말했다. 그는 바 뒤편에서 축구경기를 시청하고 있는 브루노를 턱으로 가리키며 물었다.

"저 사람은요?"

"택시운전사죠."

니콜라스는 고개를 가로젓더니 혼자서 껄껄 웃고는 에스프레소를 마셨다. 다음 순간 그는 자리에서 일어섰다. 헥터는 일어서서 그의 어깨를 붙잡고는 강제로 다시 자리에 앉혔다. 니콜라스의 눈이 분노로 번득였다. 목의 근육도 곤두섰지만 그는 즉각 안정을 되찾았다. 헥터는 젊은 친구가 자신의 감정을 얼마나 자제하고 있는지 알 수 있었다.

"그래서 어머니가 원하는 게 뭡니까?"

새로운 담배에 불을 붙이며 닉이 물었다.

"왜 당신을 보낸 거죠? 이건 정말 어처구니없는 일이네요."

닉이 하는 모든 말은 다른 곳에서 자란 사람의 말투로 들렸다. 그는 예의를 갖추어 말했다.

"어머님과 저는 편지만 그냥 주고받으면 됩니다. 어머니가 부쳐준 돈 때문에 찾아오신 거라면 죄송하지만 모두 써버렸어요. 사실 전 빈털터리예요."

"어머님이 만나고 싶어 하십니다. 그뿐입니다. 지금 이 도시에 와 계십니다."

"지금요?"

그는 아이처럼 말했다. 그 한마디에는 못 믿겠다는 것보다 만나고 싶지 않다는 느낌이 배어 있었다.

"어디에 계시는데요?"

헥터는 호텔의 이름을 밝혔다. 니콜라스는 한동안 담배만 피우고 있다가 결국 담배를 껐다.

"만날 수 없어요. 어머니를 떠나온 지 이렇게 오래됐는데 계속 떨어져 있는 게 나을 듯싶네요. 하지만 편지는 계속하겠다고 전해주세요."

"어머님이 계속 돈을 부쳐줄 거라고 생각합니까?"

헥터가 말했다.

"지금 협박하시는 건가요?"

"아닙니다. 현재 상황을 말씀드리는 겁니다. 어머님이 많이 편찮으십니다. 죽어가고 있단 말입니다."

"그 말을 믿으라고요? 편지에는 그런 얘기가 전혀 없었어요."

"사실입니다. 믿어주세요."

헥터가 말했다.

니콜라스는 자기 어머니의 어디가 안 좋은지 물었다. 헥터는 자기가 아는 한도 내에서 준의 몸 상태를 설명했다. 그는 갑자기 자기가 가장

슬픈 최후통첩을 가지고 방탕한 아들을 찾아온 어떤 가엾은 아버지 같다고 생각했다. 헥터에게는 남을 설득하는 부드러운 일보다는 자신을 방어하거나 복수를 하는 일이 더 잘 맞았다. 니콜라스는 입안에서 혀를 천천히 움직이며 말없이 듣기만 했다. 그는 시무룩한 표정으로 빈 커피잔을 들여다보고 있었다. 헥터는 지금 함께 가야 한다고 말했다.

"안 됩니다. 저는 어머니를 만날 수 없어요. 정말 못 만나겠어요. 몸이 그렇게 편찮으시다고 하니 정말 안됐지만 도저히 못 만나겠습니다."

이런 감정은 옳지 못했다. 헥터는 닉이 자신의 심기를 자극하는 것을 느끼고 당황했다. 누가 자신을 자극하면 참지 못하는 성격이라는 것을 스스로 잘 알고 있었기 때문에 헥터는 자기가 무슨 행동을 하게 될지 불안하지 않을 수 없었다. 물론 헥터는 닉의 냉정한 태도 때문에 화가 나기도 했지만 자신과 닉이 같이 피를 나누었다는 사실에 자극이 되기도 했다. 그것은 새롭게 느껴진 끔찍한 감정이었다. 그는 당장 닉의 멱살을 붙잡아 사정없이 흔들어대면서 주먹이라도 날리고 싶은 심정이었다. 그렇게 되면 아버지와 아들이 첫 만남에서 서로 드잡이를 벌이는 모습을 연출하게 되는 것이다.

헥터가 말했다.

"어머님한테는 방금 들은 말을 전하지 않겠습니다. 당신이 무엇을 하든 나한테는 중요하지 않습니다. 하고 싶은 말을 편지로 써도 되겠지요. 하지만 이것은 알아야 할 겁니다. 우리는 오늘 하루만 여기에서 머물고 내일이면 떠납니다. 그렇게 되면 아마 두 번 다시 어머님을 뵐 수 없게 되겠죠."

헥터는 자리에서 일어나 바에서 현금 다발을 꺼내 계산을 치렀다. 그러는 동안 브루노는 호텔의 위치를 니콜라스에게 알려주었다. 하지만 니콜라스는 유심히 듣고 있는 것 같지 않았다. 나중에 헥터와 브루노가 호텔로 돌아오고 있는데 니콜라스가 스쿠터를 타고 몇 블록을 달려와서 그들을 불러 세웠다.

"이봐요."

그가 말했다.

"성함이 어떻게 되시죠? 헥터 씨라고 했던가요?"

이제 그의 어조는 다소 부드러워져 있었다. 이제야 헥터가 어떤 사람인지 제대로 이해한 것 같았다.

"헥터 씨, 아까는 제가 말을 함부로 해서 죄송하네요. 제 어머니를 위해 고생하고 계시다는 거 잘 알고 있어요. 고맙습니다. 아까는 두 분이 저를 찾아내서 저도 모르게 흥분한 것 같아요. 그러다 보니 이성적으로 생각을 하지도 못했고요. 전 지금 절 찾고 있을지도 모르는 다른 사람들이 궁금합니다. 사람들이 찾아올지 모르니 전 머지않아 이곳을 떠나야 할 거고요. 하지만 나중에 호텔로 가서 어머니를 만나겠습니다. 저도 만나고 싶어요. 지금은 가게 일로 바빠요. 몇 군데 배달도 나가야 하고요. 오늘 밤에도 시간이 없지만 내일, 내일 오전에 경마 대회가 시작되기 전에 호텔로 찾아가죠. 내일 경마 대회가 열리는 거 아시죠? 그건 그렇고 한 가지 부탁을 드리고 싶은데 괜찮을까요? 아까도 말했지만 전 지금 빈털터리예요. 거짓말은 하지 않겠습니다. 저한테 지금 문제가 약간 있어요. 지난달에 열린 경마 대회 때문에 빚이 있어서 지난주에 1천500달러를 송금해달라고 어머니에게 편지를 보냈는데 그때는 이미 두 분이 집을 나서서 이곳으로 오고 있었을 것 같네요. 제가 돈을 부쳐달라고 해도 이제 어머니는 돈을 송금하지 않으세요. 헥터 씨도 그건 알고 계시겠죠. 어머니가 이 자리에 계시다면 저한테 돈을 줄까요? 헥터 씨 생각은 어떠세요?"

"그건 나도 모르죠."

헥터가 말했다.

"왜 이러세요. 헥터 씨는 어머니가 어떻게 나올지 아실 텐데요. 어머니는 제가 원하는 것이라면 뭐든지 주실 겁니다. 헥터 씨나 저나 어머니가 그럴 분이라는 거 알고 있지 않나요? 그래서 드리는 말씀인데 어머니 대신 저한테 돈을 좀 주실 수 없겠어요? 아까 보니까 현금이 많으시던데. 저한테 돈을 주시면 어머니가 나중에 갚아드릴 겁니다."

"제 돈이 아니라 모두 어머님의 돈입니다."

"그래요? 그럼 더 잘됐네요. 편지에는 1천500달러를 부쳐달라고 했습니다만 지금 헥터 씨 수중에 그만한 거금이 없을지도 모르겠네요. 없으면 천 달러라도 주시면 고맙겠어요."

"여기요."

헥터는 지폐 몇 장을 순순히 뽑아주며 말했다. 그런 일로 더 이상 니콜라스와 실랑이를 벌이고 싶지 않았다. 니콜라스는 재빠르게 지폐를 세어보았다. 400달러쯤 되었다.

"2, 300달러만 더 주실 수 있나요? 내일 호텔로 찾아가겠습니다. 어머니를 만나고 싶고 그래야 하니까요. 그게 자식의 도리죠."

돈은 충분히 있었지만 헥터는 어머니에게 직접 부탁을 해보라고 하면서 더 이상의 돈은 주지 않았다. 닉은 기분이 상해 표정이 굳어졌지만 더 이상의 애원이나 주장도 없이 고개를 끄덕였다. 게다가 헥터에게 손을 내밀어 악수까지 하고는 청색 매연을 내뿜으며 사라졌다. 헥터는 닉의 손을 맞잡고도 기분이 찜찜했다. 브루노와 함께 호텔로 돌아오면서 그는 닉에게 좋은 감정을 조금도 가질 수 없을 거라는 사실을 분명히 깨달았다. 좋은 감정은커녕 동정이나 연민조차 느낄 수 없을 것이다. 헥터는 브루노에게 도와줘서 고맙다고 하면서 그가 허비한 시간에 대해 대가를 지불했다. 그러고 나서 다음에 혹시 도움이 필요할 경우에 대비해서 전화번호를 물었다. 브루노는 번호를 알려주었지만 집에 있는 경우가 드물다며 이튿날 근무를 마칠 때까지 여러 번 호텔에 들르겠다고 약속했다. 그는 걸어가는 동안 한 마디도 하지 않다가 자기 택시에 올라탔을 때 허심탄회하게 털어놓았다.

"선생님, 이런 말씀 드리는 거 용서하세요. 하지만 말씀을 안 드릴 수가 없군요. 닉이라는 그 친구, 질이 안 좋은 녀석 같습니다. 제가 선생님이라면 그런 친구는 상종도 안 할 겁니다."

헥터는 택시의 지붕을 가볍게 톡톡 두드리며 브루노를 떠나보냈다. 닉은 단순히 거짓말쟁이나 사기꾼이 아니라 세계적인 망나니였다. 닉은 그 자체가 하나의 경보장치였다. 산전수전을 다 겪은 헥터조차 가슴을 치게 만드는 아무짝에도 쓸모없는 존재였던 것이다. 헥터는 준에게 니콜라스를 찾아냈다고 차마 말할 수 없었다. 그녀에게는 어떠한 흔적이나 추가 단서도 확보하지 못했다고 둘러대야 했다. 그리고 그녀를 당장 솔페리노로 데려가서 얼마 남지 않은 여생을 편안하게 보낼 수 있도록 해줘야 했다. 닉은 그녀에게 불행만 안겨줄 것이다. 헥터가 놀란 것은 닉이 그 사실을 숨기려는 시도조차 하지 않았다는 것이다. 닉은 마치 자기 어머니의 일로 자기와 헥터가 동맹을 맺었다고 믿는 것 같았다. 그리고 그는 헥터 역시 무언가를 노리고 있다고 믿는 듯 보였다. 닉은 헥터와 자신의 관계에 대해 누군가로부터 전해들은 것은 아닐까? 아니면 그는 헥터가 비록 구김이 있는 새 셔츠와 밑단을 접은 바지를 우스꽝스럽게 입고 있지만 죽어가는 여자의 소망을 이루어줄 사람이라고 판단했을까?

헥터가 호텔 사무실을 지나 계단을 올라가는데 사무실에 있던 여자가 그를 불러 세웠다. 그녀는 이탈리아어로만 말을 했다. 헥터는 그녀가 손가락으로 위층과 아래층을 번갈아 가리키기에 맡겨놓은 빨랫감에 대한 얘기를 하는 것이라 짐작했다. 그는 그녀에게 고맙다고 말했다. 그녀는 그가 계단을 올라가는 동안 계속해서 무어라고 재잘거렸다. 하지만 2층 층계참에 이르렀을 때, 그는 빨랫감이 벌써 세탁과 건조가 되었을 리가 없다는 것을 깨달았다. 왜냐하면 그가 밖에서 돌아다닌 시간은 고작 한 시간 남짓밖에 되지 않았기 때문이다. 다음 순간, 그는 여자가 무엇에 대해 말을 하고 있었는지 비로소 알 수 있었다. 그들이 투숙하고 있는 방의 묵직한 문이 빠끔히 열려 있었다. 방 안에서 희미한 불빛이 흘러나와 어두컴컴한 복도의 양탄자를 적셨다. 그는 방으로 뛰어 들어갔다.

방문과 마주 보고 있는 커다란 창문들 가운데 하나에 드리워져 있던 커튼이 약간 젖혀져 있었다. 속이 거의 비어버린 그들의 가방들은 그가 방을 나설 때처럼 소파와 안락의자 사이의 앉는 공간에 그대로 놓여 있었다. 하지만 커피 탁자 위에 놓여 있던 그녀의 손가방이 보이지 않았다. 그는 대부분의 현금을 가지고 있었고 여행자 수표는 모두 그녀가 가지고 있었다. 스위트룸의 기다란 공간 저쪽 편에 준이 침대에 누워 있는 모습이 희미하게 보였다. 그녀는 돌아누워 그에게 등을 보이고 있었다. 헥터가 그녀를 향해 다가갔을 때, 침대 옆 탁자에 놓여 있는 그녀의 손가방이 그의 눈에 들어왔다. 가방은 열려 있었다. 지갑은 여전히 그곳에 들어 있었지만 여행자수표가 담긴 봉투가 보이지 않았다.

"벌써 돌아왔어?"

헥터를 향해 돌아누우며 그녀가 중얼거렸다. 그녀는 졸음과 약기운 때문에 눈꺼풀이 무거워 보였다. 발음도 똑똑하지 못했다.

"네 것도 샀니?"

"지금 무슨 소릴 하는 거야? 사다니 뭘?"

헥터가 말했다.

"아."

준은 헥터의 이름은 물론이고 그의 얼굴까지 잊어버린 것처럼 그를 빤히 쳐다보며 말했다.

"정신 차려. 나야, 헥터."

그가 말했다.

"아, 예."

말은 그렇게 했지만 준은 아직도 그가 누구인지 잘 모르는 것 같았다.

"어디에 있어요?"

"누구 말이야?"

"니콜라스. 그 애가 그러더군요. 당신이 자기를 이곳으로 보냈다고. 니콜라스는 나한테 한턱 낸다면서 나갔어요. 꿈 같아 보이지만 현실이라는 확신이 들어요. 당신은 이게 꿈이라고 생각해요?"

"아니."

헥터는 자신에 대한 분노가 가슴속에서 부글부글 끓어오르는 것을 느끼며 말했다. 브루노와 함께 걸어오는 동안 니콜라스가 스쿠터를 타고 호텔에 왔다간 게 분명했다.

"그 애는 젤라토를 살 돈조차 없더군요."

그녀가 말했다.

"그래서 여행자수표를 줬어요. 서명도 했고요."

"한 장만 준 게 아니겠지?"

"그런 것 같아요. 모르겠어요. 사람들이 니콜라스가 그것들을 사용할 수 있게 할까요?"

"그렇게 할지도 모르지."

"제발 그랬으면 좋겠어요. 너무 피곤하네요."

그녀는 신음 소리를 냈다.

"니콜라스를 기다리고 싶지만 잠을 자야 할 것 같아요. 젤라토가 먹고 싶네요. 아이가 돌아오면 들여보내 줄래요? 아이가 돌아오면 날 좀 깨워 줘요. 네? 배가 너무 고파요."

"알았어."

준은 눈을 감았다. 준이 몸을 약간 떨었기 때문에 헥터는 침대 한쪽에 놓여 있는 두툼한 침대보를 끌어당겨 그녀의 몸을 덮어주었다. 그리고 나서 그는 커튼을 치고 한동안 어둠 속에 앉아서 무엇을 할지 생각해보았다. 브루노가 제안한 대로 나이트클럽을 둘러봐야 할 것 같았다. 그는 니콜라스를 찾아내기만 하고 돈은 돌려받지 않을 생각이었다. 돈은 그냥 줘버려도 된다. 어차피 그것은 니콜라스의 돈이었으니까. 니콜라스에게 따끔하게 혼을 낼 필요도 없었다. 이제 니콜라스는 훈계나 수치심 따위가 통하지 않는 아이였다. 하지만 헥터는 앞으로 언제가 될지는 모르겠지만 자기도 모르게 통제력을 잃고 니콜라스의 버릇을 고치기 위해 그에게 주먹을 휘두르게 되지는 않을지 궁금했다. 만약 주먹을 휘두르게 된다면 그것은 정당한 주먹이 될 것이다. 헥터는 이제껏 그만큼 정당한 일로 주먹을 휘둘러본 적이 한 번도 없었다. 오래전 기억이 떠올랐다. 술에 취한 아버지를 부축해서 집으로 데려갈 때, 호밀 위스키 냄새를 풍기며 아버지가 큰 소리로 주절거리던 이야기가 계속해서 그의 귀에 들려왔다.

"헥터, 너는 그걸 피할 수 있을 거라고 생각하지? 너한테는 그게 절대로 적용되지 않을 거라고 생각하지?"

헥터는 자기 아버지가 말하는 '그것'이 정확히 무엇을 의미하는지 그때는 몰랐고 구태여 물어보지도 않았다. 하지만 지금은 그게 뭔지 알 수 있을 것 같다. 준의 지독한 허약함과 침대보를 덮고 있는 그녀의 슬프고 둔감한 몸의 굴곡, 그리고 믿음이 절대적으로 필요한 그녀를 보자 헥터는 자기 아버지가 줄곧 얘기하던 게 무엇인지 마침내 이해가 되는 것 같았다. 아버지가 말하던 그것은 바로 삶이었다.

그의 삶은 아직 패배하지 않았다. 준만을 위해서가 아니라 그 자신을 위해서도 그는 패배할 수가 없었다. 돌이켜보면 그의 삶에서 시련은 한 번도 그를 비껴가지 않았다. 과거의 사건들 하나하나가 모두 그 증거였다. 괴짜 같은 그의 아버지는 아들이 비록 비천하게 살게 될지는 모르지만 쉽게 죽지는 않을 것으로 확신하고 있었다. 군대와 스미티즈에서 그의 동료들도 그가 몇 차례 기적적으로 죽음의 위기를 넘기는 것을 보고 비슷한 생각을 했다. 헥터는 상처가 생겨도 거의 순식간에 치유가 되었다. 어쩌면 몇몇 불운한 여자들이 신비한 기운으로 그를 보호해주고 있는지도 모른다. 그는 죽을 고비를 여러 번 넘기고도 여전히 무사한 것은 그 자신의 의지나 노력 때문이 아니라는 것을 잘 알고 있었다. 그는 그런 행운을 바라지도 않았다. 헥터는 전쟁 중이나 고아원에서 불이 났을 때 차라리 자기가 죽어버렸더라면, 또 죄 없는 도라 대신 자기가 클라인스의 차에 부딪쳐 죽었더라면 자기와 관련된 모든 사람이 불행을 겪지 않고 잘 살 수 있었을 거라고 생각했다. 그래서 지금 그는 준과의 여행이 끝나면 그녀의 임종을 지켜보고 나서 자신을 덮고 있는 신비한 망토를 기꺼이 벗어던질 준비가 되어 있었다. 그는 준과 함께 이 세상에서 영원히 사라지고 싶었다. 세상 사람들의 눈을 피해 어딘가로 숨는 것만으로는 충분하지 않았다. 세상으로부터 도피를 하게 되면 죄 없는 다른 사람이 그가 걸어온 비참한 인생의 길을 우연히 발견하고 같은 운명을 반복할 수도 있었다. 운전을 하고 오면서 그는 준과의 비극적 운명에서 벗어날 궁리만 했다. 하지만 지금은 운명을 거부하지 않고 순순히 받아들이기로 마음을 굳혀가고 있었다. 그는 치명적인 사고가 아니고서는 지긋지긋한 운명의 끈을 도저히 끊을 수 없다는 것을 알았다. 유치한 상상인지 모르겠지만 그는 경사가 급한 언덕의 커브 길을 향해 전속력으로 질주하다가 난간을 들이받고 밖으로 튕겨나가는 상상도 해보았고 발목에 무거운 쇠사슬을 묶고 바다로 뛰어내리는 상상도 했다. 또 기차선로에 머리를 얹어 목이 댕강 잘려나가는 모습도 상상했다. 사실 그는 실비가 죽고 나서 얼마 안 되어 자살을 시도한 적이 있었다. 고아원에서 멀리 떨어진 곳으로 가서(아이들이 끔찍한 장면을 목격하면 안 되었기에) 나뭇가지에 밧줄을 걸어 올가미를 만들었다. 하지만 목에 올가미를 걸고 가져간 의자를 발로 걷어찼을 때, 올가미가 팽팽해지면서 그의 숨통을 사정없이 조였다. 얼마 뒤에 그는 견디지 못하고 땅바닥으로 굴러떨어질 수밖에 없었다. 목의 살갗이 벗겨져 벌게져 있었다. 그는 참담한 심정이었다. 마음대로 죽을 수도 없는 상황은 죽음보다 더한 고통이었다.

하지만 이제 그에게는 더 이상의 인내심이 남아 있지 않았다.

준이 처절한 신음 소리를 내며 몸을 꿈틀거렸다. 헥터는 그녀의 신음 소리가 무엇을 의미하는지 이미 알고 있었다. 모르핀의 약효가 떨어지는 것이었다.

"니콜라스? 돌아왔니?"

준이 숨을 헐떡이며 말했다.

헥터는 아이가 돌아오지 않았다고는 차마 말할 수 없어 그 자리에 얼어붙은 듯이 서 있었다. 그녀는 다시 잠에 빠져들었다. 헥터는 재빨리 아래층으로 내려가서 광장을 가로질러 젤라토 전문점으로 달려갔다. 그는 리모네 더블콘을 사서 호텔로 돌아왔다. 콘의 상큼한 향은 그녀의 잠을 깨우기에 충분했다. 그녀는 혼자 힘으로 일어나 앉아 망설이지 않고 그의 손에 들려 있는 콘을 받아들고는 어린아이처럼 정신없이 핥아 먹었다. 그녀의 세상은 점점 작아져서 이제 가장 단순한 것들에만 관심을 보이고 있었다. 달콤하면서도 시큼한 맛이 나는 리모네 콘은 그녀의 바싹 마른 목구멍을 차갑게 적셔주고 있었다. 때로는 하찮은 것들이 심신에 더할 수 없는 위안을 주기도 했다. 준이 젤라토를 먹는 동안, 그는 주사를 놓을 준비를 했다. 그녀는 콘을 다 먹은 후 다시 자리에 드러눕기 전에 힘껏 헥터를 껴안아 그를 놀라게 했다. 그녀는 주사기를 들고 있는 그를 보고서 자기 힘으로 돌아눕기까지 했다.

"니콜라스는 돌아왔나요?"

그녀는 나중에 헥터의 뒤쪽을 기웃거리며 말했다. 검고 커다란 그녀의 눈은 아들을 찾고 있었다.

"아직 안 돌아왔어."

"돌아올 거예요. 난 알아요."

"응."

그는 이제 그녀의 눈을 똑바로 쳐다보면서 말했다.

"돌아오겠지."

15

 그들은 다시 여행길에 나섰다. 준에게는 차가 아찔한 속도로 달리고 있는 듯 보였다. 실로 엄청난 속도였다. 일요일 오전이라 그런지 아우토스트라다는 여전히 한산했다. 하늘은 전기가 흐르는 것처럼 새파랗게 빛났다. 그들은 북쪽으로 달리고 있었다. 그녀는 더 이상 헥터와 나란히 앉지 않고 시에나의 호텔 주인한테서 구입한 베개로 머리를 받치고 뒷좌석에 드러누워 있었다. 그녀는 똑바로 앉거나 반듯이 드러눕는 것을 그다지 불편해하지 않았다. 양 무릎을 가슴 쪽으로 끌어올려 심하게 베인 상처를 짓누르듯이 양손으로 넓적다리 뒤쪽을 감쌀 수 있었다. 그녀는 상처였다. 하지만 그는 약물로 그녀의 고통을 달래주었다. 고통은 끊임없이 찾아왔지만 그것은 늘 있는 일이라 새로울 것이 없었다. 그녀는 배, 팔다리, 사타구니, 그리고 목에 무언가가 묵직하게 달라붙는 느낌을 자주 받았다. 그것은 형체를 갖춘 유령이 여자 목소리로 '나 여기 있어, 나 여기 있단 말이야.' 하고 속삭이는 것 같은 느낌이었다.

준은 처음에 그것을 실비의 목소리라고 생각했다가 그다음에는 암의 목소리, 그리고 결국에는 자신의 변형된 목소리라고 생각했다. 그것은 듣기 좋으면서도 동시에 인간적 감정이 씻겨나간 목소리였다. 목소리는 울려 퍼지면서 뼛속까지 차갑게 스며들었지만 그녀는 견뎌낼 수 있었다. 이제 그녀는 무엇이든 감당할 수 있었다. 비록 걸음을 걸을 때 한 번에 열 걸음 이상은 걷기가 힘들었지만 의지만큼은 조금도 줄어들지 않고 오히려 강해졌다. 그녀는 정신의 힘을 믿었다. 정신을 바짝 차리고 매 순간의 필요에 따라 자신의 생각을 맞출 수만 있으면 육체는 쉽게 허물어지지 않을 거라고 믿고 있었다. 사람은 누구나 굴복할 필요가 없다. 그렇다고 그녀가 한 번도 굴복하지 않고 살았던 것은 아니다. 비록 그녀는 깨어 있는 것과 잠자는 것을 이제 더 이상 분간하기 힘들었지만 각 상태는 다른 상태로 부드럽게 넘어갔기 때문에 눈을 감고도 여전히 볼 수가 있었다. 그녀는 그것이 잘못된 것은 아니라고 믿고 있었다. 그녀는 자신이 오랫동안, 어쩌면 무기한으로 버텨낼 수 있을 거라고 거의 확신하고 있었다. 머릿속에 울려 퍼지는 목소리를 따라 함께 흥얼거리며 현재에 꼭 붙어 있으면 그런 일은 가능할 거라 믿었다. 절대로 자신을 포기하는 일은 있을 수 없었다.

오후 늦게 솔페리노에 도착할 수 있다는 것은 그들에게 하나의 축복이었다. 왜냐하면 도착 후에 휴식도 취하고 날도 여전히 환해 교회도 둘러볼 수 있을 것이기 때문이다. 그게 아니면 오늘은 충분히 쉬고 내일 교회를 둘러볼 수도 있었다. 모레도 괜찮았다. 준의 머리에 갑자기 어떤 생각이 떠올랐다. 여관이나 호텔에 묵는 대신 돈은 충분히 가지고 있으니 원룸이나 아파트 또는 빌라에 묵는 것도 괜찮을 것 같았다. 그런 곳에 묵게 되면 헥터가 다시 요리를 할 수 있을 것이다. 물론 그가 요리를 하고 싶어 해야 되겠지만 말이다. 준은 헥터가 오두막집에서 만들어준 부대찌개의 맛을 잊을 수가 없었다. 잘 익은 토마토처럼 달콤한 부대찌개 냄새는 입안에 군침이 절로 돌게 했다. 그녀는 다시 한 번 그 맛을 느껴보고 싶었다.

헥터는 그녀를 자상하고 친절하게 대해주었다. 심지어 그는 신사처럼 정중하기까지 했다. 그녀가 부탁을 하기도 전에 헥터는 휴게소에 들러 그녀가 차에서 내리고 타는 것을 도와주었다. 준이 돈을 더듬다가 잔돈을 바닥에 떨어뜨렸을 때, 불친절한 계산원이 한마디 퉁명스럽게 내뱉자 헥터는 다짜고짜 그의 멱살을 붙잡았다. 카운터 위로 점원의 멱살을 붙잡은 헥터는 손님에게 좀 친절하게 대할 수 없느냐며 영어로 호통을 치기까지 했다. 서로 말은 통하지 않았지만 헥터의 얼굴 표정을 보고 점원은 즉각 알아듣는 듯 보였다. 아무래도 빌라에서 묵는 게 나을 것 같았다. 빌라에서는 정원에 함께 앉아 두 사람 사이에 있었던 모든 일에 대해 도란도란 얘기를 나눌 수 있을 것이다. 게다가 혹시라도 니콜라스가 마음을 고쳐먹고 기차를 타고 솔페리노로 달려올 경우에 대비해서 이왕이면 방도 많은 게 좋았다.

니콜라스는 솔페리노에 와서 자기 어머니와 함께 교회를 둘러보고 싶다고 했지만 결국에는 시에나에 남아 있기로 마음먹었다. 고급 화랑에서 계속 일하면서 자신의 앞길을 개척하는 것이 현재로서는 최선의 방법이라고 생각했던 것이다. 결국 그는 뉴욕으로 돌아가기로 했다. 준은 가게를 팔아버린 것을 후회하고 있었다. 하지만 니콜라스는 혼자 힘으로 충분히 사업을 시작할 수 있을 것이고 그래야만 한다. 그리고 준과 달리 최고급 골동품만 팔아야 한다. 니콜라스는 더 이상 말썽을 부리지 않고 지금까지 해온 것처럼 주기적으로 편지를 쓰겠다고 약속했다. 준도 아들이 돈을 요구하면 자기나 자신의 변호사가 송금을 해주겠다고 다짐했다. 어쩌면 니콜라스가 다소 이기적이고 탐욕스러운지도 모른다. 그의 요구도 다소 부적절한 감이 없지 않았지만 결국에는 모든 것이 자기 것이 될 것이기 때문에 나쁜 버릇을 끊고 정상으로 돌아갈 수만 있다면 특별히 문제될 것이 없었다. 준은 니콜라스가 언젠가는 충동을 통제할 수 있을 것이라고 확신했다.

헥터는 거의 한밤중이 되어서야 니콜라스를 호텔 방으로 데려와서 그의 어깨에 한 손을 얹고 준의 침대로 데려갔다. 그녀는 정신을 제대로 차리지도 못했지만 아들을 다시금 보게 되자 무척 기뻐했다. 여전히 소년 같고 잘생긴 아들을 보더니 그녀는 계단을 한걸음에 뛰어오를 수 있을 것처럼 기운이 넘쳤다. 니콜라스는 며칠 전에 스쿠터를 타다가 넘어져서 얼굴에 심하게 멍이 들었다고 말했지만 여전히 미남이었다. 그녀는 니콜라스의 손을 잡고 영국과 유럽을 두루 여행했던 아들의 이야기에 귀를 기울였다. 아들에게 꾸준하게 편지를 보낸 가치가 충분히 있었다. 그녀는 스쿠터 사고에 대해 더 이상 구체적으로 듣지 않아 좋았고 니콜라스의 다리도 완전히 치유가 된 것처럼 보여 기뻤다. 헥터가 방에서 데리고 나갈 때, 준이 알아채지 못하도록 나름대로 각별히 신경을 썼겠지만 니콜라스는 전혀 다리를 절지 않았다.

준은 니콜라스가 죽는 꿈과 한밤중에 걸려온 전화는 그 당시에 퀴니그 박사가 복용하도록 권한 항암 치료제의 엄청난 투약이 낳은 상상의 산물이었다고 확신하고 있었다. 하지만 준은 그 당시의 무시무시한 악몽이 의미심장한 자기 경고, 즉 너무 늦기 전에 보상을 하라는 무의식적 마음의 엄중한 경고라는 것을 깨달았다.

한 가지 마음에 걸리는 것이 있다면 그녀의 현재 몸 상태를 보고도 니콜라스가 놀라울 정도로 침착했다는 사실이다. 처음에 그녀는 아들의 너무나도 차분한 모습에 충격을 받았다. 자기는 괜찮아질 테니 너무 걱정하지 말라고 계속해서 말은 했지만 몸은 좀 어떤지, 또 병원에서 어떤 진단을 받았는지 아들이 한 번도 묻지 않자 실망을 했다. 커튼이 드리워진 흐릿한 침대에 누워 있는 그녀를 내려다보는 니콜라스의 표정과 말투는 부드러웠지만 그녀와 손을 맞잡고 있을 때 마치 손을 빼내고 싶어 하는 것처럼 땀이 배어 축축해진 손을 자꾸만 꼼지락거렸다. 하지만 그녀는 니콜라스의 심정을 충분히 이해할 수 있을 것 같았다. 그런 몸 상태가 되어 나타난 어머니를 보고 니콜라스는 얼마나 겁이 났겠는가. 자기가 해줄 게 아무것도 없다는 것을 알고서 그는 얼마나 가슴이 무너졌겠는가. 그래서인지 니콜라스는 그녀와 눈도 제대로 마주치지 못했다. 하지만 준이 그만 쉬고 싶으니 나가달라고 말했을 때, 니콜라스는 그녀에게 키스를 하고 몸을 기울여 그녀의 이마에 가볍게 입술을 갖다 댔다. 그는 사나이답게 울먹이기나 울음을 터뜨리지 않았고 머뭇거리거나 꾸물거리지 않고 방을 나갔다. 어쩌면 니콜라스의 그런 단호한 모습은 역설적이게도 준의 아들임을 가장 확실하게 증명하는 것인지도 몰랐다.

어쩌면 미래가 있을지도 모른다. 준은 헥터가 니콜라스에게 약간의 돈을 건네는 모습을 목격했다. 그녀는 나중에 헥터에게 감사의 인사를 하기 위해 그 장면을 똑똑히 기억해두어야 했다. (그녀의 몸 상태에서 그것은 주변의 모든 장면들을 대충 보아둔 뒤에 그중에서 중요하고 가치 있는 장면을 오래 기억하기 위해 사진을 찍어두는 것과 같았다.) 성격상 절대로 쉽지 않은 일이었을 텐데도 헥터는 흥분하지 않고 니콜라스에게 예의를 갖추어 행동했기 때문에 감사를 받을 자격이 충분히 있었다. 그녀는 니콜라스를 계속 추적하라는 압력을 헥터에게 넣지 말자고 계속해서 자신에게 타일렀다. 두 사람 모두 외톨이로 아직은 서로를 그다지 필요로 하지 않았다. 그리고 강제로 두 사람을 묶어준다고 해도 얻을 것은 아무것도 없었다. 준은 언젠가 니콜라스를 다시 찾아 나서게 될 사람은 헥터일 거라고 생각했다. 그녀는 자기처럼 헥터도 이 세상에서 홀로 외롭게 죽기 싫다는 이유만으로 때가 되면 아들과의 마지막 접촉을 시도할 것이라고 생각했다. 그녀는 한때 외로운 죽음이 오히려 낫다고 믿은 적이 있는데 그것은 순전히 착각이었다. 죽음을 앞두고 있는 이 마당에 혼자 쓸쓸하게 죽는다는 것은 생각만 해도 소름이 끼쳤다. 어쩌면 외로운 죽음은 인생 최후의 진짜 공포가 될 것이다. 하지만 이제 그녀에게는 그런 끔찍한 일이 벌어지지 않을 것이다.

"니콜라스에 대해 어떻게 생각하는지 아무 말도 없군요."

그녀가 말했다.

"좀 이상하지 않았어요?"

"그런 것 같았어."

헥터는 한 손으로 운전대를 잡은 채 말했다. 다른 손에는 맥주병이 들려 있었다. 그가 운전 중에 술을 마셔도 그녀는 조금도 걱정이 되지 않았다. 헥터는 차분했다. 시무룩해 있지도 않았고 화가 나 있지도 않았다. 처음으로 그녀는 헥터가 다소 피곤하긴 해도 만족하고 있다고 생각했다. 헥터는 니콜라스를 다루느라 자정이 넘는 시간까지 수고를 했는데 결국에는 그만한 보람이 있었다고 여기는 듯했다. 어쩌면 그는 그 일을 평생 동안 뿌듯하게 생각할 것이다.

"니콜라스가 건강해서 정말로 기뻐요. 다리도 완전히 나은 것 같더군요."

"흠."

"당신은 내 의견에 동의하지 않는 것 같네요."

"왜 그렇게 생각하지? 닉은 아무 문제도 없을 거야."

"니콜라스와 얘기는 많이 나눴어요? 무슨 얘기를 나눴는지 나한테 분명히 얘기해줬을 텐데 까먹었네요."

"별다른 얘기는 없었어."

"니콜라스가 질문을 많이 했을 텐데요. 특히 당신에 대해서."

"몇 가지 묻더군."

"뭔가 의심이 들었을 거예요."

"어떻게 의심을 한다는 거지?"

맥주를 길게 한 모금 마시며 헥터가 말했다.

"니콜라스가 마침내 돌아왔을 때, 그러니까 오늘 새벽에 당신이 그 애를 다시 데려왔을 때, 난 그 애한테 같은 질문을 던졌어요. 당신에 대해 어떻게 생각하느냐고 물었죠. 그랬더니 그 애가 뭐라고 했는줄 알아요? 혹시 짐작이라도 가요?"

헥터는 고개를 가로저었다.

"글쎄, 그 애가 이러는 거예요. '어머니, 정말 괜찮은 친구를 두셨네요. 저분이 어머니를 보살펴드릴 거예요. 제 생각에는 항상 저분을 가까이 두는 게 좋을 것 같아요.' 이러더라고요."

"이제 보니 닉이 보통내기가 아니군."

"당신은 계속 그 애를 닉이라고 부르네요. 듣기 좋아요."

"그래?"

헥터가 중얼거렸다. 준의 귀에는 그가 이제 그만 화제를 바꾸고 싶어 하는 것처럼 들렸다. 하지만 그녀는 아직 화제를 바꿀 준비가 되어 있지 않았다. 그녀는 아들에 대해 얘기를 나누면서 몸이 불편한 것을 거의 느낄 수 없었다. 평소에는 도로의 신축이음 장치를 지나갈 때면 통증을 느끼고 몸이 부들부들 떨렸는데 지금은 그런 통증을 느낄 수 없었다. 마음도 갑자기 정상을 되찾은 것 같았다. 아들 얘기를 하면 생각도 혼란스럽지 않고 왠지 모르게 기운이 샘솟는 것 같았다.

"니콜라스와는 가끔 연락을 할 거죠?"

"글쎄. 그건 좀 힘들 것 같은데."

"왜요? 당신은 그 애한테 아무 얘기도 할 필요 없어요. 그냥 친구만 되어주세요. 그 애가 필요로 할 때 연락을 할 수 있는 사람 말이에요. 니콜라스는 분명히 당신을 존경하고 있어요."

"그런 일은 없을 거야."

"왜 없다는 거죠? 책임을 지고 싶지 않아서요? 니콜라스는 충분한 돈을 가지게 될 테니까 그런 걱정은 안 해도 돼요. 당신은 아무것도 안 해도 된다니까요. 그 애가 당신한테 얘기를 하고 싶어 할지도 모르니까 당신은 그 애가 쉽게 찾아낼 수 있는 곳에 그냥 머물러 있으면 돼요. 그게 그렇게 어려운가요? 니콜라스한테, 아니 그게 정 어려우면 내 변호사한테라도 어디에 있겠다고 알려줘요."

헥터가 갑자기 브레이크를 밟았다. 그녀는 조수석에 얼굴을 들이받지 않기 위해 재빨리 팔을 내뻗어 조수석의 머리받침을 붙잡아야 했다. 그들은 갓길에 멈춰 서 있었지만 기다란 다리를 건너고 있었기 때문에 갓길은 폭이 무척 좁았다. 그들은 2차선 도로의 중간쯤에 있었다. 그들의 발아래로는 계곡과 농작물이 심어져 있는 경작지가 장엄하게 펼쳐져 있었다. 헥터는 시동을 끄고 차에서 내린 다음 뒷문을 확 열었다. 그 순간 트럭 한 대가 경적을 울리며 전속력으로 달려오더니 헥터의 곁을 아슬아슬하게 스치고 지나갔다. 트럭이 지나갈 때 헥터와의 거리는 불과 10여 센티미터밖에 되지 않았다. 하지만 그는 몸을 움찔하기는커녕 트럭 따위에는 신경도 쓰지 않는 듯 보였다. 그는 뒷문으로 상체를 들이밀고 이글거리는 눈빛으로 준을 쏘아보며 말했다.

"그 애와 나에 대해 더 이상 얘기하지 마."

그가 날카롭게 말했다.

"자꾸 얘기하면 난 이쯤에서 빠지겠어. 난 어디까지나 당신을 위해 그 애를 찾아냈고 내가 할 일은 그것으로 끝났어."

"그 애를 보고도 아무 감정도 안 느껴져요? 어쩜 그럴 수가 있죠?"

"나는 그 애를 보고 싶지 않아. 됐어?"

헥터는 고함을 지르다시피 말했다. 그녀와 함께 지낸 뒤로 그는 줄곧 감정이 격해져 있었다.

"난 더 이상 넉에 대해 생각하고 싶지 않아. 그 애는 자기 길을 갔고 우리는 우리의 길을 온 거야."

"그 애한테 돌아갈 수도 있는 거잖아요."

"정말 돌아가고 싶어?"

그가 소리쳤다.

"그럼 차를 돌려 그 애한테 데려다주지. 지금 당장 돌아가자고. 됐지?"

준은 아무 말도 할 수 없었다. 그녀는 헥터가 차문을 확 닫아버리고 영원히 자기를 떠날 거라고 생각했다. 하지만 그는 제 풀에 지쳐버렸는지 그 자리에 쭈그리고 앉아 맥없이 고개를 떨어뜨렸다. 그것은 힘에 부칠 때 그녀가 자주 취하는 자세였다. 그녀는 헥터의 그런 모습을 보고 싶지 않았다. 차량 한 대가 쏜살같이 달려와 이번에도 아슬아슬하게 그를 비켜 지나갔다.

"그러다 차에 치이겠어요. 제발 거기에 있지 마요!"

준은 애원하듯이 말했다. 이번에는 차량 두 대가 양 방향에서 뒤뚱거리며 달려왔다. 가뜩이나 비좁은 도로인데 그 도로를 막고 서 있어 화가 치밀었는지 차량들은 고막이 찢어질 정도로 경적을 울려댔다.

"제발, 헥터! 그러다 다치면 난 어쩌라고요? 내가 병원까지 운전을 해서 갈 수도 없잖아요. 제발 들어와요!"

결국 그는 운전석에 다시 올라탔다. 그는 다리 반대쪽으로 차를 몰고 가서 풀이 돋아난 갓길에 차를 세웠다. 시동을 끄고 차에서 내린 그는 숲을 향해 터벅터벅 걸어갔다. 그녀는 기분을 상하게 해서 정말 미안하다고 말할 생각이었다. 그동안 수고를 해줘서 얼마나 고마운지 모른다는 말도 해주고 싶었고 자기는 고생스럽고 까다로운 심부름만 시켰는데 성심성의껏 도와주어 정말 감사하다는 말도 해주고 싶었다. 하지만 몸이 다시 말썽을 부렸다. 통증이 밀려오면서 몸이 부들부들 떨렸다. 그녀가 무슨 말을 해줘야 할지 궁리하는 동안 헥터는 이미 숲 속으로 사라져 버렸다.

15분이 지나도록 헥터가 돌아오지 않자 그녀는 부어오른 발을 굽이 낮은 구두 속으로 끼워 넣고 몸을 일으켜 차에서 빠져나왔다. 그녀는 헥터가 사라진 방향으로 걸어갔다. 조금 걸어가다 보니 구불구불한 오솔길이 나왔다. 길은 키가 큰 잡초들과 그 너머의 숲으로 이어져 있었다. 빽빽한 덤불에 가시가 많이 박혀 있어 처음에는 지나갈 수 없을 것 같았지만 그곳을 통과하자 전나무 숲이 나왔다. 울창한 전나무들이 하늘을 온통 뒤덮고 있어 숲은 어둡고 서늘했다. 땅바닥에는 바늘처럼 가늘고 끝이 뾰족한 전나무 잎들이 깔려 있었다. 발에 밟히는 전나무 잎들이 부드럽고 폭신한 느낌을 주었다. 계곡 바닥으로 내려가는 길은 경사가 급했기 때문에 미끄러지거나 굴러떨어지지 않기 위해서 옆걸음질을 치며 조심스럽게 내려가야 했다. 다리가 후들거렸고 배와 등 위쪽, 그리고 목에 통증이 밀려와 조심스럽게 걸음을 내디뎌도 몸이 떨렸지만 그녀는 이를 악물고 혼잣말을 주절거렸다. 그것은 고통을 이겨낼 필요가 있을 때마다 그녀가 해온 행동으로 아주 어릴 적부터의 버릇이었다. 그녀는 천천히 중얼거리기 시작했다.

"이제 예전의 전쟁 때로 돌아간 거야. 동생들과 기차를 타고 오면서 끔찍한 일을 겪었지. 길에서 헥터를 우연히 만났고. 몸속의 세포 하나하나가 기아와 공포에 포위되어 있지만 나는 굴복하지 않으려고 이를 악물었고 결국 이겨냈어."

그래도 헥터에 관한 무서운 느낌이 엄습해왔다. 그녀는 발걸음을 빠르게 하다가 나무뿌리에 걸려 넘어지면서 손으로 땅바닥을 짚었다. 그녀의 목에서 애처롭고 날카로운 비명 소리가 터져 나왔다. 왼쪽 손목이 부러진 것 같았다. 그녀는 통증을 이겨내려고 다시금 이를 악물었다. 고개를 들어 위를 쳐다보았을 때, 은빛이 감도는 녹색 나무들 사이로 무언가가 보이는 것 같았다. 그녀는 다시 자리에서 일어서면서 통증을 무시했다. 아니, 통증을 무시한 게 아니라 그것을 다르게 받아들이기로 마음먹었다. 통증은 그녀 자신의 무자비하고 가혹한 모습이 구체화된 것, 그녀의 인생을 대부분 지배해온 것, 그녀가 의지하고 친구로 삼아온 냉정하고 잔인한 여자, 그리고 지금은 자신을 처벌하기 위해 사용하는 수단이었다.

조금 더 내려가자 빼곡하던 전나무들의 밀도가 옅어지면서 비탈길이 끝나고 편평하고 메마른 땅이 나타났다. 커다란 야생 로즈메리 덤불을 헤치고 지나가자 앞으로 길게 튀어나온 평퍼짐한 바위가 보였다. 그녀의 오른쪽으로는 그들이 방금 건너온 기다란 다리가 보였다. 다리는 그녀와 같은 높이에 있었지만 그녀의 앞은 그냥 허공이었다. 메마른 언덕과 푸릇푸릇한 농작물로 뒤덮인 농경지, 그리고 적갈색 지붕의 집들이 저 멀리 펼쳐져 있었다. 아름다운 풍경이었다. 그녀의 가게에서 이따금 팔려나간 삼류 풍경화 속의 경치와 거의 비슷했다. 다른 점이 있다면 지금 그녀의 눈앞에 펼쳐져 있는 풍경에는 전면에 적흑색 머리통이 하나 보인다는 사실이었다. 어떤 남자의 머리 정수리가 바위 턱 밖으로 삐져나와 허공에 붕 떠 있었다. 헥터는 무엇을 하고 있었던 걸까? 갑자기 어떤 공포가 창으로 찌르듯이 그녀의 가슴을 파고들었다. 그녀는 자기도 모르게 그의 이름을 불렀다. 하지만 그는 아무 반응도 보이지 않았다. 그녀는 조심스럽게 다가가서 그 바위에 발을 올려놓았다. 하지만 그 순간 갑자기 현기증이 밀려와 그녀는 무너지며 바닥에 무릎을 꿇어야 했다. 하늘 높이 떠 있는 구름들이 그녀의 주변을 뱅글뱅글 돌았다. 그녀는 엉금엉금 기어서 바위 끄트머리로 다가갔다. 그녀의 아래쪽에는 허공으로 약간 돌출된 부위가 있었다. 헥터는 그곳에 앉아 두 다리를 가파른 언덕 비탈 위로 늘어뜨리고 있었다. 그는 가져온 맥주병에서 마지막 한 모금을 들이켜고 나서 병을 아래로 집어던졌다. 그녀의 귀에는 병이 박살나는 소리가 들리지 않았다.

"헥터, 제발."

그녀는 두려운 마음에 온갖 풍상을 겪은 화강암의 표면을 꽉 붙잡으며 말했다. 바위 덩어리는 아주 약간밖에 기울어져 있지 않았지만 그녀는 자기가 미끄러져서 바위 밖으로 떨어질 것으로 확신하고 있었다. 준의 가슴은 마구 요동을 쳤다. 그녀는 지평선에 초점을 맞추지 않으려고 필사적으로 애썼다.

"제발 올라와요. 솔페리노까지 가려면 아직 멀었어요. 당신과 니콜라스에 대해서는 더 이상 얘기하지 않을게요. 맹세해요. 이제 돌아가요. 네? 헥터, 제발. 난 여기 소름 끼쳐요…."

준은 결국 울음을 터뜨리고 말았다. 계산이나 의도 없이 갑자기 터져 나온 울음이었기에 그녀 자신도 놀랐다. 말하자면 심신이 완전히 지쳐버린 사람의 본의 아니게 터져 나온 울음이었다. 그녀는 햇살을 받아 따뜻해진 바위에 뺨을 붙인 채 쓰러져 있었다. 그 거대한 바위는 두 사람 모두의 묘석이 될 수도 있었다. 이제 그녀는 헥터라는 존재가 이 세상에서 지워지는 모습을 목격하게 될 것이다. 하지만 그때 헥터가 자리에서 일어섰다. 그는 발을 디딜 곳도 마땅치 않은 가파른 절벽에 서 있다는 사실에는 조금도 신경 쓰지 않은 채 휙 돌아서더니 바위 턱을 붙잡고 올라왔다.

"그만 됐으니까 진정해."

준의 등에 무겁게 손을 내려놓으며 헥터가 말했다.

"내가 잘못했어요. 정말 미안해요."

"당신이 잘못한 건 하나도 없어."

"아니에요!"

"내가 알아서 처리할게."

"니콜라스 얘기가 아니에요!"

준은 숨을 헐떡거렸다. 그녀는 헥터에게 모든 것을 털어놓으려고 했지만 기침이 심해져서 더 이상 말을 잇지 못했다. 지난 며칠 동안 그녀는 기침이 부쩍 심해져 가뜩이나 부족한 기력이 모두 소진되어 버렸다. 어찌나 기침을 심하게 해대는지 나중에는 입으로 피가 솟구쳐 나오기 시작했다. 헥터는 준을 끌어안고 그녀가 다시 쓰러져 바위에 몸을 부딪치지 않도록 일으켰다.

"니콜라스 얘기가 아니면 뭐지?"

헥터가 중얼거렸다. 그의 눈은 커져 있었지만 그 눈빛에는 두려워하는 기색이 역력했다.

"그 여자 얘긴가?"

하지만 준은 말은커녕 숨조차 제대로 쉬지 못했다. 헥터는 그녀의 등을 계속해서 부드럽게 두드리고 어루만져주었다. 그녀가 더 이상 아무 말도 하지 않기로 마음을 먹은 것은 바로 그 순간이었다. 준은 느슨하게 똬리가 풀리는 자신의 몸속으로 다시 들어가 똬리를 틀었다. 그녀의 몸은 너덜너덜하게 풀려버린 밧줄 무더기였다. 그녀는 두 눈을 감고 숨을 들이마셔서 폐를 가득 채우려고 애썼다. 헥터는 그녀를 일으켜 세워 등에 업었다. 그의 등에 업혀 나무들 사이를 지나가면서 준은 그의 힘을 느낄 수 있었다. 몸이 아플까 봐 그녀는 눈을 뜨지 않았다. 헥터는 베개가 깔린 차의 뒷좌석에 그녀를 내려놓았다. 그런 다음 차에 시동을 걸고 도로에 올라 같은 방향으로 달렸다.

도로 상태가 아주 좋아 준의 심신이 안정되었다. 헥터가 다음에 나오는 도시에서 빠져 병원에 한번 가보자고 말하자 그녀는 고개를 가로저었다. 이제 시간이 별로 없었다. 그녀는 지난 36시간 동안에 벌어진 일을 거의 기억해내지 못했다. 니콜라스에게 작별 인사를 했는지조차 기억하지 못할 정도였다. 하지만 이것만은 분명히 알고 있었다. 그녀는 지금 빠르게 움직이는 뗏목을 타고 죽음의 세계로 나아가고 있었다. 입 안에서 느껴지는 피의 맛은 혓바닥에 오래된 동전을 올려놓은 것 같은 맛이었다. 그녀는 죽을 수 있을까? 과연 그녀에게 죽음은 허락될까? 죽어서 저 세상으로 가면 그녀의 가족이 정말 기다리고 있을까? 태너 목사 부부는? 준의 부모님은 그녀와 마찬가지로 생전에 어떠한 종교도 갖지 않았다. 하지만 종교를 믿든 믿지 않든 죽음을 앞둔 사람이라면 누구나 자신이 저지른 모든 일에 대해 간단한 질문 몇 가지를 던져볼 필요가 있을 것 같다. 자신이 했던 일들이 모든 것을 고려해봤을 때 적절하고 바람직한 것이었는지, 다시금 해볼 수 있을 만큼 충분한 가치가 있는 일이었는지, 아니면 부정을 하고 싶을 정도로 후회스럽고 잊으려고 발버둥치는 일은 아닌지 질문해봐야 할 것이다.

헥터는 20킬로미터쯤 달리고 나서 준이 깨어 있는지 확인하기 위해 룸미러를 쳐다보았다. 그렇게 몇 번을 반복했지만 그가 볼 수 있었던 것이라고는 준이 잠의 깊이에 따라 입을 헤벌리고 있거나 굳게 닫고 있는 모습이었다. 고개는 이쪽이나 저쪽으로 젖혀져 있었다. 헥터는 자기한테 저지른 일을 그녀가 정말 뉘우치고 있는지 의심스러웠다. 그녀답게 이번에도 수작을 부린 것은 아니었을까. 어떻게든 솔페리노까지 가기 위해 바위 위에서 연극을 한 것은 아니었을까. 하지만 감정이 폭발하던 모습은 그녀의 겪고 있는 육체적 고통만큼이나 꾸밈이 없어 보였다. 그는 전시 때와 평화 때(스미티즈에서 보낸 시간은 여기에 해당될 것이다.)의 경험으로 육체적 고통이야말로 가장 꾸밈이 없는 진실이라는 것을 알고 있었다. 헥터는 준이 자기와 관련된 일을 도라에게 밝혀 상처를 입히지는 않았을지 궁금했다. 자기와 짧은 기간 함께 생활한 일과 니콜라스의 존재까지 들먹이며 도라를 괴롭히지는 않았을까? 준은 충분히 그럴 수 있는 여자였다. 그는 준에게 화를 내고 싶었다. 목 안에서 열기가 확 치밀어 올랐지만 분노로 표출되지는 않았다. 도라도 죽고 없는데 지금 와서 화를 내봤자 무슨 소용이 있겠는가? 이제 남은 사람은 그들 둘밖에 없었다. 두 사람은 지금 같은 배를 타고 있었다. 배는 강을 따라 하류 쪽으로 떠내려가고 있었다. 소용돌이에 휩쓸려 빙빙 돌아가고 있는 배는 얼마 있지 않으면 급류 속으로 빨려들어 폭포 쪽으로 떠내려갈 것이다.

사실 그는 고아원에서 보낸 마지막 밤에 있었던 일에 대해 그녀의 용서를 구해야 한다. 이기심과 실비의 사랑에 대한 갈망 때문에 그는 고아원의 난로들을 점검하는 야간 업무를 소홀히 하게 되었고 결국 난로들 가운데 하나에서 불길이 치솟았던 것이다. 헥터가 자기 나름대로 준에게 사과했던 방식이 그들의 비참한 결혼과 그보다 더 비참한 재회 약속이었다. 그때 그는 더 많은 어려움이 뒤따를 것이라는 사실을 깨달았어야 했다. 그는 자기만 멀찍이 떨어져 있으면 준은 완전히 다른 환경에서 생활할 수 있을 거라고 대수롭지 않게 생각했는데 그것이 착오였다. 그는 자기만 떠나버리면 준이 비교적 좋은 환경에서 청년기를 보내고 좋은 남편을 만나 화목한 가정을 이룰 것이며 실비와도 유대관계를 이어갈 것이라고 생각했다. 지금쯤 거의 일흔 살이 되었을 실비가 준의 아이들에게 인자한 할머니나 종조모가 되어 주었을 것이라고 그는 생각했다. 정말 그렇게 되었더라면 실비는 달아날 생각은 꿈에도 하지 않았을 것이다. 하지만 살아갈 시간이 빠르게 줄어드는 작금의 현실에서 준은 자신의 선택이었는지 어떤지는 모르겠지만 결국 그에게 돌아와 있었다. 그녀는 가엾게도 조금 전까지만 해도 절망적인 상황에서 바위에서 뛰어내릴 뻔했던 사람에게 의지하고 있었다.

그래서 그는 마땅히 그래야 하는 것은 아니겠지만 닉을 마지막으로 그녀에게 다시 데려오는 게 좋을 것 같다고 느꼈다. 시에나에 있을 때, 그는 광장에서 브루노를 만났다. 헥터는 카페에서 닉과 얘기를 나누고 돌아올 때 닉이 자기보다 먼저 호텔에 와서 준이 서명한 여행자수표를 받아갔던 사실을 브루노에게 털어놓았다. 브루노는 이제 어떻게 하고 싶은지 헥터에게 묻지도 않고 고개만 끄덕이더니 어디로 가면 니콜라스를 찾아낼 수 있을지 감이 잡혔다고 말했다. 그가 짐작하는 장소는 몇몇 클럽으로 주로 학생들과 음주가무를 즐기는 젊은이들이 뻔질나게 드나드는 곳이었다. 준은 그때 호텔에서 잠을 자다 깨다를 반복하고 있었다. 헥터는 준에게 젤라토를 하나 더 먹이고 나서 자리에 눕혔다. 그는 그녀에게 약물을 투여하여 깊은 잠에 빠져들게 만들고 나서 자기는 방에서 술을 마시기 시작했다. 빈속에 네 개들이 캔맥주를 모두 들이켰지만 그것으로는 턱없이 부족했다. 그는 오랜 시간 물에 둥둥 떠 있는 시체처럼 술에 흠뻑 젖고 싶었다. 그는 닉을 다시 만나게 될 경우에 머뭇거리지 않으려고 술을 마셨다. 아이를 때려눕히지 않고 또다시 그냥 보내주게 될까 봐 그는 두려웠다. 그는 닉의 눈을 똑바로 쳐다보며 마지막으로 한마디 해주고 싶었다. 하지만 그것은 아이의 행실을 고치기 위한 한마디가 아니라 이 세상에서 가장 심한 저주나 욕설이 될 것이다.

그들이 찾아간 첫 번째 클럽은 아직 이른 시각이라 그런지 거의 텅 비어 있었고 조용했다. 그때가 밤 11시였다. 자정 무렵이 되었을 때, 브루노는 근처에 있는 다른 클럽으로 가보자고 말했다. 두 번째 클럽은 첫 번째 클럽보다 손님도 더 많고 연기가 더 자욱했다. 스테이지는 춤을 추는 사람들로 넘쳐났기 때문에 그들은 안쪽 깊은 곳까지 들어갈 수 없었다. 그들은 지하클럽 입구 근처의 구석 자리에 서서 칵테일을 마시고 있었다. 클럽에 들어오는 사람들이 주류 판매대로 가려면 반드시 그곳을 지나쳐야 했다. 하지만 한 시간이 지나도록 니콜라스의 모습이 보이지 않자 브루노는 다른 곳으로 가보자고 소리쳤다. 음악 소리가 시끄러워 얘기를 나누려면 그렇게 고함을 질러야 했다. 헥터가 그의 의견에 동의하면서 남은 칵테일을 마저 비우고 있을 때 브루노가 팔꿈치로 그의 어깨를 툭 치면서 입구 쪽을 턱으로 가리켰다.

니콜라스가 갤러리에서 일하는 아가씨, 로라와 함께 클럽 안으로 성큼성큼 걸어 들어오고 있었다. 브루노가 앞으로 나가려고 하자 헥터가 그의 팔을 붙잡았다. 그들은 그림자 속으로 물러났다. 왜 그랬는지 모르겠지만 헥터는 니콜라스를 내버려두고 조금 더 지켜보고 싶었다. 그는 니콜라스가 양심의 가책을 조금도 못 느끼고 마냥 기뻐서 날뛰는지 자기 눈으로 직접 확인하고 싶었다. 젊은 커플은 아무런 근심걱정도 없는 표정이었다. 그들은 만족한 표정을 짓고 있었고 심지어 행복해 보이기까지 했다. 로라는 모르겠지만 적어도 니콜라스의 표정은 그랬다. 허리를 꼿꼿이 세운 그는 아까보다 키도 더 커보였다. 유흥자금을 새로 마련했기 때문에 축 늘어져 있던 몸에 힘이 들어갈 만도 했다. 니콜라스가 키스를 했을 때 환하게 웃는 것으로 봐서 로라는 그 일에 대해 조금도 모르고 있는 것 같았다. 그의 키스는 다른 날에 했던 키스보다 아마 더 진했을 것이다. 니콜라스가 마실 것을 주문하고 두 사람이 건배를 하는 동안, 헥터는 로라가 니콜라스에게 이용당하고 있다고 판단했다. 니콜라스는 그녀를 포함한 다른 모든 사람을 남겨두고 떠날 것이다.

그때 주류 판매대의 저쪽 구석에서 느닷없이 싸움이 벌어졌다. 화사한 색상의 셔츠를 입은 두 남자가 서로의 몸을 거칠게 밀어대면서 욕설을 퍼부었다. 셔츠를 보니 그들은 자치구가 서로 다른 사람들이었다. 두 남자는 얼큰히 취해 서로의 멱살을 붙잡고 있었지만 절대로 주먹을 휘두르거나 발길질은 하지 않았다. 싸움에도 공인된 방식이 있는 것 같았다. 무성영화에 나오는 배우들처럼 그들은 서로의 멱살만 움켜쥐고 마비된 듯이 있었다. 그러나 곧 두 사람은 서로를 붙잡고 비틀거리며 밀려와 로라와 몸이 부딪쳤다. 그 바람에 그녀는 마시고 있던 술을 니콜라스의 옷에 온통 엎지르고 말았다. 니콜라스의 연한 청색 셔츠와 흰색 면바지에 생긴 커다란 자국이 시커멓게 번져나갔다. 술을 엎지른 남자는 키가 매우 작고 뚱뚱했다. 그는 양손을 치켜들어 사과하는 몸짓을 취했지만 니콜라스는 젖은 셔츠를 붙잡고 그에게 보여주며 계속해서 고함을 질러댔다. 니콜라스가 그처럼 즉각적이고 비이성적으로 분개하지 않았더라면 상황은 금방 종결되었을 텐데 그는 분을 삭이지 못하고 있었다. 그는 심지어 남자에게 소리를 지르는 동안 로라가 셔츠를 닦아주려고 해도 퉁명스럽게 거절했다. 남자보다 키가 훨씬 큰 니콜라스는 마치 어린아이를 상대하듯 남자를 사정없이 꾸짖고 있었다. 자장가처럼 흐르는 음악 속에서 헥터는 니콜라스가 영어로 고함을 질러대고 있다는 것을 알 수 있었다. 이번에는 영국인의 발음이 훨씬 더 분명하게 드러났다. 비록 세상 구석구석을 돌아다니지 않아 정확히는 모르지만 헥터는 니콜라스가 쓰는 말이 부둣가나 뒷골목 술집에서 막노동꾼들이나 사용하는 거칠고 천박한 말투와 비슷하다고 생각했다.

그 장면을 지켜보면서 헥터는 혼란스러웠다. 어쩌면 니콜라스는 도피

중인 아주 뛰어난 도둑일지 모른다는 생각이 들었지만(클라인스의 서류철에는 그렇게 나와 있었다.) 사람들이 많은 장소에서 불같은 성격을 드러내는 것은 도무지 이해하기 힘들었다. 준은 니콜라스가 감수성이 예민하고 조용하며 예술가적인 기질이 다분하다고 항상 말했었다. 그녀의 말에 따르면 니콜라스는 담배를 피워서는 안 되는 곳에서 성냥을 그을 사람이 아니었다. 비록 짧은 시간이었지만 니콜라스는 상당히 공격적이었다. 싸움을 하던 두 남자와 그들을 따라온 동료들은 처음에 아무 말도 하지 않고 혼자서 두 사람을 호통치는 외국인 청년의 모습을 보면서 다소 즐기는 듯했다. 하지만 니콜라스가 계속해서 거친 말을 퍼붓자 그들은 더 이상 참지 못하고 화난 얼굴로 그를 빙 둘러쌌다. 그곳은 지역민들이 주로 이용하는 클럽이었다. 헥터는 바텐더와 경비원들은 지체 없이 뒤로 물러서는 것을 보고 이제 곧 심각한 사태가 벌어질 거라는 사실을 알 수 있었다. 지역민이 운영하는 클럽들이 흔히 그렇듯이 외지 사람이 그곳에서 말썽을 일으켰다가는 불행한 일을 겪을 수도 있었다.

 그것을 분명히 알고 있는 로라가 니콜라스와 지역민들 사이에 끼어들려고 앞으로 나섰다. 그녀는 모든 사람에게 제발 진정하라고 애원했지만 그녀의 뒤에 있던 니콜라스가 가만히 있지 않았다. 사내들도 흥분했다. 고성이 오가다가 서로 손가락질을 해대며 상대의 몸을 쿡쿡 찌르더니 급기야 서로 손을 치켜들면서 이제 일촉즉발의 상황이 전개되었다. 헥터는 본능적으로 그쪽으로 다가갔다. 브루노가 그를 바짝 뒤따랐다. 어떤 사내가 멱살을 잡고 싸우던 두 사람 중에 한 명을 로라와 니콜라스 쪽으로 거칠게 떠밀었다. 그 순간 난타전은 시작되었다. 헥터가 다가오는 것을 니콜라스가 보았기 때문에 주먹다짐이 시작되었는지도 모른다. 아무튼 첫 번째 주먹이 오가는 동안 브루노는 로라를 끌어당겨 그 자리에서 벗어났다.

헥터는 니콜라스를 도와주려고 다가갔지만 주먹과 욕설이 오가고 침과 땀방울이 날아다니는 그런 혼란 속에서 그의 편에 서서 지역민들과 맞서 싸우는 것은 옳지 않은 일이라고 판단했다. 지역민들은 대부분 점잖은 사람들이라 상대가 비이성적이고 무례한 행동만 하지 않는다면 함께 어울릴 수도 있고 서로 친구가 될 수도 있었다. 헥터는 자기가 도움을 줄 수 있는 것은 니콜라스가 사람들에게 얻어맞아 불구가 되거나 맹인이 되지 않도록 막아주는 것밖에 없다고 판단했다. 그는 지역 청년들과 말썽을 일으킬 이유가 전혀 없었다. 스미티즈에서 사람들 사이에 싸움이 벌어졌을 때 여러 번 그랬듯이 그는 니콜라스에게 불필요한 상처를 입히려는 청년 한 명을 뒤에서 붙잡고 한쪽으로 제쳤다. 다른 청년들은 헥터가(그들의 눈에는 점잖은 신사 관광객으로 보였을 것이다.) 싸움에 끼어들어 공격자가 더 이상 발길질과 주먹질을 하지 못하게 막는 것을 지켜보기만 했다. 싸움이 그쳤을 때, 헥터는 니콜라스의 등을 떠밀어 거리로 내몰았다. 브루노와 로라가 재빨리 그들을 뒤따라 나왔다. 헥터의 어깨에 몸을 기대고 있던 니콜라스가 갑자기 그를 밀치고 달아나다가 얼마 못 가서 돌부리에 발이 걸려 넘어졌다. 니콜라스가 다시 도망을 치려고 일어서려는 순간, 헥터는 갑자기 어떤 충동에 사로잡혀 그를 땅바닥에 거칠게 넘어뜨렸다. 닉은 바닥에 엎어져 있었다. 헥터는 그를 일으켜 세우지 않고 무릎으로 목덜미를 짓눌렀다.

"지금 뭐 하는 거예요?"

로라가 소리쳤다.

"왜 이러는 거죠? 빨리 놔줘요."

헥터는 로라의 말에 아무 대꾸도 하지 않았다. 오히려 대꾸를 한 사람은 니콜라스였다. 그는 로라에게 가버리라며 소리쳤다. 그의 얼굴은 통통 부어 있었다. 입술도 찢어지고 부풀었고, 머리카락은 온통 땀에 젖은 데다 숨은 거칠어져 있었다. 로라는 니콜라스의 말은 듣지도 않고 계속해서 헥터에게 고래고래 소리를 질러댔다. 그러자 니콜라스는 그녀에게 윽박지르며 차마 입에 담을 수 없는 욕설을 거침없이 퍼부었다. 니콜라스는 그녀의 목을 당장에 칼로 베어버릴 것처럼 사납고 무서운 표정으로 고함을 질러댔다. 그녀는 겁에 질려 뒤로 물러섰다. 그러면서도 그녀는 니콜라스의 돌변한 태도를 도저히 믿을 수 없다는 표정을 짓고 있었다. 아마도 그녀는 니콜라스가 무슨 상황인지 설명을 해주거나 함부로 내뱉은 말을 수정해줄 거라 믿고 기다리는 것 같았다. 그 상황에서 브루노는 자기가 해야 할 일은 그녀의 팔을 끌고 집까지 바래다주는 것이라고 생각했다. 하지만 그녀는 브루노가 자기 몸에 손을 대는 것을 허락지 않고 이탈리아어로 니콜라스에게 욕을 퍼붓기 시작했다. 거기에서 멈추지 않고 그녀는 니콜라스의 두 다리를 짓밟으며 침까지 퉤퉤 뱉고는 사타구니를 걷어차려고 했다. 로라는 니콜라스뿐 아니라 헥터에게도 분노를 일부 쏟아냈다. 그녀는 처음부터 니콜라스를 의심했을 것이다. 하지만 별다른 주의를 기울이지 않고 있다가 이제 그 대가를 혹독하게 치르고 있었다. 그래서인지 그녀의 분노는 훨씬 더 커진 것 같았다. 결국 브루노는 그녀를 붙잡아 끌고 갔다. 브루노의 손에 이끌려가면서도 그녀는 방금 무슨 일이 벌어졌는지 모르는 것처럼 니콜라스를 멀뚱히 쳐다보고 있었다. 그녀의 눈빛은 니콜라스가 이제라도 자신을 불러 세우고 모든 것은 실수였으니 조금 전에 있었던 일은 모두 잊으라고 말해주길 기대하는 눈치였다.

"이거 놔요! 이거 놓으란 말이야!"

브루노와 로라가 가버리고 나자 니콜라스가 자리에서 일어서면서 소리쳤다.

헥터는 어깨를 꽉 붙잡고 있던 손으로 그를 앞으로 밀쳐냈다.

"어디로 가는 거죠?"

"호텔로."

"여행자수표는 벌써 다 써버렸어요. 빚을 갚으려고 팔아버렸다고요. 내 수중에는 이제 아저씨가 준 몇 백 달러밖에 없단 말이에요."

"그거라도 내놔."

"그 수표는 내 거예요. 어머니가 내 것이라고 그랬거든요."

헥터는 참지 못하고 그의 콩팥 부위를 향해 세게 주먹을 한 방 먹였다. 니콜라스는 총을 맞은 것처럼 앞으로 푹 고꾸라졌다.

"돌았어요?"

그는 한쪽 무릎을 바닥에 꿇으며 신음하듯 말했다.

"왜 나한테… 에이 젠장. 자, 자, 여기 있으니 다 가져가요!"

그는 헥터에게 지갑을 던졌다.

"이제 날 내버려두란 말이에요."

"같이 가는 거야."

니콜라스의 셔츠 깃을 움켜쥐고 자리에서 일으켜 세우며 헥터가 말했다.

"난 당신이 생각하는 그 사람이 아니에요."

헥터의 손에 끌려가면서 그가 소리쳤다.

"그 사람이 아니라고요. 그 여자의 아들이 아니에요."

"알아."

"내 이름을 알고 싶어요?"

"폴이 아니었던가?"

"그건 가명이고요. 본명은 닉이에요."

"닉?"

"예. 우습지 않아요?"

"우습군. 가지."

"내가 왜 가야 되죠? 그 여자도 내가 자기 아들이 아니란 걸 분명 알고 있다고요."

"니콜라스가 어디에 있는지 그 여자한테 말해."

"그 여자는 니콜라스가 어디에 있는지 알고 있단 말이에요! 니콜라스는 죽었어요. 작년에 뒈졌다고요. 그 친구하고 난 친하게 지냈어요. 니콜라스는 정말 대단한 선수였죠. 그런데 좀 소심하고 너무 착했어요. 하지만 난 그 친구를 변화시켜나갔죠. 우리는 정말 환상적인 2인조가 되어가고 있었어요. 서섹스 주에 최근에 생긴 골동품 가게가 있는데 최고급품들로 가득 차 있죠. 거기를 털려고 마음먹고 있었는데 니콜라스가 그만 빌어먹을 말에서 떨어지는 바람에 다리가 부러졌어요. 병원으로 옮겼는데 엉긴 피에 폐가 막혀 죽었죠."

"그런데도 너는 그 여자한테 니콜라스 행세를 하며 편지를 계속 써온 거군."

"편지는 딱 한 번밖에 안 썼어요. 하지만 그 여자는 니콜라스가 살아 있기라도 한 것처럼 자꾸 편지를 보내왔어요. 그 여자는 그 친구가 죽은 사실을 몰랐을까요? 아무튼 난 답장을 보냈는데 그 여자가 무수히 편지를 보내더군요. 모두 자질구레한 내용이었어요. 그동안 한 번도 제대로 돌봐주지 못해 정말 미안했다는 둥 하면서요. 대부분 질질 짜는 내용이었어요. 난 괜찮다고 편지에 썼죠. 용서한다는 말도 하고요. 니콜라스를 대신해서 용서를 해준 거죠. 그러다가 내가 그녀의 책을 가지고 있다는 내용을 썼는데 돈을 엄청 보내주더군요. 이게 웬 횡재인가 싶었죠. 난 니콜라스가 항상 가지고 다니던 책이라서 그냥 보관하고 있었거든요."

"어떤 책이지?"

"롬바르디아 주에서 오래전에 벌어진 어떤 전투에 관한 책이었는데 재미도 없더군요. 사실 난 이탈리아에 처음 왔을 때 그곳에 정착했어요. 니콜라스는 특별한 곳이라고 하던데 내가 볼 땐 볼 만한 게 하나도 없는 곳이에요. 그 친구 말대로 그곳에 뭐라도 있었으면 차라리 좋겠다고 바랄 정도였죠."

"아직도 그거 가지고 있나?"

"책이요? 가지고 있으면 어쩌려고요? 그 책이 아저씨한테 무슨 가치가 있는데요?"

"두고 보면 알아."

"날 한번 시험해보던가요. 난 그 여자가 원하는 것을 줬을 뿐이에요. 그 여자가 아들이 살아 있는 척하든 말든 내가 신경 쓸 이유는 없죠. 오늘 오후에 만났을 때도 그 여자는 아들이 살아 있다고 아직 믿고 있더군요. 일부러 그러는 것 같기도 하고."

헥터는 침대에 누워 있는 준이 환각 상태에서 누가 자신의 손을 잡고 있다고 생각하고 허깨비와 얘기를 나누는 모습을 머리에 그려보았다. 허깨비는 그녀의 양심과 과거의 기억을 자극했을 것이다.

"그럼 이제 내 지갑은 돌려주시죠. 네? 그 여자가 신경을 안 쓰는데 아저씨가 왜 신경을 써요?"

헥터는 닉의 말대로 자기가 지나치게 신경을 쓰고 있다는 것을 알아차리고 스스로도 놀랐다. 헥터는 갑자기 닉의 목덜미를 홱 움켜쥐고 그의 아파트를 향해 걷도록 만들었다. 그다음에는 닉을 호텔로 끌고 갔다.

"원하는 게 뭔데요? 더 이상 원하는 게 뭐냔 말이에요. 있는 그대로 모두 말했잖아요!"

더 이상 알고 싶은 게 없었기 때문에 헥터는 아무 대꾸도 하지 않았다. 준도 더 이상 알아야 할 게 없었다. 하지만 헥터는 그녀의 아들 니콜라스가 마지막으로 그녀를 방문하는 게 최선일 거라고 생각했다. 목이 바짝 마른 그녀를 위해 레몬 아이스를 가져가고 그녀의 책을 돌려주는 것이다. 닉은 그녀가 버틸 수 있을 때까지 함께 앉아서 그녀가 듣고 싶어 하는 모든 얘기를 해주면 되는 것이다.

16

 준은 실비의 품에 안겨 잠을 자고 난 뒤 며칠 동안 사택을 청소하러 들어가서 말없이 청소만 하다가 나올 때도 아무 말 없이 나왔다. 실비는 멀찍이 떨어져서 다른 일에 정신이 팔려 있었다. 그녀는 준이 허드렛일을 하는 동안 안쪽 침실에서 나오지도 않고 책만 읽었다. 하지만 바깥에 나와 있을 때는 늘 아이들에게 둘러싸여 있었는데 일부러 아이들과 어울리려고 애쓰는 듯 보였다. 아이들은 실비가 눈에 띄기만 하면 즉각 그녀의 주변으로 벌떼처럼 모여들었다. 준은 자신이 실비와 아이들의 유대를 해치지나 않았는지, 또 자신이 계획했던 모든 일을 위험에 빠뜨리지는 않았는지 두려웠다. 그녀는 실비가 자신과 있었을지도 모르는 일을 상기할까 싶어 다시금 하룻밤을 같이 보낼 수 있는지 감히 실비에게 물어볼 수도 없었다.

두 사람 사이에 정말 무슨 일이 있었던 것일까? 무슨 일이 있었는지 준 자신도 확실히는 알지 못했다. 실비의 몸을 손으로 더듬던 기억은 났다. 준의 손길에 실비의 건조하고 매끄러운 피부는 비록 쇳덩이처럼 미동도 없고 딱딱하게 굳어 있었지만 뜨겁게 달아올랐다. 어느 늦은 밤이었다. 여자아이들 숙소의 모든 전등이 꺼지고 쉴 새 없이 수다를 떨던 여자아이들이 결국 잠에 빠져들고 나서 준도 막 잠이 들려고 할 때였다. 어떤 엄청난 압력이 그녀의 몸통을 훑으며 위로 솟구치는 느낌이 들었다. 그것은 고통이었다. 고통이 굽이굽이 돌아 팔과 손까지 뻗어나가자 그녀는 실비가 몹시 그리워졌다. 다른 아이들의 침대는 고요했지만 그녀의 침대는 조금씩 움직이고 있었다. 침대의 철제다리가 아주 미세하게 흔들리고 있었다. 이튿날 아침, 그녀는 무기력하고 혼란스러운 상태로 잠에서 깨어났다. 그녀는 자신이 사랑했던 유일한 사람을 밀쳐버린 자산을 다시 증오했다. 자신의 욕망이 미래의 기회를 망치고 있다는 것을 그녀는 알 수 있었다. 준은 착한 딸이 되기만 하면 되었다. 그녀는 다시 여행을 하면서 허기에 시달리고 있는 마당에 강철처럼 굳세게 마음을 먹어야 한다는 것을 알고 있었다. 당장에라도 자신의 모든 세포가 터져 사방으로 흩어져버릴 것 같았지만 그녀의 마음만큼은 조금도 약해지지 않았다. 그녀는 무소처럼 저돌적인 기차가 되어 흔들리지 않고 무지막지하게 달려야 했다. 앞으로 계속 달려가기 위해 그녀는 자신이 할 수 있는 일이라면 무엇이든 해야만 했다.

어느 날 밤이었다. 준은 태너가 여전히 여행 중이라고 생각하고 있었다. 평소의 버릇대로 그녀는 새벽에 잠이 깨어 사택에서 램프의 불빛이 새어나오는지 보려고 바깥을 살폈다. 희미한 불빛이 새어나오는 것을 확인하고 그녀는 헥터가 돌아왔는지 보려고 사택의 뒤편으로 돌아갔다. 그녀는 벽을 따라 창문 아래로 기어가서 안에서 소리가 들리는지 귀를 기울였다. 밤공기가 차가웠지만 그녀는 자신의 몸을 꼭 감싸며 떨지 않으려고 애썼다. 태너 목사의 목소리가 안에서 들려왔다. 목사는 아내의 행동을 감시하기 위해 애초의 계획과 달리 아주 늦은 시간에 도착한 게 틀림없었다. 목사의 말소리에 의심이나 분노가 전혀 섞여 있지 않은 것을 듣고 준은 많이 놀랐다. 그의 목소리는 분노는커녕 바람에 흔들리는 갈대처럼 높고 아주 부드러웠다.

"여보, 당신은 겨우 서른네 살밖에 안 됐어. 우리가 아는 여자들 중에도 그 나이에 아이를 가진 사람들이 많잖아. 우리 어머니는 내 동생을 서른여섯에 낳았는데 뭘."

"어머님은 도련님을 낳기 전에 여섯이나 낳으셨잖아요."

"어머니도 몇 번 유산을 하셨어."

"그래도 다섯 번은 안 되잖아요. 임신이 될 때마다 유산을 하는 저하고는 달라요."

실비가 비참한 목소리로 말했다.

태너는 잠시 말이 없다가 입을 열었다.

"그 얘기는 그만 하지. 그동안 여기에 있는 아이들과 생활하면서 마냥 행복했고 기운이 절로 났는데 지금은 생각이 좀 달라졌어. 아이들의 기운과 무한한 에너지를 보고 나는 새롭게 태어난 것 같은 기분이 들었어. 내면이 아주 강해진 걸 느낄 수 있어. 차를 몰고 돌아오면서 나는 당신과 내가 이곳에서 생활하게 된 것은 엄청난 행운이라고 생각했어. 무한한 가능성을 가진 아이들 속에서 생활하는 것은 아주 드문 기회야. 안 그래? 이 아이들의 잠재력은 정말 굉장해! 문제가 있다면 당신의 건강이 그동안 좋지 않았다는 거야. 내가 서울에도 자주 올라가고 다른 고아원들을 둘러보러 다닌다고 걸핏하면 여행을 떠나는 바람에 당신의 상태가 더 나빠졌지."

"그게 왜 당신 탓이에요. 전혀 그렇지 않아요."

"아니야. 내 탓이야. 설령 내가 원인은 아닐지 몰라도 상황을 악화시킨 것은 분명해. 그러니까 결국 비난을 받아 마땅하다는 거지. 그동안 당신한테 너무 소홀했어. 어느 모로 보나 나는 형편없는 남편이었어. 한국에서 생활한 지난 몇 달뿐 아니라 지금까지 몇 년을 함께 살면서 남편으로는 빵점이었어. 도시에서 하룻밤을 묵고 올 수도 있었지만 당신한테 미안하다는 얘기를 해주려고 이렇게 밤길을 달려왔던 거야. 당신의 불행을 알고도 일부러 모른 척했던 것 미안해. 당신을 두 배로 도와줘도 모자란 마당에 너무 소홀히 대했던 것도 미안하고. 당신과 함께 있고 싶었어. 그동안 내가 너무 이기적이었지? 혼자만 고상한 척하고 말이야. 실비, 이런 나를 용서해줄 수 있는지 묻고 싶어. 지금까지의 내 모습을 용서하고 나를 다시 받아들여 줄 수 있겠어?"

"당신을 용서하라고요?"

실비가 울먹이며 말했다. 이제 그녀는 무슨 말을 하려고 애쓰는 것 같았지만 낮게 숨을 헐떡이며 몸을 떨고 있을 뿐이었다. 준은 실비가 남편에게 고백하거나 남편이 이미 알고 있을지도 모르는 일을 시인할 것이라고 확신했다. 하지만 목사는 아무 말도 할 필요가 없다면서 그녀의 입을 막았다. 준은 천천히 자리에서 일어서면서 창턱 너머를 기웃거렸다. 속이 비쳐 보이는 커튼으로 목사의 모습이 보였다. 그는 램프의 불빛 속에서 침대에 앉아 있는 실비를 감싸 안고 있었다. 목사는 마구 헝클어져 있는 그녀의 머리카락을 쓰다듬었다.

"여보, 다시 시작해. 나는 우리에게 아직 기회가 있다는 믿음을 갖기 위해 이렇게 달려왔어. 우리 두 사람을 위해 다시 시도해 보고 싶어. 미국으로 돌아갈 때, 우리의 아이들과 함께 갈 수 있단 말이야. 나는 당신이 우리의 아이들을 가질 수 있다고 믿었으면 좋겠어. 나를 위해 그렇게 해줄 수 있지? 응?"

"그래요."

실비는 눈물과 콧물을 닦으며 말했다.

"좋아요. 믿을게요. 당신을 위해서. 하지만 저는 너무 늦었다고 생각해요, 에임즈."

"그렇게 생각할 필요 없어."

"하지만 사실이 그런데 어떡해요. 너무 늦었다고요."

그녀는 절망적으로 말했다.

"그렇지 않다니까!"

목사가 소리쳤다. 그의 목소리는 쩌렁쩌렁해서 유리창이 울릴 정도였다. 잠시 말이 없다가 그는 다시 부드러운 목소리로 말했다.

"당신이 늦었다고 믿지만 않으면 아직 늦지 않은 거야. 우리에게는 달리 방법이 없잖아. 전혀. 우리는 같은 것을 원해야 돼. 지금까지 오랫동안 우리는 그러질 못했지. 이제야 나는 깨달았어. 아이를 갖는 건 더 이상 내게 수수께끼가 아니야."

그는 상체를 기울여 그녀의 이마와 뺨, 그리고 입술에 키스를 했다. 그녀는 고개를 돌리지 않고 남편의 키스를 받아들였다. 비록 마음은 남편과 하나가 되지 못했겠지만 그녀는 달아나거나 몸을 움츠리지 않았다. 남편이 자기의 잠옷 옆구리를 위로 끌어올릴 때는 두 팔을 들어주어 옷이 몸에서 쉽게 벗겨지도록 해주었다. 옷을 벗기자 그녀의 갈비뼈가 앙상하게 드러났다. 그는 갈비뼈를 잡고 자신의 얼굴로 그녀의 가슴을 짓눌렀다. 두 사람은 침대에 드러누웠다. 그가 등유램프를 끄자 방은 칠흑 같은 어둠에 휩싸였다. 준은 자신의 실루엣이 혹시 보일까 봐 얼른 몸을 낮췄다. 거의 반시간 동안 그녀는 싸늘한 공기 속에 웅크리고 앉아 헥터의 숙소 옆에 있는 창고에서 그랬던 것처럼 사랑을 나누는 소리에 귀를 기울이고 있었다. 하지만 그녀가 결국 들을 수 있었던 것은 고통에 가까운 태너의 낮고 날카로운 숨소리밖에 없었다.

다음 날은 눈이 부실 정도로 맑고 화창했다. 산허리는 화려한 가을빛으로 물들어 있었다. 준은 차가운 공기를 맞아 손발과 얼굴이 얼얼해진 상태로 기숙사로 돌아갔기 때문에 잠에서 깨어났을 때는 머리가 몹시 아프고 가슴이 답답했지만 그녀의 마음도 날씨처럼 화려한 빛으로 넘쳐나고 있었다. 그때 준은 당분간 실비와 태너한테서 멀찍이 물러나 있어야 한다는 것을 깨달아가고 있었다. 그녀는 자신이 그동안 얼마나 근시안적으로 생각하고 행동했는지 알 수 있었다. 돌이켜보면 얼마나 멍청하고 어리석고 철없는 짓을 했던가. 그녀는 자신의 필요와 욕구만 생각하고 그들의 사정은 조금도 생각해보지 않았다. 줄곧 그들 부부의 생활 속으로 끼어들어 훼방을 놓았던 것이다. 그런데 그런 행동이 결국에는 그녀가 원하던 모든 것을 무너뜨리는 결과를 낳고 말았다. 그녀의 실수였다. 이제 목사 부부가 자기들의 아이를 갖든 말든 중요하지 않았다. 그들이 어떤 아이나 자기를 포함한 아이들을 입양하든 말든 그것도 중요하지 않았다. 이제부터 중요한 것은 목사 부부가 비록 서로를 깊이 사랑하지는 않는다 할지라도 예전처럼 함께 일하고 함께 많은 시간을 보내며 부부의 정을 쌓아갈 거라는 사실이었다. 그녀는 실비에 대한 사랑이 지극했기 때문에 자신은 그들 부부를 위해서라면 영원히 물러날 수도 있다고 확신하고 있었다.

준이 태너 목사를 대하는 태도도 벌써 달라지기 시작했다. 영어 수업과 성경공부 시간에 그녀는 확실히 달라진 모습을 보였다. 예전과 달리 대답도 잘하고 질문도 드물지 않게 던졌다. 준이 새로운 열의를 가지고 수업에 임하는 태도에 목사는 놀랐다. 그녀는 어느새 공손하고 착실한 여자아이로 돌아가 있었다. 준이 수업 시간 내내 기침을 해대자 목사는 수업이 끝났을 때 그녀를 한쪽으로 데려가 괜찮으냐고 물었다.

"괜찮아요."

관자놀이의 혈관이 팔딱팔딱 뛰었지만 그녀는 목사를 안심시키기 위해 미소를 지어 보이려고 애썼다.

"아무래도 오늘은 쉬는 게 좋겠다. 목소리도 평소와 달라."

그는 준의 어깨를 토닥이며 말했다.

"원하면 사택에 가서 사모님이 계시는지 살펴봐도 돼."

"사모님을 방해하고 싶지 않아요."

준은 그렇게 말하고 나서 목사가 뒤에서 알겠다는 뜻으로 고개를 끄덕일 거라고 상상하며 기숙사를 향해 걸어갔다. 그녀는 목사에게 자신의 자제력을 보여주고 싶었다. 그동안 싸움도 많이 하고 온갖 말썽을 피웠지만 본바탕은 괜찮은 아이이며 목사가 고아원에서 구해줄 아이는 바로 자기라는 것을 똑똑히 보여주고 싶었다. 이제 그녀는 교활하거나 계산적으로 굴지도 않았다. 그녀는 자신이 항상 지니고 있었던 자기단련과 자기관리의 능력을 이제는 자기변혁, 자기개선을 위해 사용하고 있었다. 그녀는 진정한 성숙을 판단하는 잣대는 이런 자제력의 유무에 있지 않을지 생각해보았다. 만약 그렇다면 그녀는 충분히 자신감을 가질 수 있었다. 하지만 텅 빈 기숙사에서 침대에 드러누웠을 때, 뒷목과 관절에서 열기가 후끈 달아오르면서 정작 달라져야 할 사람은 자기가 아니라 헥터 브레넌이라는 생각이 문득 들었다. 헥터는 변하는 것뿐 아니라 그곳에서 사라져야 했다. 준은 이미 마음속으로 그의 모습을 숯으로 검게 칠해 그림 속에서 아예 지워버리고 있었다. 그것은 아이러니가 아닐 수 없었다. 고아원에서 실비를 제외하면 그녀를 진심으로 이해해주고 받아들여주는 사람은 헥터밖에 없었기 때문이다. 헥터는 그녀가 분을 못 이겨 다른 아이들과 싸움을 벌일 때에도 그녀를 함부로 판단하거나 훈계를 하지 않았다. 그는 조금의 편견이나 선입관도 없이 모든 사람을 공평하게 대했다. 그는 준을 삐딱하게 보기는커녕 오히려 그녀에게 흥미를 느끼는 듯 보였다. 실비를 포함한 다른 모든 사람들과 달리 그는 남자아이들과 주기적으로 주먹다짐을 벌이는 그녀에게 깊은 인상을 받았다. 심지어 한번은 이런 일도 있었다. 그녀가 펀치를 날리는 모습을 운동장 저쪽 편에서 지켜보던 그는 주먹을 내뻗을 때, 살짝 비틀면서 끝까지 내뻗으라며 몸소 시범을 보이기까지 했다.

 이제 준은 실비와 함께 있는 시간을 대폭 줄였다. 앞으로도 시간은 충분했기 때문이다. 대신 그녀는 헥터의 행동을 유심히 지켜보았다. 헥터가 고아원 밖으로 나가 일을 하는 모습, 하수도 도랑을 파는 모습, 그리고 도시의 홍등가에 가기 위해 밤에 고아원을 벗어나는 모습까지 그녀는 하나도 놓치지 않고 지켜보았다. 헥터가 홍등가를 찾는 횟수가 다시 빈번해지고 있었다. 그것은 아마도 실비가 그와의 관계를 정리했기 때문일 것이다. 태너 부부는 예전보다 사이가 확실히 좋아진 듯 보였다. 아이들과 식사를 할 때도 부부가 나란히 앉아 있는 경우가 부쩍 많아졌다. 준은 헥터가 어느 날 새벽에 작업복의 어깨 부위가 찢어지고 입술이 퉁퉁 부어서 돌아오는 것을 보고 솔직히 기뻤다. 헥터가 다쳤기 때문에 기쁜 게 아니라 도시에 나가 다시 술을 마시고 싸움질을 한다는 것은 그녀의 예리한 판단으로는 실비와의 미래를 아예 포기했다는 분명한 징조였기 때문이다. 헥터는 방에서 나올 때마다 흙이 묻은 작업복에 장화 차림이었다. 그는 이제 거의 마무리가 되어가고 있는 도랑을 파러 가서 쉬지 않고 일을 했다. 밤에는 등유램프까지 켜놓고 몇 시간 동안 도랑을 팠다. 일을 마치면 늦은 밤에 차를 몰고 서울로 나갔다.

 어느 날 아침, 준은 대놓고 그를 뒤따라가 보았다. 헥터는 준이 따라오든 말든 신경도 쓰지 않았다. 그는 목사의 사택을 곧장 지나쳐가서 오솔길을 따라 언덕을 내려갔다. 언덕 아래에는 그가 파놓은 도랑이 있었다. 도랑의 끄트머리에서 텅 빈 구덩이까지는 이제 불과 10미터밖에 남지 않았다. 도랑에 도착하자마자 그는 곧바로 작업을 시작했다. 땅이나 자신을 가만두지 않으려고 단단히 마음이라도 먹은 것처럼 그는 사정없이 곡괭이로 땅바닥을 내리찍었다. 하지만 땅도 그 자신도 호락호락하지 않았다. 그가 내리찍은 지점에는 바위가 많고 땅이 딱딱해서 걸핏하면 곡괭이가 튕겨져 나왔다. 그는 하마터면 곡괭이에 얼굴이 찍힐 뻔했다. 하지만 결국에는 그의 힘이 우세했다. 그는 지치지 않았다. 힘이 조금 약해지기는 했지만 그는 한결같은 속도로 곡괭이를 휘둘렀다. 일을 마치고 허리를 폈을 때, 그의 가슴은 심하게 오르내렸다.

준은 그에게 다가가서 원하면 마실 물을 가져다주겠다고 말했다. 그는 그녀를 쳐다보거나 대꾸도 하지 않고 파낸 흙과 돌을 삽으로 퍼내기만 했다. 그녀는 한동안 그 자리에 서 있다가 부인들이 일하는 부엌으로 달려와서 태너 목사와 시선을 맞추려고 애썼다. 목사는 대형천막 아래에서 나이 어린 아이들에게 성경을 가르치고 있다가 준에게로 시선을 옮겼다. 준은 헥터에게 돌아가서 물그릇을 그에게 내밀었다. 헥터는 삽질을 잠시 멈추고 물그릇을 단숨에 비워버렸다.

"고마워."

다시 삽을 잡으며 그가 말했다.

"좀 더 가져다 드릴까요?"

"됐어."

"음식도 가져다 드릴 수 있어요."

그는 고개를 가로젓고는 일을 하려고 돌아섰다.

"제가 도와드릴까요?"

그녀가 말했다.

"됐어."

"저도 강해요. 제가 한번 해볼게요."

그때 태너 목사와 아이들이 산허리의 가장자리로 다가오고 있었다. 헥터는 사람들에게 등을 보이고 돌아서 있었다. 준은 기회다 싶어 헥터를 돌아가서 곡괭이를 잡으려고 했다.

"그냥 놔둬. 너무 무거우니까 그만 돌아가. 알았지?"

하지만 준은 이미 얇은 모직 스웨터를 벗고 있었다. 그녀는 스웨터를 머리 위로 벗겨냈다. 기다란 치마의 혁대 속에 쑤셔 넣어져 있던 블라우스 자락이 밖으로 삐져나와 가슴 위쪽까지 말려 올라갔다가 치마를 머리에서 빼내자 다시 흘러내렸다. 헥터가 눈을 내리깔고 있는 것을 보고 그녀는 자신의 젖가슴이 얇은 흰색 천 사이로 선명하게 비쳐 보인다는 사실을 알았다. 그녀는 스웨터를 땅바닥에 던져놓고 헥터가 움직이지 않자 그가 와락 끌어안기라도 한 것처럼 그에게 얼른 다가섰다. 헥터는 준을 밀어내려고 애썼지만 그가 벗어나려고 꿈틀거릴수록 그녀는 더욱 그의 몸에 찰싹 매달렸다. 그녀는 자기가 그렇게 끈질기게 매달릴 수 있다는 사실에 고무되었다. 비록 상대가 거칠게 몸부림을 쳤기 때문에 자신의 몸에 탄력이 생긴 것이겠지만 그것도 그녀로서는 기분 좋은 현상이었다. 헥터의 거칠고 딱딱한 손바닥을 느끼고 그녀는 자신의 몸속에서 거의 굶주림에 가까운 통증이 슬슬 똬리를 푸는 것을 느꼈다. 마침내 그녀는 그의 몸을 확 떠밀어내면서 자신은 땅바닥에 풀썩 주저앉았다.

"대체 무슨 짓을 하는 거야?"

헥터가 소리쳤다.

그녀는 태너의 목소리를 들을 거라고 예상했지만 그녀가 막상 고개를 들었을 때는 목사의 검은 재킷과 아이들의 머리통이 까닥거리는 모습만 얼핏 보였다. 그들은 어느새 고아원으로 돌아가고 있었다.

"두 번 다시 그러지마."

헥터가 으르렁거렸다.

"그런 식으로 내 몸에 손대지 말란 말이야."

"알았다고요!"

준은 도전하듯이 말했다.

그녀는 스웨터를 입고 도망치듯이 그 자리를 벗어났다. 중앙 마당에서는 점심 식사 시간이 다 되어 부인들이 식탁을 밖으로 내놓고 있었고 나이 어린 아이들은 자기들끼리 술래잡기를 하고 있었다. 가을 날씨가 따뜻해서 밖에서 식사를 할 모양이었다. 실비와 나이가 제법 많은 여자 아이들은 식당에서 식기와 컵을 내오는 중이었다. 준은 그들이 하는 일을 거들었다. 태너 목사는 벌써 식탁에 앉아서 성경책을 펴놓고 아이들이 뛰어노는 모습을 지켜보고 있었다. 준은 목사에게 헥터가 그동안 했던 일을 전반적으로 들려줄 준비가 되었고 그렇게 하려고 했지만 태너는 그녀에게 아무 말도 하지 않았다. 그는 그녀의 치마와 소매에 묻은 흙을 힐끗 쳐다보았을 뿐이었다. 그제서야 준은 목사가 자기 아내와 다른 여자아이들 앞에서는 그런 얘기를 하지 못한다는 사실을 깨달았다. 사실 목사로서는 준이 필요한 일을 해주었기 때문에 이제 거기에 대해 얘기를 할 필요도 없었다. 젓가락과 숟가락을 식탁에 내려놓으면서 그녀는 자기가 샘이고 헥터는 수면에 방금 떨어진 나뭇잎이라고 느꼈다. 이제 곧 나뭇잎은 가차 없이 떠내려갈 것이다.

하지만 헥터는 떠나지 않았다. 준은 자신과 헥터가 도랑에 들어가 있는 것을 목사가 못 보았을 리가 없다고 생각했다. 그런데도 목사는 거기에 대해 일언반구도 하지 않았다. 그는 거기에 대해 전혀 신경을 쓰지 않는 듯 보였다. 한 주가 지났을 때, 목사는 헥터와 트럭이 방금 배달해

준 콘크리트 배관에 대해 활발하게 대화를 나누기까지 했다. 심지어 목사는 자기 스케줄을 이틀이나 미루고 파이프를 잇는 일을 도와주었다. 실비를 도와주려고 서울에서 내려온 젊은 김 목사에게 강의와 예배까지 맡기고서 말이다. 준과 몇몇 아이들은 경사가 완만한 언덕 비탈의 바위에 걸터앉아 그들이 일하는 모습을 지켜보았다. 두께가 두꺼운 콘크리트 배관은 둘레가 50센티미터에다 길이는 어른의 키만큼 되었다. 첫날은 배관들을 모두 끌고 와서 도랑에 집어넣는 일을 했는데 땅거미가 지고 사방이 어둑어둑해져서야 간신히 일을 마칠 수 있었다. 단순한 작업이었지만 두 사람은 서로 말도 하지 않고 묵묵히 일만 했다. 부속건물 옆에 쌓아둔 배관 더미에서 하나를 들어올려 두 사람이 옆걸음질을 치거나 한 사람이 앞에서 뒷걸음질을 하면서 도랑까지 옮겼다. 어둠이 내렸을 때, 그 모습을 지켜보는 사람이 있었다면 그는 그 두 사람이 가늘고 기다랗게 생긴 집단 매장지에 시체들을 파묻고 있다고 생각했을지도 모른다. 다음 날에는 비가 부슬부슬 내렸다. 그들은 배관들을 서로 연결하기 위해 삽을 지렛대 삼아 그것들을 움직였다. 일을 끝내고 두 사람이 짧게 악수를 나누었을 때, 그들의 몸은 머리에서 발끝까지 진흙과 배관 연결용 모르타르로 온통 뒤덮여 회갈색이 되었다.

실비의 건강 상태가 다시 나빠졌다. 그녀가 그렇게 된 것은 아마도 다시 아이를 갖고 싶어 하는 남편의 압력 때문이거나, 헥터와 불륜을 저지른 것에 대한 죄책감 때문이거나, 그러면 안 되는 줄 알면서도 헥터를 여전히 갈망하고 있었기 때문일 것이다. 준은 그녀의 피부가 눈에 띄게 건조해졌다는 것을 알 수 있었다. 끊임없이 긁어대던 양쪽 팔꿈치 주변에는 벌건 줄무늬 자국이 있었다. 그것들은 블라우스 소매 밖으로 비쳐 보였다. 그녀는 구급상자에 있는 약물이 필요했다.

준은 자기가 그녀의 치료제가 될 수 있다고 계속해서 자신에게 말했다. 그러면서도 계속해서 자신에게 올바르게 생활해야 한다고 말했다. 계획한 길에서 벗어나지 말고 자신을 개조시켜 전혀 다른 여자아이가 되어보자고 그녀는 마음을 다잡았다. 그녀는 자기가 절대 고아가 아닌 것처럼, 그리고 자기의 인생에서 사랑하는 사람을 단 한 명도 잃지 않은 것처럼, 또 소름 끼치고 비참한 일은 거의 목격하지 않은 것처럼 행동하려고 애썼다. 그녀는 이제 곧 정상적인 생활을 하게 될 정상적인 아이였다. 그리고 그것은 곧 입증이 되었다. 아침 기도가 끝났을 때, 태너 목사는 자기가 출타 중일 때 대신 일을 맡아서 처리해온 젊은 김 목사가 10월 말에 고아원의 관리감독직을 맡게 될 거라고 발표했다.

"그럼 목사님은 뭘 하시려고요?"

어떤 남자아이가 아둔하게 물었다.

"나는 사모님과 이곳을 떠나야지."

태너는 엄숙하게 대꾸했다.

"우리는 미국으로 돌아가야 해."

한참 동안 침묵이 흐르다가 아이들이 모두 훌쩍이기 시작했다. 소리 내어 엉엉 우는 아이들도 많았다. 몇몇 아이는 땅바닥에 뒹굴기까지 했다. 나머지 아이들은 목사와 실비의 주변으로 모여들었다. 두 사람도 훌쩍이고 있었다.

그 상황에서 슬퍼하지 않는 사람은 준밖에 없었다. 그녀는 여행을 떠날 준비를 하라는 지시가 곧 내려질 거라고 생각하고 있었다. 다른 사람들을 통해 그녀는 목사 부부가 일단 일본으로 날아가서 거기에서 알래스카나 하와이로 갔다가 결국 샌프란시스코에 도착할 것이라는 사실을 알고 있었다. 그곳에서 그들은 단거리 항공기를 타고 자기들이 떠나온 시애틀까지 갈 것이다. 실비는 언젠가 시애틀을 설명하면서 항상 비와 안개로 덮여 있는 도시라고 말한 적이 있다. 그래서 도시는 땅 위가 아니라 마치 구름 속에 박혀 있는 것처럼 보이고 옷과 머리카락, 그리고 피부가 축축해지는 느낌을 항상 받지만 일단 거기에 익숙해지면 이상하게도 편안한 느낌을 받는다고 했다. 물론 시애틀의 날씨를 갑갑하게 생각하는 사람들도 있었다. 하지만 준은 시애틀의 날씨가 지나치게 충실한 친구처럼 거의 항상 변함이 없다는 사실이 무엇보다 마음에 들었다. 그런 친구는 비록 자신을 홀로 놓아두는 일이 절대 없어서 다소 부담스러울 테지만 그녀는 그것을 견디는 것은 물론이고 소중하게 생각할 수도 있을 것 같았다. 준은 자신과 실비도 서로에게 그런 존재가 될 것이라는 사실을 알고 있었다. 그녀는 시간이 지나면 자신이 그런 존재라는 것을 태너 목사에게도 입증할 수 있을 것이라고 생각했다. 그렇게 되면 목사는 그녀를 자신이 포기해버린 골칫거리가 아니라 자기가 정성들여 보살핀 귀한 존재로 여기게 될 것이다.

 그래서 그녀는 자신의 소형 사물 트렁크를 정리하고 또 정리했다. 모든 아이가 그런 트렁크를 하나씩 가지고 있었다. 그녀는 너무 여러 번 꿰매어 신은 양말은 내다버리고 제법 멋진 블라우스와 치마를 오랫동안 보존하기 위해 구질구질한 황록색 바지를 최대한 자주 입기로 마음먹었다. 블라우스와 치마는 밖으로 가져나가 먼지를 탈탈 털어서 반듯하게 개어놓았다. 그녀는 비행기를 타고 갈 때 신으려고 자기 발에 잘 맞지 않은 가죽 구두를 반들반들하게 닦아 놓기도 했다. 그리고 연습장을 훑어보면서 쓸데없는 낙서나 그림으로 지저분해진 페이지는 찢어 내버리고 마룻바닥에 연필 세 개를 문질러 연필심을 뾰족하게 만들어 놓았다. 트렁크도 깨끗하게 만들어놓았는데 손잡이에 엉겨 붙은 때는 등유를 적신 천으로 닦아내고 쇠로 되어 있는 모서리와 리벳에 슬어 있는 녹은 사포를 문질러 깨끗이 제거했다. 마지막으로 그녀는 부인들한테서 날이 잘 드는 가위를 빌려와서 자신의 머리를 보기 좋게 다듬었다. 그녀는 평소에 머리를 자를 때 제대로 자를 수 있도록 한자리에 오래 앉아 있지 못했다. 그러다보니 머리카락이 단정하지 못하고 들쭉날쭉했고 빗질도 자주 하지 않아 마구 뒤엉켜 있었다. 그래서 그녀는 꼭 선머슴처럼 보일 때가 많았다. 그녀는 머리카락의 끝을 가지런하게 맞추어 자르고 나서 몇몇 여자아이들처럼 머리 한쪽에 멋지고 커다란 핀을 꽂았다. 나비 모양의 머리핀은 오래전에 실비한테서 받은 것이었다. 준은 그것을 무척 마음에 들어 했지만 혹시라도 잃어버리거나 부서뜨릴까 봐 단 한 번도 사용하지 않았다. 하지만 이제 그녀는 항상 머리핀을 꽂았다. 그것을 머리에 꽂고 있으면 머리카락과 얼굴과 손톱을 깨끗하고 단정하게 유지해야 하며 예의바르고 공손하게 처신해야 한다는 생각이 저절로 들었다. 준은 방긋방긋 미소를 짓기까지 해서 예뻐 보였다. 예전에 입양이 되어 외국으로 건너간 나이 어린 여자아이들이 그랬다. 그들은 양부모의 마음에 들기 위해 공손하고 예쁘게 보이려고 무던히도 노력했다. 하지만 그녀는 누구의 마음에 들기 위해서라기보다는 고아원 생활이 이제 정말 끝나가고 있었고 머지않아 자신의 인생이 새롭게 시작될 거라는 확신이 있었기 때문에 그런 미소가 저절로 지어진 것이다.

그래서 목사 부부가 미국으로 떠날 것이라는 발표가 있고 나서 며칠 동안 고아원의 분위기가 착 가라앉아 있을 때에도 그녀는 아무렇지도 않았다. 아이들은 모두 침울해져 있었다. 쉬는 시간이 되어도 남자아이들은 축구나 술래잡기도 하지 않았다. 부인들이 아이들에게 짜증을 내는 경우가 늘어났다. 식탁을 빨리 치우지 않거나 빨랫감을 너무 많이 만들어놓으면 불같이 화를 내며 아이들을 꾸짖었다. 예전과 다름없이 활기 있게 생활하는 사람은 헥터밖에 없는 것 같았다. 아니, 어쩌면 그는 예전보다 더 바쁘게 생활하는 듯 보였다. 겨울이 곧 다가오는데다 혹독한 추위가 주변 언덕을 다시금 뒤덮기 전에 수리를 마쳐야 할 곳들이 한

두 군데가 아니었기 때문이다. 준은 헥터가 창문의 틀을 다시 만드는 것을 지켜보았다. 면도를 하지 않아 텁수룩한 얼굴, 아무렇게나 헝클어진 머리카락, 일을 하는 동안 조금도 흔들리지 않는 그의 눈빛을 보고 그녀는 자신이 했던 일을 상기하고 잠시 마음이 아팠다. 자기와 마찬가지로 헥터의 생활도 이제 다시 시작되려고 하고 있었다. 그녀는 그를 궁지에 빠뜨리려고 애썼던 것에 대해 미안한 마음이 들었다. 목사 부부와 자신이 떠나버리고 나면 헥터는 어떻게 될까? 헥터와의 거리는 적잖이 떨어져 있었지만 그녀는 그의 몸에서 흘러나오는 술 냄새, 역겨운 몸 냄새, 그리고 실의에 빠진 사람에게서 맡을 수 있는 희미한 잿빛 냄새를 맡을 수 있었다.

미국에 있는 어떤 입양 주선업체에서 아이들의 사진을 찍으러 온다는 소식이 떠돌자 고아원은 다시 활기를 띠기 시작했다. 아줌마들은 마흔 명의 아이들 전부를 목욕시키기 위해 하루 종일 물을 데웠다. 남자아이들과 여자아이들의 욕조는 분리되어 있었지만 한 번에 서너 명씩 들어가서 묵은 때를 벗겨냈다.

준은 처음에 목욕을 하지 않으려고 버텼다. 자신은 이미 입양이 확정되었다고 믿고 있는 그녀로서는 목욕을 할 이유가 하나도 없었기 때문이다. 하지만 부인 한 명이 목욕을 하지 않는다고 호되게 꾸짖자 그녀는 남들의 눈 밖에 나서 좋을 게 없다는 생각을 하게 되었다. 그녀는 과거와 달라진 모습을 보여줄 필요가 있었다. 그래서 그녀는 자기보다 나이가 훨씬 어린 여자아이들 세 명과 함께 욕조에 들어갔다. 거기에서 멈추지 않고 그녀는 아이들에게 눈을 꼭 감으라고 하고는 비누로 머리를 감겨주었고 욕조 밖으로 나와서는 싸늘한 공기 속에서 재빨리 머리를 말려주기까지 했다. 그리고 아이들을 가장 좋은 옷으로 갈아입혀주었다. 그러고 나서 그녀는 자기도 제일 좋은 옷으로 갈아입고 아이들을 데리고 밖으로 나가 사진을 찍기 위해 줄을 서서 기다렸다. 택시를 타고 온 뚱뚱하고 인상 좋은 노부부는 사진은 아예 찍을 생각도 않고 자기들이 맡을 수 있는 한도까지 아이들을 데려가려고 모든 아이를 만나보고 싶어 했다. 그 부부는 사진기를 가지고 있었지만 그것은 여행을 하는 동안 스냅사진을 찍기 위해 가져온 것이었다. 태너 목사는 서울에 있는 교회 사무실에서 분명히 잘못된 정보를 받았기 때문에 다소 혼란스러워 했지만 스톨즈 부부에게 모든 아이를 만나볼 수 있도록 해주었다. 부부는 앞마당에 있는 의자에 앉아서 아이들 한 명 한 명과 악수를 나누었다. 실비는 점심을 먹고 사택으로 들어가더니 밖에 나와 보지도 않았다. 태너 목사는 노부부에게 자기 아내가 지금 독감에 걸려 누워 있다는 변명을 했다.

목사는 아이들을 하나하나 부부에게 소개하면서 이름과 나이를 알려주고 나서 아부를 하듯이 아이와 관련된 설명이나 일화를 유머러스하게 덧붙였다. 자기 차례가 되어 준이 앞으로 나섰을 때, 목사는 조금도 주저하지 않고 그녀를 침착하고 자립심이 무척 강한 아이라고 소개하면서 게임을 할 때도 남자아이들을 사정없이 몰아붙이는 면이 있다고 덧붙였다. 설명을 듣고 나서 스톨즈 부부는 준이 마음에 들었는지 고개를 끄덕였다. 노부부가 목사에게 준의 영어 실력을 물었을 때, 그녀는 대뜸 나서서 영어는 자신 있다고 당차게 대답하여 부부를 깜짝 놀라게 만들었을 뿐 아니라 강한 인상을 심어주었다. 짙은 녹색 드레스 차림에 검정색 구두를 신은 스톨즈 부인이 영어를 어떻게 배웠는지 묻자 준은 아버지가 교육을 많이 받은 분으로 교사였는데 젊은 시절에 일본의 최고 명문대학을 나왔다고 설명했다.

"준, 네 생각은 어떠니? 너도 교육을 받고 싶니?"

"저는 이미 교육을 받고 있어요. 태너 부인께서 지금까지 저를 가르쳐주셨어요."

"얘기만 들어도 교육을 제대로 받았다는 것을 알겠구나!"

스톨즈 부인은 기쁜 기색을 감추지 못하고 말했다.

"여기에 혹시 남동생이나 여동생이 있니?"

준이 대답을 하지 않자 태너 목사는 입술을 오므리며 고개를 가로저었다. 스톨즈 부인은 목사의 행동을 보고 그런 질문은 다음에 조용히 불러서 던져볼 성질이라는 것을 즉각 알아차렸다. 부인은 준의 손을 붙잡고 손등을 부드럽게 토닥거려주었다. 부인의 손은 두껍고 살집이 많았으며 따뜻했다.

"미국에서 사는 건 어떻게 생각하니? 남편과 나는 오리건이라는 곳에서 살고 있어. 거기가 어딘지 아니?"

준은 고개를 가로저었다.

"시애틀에서 가까운 곳이야."

태너 목사가 말했다. 목사는 시애틀을 어떤 곳으로 생각하고 있는지 모르겠지만 준에게는 그곳이 남다른 의미로 다가왔다.

"시애틀을 알고 있니?"

스톨즈가 물었다.

"내게는 너무 거대한 도시란다."

"우리가 사는 곳은 시애틀과 무척 가깝단다. 차로 한나절이면 갈 수 있을 거야."

스톨즈 부인이 덧붙였다.

"저는 곧 그곳으로 가게 될 거예요."

준이 말했다.

"확신을 하고 있는 것 같구나."

"예. 확신하고 있어요."

"너라고 거기에 못 갈 것은 없겠지."

준의 손바닥을 부드럽게 감싸며 스톨즈 부인이 말했다.

"너는 무척 강한 아이야. 그렇지?"

준은 자기가 어떤 아이인지는 중요하지 않다고 말하려고 했지만 옆에 서 있던 태너 목사가 그녀를 대신해서 대꾸했다. 목사는 자부심이 가득한 이상한 목소리로 강철처럼 강한 아이라고 거들었다. 그 순간 스톨즈가 앞으로 나서면서 자그마한 사진기를 준에게 들이대며 재빨리 셔터를 눌렀다. 그때까지 그는 불과 몇 명의 아이만 사진에 담았다. 준은 본능적으로 사진기의 렌즈를 손으로 가리려고 했지만 태너 목사가 그녀의 뒤에 서 있는 남자아이를 소개하는 바람에 한쪽으로 밀려났다. 부인 한 명이 준을 데려가려고 했을 때, 스톨즈 부인은 작별을 아쉬워하면서 그녀의 손을 꼭 쥐어주었다.

스톨즈 부부가 마지막 아이와 면담을 하고 있을 무렵, 준은 여자아이들의 숙소로 돌아와 멋진 블라우스와 치마를 벗고 있었다. 그녀는 목사의 사택으로 곧장 건너가서 앞문을 두드려보고 응답이 없자 사택 뒤편으로 돌아갔다. 하지만 창문에는 짙은 갈색 차양이 드리워져 있었다. 뒷문을 두려봤지만 역시 안에서는 응답이 없었다. 실비를 귀찮게 하지 않겠다고 굳게 다짐을 했지만 준은 지금 당장 그녀를 만날 필요가 있었다. 실비에게 무언가를 캐묻거나 무슨 약속을 받아내기 위해서가 아니라 그녀의 앞에 서서 그녀의 눈과 얼굴을 쳐다보며 표정을 읽고 싶었다. 실비는 노부부가 왜 여기에 와 있는지 알고 있었을까? 그 이유를 알고 있었기 때문에 밖으로 나오지 않았던 걸까? 실비는 노부부와 같은 사람이 준을 데려가기를 바라고 있었던 걸까? 자신의 무거운 짐을 내려놓고 싶었던 걸까?

"좀 들어가도 되겠니?"

어떤 목소리가 들려왔다. 스톨즈 부인이었다. 그녀의 머리가 여자아이들 숙소의 문간에 삐죽 솟아 있었다. 준이 옷을 입고 있는 것을 보고 그녀는 남편과 함께 숙소로 들어섰다. 앉아 있을 때보다 서 있으니까 그들 부부는 키가 더 작고 몸은 더 뚱뚱해 보였다. 뺨이 분홍빛으로 동그랗게 물든 그들은 미소를 짓고 있는 인형들처럼 보였다. 스톨즈는 푸른색 작업복 셔츠와 거친 모직바지 차림에 낡은 구두를 신고 있었다. 그들 부부는 준이 그때까지 보았던 모든 미국 사람들처럼 상당히 부유해보였지만 그녀는 자기가 태어나서 자란 마을의 사람들처럼 소도시나 작은 마을에 사는 시골 사람일지도 모른다고 생각했다. 하지만 마을 사람들이 자기 부모님에게 의심과 반감을 품고 있다가 나중에는 부모님을 냉담하고 무자비하게 다루었다고 해서 준이 그들 부부에게까지 적대감을 느낀 것은 아니었다. 적대감이 아니라 오히려 예상치 못한 동경과 그리움이 그녀에게 밀어닥쳤다. 그녀는 아버지가 자신의 악령에 굴복하여 서재에 처박혀 지내기 전의 생활이 그리웠다. 자부심이 강한 어머니의 얼굴도 보고 싶었고 마지막으로 언니오빠와 동생들도 그리웠다. 언니오빠와 동생들은 그녀가 입고 있는 후줄근하고 몸에 맞지 않는 바지도 입어보지 못했고 지금 그녀의 곁에 없었다. 가족 생각을 하자 성숙하고 의지가 굳은 모습은 온데간데없이 사라지고 그녀는 한순간에 무너져 내렸다. 그녀는 몸을 들썩이며 흐느끼기 시작했다.

"오, 이런. 어쩌면 좋아. 가엾기도 해라."

스톨즈 부인이 준을 끌어안으며 달랬다. 그녀는 준을 자신의 풍만한 가슴으로 감싸주며 준과 함께 침대에 걸터앉았다.

"이제 괜찮을 거야."

"진정해라."

그녀의 남편이 몸을 기울여 준의 등을 토닥이며 말했다.

"너는 이제 가족이 생긴 거야. 우리는 여섯 명의 아이를 데려갈 거다. 비행기 표도 미리 여섯 장을 끊어두었어."

"당신 지금 무슨 소릴 하는 거예요. 우리는 아직 이 아이의 의향도 물어보지 않았잖아요!"

그녀가 성급한 남편을 제지하며 말했다. 그러고 나서 그녀는 준에게 말했다.

"얘, 우리랑 같이 가서 살고 싶니? 아저씨가 말했듯이, 너한테는 형제자매가 생길 거야. 우리 집에 가면 방도 많고 먹을 것도 많아. 우리한테는 자식이 넷이나 있지만 지금은 모두 어른이 되었단다. 커다란 농가와 헛간도 여러 개 있어. 우리 집은 온통 전나무로 둘러싸여 있는데 너도 보면 마음에 들 거야."

"여기와는 완전히 딴판이지."

"여보, 제발!"

"가축도 아주 많단다."

그는 무슨 말을 해야 할지 미리 연습이라도 한 것처럼 기회를 놓치지 않고 말했다.

"고양이와 개는 물론이고 말, 젖소, 닭까지 있지. 동물을 좋아하는지 모르겠구나. 애완동물을 가지고 싶지 않니?"

준은 자기가 애완동물을 갖고 싶은지 어떤지 잘 알지 못했지만 약하게 고개를 끄덕였다. 몸의 나머지 부분은 스톨즈 부인의 두 팔에 안겨 있었기 때문에 그녀가 보일 수 있는 반응은 고개를 끄덕이는 것밖에 없었다. 준은 사지에 아무 감각이 없었다. 아직 사랑이나 친근감은 느낄 수 없었지만 그런 식으로 친절하고 낯선 여자의 품에 안겨 자신을 완전히 망각하는 것도 괜찮았다. 그녀는 항상 고통스럽고, 갈망하며, 성가시고, 지나치게 의식이 또렷한 몸의 횡포에서 벗어날 필요가 있었다. 준은 죽음보다 몸의 횡포가 훨씬 더 싫었다. 몸과 지긋지긋한 싸움을 벌이는 것은 진정한 삶이라고 볼 수 없었다. 하지만 이제 그 고통도 끝나가고 있었다.

"이 시점에서 그런 얘기는 할 필요 없잖아요."

스톨즈 부인이 말했다.

"우리는 앞으로 두어 시간 더 여기에 있을 거야. 이제 다른 아이들한테 가봐야겠다. 너하고 제일 먼저 얘기를 해보고 싶었단다."

"지금껏 저를 선택한 사람은 아무도 없었어요."

"그럼 우리가 정말 운이 좋은 거구나! 행운이 따랐던 거야. 여기에는 틀림없이 무슨 이유가 있을 거야. 너는 놀라운 기운을 가지고 있어. 누구든지 너를 보면 그렇게 느낄 거야. 우리 집으로 가면 너는 행복해질 거야."

부인이 말했다.

"네가 가장 나이가 많겠는걸."

그녀의 남편이 말했다.

"너는 다른 일보다 통역을 맡아줬으면 좋겠구나. 물론 몇 가지 자질구레한 일이 있지. 태너 목사님이 그러시더구나. 너희가 이곳에서 허드렛일을 했다고 말이야. 거기에 가서도 똑같이 하면 돼."

"네가 원하지 않으면 아무 일도 도와주지 않아도 돼."

남편을 노려보며 스톨즈 부인이 말했다.

"나는 네가 지금껏 무슨 일을 겪었는지 상상할 수 없단다. 무수한 시련을 이겨냈을 거야. 하지만 우리와 함께 지내면 편안할 거야. 그것은 약속할 수 있어. 너는 우리의 사랑과 지원을 항상 받게 될 거란다. 무엇보다도 하나님의 사랑이 중요하겠지. 완전히 새롭고 행복한 인생을 시작할 수 있을 거야."

그녀는 준을 좀 더 바짝 끌어안았다. 약간 불안한 마음이 들었지만 준은 눈을 감고 자기도 그녀를 꼭 끌어안았다. 그러고 있는 동안 스톨즈는 스냅사진을 한 장 더 찍으려고 뒤로 한 발 물러섰다. 이번에는 두 사람의 모습이 담길 사진이었다. 하지만 그는 필름이 모두 떨어진 것을 깨달았다. 그가 새로운 필름으로 갈아 끼우는 동안 스톨즈 부인은 준의 관자놀이와 머리카락을 쓰다듬었다.

"어머, 예쁘기도 해라."

그녀는 거북껍데기 머리핀을 만지며 말했다.

"내가 너를 처음 보았을 때, 제일 먼저 눈에 띈 게 이거였어. 이걸 머리에 꽂고 있으니까 얼마나 아름답고 우아해 보이던지. 한 마리 나비가 날개를 파닥이며 날아다니는 것 같더구나."

스톨즈 부인이 그 말을 하자마자 준은 그녀의 품에서 떨어지려고 했다. 부인은 무슨 영문인지 몰라 그녀를 다시 안으려고 했지만 준은 팔을 들어 그녀를 거세게 밀어냈다. 하지만 너무 힘이 들어갔는지 준의 팔이 부인의 쇄골을 강타하고 말았다. 부인은 순식간에 벌어진 일에 당황하면서 저도 모르게 비명을 질렀다.

"어머, 왜 이래? 제발 이러지 마!"

그녀의 남편이 준을 붙잡았다. 그것은 분노보다는 혼란에서 자연스럽게 나온 행동이었다. 하지만 준은 자리에서 벌떡 일어서면서 그의 발을 짓밟았다. 그 바람에 그는 사진기를 떨어뜨렸다. 사진기의 뒷면이 용수철이 튀어 오르듯 확 열리면서 기다란 필름이 드러났다. 준은 밖으로 달아나면서 그가 큰 소리로 욕설을 퍼붓는 것을 들었다. 스톨즈 부인은 숙소 바닥에 주저앉으면서 울음을 터뜨렸다. 준은 벌거벗은 언덕을 향해 최대한 빨리 달렸다. 그녀는 언덕 꼭대기까지 올라갔다가 반대편으로 내려가기 시작했다. 해는 다음 골짜기까지 그녀를 뒤따라왔다. 그녀는 날이 어두워질 때까지 그곳에 있었다.

  그녀가 소등시간 직전에 고아원으로 돌아왔을 때는 스톨즈 부부가 떠나버린 지 한참이나 되었다. 스톨즈 부부가 준을 만나러 숙소를 찾아온 사실을 아는 사람은 아무도 없었다. 그녀는 저녁 식사를 하지 못했을 뿐이었다. 예전에도 그녀는 실비 태너와 함께 있으면서 식사를 거른 적이 몇 번 있었다. 올해 열 살로 준의 옆 침대를 쓰는 소현이 스톨즈 부부가 아이 여섯 명을 입양했다고 알려주었다. 자기들이 말한 대로 결국 여섯 명을 입양한 모양이었다. 입양된 아이들은 남자아이가 셋, 그리고 여자아이가 셋이었다. 나이는 제각기 달랐다. 그들은 지금 서울에 있는데 이틀 뒤에 외국으로 떠나게 된다. 그들은 아이들의 사물 트렁크를 실을 공간이 없어서 트렁크는 남겨두고 떠났다. 입양된 아이들은 인형이나 책, 또는 담요 같은 특별히 정이 가고 기념이 될 만한 물건을 하나씩만 가져가고 나머지 물건들은 남겨두었다. 그것들은 다른 아이들에게 분배되었다. 소현은 자기가 받은 스웨터를 준에게 보여주었다. 빨간색 털실 스웨터로 품질은 그런대로 괜찮아보였지만 가슴과 등 쪽에 좀먹은 자국이 몇 군데 있었다.

  "떠날 때 기분은 어때 보였어?"

  "모두 울고불고 난리 났어."

  소현이 약간 침울한 표정으로 말했다. 준은 똑똑하고 자부심이 강한 소현을 좋게 생각하고 있었다.

  "그렇지만 내 생각에는 행복에 겨워서 그러는 것 같았어."

  "아니, 내 말은 그 미국인 부부 말이야."

  준이 말했다.

  "아, 그 사람들. 그 여자도 울고 있었어."

  "그 사람들도 행복에 겨워서 울었다고?"

"모르겠어."

"말해봐!"

"그런 것 같았어. 맞아, 그랬어."

"목사님 부부가 배웅을 해주셨어?"

"사모님은 안 나오시고 목사님만 배웅해주셨어."

"목사님은 어땠어?"

"목사님은 안 우셨어."

소현은 졸음이 밀려오는지 침대에 드러누우며 말했다.

"참, 목사님이 언니가 어디에 있는지 물으셨어."

"그래서 뭐라고 말씀드렸어?"

"우리가 항상 하는 말 있잖아. 누가 알겠어요! 아무도 몰라요!"

그때 전등이 일제히 꺼졌다. 부인 한 명이 등유램프를 들고 숙소를 휘젓고 다니면서 아이들이 모두 침대에 들었는지 확인하고 있었다. 준의 자리까지 왔을 때, 여자는 그녀를 쏘아보았지만 준은 신경 쓰지 않았다. 준은 소현이 마지막에 쌀쌀맞게 덧붙인 말에도 신경 쓰지 않기로 했다. 토를 달 수 있는 말이 아니었기 때문이다. 이 시점에서 중요한 것은 오리건에서 날아온 노부부처럼 목사 부부도 자기를 데리고 머지않아 고아원을 떠날 것이라는 사실이었다. 그녀는 목사 부부가 자기 외에 다른 아이들도 함께 데려갈지에 대해서는 더 이상 신경 쓰지 않았다. 실비가 다시 임신을 하게 되든 말든 준은 신경 쓰지 않기로 했다. 사실 그녀는 내심 실비가 임신을 하기를 바랐다. 목사 부부에게 아이가 생기면 준은 자신의 아이처럼 귀여워해주면서 온갖 정성을 쏟을 생각이었다. 동생들에게 해주지 못한 모든 것을 아이에게는 해주고 싶었다.

그녀는 실비와 다시금 친밀하게 지낼 수 있다는 생각에 가슴이 설레어 그날 밤에는 잠도 제대로 이룰 수 없었다. 몇 주 동안 두 사람은 서로 떨어져서 지냈다. 준은 이제 곧 떠나게 될 여행과 시애를 정착을 위해 짜두었던 계획을 더듬어보았다. 실비가 만약 물어본다면 준은 스톨즈 부부와 무슨 일이 있었는지 설명해줄 준비가 되어 있었다. 스톨즈 부인의 친절과 그녀가 묘사한 아주 멋진 생활에도 불구하고 자신은 마지막 순간에 그들을 따라가지 않기로 마음을 먹었노라고 설명할 생각이었다. 이제 그녀는 다른 가족의 일원이 될 수 없었다. 다음 세상에서 그녀는 부모님과 언니오빠, 그리고 쌍둥이 동생들을 다시 만나 건강하고 행복하게 살 수 있을 테지만 이 세상에서는 실비와 쌍둥이 자매처럼 짝이 되어 지낼 수밖에 없었다.

동이 트기 직전에 그녀는 침대에서 빠져나왔다. 그녀는 새로 벼린 칼날처럼 마음이 날카로워진 것 같은 느낌을 받았다. 전날 점심과 저녁을 먹지 않아 배가 허전했지만 공복 상태는 결핍보다는 순수의 느낌을 주었다. 그녀는 자기가 느끼는 감정이 어쩌면 힘겨운 여행의 막바지에 성지순례자가 느끼는 감정과 비슷할지 모른다고 생각했다. 속을 완전히 비운 상태에서 맛보는 황홀경은 어느 순간 갑자기 그 자체로 엄청난 연료가 되고 불길이 되어 타올랐다. 아이들이 여전히 꿈속을 헤매는 동안 그녀는 재빨리 옷을 입고 마당을 가로질러 목사의 사택으로 가서 문을 두드렸다. 안에서 아무 응답이 없자 그녀는 다시금 문을 똑똑 두드렸다. 마침내 삐거덕 소리를 내며 문이 열리더니 격자무늬 잠옷을 입은 목사가 그녀를 내다보았다. 그는 푸르스름한 아침 빛을 받으며 안경을 썼다.

"무슨 일이지? 무슨 문제라도 생겼니?"

"아뇨. 사모님과 얘기를 좀 하고 싶어서요."

"아직 자고 있어."

목사는 화가 나서 말했다.

"나도 자고 있었고. 준, 대체 왜 그러는 거야? 왜 항상 일을 어렵게 만드는 거니!"

"그럴 의도는 없어요."

"너라는 애는 도무지 못 믿겠구나!"

목사는 간신히 자제력을 발휘하며 말했다. 그는 밖으로 걸어 나와서 문을 닫았다.

"나는 네 마음속에 파괴 본능이 있다고 믿을 수밖에 없구나. 스톨즈 부인이 얼마나 심란해져 있었는지 아니? 혹시 자기도 모르게 너한테 아주 나쁜 짓을 했을까 봐 겁을 내더구나."

"저한테 어떤 나쁜 짓도 안 했어요."

"당연하지! 그걸 말이라고 해? 네가 어떤 말이나 행동을 했기에 그 부인이 그런 생각을 하게 되었는지 나는 통 모르겠구나. 너그럽고 인정이 많은 분이었기에 망정이지 다른 사람 같았으면 당장 떠났을 거야. 남편이라는 사람은 당장 떠나고 싶어 하더구나. 이제 알겠니? 하마터면 너 때문에 다른 아이들이 입양 기회를 놓칠 뻔했다는 사실을 알겠느냐 말이다. 아이들에 대해 조금이라도 생각해봤니?"

준은 잠잠히 있었지만 그것은 그의 의견에 동의한다거나 양심의 가책을 느껴서가 아니었다. 그녀는 물러나서 자신의 생각의 소용돌이 속으로 깊이 들어갔다. 준은 실비가 이제 걸어 나와 스톨즈 부인이 그랬던 것처럼 숨도 못 쉴 정도로 자기를 꼭 껴안아주면서 안으로 데려가주기를 기다리고 있었다.

"할 말이 없지. 그렇지?"

태너가 말했다.

"할 말이 없을 거야."

첫 번째 따스한 햇살이 떠오르는 동안 그는 준을 빤히 노려보았다. 그때 갑자기 부엌 쪽에서 기상 시각을 알리는 방울 소리가 땡그랑거리며 고아원에 전체에 울려 퍼졌다. 수백 번도 넘게 들어온 익숙한 소리였지만 오늘따라 속이 텅 빈 소리의 동그라미는 곧장 그녀 쪽으로 날아와 그녀를 사정없이 강타했다. 소리의 울림은 그녀의 텅 빈 뱃속까지 스며들었다. 이제 곧 아침 식사 시간이었지만 그녀는 아무것도 먹고 싶지 않았다. 다른 사람들처럼 그녀도 허기가 밀려올 때의 고통을 알고 있었다. 하지만 지금 그녀가 느끼는 허기는 고통이 확실히 아니었다. 왜냐하면 고통이나 공황보다는 이상한 만족감을 느꼈기 때문이다. 보통 때와는 확실히 다른 고요한 아침이었다. 그녀는 실비가 나올 때까지 그 자리에서 기다릴 생각이었다. 목사가 현관 계단을 올라가 뒤도 돌아보지 않고 문을 쾅 닫고 안으로 들어갈 때까지 그녀는 움직이지도 않고 말도 하지 않았다.

17

고아원에 있는 사람들은 모두 그녀가 독감으로 고생하고 있다고 믿었다. 실비 자신도 그렇게 믿으려고 애썼다. 칩거할 때마다 그녀는 그런 식으로 생각했다. 시애틀에 있을 때는 1년에 서너 차례 심하게 몸이 아팠는데 그때마다 그녀는 남편이 교회 사무실에서 일을 마치고 돌아오기 전에 기운을 차리고 어느 정도 정상으로 보이기 위해 몸단장을 해야 했다. 에임즈는 항상 그녀를 자상하게 대했다. 그는 아내가 선천적으로 건강이 좋지 못하다는 생각에 걱정이 많았다. 체온을 재는 동안 아내를 내려다보며 그는 이맛살을 찌푸렸다. 그 당시 그녀는 교회 밖에서 운영하는 여러 기관에서 자원봉사를 하고 있었기 때문에 며칠 동안 집에 틀어박혀 있어도 별로 문제가 되지 않았다. 하지만 이곳 고아원에서 그녀는 자신의 버릇을 충동적으로 끊어버렸고 그 바람에 결국 모든 일을 그르치고 말았다.

　예를 들어 그녀는 밖으로 나와 스톨즈 부부가 입양한 아이들을 껴안 아주지도 못했고 키스도 해주지 못했다. 그 일로 그녀는 두 배로 고통을 겪었다. 세 명의 나이 어린 남자아이, 즉 상과 진, 그리고 정은 비록 피를 나눈 형제들은 아니었지만 삼총사로 항상 붙어 다니던 시끄러운 개구쟁이들이었다. 그 아이들은 항상 셋에서 몰려다니며 같은 또래 친구들이나 여자아이들, 심지어 자기네보다 나이가 많은 아이들을 상대로 장난을 치거나 놀려먹곤 했다. 놀림을 당한 아이들은 가만히 있지 않고 그들을 산속까지 뒤쫓아갔다. 실비는 괴상하게 생긴 개구리가 신발에 들어가도 내버려두었고 침대보 밑에 귀뚜라미 떼가 자리를 잡아도 조금도 개의치 않았다. 에임즈는 언젠가 교실 의자 위에 커다란 새집이 지어져 있는 것을 발견하기도 했다. 그는 빼빼 마른 데다 다리가 앙상하여 아이들로부터 두루미라는 별명으로 불렸다. 입양된 여자아이 세 명은 성이 모두 김 씨로 10여 명의 다른 아이들과 함께 실비와 뜨개질을 하던 아이들이었다. 그들은 완성하지 못한 뜨개질 작품을 에임즈에게 건네주면서 사모님에게 전해달라고 부탁했다. 그들이 건네준 것은 털실 벙어리장갑과 털실 모자 세 쌍이었다. 장갑과 모자는 크기가 너무 작아서 실비가 부지런히 뜨개질을 하면 오전에 모두 완성할 수 있을 듯했다. 완성만 되면 에임즈가 서울에 나갈 때 그것들을 아이들에게 전해주도록 할 수도 있었다. 하지만 손이 너무 심하게 떨렸다. 계속해서 바늘코를 빠뜨렸고 뜨개질 감도 너무 늘어났기 때문에 그녀는 경련을 진정시키기 위해 뜨개바늘로 손바닥을 쿡쿡 찔러야 했다.

　예전에도 그런 증상이 있었다. 하지만 그때처럼 꾸준히 힘을 빼서 자리에 눕게 하는 게 아니라 이번에는 단시간에 무지막지한 공격을 해왔다. 그녀는 살과 피부가 자신의 몸에서 떨어져나가고 싶어 하는 것처럼 느껴졌다. 결국 그녀는 뜨개질을 그만두어야 했다. 콧물이 줄줄 흐르고 눈은 화끈거려 퉁퉁 부어올랐으며 절망감이 수그러든 뒤까지 눈물이 저절로 흘러나왔기 때문이다. 독감에 걸린 것처럼 머리가 무겁고 흐리멍덩했지만 손발은 약하게 떨리다가 어느 순간 감각이 무디어지기를 반복했다. 그동안 구급상자를 내다버린 적이 몇 번 있었는데 그때마다 그런 증상이 나타났었다. 이번에는 사흘 전에 구급상자를 버렸다. 그녀는 아이들의 목욕물을 데우기 위해 부인들이 피운 불에다 그것을 던져버렸다. 하루가 지나자 엄청난 열기와 냉기가 마치 앙심을 품은 날씨처럼 그녀의 몸을 덮쳤다.

실비는 고통을 받아야 했고 그럴 필요가 있었기 때문에 이런 일을 겪고 있었다. 그녀는 마땅한 처벌을 받기를 갈망하고 있었다. 또 아직도 자신이 살아 있다는 것을 상기하기 위해서도 그녀에게 고통은 필요했다. 그녀는 아이를 가질 수 있다는 희망은 거의 갖고 있지 않았고 자신이 정말 아이를 원하는지도 확실히 몰랐지만 아이를 그토록 갖고 싶어 하는 남편을 위해서라면 무슨 일이든 견뎌낼 각오가 되어 있었다. 그녀는 소금을 뿌려 간간한 맛이 나는 크래커 몇 개와 옥수수차 몇 모금만 간신히 삼킬 수 있었다. 에임즈는 그것들을 아내에게 갖다 주며 서울에 있는 군부대 병원에 한번 가보자고 졸랐지만 그녀는 거부했다. 의사들이 자신의 병을 즉각 알아차리게 될까 봐 두려웠던 것이다.

"이틀만 지나면 괜찮아질 거예요."

그녀는 그렇게 말했지만 이번에는 병이 나았을 때, 자신이 어떤 모습이 될지 본인도 두려워하고 있었다. 저번에 약물을 버린 뒤로 그녀는 자신의 영혼이 닳아서 절반으로 줄어든 것 같은 느낌을 받았다. 그녀는 남편이 그 사실을 알고 있다고 믿지 않았다. 하지만 그가 알고 있든 모르고 있든 그것은 중요하지 않았다. 그녀는 이제 두 번 다시 약물에 손대지 않을 것이다. 그동안 추한 모습은 충분히 보여주었다. 그녀는 미국으로 돌아가게 되면 완전히 새로운 사람이 되어 남편의 목회 활동을 헌신적으로 돕기로 마음먹었다. 에임즈는 시애틀이 아닌 워싱턴 남동부에서 목회 활동을 하는 것으로 계획을 수정했다. 다음으로 사역을 하게 될 장소는 스포캔(워싱턴 주 동부에 있는 도시-옮긴이) 외곽으로 주변에 아무것도 없고 알팔파와 보리만 끝없이 펼쳐져 있는 곳이라는 것을 두 사람은 이미 알고 있었다.

    그녀는 사택에 틀어박혀 남편 외에는 어느 누구도 만나지 않았다. 준이 왜 허드렛일을 하러 오지 않는지 남편에게 굳이 물어볼 필요는 없었다. 며칠 전 이른 아침에 남편의 날카로운 목소리가 그녀의 고통스러운 잠 속까지 파고들었기 때문이다. 그와 더불어 의기소침해진 준이 낮게 중얼거리는 소리도 들려왔다. 그녀는 잠자리에서 일어났을 때, 남편의 표정을 보고 준에 관한 얘기를 꺼내봤자 도무지 통하지 않을 것이라는 것을 알 수 있었다. 남편은 준에게 분개하고 있었다. 이제 한국에서 생활할 시간이 2주도 채 남지 않았다. 그녀는 심신이 지칠 대로 지쳐 있었지만 무슨 일이 있어도 준을 미국으로 데려가야 한다고 에임즈를 설득할 생각이었다. 하지만 자신의 목을 위해 맨톨 처리가 된 압박붕대나 차를 남편이 가져다줄 때마다 준에 대해 얘기를 하려고 했지만 번번이 기회를 놓치고 말았다. 남편은 그녀의 생리주기에 대해 진지하게 묻거나 오늘 아침에 그랬던 것처럼 사랑한다는 말을 해주곤 했다. 그는 관자놀이를 덮고 있는 머리카락이 예전보다 부쩍 희끗희끗해져 있었고 끊임없이 여행을 다녀서 그런지 광대뼈가 툭 튀어나와 날카로워 보였다. 그 모습을 지켜보면서 그녀는 도저히 나무랄 수 없는 남편의 성격에 대해 다시금 생각하지 않을 수 없었다. 그동안 에임즈는 아내와 다른 모든 사람을 이롭게 하기 위해 자신을 희생하며 살았다. 예전처럼 그는 변함없이 자상하고 믿음직한 모습을 보여주었다.

　실비는 손거울을 들여다보며 목 상태만 확인하고 있는 자신이 남편에 비하면 너무나 이기적이고 속이 좁은 사람처럼 생각되었다. 미치도록 가려워 자꾸 긁다보니 그녀의 목은 살갗이 벗겨지고 벌겋게 달아올라 당장에 피가 흘러나올 것 같았다. 거울 속의 실비 비네는 꼴이 말이 아니었다. 핏발이 선 두 눈은 두려움으로 가득했고 머리는 마구 헝클어져 있었으며 안색은 무덤을 파헤쳐 시체를 먹는다는 귀신처럼 파리했다. 나이 어린 아이들이 그 모습을 보았다면 틀림없이 기절초풍을 했을 것이다. 하지만 그녀는 자신이 정말 치유가 되기를 원하는지 궁금했다. 언젠가 에임즈는 젊은 시절에 끔찍한 일을 겪고도 무난히 그 난관을 극복해내지 않았느냐고 실비에게 상기시켰지만 그녀는 자기한테 그만한 힘이 남아 있는지 궁금했다. 그녀는 자신의 상당 부분이 과거의 어느 한 시점에 고정되어 있는 것 같은 느낌을 종종 받았다. 세월이 흐르면서 외모는 계속해서 변해왔지만 그녀의 마음은 어느 한 시점에 고정되어 조금도 앞으로 나아가지 않았다. 어쩌면 그래서 아이들이 그녀를 좋아했는지도 모른다. 아이들은 그녀의 밝은 황금색 머리카락이나 자신들을 분명히 좋아하고 있다는 어떤 느낌 때문에 그녀를 좋아한 것이 아니라 그녀가 자기들처럼 상처받기 쉽고 영속적인 유대를 갈망하고 있다는 것을 본능적으로 알아차리고 그녀에게 호감을 느꼈을 것이다. 몸은 분명히 어른인데 정신이나 마음은 그에 걸맞게 성장하지 않았다는 것을 아이들은 예리하게 알아차렸을 것이다. 그녀는 만주에서 생활할 때, 아버지가 했던 말을 똑똑히 기억하고 있었다. 아버지는 제대로 꽃을 피워보지 못하고 뿌리가 뽑혀버린 나무들이 이 세상에는 무수히 흩어져 있다면서 자기가 할 일은 그 귀하고 아름다운 나무들을 최대한 많이 긁어모아 다시 심어주는 것이라고 말했다. 나무들이 짓밟히거나 가지가 꺾여

버린 사실 따위는 중요하지 않았다. 다시 나무를 심을 땅이 바위가 많고 거칠어도 상관없었다. 중요한 것은 그녀 자신이었다. 그녀는 나무들을 위해 해가 되고 비가 되어주어야 했다. 그녀가 정성을 다해 나무들을 보살피고 나무들이 포기만 하지 않는다면 언젠가 꽃은 활짝 피어날 것이다.

아이들을 상대하면서 그녀는 아버지의 말이 역시 옳았다고 확신했다. 하지만 자신과 같은 사람은 어떻게 대해야 할지 그녀는 알 수 없었다. 자기처럼 오랫동안 짓밟혀온 사람도 다시 뿌리를 내리고 꽃을 피울 수 있을지 궁금했다. 언제까지나 그녀의 곁을 지키며 그녀에게 기운을 줄 수 있는 사람, 서서히 썩어가는 그녀를 구원해줄 사람이 과연 있을까? 사람들이 대부분 얕은 무덤에 자신들을 묻어두고 있는 것은 잘한 일이다. 성인이 된 그녀의 생활은 끊임없는 노력과 노동, 그리고 포기를 하고픈 충동으로 점철되어 있었다. 자신의 삶이 아무리 비참하고 방탕한 모습이 되었을지라도, 그리고 타락과 절망을 거듭하는 동안 아무리 불행해졌을지라도 거기에는 그녀가 고마워해야 할 부분도 분명히 있었다. 그녀는 자신을 온전히 헌신할 수 있는 또 다른 길을 발견하게 되면서 일종의 구원을 받은 셈이었다.

헥터는 아직도 그녀에게 화가 나 있었다. 지난주에 에임즈가 머지않아 고아원을 떠날 것이라는 소식을 전했을 때, 헥터와 실비의 밀회는 이미 그전에 끝나 있었다. 에임즈가 마지막으로 고아원을 떠나 있었을 때, 그녀는 헥터의 숙소에 나타나지 않았다. 헥터도 더 이상 그녀에게 말을 건네지 않았고 그녀를 피했다. 그는 실비와 마주치고 싶지 않아 일부러 멀찍이 떨어져 있었고 잡다한 공구가 담긴 강철 양동이를 들고 고아원의 한쪽 귀퉁이로 가서 일을 하곤 했다. 두 사람의 사이가 벌어지면서 그는 다시금 이태원을 찾기 시작했다. 하루 일을 마치고 소등 시간이 지나면 그는 이태원으로 나갔다. 오랫동안 자르지 않고 빗질도 하지 않아 텁수룩한 머리 때문에 그는 나이보다 어려 보였다. 어떻게 보면 거친 10대 소년 같아보였다. 하지만 하루 종일 일만 하는 습관은 조금도 변하지 않았다. 워낙 열심히 일을 했기 때문에 이제 할 일이 별로 남아 있지 않았다. 실비는 헥터가 남편에게 찾아가 두 사람 사이에 그동안 있었던 일을 털어놓을 거라고는 생각하지 않았다. 헥터는 떠벌리기 좋아하는 사람도 아니었고 말을 함부로 하는 사람도 아니었기 때문에 그런 염려는 하지 않아도 되었다. 함께 밤을 보낼 때도 그들은 거의 말을 하지 않았다. 두 번째 밤을 보내고 나서 헥터는 의견을 묻지도 않았는데 갑자기 관계를 갖지 않는 것이 좋겠다고 그녀에게 말했다. 실비는 그 말이 두 번 다시 자기를 찾아와서는 안 된다는 것을 뜻하는지 알지 못했다.

실비가 갈망한 것은 성관계만이 아니라(그녀는 자신의 인생에서 그 어느 때보다 강한 욕구를 느끼고 있었다.) 그 뒤에 찾아오는 몇 시간 동안의 편안하고 노곤한 느낌이었다. 헥터와 둘이서 그렇게 있는 것이 그녀는 너무나 좋았다. 그녀는 침대 위가 아니라 잔잔한 물 위에 떠 있는 것 같은 느낌을 받았다. 헥터는 술을 마셨고 그녀는 팔과 넓적다리로 그를 휘감았다. 곧이어 두 사람은 비좁은 간이침대에서 서로의 몸속으로 녹아들었다. 그녀는 자신과 그가 인간의 속성을 모두 버리고 물웅덩이 자체가 된 것처럼 느껴졌다. 그것은 어릴 적에 서아프리카에서 숨이 턱턱 막히는 오두막에서 부모님 사이에 끼어 잠을 잘 때와 비슷한 느낌이었다. 세 사람의 몸에서 뿜어져 나오는 열기 때문에 그녀는 정신이 몽롱해질 지경이 되었고 부모님과 자신의 피가 한데 섞여 거대한 강물을 이루어 굽이굽이 흘러가는 모습을 상상할 수 있었다. 강물 소리가 낮게 들려오는 것 같기도 했다. 꿈속에서 그녀는 끝이 보이지 않는 넓은 땅을 가로질러 바다로 흘러가는 피의 강이 되었다. 그녀가 어릴 적에 부모님의 선교사역에서 날마다 목격한 것이 인간의 한없이 나약한 몸, 질병과 기아에 허덕이는 얼굴들, 처참한 부상과 죽음이었으니 어쩌면 그런 꿈을 꾸는 것은 지극히 당연했다. 그때 이미 그녀는 꿈에서 그랬던 것처럼 자신이 주변 사람들의 비참한 생활을 바꾸어주는 모습을 상상했다. 럼 목사의 끔찍한 고통을 덜어주려고 애쓰면서 그녀는 처음으로 그 방법을 발견했다.

하지만 지금 그녀는 자신의 황폐한 삶도 감당 못해 쩔쩔매고 있었다. 그녀는 자신부터 구제해야 했다. 당장 부도덕한 일을 그만두어야 했지만 에임즈가 마지막으로 짧게 하룻밤 여행을 떠났을 때, 그녀는 자정이 넘은 시각에 또다시 헥터의 문 앞에 서 있는 자신을 발견했다. 문틈으로 램프의 노란 불빛이 희미하게 보였다. 그녀는 구급상자를 쥐고 있는 손이 기대와 두려움으로 부들부들 떨리기 시작했을 때, 문을 밀고 당장 뛰어 들어가고 싶었다. 떨림은 진정되었지만 이번에는 가슴에서 딱딱한 혹 같은 것이 솟아오르는 느낌이 들면서 숨도 제대로 쉴 수가 없었다. 그녀는 기숙사의 외벽에 몸을 의지하면서 사택으로 되돌아와야 했다. 집 안에 발을 들여놓자마자 그녀는 온몸에 힘이 빠지면서 바닥에 무릎을 찧고 말았다.

다음 날 점심을 먹고 나서 헥터는 부엌에 있는 그녀에게 다가가 어디에 있었느냐고 물었다. 부인들은 영어를 조금도 못했지만 그가 마음의 상처를 입고 무척 혼란스러워 하고 있다는 것은 누구나 눈치챌 수 있었다. 그녀는 아무 대꾸도 하지 않고 그에게서 돌아섰다. 그는 그녀를 뒤따라 마당을 가로질러갔다. 사람들의 불필요한 시선에 부담을 느낀 그녀는 가슴이 조여드는 느낌을 받으며 거의 뛰다시피 걸었다. 헥터는 그녀의 사택까지 뒤쫓아 가서 문을 두드리지도 않고 다짜고짜 안으로 달려 들어가 그녀를 힘껏 껴안았다. 그의 몸에서는 코를 찌르는 사냥감의 냄새가 났다. 그녀는 제발 놓아달라고 간청했지만 그는 자신의 입술로 그녀의 입을 막아버렸다. 그녀는 그의 키스를 받아들이지 않을 수 없었다. 하지만 그 순간, 문이 바람에 스르르 열리면서 두 사람이 껴안고 키스하는 장면이 마당에서 뛰어놀던 몇몇 아이에게 발각이 되고 말았다. 아이들은 놀이를 하다가 멈추고는 두 사람을 빤히 바라보았다. 그녀는 너무 당황을 해서 그의 몸을 거세게 밀어냈다. 다음 순간, 그녀의 손이 그의 뺨을 스치듯 지나갔지만 그는 마치 얼굴을 강타당한 사람처럼 몸을 잔뜩 움츠렸다. 그는 에임즈를 태운 차가 고아원 정문을 막 통과했을 때 사택에서 뛰쳐나왔다. 실비는 헥터가 뛰어나가는 모습을 남편이 목격했는지 알 수 없었다.

 그런 일이 있고 며칠 밤이 지나서야 에임즈는 헥터에 대해서는 일절 언급하지 않고 자기가 없는 동안 무슨 문제가 없었는지, 또 사택에 고칠 것은 없었는지 그녀에게 물었다. 아무 문제도 없었다고 그녀가 대답하자 그는 고개만 끄덕일 뿐, 거기에 대해서는 더 이상 묻지 않았다. 나중에 에임즈는 그녀의 침대로 들어와 부부관계를 갖고 싶어 했다. 그녀의 적극적인 태도에 그는 틀림없이 놀랐을 것이다. 그는 한창 때처럼 격렬한 몸짓을 보였다. 너무나 그 일에 몰두한 나머지 그는 자신의 손이 아내의 목을 짓누르고 있다는 것도 모르고 있었다. 그녀는 하마터면 의식을 잃을 뻔했지만 남편의 행동을 조금도 거부하지 않았다. 그는 자기가 원하는 것은 무엇이든 아내에게 할 수 있고 아내는 무한정 자신을 포기할 것이라고 믿는 듯 보였다. 완벽한 어둠 속에서 그는 인간이라기보다는 분노의 화신이었다. 굶주린 힘으로 그녀의 모든 죄악을 샅샅이 찾아내던 그는 결국 싱글 침대에서 그녀의 몸에 자기 몸을 반쯤 걸친 상태로 잠들어버렸다. 아침이 되었을 때, 그녀의 몸 한쪽은 마비가 되다시피 했다. 그는 하루를 시작하기 위해 재빨리 옷을 차려입고 그녀에게 키스를 했지만 그녀와 시선을 맞추려고 하지는 않았다. 사랑을 나누고 나면 그는 항상 그런 식이었다. 처음부터 그랬다. 약간 부끄러워하는 기색이 그의 눈빛에 드러나 있었는데 어쩌면 그것은 그녀와 아무 관련이 없을지도 모른다. 하지만 이번에 그녀는 자신의 모든 거짓말의 깊이를 느꼈다. 무언가가 잘못되었다고 느꼈는지 에임즈는 그녀를 껴안아주었다. 그녀도 남편의 몸에서 절대 떨어지지 않겠다는 듯 찰싹 매달리며 남편이 없었다면 자신은 어떻게 되었을지 생각해보았다. 그날 오후, 남편이 아이들을 데리고 도보 여행을 떠났을 때, 그녀는 침대 밑의 트렁크에 감춰둔 구급상자를 꺼내어 불 속에 던져버렸다. 자기 앞에 끔찍한 시간이 놓여 있다는 것을 그녀는 알고 있었다. 하지만 그 끔찍한 시간도 이번이 마지막이 될 거라는 사실 또한 알고 있었다.

에임즈는 아침을 먹고 돌아오면서 아내를 위해 소고기 국물 한 그릇을 가져다주었다. 한국식으로 정강이뼈를 푹 고아냈기 때문에 국물은 우유처럼 새하얀 빛을 띠었다. 그녀는 별로 내키지 않았지만 그는 조금이라도 먹으라고 말했다. 그녀는 마지못해 한 모금을 마시고 나서 다시 한 모금을 마셨다. 사골 국물은 걸쭉하면서 깊은 맛이 났다. 소금이 들어가서 약간 짭조름했다. 속이 차분하게 가라앉는 것 같아 그녀는 몇 모금 더 마셨다. 하지만 그것도 잠시였다. 갑자기 속이 뒤집히면서 그녀는 침대 옆에 있는 세숫대야에 먹은 것을 모두 게워버렸다. 그녀가 캑캑거리는 동안 에임즈는 아내를 붙잡아 주었다. 그녀는 입과 벌겋게 달아오른 눈을 닦았다.

"내일은 여행이고 뭐고 때려치우고 별수 없이 고아원에 붙어 있어야 되겠군. 당신이 이 모양이니."

그는 동해안에 새로 지은 고아원 두 곳을 방문하기 위해 마지막 여행을 떠나기로 되어 있었다. 도로 사정도 좋지 못한 데다 해안선을 따라 나 있는 산맥을 타고 반도의 아래쪽까지 내려갔다 오려면 꼬박 사흘은

잡아야 했다.

"곧 괜찮아질 거예요."

"괜찮아지긴. 다 죽어가는 사람처럼 보여."

"저는 안 죽어요."

그는 자기 손을 내려다보았다.

"내가 여행을 떠났으면 좋겠어?"

"천만에요."

그녀가 말했다.

"우리한테는 남은 시간이 거의 없어요. 어느 누구도 당신이 떠나는 걸 원치 않아요. 저뿐 아니라 아이들도 그렇다고요."

"김 목사한테 뒷일을 맡기면 돼."

"당신은 그분이 감당할 수 있을 거라고 정말 생각하세요? 고아원을 운영하는 일이 쉽지 않을 텐데 그분이 과연 할 수 있을까요?"

에임즈는 대답을 하지 않았다.

"가끔 나는 그 사람이 예배를 인도하는 것 말고 할 수 있는 일이 있을지 궁금할 때가 있어."

"먹는 것은 알아주죠."

그녀가 말했다.

"정말 엄청나게 먹어대더군. 그 친구!"

그들은 실로 오랜만에 편한 마음으로 웃었다.

"그렇지만 괜찮은 친구야. 다소 공상적인 면이 없지 않지만 똑똑한 친구니까 일은 금방 배울 수 있을 거야."

"그랬으면 좋겠네요. 하지만 저는 가끔 걱정스러울 때가 있어요. 그분은 시간을 내서 아이들과 어울리는 경우가 통 없어요. 그런 일도 타고난 감이 있어야 하는데 아이들과 어떻게 어울려야 하는지 전혀 모르는 분

같다니까요."

"어쩌면 지금 그 친구를 아이들과 어울리도록 하는 게 그 친구한테 약간의 도움이 될 거야. 억지로 아이들과 맺어지게 하는 거지."

"우리가 여기를 떠나지 않는다면 그래도 괜찮겠죠. 당신도 마음 놓고 여행을 떠날 수 있고요. 하지만 이번은 당신의 마지막 기회예요. 왜 그 아이들이 당신과 함께 있으면서 누릴 수 있는 혜택을 박탈당해야 하죠? 단지 제가 몸이 좋지 않다는 이유 때문에요? 전 당신이 어딘가로 떠나는 것을 원치 않아요. 제 걱정을 한다면서 아이들의 행복을 두고 모험까지 해야 하나요? 아이들을 속이고 있다는 것을 알기에 저는 기분이 더 나빠질 거예요."

"나는 당신과 함께 떠났으면 좋겠어."

"당신이 원하면 그렇게 할게요."

"하지만 그런 몸으로 어떻게? 자신을 한번 보란 말이야. 힘이 하나도 없잖아. 게다가 당신이 나를 따라나서면 당연히 김 목사한테 이곳을 맡겨야 해."

"부인들과 애들이 서투른 김 목사님을 조종하겠죠."

"물론 헥터도 여기에 남아 있겠지."

그녀는 에이즈가 그의 이름만큼은 말하지 않기를 바랐지만 남편은 계속해서 말했다.

"그동안 나는 헥터가 여기에 남아 있게 된다면 가장 좋지 않을까 하고 생각했어. 우리가 여기를 떠난 뒤에 말이야. 하지만 지금은 내가 생각을 잘못했다는 생각이 들어. 헥터는 아직 그 사실을 모르는 것 같아. 어쩌면 알고 있으면서 신경을 쓰지 않는지도 모르지. 그 친구는 자기 식대로 아이들을 돌보는 방법을 알고 있어."

그녀는 고개를 끄덕였지만 아무 대꾸도 하지 않았다.

"하루 종일 아이들에게 일일이 지시를 하는 것도 좋지 않아. 아이들을 믿고 그냥 내버려두는 어른이 한 명 정도 있는 것도 그리 나쁘지 않을 거야. 목회자가 아닌 사람이 한 명 정도는 필요하다는 얘기지. 돌이켜보면 나는 그동안 아이들에게 너무 집요하게 굴었어. 기대도 많이 했고. 아이들의 입장을 고려하지 못할 때도 많았지. 그들은 아직 애들이야. 하지만 천진난만하지는 않아. 자신의 미래에 대해 확신이 없어 보이는 헥터 같은 사람을 여기에 두는 것도 나쁘지는 않을 거야. 불확실한 미래 때문에 힘들어 하지만 그 친구는 어느 누구보다도 열심히 일하고 있어. 아이들도 헥터의 성실한 모습은 알아보는 것 같아. 나한테 들은 설교보다 헥터의 그런 모습이 아이들한테는 더 유익할지도 모르지."

"그동안 당신은 아이들을 위해 놀라운 일을 했어요. 여기에서도 그랬지만 다른 모든 고아원에서도요. 어느 누구도 거기에 대해서는 이의를 제기하지 못할 거예요. 아이들도 당신을 좋아하고 있고요."

그는 아내의 뺨을 손으로 붙잡으며 말했다.

"이제 아이들을 가르치러 가야 하는데 괜찮겠어?"

"제 걱정은 마세요."

"점심시간에 또 먹을 것을 가져다주지."

"그럴 필요 없어요. 저도 차 정도는 끓여먹을 수 있으니까요. 차만 있으면 돼요."

"알았어. 여보, 부탁 하나 들어줄 수 있어?"

"예. 물론이죠."

"나는 당신이 헥터한테 말해줬으면 좋겠어. 당신 몸이 괜찮아지거든 말이야."

"무슨 말을 해달라는 거죠?"

"우리가 떠난 뒤에도 여기에 남아 있어달라고 부탁해줘. 내가 부탁하면 안 들을 수도 있으니 당신한테 부탁하는 거야. 당신도 그 친구가 여기에 계속 있었으면 좋겠지? 이제 월동 준비도 해야 하는데 그 친구만큼 모든 일을 알아서 척척 처리하는 사람은 나나 김 목사나 찾기가 힘들어. 내 생각에는 그 사람을 설득할 수 있는 사람은 당신밖에 없어."

"그 사람이 제 말이라고 들을까요? 아마 안 들을 거예요."

"왜 그렇게 생각하지? 그 친구는 항상 당신을 높이 평가하고 있잖아. 내 말이 틀려?"

"최근에는 얘기를 별로 못 나눴어요."

"그건 나도 알아."

여전히 철테 안경을 손에 든 채로 그가 말했다. 창문으로 스며든 늦은 오전의 햇살이 그의 얼굴 한쪽을 환하게 비추고 있었다. 그는 몹시 지쳐 보였다. 어린애처럼 순수해 보이기도 했다. 잔뜩 찡그리고 있는 이마 아래의 하늘색 눈동자는 무척 커 보였다.

"두 사람 사이에 무슨 일이라도 있었어?"

자신의 안경을 내려다보며 그가 중얼거렸다.

"그 사람이 당신한테 비위를 건드리는 짓이라도 했나?"

"아니에요."

"그런데 왜?"

그는 잠자코 기다렸지만 그녀는 아무 대답도 하지 않았다. 결국 그는 손에 든 안경을 꼈다. 그녀는 남편이 무언가 꺼내기 힘든 말, 한번 꺼내면 회복할 수 없고 언제까지나 충격이 이어질 무슨 말을 할 거라고 확신했다. 하지만 그는 무슨 말을 할 듯 말듯 하다가 간신히 참았다. 입 밖으로 흘러나오는 말을 그대로 삼켜버린 것이다. 그는 아내를 향해 손을 뻗었다. 그녀는 눈을 감았다. 긴장을 하자 저도 모르게 목에 힘이 들어가면서 움찔했다. 하지만 다음 순간 그녀가 느낄 수 있었던 것은 자신의 머리카락을 부드럽게 쓰다듬는 그의 손길이었다.

"이제 좀 쉬어."

지친 목소리로 그가 말했다. 그는 자리에서 일어나 검정색 정장 재킷을 몸에 걸쳤다.

"점심 먹고 들러볼게."

"전 여행 가방을 싸놓을게요."

"그냥 쉬어. 짐은 내가 쌀 테니까. 이번 기회에 나도 짐 싸는 법을 배워야지. 당신이 아팠기 때문에 나는 입양된 남자아이 세 명이 짐을 싸는 일을 도와주어야 했어. 나중에는 가방에 닥치는 대로 집어넣었지. 옷이 다 구겨졌어. 정은 그동안 모은 조약돌을 가져가려고 했고 진은 살아 있는 풍뎅이들을 가져가고 싶어 했어. 그러다 보니 짐은 엉망이 되어버렸고 스톨즈 부인은 가방에 담긴 것들을 모두 꺼내서 다시 차곡차곡 싸야 했지. 그때 내가 완전히 무용지물이라는 것을 느꼈어. 당신이 곁에서 모든 것을 챙겨주니까 내가 아무짝에도 쓸모없는 인간이 돼버린 거야."

"무용지물은 당신이 아니라 저죠."

그는 상체를 기울여 그녀에게 키스했다.

"여행에서 돌아오면 서로를 최대한 보살펴주기로 하지. 스포캔에 정착할 때까지 말이야. 우리가 그렇게 할 수 있을까? 그렇게 하기로 서로 약속할까?"

"그래요."

그들은 키스를 하고 나서 다시 포옹했다. 그가 방을 나가기 전에 그녀가 말했다.

"여보, 그 사람한테는 제가 말해볼게요. 한번 해보죠 뭐."

그는 침실을 나가려다가 멈춰 서서 고개를 끄덕였다.

"나는 당신이 그 친구의 마음을 돌릴 수 있다고 기대 안 해. 나는 아무것도 기대하지 않아."

　에임즈가 이튿날 아침에 떠날 때 그녀는 잠들어 있었다. 동이 트기 전에 서울에 있는 교회 사무실에서 운전사가 내려와 그를 태워갔다. 그녀는 차가 아치형 정문을 빠져나가 언덕을 굴러 내려갈 때 분명히 잠에서 깼을 것이다. 꿈속에서 그녀는 아이들이 빽빽거리는 소리를 들었는데 그것은 틀림없이 차가 브레이크를 밟는 소리였을 것이다. 그녀는 얼른 잠자리에서 일어났지만 사택의 현관문을 열었을 때는 이미 차량의 모습이 보이지 않았다. 쌀쌀한 새벽 공기 속에는 차량이 뿜어놓은 달콤한 배기가스 냄새만 희미하게 남아 있었다. 냄새가 완전히 흩어졌을 때, 잠옷을 입고 있는 그녀는 공기가 더 차갑게 느껴졌다. 뿌옇게 떠오르는 햇살 속에서 주변 건물들이 희미하게 윤곽을 드러내고 있었다. 이랑 무늬의 구름이 하늘을 떠받쳤다. 얼마 있지 않으면 구름은 흩어질 것이다. 에임즈는 그녀를 깨우지 않고 여행을 떠나겠다고 미리 말해두었다. 하지만 그녀는 자신이 내팽개쳐진 것 같은 느낌을 받았다. 남편이 고아원에서 채 1킬로미터도 벗어나지 않았는데 그녀는 벌써부터 외로움을 느꼈다. 몸은 이제 괜찮아졌지만 그녀는 자신이 버려진 벌집 같다고 느꼈다. 모든 방이 하나 같이 바짝 말라버리고 텅 비어버린 벌집. 그녀는 자신의 몸이 천 개의 아주 작은 무덤들로 이루어져 있는 것 같았다. 이제 홀로 내버려져 있다는 사실이 무척 당혹스러워 그녀는 빨리 시간이 지나길 바랐다. 오전 나절이 되면 김 목사가 도착해 있을 것이고 아이들이 시끄럽게 뛰어다닐 것이며 부인들은 그런 아이들을 꾸짖으며 꽁무니를 뒤쫓을 것이다. 고아원 전체는 사람들의 소리로 넘쳐나 본격적으로 하루가 시작될 것이다. 그녀는 그렇게 시간이 빨리 흘러갔으면 좋겠다고 생각했다. 하지만 주변에는 소리나 빛, 또는 사람들의 움직임은 전혀 없었다. 그녀는 돌아서서 문을 닫고 들어가지 않고 차가운 땅바닥에 맨발을 내려놓았다. 발바닥에 닿는 싸늘한 기운에 그녀는 숨이 멎는 것 같았지만 마음은 깨끗해지는 느낌을 받았다. 그녀는 차가운 공기 때문에 정신이 번쩍 들었다. 몸은 녹초가 되어 있었지만 더 이상 잠을 자고 싶지 않아 어둠을 뚫고 기숙사 쪽으로 걸어갔다. 걸으면서 그녀는 아이들을 생각했다.

비좁은 현관에는 세 개의 문이 있었다. 부인들은 문 앞에 수건을 하나씩 놓아두었다. 그녀는 수건에다 발을 닦았다. 각각의 문을 열고 들어가면 방이 나왔다. 한쪽 문은 남자아이들, 그리고 다른 쪽 문은 여자아이들의 방으로 이어져 있었고 중앙에 있는 문은 열고 들어가면 헥터가 지은 예배당이 나왔다. 현관 자체는 아이들의 신발로 빼곡했다. 여기저기에서 기부를 받은 신발들이라서 운동화, 샌들, 구두, 그리고 부츠에 이르기까지 다양했다. 어둠에 눈이 익었을 때, 푸르스름한 빛 속에서 주변의 모든 것이 창백하게 보였다. 그녀는 아직 잠들어 있을 준을 훔쳐보고 싶었다. 동그랗고 예쁘장한 준의 얼굴이 그리웠다. 준은 마음보다 얼굴이 훨씬 더 차분하고 평온해 보였다. 실비는 앞날에 대해서는 준에게 어떠한 말도 할 수 없을 것 같았다. 어떻게 준에게 말을 해야 한단 말인가? 어떤 말로 준을 위로해야 한단 말인가? 자신과 에임즈는 미국에 어떤 아이도 데려가지 않기로 결정했다는 말을 어떻게 할 수 있단 말인가? 자신은 에임즈의 아내는 될 수 있을지 몰라도 아이의 엄마가 되기에는 부적합하다는 말을 어떻게 한단 말인가? 그녀가 생각하기에 자신은 동정심이 많은 체하는 겁쟁이였을 뿐, 결과적으로 자신의 몸 하나도 간수하지 못하는 형편없는 사람이었다. 이제 미국으로 떠날 날이 임박해 있었고 에임즈는 아이들의 입양 문제는 꺼내지도 않았다. 그녀는 차마 남편에게 그 문제만큼은 물어볼 수가 없었다. 그녀는 한국에 도착했을 당시에 몇몇 아이를 입양하기로 마음먹고 준비해둔 절차가 아직 취소되지 않은 것으로 알고 있었다. 하지만 그런 것은 이제 중요하지 않았다. 며칠 전에 김 목사는 에임즈에게 봉투를 하나 건넸는데 거기에는 일본행 첫 비행기 표가 들어 있었다. 봉투에는 에임즈가 지시한대로 표가 달랑 두 장밖에 들어 있지 않았다. 그들은 미국으로 돌아갈 때, 아이들을 네다섯 명 정도, 가능하다면 열 명까지 데려가기로 항상 마음먹고 있었는데 결국에는 단 한 명의 아이도 데려가지 않게 되었다. 에임즈는 차라리 그러는 편이 아이들 모두를 위해 잘하는 일이라고 생각한 것 같았다. 그녀는 남편의 결정을 이제 이해할 수 있을 것 같았다.

그녀는 남자아이들의 방으로 미끄러지듯이 들어갔다. 그전에 이미 그녀는 잠 못 이루는 밤에 남자아이들의 방과 여자아이들의 방을 모두 들어가 보았다. 한창 잠에 빠져 있는 아이들을 보고 있으면 마음이 안정되었다. 여자아이들과 마찬가지로 남자아이들도 일렬로 나란히 누워서 잠을 자고 있었다. 중간쯤에는 배가 불룩 나온 커다란 석탄난로가 놓여 있었다. 밤새 난로의 불이 꺼지지 않도록 아이들은 돌아가면서 석탄을 집어넣어야 했다. 중앙난방 장치가 없는데다가 벽은 단열재로 시공을 하지 않았기 때문에 한겨울에는 항상 온기가 감돌도록 유지하는 것이 중요했다. 하지만 이맘때는 그렇게까지 하지 않아도 되었다. 난로를 만져 보니 뜨겁지 않고 간신히 온기를 느낄 수 있을 정도였다. 잠들어 있는 아이들의 몸과 입에서 흘러나오는 냄새로 공기가 혼탁하고 꿉꿉했다. 사춘기 이전의 남자아이들한테서 흘러나오는 냄새는 여자아이들의 방에서 맡은 냄새와 같았다. 남들에게는 불쾌하고 찜찜한 기분이 드는 냄새일지 모르겠지만 실비는 그 시큼하고 구중중한 냄새가 그렇게 싫지는 않았다. 그녀는 오히려 그런 냄새가 정겹게 느껴졌다. 구입한 지 하루가 지난 케이크 냄새 같다고나 할까. 그녀는 입양된 아이들이 떠나 지금은 비어 있는 세 개의 침대 가운데 하나에 올라가 잠시 누워보고 싶은 유혹을 느꼈다. 아이들은 죽은 것처럼 보일 정도로 깊은 잠에 빠져 있었다. 하지만 나이가 제법 많은 아이 하나는 악몽에 시달리는지 갓난아기처럼 인상을 쓰며 두 주먹으로 머리를 막고 있었다.

"사모님?"

그녀의 등 뒤에서 어떤 목소리가 들렸다.

민이었다. 아이는 침대에서 한쪽 팔꿈치로 몸을 괴고 있었다. 발을 심하게 다쳤는데도 불구하고 민은 스톨즈 부부가 입양해서 데려간 세 아이한테 항상 놀림을 당해야 했다. 민은 뜨개질 모임에 자주 찾아오던 유일한 남자아이였다. 아이는 누가 될지 모르겠지만 자기를 입양하는 사람에게 목도리를 선물로 주고 싶다는 말을 실비에게 한 적이 있었다. 남자아이들은 계속해서 민을 놀려댔다. 그래서 결국 민은 자신의 목도리를 완성하지 못하고 모임에 발을 끊었다. 실비는 아이를 위해 두 번째 작품을 완성해야 했다. 하지만 놀림은 계속되었다. 특히 미국으로 떠난 삼총사가 민을 못살게 굴었다. 언젠가 실비는 민의 머리를 감겨주어야 했다. 삼총사가 민의 모자 안에다가 시럽을 발라놓는 바람에 아이의 머리는 개미로 들끓었다. 헥터는 민에게 못된 장난을 친 아이들에게 벌로 변소를 퍼내는 일을 시켰다.

"사모님이 여기에는 어쩐 일이세요?"

"불이 꺼지지 않았는지 살펴보려고."

그녀는 아이들이 깨지 않도록 속삭였다.

"내가 잠을 깨웠나보네. 미안해서 어쩌지? 다시 자거라."

"전 깨어 있었어요. 추우세요?"

아이도 낮은 소리로 말했다.

"난 괜찮아."

실비는 아이 옆에 쪼그리고 앉아 양팔로 자신의 가슴과 무릎을 감쌌다. 그때서야 그녀는 자기가 얇은 잠옷 위에 아무 옷도 걸치지 않고 있다는 것을 깨달았다. 그녀의 머리는 헝클어지고 뭉쳐서 엉망이었다. 마지막으로 목욕을 한 지 거의 일주일이나 되었다.

"춥니?"

아이는 고개를 가로저었다. 그녀는 아이의 뺨을 손으로 감싸주었지만 아이는 다시 자리에 누우려고 하지 않았다. 무슨 일인지 아이의 얼굴에는 수심이 가득했다.

"아직도 편찮으세요?"

"이제 그렇게 아프지는 않아. 기분도 많이 좋아졌고."

"반가운 소식이네요. 어제 저는 사모님을 기다리고 있었어요."

"나를? 왜?"

아이는 두 다리를 들어 침대 밖에 내려놓았다. 그런 다음 재빨리 침대 밑으로 고개를 들이밀더니 캔버스 천으로 된 가방을 밖으로 끌어당겨 냈다. 아이는 가방 속에서 반듯하게 개어놓은 목도리 두 개를 꺼냈다. 두 개 모두 낙타색이었다. 아이는 그것들을 그녀에게 건넸다.

"사모님과 목사님께 드리고 싶어요."

"아니, 이러지 마."

실비는 목도리를 돌려주려고 했지만 아이는 그 목도리에 담겨 있는 의미를 그녀가 깨닫고 두려워하고 있다는 것을 즉각 알아차리고 계속해서 강요하다시피 목도리를 들이밀었다. 그녀는 당황하면서 말했다.

"민, 나는 이런 거 받으면 안 돼."

근처에서 자고 있던 아이들이 부스럭거리면서 잠결에 무어라고 중얼거렸다. 실비는 민이 덮고 있던 담요 한 장을 가지고 아이를 데려고 방에서 나왔다. 현관은 추웠다. 그녀는 아이를 모포로 감싸고 나서 목도리 하나를 그의 목에 둘러주었다. 그러고 나서 다른 목도리를 돌려주려고 했지만 아이는 그녀의 손을 밀어내며 한사코 받지 않았다.
"민, 제발 이러지 말고 가지고 있어. 이것들은 네가 생각했던 대로 멋진 선물이 될 거야."
아이의 눈을 유심히 들여다보며 그녀는 잠시 말을 멈추었다.
"운 좋게 누가 너의 양부모가 될지 모르겠다만 이것들을 받으면 얼마나 기뻐하시겠니."
"아니에요."
"제발, 민. 나는 이걸 받을 수 없어."
"저한테는 더 이상 필요 없는 것들이에요. 저는 계속 이곳에 남을 테니까요."
"당분간은 그렇겠지. 하지만 영원히 여기에 남는 건 아니야. 이곳을 떠난 아이들처럼 너도 언젠가는 여길 떠나게 될 거야."
"사모님과 목사님이 저보다 먼저 떠나잖아요."
"응."
"두 분이 떠나셔야 한다는 것 저도 알아요."
"그래."
"저는 그들이 여기에 남았으면 좋겠어요."
"다른 아이들 말이니?"
민이 고개를 끄덕였다.
"벌써 떠난 아이들도 남았으면 좋겠다고?"
"예."
"정말이니? 걔네들은 착한 애들이 아니었잖아. 특히 너를 못살게 굴었고. 이제 상황은 나아질 거야. 더 이상 놀랄 일도 없을 거고."
"저는 그런 것에 신경 쓰지 않아요."
아이는 아주 차분한 목소리로 말했다.

"저는 그 아이들이 행복하지 않았으면 좋겠어요. 그래서 여기에 남아 있었으면 좋겠다고요."

실비는 달리 무슨 말을 해야 할지 생각이 나지 않았다. 아이가 목도리를 내밀었다. 그녀는 목도리를 받아들고 자신의 목에 둘렀다. 그러고 나서 그녀는 허리를 굽혀 아이를 껴안으며 아이의 머리 정수리에 키스를 했다. 아이가 갑자기 그녀의 몸에 찰싹 매달렸다. 뼈가 앙상하게 드러난 아이의 작은 두 팔이 자신의 목덜미를 억세게 휘감았을 때, 실비는 통증을 느꼈다. 아이의 느닷없는 행동에 그녀는 깜짝 놀랐다. 뼈에 금이 가거나 심지어 뼈가 부러질 것처럼 통증이 심했다. 두 사람의 앙상한 뼈가 서로 맞부딪쳐서 그런 것 같았다. 하지만 그녀는 아이를 매정하게 뿌리치지 않고 아이가 힘껏 껴안고 있도록 내버려두었다. 실비가 몸을 일으켜 세웠지만 아이는 그녀에게서 떨어지려고 하지 않았다. 고아원에서 생활하는 모든 아이들처럼 민은 그녀에게 한없이 귀한 존재였다. 그녀는 아주 오랫동안 민을 껴안고 아이의 몸에서 모든 힘이 빠져나갈 때까지 기다렸다. 마침내 양쪽 어깨가 축 처지면서 아이는 맥없이 그녀에게 머리를 기댔다. 갑자기 잠이 든 것 같기도 했고 생명이 빠져나간 것 같기도 했다. 그녀는 아이를 방으로 데리고 들어가려고 돌아서면서 한손으로는 모포의 끝을 모아 쥐었다. 잘못하면 모포 자락에 발이 걸려 넘어질 수도 있었기 때문이다. 하지만 그 순간 어두컴컴한 현관에서 어떤 창백한 빛이 그녀의 눈에 들어왔다. 그것의 정체는 손이나 반쯤 가린 얼굴이 분명했다. 그녀는 날카로운 눈빛을 기대하고 여자아이들의 문을 힐끔 쳐다보았지만 거기에는 아무것도 없었다. 문은 완전히 닫혀 있었다. 그녀는 민을 데리고 들어가서 침대에 앉혔다.

"이 목도리, 당분간만 내가 가지고 있을게."

그녀는 모포를 아이의 턱 밑으로 쑤셔 넣으며 속삭였다.

"선물이에요."

"하지만 나중에 돌려줄 거야."

아이가 눈을 감았다.

"알았지? 여기를 떠나기 전에 돌려줄게. 그렇게 하는 거다."

하지만 아이는 양쪽 눈을 찡그리면서 모포 아래로 쑥 미끄러져 들어갔다. 깡마른 아이의 몸이 그녀의 눈앞에서 사라졌다.

그날의 기온은 영상 4도로 그해 들어서 가장 추운 날이었다. 구름 한 점 없는 하늘에서 햇살이 화사하게 쏟아지고 있었지만 시간이 지나면서 날씨는 점점 더 추워지는 것 같았다. 북쪽에서 강한 바람이 간헐적으로 불어와 고아원을 한바탕 휩쓸고 지나갔다. 이듬해 봄에 정원의 퇴비로 쓰기 위해 어제는 모든 아이들이 힘을 모아 낙엽과 솔잎을 긁어모아 여러 개의 무더기를 만들어두었는데 바람이 워낙 거세어 그것들이 흩어지려고 했다. 오전 나절에 도착한 김 목사가 오찬기도를 할 때, 실비는 목도리를 목에 두르고 그의 옆에 서 있었다. 김 목사가 교실에서 한가하게 신문이나 훌훌 넘기고 있는 동안 다른 모든 사람들은 저마다 빗자루나 갈퀴를 손에 들고 여러 개의 무더기를 한데 모아 산더미처럼 거대한 하나의 무더기로 만들려고 애쓰고 있었다. 태녀 목사가 여행을 떠나버려 그 토요일에는 수업이 하나도 없었다.

하지만 바람은 그들의 수고에 깊은 거부감이라도 품은 듯, 몰아닥칠 때마다 땅바닥을 온통 휘젓고 다니면서 새로 만든 무더기의 윗부분을 순식간에 흩뜨려놓았다. 바람이 잔잔해지면 사람들은 다시 갈퀴를 들고 흩어진 퇴비를 재빨리 끌어 모았으나 그것도 잠시였다. 또 다른 돌풍이 밀려와 무더기를 덮고 있는 얇은 방수범포를 사정없이 날려버렸다. 범포는 연처럼 하늘 높이 떠올랐다가 운동장의 저쪽 가장자리에 심어져 있는 키 작은 소나무 꼭대기에 걸렸다. 보다 못한 아이 하나가 큰 소리를 지르며 달려가더니 아직도 흩어지지 않고 있는 거대한 무더기를 향해 두 팔을 벌리고 다이빙을 하듯이 달려들었다. 아이는 장딴지까지 퇴비에 파묻혔다. 즐거워하는 기색 없이 묵묵히 작업을 지시하던 헥터가 아이를 끌어내리려고 다가갔다. 하지만 아이의 두 발이 우스꽝스럽게 버둥거리는 것을 보고 다른 아이들이 환호성을 지르자 그는 마음이 누그러져서 갈퀴를 땅바닥에 떨어뜨리고 양손을 옆구리에 붙인 채 마치 죽은 사람처럼 뻣뻣하고 묵직하게 앞으로 넘어졌다. 그 모습을 지켜보던 아이들은 즐거워하며 소리를 질러댔다. 남자아이 하나가 그 뒤를 이어 퇴비 무더기로 달려들었고 그다음에는 여자아이 두 명이 달려들었다. 곧이어 나머지 아이들도 너나없이 무더기 속으로 뛰어들어 엉망이 되어버린 낙엽 덩어리 속에서 팔다리를 휘저으며 뒹굴었다.

  그 모습을 지켜보던 준까지 거기에 동참하고 싶어 했다. 그녀는 다른 아이들이 퇴비 무더기에서 나올 때까지 기다렸다가 달려들 자세를 취했다. 다른 아이들이 뛰어들었을 때와 달리 그녀를 위해 환호성을 지르는 아이는 아무도 없었다. 하지만 실비는 그녀를 위해 박수를 쳐주었다. 준은 힘껏 달려가서 이제 흩어져버린 무더기 속으로 슬라이딩을 했다. 그 무렵에는 무더기가 간신히 무릎 높이까지 차오른 상태였다. 준이 자리에서 일어섰을 때, 바지의 무릎 부위는 땅바닥에 쓸리면서 불그스름한 빛을 띠고 있었다. 그녀는 억지로 미소를 지어보였다. 다른 아이들이 다시 무더기를 쌓기 위해 흩어진 낙엽을 한데 모으기 시작할 때, 그녀는 양손을 겨드랑이 밑에 꼭 집어넣은 채 그 자리를 떴다. 헥터는 준이 괜찮은지 보려고 했지만 그녀는 계속해서 손을 겨드랑이에 감춘 채 저쪽으로 걸어갈 뿐이었다. 기숙사를 향해 걸어가는 준을 실비가 뒤쫓아 갔다.

"준? 괜찮니? 바지가 엉망이 됐구나."

준의 바지에서 찢어진 부위에는 흙이 묻어 있었다. 실비는 무릎을 꿇고 바지에 묻은 먼지와 흙을 털어주었다.

"다쳤니?"

실비가 상처를 살펴보려고 바지의 접단을 끌어올리려고 했지만 준은 다리를 뒤로 빼냈다. 실비가 준의 손 상태를 본 것은 바로 그때였다. 준의 손은 찢어져서 피가 흘러나오고 있었다. 한쪽 손바닥의 살이 두툼한 부위에는 작고 시커먼 돌까지 박혀 있었다. 다른 쪽 손바닥에는 삼각형 모양으로 살갗이 벗겨져서 속살이 드러나 보였다.

"어머, 저런. 준! 상처 부위를 씻어내고 붕대를 감아야겠구나."

"괜찮아요."

"괜찮기는. 그렇게 두면 안 돼."

"신경 쓰지 마세요. 제 몸은 제가 돌볼 수 있으니까요."

양손을 뒤로 빼내며 준이 말했다. 그녀는 마치 사탕 한 통을 모두 먹었거나 잘못된 약을 먹은 것처럼 이상하게 과민반응을 보였다.

"제발 내버려두세요. 사모님께 심려를 끼치고 싶지 않아요!"

"준, 그게 무슨 말이야. 심려를 끼치다니. 너는 절대 그런 적이 없어."

"제발, 괜찮다니까요."

준이 말했다. 실비가 무슨 조치를 취하기도 전에 그녀는 도망을 치듯 냅다 달려가더니 기숙사 뒤편으로 돌아갔다. 실비는 준을 뒤쫓아 갔지만 건물의 모서리를 돌아갔을 때는 이미 준의 모습이 보이지 않았다. 그녀는 산기슭의 무성한 덤불로 이어지는 오솔길의 초입에 멈춰 서서 움직이는 소리가 들리는지 귀를 기울여보았다. 산들바람에 키가 크고 바짝 마른 풀들과 앙상한 잡초들이 서로 몸을 부딪치는 소리만 들릴 뿐 다른 소리는 일절 들리지 않았다. 하지만 그녀는 준이 분명히 덤불 어딘가에 몸을 숨기고 있을 거라고 의심했다. 자신이 민과 함께 기숙사 현관에 있을 때 준이 그랬던 것처럼 말이다.

　실비가 앞마당으로 돌아왔을 때, 아이들과 헥터는 정원 근처에 쌓아놓은 퇴비 더미 쪽으로 끌고 가려고 낙엽들을 다시 긁어모아 방수범포 위에 쌓아올리고 있었다. 실비는 그들을 도와줄 수 있을 만큼 자신이 강해진 것을 느꼈다. 빗자루로 낙엽들을 쓸기 시작하면서 그녀는 아이들 가까이에서 함께 땀을 흘리고 있다는 사실이 기뻤다. 그녀는 자신이 그동안 허비한 시간을 깨닫고 갑자기 가슴이 벅차올랐다. 사택 안에서 나흘을 보냈고 이제 아이들의 곁을 떠날 시간이 불과 열흘가량 남아 있었다. 민은 그녀의 근처에서 잔가지를 묶어서 대충 만든 빗자루로 굴러다니는 낙엽들을 쓸어 모으고 있었다. 아이는 그녀가 목도리를 두르고 있는 것을 보고 분명히 기뻐했지만 거기에 대해 아무 말도 하지 않았다. 민은 신중한 아이였다. 제 또래의 아이들 속에 끼어 있으니 민의 키는 유난히 작아보였다. 빗자루로 바닥을 쓸다가 잠시 서로를 비껴지나갈 때, 그녀는 남들이 눈치채지 못하게 재빨리 민의 커다란 머리통을 자신의 외투 쪽으로 끌어당겼다. 민의 얼굴에 환한 미소가 피어올랐다. 몇몇 여자아이들이 그들과 합류했고 그들은 함께 일을 했다. 곧이어 나머지 아이들도 합류하면서 모든 사람이 한 줄로 길게 늘어서서 빗자루와 갈퀴로 낙엽들을 쓸고 긁어모으기 시작했다. 아이들은 서로 경쟁이라도 펼치듯 점점 더 빠르게 빗자루를 움직였다.

　헥터는 줄의 제일 끄트머리에서 그녀에게 등을 돌린 채 일을 하고 있었다. 아이들이 모두 낙엽 더미 속으로 뛰어들 때 기분이 좋아졌던 그는 이제 예전의 모습으로 완전히 돌아가 있었다. 갈퀴질을 하는 그의 넓은 어깨가 힘차게 움직이는 동안 그의 주변으로 불그스름한 먼지가 낮게 피어올랐다. 갈퀴의 뾰족한 끝이 딱딱한 땅을 긁을 때마다 마찰음이 크게 들려왔다. 그의 억세고 한결 같은 리듬은 나머지 사람들과 확연히 구별되었다. 그녀는 자신의 두 발 사이로 그가 갈퀴질을 하고 있는 것처럼 느꼈다. 아직까지 헥터는 그녀에게 한 마디도 하지 않았다. 그녀는 적당한 거리를 두고 있는 헥터가 고마웠다. 그리고 자신이 지켜보고 있다는 사실을 그가 눈치채고 있는지 궁금했다. 실비는 헥터를 쳐다보지 않으려고 애썼지만 거의 일주일 동안 그를 보지 못했기 때문에 두꺼운 옷을 입고 있는 그에게 자꾸만 눈길이 갔다. 헥터와 함께 있고 싶다거나 그의 몸을 만지고 싶은 욕망 때문이 아니었다. 그녀는 자신이나 에임즈의 몸매와는 완전히 다른 헥터의 몸을 자신이 어떻게 잊을 수 있었는지 자신이 생각해도 놀라웠다. 각이 없는 헥터의 몸은 다양한 크기의 나무에서 잘라낸 줄기들로 만들어진 것처럼 보였다. 몸통과 마찬가지로 갈퀴의 손잡이를 붙잡고 있는 그의 손가락도 굵직했다. 헥터의 몸을 나무줄기에 비유할 수 있다면, 그녀는 평생 동안 자신의 팔다리가 나뭇가지의 끝부분처럼 한없이 가느다랗다고 느껴왔다.

실비는 헥터에 대한 자신의 감정이 저속하고 비열하며 어느 모로 보나 경멸을 받아 마땅하다는 것을 알고 있었다. 하지만 그의 몸매나 모습을 그녀가 갈망하고 있는 것은 사실이었다. 정작 헥터 본인은 자신의 몸매가 얼마나 멋진지 전혀 깨닫지 못하고 있었다. 그녀는 헥터를 바짝 끌어당겨 몸을 섞을 때, 그의 살에서 전해지는 밀도와 무게를 느낄 수 있었다. 사랑을 나눌 때 그녀는 노를 젓는 사람이었고 그는 가장 육중한 노였다. 그녀는 자신을 아름답게 가꾸려는 노력은 거의 기울이지 않았다. 그녀의 부모님은 숭고한 행위나 자기를 돌보지 않는 수고만 인정하고 격려하는 사람들이었다. 그들에게는 아름다운 몸이 아니라 아름다운 행위가 중요했다. 마지막으로 그녀의 가슴을 설레게 만든 사람은 벤저민 리였다. 비록 외적인 아름다움은 헥터와 완전히 달랐지만 벤저민은 헥터 못지않게 그녀의 마음을 강하게 사로잡았다. 벤저민의 경우, 그 외견상의 아름다움은 이면에 감춰진 뒤틀리고 파괴된 영혼을 가리는 베일이었다.

낙엽 무더기는 이제 다시금 산더미처럼 높게 쌓였다. 헥터는 나이가 제법 많은 아이들에게 방수포의 한쪽 모서리를 꼭 붙잡게 하고 자기는 다른 쪽 가장자리를 붙잡았다. 그들은 방수포를 함께 끌어당겼지만 모서리는 꿈쩍도 하지 않았다. 아이들은 중심을 잃고 쓰러졌다. 그 모습을 지켜보던 아이들이 깔깔거리며 죽는다고 웃어댔다. 아이들이 다시 준비를 갖추었을 때, 헥터는 셋까지 세었고 그들은 동시에 방수포를 끌어당겼다. 무더기가 움직이기 시작했다. 헥터는 방수포의 앞쪽 모서리를 붙잡고 있었는데 아이들이 비틀거리는 것처럼 보이자 실비를 포함해서 다른 몇 사람이 달려들어 다른 모서리를 붙잡아주었다. 몇몇 아이들이 실비와 헥터 사이에 서 있었다. 헥터는 무표정한 얼굴로 그녀를 힐끗 쳐다보았지만 그녀의 눈빛은 조금도 흔들리지 않았다. 그는 고개를 돌려야 했다. 이제 실비는 그에게 굴복할 수 없었고 그가 계속해서 자신을 피하도록 내버려두어야 했다. 에임즈가 출장을 가고 없는 이 며칠 동안은 그들이 마음 놓고 얘기를 나눌 수 있는 마지막 기회일지도 몰랐다. 그녀가 남편에게 출장을 가지 말고 고아원에 머물러 있기를 원한다고 말한 것이나 새로 생긴 고아원의 아이들이 그의 방문으로 많은 도움을 받을 것이라고 말한 것은 절대로 거짓말이 아니었다. 하지만 남편이 자리를 비운 이 기회를 그동안 고대하고 있었던 것도 사실이었다.

헥터가 다시금 숫자를 세었다. 그런 식으로 해서 그들은 정원 근처에 퇴비를 쌓아둔 지점까지 50미터 정도 무더기를 끌고 갔다. 목표지점에 도착하자 헥터는 무더기의 반대편으로 돌아가서 양손으로 방수포를 끌어당기면서 무더기를 헤집고 들어갔다. 그런 다음 그는 거대한 무더기를 한쪽으로 넘어뜨리기 위해 몸을 잔뜩 웅크린 채 자기 체중을 모두 거기에 실었다. 순식간에 그의 몸은 낙엽으로 온통 뒤덮였다. 무더기를 넘어뜨리고 나서 밖으로 걸어 나오는 그의 머리카락과 옷에는 솔잎과 낙엽이 잔뜩 달라붙어 있어서 마치 숲 속에 사는 야수처럼 보였다. 아이들이 그의 주변으로 모여들어 몸에 붙어 있는 것들을 털어주었다. 한순간 망설이던 그는 양팔을 펼치더니 심지어 상체까지 앞으로 기울여 자신의 머리에 붙어 있는 것들을 아이들이 털어낼 수 있도록 했다.

낙엽을 치운 운동장은 말끔했고 그날은 달리 할 일도 없었기 때문에 나이가 많은 아이들은 평소처럼 축구 시합을 했다. 나이가 어린 아이들은 돌멩이를 가지고 공기놀이를 하거나 술래잡기를 하느라 뛰어다녔다. 김 목사는 그때까지 식당에서 나오지 않았다. 그는 저녁 식사 시간까지 거기에 있다가 저녁을 먹고 나면 서울로 돌아갈 것이다. 헥터는 이제 다양한 종류와 크기의 빗자루와 갈퀴를 한데 모으고 있었다. 그가 빗자루 하나를 집으려고 허리를 굽혔을 때, 그의 어깨에 높게 쌓여 있던 다른 빗자루와 갈퀴들이 중심을 잃고 무너질 것처럼 흔들렸다. 그 모습을 지켜보던 실비가 얼른 앞으로 나서며 땅바닥에 있는 빗자루를 집어 들었다. 그녀는 움직이지도 않고 빗자루를 그에게 건네주지도 않았다. 헥터는 아무 말도 하지 않고 공구들을 보관하는 정원 창고를 향해 걸어갔다. 잠시 뒤에 창고에서 나온 그는 그녀를 곧장 스치고 지나갔다. 실비는 그가 장작을 외바퀴 손수레에 잔뜩 실어서 기숙사 건물 쪽으로 밀고 가는 모습을 지켜보았다. 그는 기숙사의 방들과 예배당의 장작난로에 들어갈 땔감을 보충해두고 있었다. 그녀는 헥터가 건물 안으로 사라질 때까지 기다렸다가 그쪽으로 건너갔다. 헥터는 장작을 좀 더 가져가려고 건물 밖으로 나오다가 장작을 한 아름 안고 있는 그녀를 발견했다. 그는 말없이 장작을 받아들고 다시 현관으로 들어갔다.

"나한테는 더 이상 아무 말도 안 할 작정이에요?"

그녀가 말했다. 헥터가 아무 대꾸도 하지 않자 그녀는 그를 뒤따라 예배당으로 들어갔다. 헥터는 한쪽 구석에 놓여 있는 난로 옆에 장작을 내려놓았다. 예배를 위해 난로에 불을 지피는 것은 그의 책임이었다. 요즘에는 날씨가 쌀쌀해져서 밤에도 난로에 불을 지피고 시간이 지나면 불을 꺼야 했다. 그가 천장에 뚫어둔 작은 창문으로 빛이 스며들어 예배당 안은 환했다. 예배당은 회색 페인트를 칠한 벤치들과 역시 회색 페인트를 칠한 사면의 벽, 그리고 설교단 뒤편에 철사 줄에 매달려 있는 평범한 나무 십자가 등으로 꾸며져 있었다.

"헥터, 이제 나랑은 말도 하지 않겠다고요? 정말 그런 건가요?"

"당신은 추수감사절 다음 날 떠나잖아요."

그가 말했다.

"그래요."

"어쩌면 그 전날 떠나야 할지도 몰라요."

"왜 그런 얘기를 하는 거죠?"

"우리가 이렇게 헤어지게 된 걸 오히려 고마워해야 할지도 몰라요."

"그렇게 잔인하게 굴어야 속이 시원하겠어요?"

"잔인하게 구는 게 아니에요. 현실을 말하는 겁니다."

"내가 떠나고 싶어 하지 않는다는 거, 당신도 알잖아요."

"난 몰라요."

그의 목소리가 높아지고 있었다.

"어떻게 내가 그걸 알 거라고 생각하죠?"

"거짓말 말아요. 당신은 분명히 알고 있어요."

"그럼 여기에 머물러 있으면 되겠네요."

"예. 나도 그러고 싶어요. 하지만 내가 여기에 계속 머무르게 되면 무슨 일이 일어나게 될까요? 좋은 일이 일어날 거라고 생각해요? 당신은 우리가 여느 동료들처럼 편한 마음으로 함께 일할 수 있을 거라고 생각하는 거예요?"

"당신과 당신 남편의 사이처럼 말이에요?"

"제발 좀 그렇게 삐딱하게 보지 마요. 철부지 아이처럼 행동하지 말라고요."

"당신이 원하는 게 그거 아니었어요?"

"제발 그만해요."

"그래서 우리가 함께 있었던 것 아닌가요? 당신은 자신이 책임지지 않아도 되는 편하고 부담 없는 상대를 원했던 거 아니었어요? 게다가 괜찮은 섹스 상대도 필요했던 거고."

"미쳤군요."

실비가 방을 나가려고 돌아서는 순간, 헥터는 그녀의 손목을 붙잡아 자기 쪽으로 홱 끌어당기며 키스를 하려고 했다. 그녀는 헥터의 품에서 벗어나려고 몸부림을 치며 손으로 자기 얼굴을 가렸지만 그는 우악스럽게 그녀를 끌어안았다. 급기야 그녀는 헥터의 뺨을 한 대 때렸지만 그는 여전히 그녀를 놓아주지 않았다. 그녀가 다시 손을 들었을 때, 그는 움찔하지도 않았다. 그녀는 몸을 비틀면서 빠져나오려고 애썼지만 그의 손아귀의 힘이 너무 강했다. 마치 그녀는 암벽의 달린 쇠사슬에 단단히 묶여 있는 것 같았다.

"당신은 우리 모두를 불쌍히 여겼어요. 그렇죠?"

그녀를 더욱 세게 끌어안으며 그가 말했다.

"이제 와서 내가 말하는 거예요! 이제 내 말을 들어줬으면 좋겠어요! 당신이 이곳으로 오기 전에 이 고아원은 이 빌어먹을 나라에 있는 여느 고아원보다 나을 것도 못할 것도 없는 그저 그런 곳이었어요. 그때는 아이들과 부인들, 그리고 심지어 나한테도 좋았죠. 이제 이곳은 음식도 충분하고 비바람을 막을 지붕도 있고 더 이상 사람을 죽이는 일도 없으니 더 이상 바랄 게 뭐가 있겠어요? 그런데 당신이 여기를 떠난다고요. 이제 우리한테 남은 것은 뭐가 있죠? 당신 남편이 여기를 떠나겠다고 선언하고 나서 여자아이 하나가 무슨 짓을 했는지 알아요?"

"제발 이거 좀 놔줘요."

"미선이 말이에요. 그 아이가 우물 펌프에서 목이 말라 죽겠다는 듯이 펌프 주둥이에 입을 갖다 대고 물을 마시고 있었어요. 나는 그 아이 옆을 두 번이나 지나갔는데 그때까지 계속해서 물을 마시더군요. 스웨터가 흠뻑 젖을 정도로 계속해서 물을 들이켜는 걸 보고 나는 도저히 안 되겠다 싶어 아이를 억지로 펌프에서 떼어놨죠. 그 애가 물을 모두 들이마시고 익사하는 줄 알았으니까. 내가 뭐하는 거냐고 물으니까 그 애가 뭐라고 그랬는지 알아요? 당신이 이곳을 떠난다고 생각하니 자기도 모르게 갑자기 기분이 이상해졌다는 겁니다. 무슨 이유에서인지 모르겠지만 그 애는 오래전에 잊었던 허기를 다시 느꼈어요. 전쟁 중에 물로 배를 채우던 버릇이 있었는데 그래야지만 속이 허하지 않았다고 했어요."

"그래서 나더러 어쩌라고요? 나라고 아이들을 모두 데려가고 싶지 않겠어요?"

"그럼 모두 데려가란 말이에요!"

실비의 다른 쪽 팔목을 붙잡으며 그가 말했다. 그녀는 헥터의 손을 뿌리치려고 애썼지만 그는 그녀를 벽으로 강하게 밀어붙였다. 어찌나 거세게 밀어붙였는지 그녀는 한순간 그가 자신을 다치게 만들지도 모른다고 생각했다. 설사 헥터가 자신을 공격하더라도 그녀는 신경 쓰지 않을 생각이었다. 그녀는 맞서 싸울 생각이 전혀 없었다.

"당신은 그처럼 쉽게 왔다가 쉽게 떠날 수 있다고 생각했던 거예요?

당신이 애지중지하는 그 빌어먹을 책에 그렇게 적혀 있었나보죠? 난 알고 싶어요. 난 그 책에 의지할 곳 없고 죄 없는 사람들에게 자비를 베푸는 내용이 적혀 있는 줄 알았어요. 그런데 알고 보니 그 책은 아무짝에도 쓸모가 없었어요. 사실 그것은 쓰레기보다 못해요. 온통 거짓말 덩어리였던 거라고요. 그 책은 아무것도 변화시키지 못했고 앞으로도 절대 변화시키지 못할 거예요. 그 작가가 묘사한 전투, 그게 대체 언제 벌어진 거죠?"

"오래전이에요."

"얼마나 오래전?"

"거의 백 년 전이요."

"백 년이라! 그 당시에 얼마나 많은 사람이 살육을 당했죠? 얼마나 많은 사람을 파묻고 불태워버렸죠? 나는 우리를 버려진 사람들이라고 생각하지 않아요. 하지만 당신은 자신의 역할을 해야 해요. 당신은 우리에게 희망과 친절과 사랑을 베풀었어요. 당신은 여기에서 없어서는 안 될 사람이라고요. 하지만 어느 누구도 당신을 도와줄 수가 없어요. 그렇지 않아요?"

"아니에요."

"그러니까 당신은 스스로를 돌볼 수밖에 없어요. 난 당신이 아이들을 데려갈 수 없는 이유를 깨달았어요. 당신은 이곳에 오고 나서 어느 누구도 포기할 수 없게 된 거예요. 만약 어느 누구를 포기하게 되면 나머지 사람도 모두 포기할 수밖에 없게 된 거죠."

그는 실비를 놓아주었지만 그녀는 아직도 그에게 매달려 있었다. 갑자기 그가 떠나버리고 자기 혼자 남게 될까 봐 두려웠던 것이다. 그녀가 고개를 돌렸지만 헥터는 그녀의 뜨개 모자를 벗겨내고 머리를 꽉 붙잡은 채 얼굴에 거칠게 키스를 했다. 그런 다음 그는 그녀의 입에다 키스했다. 실비가 고개를 돌렸지만 그는 움직이지 못하게 그녀를 벽에 짓눌렀다. 마침내 그녀의 입이 부드러워졌을 때, 모든 분노가 사그라진 그는 그녀를 애타게 찾는 듯 보였다. 그의 두 손은 성질이 까다로운 찰흙을 다루듯 그녀의 몸을 부지런히 어루만지고 있었다. 그는 그녀를 다시 만들기 위해 필사적이었지만 굳이 그럴 필요까지는 없었다. 실비는 그를 바짝 끌어안고 그의 손이 자신의 몸을 쓰다듬고 압박하고 마구 휘젓는 동안 자신의 입술을 그의 입술에 포개고 있었다. 며칠 동안 가련하고 비참한 상태에 놓여 있던 그녀의 몸이 완전히 깨어나면서 활기를 띠기 시작했다. 그녀가 바랐던 일은 아니었지만 그것은 사실이었다. 그렇게 그녀는 치유를 받았다.

18

굶주림. 그것이 다시 준을 찾아왔다. 하지만 피난길에서 어머니와 언니 오빠, 그리고 쌍둥이 동생들과 함께 행렬에 파묻혀 가다가 결국은 혼자가 되었을 때 느낀 굶주림과 달리 이번에 찾아온 굶주림은 숨어 있는 망각의 천사, 죽음의 천사가 아니었다. 그녀의 가족 중에 어느 누구도 굶주림 자체에 굴복하지는 않았다. 하지만 굶주림은 그들을 극도의 피로와 부주의, 그리고 결국에는 위험으로 내몰았다. 그녀는 굶주림이 자신에게도 똑같은 짓을 할 것이라고 항상 믿고 있었다. 그것이 자신을 벼랑 끝으로 내몰고 결국에는 까마득한 낭떠러지 아래로 떠밀어버릴 것이라고 생각했다. 하지만 이번에는 그것을 피해 달아나거나 몸을 숨기지 않았다. 그녀는 그것을 일종의 댄스 파트너로, 즉 자신의 움직임 하나하나를 읽고 관찰하는 동료로 받아들이고 있었다. 굶주림이 자신의 정신을 맑게 하고 모든 쓸데없는 생각을 버리게 해주며 순수하고 확고한 의지에 초점을 맞추도록 해줄 거라는 사실을 그녀는 알고 있었다.

준은 거의 아무것도 먹지 않고 있었다. 처음 이틀은 무척 힘들었다. 그녀는 자기가 무슨 짓을 하는지도 모르고 무작정 부엌으로 달려들었다. 부인들이 국자로 갖가지 냄비를 휘젓고 있었다. 그녀는 부인들을 한쪽으로 밀쳐버리고 벌집 속으로 허겁지겁 손을 집어넣는 곰처럼 커다란 주철 솥에 담긴 쌀죽 속으로 손을 집어넣어 배가 터지도록 게걸스럽게 먹었다. 하지만 이틀째가 지나자 불안한 증세는 가라앉기 시작했다. 사흘째와 나흘째는 그러한 증세가 완전히 사라져 몸도 마음도 아무렇지도 않았다. 하지만 그때까지 존재조차 몰랐던 또 다른 자신의 모습이 내면에 자리 잡고 있다는 것을 깨닫게 되었다. 그것은 공허함과는 거리가 멀었다. 그것은 그녀의 보다 참된 모습, 보다 다듬어진 모습이었다. 그녀는 힘이 빠지기는커녕 고아원 안팎을 돌아다닐 때 더욱 활기에 차 있었다.

어제는 부인 한 명이 의심스러운 눈초리로 준을 쳐다보았다. 그 여자는 국과 밥을 만 그릇을 가져가고 나서 계속해서 준을 힐끗거렸다. 그 일이 있은 뒤로 준은 그 늙은 여자가 자기를 쳐다볼 때는 음식을 한두 숟가락 뜨는 척하다가 눈길을 거두면 자기 음식을 숟가락으로 떠서 자기 옆에 앉은 사람의 그릇에다가 쏟아부었다. 이제 그녀는 예전처럼 혼자 떨어져서 식사를 하는 법이 없었다. 나이 어린 어떤 남자아이나 수다스러운 룸메이트 소현이 주로 그녀의 옆자리에 앉았는데 그들은 음식이 충분히 있는데 자기네한테 음식을 퍼주는 그녀의 행동을 두고 소란을 피우거나 불평을 하지 않았다. 고아들의 숫자는 줄어들지 않았다.

준은 아직도 아이들의 따돌림을 받거나 무시를 당하는 경우가 많았다. 그게 차라리 마음 편했다. 이제 그녀는 태너 목사의 사택에서 허드렛일을 하지 않았다. 어느 날, 부인 한 명이 그녀에게 다가와 앞으로 사택에는 가지 말라고 말했다. 사택 청소 말고 달리 할당된 일이 없었기 때문에 준은 수업과 식사 시간에만 얼굴을 비추고 나서 슬그머니 빠져나와 야산과 언덕을 휘젓고 다녔다. 덤불과 어린 나무들에 붙어 있던 이파리들이 거의 대부분 땅바닥에 떨어졌기 때문에 그녀는 울긋불긋한 색깔의 낙엽더미를 헤치고 나아가야 했다. 작고 예쁜 낙엽들을 주워본다든가 낙엽더미 위에 드러누워 볼 수도 있을 텐데도 이상하게 그녀는 계속해서 움직였다. 그렇게 쉬지 않고 움직일 수밖에 없었다. 한자리에 가만히 있으면 몸속에서 사나운 폭풍 덩어리가 회전의처럼 마구 돌아가는 것 같아 무척 어지러웠기 때문이다. 너무 오래 서 있으면 구역질이 났다. 그럴 때는 발에 너무 꽉 끼는 신발을 신고 빠르게 내달렸다. 헥터와 남자아이들이 땔나무를 구하러 자주 다녔던 오솔길을 따라 한참 달리다 보면 발에 생긴 물집 때문에 몹시 쓰라렸다. 발을 내디딜 때마다 신경을 건드리는 통증이 가슴과 목으로 확확 솟구쳤지만 그녀는 신음 소리를 내지 않았다. 신음 소리는커녕 얼굴도 찌푸리지 않았고 비명이나 신음이 입으로 터져 나오려고 할 때마다 그러한 고통이 마치 달콤한 음식이라도 되는 양 꿀꺽 삼켜버렸다.

며칠 전 영어 수업이 끝났을 때, 실비가 손을 흔들며 미소를 지어보였다. 준은 당장 달려가 자신의 얼굴을 그녀의 가슴에 파묻고 싶은 마음이 간절했지만 혹시라도 태너 목사가 그 모습을 보게 될까 봐 머뭇거렸다. 설사 목사가 그 모습을 보지 않더라도 준은 실비에게 자신의 결심을 보여줄 생각이었다. 그래서 그녀는 고개만 끄덕여주고 나서 종종걸음으로 그 자리를 얼른 빠져나왔다. 그 일이 있기 일주일 전에 태너 목사를 침대에서 깨운 뒤로 준은 실비에게 단 한 마디도 건네지 않았다. 그녀는 자신이 그날 아침에 그렇게 고집 세게 굴었던 점은 분명히 잘못이었다는 것을 깨닫고 다시금 목사의 인정을 받기 위해 자기가 할 수 있는 일은 무엇이든 할 생각이었다. 그래야만 자신을 아내가 입양하도록 목사가 내버려둘 것이기 때문이었다. 짧은 기간 동안이라도 자신의 욕망을 억제하고 가급적이면 실비도 가까이 하지 않는 것이 좋을 것 같았다. 준은 믿는 구석이 있었다. 그것은 목사가 아내를 진심으로 사랑하고 있다면 아내의 요구에 결국에는 굴복할 것이라는 믿음이었다. 그녀는 그전까지는 믿음 같은 것을 알지 못했지만 이제는 그것이 무엇인지 알고 있다고 확신했다. 적어도 그것의 육체적 표현만은 알 수 있을 것 같았다. 허기가 느껴질 정도로 배가 비워져 있을 때는 역설적이게도 자신의 앞날에 확신이 생겼다.

그리고 그 앞날에는 민도 포함되어 있다는 것을 그녀는 깨달았다. 이제 둘은 친구가 되었다. 그것은 그녀가 의도했던 바가 전혀 아니었다. 준은 그를 예리하게 파악하고 있었다. 그녀는 민이 실비에게 목도리를 건네는 장면을 목격했고 실비가 그것을 항상 목에 감고 다니는 것을 보았기 때문에 민에 대해 줄곧 생각하지 않을 수 없었다. 어느 날, 그녀는 계곡에 나 있는 큰길 근처를 아무 생각 없이 거닐다가 땅에 박혀 있는 총검 하나를 발견했다. 녹이 슬고 칼끝이 부러져나간 총검을 보고 그녀는 민에 대해 음산한 생각을 품지 않을 수 없었다. 그녀는 칼날이 얼마나 날카로운지 알아보려고 그것으로 딱지가 앉은 자신의 손바닥을 꾹 눌러보았다. 피가 흘러나와 손바닥을 적셨다. 하지만 며칠 전에 그녀는 책을 가지러 예배당에 들어갔다가 남자아이들의 방에서 치고받으며 싸우는 소리가 흘러나오는 것을 우연히 듣게 되었다. 남자아이들의 숙소 문을 빠끔히 열었을 때, 네 명의 아이가 방 가운데에 있는 침대를 빙 둘러싸고 서 있는 것이 보였다. 몸집이 다른 아이들보다 작은 민은 둘러선 아이들의 한복판에서 겁을 잔뜩 집어먹고 자기 침대 속으로 기어들어가려고 필사적으로 발버둥쳤다. 그는 아장아장 걸어 다니는 아기만큼이나 작아 보였다. 하지만 민의 양쪽에 서 있던 두 아이가 그를 번쩍 일으켜 세우자 앞쪽에 서 있던 아이는 한 손으로 민의 머리카락을 움켜쥐고 다른 손의 손가락 마디로 민의 정수리를 세게 쥐어박았다. 남자아이들은 자기들끼리 그런 짓을 가끔 했다. 상대방에게 심한 충격을 주지만 아무런 상처나 흔적을 남기지 않기 때문이다. 민은 충격이 가해질 때마다 비명을 질러댔다.

"이 새끼야, 넌 자신이 똑똑하다고 생각하지? 응?"

옆에 서 있던 아이가 으르렁거렸다. 그 아이의 이름은 병옥으로 고아원에서 힘없는 애들을 못살게 구는 아이들 가운데 하나였다. 나이가 제법 많아서 얼굴에는 벌써 여드름이 드물지 않게 나 있는 아이였다.

"목사님을 따라 그렇게 쉽게 떠날 수 있을 거라고 생각했어? 우리가 전혀 눈치 못 챌 거라고 생각했겠지?"

"나는 여기를 떠나지 않아! 어디에도 가지 않을 거란 말이야!"

민이 하소연했다.

"김 목사님이 어떤 아줌마한테 하는 얘기를 내가 들었는데도?"

병옥이 말했다.

"김 목사님은 네가 서울에 있는 교회 사무실에서 옷과 신발을 모두 새것으로 지급받을 거라고 했어. 게다가 용돈까지 받을 거라고 했단 말이야."

"만약 태너 목사님 부부가 나를 입양한다면, 내가 그런 것들을 받을 이유가 없잖아?"

민은 울먹이며 말했다.

"생각해 봐. 말이 안 되잖아! 내게 필요한 것들은 목사님 부부가 무엇이든 주시지 않겠느냔 말이야!"

"닥쳐, 이 새끼야."

병옥이 버럭 소리를 지르며 주먹으로 민을 한 대 내리쳤다. 민은 날카로운 신음 소리를 내뱉었다.

"내가 모를 줄 알아? 그 사람들이 일부러 그렇게 하는 거야. 어쩌면 목사님 부부가 여기로 찾아온 다른 사람들보다 돈이 없어서 그렇게 하는지도 모르지. 내가 아는 거라고는 네가 무엇을 지급받든 우리한테 넘겨줘야 한다는 거야. 하나도 남김없이. 알았어?"

민이 무어라고 중얼거렸다.

"뭐?"

"나는 형들이…."

민이 말했다.

"뭐? 지금 뭐라고 지껄이는 거야? 좀 크게 말해. 이 새끼야."

"형들이 여기에서 나가게 되면…."

민은 이제야 제법 느리고 똑똑하게 말했다.

"형들은 길바닥에서 구걸을 하며 살아야 할 거야."

병옥이 민의 배에 주먹을 한 방 강하게 먹였다. 민은 배를 움켜쥐고 바닥으로 푹 고꾸라졌다. 아이는 점심 때 먹은 것을 게워냈다. 보리밥과 국물을 토해내자 바닥은 축축하게 젖어들었다. 민을 둘러싸고 있던 아이들이 화들짝 놀라 뒤로 물러서며 미친 듯이 깔깔거렸다. 그때 병옥이 다시 민의 머리카락을 움켜쥐고 구토물 속에 민의 얼굴을 처박으려고 했다. 준은 자기도 모르게 문을 왈칵 열어젖히고 병옥에게 달려들었다. 그녀가 어깨를 한껏 낮추어 병옥을 거세게 떠밀자 그는 뒤로 벌러덩 나자빠졌다. 병옥은 자리에서 일어나 싸울 자세를 취했지만 그녀와 눈이 마주치는 순간 다시 쓰러지며 양손을 바닥에 짚어야 했다. 준은 병옥과 키가 비슷했고 다른 아이들보다는 키가 컸다. 그녀가 앞으로 나서며 병옥을 떠밀자 그는 민의 침대 모서리에 걸려 뒤로 넘어졌다. 병옥이 일어서려고 했을 때 그녀는 다시 거칠게 떠밀어 벌러덩 나자빠지게 만들었다. 그렇게 몇 번이고 떠밀자 병옥은 감히 일어설 엄두도 내지 못하고 바닥에 쓰러진 채 소리쳤다.

"알았어. 그만해! 그만!"

그제야 그녀는 병옥이 자리에서 일어서도록 내버려두었다. 아이들은 터덜터덜 걸어 나갔다. 나가면서도 그들은 민에게 욕설을 퍼부었다. 낮게 투덜거리는 목소리로 판단하건대 준에게도 욕을 하는 것 같았지만 그것은 자신들의 자존심을 세우기 위해 그러는 것이었기 때문에 그녀는 아무 반응도 하지 않았다. 민도 그것을 이해하는 듯 보였다. 아이는 말없이 자리에서 일어섰다.

"괜찮아?"

민은 자기 배를 어루만지며 침대에 걸터앉았다.

"왜 그랬어? 누나한테는 줄 게 아무것도 없어."

"알아."

"그럼 나한테 뭘 원하는 거지?"

"태너 목사님이나 사모님한테 얘기해도 돼."

"뭘 얘기해?"

"내가 널 도와줬다고 얘기해도 된다고."

순간적으로 민의 얼굴이 반짝 빛났다.

"알았어. 대신 누나가 나를 보호해줘야 해. 저 형들로부터 나를 안전하게 지켜달란 말이야. 나를 무지하게 싫어하는 형들이야."

"너를 좋아하도록 만들어. 그러면 되잖아."

"내가 왜 그래야 해? 나도 저 형들이 싫어. 바보 멍청이들. 구슬치기랑 축구나 하고 닥치는 대로 먹기만 하지 생각은 전혀 안 하는 얼간이들이라니까."

"쟤들이 무슨 생각을 해야 하는데?"

"누나와 내가 생각하고 있는 것. 고아원 밖에서 일어나는 일. 앞으로 벌어질 일. 앞으로 우리 모두가 하게 될 일. 누나도 머릿속으로 그런 것들을 생각하지? 그렇지, 누나?"

준은 대답을 하지 않았다. 그녀는 민이 남동생이라도 된 것처럼 나긋나긋하고 질질 끄는 목소리로 '누나'라고 부르는 것이 그다지 달갑게 들리지는 않았다. 하지만 민의 지적은 백 번 옳았다. 그녀의 마음속에는 오로지 민이 지적한 것들밖에 없었다. 민의 그 한마디로 모든 것이 명확해지고 있었다. 다른 모든 생각이나 걱정근심은 껍데기에 불과했다. 결국에 남는 알맹이는 민이 지적한 것들밖에 없었다.

"나를 지켜줄 거야?"

"항상 네 곁에 있어줄 수는 없어. 밤이 되면 너는 이곳에서 쟤네들과 함께 있어야 해."

"예배당에서 자면 돼."

"그게 무슨 소용이 있어? 쟤네들이 뒤쫓아 올 텐데."

"누나도 거기에서 자면 되잖아."

그녀는 고개를 가로젓고 나서 말했다.

"예배당은 추워서 안 돼."

"헥터 아저씨가 왔다가고 나면 난로를 다시 피울 거야. 우리는 난로 앞에 바짝 붙어서 자면 돼."

"나는 거기에서 안 잘 거야."

"내 친누나였다면 내가 하자는 대로 할 텐데."

"그렇지. 아마 그랬을 거야."

준이 말했다.

"그럼 이제부터 내 누나가 되어줘. 나는 누나의 남동생이 될게. 머지 않아 우리는 함께 미국으로 가게 될 거야."

"어떻게 그걸 확신할 수 있지?"

준은 자기도 모르게 민의 가냘픈 팔뚝을 꽉 붙잡으며 말했다.

"사모님이 뭐라고 하셨는데? 사모님이 그렇게 말씀하셨어?"

"누나, 아파."

"사모님이 뭐라고 하셨냐니까!"

"아무 말씀도 안 하셨어!"

팔을 비틀어 빼며 민이 말했다.

"태너 목사님이 그러셨어. 우리를 데려가겠다고."

"설마. 병옥이한테 그랬던 것처럼 지금 거짓말하는 거지?"

"거짓말 아냐."

"병옥이 말처럼 용돈도 받은 거야?"

민이 고개를 끄덕였다.

"하지만 그건 교회 사무실에서 보내준 게 아니야. 예전에 찾아온 할머니와 할아버지가 준 거야. 내 발이 이 모양이니까 자기네 농장에 데려가 봤자 쓸모가 없을 거라고 생각했나 봐. 처음에는 나를 데려가려고 했다가 마지막 순간에 나 대신 상호를 데려가기로 결정하고 죄책감을 느낀 게 틀림없어. 20달러를 받았어. 그 사람들이 왜 나한테 부담을 느꼈는지 모르겠어. 아무튼 나는 돈을 한 푼도 안 받으려고 했어. 하지만 지금은 개의치 않아. 우리한테는 이제 돈 같은 건 쓸모도 없을 테니까. 우리는 필요한 것들을 모두 가질 거잖아."

"그걸 네가 어떻게 알아?"

"목사님이 돌아오시면 여쭤봐. 누나가 직접 여쭤보면 되잖아."

"알았어. 그럴게."

준은 미국으로 건너갈 수 있는 가능성을 해칠까 봐 자신은 목사에게 물어보기는커녕 그에게 다가가지도 못할 것이라는 사실을 이미 알고 있으면서도 그렇게 대꾸했다. 민은 그녀가 목사에게 아무 말도 못할 것으로 확신하고 있었다. 그녀가 방에서 나오려고 했을 때, 민은 그녀의 팔을 붙잡더니 작은 체구에 남아 있는 미약한 힘으로 그녀를 껴안았다. 준은 손쉽게 민을 떨쳐버릴 수도 있었지만 쌍둥이 동생들 중에 하나가 그렇게 매달려 있는 것처럼 가만히 있었다. 민의 얼굴이 그녀의 가슴뼈에 강하게 짓눌렸고 두 주먹은 그녀의 등허리로 파고들었다.

"이제 얼마 안 남았어."

민이 중얼거렸다. 목소리가 그녀의 스웨터에 막혀 또렷하지 않았다.

"기다려보면 알아. 우리는 새로운 곳에서 새롭게 살아갈 거야."

그날 저녁, 소등 시각이 훨씬 지나고 나서 민은 준에게 약속한대로 여자아이들의 방문을 똑똑 두드렸다. 예배당은 몹시 추웠지만 그는 난로에 불을 이미 지펴놓고 있었다. 그 정도면 냉기를 지우기에는 충분했다. 그는 난로 앞으로 벤치 두 개를 끌어와 충분히 드러누울 수 있도록 두 좌석의 전면을 서로 맞붙여 놓았다. 민은 준에게 좌석을 가리켜 보였다. 그녀는 좌석의 등받이를 기어 올라갔다. 민은 접혀 있는 모포를 펼쳐 의자 바닥에 깔아주었다. 준이 민에게 어디에서 자려고 그러느냐고 묻자 그는 재빨리 좌석 아래의 맨바닥으로 기어들어갔다. 주변은 고요했다. 준은 병옥과 그의 친구들이 혹시라도 찾아올까 싶어 잔뜩 경계를 하고 있었다. 하지만 의자 아래 맨바닥에 누워 있는 민이 잠자리가 불편한지 계속 몸을 뒤척이며 끙끙 앓는 소리를 냈다. 그녀는 참다못해 붙어 있는 두 좌석을 벌려놓고 자꾸 시끄러운 소리를 내면 어떻게 하냐며 그를 꾸짖었다. 민은 소리를 내지 않겠다고 해놓고 잠시도 가만히 있지 못하고 뒤척거렸다. 몇 분 뒤에 준은 두 손을 들고 말았다. 그녀가 다시 두 좌석을 벌리자 바닥에 드러누워 있던 민이 두 좌석 사이로 불쑥 튀어나왔다.

그녀는 공간을 만들고 자신의 담요 위에 민의 담요를 깔았다. 그러자 민은 마치 밤이면 항상 그래왔다는 듯이 너무나도 자연스럽게 그녀의 옆자리로 몸을 들이밀고 곧바로 잠에 곯아떨어졌다. 그녀는 자기 옆에 드러누운 민이 귀찮아 처음에는 신경이 곤두서 있었지만 그의 약한 숨소리를 듣자 남동생이 생각났다. 머리카락과 몸에서 흘러나오는 냄새는 전혀 유쾌하지 않았지만 본능적으로 그녀는 한쪽 팔로 그의 뺨과 목을 따뜻하게 감싸주었다.

두 사람 모두 기상 신호가 울리기 전에 잠에서 깨어났다. 준은 좌석을 다시 본래 자리로 옮기는 민을 내버려두고 여자아이들의 방으로 돌아갔다. 민은 다른 아이들이 모두 잠에서 깨기 전에는 자기 방으로 돌아가고 싶지 않아 부엌에서 종이 울리기 전까지 예배당에 남아 있었다. 그날의 일과는 태너 목사가 출타 중일 때의 일과와 똑같이 진행되었다. 김 목사가 제때 도착해서 아침 기도를 드렸다. 식사를 마치고 나자 그와 실비의 지도 아래 수업이 진행되었다. 이제 실비는 더 이상 아프지 않았다. 안색도 예전의 상태로 돌아왔고 그 어느 때보다 활기가 넘쳐보였다. 영어 수업 시간에 그녀는 아이들에게 몇 가지 노래를 부르게 했는데 마지막으로 부른 노래가 '일어나 빛을 발하라'였다. 항상 그랬듯이 아이들 사이에는 그 합창곡을 누가 제일 큰 소리로 부를 수 있는지 경쟁이 붙었다. 처음으로 준의 목소리가 다른 아이들의 목소리를 압도했다. 모두가 (그녀 자신을 포함해서) 그녀의 힘찬 목소리를 듣고 깜짝 놀랐다. 목소리는 상당히 고음이었지만 전혀 귀에 거슬리지 않았다. 민도 그 수업을 듣고 있었는데 그는 신나는 합창곡에 박자를 맞추어 성한 발로 바닥을 쿵쿵 두드려댔다. 그러자 다른 아이들과 실비까지 민의 동작을 따라 하기 시작했다. 준으로서는 이상한 일이 아닐 수 없었다. 그녀는 전날 밤에 아주 깊이 잠을 잤다. 지난 사흘 동안 준이 먹은 음식은 평소에 그녀가 먹던 푸짐한 한 끼 식사량밖에 되지 않았지만 그녀는 자신이 마치 노랫말 속에 나오는 노아의 방주라도 된 것 같은 기분을 느꼈다. 방주의 속은 활력과 새로운 세상에 대한 약속으로 가득 차 있었다.

수업이 끝났을 때, 그녀는 꾸물거리거나 실비와 시선을 맞추려고 하지 않고 다른 아이들과 함께 점심을 먹으러 식당으로 몰려갔다. 식당에서 그녀는 자신의 밥그릇을 가져왔지만 숟가락은 거의 들어보지도 않고 룸메이트인 소현과 민이 자기 음식을 나눠먹도록 했다. 그녀는 자신의 음식을 두 아이가 모두 먹어치울 때까지 말없이 지켜보기만 했다. 두 아이는 음식을 모두 비우고 나서 그릇까지 싹싹 핥아먹었다. 그녀는 두 아이가 음식을 맛있게 먹는 것을 보고 만족감을 느낀 게 아니라 드디어 자기 내부의 거대한 적을 이겨냈다는 사실에 만족감을 느꼈다.

밖에서는 남자아이들이 축구 시합을 하려고 준비하고 있었다. 점심을 먹고 나면 남자아이들은 거의 빼먹지 않고 축구를 했다. 준은 날씨가 따스했던 지난 가을날, 상대편 여자아이와 맞붙어 싸운 뒤로 한 번도 축구를 하지 않았지만 이제 두 다리에 힘이 빳빳하게 들어간 느낌이라 신나게 한번 달려보고 싶었다. 그녀가 운동장으로 막 들어섰을 때, 병옥이 한쪽 발을 축구공 위에 올려놓고 나가라고 소리쳤다. 준은 말없이 그 자리에 서서 기다렸다. 병옥이 공을 발로 차서 경기를 시작했을 때, 김 목사와 실비가 경기를 지켜보려고 밖으로 걸어 나왔다. 곧 두 사람 모두 경기에 합류했다. 밖에서 시간을 보내는 일이 거의 없는 김 목사가 아이들과 어울려 뛰어다니는 모습은 보기 드문 현상이었다. 모두들 김 목사는 몸이 뻣뻣해서 공을 다루는 게 서투를 거라고 예상했는데 뜻밖에도 공을 다루는 그의 재간은 보통이 아니었다. 공을 가지고 달리는 그의 움직임은 민첩했다. 그는 한쪽 발로 공을 차올려 자신의 넓적다리로 가볍게 튕겨냈다가 다시 발 위로 떨어뜨리고 나서 실비를 향해 완벽한 크로

스 패스를 날렸다. 그녀는 날아오는 공에 살짝 발을 갖다 대어 방향을 바꾸어주었다. 공은 먼지로 뒤덮인 두 개의 석유통 사이로 그대로 빨려 들어갔다. 감격에 겨워 그녀가 두 손을 번쩍 치켜들자 양쪽 팀에서는 우렁찬 환호성이 터져 나왔다. 그 환성에는 골을 넣었다고 축하하는 의미보다는 태녀 부인에 대한 진한 그리움과 아쉬움이 담겨 있었다. 어쩌면 그 경기가 실비와 자신들이 함께 어울려 펼치는 마지막 경기가 될지도 모른다는 것을 모두들 알고 있었다.

준도 이제 게임이 합류했다. 그녀는 경기의 리듬에 맞추어 자신이 움직이고 있다는 느낌을 받으며 다른 아이들처럼 편한 마음으로 달렸다. 예전 같으면 누가 자신을 밀치거나 몸을 부딪치거나 정강이를 걸어차면 호시탐탐 반격을 가할 기회만 엿보았는데 지금은 마음이 무척 너그러워져 있었다. 의도적으로 그녀에게 공을 패스해주는 사람은 실비 한 사람밖에 없었지만 그녀가 서 있는 방향으로 공이 드물지 않게 굴러왔다. 그녀는 예전처럼 뒤로 몇 발짝 물러났다가 누군가를 향해 공을 뻥 차버리거나 라인 밖으로 힘껏 날려버리지 않고 같은 팀 사람에게 공을 살짝 밀어주는 여유까지 보였다. 공을 받은 아이는 그녀의 행동을 보고 당황스러워했다. 민은 그녀와 같은 편이었다. 준은 기회가 있을 때마다 민의 곁에 착 달라붙어 상대편 아이들을 강한 눈빛으로 쏘아봄으로써 감히 달려들지 못하게 만들었다. 아이들도 오늘은 그녀를 함부로 괴롭힐 수가 없었다. 한번은 그녀가 골대를 향해 드리블을 하고 있었는데 민을 협박했던 남자아이들 가운데 하나가 그녀에게 심한 태클을 걸어왔다. 남자아이의 발이 그녀의 발목을 향해 곧장 날아들었지만 그녀는 딱딱한 땅에서 살짝 튀어 올라 공격을 피한 다음 계속해서 공을 뒤쫓아 달렸다. 그녀는 몸무게를 전혀 느낄 수 없을 정도로 자신의 몸이 가벼워진 느낌을 받았다 이제 더 이상 기쁨이나 고통도 느낄 수 없을 것 같았다. 아니,

기쁨이나 고통 따위는 자신의 외부, 자신의 예전 모습에만 존재하는 것 같았다. 준은 더 이상 예전의 그녀가 아니었다. 그녀는 경기에만 온전히 집중했다. 공을 따라 달리면서 그녀는 실비가 자기의 변화된 모습을 알아차리고 자기를 새롭게 보게 될 거라고 확신했다.

이제 헥터는 더 이상 문제가 되지 않았다. 태너 목사가 여행을 떠난 뒤로 헥터는 음식을 자기 방이나 일터로 가져가서 먹었고 식당에는 모습조차 보이지 않았다. 헥터는 사람들과 어울리지도 않고 자신만의 세계에 갇혀서 생활했다. 그가 밖으로 자주 나오지 않았지만 준은 버릇이 되어 그를 여전히 살폈다. 그녀는 실비와 헥터가 서로 어울리지 않은 지 몇 주가 되었다는 것을 알고 있었다. 그래도 늦은 밤이면 잠에서 깨어나 목사의 사택이나 헥터의 숙소에서 불빛이 새어나오는지 확인하려고 짙은 어둠 속으로 기어 나왔다. 하지만 두 사람의 숙소는 완전한 어둠과 추위에 휩싸여 있었고 들리는 소리라고는 기다란 기숙사 건물을 스치고 지나가면서 사납게 울부짖는 바람 소리밖에 없었다. 그녀는 아무 일도 일어나지 않는다는 것을 확인하고 나면 좌석을 이어 붙여 만든 따뜻한 공간으로 재빨리 돌아가서 민의 옆자리에 드러눕곤 했다.

준과 병옥이 서 있는 근처로 공이 굴러왔다. 두 사람은 공을 먼저 낚아채기 위해 힘껏 달렸다. 처음에는 병옥이 몇 발짝 앞섰지만 준이 필사적으로 달려 그를 앞질렀고 결국 공을 먼저 차지했다. 병옥이 준보다 공을 다루는 기술이 훨씬 뛰어났기 때문에 공을 손쉽게 빼앗을 수도 있었지만 준도 그리 호락호락하지는 않았다. 그녀는 바짝 따라붙는 병옥을 엉덩이와 어깨로 밀쳐냈다. 또 뒤로 한껏 몸을 기울여 병옥을 제지하면서 그의 발이 공을 낚아채지 못하도록 만들었다. 자신의 발목과 종아리에 병옥이 마구 발길질을 해대는 통에 통증이 몹시 심했지만 준은 굴복하지 않았다. 실비와 다른 아이들이 자기 쪽으로 달려오는 것을 보고 준은 언젠가 병옥이 그랬던 것처럼 공을 차는 척하면서 발뒤꿈치로 공을 차서 병옥의 가랑이 사이로 공이 빠져나가게 만들었다. 공은 달려오는 선수들 쪽으로 굴러갔다. 병옥은 낭패를 당한 얼굴이 되어 허겁지겁 공을 뒤쫓아갔다. 실비와 병옥은 거의 동시에 공이 있는 곳에 도착했다. 두 사람 모두 동시에 한쪽 발을 내밀었다. 하지만 병옥은 마지막 순간에 상대가 태너 부인이라는 것을 깨달았는지 옆으로 슬쩍 몸을 빼냈다. 그래서 결국 실비의 신발 바닥이 공에 닿았다. 하지만 신발이 공을 타고 구르면서 다리가 부자연스럽게 쭉 늘어나는가 싶더니 결국 실비가 그 자리에 풀썩 주저앉고 말았다. 그녀의 발을 떠난 공이 저 혼자 굴러갔다. 김 목사가 공을 붙잡았다. 하지만 그는 실비가 자리에서 일어나지 못하는 것을 보고 동작을 멈추었다. 실비는 얼굴을 잔뜩 찌푸린 채 한쪽 무릎을 감싸 쥐고 있었다. 김 목사가 얼른 그녀에게 달려가 무릎을 꿇고 앉자 모두가 달려와 두 사람을 둘러쌌다. 김 목사가 실비의 다리를 건드리자 그녀는 날카로운 비명을 지르며 다리를 뒤로 뺐다.

아무도 헥터를 부르러 달려가지 않았는데 그때 헥터가 갑자기 모습을 드러냈다. 그는 빈틈없이 둘러선 아이들을 헤집으며 실비에게로 다가갔다. 김 목사는 실비가 다리를 보여주지 않아도 포기하지 않았다. 하지만 헥터를 발견하고서 그는 헥터에게 공간을 터주기 위해 옆으로 물러났다. 헥터는 그녀에게 다리를 보여 달라고 굳이 말할 필요조차 없었다. 그는 실비의 눈도 쳐다보지 않고 통이 넓은 바지를 무릎 위까지 끌어올렸다. 그러고 나서 거친 양손으로 그녀의 창백한 다리를 잡았다. 그의 손가락이 허벅지 안쪽의 부드러운 살을 스치고 지나갔다. 헥터는 그녀를 아주 부드럽게 다루었다. 그는 한 손으로는 무릎 뒤쪽을 붙잡고 다른 손으로는 장딴지를 붙잡으며 다리를 한번 움직여보겠다고 그녀에게 말했다. 그녀는 준비가 되었다는 뜻으로 고개를 끄덕였다. 그는 천천히 그녀의 무릎을 구부린 다음 그것을 부드럽게 펴보았다. 그때까지는 괜찮았다. 하지만 그녀는 발을 이쪽저쪽으로 돌려보면서 통증을 느끼는지 얼굴을 찌푸렸다.

"조심해요."

헥터가 말했다.

"괜찮아요. 나 좀 일으켜 주세요."

"서 있을 수 있겠어요?"

"예."

헥터는 그녀의 팔을 치켜들어 자신의 뒷목으로 돌린 다음 한쪽 팔을 그녀의 허리에 감싼 채 일으켜 세워주었다. 하지만 실비는 다친 다리에 체중이 실리자 곧바로 그의 품으로 쓰러졌다. 헥터는 두 팔로 그녀를 번쩍 안아들고 사택 쪽으로 걸어갔다. 아이들이 그 뒤를 따라갔다. 준은 실비와 헥터, 두 사람의 바로 곁에 서 있었지만 지금은 아이들을 뒤따라가고 있었다. 준은 다리에 힘이 갑자기 빠져나가면서 가슴이 조여 왔다. 분노와 욕망이라는 이중 톱날에 배가 잘려나가는 기분이었다. 왜냐하면 헥터가 사택의 계단을 올라갈 때, 실비의 팔이 아주 자연스럽게 그의 목을 휘감는 것을 보고 두 사람이 다시 연인이 되었다는 것을 깨달았기 때문이었다.

김 목사는 당장 서울에 올라가서 의사를 불러오겠다고 말했다.

"그러실 필요 없어요. 조금 있으면 괜찮아질 거예요."

실비가 말했다.

"벌써 부어오른 것 같은데요. 의사를 찾으면 오늘 밤이라도 내려오겠습니다. 늦어질지도 모르겠지만 꼭 돌아오겠습니다."

"목사님, 그러실 필요 없다니까요."

그녀가 다시 말했다.

"이 사람은 의사가 아니잖아요."

김 목사는 그렇게 대꾸하면서 헥터를 차갑게 쳐다보았다. 헥터는 가만히 있었다.

"목사님은 내일은 안 오시죠?"

실비가 말했다.

"예. 다른 일이 있어서 서울에 있어야 되지만 태너 목사님이 내일 밤까지 안 돌아오실 것 같으니 그때까지 제가 여기에 있어야 할 것 같네요. 사모님이 그런 상태이니 떠날 수가 없죠."

"말씀은 고맙지만 그러지 마세요. 저는 괜찮아질 거라니까요."

"그거야 지켜봐야죠."

김 목사가 말했다. 헥터가 실비를 사택 안으로 데리고 들어갔다. 부인 두 명이 아침에 배달된 얼음 덩어리에서 급히 잘라낸 얼음조각과 붕대를 가져왔다. 김 목사도 사택 안으로 들어갔다. 그는 헥터가 실비의 무릎에 붕대를 감아주는 모습을 지켜보았다. 아이들이 그 모습을 보겠다고 우르르 사택 안으로 쏟아져 들어오자 부인들이 아이들을 모두 내쫓았다. 곧 두 남자는 사택에서 나왔다. 헥터는 자기 방으로 돌아가고 김 목사는 식당으로 가서 가방과 외투를 가지고 나와 교회 차량에 올라탔다. 목사는 차에 시동을 걸어 진입로를 내려갔다. 준은 차량을 뒤쫓아가서 고아원 정문을 막 빠져나가는 차량의 트렁크를 손바닥으로 두드려 차를 멈춰 세웠다.

"이게 무슨 짓이야?"

목사가 창문을 내리며 물었다. 그는 여기저기 흠집이 있는 낡은 차량의 문을 붙잡고 늘어지는 그녀의 손을 떨쳐냈다. 목사는 고아원 아이들 가운데 제대로 알고 있는 아이가 하나도 없었지만 평판으로나마 알게 된 아이가 하나 있다면 그것은 준이었다.

"자, 물러서."

"서울에 올라가시면 태너 목사님께 연락하실 건가요?"

"그건 네가 알 바 아니야."

"그렇지만 사모님이 부상을 입은 사실은 알려야 하지 않을까요?"

김 목사는 고개를 끄덕였다. 그는 준과 얘기를 나누는 것 자체를 귀찮아하는 게 분명했지만 이제 잠시 뜸을 들이고 있었다.

"알려야겠지. 하지만 여기와 마찬가지로 목사님이 방문 중인 고아원에도 전화가 없어. 두 번째 고아원 근처에 유명한 여관이 하나 있는데 거기에 전화를 해서 메시지를 남기면 되겠지. 하지만 목사님이 그곳에 들르실지 어떨지는 정확히 몰라."

"제발 메시지를 남겨주세요, 목사님."

"그러지."

호기심이 담긴 눈빛으로 그가 말했다.

"그런데 왜 네가 그렇게 걱정하지?"

"사모님이 걱정되니까요."

"정말?"

"예! 저는 사모님이 가장 걱정이 돼요!"

"그럼 너는 목사님이 출장이고 뭐고 다 때려치우고 당장 돌아왔으면 좋겠니?"

"예…. 아니, 전 잘 모르겠어요. 저는 단지 사모님을 저대로 혼자 내버려두면 안 될 것 같아서요."

"그래선 안 되지. 혼자 내버려두면 안 돼."

목사는 혼자 중얼거리듯이 말했다.

"그럼 오늘 밤에 다시 내려오실 건가요?"

"아무래도 그래야 할 것 같은데 사모님이 바라지 않는구나."

"내일은요? 내일 오시려고요?"

"내일도 내려오지 말라잖니."

그는 차에 기어를 넣었다.

"이제 그만 물러서."

준은 눈물이 그렁그렁해져서 문을 붙잡았다.

"하지만 내려오셔야 해요! 그렇지 않으면 모든 일을 망치게 돼요!"

목사는 근심이 가득한 얼굴로 한숨을 내쉬었다. 그는 창문을 올리고 당장 떠나버릴 것 같았지만 준의 표정이 워낙 절박하고 간절해 보여 망설이고 있었다. 준의 동그란 얼굴은 바짝 긴장이 되어 있었다.

"어차피 망가지지 않을 일은 어떤 경우에도 망가지지 않아. 무슨 말인지 이해하겠니?"

"예. 하지만 목사님은 잘못 알고 계세요."

그는 다시 한숨을 내쉬었다.

"지금 너한테 그것을 설명할 순 없어. 목사님 부부는 곧 이곳을 떠나실 거야. 그러니까 너희들은 목사님 부부와 남은 시간을 알차게 보내야만 해."

"민은 예외죠."

"그 애는 목사님 부부가 떠나든 말든 관심도 없다고?"

"물론 관심이 있죠. 민은 목사님을 따라갈 테니까요."

"그게 정말이냐?"

김 목사가 심각하게 말했다.

"예. 그리고 저도 따라가요."

상한 음식 냄새를 맡은 사람처럼 그의 얼굴에 순간적으로 떨떠름한 표정이 떠올랐다가 사라졌다.

"이제 물러서는 게 좋겠다."

목사는 그녀의 두 손을 문에서 떼어내고 창문을 올렸다. 준이 달리 무슨 행동을 하기도 전에 그는 차의 속도를 높여 달리기 시작했다. 차가 울퉁불퉁한 진입로를 뒤뚱거리며 내려가는 동안 녹이 슨 뒤쪽 범퍼가 덜컹거렸다.

곧 저녁 식사 시각을 알리는 종이 울려 퍼졌다. 준은 다른 아이들과 함께 줄을 섰다. 아이들은 질서의식 만큼은 철저했다. 그들은 줄을 서 있을 때 항상 조용했다. 준은 밥과 국을 받아 식당의 맨 구석자리로 가서 혼자 앉아 있었다. 소현과 민은 그녀가 음식을 먹는 둥 마는 둥 할 거라는 것을 알고 지난 며칠 동안 그랬듯이 그녀에게로 느릿느릿 건너왔다. 하지만 준은 두 아이가 자신의 옆자리에 앉았을 때에도 알은체를 하지 않았다. 소현이 그녀의 밥그릇을 가져가려고 손을 내뻗었을 때, 준은 그녀의 손목을 붙잡고 손에 점점 압박을 가했다. 마침내 소현은 참지 못하고 우는 소리를 내기 시작했다.

"왜 그래?"

겨우 손을 빼낸 소현이 울먹이는 소리로 말했다. 그녀는 아픈 손목을 비벼댔다.

"미친 거야, 뭐야?"

준은 아무 대꾸도 하지 않았다. 소현은 슬금슬금 물러나면서도 계속해서 불평을 늘어놓았다. 민은 벌써 자기 그릇들을 집어 들고 떠나버렸다. 그는 식당에 더 이상 모습을 보이지 않았다. 준은 민을 찾아나서야 한다고 생각했다. 그때 그녀는 부인 한 명이 음식이 담긴 식판을 들고 식당을 나서는 모습을 목격했다. 준은 부인이 사택 근처까지 갔을 때, 얼른 뒤따라가서 말했다.

"제가 사모님께 가져다 드릴게요."

"여기서 뭐 하는 거니? 저녁을 다 먹었으면 취침 준비를 해야지."

"제가 여기에서 기다리고 있다가 사모님이 식사를 마치면 식판을 식당에 갖다 드릴게요. 그러면 두 번 오실 필요가 없잖아요."

"무를 조금 절이고 있는데…."

여자는 고된 하루를 보냈는지 한숨을 쉬었다.

"집에 가기 전까지 그것들에 양념을 해야 돼. 좋아, 그럼. 하지만 식판만 갖다 주고 밖에서 기다려야 해. 절대로 사모님을 귀찮게 해선 안 돼! 이렇게 당부를 했는데도 나중에 엉뚱한 소리가 들리면 가만 두지 않을 거야. 알았어?"

준은 고개를 끄덕이고 나서 식판을 받아들었다. 그녀가 문을 두드리자 안에서 실비가 한국말로 "들어오세요." 하고 말하는 소리가 들려왔다. 준이 사택 안에 발을 들여놓는 순간, 헥터가 안쪽 방에서 나왔다. 그의 양손에는 공처럼 둥근 붕대 몇 개가 쥐어져 있었다. 헥터는 그녀에게 아무 말도 하지 않고 밖으로 나갔다. 준이 침실로 들어갔을 때, 실비는 잠옷 차림으로 침대에 앉아 램프 불빛 옆에서 책을 읽고 있었다. 새로 붕대를 두른 그녀의 무릎은 베개에 받쳐져 있었다. 그녀는 식판을 들고 온 사람이 다른 사람일 거라고 생각했는지 준을 보고 깜짝 놀란 듯 보였지만 다음 순간 화사한 미소를 지으며 읽던 책을 내려놓았다.

"저녁을 가져다주다니 기특하구나."

"아직도 다리가 아프세요?"

"괜찮아질 거야."

준은 고개를 끄덕였다.

"지금 식사를 하시고 싶으세요?"

실비는 그렇다고 대답하고 식판을 받아 자기 무릎 위에 내려놓았다. 그녀는 사기그릇에 담긴 밥과 국, 그리고 나물반찬을 덮고 있는 신문지를 걷어냈다. 식당에서 먹는 음식과 조금 차이가 있었다. 부인들이 그녀를 위해 몇 가지 반찬을 더 만들어 얹은 듯했다.

"어머나."

실비가 탄성을 질렀다.

"음식이 너무 많아. 사실 배가 별로 안 고픈데. 너는 저녁을 먹었니?"

준은 먹었다고 대답했다.

"식사시간을 알리는 종소리가 불과 몇 분 전에 울린 것 같은데 벌써 먹었단 말이야? 이거 나랑 같이 먹을래? 너는 숟가락으로 먹어. 나는 젓가락을 쓸 테니까. 여기 내 옆으로 와서 앉아. 그게 편하겠다."

실비는 몸을 조금 움직여 준이 앉을 자리를 만들어 주었다. 준은 책상다리를 하고 앉아서 식판을 무릎에 올려놓았다. 그녀는 음식을 먹고 싶은 마음이 별로 없었지만 실비가 계속해서 어깨를 토닥여주며 먹으라고 하는 통에 어쩔 수 없이 숟가락을 집어 들었다. 준은 자기도 모르는 사이에 밥 반 그릇과 열무김치 전부를 마파람에 게 눈 감추듯 먹어치웠다. 그것은 너무나 오랫동안 숨을 참았다가 미친 듯이 호흡을 하는 것과 같았다. 처음에는 빠르고 깊게 숨을 들이마셨지만 곧이어 기계적인 리듬을 타기 시작했다. 그녀를 지배하는 것은 그녀의 몸이었다. 몸은 그녀의 시야를 불투명한 눈가리개로 가리고 있었다. 이제 그녀의 눈에는 후광처럼 흐릿하게 빛나는 그릇들만 보였다. 실비는 좀 더 먹으라고 계속해서 재촉했다. 준은 나물, 튀김, 그리고 마지막으로 남은 밥 한 숟가락을 후딱 해치웠다. 급기야 그녀는 국그릇을 양손으로 들더니 국을 벌컥벌컥 들이켰다. 뜨겁고 기름진 국물에 혓바닥이 데이면서도 그녀는 그릇을 다 비울 때까지 내려놓지 않았다. 하지만 음식을 모두 먹고 나서 그녀는 곧 수치심을 느꼈다. 석탄을 한 움큼 집어삼킨 것처럼 제대로 씹지 않고 넘긴 음식들이 그녀의 내장에 박혀 있었다. 준이 식판을 갖고 나가려고 침대에서 미끄러져 내려왔을 때, 실비가 그녀의 팔을 붙잡았다.

"그렇게 서두를 필요 없어…."

"용서해주세요!"

준이 말했다.

"제가 사모님의 저녁 식사를 모두 먹어버렸네요! 식사는 다시 가져다드릴게요!"

"안 그래도 돼."

실비는 준을 끌어안으려고 애쓰며 말했다.

"음식은 조금도 먹고 싶지 않아."

"나가봐야 돼요."

준은 숨을 헐떡거리다가 간신히 몸을 빼냈다. 그녀는 뒷문을 열고 나가자마자 땅바닥에 먹은 것을 게웠다. 토사물의 냄새는 역겹지 않았다. 아니, 그것은 음식처럼 달콤하게 느껴지기까지 했다. 하지만 그녀는 먹은 것을 좀 더 게워내야 했다. 실비가 그녀의 어깨를 붙잡고 등을 두드려주었다. 준이 배를 깨끗이 비워내는 것을 보고 실비는 이상하게도 자신의 감각이 예리해지고 순수해지며 비로소 생생하게 살아 있다는 느낌을 받았다.

"열 있니?"

실비가 물었다.

"몸이 아프지는 않니?"

"아뇨. 괜찮아요. 사모님의 저녁을 먹지 말았어야 하는데. 죄송해요."

"그런 사과는 하지 않아도 돼. 알았지?"

실비는 발을 절름거렸지만 부축을 받아야 할 사람은 자기가 아니라 준이라고 생각했는지 그녀를 부축해서 다시 안으로 들어갔다. 실비는 준을 침대 모서리에 앉히고 나서 자기가 앉을 의자를 가져왔다. 준의 양손을 꼭 쥐면서 그녀가 말했다.

"오늘 밤에 찾아와줘서 정말 기쁘구나. 최근에 우리는 얘기를 거의 못 나눴지?"

"예."

"너와 함께 보낸 시간이 그리웠단다."

준은 아무 대꾸도 하지 않았다. 왜냐하면 자기는 실비의 얘기를 들으러 왔지 그녀와 대화를 나누기 위해 찾아온 것이 아니었기 때문이다. 준은 자신이 진실이라고 알고 있는 얘기를 실비가 언급해주기를 바라고 있었다. 하지만 준은 저도 모르게 눈물이 왈칵 쏟아져 나오는 것을 느꼈다. 딱히 슬퍼할 일도 두려워 할 일도 없었는데 그녀의 얼굴은 어느새 축축하게 젖었고 두 눈은 벌겋게 달아올라 있었다. 짭조름한 눈물이 그녀의 입속으로 흘러 들어갔다.

"울지 마, 제발."

두 손으로 준의 얼굴을 부드럽게 닦아주며 실비가 말했다.

"네가 울고 있으니까 내 가슴이 찢어지는 것 같잖아. 그러니까 울지 마. 응?"

준은 눈물이 맺힌 눈을 비비면서 울지 않으려고 굳게 마음먹었다. 마음이 약해져서는 안 되었다. 나약해서도 안 되고 유치하게 굴어서도 안 되었다.

"사모님, 죄송해요."

자기가 낼 수 있는 가장 또렷한 목소리로 준이 말했다

"저는 괜찮아요."

"그래, 그래야지. 내가 해줄 말이 있는데 들어볼래? 목사님과 내가 이곳에 와서 몇 달을 살았잖니. 이곳 생활은 내 인생에서 가장 행복한 시간이었단다. 너희 모두와 함께 생활하는 게 즐거웠어. 그보다 더 큰 행복을 안겨준 것은 이제껏 아무것도 없었고 앞으로도 없을 거야. 하지만 어떤 무엇보다 내게 귀하게 여겨지는 게 있다면 그것은 우리 두 사람의 우정이야."

"헥터는요?"

자신을 억제하지 못하고 준이 말했다.

실비는 고개를 숙였다. 잠시 뒤에 그녀는 준을 바라보며 말했다.

"지금껏 나는 후회스러운 짓을 많이 했단다. 다른 곳에서도 그랬지만 여기에서도. 내가 저지른 일에 용서를 받을 수 있을지 모르겠다. 언젠가 네가 나를 용서할 수 있을지도 모르지. 하지만 지금은 용서를 구하고 싶지 않아. 나는 용서를 받을 자격도 없어. 난 그저 네가 자신에 대해 무언가를 알기를 바랄 뿐이야. 예전에 나는 너하고 많은 시간을 보내는 것이 다른 아이들을 불공평하게 대하는 일이라는 것을 모르고 있었어. 목사님은 내가 다르게 행동하기를 바라셨지. 하지만 너는 나를 항상 치켜세웠어. 나는 네가 그 짧은 시간 동안 얼마나 성장하고 변했는지 알겠어. 지난 몇 주 동안 나는 너를 유심히 지켜보았단다. 그동안 너는 무척 생각이 깊어지고 친절했고 너보다 어린 여자아이들을 기꺼이 도와주려고 했어. 요즘에는 민을 품어주고 있더구나. 오늘 축구를 할 때, 병옥이를 노련하게 다루는 모습을 보고 나는 무척 기뻤단다. 예전에는 아무도 감당 못할 정도로 성질을 부렸잖니. 그런 예전 모습을 오늘은 전혀 찾아볼 수가 없었어! 너는 내가 항상 믿었던 모습의 여자아이가 되었어. 네가 그렇게 된 데에는 내가 아주 조금은 영향을 미쳤을 거야. 이곳의 특이한 환경과 모든 사람의 수고와 관심이 나보다 조금 더 영향을 미쳤을 테지만 가장 큰 영향을 미친 것은 너 자신이야. 이제 너는 무엇을 하든지, 또 이 세상 어느 곳에 가든지 불굴의 정신으로 어떠한 역경도 헤쳐 나갈 수 있을 거야. 너는 정신력만큼은 정말 완벽해. 그런 정신력만 가지고 있으면 두려울 게 없지. 하지만 네가 알아야 할 게 있어. 너는 크고 열정이 넘치는 마음을 가졌어. 너는 강한 만큼 넓은 마음도 갖고 있다는 거지. 머지않아 그 마음이 사랑으로 가득 채워질 거라고 나는 확신하고 있어."

실비는 침대 곁의 탁자로 쓰고 있는 선반 쪽으로 손을 뻗어 책 한 권을 꺼낸 다음 그것을 준에게 주었다.

"나는 네가 이 책을 가지고 싶어 할지도 모른다고 생각했단다. 솔직히 네가 이 책을 좋아하길 바랐어. 받아줄래? 목사님과 내가 떠난 뒤에도 잘 보관해줄 수 있겠지?"

준은 그녀의 손에 들려 있는 얇은 책을 뚫어지게 바라보았다. 오래전에 벌어진 전투에 관한 책은 청색 천으로 덮여 있었다. 그 책은 실비가 정말 아끼는 유일한 소유물로 한때 준이 훔쳤다가 되돌려준 것이었다. 그렇게 귀한 물건이 이제 준의 소유가 되려 하고 있었다.

"예. 고마워요."

준은 책을 건네받아 꼭 쥐면서 말했다. 그녀는 방에서 나오려고 자리에서 일어섰다. 실비는 그녀를 포옹하며 사납게 매달리다시피 했지만 준은 조금도 성가시지 않았다. 실비의 힘이 너무 약하다보니 준은 털끝도 호흡도 꿈쩍하지 않았고 심지어 피부에 아무런 통증도 느낄 수 없었다. 준은 재빨리 자신을 제어할 수 있었다. 그녀는 아직 아이였지만 속은 아주 단단한 돌멩이와 같았다. 실비가 자기를 놓아주었을 때, 준은 그녀의 얼굴을 굳이 쳐다보지 않고도 한 대 얻어맞은 것처럼 엉망이 되어 있을 거라는 사실을 알 수 있었다.

준이 사택을 빠져나왔을 때는 땅거미가 지고 있었다. 식당에서 쏟아져 나온 아이들이 이제 희미해진 햇살을 받으며 시끄럽게 뛰어다니고 있었다. 준이 한쪽 겨드랑이에 책을 끼운 채, 빈 그릇이 담긴 식판을 들고 가자 아이들은 그녀의 곁으로 몰려와 한동안 그녀를 빤히 쳐다보다가 뿔뿔이 흩어졌다. 아이들은 고아원 주변의 덤불과 작은 나무들, 그리고 건물의 처마 밑에 둥지를 틀고 있는 태평한 작은 새들처럼 보였다. 여름에는 수십, 아니 수백 마리의 굴뚝새가 눈에 띄는 것 같더니만 지금은 계절 탓인지 그 수가 급격하게 줄어들었다. 준은 식판을 갖다 주고 나서 아이들이 뛰어노는 모습을 지켜보았다. 아이들의 수도 새들처럼 줄어드는 것 같았다. 준은 성격이나 어린 나이, 또는 순전한 행운에 따라 고아원의 아이들이 조금씩 솎아져 나가고 있다고 생각했다. 고아원에 남아 있는 아이들은 입양된 아이들에 비해 운이 좋지 않았을 뿐이다. 아이들은 나이가 들면 자신들의 정해진 틀 속으로 더욱 깊이 들어가게 된다. 이미 지나쳐온 과거의 틀 속으로 들어가 좀체 나오려 하지 않는 것이다.

종이 다시 울렸을 때, 아이들이 사방으로 흩어졌다. 그들은 이제 부인들이 건물 안으로 몰아넣을 시간이 임박했다는 것을 깨닫고 잠자리에 들기 전에 마지막으로 신나게 뛰어놀았다. 준은 길게 드리워져 있는 시커먼 그림자 속에 들어가 있었다. 운동장의 가장자리에서 멀리 떨어진 낡은 대문 옆에 웅크리고 앉아 있자니 냉기 때문에 손과 목, 그리고 얼굴이 점점 뻣뻣하고 굳어갔다. 부인 한 명이 그녀를 소리쳐 불러놓고 응답을 기다렸지만 아무 대답도 하지 않자 포기했는지 더 이상 부르지 않았다. 여자들은 준의 성격이 어떤지 익히 알고 있는 터라 더 이상 그녀를 귀찮게 하지 않았다. 이제 기숙사에는 등유램프를 밝혀 남자아이들과 여자아이들의 숙소 창문들이 발갛게 타오르고 있었다. 최근 몇 주 동안 그녀는 나이가 아주 어린 여자아이들을 위해 양치질도 시켜주고 잠옷도 갈아입혀주었다. 심지어 동화책을 읽어준 적도 몇 번 있었다. 하지만 오늘 밤에는 추위를 도저히 견딜 수 없을 때까지 밖에 머물러 있을 생각이었다. 어쩌면 자갈이 많고 딱딱한 흙바닥에 드러누워 눈을 감고 매서운 겨울을 앞당기는 밤이 되어 주길 바랄 수도 있었다. 그녀는 쌍둥이 동생들과 기차 위에서 잠을 자던 일을 기억했다. 동생들이 서로를 꼭 껴안은 채 잠들어 있는 동안 그녀는 얼음처럼 차가운 손가락으로 동생들을 감싸주었다. 그때 그녀는 더 이상 걷거나 먹지 않고, 또 비참하고 궁핍한 생활에 시달리지도 않고 그렇게 부산까지 쭉 갈 수 있기를 바랐다. 피난민들로 미어터지는 기차의 지붕으로 올라가기로 결정한 것은 준이었다. 그날 밤 이후로 그녀는 다음 기차를 기다리거나, 차라리 걷거나, 아니면 동생들을 데리고 한길에서 멀리 떨어진 곳으로 가서 양식도 없이 버티다가 동생들과 함께 죽어버렸더라면 오히려 낫지 않았을까 하는 생각을 종종 했다. 만약 그랬더라면 동생들도 사고를 당하지 않았을 것이고 자기도 고아원에 들어오지 않았을 것이다. 그녀는 목숨을 부지해온 날들이 과연 무슨 의미가 있나 싶었다. 그동안 허기만 달래며 간신히 살아오지 않았는가? 어쩌면 자신은 아직도 피난길에 나서고 있는지도 몰랐다. 이제 그녀가 느끼는 새로운 허기는 완전히 다른 모습이었다. 그것은 더욱 심각한 고통을 수반하는 보기 흉한 자신의 마음이었다.

  준이 막 모로 드러누우려고 했을 때, 등유램프가 하나가 기숙사 정문에서 빠져나오더니 이리저리 흔들렸다. 짧은 걸음걸이로 보건대 램프를 들고 있는 사람이 민이라는 것을 그녀는 알 수 있었다. 그녀는 움직이거나 말을 하지 않고 그대로 있었다. 민이 어둠 속에서 앞뒤로 오가며 램프를 치켜들고 밖을 살피는 모습을 볼 수 있었다. 민은 돌아서서 기숙사 건물을 향해 걸어갔다. 하지만 그때 바람 한 줄기가 불어와 아치형의 정문 꼭대기에 매달린 고아원 간판을 스치고 지나가며 날카로운 소리를 냈다. 그 소리를 듣고 민은 무슨 생각이 들었는지 다시 돌아서더니 용기를 내어 운동장을 가로질러 왔다. 램프를 낮추고 빠르게 다가오는 것을 보면 고아원 정문의 흐릿한 윤곽을 배경으로 웅크리고 있는 그녀의 모습을 발견한 게 틀림없었다.

"누나, 여기서 뭐 해?"

민은 추운지 양쪽 어깨를 잔뜩 웅크린 채 말했다. 그는 잠옷 위에 스웨터를 입고 있었다. 램프의 심지를 낮추며 민이 말했다.

"추워 죽겠어. 들어가."

준은 아무 대꾸도 하지 않았다. 민이 사라지기 전에 저녁을 먹다가 그녀는 두 번 다시 민에게 말을 하지 않기로 결심했다. 말을 하기는커녕 그에게 해코지라도 하고 싶은 심정이었다. 격분을 삭이지 못한 그녀는 그때 민을 사정없이 두들겨 패서 민이 울면서 살려달라고 애원을 하도록 만들고 싶었다. 하지만 다리를 약간 절름거리는 모습과 작은 손에 지나치게 큰 등유램프를 들고 있는 모습을 보자 그동안 품었던 앙심이 순간적으로 누그러졌다.

"어서 들어가, 누나."

"혼자 내버려둬."

"예배당에 난롯불 피워놨어. 불을 피운 지 벌써 반시간이나 되었기 때문에 따뜻해졌을 거야."

"너나 들어가."

"누나 안색이 안 좋아 보여. 이렇게 추운 곳에 있으면 감기 걸려. 어쩌면 죽을 수도 있다고."

"신경 안 써."

"난 신경 쓰여."

민이 그녀의 옆에 무릎을 꿇으며 말했다.

"병옥이 형이 때릴까 봐 이러는 거 아니야. 그 형은 이제 나 같은 건 신경도 안 써. 다른 형들도 그렇고. 아무도 내게 신경 안 쓴단 말이야."

"그럼 오히려 잘된 거 아냐?"

"누나는 아직도 내 편이야?"

준은 자리에서 일어나 민을 내버려두고 걸어갔다. 마비가 되어버린 것처럼 발이 쩌릿쩌릿하고 손가락에 경련이 났다. 그녀는 흙길을 걸어 내려가다가 오솔길로 빠져 아무도 찾지 못하는 숲 속으로 들어가야겠다는 생각이 들었다.

"대답해. 아직도 내 편이야?"

민이 바짝 뒤따라오며 물었다.

"알고 싶어. 누나까지 나한테 신경 안 쓰면 더 이상 여기에서 살고 싶지 않아."

"왜 내가 너한테 신경을 써야 하지?"

준은 홱 돌아서서 민을 거칠게 떠밀며 말했다. 민은 땅바닥으로 푹 고꾸라졌지만 간신히 램프는 똑바로 들고 있었다. 준은 발로 민을 손을 밟으며 말했다.

"생각 같아서는 콱 목을 졸라 죽이고 싶어. 왜 우리가 입양될 거라고 거짓말을 했지? 내가 알아내지 못할 거라고 생각했어?"

"나도 몰랐어!"

민은 밟힌 손을 빼내려고 애쓰며 울먹였다. 하지만 그녀는 손을 밟고 있는 발에 더욱 힘을 실었다.

"거짓말쟁이!"

"나도 몰랐단 말이야! 알고 싶지도 않았고."

민은 다른 손으로 그녀의 발을 밀어내려고 애쓰면서 애처롭게 말했다. 준이 손을 밟고 있던 발을 뒤로 빼자 민은 상처를 입은 달팽이처럼 몸을 잔뜩 웅크린 채 가슴에 손을 갖다 대고 있었다.

"누나도 마찬가지 아냐? 나처럼 그럴듯한 가정이라도 해보고 싶지 않았어? 내가 입양이 될 가능성이 거의 없다는 건 누구나 알고 있어. 발이

이 모양이니까. 아무 문제도 없는 아이들이 얼마나 많은데."

"나한테는 아무 문제도 없어. 아무 문제도 없단 말이야!"

그녀는 민의 스웨터 깃을 움켜잡으며 소리쳤다.

"문제가 없다고?"

민이 비웃듯이 말했다. 그는 당장에 웃음을 터뜨릴 것 같았다.

"누나가 아무리 문제없다고 소리쳐봤자 소용없어. 자신의 모습이 어떤지 보란 말이야. 모든 사람이 다 알아. 누나는 지금이나 앞으로나 절대 변하지 않을 거야. 나처럼 누나도 골칫덩이란 말이야."

준은 양손으로 민의 멱살을 움켜잡았다. 민의 목에서 열기를 느끼며 준의 손가락에 무시무시한 힘이 들어갔다. 아이의 숨통은 흐느적거리는 갈대처럼 한없이 가냘파보였다. 민이 얼굴을 램프 쪽으로 돌리고 눈물을 왈칵 쏟아내지 않았더라면 그녀는 민을 놓아주지 않았을지도 모른다.

멱살을 놓아주자 민은 다 죽어 가는 노인네처럼 미친 듯이 기침을 해대며 몸을 가늘게 떨었다. 민이 거친 숨을 간신히 진정시켰을 때, 그녀는 아이를 자기 등에 업고 기숙사로 데려갔다. 예배당 안은 낡은 강철 난로의 문 가장자리에서 흘러나오는 밝은 빛 때문에 제법 환했다. 지난 며칠 동안 그랬듯이 민은 앞쪽의 좌석들을 벌써 난로 근처로 옮겨놓았고 두 사람이 함께 덮는 모포를 반듯하게 깔아두고 있었다. 민의 베개는 그녀에게 충분한 공간을 주기 위해 한쪽에 세워져 있었다. 그녀는 민을 일단 좌석 위에 조심스럽게 내려놓고 나서 모로 눕도록 만들었다. 그런 다음 그녀는 민이 괜찮은지 확인하기 위해 아이를 향해 몸을 기울였다. 말은 하지 않았지만 민은 낮고 고르게 숨을 쉬고 있었다. 좌석을 붙여 만든 임시 침대에 누워 있는 그의 몸은 실제보다 더 작아 보였다. 민은 속을 완전히 빼내어 볼품없이 쭈그러든 낡은 인형처럼 보였다. 그는 준을 빤히 올려다보았는데 그 눈빛에는 놀람이나 분노, 또는 상처가 아니라 명백한 호소가 담겨 있었다. 그는 제발 가지 말고 자기 곁에 있어달라고 호소하고 있었다. 그녀는 자신이 무엇을 하고 싶어 하는지 알지 못했다. 민을 위해 해줄 수 있는 게 뭐가 있단 말인가? 민은 남동생도 아니었고 친구도 아니었으며 보살펴주거나 사랑할 사람도 아니었다. 이제 민은 상태가 괜찮아졌으니 자기로서는 아무 부담도 느낄 필요가 없었다. 하지만 그녀는 민이 자신의 손을 잡도록 내버려두었다. 민은 그녀의 손을 부드럽게 끌어당겼다. 준은 좌석의 등을 넘어가서 아이 옆에 드러누웠다. 민이 그녀 쪽으로 몸을 돌려 눕자 그의 얼굴이 준의 가슴을 짓눌렀다. 아이는 그녀의 겨드랑이를 양손으로 더듬었다. 준은 아이를 밀쳐내고 싶었지만 아이의 깡마른 체구에서 무언가 느껴지는 게 있었다. 그것은 그녀의 몸으로 스며들어 그녀를 채웠다. 마침내 그녀는 어떤 새롭고 이상한 충족감 같은 것이 자신의 텅 빈 배에서 차오르는 것을 느꼈다.

그들은 잠으로 빠져들었다. 어느 정도 시간이 지나 준은 으슬으슬한 기운을 느끼고 잠에서 깨어났다. 난로의 불이 꺼져가고 있었다. 그녀는 벤치를 타넘고 나와 작은 장작 하나를 난로 속에 넣었다. 불은 금세 활활 타올라 다시 열기를 뿜어냈다.

"누나, 물 좀 갖다 줄래?"

민이 좌석 등받이 너머로 그녀를 내다보며 철판을 긁는 것 같은 목소리로 말했다.

준은 알았다고 하면서 밖으로 나왔다. 하늘은 맑았지만 달은 보이지 않았다. 온통 새까만 하늘에 몇 개의 별이 간신히 빛을 내고 있을 뿐이었다. 하지만 그녀의 눈은 곧 어둠에 적응했다. 그녀는 우물 쪽으로 걸어갔다. 우물은 부엌 옆에 있었다. 수동 펌프를 대여섯 번 흔들어대자 얼음처럼 차가운 물이 주둥이에서 콸콸 쏟아져 나왔다. 주둥이 아래에는 양동이가 놓여 있었고 그 안에는 나무바가지가 들어 있었다. 그녀는 커다란 바가지에 물을 받는 동안 운동장 저쪽 끄트머리에 있는 어떤 작고 희미한 불빛을 우연히 발견했다. 그것은 민이 손에 들고 있던 등유 램프였다. 두 사람은 램프를 정문 옆에 내버려둔 채 그냥 예배당으로 들어와버린 것이다. 준은 그것을 가지러 운동장을 가로질러 갔다가 다시 예배당을 향해 돌아오려고 하다가 어디에선가 문이 열리는 소리를 들었다. 그 작은 소리는 주변의 고요를 깨뜨렸다. 준은 본능적으로 그 자리에 주저앉으면서 불빛을 감추려고 얼른 램프를 등 뒤로 돌렸다.

목사의 사택에서 어떤 거무스름한 형체가 빠져나왔다. 헥터였다. 그는 준과 민이 잠들어 있는 동안 사택으로 건너간 게 틀림없었다. 헥터는 돌아서더니 깜깜한 문 쪽으로 양손을 내뻗었다. 그 순간, 연한 빛깔의 옷을 입은 실비가 현관 계단으로 조심스럽게 발을 내밀었다. 헥터는 한쪽 다리가 불편한 그녀를 부축해서 계단을 내려왔다. 무척 고통스러울 텐데도 그녀는 혼자서 걷고 싶어 하는 듯 보였다. 하지만 마당을 가로질러 가면서 그녀는 얼굴을 그의 목에 깊게 파묻었다. 그것은 헥터를 향한 애정 때문이 나온 행동이 아니었다. 그녀는 자기 눈앞의 어떤 것도 보지 않으려고 애쓰고 있었다.

그들은 준을 보지 못했다. 준은 두 사람이 헥터의 방으로 완전히 들어갈 때까지 기다렸다가 자리에서 일어섰다. 밤공기는 이제 더욱 차가워졌지만 준은 공기의 매서움을 느끼지 못했다. 그녀는 헥터의 숙소 앞에 뻣뻣하게 서서 문의 아래쪽에 수직으로 갈라져 있는 틈으로 흘러나오는 램프 불빛, 또는 난로 불빛을 빤히 바라보고 있었다. 안에서 무슨 일이 벌어지고 있는지 그녀는 머리에 그릴 수 없었다. 두 사람이 얘기를 나누는지, 키스를 하는지, 그게 아니면 사랑을 나누는지 알 수 없었지만 이제 그런 것은 준에게 아무 의미도 없었고 중요하지도 않았다. 벽의 반대쪽에서 두 사람을 엿보거나 두 사람의 소리에 귀를 기울이는 짓 따위는 더 이상 하고 싶지 않았다. 이제 두 사람의 동물적인 몸짓도 보고 싶지 않았고 생명력이 넘치는 거친 숨소리도 듣고 싶지 않았다.

준은 창고로 기어들어가 등유 한 통을 가지고 나와 나무 계단과 벽에 등유를 끼얹고 그의 문 앞 땅바닥에도 남은 등유를 뿌렸다. 그런 다음 그녀는 램프의 심지를 한껏 올렸다. 밝은 불빛이 투명하고 둥근 유리를 뚫고 나와 건물 전체와 어둠을 환하게 비추었다. 꺼지지 않고 영원히 타오를 것 같은 불빛을 들고 그녀는 아직도 누군가를 찾고 있는 듯 보였다. 그녀가 램프를 치켜들고 문을 향해 집어던질 자세를 취하고 있을 때, 안에서 어떤 그림자가 문 아래로 흘러나오는 불빛을 흩뜨려놓았다. 비록 눈 깜박할 사이였지만 그녀는 오싹한 기운이 뼛속까지 스며드는 것을 느꼈다.

준은 램프를 끄고 땅바닥에 놓여 있는 바가지를 집어 들었다. 사방이 다시 깜깜해졌다. 그녀는 갑자기 한기를 느끼고 예배당으로 들어왔다. 민은 맞붙여 놓은 좌석을 벌려놓고 난로 앞에 앉아 있었다. 난로의 문이 열려 있어 예배당은 환했다. 민은 실비가 준에게 주었던 책을 들여다보며 페이지를 훌훌 넘기고 있었다. 준이 돌아온 것을 알아차리고 그는 얼른 책을 내려놓았다.

"왜 이렇게 오래 걸렸어?"

민이 말했다.

"그 책 가져도 돼. 나는 관심 없으니까."

준이 말했다.

"됐어. 난 이제 아무것도 갖고 싶지 않아."

"자, 물."

준이 바가지를 내밀자 민은 물을 절반만 마시고 나머지는 준을 위해 남겨두었다. 준이 한 모금만 마시고 돌려주자 그는 남은 물을 마저 들이켠 다음 놀랍도록 태연하게 바가지를 난로 속에 던져버렸다. 비록 쌀 열톨에도 못 미치는 가치를 지닌 바가지였지만 고아원에 있는 다른 물건들처럼 그것은 모든 사람이 함께 쓰는 물건이었다. 민에게는 어떨지 몰라도 다른 사람들에게는 귀하게 여겨질 수도 있는 바가지였다. 그런데 그런 물건을 민이 아무렇지도 않게 불속에 던져 넣는 것을 보고 준은 깜짝 놀라지 않을 수 없었다. 두 사람은 불에 타들어가는 바가지를 빤히 바라보았다. 물에 젖은 바가지는 처음에 쉿쉿, 하는 소리만 냈지만 곧 구부러지면서 가장자리부터 타들어가기 시작했다. 바가지의 아래쪽에서 연기가 피어오르기 시작하면서 기다란 손잡이에 불이 붙었다. 그러다가 바가지는 순식간에 불길에 휩싸였다. 불길이 타오르면서 두 사람의 얼굴을 뜨겁게 달구었다. 민은 일어나 그 자리를 떴다. 잠시 뒤에 그는 작은 트렁크 두 개를 가지고 돌아왔다. 하나는 자기 것이고 나머지 하나는 준의 것이었다. 여자아이들의 숙소에 몰래 들어갔다 나온 것 같았다. 민은 트렁크 뚜껑을 열고 그 안에 담겨 있는 몇 가지 물건을 꺼내기 시작했다. 그는 꺼낸 물건들을 잠시 살펴보더니 난로 속에 던져버렸다. 준은 아무 말도 하지 않았고 그를 제지하지도 않았다. 그는 먼저 연필통을 불속에 던져 넣고 딱지 한 묶음도 미련 없이 던져 버렸다. 미국의 어떤 교회 단체한테서 받은 멀쩡한 양말 두 켤레도 불속에 들어갔다. 그 뒤를 이어 같은 단체 사람들한테서 받은 여러 통의 편지와 성탄카드가 들어갔다. 그는 자기가 손수 짠 멋진 목도리를 트렁크에서 꺼냈다. 평상복 몇 벌을 제외하면 그것은 그가 가지고 있는 마지막 물건이었다. 민은 불속에 던져 넣도록 준에게 그것을 건네고 나서 던져 넣어도 좋다는 뜻으로 고개를 끄덕여보였다. 준은 목도리를 공처럼 돌돌 말아서 불

속에 떨어뜨렸다. 목도리는 빨리 타서 없어지지 않고 오랫동안 꼼꼼하게 타들어갔다. 불길은 느긋하게 음미를 하듯이 목도리를 야금야금 파먹었다.

"누나도 한번 해볼래? 기분이 좋아져."

민이 말했다.

준은 자신의 트렁크를 열었다. 그녀는 물건들을 하나씩 난로 속에 던져 넣기 시작했다. 그것들은 이제 그녀에게 아무런 의미도 없었다. 준은 자신의 물건들을 민이 던져 넣도록 내버려두었다. 한 번도 가지고 논 적이 없는 밀짚 인형, 오래된 잡지들, 그리고 딱 한 번밖에 입지 않았지만 앞으로 두 번 다시 입지 않을 노란색 여름옷이 불속에 던져졌다. 불길은 물건들을 하나씩 집어 삼켰다. 두 사람은 열기가 너무 뜨거워 가만히 앉아 있지 못하고 뒤로 한껏 몸을 눕혀야 했다. 준의 마지막 물건은 트렁크에 들어 있지 않고 좌석 위에, 그러니까 민의 옆에 놓여 있었다. 민이 작은 책을 집어 들며 물었다.

"이건 어떻게 하지?"

그녀는 한참 동안 책을 바라보다가 말했다.

"버려."

"정말?"

"응."

민은 한 손으로 얼굴을 가린 채 난로 쪽으로 몸을 기울였다. 그는 활활 타오르는 불길 속으로 책을 던져 넣었다. 청색 표지의 책이 석탄 위에 얹혔다. 그것은 두 사람이 피워 올린 뜨거운 불길 속에서도 기적처럼 조금도 타지 않고 멀쩡할 것처럼 보였다. 그때 그녀는 책을 포기한 것이 얼마나 잘못된 일인지 깨달았다. 책을 그렇게 버리는 것이 아니었다. 세상에는 함부로 잊어버려서는 안 될 것들이 있었다. 하지만 그렇게 멀쩡할 것 같던 책이 불길에 휩싸이더니 갑자기 활활 타오르기 시작했다. 책은 이미 던져 넣은 다른 물건들보다 더 환한 빛을 내며 타들어갔다. 그 순간, 준은 조금도 망설이지 않고 난로 속으로 손을 깊숙이 찔러 넣고는 불길의 한가운데를 움켜쥐었다.

"누나! 왜 그래? 누나!"

민이 깜짝 놀라 소리쳤다. 그는 준을 뒤로 잡아당기려고 발버둥쳤다.

처음에는 통증이 있었다. 통증이 너무 심해서 준은 한순간 자신의 몸이 활활 타오르고 있다는 느낌을 받았다. 자신의 몸이 쇠가 아니라 쇠를 녹이는 도가니 같았다. 책을 움켜쥐었을 때는 번개가 몸 구석구석을 환하게 훑고 지나가는 느낌이었다. 그녀는 책을 손에 쥔 채 뒤로 벌러덩 나자빠졌다. 민이 급히 모포를 가져와 그녀의 손에 쥐어져 있는 책을 덮어서 불을 끄려고 애썼다. 민은 절대로 책을 놓지 않는 그녀를 보고 미친 듯이 날뛰었다. 불이 완전히 꺼졌을 때, 그는 준의 손과 팔을 보고 결국 울음을 터뜨렸다. 소름 끼치게 부풀어 오른 피부는 반쯤 녹아내린 피투성이의 왁스 같았다. 하지만 준은 감각을 전혀 느낄 수 없었기 때문에 엉망진창이 되어버린 자신의 손이 마치 남의 것처럼 느껴졌다. 손은 물론이고 팔꿈치까지 신경이 죽어버렸다. 손의 통증 때문에 몸 전체가 부들부들 떨렸지만 정신만큼은 말짱했다.

"사람을 불러야겠어!"

겁에 질린 민이 소리쳤다.

"사모님을 불러올게."

준은 그러지 말라고 말했다. 민은 잔뜩 겁에 질려 제정신이 아니었지만 준은 포옹을 해서 아이를 진정시켰다. 그들은 무릎을 꿇고 있었다. 민을 놓아주자 그는 웅크리고 앉아 있었다. 그녀는 밖에서 가져온 커다란 기름 램프를 붙잡으려고 손을 뻗었다. 램프는 연료가 남아 있어 아직도 제법 묵직했다. 준은 그것을 민에게 건넸다. 민은 그녀가 그것을 어떻게 해주길 원하는지 알고 있었다. 그는 램프를 난로 속으로 던졌다. 심지를 감싸고 있던 동그란 유리는 거의 소리도 내지 않고 산산이 부서졌다. 준은 난로의 문을 닫았다. 두 사람은 뒤로 물러나지 않았다. 이제 민은 그녀를 꼭 껴안았다. 그녀는 아직도 책을 손에 쥐고 있었다. 책의 표지는 불에 타버렸지만 안쪽 페이지는 아직도 멀쩡했다. 민의 목에 한쪽 팔을 두르면서 그녀는 연기와 자신의 망가진 피부에서 피어오르는 냄새를 맡을 수 있었다. 밖에서 사람들의 목소리가 들리는 것 같았지만 이미 때는 늦었다. 준은 민의 뺨에 키스를 했다.

"우리한테는 어느 누구도 필요 없어."

민의 귀에 대고 그녀는 부드럽게 말했다.

"이제 우리는 여기에 남아 있을 거야."

19

 준은 계속해서 솔페리노에 있는 유골들의 예배당에 대해 얘기했다. 아직도 그녀는 헥터가 투여한 두 번의 주사 때문에 얼굴이 붉어져 있었고 몸에서 열이 났다. 세 시간 거리의 여행길이 붐비는 차량 때문에 거의 다섯 시간이나 걸렸다. 게다가 여러 번 길을 잃는 바람에 헥터는 차를 갓길에 세우고 지도를 확인해야 했다. 이제 준은 더 이상 그를 도와줄 수 없었다. 그녀가 앞을 제대로 볼 수 있느냐 하는 것이 이제 문제가 되었다. 그녀의 눈은 희미한 커피색이 되어 불투명하고 어두워져 있었다. 하지만 그들은 이제 목적지에 거의 다다르고 있었다. 다음 언덕에 있는 마을을 향해 올라가면서 그녀는 마지막 고개를 넘어가고 있다고 생각하면서 마음의 준비를 했다. 그녀는 그곳에 한 번도 와본 적이 없으면서도 마치 여러 번 와본 사람처럼 말했다. 자신이 여행가이드라도 되는 것처럼 그녀는 헥터에게 교회가 솔페리노 전투에서 전사한 병사들의 유해를 보존하기 위해 1870년에 축성되었다고 설명했다. 그녀의 설명에 따르면 교회는 단순하기 그지없었다. 장식이라고는 거의 없고 크림색 전면에 벽화가 하나 그려져 있을 뿐이다. 벽화 속에서 파란 옷을 입은 성 베드로는 어깨에 빨간 숄을 걸치고 있고 칙칙한 머리 주변에는 황금빛 후광이 그려져 있다. 그녀는 그 정도의 정보만 있으면 교회를 쉽게 찾아낼 수 있을 거라고 헥터에게 말했다.

하지만 마지막 30분을 앞두고 차에서 자꾸 이상한 소리가 났다. 차대 쪽에서 무언가가 자꾸 덜커덕거리고 있었다. 언덕으로 이어진 가파른 커브 길을 올라가는 동안 차는 이리저리 기울었다. 헥터는 마지막 고비를 넘지 못하고 차가 망가지는 것은 아닌지 걱정이 되었다. 그는 저속으로 기어를 변환하고 남은 길을 비틀거리며 가고 있었다. 모터에 가해진 압박 때문에 차는 금속성의 소리를 내면서 흔들렸다. 헥터가 룸미러를 힐끗 쳐다보았을 때, 준은 차문에 몸을 기댄 채 구겨져 있었다. 그녀는 지독한 쓴맛이 나는 무언가를 맛보고 있는 사람처럼 얼굴을 잔뜩 찌푸렸다. 고원에 다다르자 길의 폭이 넓어졌다. 그는 자그마한 호텔의 맞은편에 차를 세웠다. 호텔의 테라스와 칵테일 탁자 몇 개는 거의 도로까지 나와 있었다. 힘들어하는 차에 잠시 휴식을 주기 위해 차를 멈춘 것이었는데 그의 오른쪽으로 준이 설명했던 교회가 보였다. 교회는 늦은 오후의 햇살 속에서 밝게 빛났다. 그것은 낡은 호텔의 반대편에 있는 야트막한 언덕 위에 세워져 있었다. 자갈이 깔린 넓은 오솔길의 양옆으로는 삼나무가 심어져 있었다. 길은 거무스름한 빛깔의 나무문까지 이어졌다. 문 위에 그려져 있는 성인의 모습과 색채는 준의 설명과 일치했다.

"저기 좀 봐. 저 위."

헥터가 말했다.

하지만 약기운에 빠져 있는 그녀는 너무 힘이 없어 고개도 제대로 돌리지 못했다. 그녀는 안색이 파리해져 있었다.

"또 등이 아파?"

"좀 눕고 싶어요. 지금 어디에 좀 누웠으면 좋겠어요."

그녀는 색색거리며 간신히 말했다.

헥터는 넓은 도로에서 차를 빙 돌려 호텔 앞에 그녀를 내려놓기로 마음먹었다. 하지만 시동을 걸려고 하자 차는 털털거리는 소리만 연거푸 쏟아내더니 급기야 꺼져버렸다. 다시 시동을 걸어보려고 했지만 이제 털털거리는 소리조차 나지 않았다. 그는 준에게 잠시 기다리라고 해놓고 도로를 건너갔다. 호텔에 방을 하나 잡아두고 돌아왔을 때, 준은 거의 실신할 지경이 되어 있었다. 준은 뒷문에 몸을 기댄 채 널브러져 있었다. 그는 조심스럽게 뒷문을 열어주면서 그녀가 길바닥으로 쓰러지지 않도록 머리를 붙잡아 주어야 했다. 축 처진 준의 몸을 똑바로 일으켜 세우는 동안, 차량들과 스쿠터 몇 대가 지나갔다. 그중에 한 대는 지나가면서 두 사람을 향해 시끄럽게 경적을 울려댔다. 헥터는 경적 소리에 신경이 바짝 곤두섰다가 사람들이 자기들을 보고 신혼부부로 오해를 했을지도 모른다는 생각이 들었다. 준은 경적 소리에 깜짝 놀란 듯 보였다. 그제야 정신이 드는지 그녀는 깊고 오랜 잠에서 깨어난 사람처럼 그를 멀뚱히 쳐다보았다. 준은 목을 뒤로 길게 빼고 나서 그의 어깨에 뺨을 기대고 스스럼없이 그의 두 팔에 안겼다. 하지만 헥터는 그녀가 자기를 알아보기나 하는지 확신할 수 없었다. 호텔의 승강기는 고장 난 상태였다. 헥터는 할 수 없이 그녀를 안고 4층까지 걸어서 올라가야 했다. 방을 안내한 지배인은 얼굴이 홀쭉한 젊은이로 진홍색 운동복 차림이었다. 그는 갖춰진 것은 별로 없고 규모만 큰 방으로 두 사람을 들여보냈다. 방에는 더블베드 두 개와 대형옷장이 있었는데 옷장의 문 하나는 떼어져서 옷장 전면에 기대어져 있었다. 구석자리에는 커다란 안락의자가 두 개 놓여 있었지만 그것들은 워낙 낡고 보잘것없어서 안락보다는 오히려 불편만 초래할 것처럼 보였다. 하지만 뭐니 뭐니 해도 그 방에서 가장 특색 있는 물건은 높이와 폭이 엄청난 유리창이었다. 창문의 테두리 안에는 언덕 위의 교회가 완벽하게 담겨 있었다. 지배인은 이탈리아어와 엉터리 영어로 교회를 가리키며 설명을 했다. 그는 교회 방문객들을 접대하는 데에 익숙해진 듯 보였다.

헥터는 준을 창가의 침대에 내려놓았다. 하지만 그녀는 교회를 바라볼 생각이 전혀 없는지, 아니면 솔페리노까지 달려온 이유를 까맣게 잊어버렸는지 창 쪽으로 돌아눕지 않았다. 젊은 지배인은 심각한 표정으로 그녀를 바라보았다. 헥터가 약간의 리라를 팁으로 건네자 그는 한사코 거부를 하면서 자기는 내려가서 가방을 가져오겠다고 말했다. 헥터는 도로 건너편에 세워져 있는 차를 손가락으로 가리켰지만 조금 전에 시동이 꺼져버린 사실까지는 설명할 수 없었다.

"니콜라스도 왔으면 좋을 텐데."

지배인이 가방을 날라주고 방을 나갔을 때, 준이 말했다. 이제 그녀는 다소 생기를 되찾은 모습이었다. 무엇 때문에 그러는지 모르겠지만 그녀는 언덕 위의 교회까지 당장 데려다 달라고 하지 않고 옷을 갈아입고 싶어 했다. 헥터는 자신이 생각하고 있는 것을 입 밖에 내지 않았다. 그는 어쩌면 준이 살아서 방을 나갈 수 없을지도 모른다는 생각을 했다. 최근 며칠 동안 그들은 여기저기에서 잠깐씩 머무르면서 드디어 솔페리노까지 찾아왔다. 그런데 그녀는 그토록 귀중한 시간을 호텔 방에서 그냥 흘려보내고 있었다. 하지만 그는 항의를 하지 않았다.

"니콜라스가 왔다면 이곳을 좋아했을 거예요."

"그렇게 생각해?"

"예술적 감성이 풍부한 아이잖아요. 아마 이곳 풍경을 무척 마음에 들어 했을 거예요. 색채와 언덕이 그 애가 늘 들여다보던 작품집에 나오는 것들과 똑같아요. 삼나무도 그렇고요."

헥터는 깜짝 놀랐다. 그는 준이 언제 그것들을 그렇게 꼼꼼히 살펴보았는지 궁금했다.

"나는 저 나무들이 별로 마음에 안 들어."

"왜요?"

"저것들을 보고 있으면 공동묘지가 생각나거든."

준은 고개를 끄덕이고 나서 잠자코 기다렸다. 헥터는 그녀의 가방을 열고 그녀가 원하는 옷을 찾았다.

"물론 당신 말도 옳아요."

그녀가 말했다. 이제 그녀는 미소를 지어보일 수 있을 정도로 기력이 회복되었다.

"이거 맞아?"

그녀가 가방에서 찾아달라고 부탁한 옷을 치켜들며 헥터가 물었다. 뻣뻣하고 거친 리넨으로 만든 흰옷이었다.

"예, 맞아요."

그는 옷을 그녀의 침대에 얹어놓았다. 준은 그 옷이 색깔만 흰색일 뿐 전통적인 수의는 아니라고 설명했다. 상주들도 흰옷을 입는다고 그녀는 말했다.

"나한테는 그런 옷이 없어."

그가 말했다. 그녀는 약하게 소리 내어 웃었다.

"내 상주가 될 것도 아닌데 그게 뭐 중요해요?"

그는 아무 대꾸도 하지 않았다. 차를 타고 오는 동안 그녀는 자기가 죽고 난 뒤에 자기를 어떻게 처리해야 하는지 그에게 미리 밝혀두었다.

그녀는 자기가 죽거든 화장을 해서 그 유해를 교회 땅에 뿌리거나, 만약 가능하다면 교회 건물 안으로 몰래 들어가 적당하다고 생각되는 곳에 뿌려달라고 부탁했다. 그녀는 헥터에게 옛날 방식대로 자신의 몸을 붕대로 친친 감싸고 나서 목관을 만들어 그 위에 시신을 올려놓고 불태우는 일을 손수 해주고 싶어질지도 모른다고 농담처럼 말했다.

"니콜라스를 데려왔어야 한다고 생각해요?"

이제 몸을 돌려 모로 누우면서 그녀가 말했다. 그녀의 머리는 두 개의 베개로 받쳐져 있었다.

그는 준이 무슨 생각을 하고 있는지, 또 이제 가망을 가져볼 수 있는지 알아보려고 그녀의 눈을 빤히 들여다보았다. 하지만 그녀의 눈은 총기라고는 찾아볼 수 없었다. 그녀는 마치 흐릿한 사물을 바라보고 있는 것 같았고 눈에 초점이 없었다. 준이 무엇을 믿고 있는지, 또 무엇을 믿고 싶어 하는지 그는 더 이상 알아챌 수 없었다.

"시에나에 니콜라스를 남겨두고 오기를 잘했어."

그가 말했다.

"예, 당신 말이 옳을 거예요. 여기에 와봤자 그 애가 뭘 하겠어요? 난 방금 그 애가 당신과 더 많은 시간을 보내고 싶어 할지도 모른다는 생각을 하고 있었어요."

"그렇지는 않을 거야."

"왜요?"

"그 애는 나를 별로 좋아하지 않는 것 같아."

"그걸 어떻게 알아요?"

"그 정도야 쉽게 알 수 있지."

"당신은 그 애가 마음에 들어요?"

헥터는 준이 무슨 대답을 듣고 싶어 하는지 알았지만 아무 대꾸도 하지 않았다. 그는 니콜라스에 관해서라면 좋은 말을 해주고 싶은 마음이 없었다. 사실 그 아이에 관한 얘기가 다시 나오자 그는 가슴이 쿵쾅거리면서 두 주먹에 힘이 불끈 들어갔다. 차를 몰고 오는 동안 그는 니콜라스를 죽사발이 되도록 두들겨 패주지 못한 자신을 꾸짖었다. 그리고 지금 그는 다른 니콜라스, 즉 준과 자신의 진짜 아들을 단 몇 분 만이라도 만날 수 있기를 간절히 바랐다. 그것은 그 아이가 그립다거나 아이와의 유대를 원해서가 아니라 그 아이한테는 어떠한 분노의 말도 하지 않고 되도록 좋은 말을 해줄 수 있을 것 같았기 때문이다. 그 아이라면 반갑게 맞아줄 수 있을 것 같았다. 그래서 그는 니콜라스의 누렇게 빛이 바랜 학창시절 사진을 머리에 그려보았다. 중간에 가르마를 탄 기다란 머리, 딱히 무어라고 설명하기 힘든 아이의 표정이 떠올랐다. 그것은 오랫동안 갈망해온 무언가를 지금도 간절히 기다리고 있는 것 같은 표정이었다.

"마음에 들 수도 있었겠지. 하지만 그렇게 되기까지는 오랜 시간이 걸렸을 거야."

헥터가 말했다.

"모든 일이 다 그렇지 않아요?"

무언가를 명쾌하게 깨달았다는 듯이 그는 고개를 끄덕였다. 헥터는 그녀의 나머지 옷가지들을 가방에서 꺼내어 옷장에 넣고 나서 자신의 가방을 비우기 시작했다. 시에나에 있을 때, 닉 크럼프한테서 강제로 받아낸 책이 눈에 띄었다. 그는 책을 차마 감당할 수가 없어서 옷가지들 밑으로 얼른 쑤셔 넣었다. 하지만 그는 이미 휴게소에서 준이 잠깐 눈을 붙이는 동안 호기심을 억누르지 못하고 책을 한 번 더 들여다보았다. 표지의 천이 불에 타버린 것과 그런 일을 겪고 페이지가 당장에 바스라질 것 같다는 점만 제외하면 책은 예전과 변함이 없었다. 그는 속표지에 두 개의 헌정사가 적혀 있는 것을 보았다. 첫 번째 헌정사는 누가 실비에게 적어준 것으로 그는 아주 오래전부터 그것을 알고 있었다. 두 번째 헌정사는 그보다 훨씬 뒤에 잉크로 적은 것으로 필체도 첫 번째 것과는 많이 달랐다. 거기에는 다음과 같이 적혀 있었다. '여행길에 오르는 나의 사랑하는 니콜라스에게, 부디 엄청난 보물을 발견할 수 있기를 바라며…' 그는 준이 어떻게 그 책을 가지게 되었는지 혼란스러웠다. 불길에 심하게 그슬린 것 같은 책이 어떻게 타버리지 않고 아직 남아 있는지도 궁금했다. 하지만 불길한 전조처럼 책을 묶은 부위에서 피어오른 연기 냄새가 그가 품은 의문들을 재빨리 뭉개버렸기 때문에 그는 책을 도로 가방에 집어넣어 버렸다.

이제 그는 그 얇은 책을 그녀에게 건넸다. 책은 그의 손에서 산산이 바스라져 흘러내릴 것 같았다. 준이 책을 건네받을 때, 헥터는 책을 거머쥐는 그녀의 손가락에 힘이 들어가는 것을 보았다. 그녀는 책을 다시 되살리고 싶어 하는 것 같았다. 그녀는 책을 펼치고 페이지를 넘기면서 책의 앞부분에 나와 있는 작가의 사진을 찾았다. 작가는 꽤 젊어 보였고 정장 조끼에 금색 시곗줄을 늘어뜨리고 양쪽 볼에만 수염이 있는 양 모양의 구레나룻을 기르고 있었다. 사진의 맞은편은 속표지였다. 헥터가 보았다시피 거기에는 두 개의 헌정사가 적혀 있었다. 준의 시선은 필체에 한참 동안 머물러 있는 것 같았다. 그녀는 혼란스러운 표정을 짓고 있다가 갓난아이의 뺨을 어루만지듯 속표지를 부드럽게 쓰다듬었다. 그런 다음 그녀는 별로 힘들이지 않고 자리에서 일어나 폭이 넓은 대리석 창턱을 양손으로 붙잡고 커다란 창문 앞에 섰다. 사각 창틀에 담겨 있는 경치 속에서 언덕 꼭대기의 교회는 늦은 오후의 햇살을 받아 환하게 빛났고 자갈이 깔린 오솔길은 길게 늘어진 삼나무 그림자 때문에 어두컴컴해져 있었다. 일렬로 늘어선 삼나무들의 그림자 때문에 오솔길은 시커먼 갈비뼈를 드러내고 있는 것처럼 보였다. 눈으로 직접 그 풍경을 보는 일은 분명 처음일 텐데 그것을 바라보는 그녀의 눈빛은 아무런 동요가 없었고 냉담하기만 했다. 그것은 순례자의 눈빛이 전혀 아니었다.

"난 아이가 이 세상을 홀로 떠돌게 만들 생각이 전혀 없었어요. 잠시 떠나 있는 것은 괜찮겠죠. 하지만 영원히 저렇게 떠도는 것은 옳지 않아요. 그 애가 잠시 날 떠나 있는 것이 어느 면에서는 좋을 거라고 생각했어요. 계속 엄마한테 의지하는 버릇도 좋지 않으니까요. 당신한테 물어보지 않은 게 있어요. 아직도 그 애가 나한테 화가 나 있던가요? 그러니까 내 말은, 그 애가 날 이미 용서한 것처럼 보였느냔 말이에요."

"당신이 무슨 짓을 했는데 용서한다는 거지?"

"말했잖아요."

준은 책을 양팔로 감싸며 말했다. 그녀는 갑자기 강해 보였다. 자세는 어릴 때처럼 꼿꼿했고 턱은 앞으로 치켜들고 있었는데 그 모습은 마치 바위를 깎아서 만든 고아 소녀처럼 보였다. 한참 뒤에 돌아서서 그를 바라보았을 때, 그녀는 몸이 전혀 불편하지 않은 사람 같았다.

"내가 말 안 했어요? 그 애가 영국에서 부상을 입었을 때, 병원에서 연락이 왔어요. 난 아이한테서 엽서가 오기를 기다렸죠. 결국에는 괜찮아졌지만 왜 그때 아들에게 당장 연락을 하지 않았는지 내 자신에게 자꾸만 묻게 되더군요. 난 아들과 얘기를 하고 싶었어요. 보고 싶기도 했고요. 벌써 여러 해 전 일이죠. 당장 비행기로 날아가겠다고 말할 수도 있었는데 그러지 않았어요. 왜 그랬는지 모르겠지만 난 그냥 시간을 흘려보냈어요. 다음 날은 마치 아무 일도 없었던 것처럼 가게 문을 열었고요. 나 혼자서 저녁을 먹으러 가기도 했죠. 거의 보름 동안 잠을 자지 않았어요. 그러다가 아들한테서 엽서가 날아왔어요. 그다음에는 편지도 몇 통 오더군요. 난 아들이 그래도 내 생각을 해주고 있다고 생각했죠.

하지만 걔가 오랫동안 나한테 화가 나 있다가 결국 친절하게 대하기로 마음을 고쳐먹었을 거라고 생각했어요. 그런 일이 가능할까요? 당신 생각은 어때요? 그 애한테 정말 그런 심경의 변화가 있었을까요?"

그녀는 창문에서 물러나 침대에 걸터앉았다. 축 늘어뜨린 머리가 무거워보였다. 조금 전까지만 해도 흘러넘치는 것 같던 활력은 이제 그녀의 몸에서 모조리 빠져나가버렸다. 그녀는 책을 자기 옆에 내려놓았다. 헥터는 이제 특별한 옷으로 갈아입고 싶은지 그녀에게 물었다.

"모르겠어요."

"내가 잠깐 나가 있을까?"

"그게 아니에요."

"옷을 갈아입고 싶지 않아?"

"모르겠다니까요."

갑자기 착 가라앉은 목소리로 그녀가 말했다.

"도무지 모르겠어요."

준은 흐느껴 울기 시작했다. 그녀 자신도 놀라고 헥터도 놀랐다. 그녀는 너무 힘이 없어서 우는 것 같아 보이지 않고 숨을 제대로 쉬지 못하는 것처럼 보였다. 얼마 안 되는 눈물이 두 뺨을 간신히 적셨다. 헥터는 그녀가 우는 모습을 한 번도 본 적이 없었다. 고아원에 있을 때도 그렇고 그 뒤로도 그녀는 한 번도 눈물을 보이지 않았다. 그랬던 준이 우는 모습을 보이자 헥터는 가슴이 철렁 내려앉았다. 그가 알고 있는 사람들 가운데 가장 강했던 준이 이제 그곳에서 숨을 거둘지도 모른다는 생각에 겁이 덜컥 났다. 그녀는 손바닥으로 얼굴을 대충 닦았다.

"주사를 한 번 더 놔줘요. 네? 나한텐 시간이 조금 더 필요해요. 고통스럽지 않은 시간이."

"주사를 놓은 지 두 시간밖에 안 됐어."

"그래도 한 번 더 놔줘요."

헥터는 마지못해 다시 주사를 놓았다. 그는 준과 시선을 맞추지 않으려고 애쓰며 방의 건너편에 있는 안락의자 쪽으로 건너갔다. 헥터는 연속으로 대여섯 번 정도 주사를 놓아 그녀를 즉각 죽음에 이르도록 할 수도 있었다. 하지만 혹시라도 그녀가 죽지 않고 의식을 회복해서 자신을 몇 시간 동안 속인 사실을 두고 영원히 원망할 수도 있었기 때문에 섣불리 그런 행동은 할 수가 없었다.

"미안하지만 이제 좀 쉬고 싶네요."

"알았어. 혼자 있게 해줄게."

"조금만 쉴게요. 너무 오래 자고 싶지는 않아요. 오늘처럼 귀한 날을 그냥 이렇게 흘려보낼 수는 없어요. 내일이 되면 아무 일도 할 수 없을지도 몰라요. 어디에 가 있을 거예요?"

"아래층에 가 있을까?"

"그럼 한 시간 뒤에 올라와 줄래요? 그때 교회로 같이 올라가요."

"알았어."

"올라올 때, 뭐 좀 갖다줄래요?"

"뭘 갖다줄까?"

"먹을 것 좀."

"배고파?"

"과연 음식을 먹을 수 있을지조차 모르겠네요. 그렇지만 한번 시도는 해보고 싶어요."

"갖다줄게. 뭘 먹고 싶어?"

"아무거나 상관없어요. 단지 이게 내가 가지고 있는 마지막 느낌이 아니기를 바랄 뿐이에요."

헥터는 커튼을 쳐서 창가로 걸어갔다. 하지만 그녀는 빛이 들어오게 그냥 놔두라고 그에게 말했다. 늦은 오후의 햇살은 보기에 썩 괜찮았다. 햇살은 방 전체를 환하게 적시고 있었다. 지는 해가 내뿜는 강렬한 햇살은 나무꼭대기와 적갈색의 테라코타 지붕, 그리고 치장 회반죽을 칠한 건물들을 따스한 빛깔로 물들이고 있었다. 언덕 위의 하얀색 교회는 북극성처럼 찬란하게 빛났다.

"딱 한 시간 뒤에 올라와야 해요. 알았죠? 그보다 더 많이 자고 싶지는 않아요. 꼭 올라올 거죠?"

"내가 안 올라올 것 같아?"

"모르겠어요."

그녀가 말했다. 이제 약물이 그녀의 몸속 깊숙한 곳까지 퍼져나간 듯했다. 그녀의 축 늘어진 자세를 보고 헥터는 지독한 통증은 이미 가라앉았다는 것을 알 수 있었다. 그녀는 생기를 되찾고 있었다.

"내가 미치도록 미울 거예요. 그건 나도 알아요."

준은 눈을 가늘게 뜨고 말했다.

"날 미워하죠? 이제 당신은 이 세상에서 나에 대해 조금이라도 알고 있는 유일한 사람이에요. 난 당신이 날 싫어하지 않았으면 좋겠어요."

"차를 타고 오면서 말했잖아. 미워하지 않는다고."

"내가 모든 것을 밝힌 뒤에도 밉지 않았다고요?"

"응."

"못 믿겠어요."

"그런 얘기는 그만하지."

"다시 한 번 말해줘요. 부탁이에요."

"이미 했잖아."

"한 번만 말해줘요. 헥터, 제발!"

"원하는 게 뭐야?"

헥터가 버럭 소리를 질렀다.

"빌어먹을! 나한테 원하는 게 대체 뭐냔 말이야?"

"난 이 상황이 싫어요!"

준은 자신의 말라빠져 쭈글쭈글해진 허벅지를 손바닥으로 찰싹 때리며 되받았다. 그녀의 얼굴은 금이 간 마스크 같았다.

"지긋지긋하다고요! 이런 일이 당신한테 벌어졌다면 당신은 아무렇지도 않게 생각했을지도 몰라요! 당신은 살든지 죽든지 별로 신경도 안 쓰는 것 같으니까요. 하지만 너무 신경이 쓰인다니까요! 미쳐버리겠다고요!"

헥터는 한바탕 저주의 말을 쏟아부으려고 하다가 자신이 이제 거의 모든 것을 놓아버린 여자와 부질없는 논쟁을 벌이고 있다는 사실을 깨닫고 입을 다물었다. 준은 즉각 사과를 했다. 그녀는 곧 쓰러질 듯 절름거리면서도 방을 나서는 그를 뒤따라오려고 애썼다. 헥터는 준의 손에 붙잡히지 않고 간신히 방을 빠져나올 수 있었다. 층계참으로 거의 튀어 나가다시피 해서 가파른 계단을 내려가지 않았더라면 그녀에게 붙잡혔을지도 모른다. 그는 그렇게 도망치는 데에는 선수였다. 모퉁이를 돌아가면서 그는 지칠 대로 지쳐버린 준의 실루엣을 보았다. 그녀는 날지 못하는 새처럼 양손을 내뻗은 채 층계참의 끄트머리에 멈춰서 있었다. 그는 돌계단을 황급히 내려가는 동안 뒤에서 준이 절규를 하듯 사과의 말을 쏟아내는 것을 들었다. 그녀의 목소리는 계단 아래까지 울려 퍼졌다. 헥터는 준을 매정하게 뿌리치고 손쉽게 달아난 것이 못내 마음에 걸렸지만 걸음을 멈추지는 않았다. 그는 속에서 분노가 끓어오르는 것을 느꼈다. 그런 식으로 해서라도 준을 처벌하고 싶었다.

그는 호텔의 로비로도 쓰이는 바에 들어가서 구석 테이블에 풀썩 주저앉았다. 젊은 지배인이 냉큼 다가와 무엇을 마시고 싶은지 물었다. 헥터가 대답을 하지 않자 지배인은 맥주를 권했다. 맥주 한 병을 가져다주고 나서 지배인은 커피 끓이는 기계로 건너가더니 컵을 쌓아올리면서 그를 힐끔힐끔 쳐다보았다. 한쪽 자리에서 독일어로 소곤거리던 노부부 한 쌍도 헥터를 힐끗거렸다. 노부부는 치즈와 살라미 소시지 한 접시와 화이트 와인 한 병을 나눠 마시고 있었다. 헥터가 준을 호텔로 데리고 들어올 때 바에서 자리를 잡고 앉던 그 부부였다. 뺨이 통통하고 불그스름한 여자는 헥터를 친근한 눈길로 바라보았다. 그 눈빛은 그를 애처롭게 생각하는 듯했다. 입을 오므리고 있는 그녀를 보자 헥터는 자기도 모르게 도라가 생각났다. 그는 아직도 속이 부글부글 끓었지만 병을 들고 한 모금만 마신 뒤 내려놓았다. 태어나서 처음으로 그는 속에서 활활 타오르는 차가운 불길을 끄지 않고 그냥 내버려두고 싶었다. 그는 그동안 저지른 모든 행위에 대해 자신을 처벌하고 싶었다. 아버지 재키는 아들이 영원히 살 거라는 허황된 공상을 했지만 지금까지의 그의 인생은 결과적으로 보면 실패, 그것도 참혹한 실패였다. 그는 도라, 패트리샤 카힐, 그리고 중공군 소년 병사에게 자기가 과연 올바르게 행동했는지 물어본다면 어떤 대답을 얻을 수 있을지 생각해보았다. 자기가 재앙을 안긴 위니 보글러에게도 물어본다면? 에임즈 태너 목사한테도 그의 죽음이 그 자신이 꿈꾸던 죽음이었는지 물어보고 싶었다. 헥터는 자기가 어떤 사람이었는지 그 모든 사람에게 물어보고 싶었다.

준은 헥터가 자기한테 마땅히 증오심을 품고 있을 거라고 추측했다. 그런데도 그는 그런 증오심조차 품을 수 없었다. 이제 그의 결함은 지극히 사소한 면에서도 엿볼 수 있었다. 차를 타고 오면서 준은 정신착란 상태에서, 아니 어쩌면 정신착란을 가장하고서, 그동안 자기가 했던 일을 그에게 털어놓았다. 그렇다. 그녀는 끔찍한 화재를 불러일으킨 장본인이었다. 하지만 그것은 그녀 혼자만의 잘못이 아니었다. 그도 저속하고 맹목적인 탐욕이라는 나름의 방식으로 불을 지핀 거나 다름없었다. 그동안 그는 불길을 피해 밖으로 빠져나오지 말았어야 할 사람은 자신이라고 항상 믿어왔다.

마지막 날 밤에 실비는 자기를 그냥 내버려두라고 그에게 애원했다. 왜 그는 그녀의 애원에 주의를 기울이지 않았을까? 왜 그는 자기 방에 틀어박혀 있지 않았을까? 불이 나기 시작했을 때, 그는 당연히 제일 먼저 기숙사로 달려 들어가 아이들을 모두 빼냈다. 그날 저녁 내내 그는 일본산 스카치위스키 한 병을 들고 어두컴컴한 자기 방에 앉아서 술을 마시고 있었다. 술을 들이켤수록 그의 머릿속은 온갖 생각들로 부서질 것 같았다. 실비한테 찾아가서 열변을 토하고 싶은 마음도 있었고 비굴하지만 그녀의 감정에 호소해보고 싶은 마음도 있었다. 또 자신의 신세를 한탄하고 싶기도 했고 노골적으로 그녀를 공격하고 싶은 마음도 들었다. 한편으로는 그녀가 계속 남아서 자기를 사랑하도록 만들려면 어떤 좋은 말로 설득을 해야 할지 궁리도 해보았다. 하지만 그는 로맨스에는 영 소질이 없었다. 심오하고 아름다운 말은 조금도 할 줄 몰랐다. 그는 모든 사람들이 힘을 합쳐 고아원 주변의 낙엽을 긁어모았던 바로 그날, 실비가 마음의 결정을 내렸을 거라고 생각했다. 그날 그녀는 그를 뒤따라 예배당 안으로 들어왔었다. 두 사람은 예배당을 나와서 서로 다른 방향으로 걸어갔지만 실비는 헥터가 요구한대로 남쪽으로 뻗은 오솔길을 따라 100미터 정도 내려가서 그를 다시 만났다. 그곳에는 사람들의 눈을 피할 수 있는 빽빽한 잡목 숲이 있었다. 그들은 사랑을 나누지는 않았지만 격정에 사로잡혀 한 몸이 되어 뒹굴었다. 몇 분 만에 두 사람은 허기진 시체 도굴꾼처럼 서로의 몸을 더듬고 할퀴며 깊이 음미했다. 진한 애무를 나누는 동안 두 사람은 옷을 거의 벗지 않았지만 나중에 헥터는 목욕을 하다가 실비가 손톱으로 할퀸 등과 목, 그리고 허벅지가 따끔거리는 것을 느낄 수 있었다. 물론 그도 실비를 강렬히 애무했지만 그것은 어디까지나 입과 굶주린 이로 그녀가 가리키는 부위를 빨고 핥고 깨물었을 뿐이다. 애무를 나누는 두 사람의 모습은 마치 호기심 많은 초등학생들이 게임을 하고 있는 것 같았다. 헥터가 입술과 이로 자신의 몸을 빨고 깨물 때마다 그녀는 당장에 숨이 넘어갈 것처럼 헉헉거렸고 눈에는 눈물까지 고였으나 애무를 받고 싶은 부위를 가리키는 일을 멈추지 않았다. 그때 헥터는 그녀의 성적인 열정을 자신을 향한 깊은 사랑으로 오해하고 자기가 드디어 승리를 거두었다고 확신했다. 그때 헥터는 너무 어리고 무지해서 그녀가 연기를 하거나 속임수를 쓰는 것이 아니라 자신의 순수하고 맹렬한 욕구에 그녀가 몸을 내맡기고 있으며 자신의 주체할 수 없는 욕망에 그녀가 굴복하고 있다고 오해했다. 그리고 자기만큼이나 그녀도 그런 욕망에 몸부림치고 있다고 생각했다.

　술병을 완전히 비웠을 때는 벌써 자정이 되어 있었다. 그는 다음 날이면 태너 목사가 돌아올 것이라는 것을 알고 사택으로 건너갔다. 그는 목사가 출장을 떠나 있는 동안 실비와 관계를 맺지 않았다. 실비가 축구를 하다가 무릎을 다쳐 그녀를 안고 사택으로 옮겨준 일과 잡목숲에서 짧은 시간 동안 거칠게 애무를 나눈 일이 있었을 뿐이다. 그녀를 품에 안는 행위는 육체적 갈망을 해소하는 일이기도 했고 닻을 내리듯이 자신을 어느 한곳에 단단히 붙잡아 매는 일이기도 했다. 그는 무감각해서 공격을 받을 수도 없고 역겹고 가증스러운 자기 몸을 보완하기 위해 그녀라는 짐을 간절히 필요로 하고 있었다. 사택의 뒤편으로 돌아갔을 때, 그는 실비가 가까이에 있기만 하면 자신이 한없이 나약해지는 것을 느꼈다. 그녀에게 사정없이 휘둘리고 있는 느낌이었다. 그의 가슴은 아이처럼 부풀어 올라 두근거리고 있었다. 하지만 그는 수긍하기 힘들었지만 이미 자신과 실비의 관계는 끝나버렸다는 것을 알고 있었다. 두 사람의 관계라는 것이 과연 존재하기나 했던가. 어쩌면 그런 관계가 애당초 시작조차 되지 않았는지도 모른다. 아무튼 그런 절박한 심정 때문에 그는 더더욱 실비와 함께 있고 싶었다. 창문에는 가리개가 내려져 있었다. 문의 손잡이를 잡고 돌려보았지만 안에서 잠겨 있었다. 문을 두드려보았지만 반응이 없었다. 그는 점점 더 세게 문을 두드렸다. 급기야 소리는 길 건너편에서 한창 잠에 빠져 있을 아이들이 잠을 깰 정도로 크게 울려 퍼졌다. 그제야 실비는 문을 열고 그를 들여보내주었다. 그녀의 무릎은 그가 붕대를 감아주었던 상태 그대로였다. 실비는 그를 쳐다보지도 않고 절름거리며 걸어갔다.

"아직도 많이 아파요?"

그녀를 뒤따라 침대로 가면서 헥터가 물었다.

"이제 안 아파요."

고개를 숙인 채 그녀가 힘없이 말했다. 그는 실비의 앞에 무릎을 꿇고 나서 한손으로 무릎을 잡고 다른 손으로는 종아리를 잡아 부드럽고 조심스럽게 관절의 상태를 검사했다. 통증이 느껴지는지 실비가 얼굴을 찌푸렸다.

"괜찮아질 거예요. 이제 그만 가요. 네?"

"내가 오겠다고 했잖아요."

"난 오지 말라고 했어요."

그녀는 헥터의 두 손을 밀어내며 말했다.

"이제 나 같은 놈은 꼴도 보기 싫다는 겁니까?"

"어쩌면 내일 만날 수 있을 거예요."

"내일은 목사님이 돌아오는 날이잖아요!"

헥터가 소리쳤다. 순간적으로 튀어나온 천둥 같은 소리에 그 자신도 깜짝 놀랐다. 그녀는 한동안 잠자코 있다가 말했다.

"제발, 헥터. 당신은 여기에 있으면 안 돼요."

"왜죠? 당신의 마음이 변했기 때문에?"

"당신을 향한 마음이 변한 적은 단 한 번도 없어요. 그건 의심 안 해도 돼요."

"그럼 뭐가 문제죠? 말해 봐요. 난 멍청해서 말을 안 해주면 몰라요. 혼란스럽군요. 다시 남편을 사랑하게 된 건가요?"

"남편은 항상 사랑했어요."

실비가 중얼거렸다.

"항상 남편을 사랑했다?"

헥터는 그녀를 비웃었다.

"처음부터 남편을 사랑하고 있었나보군요. 바로 이 침대에서 나와 사랑을 나누는 동안에도 당신은 남편을 사랑하고 있었겠죠. 남편을 끔찍이 사랑해서 당신은 남편이 출장을 갈 때마다 내가 있는 곳을 기웃거린 거군요."

"오늘 밤에는 찾아가지 않았잖아요."

"그건 당신이 강하기 때문이죠."

이제 그는 자리에서 일어나 무서운 눈초리로 그녀를 노려보며 독설을 퍼붓고 있었다. 그런 독설이라도 퍼붓지 않으면 그녀에게 폭력을 휘둘렀을지도 모른다.

"당신이 우리에 갇힌 짐승처럼 방 안을 서성거리지 않지만 난 조바심이 나서 잠을 이룰 수도 없는 동물이에요. 당신이 나타나기 전까지만 해도 난 아무 근심걱정 없이 살았어요. 하지만 지금의 내 모습을 봐요. 당신이 귀여워해주고 먹이를 주기만을 기다리고 있잖아요. 내가 얼마나 사랑에 빠져 있었는지 말했었죠."

헥터는 양 손바닥을 실비 앞으로 내밀며 말했다.

"내가 위로를 받아야 한다면 어쩌겠어요? 내가 도움을 필요로 한다면? 태너 부인, 날 위해 당신은 무엇을 해줄 수 있어요?"

그녀는 움직이지 않고 말없이 울고만 있었다. 눈물이 그녀의 뺨을 타고 흘러내렸다. 타고난 창백한 얼굴은 램프의 온화한 불빛 속에서 발갛게 달아올라 있었고 번들거리는 이마와 두 뺨은 생기가 넘쳐 보였다. 분노가 치솟았지만 그의 눈에는 그 순간만큼 실비가 사랑스러워 보인 적은 없었다. 훌쩍이는 모습을 보자 그는 더욱 몸이 달았다.

"날 도와주지 않을 건가요? 울지만 말고 말을 해봐요. 안 도와줄 거예요? 좋아요. 그동안 저지른 몇 가지 일을 당신한테 밝혔으니 내가 좋은 사람이 아니라는 것은 알겠죠. 어느 모로 보나 난 형편없는 놈입니다. 하지만 당신을 보고 있으면 기분이 좋아져요. 왜 그런지 알아요? 그건 당신이 나랑 비슷하기 때문이에요. 당신은 나약하고 이기적이죠. 하지만 앞뒤를 헤아리지 않는 면도 있어요. 어떨 때 보면 당신은 사랑을 갈구하는 매춘부 같아요. 희망은 당신에게 약이 되겠지만 나한테 그것은 가엾은 종교일 뿐이에요."

실비는 여전히 대꾸를 하지 않았다. 하지만 지금까지와는 다른 색깔이 이제 그녀의 얼굴에 떠올랐다.

"어릴 때, 엄마가 내게 들려준 얘기가 있어요. 그때는 그게 무슨 얘기인지 이해를 못했는데 지금은 어렴풋이나마 이해를 할 것 같아요. 이 세상에는 필요 이상의 선행이 있다고 엄마가 그러셨어요. 사랑을 베푸는 일이죠. 과도한 선행도 분명히 문제가 되지만 그보다 더 나쁜 것은 선행이 잘못 사용되는 거라고 하셨어요. 그럴 경우에는 전혀 선행이 아니기 때문이죠."

"난 그런 거 몰라요."

그녀의 어깨를 꽉 붙잡으며 그가 말했다.

"잘못 사용해도 좋으니 나한테 선행을 한번 베풀어봐요."

그녀는 헥터의 양손을 붙잡아 그것으로 자신의 얼굴을 잠시 감싸더니 손을 뒤집어 손바닥과 손가락, 그리고 손목에 키스를 했다. 헥터도 이제 가만히 있지 못하고 미친 듯이 그녀에게 키스를 퍼부었다. 그는 허겁지겁 실비의 옷을 벗겨냈다. 하지만 그녀는 그곳에서는 곤란하다고 말했다. 그래서 그는 그녀를 껴안고 뜰을 천천히 가로질러 자기 방으로 건너갔다. 방으로 들어가자마자 두 사람은 격정적인 사랑을 나누었다. 그것도 사랑이라면 사랑이었다.

헥터는 극도로 흥분이 되었다. 전쟁에 빗대어 표현을 하자면 그의 군대 전체는 파상공격을 퍼부으며 그녀를 순식간에 덮쳤다. 얼굴이 없는 수천 명의 병력이 무서운 기세로 그녀를 향해 돌격했다. 그는 실비가 자신을 저지시키거나 자신과 동일한 강도로, 아니 정신을 차릴 수 없을 정도로 반격을 퍼부어주기를 기다렸다. 하지만 그녀는 기력이 충분히 있음에도 불구하고 기대하는 반응을 보이지 않았다. 그녀는 마치 자신의 몸에서 빠져나와 방의 저쪽 편에서 사랑을 나누는 두 사람을 지켜보고 있는 것 같은 표정을 짓고 있었다.

얼마 가지 않아 그는 일을 마치고 자리에서 일어나 바지를 입었다. 수치심이 산더미처럼 밀려왔다. 실비는 그에게 등을 돌린 채 비좁은 간이침대 위에 말없이 누워 있다가 자리에서 일어나 옷을 입었다. 슬리퍼를 찾고 있는 그녀를 보고 헥터는 맨발로 왔다고 말했다. 그는 실비에게 가지 말라고 애원하듯이 말했다. 하지만 실비가 문을 열었을 때, 그녀를 제지하지는 않았다.

실비가 밖으로 나왔을 때, 이상하게도 어디에선가 등유 냄새가 흘러나왔다. 하지만 그녀의 발걸음을 멈추게 만든 것은 자동차였다. 정문을 통과한 차량은 운동장 가장자리에 나 있는 길을 따라 건물들 앞으로 굴러왔다. 그때는 너무 늦은 시각이라 차에 탄 사람이 김 목사일 리는 없었다. 눈부신 전조등은 항구의 불빛처럼 헥터의 문 앞에 서 있는 그녀를 휘젓고 지나갔다. 운전사가 가속페달에서 잠시 발을 뗐는지 차량은 아주 미세하게 속도가 줄었다가 다시 속도를 냈다. 실비는 계단에서 내려와 땅바닥에 서 있었지만 움직이지는 않았다.

차는 그녀를 지나쳐 조금 더 달려가서 방향을 바꾸더니 그녀를 향해 똑바로 달려왔다. 한순간 헥터는 차량이 그녀를 들이받을 것이라고 확신했다. 하지만 차는 달려오더니 그녀의 바로 앞에서 멈춰 섰다. 운전사가 차에서 내렸을 때, 처음엔 전조등의 불빛이 너무 강해서 그 뒤에 서 있는 사람이 누구인지 알아보기 힘들었지만 헥터는 보지 않고도 그 사람이 태너라는 것을 알았다.

"실비."

태너가 걸걸한 목소리로 애원하듯이 말했다.

"이게 어떻게 된 일이지? 무슨 일이야? 당신이 다쳤다는 전갈을 받고 밤새 달려왔어. 그런데 왜 여기에 나와 있는 거지?"

실비는 차량의 바로 앞에서 흰옷을 입고 맨발 차림으로 서 있었다. 그들의 머리 위에 떠 있는 별들은 눈부시게 빛나는 그녀의 옷차림 때문에 빛을 잃었다. 그녀는 흰옷 속에 아무것도 입지 않았다. 그것은 누가 보아도 알 수 있었다. 실비는 한 손을 내밀고 남편을 향해 다가갔지만 태너는 그 손을 뿌리쳤다. 그리고 실비가 가까이 다가가려고 하자, 그는 그녀를 제법 강하게 한 차례 후려쳤다. 그녀는 차량의 바퀴 옆으로 쓰러졌다.

"무슨 짓을 하고 있는 거야?"

태너가 바닥에 쓰러져 있는 그녀에게 소리쳤다.

"지금 뭐하는 거냐고!"

헥터는 짧은 거리를 냅다 달려가서 태너를 들이받아 그를 땅바닥에 넘어뜨렸다. 태너는 일어나지도 못하고 헉헉거렸다. 헥터가 무릎을 꿇고 실비의 상태를 확인하고 있을 때, 박격포를 쏘는 것 같은 엄청난 금속성 파열음이 기숙사 쪽에서 들려왔다. 무슨 일인지 알아보려고 헥터가 길게 고개를 빼고 있을 때, 어떤 엄청난 무게가 그의 뒤통수와 어깨뼈를 후려쳤다. 넓고 묵직한 철판은 분노한 신의 손바닥 같았다. 헥터는 불의의 일격을 당하고 앞으로 푹 고꾸라졌다. 땅바닥에 얼굴을 부딪치면서 그는 잠시 정신을 잃었다. 그는 몸을 움직일 수조차 없었다. 주변의 사물을 볼 수는 있었지만 아직 말은 할 수 없었다. 차가운 땅바닥에서 느껴지는 맛은 그리 나쁘지 않았다. 그것은 깨끗한 부싯돌 같기도 했고 방금 무늬를 새긴 돌판 같기도 했다. 그는 실비가 자기 남편을 향해 소리치는 것을 들을 수 있었다. 태너는 두 사람을 내려다보고 있었다. 헥터는 그제야 상황을 파악할 수 있었다.

알고 보니 태너가 묵직한 차 문으로 뒤에서 사정없이 자기를 두들겨 팬 것이었다. 헥터는 간신히 몸을 일으켜 무릎을 꿇고 있었다. 그 순간 환한 불길이 타오르지 않았더라면 그는 다시 한 번 심하게 얻어맞았을 것이다. 예배당 지붕의 굴뚝 파이프 주변으로 끝이 날카로운 불길이 하늘로 치솟고 있었다.

"어머, 저걸 어째!"

실비가 자리에서 일어서며 말했다.

"아이들을 구해야 해요!"

비틀거리면서도 그녀는 예배당을 향해 달려갔다. 태너가 그녀를 뒤따랐다. 몇몇 아이는 벌써 건물을 빠져나오고 있었다. 연기가 예배당 문의 꼭대기와 처마 아래에서 꾸역꾸역 흘러나오고 있었다. 아직 불길은 볼 수 없었지만 건물 안에서 그것은 빠르게 퍼져나가 낡은 건물의 바싹 마른 나무에 옮겨 붙었다. 실비가 기숙사 정문에 이르렀을 때, 양쪽 방에 붙어 있는 창문으로 아이들이 기어 나오고 있었다. 실비는 나이가 어린 아이들을 건물 밖으로 내보내면서 아이들의 수를 정신없이 세었다. 태너는 아이들 모두에게 옆 침대를 쓰는 사람이 있는지 확인하라고 소리쳤다. 아이들은 저마다 이름을 부르고 나서 응답을 기다렸다. 그때 준이 말했다.

"준은 어디 있지? 준이 어디 있어?"

"여기에 없어요!"

한 아이가 말했다.

"민도 안 보여요!"

"걔들이 어디로 갔지?"

"예배당에 있어요."

병옥이 말했다.

"왜 거기에 있어?"

"걔들은 거기에서 자고 있었어요."

"오, 이런!"

실비는 건물 안으로 들어가려고 했지만 태너가 그녀를 붙잡았다. 그녀는 남편의 팔을 뿌리치려고 했지만 역부족이었다.

"여기에 있어! 아이들과 함께 있으란 말이야!"

태너는 정장 웃옷을 벗어서 그것으로 입과 코를 막았다. 그는 짧게 몇 번 호흡을 하고 나서 마지막으로 들이마신 숨을 멈춘 채 문 안으로 돌진했다. 두개골이 부서질 것 같았지만 헥터는 자리에서 일어섰다. 그는 실비가 문을 향해 다가가는 것을 볼 수 있었다. 그녀는 아이들의 이름을 부르며 밖으로 나오라고 소리치고 있었다.

하지만 뒤늦게 정신을 차린 헥터가 건물 안으로 들어가지 못하도록 실비를 설득하기도 전에 그녀는 건물 안에 발을 들여놓더니 이내 눈앞에서 사라졌다.

헥터는 그녀를 뒤따라 건물로 들어갔다. 현관에는 연기가 자욱해서 숨이 컥컥 막혔다. 숨을 쉴 수 있도록 자세를 최대한 낮추고 예배당까지 나아갔을 때, 한바탕의 열기가 후끈 끼쳐왔다. 지붕의 목재는 화염에 휩싸여 있었다. 제단의 탁자와 십자가와 마찬가지로 예배당 앞쪽의 벤치들이 불길에 활활 타오르고 있었다. 예배당의 뒤쪽 벽에도 불이 붙어 있었다. 벽의 일부는 무너졌고 장작난로가 놓여 있던 자리는 엉망진창이 되었다. 그 근처에서 실비와 태너는 어떤 아이를 온몸으로 감싼 채 잔뜩 웅크리고 있었다. 벽의 틈새로 강한 바람이 한바탕 쏟아져 들어오면서 불길은 더욱 거세어졌다. 헥터는 자신의 머리카락이 불길에 그슬리기 시작하는 것을 느꼈다. 어깨의 피부는 불길이 내뿜는 뜨거운 열기 때문에 따끔거리고 화끈거리기 시작했다. 태양이 예배당 안으로 막 밀고 들어오는 것처럼 열기가 대단했다. 그리고 눈 깜짝할 사이에 깃털이 달린 짐승 같은 화염이 바닥에서 솟아오르면서 목사 부부와 아이를 감쌌다. 불길은 잠시 동안 세 사람을 차분하게 안고 있는 것 같더니 그들을 통째로 삼켜버렸다.

눈앞에서 벌어진 광경을 보고 헥터는 처참하게 울부짖었다. 벽들이 날카로운 비명을 지르며 금이 쩍쩍 갈라지고 난 후 예배당 지붕이 폭삭 내려앉았다. 한때 예배당이었던 그곳은 이제 거대한 잿더미로 변해가고 있었다. 지붕도 뻥 뚫려서 캄캄한 하늘이 그대로 보였다. 그는 무더기의 가장자리에 갇혀 꼼짝도 못하고 있었다. 불이 붙은 들보들이 그의 두 다리를 짓눌렀고 점토기와 조각들이 그의 양팔과 가슴을 지졌다. 이제 그는 모닥불 속에 들어가 있는 거나 마찬가지였다. 기숙사의 벽들도 무너질 차례였다. 하지만 그는 움직이려고 하지 않았다. 그는 이제 드디어 새로운 모습으로 변형될 수 있는 기회가 왔다고 생각하면서 기꺼이 죽을 각오가 되었다. 하지만 그때 어떤 손이 그의 팔목을 붙잡았다. 다른 손은 그의 등에 걸쳐 있는 들보를 들어올렸다. 그 여자아이는 비정상이다 싶을 정도로 힘이 셌다. 그녀는 무너진 뒤쪽 벽에서 그를 끌어내어 차가운 밤공기 속으로 데려나왔다.

"왔군요."

헥터가 결국 방으로 돌아왔을 때, 준이 부드럽게 말했다. 거의 두 시간이나 지나 있었다. 헥터는 준의 눈빛에서 그녀가 자기를 다시 보게 될 거라고 별로 기대하지 않았다는 것을 알 수 있었다. 어떻게 옮겼는지 모르겠지만 그녀는 속을 채운 의자 하나를 열린 창문 앞으로 옮겨두고 거기에 앉아서 언덕 위의 교회를 바라보고 있었다.

날씨가 어두워지고 있었지만 바람은 아직도 꽤 따스했다. 솔향기와 땅 냄새가 바람을 타고 희미하게 흘러왔다. 그녀는 아직도 어느 정도는 몸을 가눌 수 있다는 것을 보여주기라도 하려는 듯 자세를 고쳐 똑바로 앉았다. 하지만 그런 사소한 노력도 그녀에게는 너무 힘에 부친 행동이었다. 그녀는 머리를 부자연스러운 각도로 의자 등받이에 기댄 채 입은 헤벌리고 있었다.

"뭐 좀 가져왔어요?"

그녀가 부탁한 대로 헥터는 음식을 가져왔다. 호텔 소유주는 그를 위해 레몬 아이스 한 숟갈이 들어간 분홍색 파르페 한 컵뿐 아니라 쿠키 몇 개와 한입 크기의 페이스트리를 바구니에 담아 주었다. 헥터는 바구니를 그녀의 무릎에 놓아주었다. 그녀는 부활절을 맞은 여자아이처럼 그것을 바라보았다. 그러다가 숟가락을 들고 레몬 아이스를 조금 퍼먹으려고 하다가 같이 먹지 않겠느냐고 그에게 물었다. 그는 고개를 가로저었다. 그녀는 아이스 한 숟가락을 퍼서 자신의 혓바닥 위에 올려놓고 숟가락을 여전히 입안에 집어넣은 채 눈을 감았다. 시큼한 맛 때문인지 달콤한 맛 때문인지 아니면 그 두 가지 맛 모두 때문인지 그녀의 홀쭉한 두 뺨이 순간적으로 팽팽하게 당겨졌다. 그 모습이 너무 진지해서 헥터는 그녀가 아이스를 삼킬 때까지 지켜볼 수밖에 없었다. 그는 이제 얼음이 그녀의 내부에서 공격을 받고 서서히 무너지고 있을 거라고 상상했다. 병이 깊어진 그녀이니만큼 그 공격은 얼마나 격렬할 것인가. 얼음 덩어리는 달아날 곳을 찾지 못하고 있을 것이다. 그녀는 더 이상 파르페를 퍼먹지 않고 숟가락을 꼭 붙잡고 눈을 감은 채 앉아 있었다. 그 모습은 마치 아이스 덩어리가 자신의 배 속을 깨끗이 씻어 내릴 때까지 몇 초나 걸리는지 세어보고 있는 것처럼 보였다. 헥터는 주사를 한 대 맞고 싶은지 물었다. 그녀는 얼굴이 갑자기 초췌해지고 창백해져 있었지만 단호하게 거부를 했다.

"우리가 처음 길에서 만났을 때 기억나요?"

다시금 창밖을 내다보며 그녀가 물었다. 헥터는 기억이 난다고 대답했다.

"당신이 아래층에 내려가 있는 동안 난 그날에 대해 생각하고 있었어요. 몹시 무더운 날이었죠."

"기온이 아마 40도 가까이 됐을 거야."

"난 그때 목이 너무 말랐어요. 당신을 만나기 전에 며칠 동안 먹을 것보다는 물을 찾아 사방을 헤매고 다녔죠. 오랫동안 비가 내리지 않았거든요. 간신히 우물을 하나 찾아냈는데 바짝 말라 있더군요."

"그때 내가 물을 조금 주지 않았던가?"

"줬어요. 하지만 당신의 수통에도 물이 거의 없었죠. 그때 당신은 껌을 가지고 있었어요. 난 지금 이날까지 그 맛을 잊을 수가 없어요. 내가 먹어본 것들 가운데 가장 맛있고 달콤했어요. 하지만 그걸로는 갈증이 해소되지 않았죠. 난 목이 말라 거의 죽어가고 있었어요. 정말 하마터면 목숨을 잃을 뻔했죠. 논에는 고약한 냄새를 풍기는 끈적끈적한 진흙밖에 없었어요. 하도 목이 말라서 그거라도 먹으려고 했죠. 손가락으로 진흙을 조금 파내서 입에 넣었어요. 역겨웠지만 물기가 남아 있어서 축축했죠. 그래서 두 줌이나 그것을 퍼먹었어요."

"진흙을 삼켰다고?"

"예. 한밤중에 배가 너무 아파서 자다가 일어나 아침까지 열 번도 넘게 토했어요. 그때는 정말 죽는 줄 알았어요. 그렇지만 그걸 먹지 않았더라면 살아서 당신을 만나지도 못했을 거예요. 당신은 길에서 날 그냥 지나칠 수도 있었죠. 아니, 어쩌면 그러는 편이 당신한테는 더 나았을 거예요."

헥터는 아무 대꾸도 하지 않았다. 그것은 예의나 연민 때문이 아니라 자신을 방어하기 위한 행동이었다. 외롭고 쓸쓸했던 과거는 돌이켜보고 싶지도 않았다. 준과의 만남은 피할 수 있는 운명이었고 그 혼자서 감당해야 할 부분이었다. 다른 모든 사람들처럼 그의 운명의 키는 바라든 바라지 않든 간에 그 자신이 잡고 있었다. 이제 머지않아 그는 다시금 운명의 키를 잡을 것이다.

헥터는 준이 예전에 했던 말을 곰곰이 생각해보았다. 그녀는 이 세상에서 자기를 조금이라도 알고 있는 사람은 그밖에 없다고 말했었다. 그녀는 자신의 인생에서 적어도 중요한 의미가 있다고 생각되는 사건을 아는 사람은 헥터밖에 없다고 믿고 있었다. 이제 헥터는 그녀의 말이 역으로도 적용될 수 있다는 것을 깨달았다. 어쩌면 준에 대해 조금도 모르는 사람은 그 자신밖에 없다는 생각도 들었다.

"난 아직 당신한테 묻지 않았어요."

그의 생각을 훤히 읽고 있었다는 듯이 그녀가 말했다.
"앞으로 뭘 할 것인지, 어디로 갈 생각인지 난 묻지 않았어요."
"아직 모르겠어."

그가 말했다. 차는 고장이 나버렸고 관광에는 관심도, 계획도 없었다. 이미 그녀는 남은 돈을 모두 그에게 주었지만(그 돈이면 세계일주 비행기 티켓을 충분히 살 수 있을 거라고 그녀는 말했다.) 그는 어디로 가서 무엇을 해야 할지 전혀 생각이 없었다. 전날 밤에 그는 스미티와 친구들에게 전화를 걸어 자기가 아직 살아 있다는 사실을 알렸다. 스미티는 불행한 사고를 당한 도라 때문에 모든 사람이 깊은 상심에 젖어 있다고 말했다. 그는 사고 소식이 10시 뉴스에 나왔다고 말했다. 사람들은 헥터가 실의에 빠져서 어딘가에 칩거 중인 거라고 알고 있었다. 헥터는 어디에서 전화를 거는지 구태여 밝히지 않았다. 스미티도 거기에 대해서는 묻지 않았다. 스미티는 헥터가 바로 옆 도시에 가 있는 줄 알았는지 모두들 기다리고 있으니 가까운 시일 내에 한번 들르라고 했다. 헥터는 시간을 봐서 한번 찾아가겠다고 대꾸했다.

이제 두 사람은 흐릿한 방 안을 서성거리며 운명의 시간이 다가올 때까지 다소 무료한 시간을 보내고 있었다. 이제 헥터가 앞으로 어떻게 하느냐 하는 것이 다시 문제였다. 그의 아버지는 아들이 좀체 죽지 않을 거라는 미친 꿈을 꾸었지만 적어도 제정신을 가진 사람이라면 영원히 사는 것을 원치 않을 것이다. 하지만 헥터는 자신의 질긴 목숨이 두려웠다. 그는 직접 화장을 해달라는 준의 부탁이 퍼뜩 머리에 떠올랐다. 생각해보면 그것은 그리 무리한 부탁은 아니었다. 시골길을 달리다가 길가에 차를 세우고 장작더미를 쌓을 만한 적당한 곳을 발견하면 될 것이다. 준의 시신뿐만 아니라 덤불과 나뭇가지에 휘발유를 끼얹고 나서 연료를 들이켜 배를 빵빵하게 채운 다음 장작더미 위로 기어 올라가 성낭을 긋는 것이다. 뼈까지 다 태워버릴 정도로 최대한 뜨겁게 불을 지펴야 할 것이다. 그렇게 되면 자신과 준은 함께 저 세상으로 갈 수 있을 것이다.

"여기 한동안 머물러도 돼요. 그 돈이면 여기에서 오랫동안 살 수 있을 거예요. 어쩌면 좋은 여자를 만날 수도 있겠지요. 당신을 곁에서 잘 돌봐줄 여자 말이에요."

준이 말했다.

"그런 건 바라지도 않아."

"왜요? 모든 남자는 좋은 여자의 사랑을 받아야 해요. 당신은 그렇게 생각하지 않아요?"

물론 그는 그녀의 말에 반박하지 않았다. 어떻게 거기에 대해 이의를 제기하겠는가? 모든 사람에게 그런 든든한 후원자가 있는 세상이라면 더 바랄 게 없을 것이다. 문제는 그 후원자가 지금 병에 걸려 죽음을 코앞에 두고 있다는 것이다. 두 사람의 관계는 너무나 빨리 끝나버렸다. 살아남은 사람은 어떻게 될 것인가? 허탈감과 상실감 때문에 아마 정신을 차릴 수 없을 것이다. 인생은 엉망진창이 되어버릴 것이다. 그것은 너무나 잔인했다. 그는 어떤 대답을 들을지 뻔히 알고 있으면서도 그녀에게 물었다.

"만약 몸이 아픈 사람이 당신이 아니라 나라면, 당신이 나를 보살펴주었을지 궁금하군."

준은 조금도 흔들리지 않는 눈빛으로 그를 바라보았다.

"그러지는 못했을 거예요. 지금껏 난 어느 누구를 제대로 돌봐준 적이 없으니까."

준은 다시 아이스를 한 숟가락 떴지만 그게 전부였다. 따스한 바람 때문에 용기에 담긴 나머지 아이스는 금세 녹아버렸다. 이제 구름은 호박색과 붉은색을 띠었다. 길었던 하루가 저물어가고 있었다. 그녀는 바구니를 의자의 팔걸이에 올려놓고 의자에서 일어서려고 했다. 헥터는 그녀를 부축해주었다. 그는 이제 특별한 옷으로 갈아입고 싶은지 그녀에게 물었다.

"우선 목욕을 하고 싶어요. 갑자기 너무 춥네요. 욕조에 물 좀 받아줄래요? 당신이 나가 있는 동안 내 힘으로 하려고 허리를 굽히는 것도 쉽지 않더군요. 그리고 뜨거운 물이 안 나오는 것 같았어요. 물 좀 받아줄래요?"

"그러지."

"뜨거워도 괜찮으니까 뜨거운 물로 받아줘요. 알겠죠?"

헥터는 그녀가 감당할 수 있을지 생각하면서 최대한 뜨거운 물을 받았다. 그는 욕조에 물이 채워지는 동안 준이 일단 욕조에 들어가면 살아서 나올 수 있을지 궁금했다. 지금껏 무서운 의지와 수고로 여기까지 왔는데 잘못하면 언덕을 올라가지 못할 수도 있었다. 준은 무엇을 맞닥뜨릴 거라고 생각했을까? 여로의 끝에서 저 순례자는 무엇을 기대하는 걸까? 자신의 믿음을 확인하는 것? 뜻밖의 사실을 발견하는 것? 어쩌면 그녀는 목적지에 다다르지 않기를 은근히 바라고 있는지도 모른다. 목적지가 계속 멀어져 잘 보이지 않을 정도가 되면 그만큼 신앙심은 더욱 커질지도 모른다.

준이 욕실로 들어와 부끄러운 줄도 모르고 옷을 훌훌 벗었다. 그녀는 헥터가 그곳에 없는 것처럼 스스럼없이 행동했다. 블라우스에서 한쪽 팔을 빼낼 때는 힘들어 해서 헥터의 도움을 받아야 했다. 배는 부풀어 올라 있었지만 나머지 신체 부위들, 즉 축 처진 어깨와 팔다리, 그리고 홀쭉한 엉덩이와 비교했을 때 탱탱하고 활력이 있어 보였다. 헥터는 물을 잠그고 욕조에 손을 담가 수온이 적당한지 알아보았다. 하지만 그가 주의를 주기도 전에 그녀는 이미 한발을 욕조에 밀어 넣었다. 그녀는 숨을 날카롭게 들이마시며 얼굴을 찌푸렸지만 욕조의 테두리를 붙잡고 천천히 물속에 몸을 담갔다. 헥터가 욕실에서 나오려고 자리에서 일어섰을 때, 타일 벽에 등을 기대고 있던 그녀는 그의 손을 붙잡고 보내주지 않으려고 했다. 그녀로서는 마지막 기회를 놓칠 수 없었다. 그녀의 눈은 감겨져 있었고 두 사람은 한참 동안 아무 말도 하지 않았다. 그녀의 손아귀에서 힘이 스르르 풀렸을 때, 헥터는 그녀가 혹시 숨을 거두었을까 봐 두려웠다.

하지만 그때 목욕물이 솟아오르더니 욕조의 테두리 너머로 철철 흘러넘쳤다. 준은 갑자기 자리에서 일어나 시렁에 얹혀 있는 타월로 몸을 감쌌다. 뜨거운 물에 몸을 담근 그녀는 두 다리가 벌게져 있었지만 안색은 여전히 창백했다. 목욕물에 얼굴의 살이 모두 녹아버렸는지 광대뼈와 눈만 남아 있었다.

"헥터, 이제 빨리 움직여야 해요."

헥터는 준을 침대에 앉히고 나서 실물 크기의 인형에다 옷을 입히는 것처럼 그녀의 팔다리를 조심스럽게 움직여가며 옷을 입혀주었다. 파자마 스타일의 품이 넓은 치마, 저고리, 조끼 등 모두가 꺼칠꺼칠한 삼베로 만든 하얀색 옷가지들이었다. 그녀는 마치 종이로 만든 옷을 입고 있는 것처럼 보였는데 그래도 격식을 갖춘 복장이라 그런지 나름대로 매력이 있었다. 아래위로 온통 하얀 옷으로 차려입고 보니 그녀는 이상한 신부처럼 보였다. 속이 비치는 옷감을 입고 있어 가슴의 거뭇거뭇한 젖꼭지와 두 다리 사이의 거웃이 흐릿하게 드러나 보였다. 그것들은 그녀가 아직 살아 있는, 여전한 여자라는 것을 보여주는 징표였다. 그녀는 조끼의 끈을 자기 힘으로 졸라매려고 애썼지만 계속 서투르게 더듬거리기만 할 뿐이었다.

그래서 헥터는 그녀를 위해 이중매듭으로 끈을 매어주었다. 그는 자신의 커다란 양말을 그녀의 발에 신겨주었다. 발이 많이 부어 있었기 때문에 신발을 신길 수는 없을 것 같았다. 이제 어차피 그녀를 안고 이동할 수밖에 없었다.

"준비됐어?"

헥터가 물었다.

"예."

헥터가 번쩍 들어올리자 그녀는 신음 소리를 냈다. 그래서 그는 잠시 동작을 멈추었지만 그녀는 그의 팔을 툭툭 두드리며 계속 가자고 재촉했다.

"가야 해요. 지금 당장 가야 한다고요."

기력이 없어 그녀는 간신히 속삭였다. 헥터는 그녀를 안고 어두운 계단을 내려갔다. 돌계단이 매끄러워 발걸음을 내디딜 때마다 각별히 조심을 해야 했다. 그는 방을 나설 때 이미 발을 잘못 내디디는 바람에 넘어질 뻔했다. 간신히 중심을 잡기는 했지만 그는 뜻하지 않게 혀를 깨물고 말았다. 이제 그는 최대한 가볍고 조심스럽게 발걸음을 내디디고 있었다. 하지만 준에게는 계단을 내려가는 일이 무척 고통스러운 일처럼 보였다. 그녀는 헥터가 발걸음을 내디딜 때마다 그의 뒤통수에 있는 머리카락을 움켜쥐었다. 목욕은 가뜩이나 기운이 없는 그녀를 더욱 지치게 만들었을 뿐이었다. 그의 두 팔에 안겨 있는 그녀의 몸은 따뜻하고 축축했지만 몸에서 흘러나오는 냄새가 심상치 않았다. 역겹다거나 구역질이 나는 냄새는 아니었지만 그녀의 몸에 약품 처리를 한 것처럼 그것은 그녀가 본래 지니고 있던 냄새가 아니었다. 이제 그녀 특유의 냄새는 많이 흐릿해져 있었다. 헥터는 전쟁 중에 캔버스 천으로 된 들것을 소독하고 북북 문지른 다음 호스로 물을 뿌려 깨끗이 씻어낸 다음에도 들것에 실렸던 사람의 피나 살의 냄새를 흐릿하게 맡을 수 있었는데 지금 준한테서 나는 냄새가 그때 맡았던 그 냄새와 비슷했다. 죽음의 그림자는 이미 그녀의 몸에 드리워져 있었다. 그들이 텅 빈 로비로 내려갔을 때, 호텔의 소유주는 읽고 있던 책을 내려놓더니 본능적으로 그들을 도우러 다가오다가 준의 얼굴을 자세히 보고는 바의 끝에서 멈춰 섰다. 그는 두 사람이 지나가는 동안 심각한 표정으로 고개를 떨어뜨리고 있었다. 밖으로 나와서 그들은 도로를 건너 언덕으로 이어져 있는 오솔길을 따라 걸어갔다. 오솔길은 폭이 제법 넓고 바닥에 아주 작은 자갈들이 깔려 있었다. 길 양쪽에 심어져 있는 삼나무들은 검은 군복을 입은 보초병들 같았다.

"안 보이네요."

준이 말했다. 헥터는 그녀가 더 나은 각도에서 교회를 볼 수 있도록 옆걸음질을 치려다가 그녀의 눈을 내려다보고 눈빛이 흐릿하고 검어져 있는 것을 깨달았다. 늦은 오후의 부드러운 빛이 아직 어느 정도 남아 있는데도 그녀의 눈은 새까매져 있었다. 동공은 점점 더해가는 주변의 어두움을 저지하기 위해 바짝 긴장하고 있었지만 저녁의 어둠보다 더 빠르게 어두워졌다.

"안 보여요."

헥터는 발걸음을 빨리했다. 이제 그녀의 몸은 더 무겁게 느껴졌다. 그의 얼굴은 땀이 삐져나와 번들거리고 있었다. 지금까지 살면서 헥터는 죽음을 맞는 사람들을 수도 없이 보았지만 매번 당황스러웠고 겁이 났다. 그는 자신이 공포에 굴복하고 있는 것을 느꼈다. 그때 어떤 생각이 그의 머리를 스치고 지나갔다.

그는 준의 숨이 끊어지는 모습을 보고 싶지 않았다. 그녀의 시신에다 불을 붙이고 싶지도 않았다. 자기의 몸이라면 모를까 다른 사람의 몸에는 불을 붙이고 싶지 않았다. 자기한테 그녀를 구할 수 있는 힘이 있다면 마땅히 그렇게 할 생각이었다. 만약 준이 원하고 그런 일이 가능하기만 하다면 자신과 그녀의 처지를 바꾸어 자신은 죽고 그녀를 살릴 생각도 있었다.

"잠깐, 잠깐만요."

그녀가 말에 헥터는 걸음을 멈추었다. 그들은 이미 편평한 땅에 도착했다. 그들의 눈앞에는 교회 출입구의 높이가 낮은 계단이 있었다. 여닫이문의 한쪽이 열려 있었지만 그녀는 헥터에게 어떤 말도 하지 않았다. 그녀는 목을 길게 빼고 초점이 없는 눈으로 하늘을 쳐다보았다. 생명은 이미 그녀의 몸을 빠져나가고 있었다.

"아직은 아니에요."

그녀가 중얼거렸다.

"괜찮아."

헥터가 갑자기 앞으로 나아가며 말했다. 교회 안에서는 이상한 빛이 번득였다. 그는 준을 안고 교회 안으로 들어갔다. 출입구와 제단 사이의 공간은 완전히 비어 있었다. 특이하게 교회 안에는 벤치가 하나도 보이지 않았다. 어째서 그런지 몰라도 바깥보다 교회 안이 더 밝았다. 옆쪽 창문에서는 마지막 햇빛이 불가능해 보이는 각도로 쏟아져 들어왔다. 한동안 모든 것은 희미한 백랍 빛으로 물들어 있었다. 그런 눈부신 회색 빛은 그가 오래전부터 알고 있던 색조였다. 하얀 대리석 제단의 꼭대기에는 거대한 나무 십자가가 있었는데 그것은 그가 한때 만들었던 것과 마찬가지로 수수하고 평범했다. 십자가의 위쪽은 아치형의 둥근 천장으로 높이는 자그마치 8미터 정도나 되었다. 언제 이곳에 와 보았던가? 그는 설교단의 둥근 벽을 유심히 바라보았다. 얼룩덜룩한 벽의 장식이 묘했다. 그것은 프레스코화도 아니었고 그렇다고 직물이나 기교를 부린

음각 무늬도 아니었다. 장식은 가장 기초적인 디자인으로 되어 있었다. 헥터는 그것이 줄지어 진열되어 있는 유골들이라는 것을 마침내 깨달았다.

헥터는 유골들이 매장이 되어 있을 거라고 예상했는데 그게 아니었다. 그것들은 누구나 볼 수 있도록 진열되어 있었다. 제단 뒤쪽의 지하처럼 낮은 곳에는 유골들로 가득 쌓인 붙박이 선반이 있었다. 선반은 제법 떨어진 거리에서도 볼 수 있었다. 유골들은 대퇴골, 경골, 골반, 턱 등 부위별로 진열되어 있었다. 발이나 손처럼 그보다 자잘한 뼈들이 가득 담긴 통도 여러 개 보였다. 그것들은 무수한 분필 자루들처럼 보였다. 갈비뼈 무더기도 한둘이 아니었다. 그 위쪽에 있는 둥근 천장의 돌림띠에는 두개골들이 겹겹이 쌓여 있었다. 두개골은 적어도 수백 개는 족히 되어 보였다. 규모가 엄청난 모자 가게에 줄지어 놓여 있는 모자들처럼 두개골은 반듯하게 줄을 맞추어 서로 다닥다닥 붙어 있었다. 관자놀이가 움푹 꺼져 있는 것들도 있었고 정수리가 달아나버린 것들도 있었다. 또 어떤 것들은 뺨이나 코가 부서져 있었다. 이마가 없는 것들도 보였다. 하지만 오랜 세월이 흐르는 동안 그것들은 사람의 손을 전혀 타지 않았다. 그것들을 건드린 것은 오직 시간밖에 없었다. 시간은 그것들을 새하얗게 탈색시키거나 녹으로 흐릿한 분홍빛을 띠게 만들거나 부패시켜 회색빛이 돌게 만들었다. 헥터는 두개골의 주인공들이 본래 어떤 얼굴이었을지 상상을 할 수 없었다. 반듯하거나 굽었거나 앞으로 튀어나오거나 한쪽으로 기운 치아의 모양을 보고 다만 짐작을 할 수 있을 뿐이었다. 두개골들은 히죽히죽 웃고 있는 것 같기도 했고 얼굴을 찡그리고 있는 것 같기도 했다. 헥터도 자신의 치아에서 철과 피의 맛을 느끼며 얼굴을 찡그렸다.

"교회 안으로 들어왔나요? 교회 안이에요?"

준이 중얼거렸다. 그녀의 눈은 반들반들한 석탄 조각 같았다.

헥터는 그렇다고 대꾸했다.

"틀림없이 아름다울 거예요. 아름답죠?"

"아름다워."

그는 자신의 목소리를 듣지도 못한 채 그렇게 속삭였다.

"우리가 그토록 고대하던 곳이야."

아직 끝이 아니었다.

준은 기차를 향해 달리고 있었다. 마지막 객차가 그녀로부터 멀어지고 있었다. 기차는 그녀가 따라잡을 수 없는 속도로 달리고 있는 듯 보였다. 사람들의 목소리가 들려왔다. 사람들은 그녀에게 포기하지 말고 계속해서 달리라고 소리쳤다. 그녀는 맨발이었다. 언제 신발이 벗겨져 나갔을까? 철로 옆의 땅바닥에는 날카로운 자갈과 가시투성이의 잡초가 깔려 있었다.

하지만 그녀는 전신을 뒤덮은 통증 따위에는 조금도 개의치 않았다. 힘이 빳빳하게 들어간 두 다리는 피스톤이 되어 그녀가 평생 달려온 이 단거리를 완주하도록 그녀의 몸을 미친 듯이 앞으로 밀어내고 있었다. 준은 뒤를 돌아볼 수 없었다. 그녀는 그들 모두를 사랑했지만 뒤를 돌아보게 되면 자신은 끝장이라는 것을 알고 있었다. 언젠가는 멈추게 될 테지만 아직은 멈추고 싶지 않았다. 무언가를 갈망한다는 것은 결국 시간을 갈망하는 것이다. 그녀는 그저 시간을 좀 더 가지고 싶었을 뿐이다. 마지막 객차의 바퀴가 날카로운 비명 소리를 내면서 섬광을 번쩍였다. 그것은 속도를 내며 멀어지려 하고 있었다. 그녀는 필사적으로 앞으로 몸을 기울이며 소리를 질렀다. 다음 순간 그녀는 숨을 멈춘 채 문의 시커먼 모서리를 향해 손을 뻗었다. 그녀의 뒤쪽으로 세상이 빠른 속도로 멀어졌다. 누군가가 그녀를 끌어올려 품어주었다. 그녀는 지면에서 발을 뗐다. 살아남은 것이다.

〈끝〉

감사의 말

이 책은 집필하는 동안 도움을 준
호놀룰루의 푸나호우 학교, 로마의 미국 아카데미,
그리고 프린스턴 대학교의 루이스 예술센터 등
여러 기관에 깊이 감사드린다.

-이창래-

생존자

1판 1쇄 발행 2013년 1월 28일
1판 2쇄 발행 2013년 2월 22일

지은이 이창래
옮긴이 나중길

발행인 양원석
총편집인 이헌상
편집장 김지아
전산편집 김미선
해외저작권 정주이
제작 문태일, 김수진
영업마케팅 김경만, 임충진, 곽희은, 주상우, 장현기,
임우열, 정미진, 송기현, 우지연

펴낸 곳 ㈜알에이치코리아
주소 서울시 금천구 가산동 345-90 한라시그마밸리 20층
편집문의 02-6443-8846 **구입문의** 02-6443-8838
홈페이지 www.randombooks.co.kr
등록 2004년 1월 15일 제2-3726호

ISBN 978-89-255-4711-4 (03840)

※ 이 책은 ㈜알에이치코리아가 저작권자와의 계약에 따라 발행한 것이므로
  본사의 서면 허락 없이는 어떠한 형태나 수단으로도 이 책의 내용을 이용하지 못합니다.
※ 잘못된 책은 구입하신 서점에서 바꾸어 드립니다.
※ 책값은 뒤표지에 있습니다.

RHK 는 랜덤하우스코리아의 새 이름입니다.